真実が揺らぐ時

ベルリンの壁崩壊から9.11まで

Tony Judt, When the Facts Change: Essays 1995-2010

トニー・ジャット

ジェニファー・ホーマンズ［編］　河野真太郎・西亮太・星野真志・田尻歩［訳］

慶應義塾大学出版会

WHEN THE FACTS CHANGE

真実が揺らぐ時　◇　目次

III　9・11と新世界秩序

IV　私たちの現在の生き方

V　人はいずれみな死ぬ

序　誠実さをもって

ジェニファー・ホーマンズ

私がこの序文を書くための唯一の方法は、人物とその思想とを切り離すことである。さもなければ、私はその思想へと前進していくのではなく、その人物へと引き戻されてしまうだろう。私が愛し、一九九三年から二〇一〇年の死まで結婚していたこの人物に。本書に収めたエッセイを読むにあたっては、読者もまたこの人物の思想に意識を集中させてほしいと願っている。なぜならその思想は良い思想であり、誠実さをもって書かれたものだからである。「誠実に」というのは、トニーのお気に入りの言い回しで最高の基準であり、彼はその著述のすべてにおいてその基準を堅守した。この言い回しで彼が言おうとしたのは、私が思うに、知的なものであろうがなかろうが、計算や戦略ぬきで書かれた著述のことであった。純粋で、清明で、正直な記述のことだ。

本書は私たちの時代についての本である。私たちの時代に、天弧は崩壊した。希望と可能性の絶頂から、一九八九年のさまざまな革命によって、混乱、荒廃、そして九・一一の犠牲、イラク戦争、深まる中東の危機、そして――トニーの視点では――みずからの墓穴を掘るような、アメリカ共和国の没落へと転落していった。現実が変化し事態が展開していくにつれて、トニーは次第に、そして不承不承に、現在の潮流に逆らって進み、彼の知力のすべてをもって、思想という船の向かう先を、どれだけわずかにではあれ、ちがう方向に向けるための戦いをせねばならないことに気づいた。その物語は、彼の早すぎる死によって、突然に幕を下ろすことになる。

私にとって本書はまた、非常に個人的な本でもある。というのも、「私たちの時代」は同時に、トニーとともにあった「私の時代」でもあったからだ。本書に所収の初期のエッセイは私たちの結婚と息子ダニエルの誕生の頃のものであるし、その後のエッセイもウィーン、パリ、ニューヨークで過ごした家族の時間、ニコラスの誕生、そして私たちの家族の成長の軌跡とともにある。私たちの共同生活は、偶然ではないが、一九八九年の共産主義の崩壊とともに始まった。私はニューヨーク大学の大学院生であり、そこでトニーは教壇に立っていた。一九九一年の夏に、私は中欧を旅し、アメリカに戻ると中欧についてもっと知りたいと思うようになった。私はトニー・ジャットのもとでの独立の研究コースを履修するよう助言を受けた。

そうして、ヨーロッパ史、戦争、革命、正義、芸術についての本や対話を通じて私たちのロマンスは始まったのだ。それはふつうのデートの約束とはちがうものだった。二回目の「授業」はあるレストランで、ディナーを食べながら行われたのである。トニーは本を脇に押しやって、ワインを注文し、共産主義下のプラハでの彼の時代について語った。そして一九八九年に、ビロード革命の直後に、静かで雪におおわれた公園や通りを夜遅く歩き、歴史的な運命の変転にあきらかな畏怖を抱いたことを——そして、私たち二人の間ですでにはっきりとしてきた感情についても語ったのである。私たちは映画を観賞し、美術展覧会に行き、中華料理を食べ、トニーが料理をすることさえあった（下手くそだったが）。そしてついに（これが私たちの求婚活動の鍵となるのだが）彼は私をヨーロッパ旅行に誘ったのである。パリ、ウィーン、ブダペスト、嵐のシンプロン峠を越える鳥肌ものの運転（トニーは偏頭痛が出ていたので、私が運転したのだ）。私たちは鉄道を使い、私はトニーが時刻表に首っぴきで、キャンディー屋の子どものように出発時間と到着時間を選んでいる様子を見た。ツェルマット、ブリーク、フィレンツェ、ヴェネツィア。

それは壮大なロマンス、ヨーロッパのロマンス、トニーの人生を、そして生涯の仕事を決定づけたヨーロッパとのより大きなロマンスの一部であった。時には、トニーは自分自身のことをヨーロッパ人だと考えてさえいたと思う。しかし彼は本当のヨーロッパ人ではなかった。たしかに彼はフランス語、ドイツ語、イタリア語、ヘブライ語、チェコ語、スペイン語をいくらか話したが、それらの土地のどこにおいても「くつろいで《アット・ホーム》」いることはなかったのだ。トニーはどちらかといえば中欧人であったが、正確な意味ではそうとも言えなかった。彼には中欧人となるための履歴を、専門分野の取り組みと家族のルーツ（ロシア系、ポーランド系、ルーマニア系、そしてリトアニア系のユダヤ人というルーツ）を除いては、もっていなかったのである。トニーはまた、その習慣と育ちの点で、非常にイングランド的であった（彼は子ども時代のロンドンなまりと、自信たっぷりのオクスブリッジ風の散文とのあいだをなんなく行き来することができた）が、彼はまたそれにもぴったりとは収まらなかったのだ。彼はあまりにユダヤ的で、あまりに中欧的だった。トニーがこれらのどの場所からも疎外されていたかというと、いくつかの場合はそうだったとはいえ、それはちがう。というよりむしろ、彼はそれらの場所のすべてに少しずつ所属していて、それゆえにそのどれを手放すこともできなかったのだ。

であるから、私たちは最初からニューヨークに住んでいたけれども、どこかほかの場所で暮らすことを計画しながら——もしくは実際に暮らしながら——私たちの人生の多くを過ごしたということは、おそらく驚くべきことではない。私たちには引っ越しはお手のものとなり、『ヨーロッパはどこでも我が家——

学校と不動産について知っておくべきすべて』とでもいった本を共著しようとよく冗談を言ったものだ。私がトニーにあげたこれまで最高のプレゼントは、『トマス・クック鉄道時刻表』の定期購読権であった。

トニー・ジャットが本当の意味で居を定めたのは、二〇〇一年をすぎてようやくのことであった。これは部分的には彼の健康のためであった。その年、彼は深刻な癌の診断を下され、大手術と放射線治療、そしてそのほかのうんざりするような治療を受けた。そしてまたそれは、世界貿易センターへの攻撃のためでもあった。旅行をするのは次第に難しくなり、そしてあの出来事そのものの恐怖が、トニーの病気もあいまって、家に閉じこもらせる効果を与えたのである。彼は私と子どもたちと一緒に、ニューヨークにいたがった。理由が何であれ、その後の数年間のあいだ、彼はゆっくりとだが着実に、ただし完全にそうなることはなかったが、アメリカ人になっていった。それは、彼がアメリカの政治に対して批判的になる最も大きな理由を見出したまさにその瞬間であったがゆえに、皮肉なことであったが。トニーは市民権テストに合格した。彼は市民権テストを控えた数週間にわたって、息子たちに「クイズを出してごらん」と言い、子どもたちは嬉々としてトニーの力試しをしたものだった。彼がオクスフォード大学で長年にわたってアメリカ政治を教えてきた人物であるにもかかわらず。二〇〇三年あたりに、私はトニーの思考と、そして彼の著述のなかの、「彼ら」から「私たち」への移行に感づいた。それは、「私たちの現在の生き方」というエッセイのタイトルに表れている。

その年月はまた、トニーが一九九五年に創立し、彼の死まで所長を務めたレマルク研究所の年月でもあった。レマルク研究所は、彼がその著作において心を砕いていた二つの軸を中心にして作り上げられたものであった。すなわち、ヨーロッパとアメリカとを、そして歴史と現代の政治とを統合しようという二つの軸である。それと同時にトニーは巨大な企画である『ヨーロッパ戦後史』（二〇〇五年）を執筆しており、とりわけその時期は癌から回復した時期であったがゆえに、その執筆は日々、彼の身体的ならびに知的な力と鍛錬を試すものとなった。トニーが、ヨーロッパをめぐる大冊の（彼の言い方では）「炭坑のなか」にいながらにして、くたくたになりながらも決然と本書に収められたエッセイを書くと言ってきかなかったことをよく覚えている。私は彼があまりにも無理をしているのではないかと心配になったが、振り返ってみれば、それはしようがなかったのだと思う。トニーは『ヨーロッパ戦後史』に没頭しながら、私たちの現代の炭坑のカナリアが鳴く声を聞いていたのだ。本書に収められたエッセイは、二一世紀へと足を踏み入れていく私たちに――それもとりわけ「私たち」アメリカ人に――、二〇世紀を振り返るように乞うわけだが、それはカナリアの声の一つの結果だったのである。

＊

そう、本書はエッセイ集である。だが本書は一連の執着を集めたものでもある。トニーのさまざまな執着を。それらの執着は本書にすべて収められている。ヨーロッパとアメリカ、イスラエルと中東、正義、公共圏、国家、国際関係、記憶と忘却、そしてとりわけ歴史という執着だ。私たちは、「経済の時代」[*1]が崩れ去って「恐怖の年代」へと、そしてさらには「不安の新たな時代」[*2]へと入っていくのを目撃している、というトニーの警告は、政治が向かっている方向について彼がどれだけ絶望し、憂慮していたかを示すものである。彼は政治に多くのことを期待しており、そして鋭い観察者であった。本書のエッセイには、冷静なまなざしのリアリスト（現実や出来事、データの価値を信じるリアリスト）と同時に、善く生きられた生活を、それも自分自身だけでなく、社会の生活をめざす理想主義者が見出されるであろう。

年表はトニーの最も強い執着の対象の一つであったので、私は本書のエッセイをテーマ別と同時に年代順に並べた。結局のところ彼は歴史家だったのであり、とりわけ歴史の叙述におけるテクストの断片化だとか物語の不連続といったポストモダンのファッションには我慢がならなかったのである。単一の真実は存在しないなどという考えに彼はあまり関心を寄せてはいなかったし（そんなことは明らかではないか？）、あれやこれやのテクストの脱構築という思想についても同様であった。トニーは、本当になすべき仕事とは、存在しないものを語るのではなく、存在するものを語ることだと信じていた。つまり、手に入る証拠から説得力があり明瞭に書かれた物語をつむぎ、それも正しく公正なものを見すえながらそれを行うことだ。年表というものは、たんなる専門的または学問的な因習ではなく、それは必要条件なのであり、また歴史学にとっては、道徳的な責任なのである。

　事実や現実ということについて一言。私はトニーほどに事実に身を捧げた人間に会ったことはないが、それは彼の子どもたちが最初から痛感したことであった。本書のタイトルは、現在一九歳のダニエルの提案である。それは（おそらく出所のあやしい）ケインズからの引用句で、トニーのお気に入りのモットーの一つであった――「現実が変化するときには、私は考えを変化させます。あなたはどうですか？」私はこのモットーの意味するところを早い段階で、一人の人物の人となりを見事に照らし出してくれるような家庭内の状況において知ったものである。私たちが結婚してすぐの頃、私たちはニュージャージー州のプリンストンに家を買った。だがそれは、実際上の家というよりは仮説上の家のようなものであった。仮説上は、トニーはプリンストンに住みたがったが、実際上は私たちはニューヨークに住んでいるか、そうでなければヨーロッパを訪問しているか、もしくはどこか別の場所に向かう途上にあった。最終的には私はその家を売りたいと思った。それは私たちの家計の重荷になっていたし、正直なところ私はそこにずっと住むのにはおぞけをふるっていたのだ。その後、その家をどうするかについて長く困難な話し合いがつづき、それは言い合いになり、ついには家屋や住居についての感情的、歴史的、地理的な意味をめぐる、そしてどうしてほかならぬこの家が私たちにとって適切ではないのかをめぐる、寡黙で怒りにみちた膠着した議論へと変わっていった。

トニーと議論するのは、本当に困難なことであった。というのも彼は弁証における切り返し《スイッチバック》の名手であり、相手の主張をひっくり返して相手につきつけることはお手のものだったからだ。しまいには私は、さまざまな事実をエクセルで一覧表にして示すという、私としては必死の戦略に打って出た。家計、通勤電車の時刻表、運賃、ペンシルベニア駅〔ニューヨーク、マンハッタンの駅〕で無駄にした待ち時間の総計、仕事時間。トニーはその表をじっくりと調べて、即座に家を売ることに賛成した。それっきりきっぱり、悔恨も後悔も、それ以上の反論も議論もなしである。彼の頭はすでに次の計画に切りかわっていた。私にとってはそれは、驚くべき、そして賞賛すべき美質であった。この美質はトニーに、一種の思考の明晰さを与えていた。彼は自分の考えに固執していなかったし、また、これはのちになって発見したのだが、自分の文体にも固執していなかった。現実が変化するときには、よりよい、より説得的な議論がなされたときには、彼はまさに自分の考えを変えて、さっさと先に進んでいったのである。

トニーの内側には、強い確信が宿っていた。それは実存的な性質ではなく、後から獲得したものだった。彼は読書をして多くの事実を消化吸収し記憶して、彼の好んだ言い方では「ほんもの」を私の知る誰よりもよく知っている人物だった。そのため、彼は社交イヴェントやパーティを好まなかった。彼はある意味で内気であり、家に籠もって読書をするほうを好んだのである。トニーが言うには、彼は「おしゃべり階級」の散漫な「ぺちゃくちゃ」から離れて、本を読んでいるほうがもっと学ぶことは多かったのである。

彼の記憶力は機械なみであり、自分の立場に即座に迷いなく到達し、驚嘆すべき知識量と鋭い分析的な頭脳によって、与えられた問題を吟味してみせた。彼が、自分の能力に完全な信頼をおいていたというわけではない。私たちのみなと同じように、理性と正確な判断力が彼を裏切ってしまうような、感情的な隙や瞬間があったが、それはほとんどの場合は彼の人生におけるものであり、著述のうえで起こったことではない。思想ということに関していえば、トニーは懐疑派ではなかった。彼は無駄に複雑化することなしに思想や議論を召喚してそれを縦横無尽に利用する純粋に知的な能力をもっていたのである。

トニーは、職人のごとく、彼の内部にある音階に合わせて、言葉につねにきめ細かな調律を加えることによって、偉大な著述家となった。彼は著述のための組織だった方法をもっており、本書のエッセイはすべて、二〇〇八年から二〇一〇年にかけて、彼が病気になり四肢麻痺となった時期のものも含めて、同じ方法で書かれている。まず、彼はある主題について読めるものはすべて読み、黄色い、罫線入りのリーガルパッドに手書きで膨大なメモをとった。それからアウトラインを書いた。それは色つきの記号でA、B、C、Dと分類され、それがさらに詳細な下位分類に、A1のⅰ、A1のⅱ、A3のⅲといった風に分割された（それにさらにリーガルパッドが費やされた）。それから彼は食卓につづけて何時間も修道僧のように座って、メモ、事実や日付、論点やアイデアのそれぞれの行をアウトラインのしかるべき箇所に関連づけていった。そして次に（これが難所にして重要なポイントだが）彼のもともとのメモのすべてをアウトラインに沿った順番に書き写しなおしたのである。腰を落ち着けてエッセイを書こうという段階までには、トニーは知る必要のあることのほとんどを書き写し、書き写しなおし、暗記してしまっていたのである。それから書斎のドアを閉め切って、エッセイが完成するまで（マーマイト・サンドイッチと濃いエスプレッソのための小休止をはさむが）止まることのない一日八時間の執筆が始まるのである。そして最後に「仕上げ」が加えられる。

トニーが病気になった際にも、このやり方は何も変わらなかった。ただ、大変になったというだけである。誰かほかの人が彼の手の代わりとなって本の頁をめくり、素材を集め、ウェブ検索をし、入力をする必要があった。体がいうことをきかなくなるにしたがって彼は、考え、書く（という最も内密の行為）をほかの人間と共同でいかにして行うのかを自分に教えなおしたわけだが、それは彼の驚くべき精神の柔軟性をみごとに証明している。トニーは助手とともに仕事をしたが、彼は仕事のほとんどを、ふつうは夜間に彼の頭のなかで記憶にたよって行わなければならなかった。構成し、分類し、カタログ化し、自分で作ったアウトラインにしたがって、A、B、C、Dと彼の頭のなかのメモを書き直していき、そして朝になるとそれを私や子どもたち、看護師、または助手にそれをタイプさせるのである。

思うに、これはたんなる方法ではなく、彼の精神の地図なのであった。論理、粘り強さ、強烈な集中力と議論の注意深い構築、事実や細部に対する厳格な注意、信念のゆるぎのなさ。彼は、ほとんどの著述家とはちがって、もともとの計画からそれていくことはほとんどなかった。困難は、トニーが彼の内部で、自分が完全に理解しておらず知っていないものにぶつかったときに訪れた。「現場の事実」ではなく「内的事実」、つまり、彼の精神のなかの家具のようにただそこにあるものである。そのうちで最も明白なものは、ユダヤ人であることだった。

トニーにとって、ユダヤ人であることは所与であった。最も古い備え付けの家具だったのである。ユダヤ人であることは、彼がゆるぎなくそなえていた唯一のアイデンティティだった。トニーは信心深くはなく、シナゴーグで礼拝したことはないし、家でもなんら信仰の習慣を行うことはなかった。彼はアイザック・ドイッチャー[☆1]から「非ユダヤ的ユダヤ人」という引用をするのを好んでいた（ドイッチャーの本は、彼が少年の頃に、父のジョーから彼にプレゼントされたものだった)。彼がユダヤ人について語るとすれば、それは過去についてであった。子ども時代、ロンドンのイースト・エンドの、イディッシュ語を話す彼の祖父母のところでの金曜の夕食、彼の父親の(非常にユダヤ人的な)世俗的ヒューマニズム(「私は人種を信じない、人類を信じているんだ」)、そして母親の決然たるユダヤ教の拒絶——彼女はイングランド女王がテレビに映れば居間で起立したし、「悪い時代」がまたやってくることを恐れて自分の孫たちには割礼を受けさせたがらなかったのだ。そしてまたトニーの語るユダヤ性とは、彼の祖父のイーノック、さまよえるユダヤ人の典型のような人物で、いつも荷物をかばんにつめて、人生のできるだけ長い期間を旅に費やした人のことであった。

もう一つの事実、帽子について。数年前、トニーと私はニューヨークのアッパー・イースト・サイドのシナゴーグで行われた、親友の娘のバトミツヴァの式[☆2]に向かっている途中であった。私たちは遅刻していて、街中へともうすぐ到着しようとしているタクシーのなかにいたのだが、そこでトニーが文字どおりにパニックを起こした。彼は帽子を忘れたのだ。もう私たちは遅れているのだから、取りに戻って儀式の一部に参加できなくてもいいじゃないの、と私は尋ねた。帽子なしじゃだめなの、とも。トニーは絶対にだめなんだと言い、私は彼を襲っているように見えた、高揚した説明のつかない不安を目にして驚いた。トニーは帽子を取りに戻ったのだが、その帽子は私がそれまで見た記憶のない、仕立てのよい古めかしい帽子であった。彼がシナゴーグに忍び込んできて私と合流したとき、彼は自分がユダヤ帽をかぶっている唯一の人間であると気づいて驚いた。ほかの参列者はみな黒ネクタイだけだったのだ。彼は憤慨し、少し立腹していたが、それよりも混乱しており、そして明白に場から浮いていた。ここに集まっているのはいったいどういうユダヤ人なのだ? と。

トニー自身、バルミツヴァを受けており（彼の父がのちに説明したところでは「私たちは自分たちの義務を果たしたまでだ」）、若い頃には熱心な（のちに醒めることになるが）シオニストであり、ヘブライ語は流暢で一九六七年の戦争の際にはイスラエルで通訳をしていた。息子たちが小さかったころ、彼らには少なくともいくらかの宗教教育はほどこしたいと二人で同意していた。私はプロテスタントの家系の出身であったが、それにまして無神論者だったので、私たちはすぐに日曜学校に子どもたちをやるという方針をやめて、そのかわりにイタイを見つけた。イタイはユダヤ教神学院〔ニューヨーク市にあるユダヤ保守派の大学〕の大学院生で、ワシントン・スクウェアの私たちのアパートメントに毎週来て、子どもたちにヘブライ語、そして聖書の歴史と文化を教えた。バルミツヴァは（トニーの決定で）受けさせなかった。私から見れば、帽子のメッセージは明らかであった。子どもたちの育ちは決定的にアメリカ的なものだという限界をもっていたものの、トニーはそのなかでその帽子をどのような場合にかぶり、なぜかぶるのかということを子どもたちに知ってほしかったのだ。それを知ったあとにどうするかは子どもたち次第だ。実際、のちになって二人が、自分たちをユダヤ人だとはまったく感じないと主張したとき、その会話はすぐにホロコーストへと向かった。ニコラスは断固として言った。ホロコーストがどれだけ悲しく、悲劇的であったかを理解するためにユダヤ人である必要はないと。トニーは二人の両面的な感情に驚いたが、腹を立てるようなことはなかった。結局のところ、二人の子どもたちはトニーの過去を共有していないのだから。

それでは、実際にホロコーストについてはどうであろうか？　トニーをよく知る友人がかつて、トニーはホロコーストについて書いたことがなく、彼は学問の対象を一九世紀と二〇世紀初期に限定し、それから戦後へとジャンプしていると私に言ったことがある。それはそのとおりだ。だが（この「だが」は非常に強い「だが」である）、戦争と戦場《キリング・フィールド》は、彼の研究対象そのものではなかったとしても、『ヨーロッパ戦後史』の、そして彼のほかの著作の多くの中心にあったのだ。『ヨーロッパ戦後史』のエピローグは「死者の家から」と題されている。

さらに、『ヨーロッパ戦後史』が出版されてからすぐに、本の献辞を私に宛ててくれたことついて私はトニーに礼を言ったが、同時に、深いところではこの本はほかの誰かに捧げられているとわかっているとも言った。つまり、トニー〔Toni〕である。彼は泣いた。簡単に泣かないし、ほとんど泣くことのなかった彼がである。トニーは彼が名前をもらいうけた、彼の父のいとこで、アウシュヴィッツで亡くなっていたのだ。彼女は『ヨーロッパ戦後史』にとりついた亡霊であり、つねに彼の心から離れない陰であった。それはおそらく、罪悪感であったろうか？　それは、彼は一九四八年生まれなのだから、生き残りの罪悪感ではない。だが、それは彼の心のなかのブラックホールのようなものであり、悪や悪魔のように重く不可解に存在しており、そこに歴史のあの瞬間と彼のユダヤ性の側面が隠されていると、私は信じるようになった。じめじめと感情的ではあるが、私にとって明らかだったのは、トニーの悲劇はトニーの人生における一つの責任であり、それは誠実さの観念に何らかのやりかたで結びつけられていたのだ。

そこから当然に話題はイスラエルへと向かうことになる。二〇〇二年以降の一連の記事で、トニーはイスラエルについての彼の立場を明確にし、実践的な解決策に到達した。本書に収めたその一連のエッセイが、彼がいかに、どうしてそのような茨の道へと踏み込んだのかを理解する一助になればと願っている。二〇〇三年に「イスラエル――代案」が公表されて以来、ぞっとするような脅迫や、メディア上での不快で人身攻撃的な罵詈雑言がトニーに向けられたが、それはこの主題について、少なくともアメリカで、開かれた対話をすることの不可能性を残念なかたちで示した。このエッセイと、それにつづくエッセイを読んでいただければ、その子細はおのずと理解いただけるであろう。私が報告できるのは、トニーの立場表明が引き起こした憤怒と、イスラエルそのものの次第に手に負えなくなった人種差別的な政治に、彼が深く動揺していたということだけである。

二〇〇九年に『ニューヨーク・タイムズ』紙に掲載した入植地についてのエッセイのあと、ある同僚がトニーに、何をなすべきか？ と書いてよこした。トニーはそれに答えたかったが、そのときにはすでにトニーは病に倒れており、急速に進行する病気の、困難な合併症と戦っているところであった。それにもかかわらず、彼は陰鬱だけれども確固たる決意をもってその主題をとりあげ、力強く大胆な応答を書いた。何日間にもわたって倦むことなくタイプを打ちつづけ、トニーがエッセイをしきりに口述筆記させては校正したので、ときには飲食する暇さえない助手の手助けを借りて。トニーはそのエッセイを「何をなすべきか？」と題した。私はこのエッセイに、彼と一緒にもう少し取り組み、それについて長々と議論をした。私は、そのエッセイはトニーの通常の水準に達していないと感じ、そのように彼に言った。身体的な障害に落胆し、満足のいくように議論を磨き上げることができず、彼はやる気を失ってそのエッセイを突然にお蔵入りにしてしまった。

いまこのエッセイを読み返してみると、彼がこれをお蔵入りにした理由が私によくわからない。ここで提示されている思想は、ときどき（ほんのときどき）欠陥があるものの、説得力に満ちている。どうしてトニーはこの論争から撤退してしまったのか、そしてこれを私がいまになって出版しようとしているのは間違いなのか？ 彼がどのような選択をするかはいまや知りようもないが、私がこのエッセイを本書で世に問うのは、私がそのなかに（おそらくそれが未完成であるまさにそれゆえに）真の知的な根性とでも言えるものを見出すからである。このエッセイにはトニーならではの、ドグマや生半可な意見、固定化した立場に対する抵抗が見出せるし、出来事によって風向きが変わったときに、それによって起きた政治的な流れに柔軟に対応し（二国家解決への回帰を見よ）、そして、彼の働かせうる想像力のすべてを駆使して、歴史、道徳、実用主義（草の根の現実）を、一見解決不可能な問題に適用していこうとする意志が、見出せる。個人的にも政治的にも出口のない状況において、彼は誠実で明確な説明を提示しようと試みていたのだ。

その同じ年に、トニーの最も大きな知的な支柱となった人物のうち二人が斃れた。アモス・エロン[☆3]とレシェク・コワコフスキ[☆4]である。トニーは、もう迫っているとわかっているみずからの死に直面しつつも、この二人のそれぞれの死について文章を書いた。「長い目で見れば私たちはみな死者だ」と、トニーは自分の死が迫りつつも皮肉に言うのを好んだが、これまたケインズからの引用である。トニーには本当の意味で模範とするヒーローはいなかったが、亡霊にはとりつかれていた。直接知っていたか、本を通じてしか知らなかった死者たちがつねにとりついて離れなかったのだ。私はそういった亡霊たちと懇意になっていった。ケインズはその一人である。そのほかには（たくさんいたのだが）アイザイア・バーリン、レイモン・アロン、A・J・P・テイラー、バーナード・ウィリアムズ（はもともと友人だったが）、アレグザンダー・ポープ、フィリップ・ラーキン、ジャン・ルノワール、そしてヴィットリオ・デ・シーカがいた[☆5]。もちろんカール・マルクスもその亡霊の一人で、さらには（もちろん分身の生き霊であるが）マルクス兄弟[☆6]もいた。マルクス兄弟は、『第三の男』のオーソン・ウェルズとならんで、トニーが繰り返し観た俳優であった。トニーが肌身離さずに、おそらく最も尊敬していた二人の人物はアルベール・カミュ（机に写真を飾っていた）とジョージ・オーウェル（私の目から見て、あらゆる場所に偏在していた）であった。トニーは以上のような人びとの衣鉢を継いだのであり、彼はこれらの人びとの遺志を、誠実さをもって、継ごうとしたのである。

トニーは最後の一ヶ月のあいだに、もう一つの喫緊の主題へと向かい、「来世」と題されたエッセイを書き始めた。それは、「私は神を信じたことがない」という言葉で書き起こされているが、これは啓蒙の人（彼は真に啓蒙の人だったと思うのだが）によるものとしては興味深い断言である。というのも、啓蒙主義というのは、疑問をつねに、少しだけオープンなままにして結論を出さずにおくものであるはずだから。結局、来世があるかないかという事実も、死んでみれば変わるかもしれない。だが生きているうちに彼がしたのは、遺産や記念、そして私たちがこの世に残せるものについての議論を構築していくことであった。それらこそが、私たちが何らか知っている来世というものなのだから。トニーがこの世に残せたものはもちろん、記憶であり、彼の著作であった。トニーがこのエッセイを完成させることはなかった。そのエッセイは半ばで急に中断されており、そのあとにはメモ書きや断片的な思索しか残されていない。その断片の一つで彼はこのように述べている。

影響力や反応を狙ってものを書いてはならない。そのような書き方をすれば、影響や反応はゆがめられたものになってしまい、著作そのものの高潔さを汚してしまう。その意味で、ものを書くというのは月に向かって発射するようなものである。ロケットがそこに辿り着いた頃には、月は同じ場所にとどまっているとは言えないと、認めなければならないのだ。そもそもどうしてロケットを月に向かって送りだそうとしているのかを知っておく方が肝心であり、無事着地できるかどうかは心配しないほうが得策なのだ……。

無限の可能性のある未来における読者の動機がどのような文脈から生じるのかも、予期することはできない。だから、できることと言えば、書くべきことを書くことだけだ。それが何を意味するにせよ。これは、かなり異質な債務である。

I

一九八九年——私たちの時代

第1章　終わりなき下り坂

英語圏の歴史家のうちには、明確に「ホブズボーム世代」[☆1]と言えるような世代がある。その世代は「長い六〇年代」、つまり一九五九年から一九七五年のあいだのどこかの時点で過去の研究に着手した世代であり、近い過去についてのその関心が、エリック・ホブズボームの著作によって、たとえどれだけホブズボームの出した結論を現在は否定していようとも、変えようもないやり方でかたちづくられた人びとの世代である。その長い六〇年代のあいだに、ホブズボームは驚嘆すべき影響力のある著作群を出版した。一九五九年に初版が出た『素朴な反逆者たち』は、都会の若き学徒たちを、ヨーロッパとそれ以外の国々の田舎における異議申し立ての世界へといざなった。その世界は、現在の私たちにとってははるかに身近なものになっているのだが、それはホブズボームのこの小冊によって最初に想像力をかきたてられた学者たちの仕事によるところがかなり大きいのである。『イギリス労働史研究』、『産業と帝国』、『キャプテン・スウィング』（ジョージ・リューデとの共著）[☆2]はイギリスの経済史とイギリスの労働運動の物語を大幅に書き換えた。これらの著作は、イギリスの急進派歴史学の埋もれかけた伝統に、学問の対象として光を当て直し、熟練工や労働者たちの状況や経験の研究を活発にしたが、またこのような政治的にコミットした探究に、これまでにない水準の技術的な洗練と、たぐいまれな幅広い知識をもたらしもしたのである。

これらの著作の結論やさまざまな解釈が今日では因習的なものに見えるとしても、それは、ホブズボームがそれらの主題に手をつける前にそれらがどのように見えていたかを思い出すのがいまでは困難だからにすぎない。どれだけ修正主義的な微調整をしたり、流行に乗った修正をしてみたところで、ホブズボームの著作群がもたらした消えることのない影響を減ずることはできまい。

だがホブズボームが私たちの歴史意識に最も永続的な痕跡を残したのは、「長い一九世紀」すなわち一七八九年から一九一四年をめぐる偉大なる三部作であり、その第一巻である『革命の時代——一七八九-一八四八年[☆3]』は一九六二年に出版された。本書の影響を正確に評定するのは難しい。というのも、本書の歴史観はこの時代に対する私たちの感覚をあまりにも深いところで構成しているので、本書の後の研究はすべて、無意識的にそれを取り入れるか、そうでなければそれに反発しているからである。本書の全体的な枠組みとは、この時代を北西ヨーロッパにおけるブルジョワ階級の台頭を震源とする社会の大変動の時代として解釈する、というものだが、それはいまや「因習的」な解釈となって、つねに批判と修正の対象となるにいたったのである。つづいて一九七五年に出たのは『資本の時代——一八四八-一八七五年[☆4]』であり、これは驚くほど多岐にわたる資料と深い理解に基づいて書かれた、前世紀〔一九世紀〕中葉の堂々たる概論である。この著作は、私の見解では、ヴィクトリア朝中期の世界のさまざまな変容を、統一された、しかも力強い歴史の物語のうちにまとめあげてみせた、ホブズボームのいまもって随一の著作である。その一二年後に出版された『帝国の時代——一八七五-一九一四年[☆5]』には、まぎれもない懐古的な雰囲気があり、それはあたかも前世紀〔一九世紀〕の著名な歴史家が、その世紀が彼の手によって幕を引かれるのをどういうわけか残念に思っている、という風情なのである。本書で提示される全体的な時代のイメージは、変幻自在の変化のイメージであり、それは富と知の急速な蓄積のために高い代償が支払われた時代だが、それにもかかわらず、輝ける発展する未来への希望と楽観的な予測にみちた時代でもあったのだ。ホブズボームが最新刊で念を押しているように、一九世紀は「私の世紀」だったのである。マルクスと同様に、ホブズボームは一九世紀のかくされたパターンを解剖して見せることに最も長けていたのであり、また一九世紀の驚くべき達成に対する賞賛と尊敬を惜しむことはなかったのである。

それゆえに、エリック・ホブズボームが「短い二〇世紀」を扱う第四巻（『二〇世紀の歴史――極端な時代』）をつけくわえることを選択したのは驚きであった。[☆6] 彼が序文で認めているように、「私はその経歴の大部分を通じて、一九一四年以降の時代について書くのを避けてきた」〔日本語訳上巻vii頁〕のであるから。ホブズボームはこの忌避について、使い古された理由を示している。すなわち、出来事に近すぎて公平無私になることができない（一九一七年生まれのホブズボームの場合、その出来事をほとんど生きて経験していることになる）、解釈をするための素材の全体が、いまだに手に入っていない、そしてそういった出来事が何を意味するかを述べるのは時期尚早である、という理由だ。

しかしそこに別の理由があることはあきらかで、それをホブズボーム自身否認することはまずないだろう。つまり、二〇世紀は、ホブズボームが生涯のほとんどを通じて信奉していた政治的・社会的理想と制度が目の前で崩壊することでその幕を閉じた、という理由である。二〇世紀に、失策や大失敗の暗く陰鬱な物語を見ないでいることは難しい。（クリストファー・ヒル、ロドニー・ヒルトン、エドワード・トムソン[☆7]といった）イギリスの共産主義者または元共産主義者のめざましい一世代のほかのメンバーと同じく、ホブズボームはその専門家としての視線を革命的で急進的な過去へと向けたが、それは共産党の公式路線のために近い過去についておおっぴらに書くことがほとんど不可能になったからというだけではない。生涯変わらぬ共産主義者で、同時に真剣な学者である人物にとって、私たちの世紀〔二〇世紀〕の歴史は、解釈を拒むほとんど乗り越えがたい障害を多く提示するのであって、そのことをホブズボームの最新刊は我知らず証明してみせているのだ。

それにしてもホブズボームは、多くの点で端倪すべからざる著作を書いたと言える。その議論は明快で、それはその三部構成に直接表れている。第一部「破局の時代」は第一次世界大戦の勃発からヒトラーの敗北までを扱っており、第二部「黄金時代」は一九五〇年あたりに始まり、七〇年代のなかばに終わった、先例のない経済成長と社会変容の驚くべき時代を物語る。そしてその時代が向かう先は、ホブズボームが二〇世紀最後の二〇年を対象とする最後の第三部のタイトルとした「地すべり」の時代である。それぞれの部には主調をなす主題があり、それを背景としてそれぞれの部の歴史の細部が提示されているのである。サライェヴォでのオーストリア皇太子暗殺事件に始まる数十年については、ホブズボームは四〇年にわたって「次から次にふりかかってくる災禍」につまずきながら進む世界を、不幸と恐怖の時代を、何百万人もの難民がヨーロッパ亜大陸を行くあてもなくさまよい、前世紀にあれほどの苦心をして作りあげられた戦時国際法が、ひとまとめに放棄されてしまった時代を描いている（第二次世界大戦におけるロシアの捕虜五五〇万人のうち、約三三〇万人が死んだが、これはそれより前の世代にとってはまったく想像もつかないような多くの統計値の一つである）。

第二次世界大戦後の「黄金時代」についてホブズボームは、この時代は人類の八〇パーセントにとって、中世がようやく終わった瞬間であり、ヨーロッパにおいてと同様、ヨーロッパ列強がその支配をいまや放棄した植民地世界において、劇的な社会の変化と秩序の崩壊が起こった瞬間だと指摘している。戦後の西洋資本主義の爆発的な成功は、前例のない経済成長率を生み出し、一方でその成長の利得をますます多数の人びとに分配していったのだが、それは内部に、みずからを腐敗させ解体させるであろう種子を抱えもっていた。エリック・ホブズボームは、彼の素材に洗練された繊細なマルクス主義的読解をほどこすことで名高いのだが、その面目躍如といったところだ。

二〇世紀の急速な拡大と革新の経験は、さまざまな期待やそのための制度の創造を駆動していったのだが、それが私たちに残したものは、認識できる伝統的規範や受け継がれた習慣がほとんどなく、世代同士や異なる職業のあいだの連続性や連帯がない世界であった。一つだけ例を挙げるなら、知識や資源(そこには武器もふくむ)が民主化され、それらが制御を受けていない私人の手に集中されることによって、そういった知識や資源をもたらしたほかならぬ資本主義世界の諸制度があやうくされてしまった。共有された習慣、共通の文化、集団的な目標なしでは、私たちの住む世界は「その支えを失ってしまい、不安定と危機へとすべり落ちていってしまうだろう」。

手短に言えば、エリック・ホブズボームによる二〇世紀の歴史は文明の凋落の物語であり、一九世紀がはらんでいた物質的・文化的な潜在的可能性を満開に咲き誇らせつつ、同時にその約束を裏切った世界の歴史である。戦時には、無防備の一般市民に化学兵器を使用するという暴挙に出る国家がこれまであったし(さらにイラクの場合には自国民もその犠牲になった)、規制を加えられていない市場の諸力から生じる社会的・環境的な不平等は増大しているし、その一方で共有された利害や遺産についての集団的な感覚はどんどんしぼんでいっている。政治においては、「組織化された大衆政党は、階級を基盤としたもの、イデオロギーによるもの、その両方によるものも含めて凋落し、人びとを政治的に活動的な市民にしていく主要な社会的原動力が失われてしまった」〔下巻四三九頁〕。文化的な問題においては、いまやすべては「ポスト」つきの何かになっている――。

ポスト工業的、ポスト帝国的、ポスト近代的、ポスト構造主義的、ポスト－マルクス主義的、ポスト－グーテンベルク的等々……。この接頭辞は、葬式と同じく死を正式に承認したが、死後の生がいかなるものになるのかについて何らかの合意や確信があったわけではない。〔下巻五頁〕

ホブズボームの物語の多くの部分には、滅亡が迫っているという嘆き節の空気がある。しかし、それによってホブズボームの本の力が減ずるわけではない。ホブズボームが書いたほかのすべての本と同様に、同書では「極端な時代」が、専門用語やもったいぶりや気取りがまったくない、直裁で簡素な文章で記述され分析されている。重要な論点は、短いけれども効果的で、ときにはウィットに富んだ表現を使って論じられる。たとえば、第一次世界大戦の政治的な影響は「フランス国境から日本海にいたるまで、旧政権はことごとく倒れてしまった」〔上巻四二頁〕という所見で表現されるし、またヒトラーによる民主主義諸国に対する低い評価については、「ヒトラーが深刻に受けとめた唯一の民主主義国はイギリスであり、そして彼は――その点では正しかったが――イギリスは全面的には民主的でないと考えていた」〔上巻六二頁〕という調子だ。ホブズボーム自身による、六〇年代ニュー・レフト[☆8]に対するかなり低い評価も歯に衣着せぬものだ――。

左翼の青年が希望に満ちて革命を勝利させるための毛沢東の戦略――農村の無慮何百万人を動員して、

現状維持勢力の都市の拠点を包囲しようという戦略――を引用しているまさにその時に、その何百万人かの人びとがみずから農村を捨てて都市に移動しつつあった。〔下巻九頁〕[*1]

この、数百万の農民にふれていることは、エリック・ホブズボームは紛れもなくヨーロッパ中心主義的であるものの、独特の幅をもった人間であることを気づかせてくれる。[*2] とりわけ、ラテンアメリカについての彼の同情的な、直接の体験で得た知識は、大恐慌の世界全体への影響についての説明を豊かなものにしており、それは、ポーランドの〈連帯〉とブラジルの労働者党という、抑圧的な体制に対抗して八〇年代に発展した全国的な民衆運動の比較が、示唆的で独創的であるのと同様である。たしかに、彼の雑食的な読解は東洋よりは南半球へと向けられており、それは後述するような残念な結果を引き起こしている。だが、ホブズボームはあきらかに、ペルーの急進派やナポリのゲリラたちについての資料（と、その人たち自身）をかなりよく知っており、それを彼は、後進社会の社会・経済的な変容をめぐる議論にかなり効果的に利用している。そして、彼はそれと同じくらい自由闊達に、一九八二年出版の『食料・食料生産百科事典』（のなかの「形成肉・加工肉・再生肉生産」の項目）からエビデンスを引き出して、消費主義についての議論を展開することもできるのである。

『極端な時代』はまた、エリック・ホブズボームという人物が受けた訓練と、彼が向かっている方向は、経済史家としてのそれであり、しかも分析的な経済史家としてのそれである、ということを思い出させてくれる本である。彼の筆が最も冴えるのは、大恐慌、または戦後の「好況」の本性とその帰結を論じる際であり、彼は軍事および政治の物語をほぼ避けている。ソ連の世界の不合理な経済の記述（「もっと先進的な経済の国――現実には、もっぱらソ連自身の西にある衛星諸国――にとってのエネルギー生産の植民地」〔下巻二七三頁〕）、または社会主義の経済を「鉄と工場の煙に基づくひどく旧式の工業体制」〔上巻三九〇頁〕と説明する筆致は、その同じ社会について彼が行う政治的な概説よりは、明確にまさっている。

それと同じように、ホブズボームは、ファシズムの政治的な起源についての短い議論においてよりは、それを世界経済危機の産物として扱っているときのほうが筆がなめらかになるようである。一九八九年の共産主義政体の劇的な崩壊についての彼の説明は、ほとんど経済決定論におちいりそうになっている。これは、負債危機や経済の管理ミスが共産主義の没落の重要な要因であったということを否定しようというのではない。まったくその逆だ。ただ、ホブズボームはそういった経済的な要因を論じるときに、あきらかに慣れ親しんだ領域におり、できればそこにとどまっていたいという様子なのである。しかしながら、そのことによって、一九七四年の転換点以来の西洋の展開についての彼の説明はかなり力強いものになっている。ホブズボームは国際経済の長期的なジレンマを、はっきりとした説得力をもって分析している。また福祉国家経済の危機の説明は同じくらいに明快で、各国の指導者たちが、縮小する労働者階級に課税をして、彼らの政策の犠牲者を抱きこもうとすることによって、経済的停滞がもたらす政治的損失を回避しようとすることから生じた、と説明をしている。

このように、長期的な経済の動向と、長い年月にわたって広く起こる変化のパターンを強調すること（それはホブズボームのすべての著作の特徴だが）にもかかわらず、『二〇世紀の歴史――極端な時代』は、かなり個人的な本でもある。実際、本書の調子は、かなり形式的な解釈の視点と、親密で、ほとんど個人的な注釈とのあいだを行ったり来たりしている。ホブズボームによれば、彼は二〇世紀を「見聞きする」ことによって研究したというのだが、この書を読めば私たちはそれを信じる気になる。[*3] 第一次世界大戦後のインフレは、彼のオーストリア人のおじいさんが、長年にわたる保険の配当を手にしたが、その額はお気に入りのカフェでコーヒー一杯をなんとか飲めるだけだったというエピソードで語られるし、その一方で、六〇年代の都市の荒廃に対するホブズボーム自身の審美的な嫌悪感は、ウィーンの「自由主義的ブルジョワジーの偉大なる記念碑的建築群」〔上巻二八一頁〕の、彼の子ども時代の記憶と対照させられている。植民地を持つ帝国の没落は、一九三九年の段階では起こりそうにも思えなかったと彼が書くとき、その判断は個人的な記憶に基づいたものである。イギリスや植民地出身の若き共産主義者の一団に属する彼やほかの人びとは、それを予期していなかったのだ。

パレルモにおける社会の変化、サンパウロでの失業、または中国に資本主義を導入することのリスクといったことの証拠として、ホブズボームにはシチリアの山賊たち、ブラジルの労働運動組織家、中国共産党官僚との会話を参照ことができる（『名士録』の項目のなかで、彼が自分の趣味に「旅行」を挙げているだけのことはある）。ケンブリッジ大学キングス・カレッジの評議員《フェロー》であった彼は、不運なコンピュータの発明者であるアラン・チューリング[☆9]と顔見知りであったし、その一方でホブズボームは、その共産主義者の人脈のおかげで、エミリア＝ロマーニャ州で農工業経済が出現する好条件があったことについて、（共産主義者である）ボローニャ市長の個人的な証言を利用することができた。[*4]

ホブズボームによる、二〇世紀の直接的な経験の物語には率直で正直なところがあり、好感を与える。[*5] 彼はカストロが何時間にもわたって延々と語るのに耳を傾けた「疑いも抱かずに謹聴する大衆」〔下巻二二五頁〕の一人であったことを認めるし、かつて権力をにぎったファシズムが、社会主義や共産主義から転向した労働者の支持を頼りにすることができたという事実を、「左翼の伝統」が認めようとはしなかった、ことを念押ししている。また彼は、〔ロンドン在住の〕イギリス人の共産主義組織活動家が、コヴェントリー〔英国中部の工業都市〕の労働者が比較的に裕福であることを知って素朴にも驚いているさまを語っている――「コヴェントリーじゃあ同志が自動車を持っているって知ってたか?」

ホブズボーム自身、時には勘違いをすることもあり、それを自分で認めている。そして一度ならずホブズボームは、マルクス主義学者である彼が見落とした物事を見抜いたプロのジャーナリストたちに対する尊敬の念を表現している。二一世紀までには、それが国家的イデオロギーとなった中国以外のあらゆる場所で共産主義は消え去っているだろう、というロンドンの『タイムズ』紙の特派員による四〇年前の予言が、当時はホブズボームにショックを与えたと、彼自身認めている。今日であればこの予言は完全に妥当に聞こえるであろう。この書の後半で、ホブズボームは現代のジレンマについて思いをめぐらしつつ、マルクスは間違っていたかもしれないと認めている――人類は必ずしも、「みずからが解決できる問題のみを設定する」とはかぎらないのだ。

『二〇世紀の歴史』の美点が、その歴史に関与した、個人的な性質に由来するならば、その欠点――といっても欠点は本当は一つしかなく、それが多くのかたちをとっているだけなのだが――もまた、同じ性質に由来している。本書はホブズボーム自身の人生、つまり最近彼がBBCラジオで念押ししたように、若い頃からたった一つの大義にささげられてきた人生の物語であるがゆえに理解できることだが、彼は時代の主要な筋や闘争を、目の前で展開しているのを目撃した際の、そのままの見方で見る傾向にあるのだ。とりわけ、右翼と左翼、ファシストと共産主義者、進歩主義と反動といった範疇は、一九三〇年代にホブズボームが最初にそれらに遭遇したときと同じくらい確固とした範疇としてとり扱われている。そのため彼は、共産主義の戦略の悲劇的な間違いや、ファシズムと共産主義の指導者たちに、奇妙にも似かよった公的な美的嗜好が存在したことを、そしてさらには共産主義が制度として純粋にひどいものであったことを、認めるにやぶさかではないのである。だが、三〇年代当時の、旧来的な政治的対立を再考して、ファシズムと共産主義とのあいだの同盟を、たんに一時的で逆説的なもの以上の何かとして扱おうという考えは、ホブズボームにはまったく浮かびもしないのだ。

これによって多くのものが失われていると私には思える。ホブズボームにとっては、スペイン内戦と、それが生み出した同盟や忠誠「のみが、一九三六年当時にそうであったのと同じように、いまからふり返ってみても純粋で魅力的なままである政治的大義」〔上巻二四三頁〕なのである。しかしまさにその理由で、現在では、スペイン内戦は、そしてより広く三〇年代の時局的な分断は、それらが生み出した幻想を根本的に考え直すことをさまたげる障害になっているのだ。

かくしてホブズボームは、スターリンがスペイン内戦をいかにして利用したか——彼は、反ファシズムの戦争を支持するという名目で国内そして国際的な舞台で積年の恨みを晴らしたのである——を論じることがないのみならず、「反ファシズム同盟」という経験の全体が、最初の二〇年間にわたる軍事的、経済的、戦略的な大失策ののちに、国際的な共産主義の新たなイメージをいかにして創りあげる手助けとなったのか、という考察を怠ってもいるのである。私たちが二〇世紀を理解したいと思うなら、この共産主義の抜本的な変容を（それは一九四三年以降にいわば短調に変調して繰り返されるのだが）理解しなければならない。そこを理解せずに、同書では共産主義の思想と実践の型が、使用される言語や概念という部分にいたるまで、当時理解され提示されていたようなかたちのままに記述されており、その結果、ボルシェヴィズムという現象には、当のボルシェヴィズムの狭く限定された視点の外側からの批判的で分析的な注意が向けられることはないのである。

そのため、ホブズボームはボルシェヴィキ革命とその後の共産主義体制を「後進国を先進国に変える計画」〔下巻一三三頁〕だと述べてはばからない。この理屈は、「修正主義者」やそのほかの左翼に対する好意的な批判者たちが、レーニンの革命がスターリンの独裁に帰結した理由を説明しようとするにあたって広く採用したものである。だが、ホブズボームは、ボルシェヴィキ革命は、彼がほかの著作ではあれだけ巧みに説明している「第三世界」クーデターの最初の最大の事例にほかならないのではないか、とは考えない。そういったクーデターでは、前近代的な社会において、革命的な近代化推進者たちが、首都を占領し、武力をもって権力を掌握する。この区別は些細なものに見えるかもしれないが、ホブズボームにとって決定的なのである。ボルシェヴィキ革命をたんなる「クーデター」からは区別し、それは「大衆」によって可能になった革命であったと主張しつづけることで、ホブズボームは共産主義の経験の独自性を保存し、それによって、二〇世紀の解釈——いまやその経験は過去のものになっているがゆえに次第に不適切なものになっているように見えるのだが——に、裂け目を残しているのである。

同じように、ホブズボームによるファシズムのとり扱いは、ヒトラーによる戦争とはつまるところ、事実上の大規模なヨーロッパ革命だったのではないかということを検討する可能性を逸している。つまり、それは中欧と東欧に変容をもたらし、ヒトラーがもたらした抜本的な変化——とりわけ、最初はユダヤ人の虐殺による、それから次には解放されたスラヴ地域からのドイツ人の追放による、その地域の知識人階級と都市中流階級の破壊——を基礎に成立した、戦後の「社会主義」体制への道をならしたのではないか、ということである。ホブズボームはファシズムにいかなるものであれ「革命的」な性質があることを否定することに腐心するため、彼による第二次世界大戦のとり扱いは、柄にもなく因習的なものになっており、ヒトラーがスターリンを準備したという過程のうちに隠された皮肉を看過しているのである。これもまた、世界を、過去に見えていたあり方で見つづけてしまっていることの結果の一つだと私には思える。当時、ファシズムと共産主義はイデオロギー上と軍事上の双方において全面的な闘争状態にあり、スターリンはその闘争のうちでも「左翼」という、啓蒙主義の輝かしい勝利へと向かう陣営を代表していたのである。

しかしながら、このようなアプローチの帰結が最もあきらかになるのは、ホブズボームによる東欧のとり扱い、もしくはむしろ、彼がそれをとり扱っていない点においてである。ドイツとロシアにはさまれた国々での「現実の社会主義」は六〇〇頁近い本のうちのたった六頁しか与えられておらず、しかも五〇年代の悪名高い見せしめ裁判には一段落も充てられていない。ホブズボームは、冷戦の起源についてのその穏健にも修正主義的な説明において、次のように示唆する。すなわち、アメリカが圧力をかけて（一九四七年五月に）フランスとイタリアで共産主義者を政権から追い出し、一九四八年イタリアの選挙が間違った方向に進むなら、介入を辞さないという脅迫をした、そのあとになってはじめて、「ソ連はそれにならって、さまざまな党からなる「人民民主主義諸国」から共産党以外の政権を排除し、人民民主主義国家はその後「プロレタリア独裁体制」と分類しなおされることになったのだ」と〔上巻三五七頁〕。ホブズボームの言葉では、それまでは「モスクワが従属政権と共産主義運動を支配していた地域においても、ソ連をモデルにした国家をつくるのではなく、……多党制的議会民主主義にもとづく混合経済の国をつくることをとくに公約していた」〔上巻三四八頁〕。

冷戦を生み出した責任を正確には誰に問うべきなのかというのは、諸説のある主題であろうが、東欧内部における共産主義の戦略のタイミングと目的には、なるほど曖昧なところはない。スターリンとその追従者たちが一九四五年に東欧の「友好的」な政体についてどのような考えを抱いていたにせよ、スターリンがつくり出そうとしたのが、いかなる理解可能な意味においても「多党制的議会民主主義国家」でなかったことはたしかだ。(政治学者のケネス・ジョーウィット[☆10]が言うところの)「地理的に隣接する複製政体」の構築は、一九四八年四月のイタリア選挙よりずっと前に、進んでいたのである。最も目につく事例はルーマニア(一九四五年二月にアンドレイ・ヴィシンスキー[☆11]がやってきて、「連立」政権に誰が入れて誰が入れないかを指示した)とブルガリア(ブルガリア農民党の指導者であるニコラ・ペトコフ[☆12]が、一九四七年六月に逮捕され、三ヶ月後、卑劣な見せしめ裁判ののちに処刑された)である。

チェコスロヴァキアとハンガリーでは、少なくとも一九四七年までは、状況はもっと混乱していた。ただしハンガリーの場合、人気のあった小自作農党は、共産党による威嚇に負けて、一九四六年に国会から議員を撤退させられたのだが。国内の共産党が民衆の強い支持を受けており、一九四六年の選挙では三八パーセントの得票率を誇ったチェコスロヴァキアにおいてさえ、共産党の選挙での支援は一九四七年を通して急激に弱体化していた。それに対応して、共産党は警察と内務省の内部での影響力を利用して、その敵対者(とりわけスロヴァキア民主党とチェコ国民社会党)を中傷し信用をおとしめようとし、そして一九四八年二月に——つまり同年のイタリア選挙の二ヶ月前に——共産党は政治的クーデターによって政権の座についたのである。[*6]

ポーランドでは「多党制的議会民主主義」についていかなる幻想もなかった。戦後、一九四五年の内閣では、二二人の閣僚のうち一四人が、解放されたポーランドを管理するために一九四四年七月にソヴィエトによって選任された、共産党の国民解放委員会(「ルブリン」委員会)に属していた。政府が非共産党の活動家たちを攻撃し威嚇した暴力的な政治キャンペーンののちの、一九四六年七月の国民投票の結果は、一九四七年一月の総選挙と同様に、あからさまに操作されたものだった。農民党の代弁者たちはラジオに出ることができず、その支持者たちは何千人となく逮捕された。農民党の候補者リストは無効とされ、党の指導層の信用を失墜させるために、議会そのほかでスパイの嫌疑がかけられた。それにもかかわらず、共産党の敗北をさまたげるためには、不正投票が行われなければならなかったのだ。選挙の結果は国際的な抗議の声を引きおこしたが、効果はなかった。一九四七年一〇月に、農民党の党首であるスタニスワフ・ミコワイチク[☆13]は、命の危険を感じて国外に逃亡した。ほかの国においてと同様にポーランドでも、これらの戦略は一九四九年初頭には事実上の一党独裁国家を生み出し、そこでは非共産系の政党は同盟としてのみ、または共産党に従う家来としてのみ認められ、その党首たちは亡命しているか、投獄されるか、死んでいるという状況であった。この過程がアメリカによる、その西洋の友好国への内政干渉の直接の結果としてのみ生じたのであり、またアメリカの干渉まではそれが起きなかったと示唆することは、純粋な間違いなのである。

エリック・ホブズボームのような細心の歴史家が、このような奇妙な間違いを犯すということは、彼の言い方を使えば、偶然ではありえない。どうやら難点は、マルクスと同じように、ホブズボームがこれらの小国家に関心が低いということにありそうだ。一九五〇年から一九七四年の年月を「黄金時代」と呼べば、たとえば、プラハ出身の人間にとっては皮肉に聞こえずには済まされないだろう。そして、ホブズボームらしくもないかなりの無頓着をもってしなければ、次のような文章は書けないだろう――「一九四四年にワルシャワに起こった事態〔ワルシャワ蜂起とその弾圧〕は、早熟な都市での反乱への罰であった。蜂起した人びとは、いわば弾倉に一発しか弾丸を入れていなかったのだ。ただしそれは大きな一発だったけれども」〔下巻一二二頁〕。都市における蜂起についての命題としてはこれはもちろん広い意味では正しいのだけれども、当時ポーランドで起こったこと、つまり赤軍が、ヴィスワ川を渡らずに、ナチスがレジスタンスを壊滅させるのを静観したという事態の説明としては、これは控えめに言っても歴史学的な不誠実というものだろう。

しかし、もう一人の著名なイギリスの左派歴史家☆14と同様に、ホブズボームは「東西のあいだの国々」についてどうにも悩ましい感覚を抱いていたようである。*7 そうでなければ、一九一七年の「ほかの大戦に敗れた古い帝国、すなわちオーストリア゠ハンガリー帝国とオスマン帝国の運命的な解体」〔上巻九六頁〕のあとを継ぐ唯一のものとして、ボリシェヴィキのモデルをホブズボームが正当化したことは、説明がつかない。曰く、「ボリシェヴィキ革命はこれらの二つの帝国とはちがって、旧帝政の多民族的な領土の統一を、少なくともその後七四年間は維持したのである」〔上巻九六頁〕。この後の同書でホブズボームが、ソ連の崩壊を、一八世紀半ば以来初めて、「トリエステとウラジオストクとのあいだに国際的な空白地帯を」〔下巻三〇九頁〕生じさせたと説明するにいたって、この所見はきまぐれではないということがあきらかになる。

その「空白地帯」のなかに暮らしている人びとにとっては、二〇世紀の歴史はかなり異なって見えることだろう。というのもその人びとは「ナショナリスト」たることを強いられた人びとだったのであり、そしてナショナリズムは（宗教と同様に）同書ではいくぶん見過ごされた話題なのである。純粋に分析的な観点から見ても、このことは間違いであるように思われる。国民的な感情についてどう考えるにせよ（ホブズボームは、ほかの著作と同様に同書においても、それにほとんど共感をよせることはないが）、私たちの時代の歴史におけるナショナリズムの地位は、スロヴェニア人、クロアチア人、チェコ人とその同類たちの「集団的エゴイズム」〔下巻二〇七頁〕といった軽蔑的な発言以上の扱いを受けてしかるべきものであろう。国民の自決権〔民族自決〕というのは、ホブズボームが述べるように、それが対応できない問題に対する愚かで「感情的」な反応かもしれない。だがそのように述べてしまうことは、私たちの時代について、ある根本的なものを見逃してしまう危険をおかすことにほかならない。あらゆる種類の信念――世俗的なものであれ、宗教的なものであれ――を十全に理解することなしでは、二〇世紀の歴史家は深刻なハンディキャップをみずからに課して苦しむことになるだろう。[*8]

この信念の問題は私たちを一九三〇年代へと、そしてホブズボーム自身の、彼が歴史叙述の対象としているものとの関係へと連れ戻す。彼が以前のソ連について何ら幻想を抱くことなく仕事をしていることは確かだが、ソ連には何らその欠点を埋めあわせるような点（ヨーロッパ地図の安定性を維持する、もしくは安定性を押しつけることも含めて）を持っていなかったと認めることについては、彼は抵抗を示す。ホブズボームは、ソ連には、計画経済という思想を西洋へと遺贈し、それによって資本主義の存在をおびやかすと同時にそれが生き残る手段を与えることで、皮肉にも資本主義を救ったという功績が少なくともあったと主張する。だが、三〇年代の若きラディカルたちの抱いた計画経済への情熱の背後にあり、戦後西欧の混合経済というかたちで極点に達したのは国家計画委員会《ゴスプラン》ではなかった。[*9]ホブズボームが指摘しそこねているのは、戦後の計画経済の実践者たちは、その思想をモスクワからではなくローマから（または、フランスの場合には、ヴィシーから）受け取っていたということである。つまり、四〇年代に支配的となったテクノクラートたちを惹きつけたのはしばしば、共産主義の計画経済ではなく、ファシズムの計画経済だったということだ。その一方で、ソヴィエトの五カ年計画を賞賛したのは知識人、つまりフェビアン主義者たち、アンドレ・ジッド、そしてその他ホブズボームと同世代の左派学者たちであった。この点でも、私たちの時代の歴史は、あまりにも安易に個人的な記憶の犠牲になってしまっている。

共産主義の経験の全体のうちにせめて残滓的な意味でも見出したいという欲望が、最終的に、ホブズボームによるいくぶん単調な、スターリン恐怖政治の説明の背景となっている。危険なまでに急速な工業化の擁護を要約するに際して、ホブズボームは戦争経済との類似性を利用している。

戦争経済におけるように……生産の目標は、費用や費用対効果を考慮することなく設定しうるし、むしろそうしなければならないことが多いのである。肝要なのは目標が達成しうるかどうか、いつできるかにあった。そしてこのような生死を賭けた努力ではつねにそうであるように、目標を達成し期限に間に合わせるための最も効果的な手段は、緊急の命令を出し、全軍突撃の突貫作業にかからせることであった。〔下巻一四〇頁〕

これに対しては、戦争は起こっていなかったし、いずれにせよ、ここで問題になっている「生」とはボリシェヴィキ体制のそれであり、その一方で「死」は何百万人もの人間のそれであったという応答が可能であろう。そういった人間の生命の損失という主題について、ホブズボームは「正当化」はありえないと正しく語っている。しかしこの悲劇全体については、より十全でより歴史的かつ人間的に感受性の高い記述を求めてしまう。それと対照をなすのは、次の、一八三四年新救貧法の、一九世紀における楽観的で善意にみちた擁護に対する、ホブズボーム自身による辛辣なコメントである。

救貧法の改良家たちは、救貧院において妻と夫を隔離することによって、被生活保護民は道徳的に改善するとどうやら信じていたようである。……そういった見解の犠牲者たちに関するかぎりでは、その結果は、もしそれが意図的な残虐行為によって達成されたであろう場合と比べてもおとらず悪い——おそらくより悪い——ものになったのである。非人間的で冷淡で無情な、男女の精神に対する辱めであり、その尊厳の破壊だ。おそらくそれは、歴史的に不可避で、必要でさえあったのだろう。だが、犠牲者たちは苦悩をなめた——苦悩は博識な者たちの特権というわけではないのだ。このことを理解できない歴史家の書いたものは読むにあたいしない。[*10]〔二〇九頁〕

ソ連は善良な大義を、それも実際唯一の価値ある大義を代表していることになっているという事実は、ホブズボームの世代の多くの人びとにとっては、ソ連の罪を軽減してくれるものであった。そうは思わないほかの人びとは、その事実はまさにその罪をより深いものにしただけだと言うかもしれない。[*11]何にせよ、共産主義の終焉は何百万もの人びとにとっての、たとえそれがそのあとの成り行きによって薄められてしまったとはいっても、大いなる幸福の源泉となったのであり、そのことは「古い世紀はよい終わりを迎えなかった」というホブズボームの結論をかなり疑わしいものにしている。結局、これについては、「誰にとってよくなかったのか?」と問う誘惑にかられるのである。『二〇世紀の歴史』の最終部の陰鬱で、ほとんど黙示録的な調子は、八〇年代はまた多くの人間にとって解放の時代でもあったのであり、それも東欧においてのみそうだったわけではない、という事実を見えにくくしている。ホブズボームが一度ならず主張するように、世界のさまざまな問題に対して、もはや誰も解決を提示することができず、私たちはグローバルに広がる霧のなかで手探りで前に進んでいるのであり、「過去がすでに……その役割を果たせなくなった」世界、すなわちそこでは「かつては人間に道を示した古い地図や海図が……私たちが動いている地表を表現することがもはやない」〔上巻二七頁〕世界に住んでいる、というのは事実である。だが、私たちが失ってしまったような種類の、自信にみちた大規模な解決策が、それほどによいものであったかどうかは、自明ではない。結局のところ、そういった解決策は、利益よりもはるかに多くの害をもたらしたのだ。

一九六八年当時、私の記憶が正しければ、エリック・ホブズボームは学生のラディカリズムの限界というテーマについて語ったが、私自身はそのような学生でありつつ彼の言葉に注意深く、尊敬の念をもって耳を傾けたものであった。彼の結論は、当時のムードに大幅に逆行するものであったので、よく覚えている。ときには、重要なのは世界を変えることではなく世界を解釈することであると、ホブズボームは私たちに念を押したのだ。しかし世界を解釈するためには、それが変わってきたあり方について、一定の共感というものが必要でもある。ホブズボームの最新刊は、私たちが現在受け継いだ世界について、挑戦的に、ときに明敏に、そしてつねに冷静で知的に記述している。もしこの本が、彼の最良の著作には及ばないとすれば、彼がどれほどに高いハードルを自分に課したのかを思い出すべきであろう。

だが、世界には一つか二つ、同書の著者が必ずしも喜ばしいとは思わないような決定的な変化が起きた。すなわちそれはたとえば共産主義の死であり、それと関連した歴史に対する信奉の消失、そして国家がセラピー的な機能を果たすようになったことである。それは残念なことである。というのもそれは、同書を読んでそこから学ぶ必要が最も大きい人たちに対する影響力を減らしてしまうかもしれないようなやり方で、ホブズボームの記述をかたちづくり、またときにはつくりそこなってしまうからだ。私は、ホブズボーム版の二〇世紀の歴史を読んで、一九世紀に関しては彼をあれほどに貴重な水先案内人にした、徹底的なまでに探究を止めない視点が、本書にはないことを残念に思った。この衝撃的な『弁明書』[☆15]においてエリック・ホブズボームは、歴史家とは「同国民たちが忘れたいと願うことを思い出させるプロ」だと私たちに念押ししている。これは過酷で容赦ない命令である。

（このエッセイは、『ニューヨーク・レヴュー・オヴ・ブックス』誌一九九五年五月号に、エリック・ホブズボーム『二〇世紀の歴史――極端な時代』の書評として掲載されたものである。）

第2章　ヨーロッパ、大いなる幻想

I

欧州共同体は、その加盟国の「さらなる緊密な」連合を促進するという公式の目的をもって、五〇年近く前に設立された。それは、擁護者たちが示唆するほどではないにしても、すばらしい達成である。その目的に原理上反対する人はほとんどいないし、制約なき貿易といった、加盟国にそれが与える利益は、明白なものだ。つまるところ、だからこそみんな加盟したがるのだ。EUは現在〔本エッセイの発表は一九九六年〕、その加盟国のあいだで、単一のヨーロッパ通貨と、共通の意志決定および集団的な行動を可能にする制度を構築するための交渉に入っており、同時に元共産圏のヨーロッパ諸国に、将来加盟する可能性を提示している。

EUがさらなる緊密な連合というみずからの約束を守り、それと同時に新たな加盟国を同等の条件を与えながら歓迎することができる可能性は、実のところ低い。まず、一九四五年から一九八九年のあいだの、独特の歴史的状況を再現することができないためだ。実際、一九八九年の一連の出来事の破壊的な影響は、東欧におけるのと少なくとも同等に西欧においても大きかった。戦後西欧を構築する際の中心となった仏独の共同主権体制の精髄は、ドイツが経済的な権力をにぎり、フランスが政治的な主導権をにぎるという相互にとって都合のよい取り決めであった。もちろん、戦後しばらくは、ドイツは現在のような富を手に入れていなかったし、フランスが完全に優勢な立場にあった。だが、一九五〇年代半ばからはもはや事態は変わっていった。それ以降は、西欧の政治におけるフランスの覇権は、使うことのできない核兵器、ヨーロッパ大陸本土では配備できない軍隊、そして第二次世界大戦終結時に、三つの戦勝国が主に自己利益の観点からではあるがフランスに気前よく与えた国際政治における地位に依存するものであった。

この奇妙な幕間の時代はもはや終わってしまった。一つの経済的な事実がこの論点をうまく示してくれるだろう。一九九〇年には、フランスの経済的な影響力を表すグラフは、それが「九ヶ国からなるヨーロッパ」に限定されていたことを示している――すなわち、元々の六ヶ国（ドイツ、フランス、イタリア、ベネルクス三国）と、イギリス、アイルランド共和国、そしてデンマークである。これらの国相手であれば、フランスは財とサーヴィスの主要な輸入国および輸出国であった。ところがそれに対してドイツは、その時すでに、その経済的な影響力を、現在の「一五ヶ国からなるヨーロッパ」のみならず、ヨーロッパ大陸の南部と東部のほかの国々へと及ぼしていたのである。このことの意義は明白だろう。フランスは、ヨーロッパ西部の端に限定された地域の大国になった。ドイツは、統一以前にすでに、ヨーロッパの強国へとふたたびのしあがっていたのだ。

一九八九年の衝撃によってまた、ドイツは新たな困難に直面した。というのも、フランスにとって、国力の弱体化と国際的な影響力の低下がかつての困難な記憶をよみがえらせたのと同様に、ドイツでは、表面上の過剰な権力の出現が、困難な記憶をよみがえらせたからである。アデナウアー〔首相在任一九四九－六三年〕からヘルムート・コール〔首相在任一九八二－九八年〕にいたるドイツの政治家たちは、ドイツの国力はたいしたものではないと見せかけ、フランスの政治的な主導権に従い、自分たちは繁栄するヨーロッパのなかで安定したドイツ、という以上のものは求めていないのだ、というふりをした。そうして彼らは、みずからのレトリックに溺れることとなり、一九八九年以後のヨーロッパに、国民的な目的の感覚というものをまったく欠いた、硬直した国家を遺すことになったのである。

その結果、ドイツの国家的な政治課題は山積みの状態である。東側の諸州を吸収することにともなう経済的・政治的問題にくわえて、統合前の〈東方政策〉のパラドクスを解決しなければならない。つまり、とりわけドイツの左派の政治家たちの多くは、現状維持を大歓迎したし、〈壁〉がもう少し長く崩れないでいてくれたほうが嬉しかっただろう、ということだ。ドイツ人はまた、自分たちの能力がいかばかりのものかを、とまどいながら考える必要があった。いまやドイツはヨーロッパを主導することができるし、実際にあきらかに主導しているわけだが、では彼らはヨーロッパをどこに導けばいいのか？　また、ドイツが当然のリーダーとなるヨーロッパとはいかなるヨーロッパなのか？　フランスが作り上げた、西に偏重している「ヨーロッパ」なのか、それとも、ドイツが東の端にのっかっているわけではなく、どっしりと中心に位置している、あの伝統的な、ドイツの利害にかなったヨーロッパなのか？

ヨーロッパの中心にいるドイツ、というヴィジョンは、多くの人びとが、それもとりわけドイツ人が一九四九年以来考えないようにしてきた状況の残響と記憶をともなっている。だが、心乱す東側での記憶からきっぱりと目をそむけ、戦後の西側の同盟国に、あたかもそれだけがドイツをその悪魔から隔ててくれるものであるかのように必死でしがみついているドイツというのも、またしっくりとはこない。

ヨーロッパの基本的な経済状況もまた変わった。一九五〇年の、欧州石炭鉄鋼共同体の創設宣言〔創設は五二年〕以降の一世代のあいだ、西欧はこれまでになかったような高度成長とほぼ完全な雇用の組みあわせを経験した。そこから生まれた信念とは――それはOECDの楽観的な経済予測に反映されているのだが――それまで半世紀にわたるヨーロッパの宿痾であった経済危機の循環は、これをかぎりに打破されたのである、という信念だった。一九七四年の石油大危機は、そのような幻想に終止符を打ってしかるべきだった。一九五〇年には、西欧はエネルギー需要のうちわずか八・五パーセントしか石油に依存していなかった。その残りのほとんどはいまだ、ヨーロッパ原産で安価な化石燃料である石炭によって供給されていたのだ。一九七〇年になると、石油はヨーロッパのエネルギー消費の六〇パーセントを占めるにいたっていた。かくして、石油の価格の四倍の高騰によって、安価なエネルギーに依存した四半世紀は終わり、製造業、運輸、そして日常生活のコストは急激に、決定的に上昇してしまったのである。事実、ドイツ連邦共和国では一九七四年にGNPは〇・五パーセント、そして一九七五年にはさらに一・六パーセント下落し、この〈経済の奇跡《ヴィルトシャフツヴンダー》〉において先例のない急落は、一九八一年と一九八二年に、西ドイツ経済がそれぞれ〇・二パーセントおよび一パーセント下落することで追い打ちをかけられたのである。イタリアでは、一九七六年に大戦以来初めてGNPが下落した〔三・七パーセント〕。ドイツの経済も、西欧のほかのどの国の経済も、もはやあと戻りはできないかたちで変わってしまった。

欧州共同体〔のちの欧州連合〕そのものへの影響は厳しいものであった。欧州共同体の重要な特徴は、加盟国の多様なニーズに、それも明確に異なる戦間期の経験と記憶に由来するさまざまなニーズに、同じくらいにうまく応えるその能力にあった。ベルギー人は〔イギリス人と同様に〕何よりも失業を恐れていた。

フランス人は前の数十年のマルサス的停滞を避けることをとりわけ追求していた。ドイツ人は不安定でインフレを起こした通貨を恐れて日々を暮らしていた。一九七四年以降、ヨーロッパの失速した経済は、それらのすべての国を、増加する失業、低成長、そして急激な物価の上昇によっておびやかした。かくして、かつての苦悩が思いもかけず舞い戻ってきたのである。「ヨーロッパ」は、そのどこまでも広がっていく受益者たちのコミュニティに、その経済の奇跡の果実をさしだせるどころか、そういった果実を自分たち自身にさしだせるかどうかも心許ないのである。一九八九年の一連の出来事はこのような問題を白日のもとにさらけ出したが、欧州連合にこの問題に対処する能力がないことの病根はその一五年前までさかのぼることができるのだ。

戦間期の失業の記憶は、国によって異なる。フランスでは、一九三〇年代をつうじて年平均三・三パーセントにすぎなかったゆえに、失業は大災難というわけではなかった。しかし、一九二〇年代にはすでにその労働力の七・五パーセントが失業をしていたイギリスでは三〇年代の年平均一一・五パーセントという数字は、あらゆる種類の政治家であれ経済学者であれ、もう二度と起こってはならないと誓うような水準のものであった。失業率が九パーセントにせまっていたベルギーとドイツでも、同様の感情が広まっていた。かくして、一九五〇年代と六〇年代のほとんどを通して、完全雇用に近いものを維持できたことは、戦後西欧の栄光の一つとなったのである。一九六〇年代には、西欧の年平均の失業率はたったの一・六パーセントだった。その次の一〇年間には、年平均四・二パーセントまで上昇した。一九八〇年代終盤になると、失業率はさらに二倍となり、欧州共同体での年平均失業率は九・二パーセント、一九九三年にはその数字は一一パーセントまで上昇した。

このような気の滅入る数字のなかに、本当の意味で不穏なパターンが見えてくる。一九九三年には、二五歳以下の男女における正式に記録された失業者は、ＥＵ六ヶ国（スペイン、アイルランド、フランス、イタリア、ベルギー、ギリシャ）においては二〇パーセントを超えていた。これら六ヶ国にイギリス、オランダ、そして元西ドイツを含めると、雇用のない人たちの合計の三分の一以上が、長期間の失業者で占められていた。一九八〇年代のインフレーションの再分配への影響が、こういった数字が与える効果を悪化させ、雇用された人びとと失業者との格差を広げた。さらには、経済が好転しても、それは一九五〇年代以降の好況期とはちがって、余剰労働力を吸収し、貧窮者の暮らし向きを改善することがなかった。生産の問題は解決され、残るは利益を再分配することだけだと能天気にも信じられた、一九六〇年代の幻想をいまや誰が覚えているだろうか？

急速な都市の成長と、それにつづく経済の停滞は、西欧に、ヨーロッパのほとんどの地域で一九四〇年代以降は見られなかった新たな経済的不安定の脅威を与えただけでなく、産業革命初期以来最大の社会的な混乱と物質的なリスクをもたらした。今日の西欧では、荒れはてたニュータウンや、朽ちはてた郊外、そして希望を失なった都市のゲットーを目にすることができる。ロンドン、パリ、ローマといった巨大な首都でさえも三〇年前と比べて清潔ではなく、安全でも希望に満ちてもいない。それらの首都と、リヨンからリューベックにいたる地方都市は、都市のアンダークラスを生み出しつつある。これがもっと爆発的な社会的・政治的帰結をもたらしていないとすれば、それは西欧人たちが一九四五年以降に自分たちのために整えた社会福祉制度のおかげであろう。

そのようなわけで、ＥＵがその達成や約束を未来永劫にわたってつづけていくことを期待できない、第三の理由は、福祉国家の危機であるということになる。西欧では高齢化が進んでいる。六〇年代半ば以来、一般的な潮流は家族ごとの子どもの数が減少する方向に向かっており、とりわけイタリアやスペインといったいくつかの国では、人口そのものが維持されてさえいない。スペインでは一九九三年の人口一〇〇〇人あたりの出生率は一・一人という、歴史的な低水準であった。ヨーロッパ人はいまや、すでに大きく、さらに拡大する老齢人口を、どんどん減少していく若年層――その多くは失業者――の背に負わせて支えなくてはならないのだ。多数の雇用された若者たちが、比較的に少数の老人や病人たちを支えるという、経済的に繁栄する国のために設計された贅沢な社会福祉事業制度は、いまや深刻な圧力のもとにさらされている。

北欧と西欧においては、六五歳以上の人口は、一九六〇年代中葉以降、(国によって)一二パーセントから一七パーセント増加した。さらには、六五歳以下の人びとももはや国民のうち「生産」人口に自動的に算入することはできなくなっている。西ドイツでは、六〇歳から六四歳で有給の雇用をされている割合は、一九六〇年から二〇年間で七二パーセントから四四パーセントに下落した。オランダでは八一パーセントから五八パーセントへの下落であった。その時点では、雇用のない老齢人口というのは、たんに贅沢なお荷物ということでしかなかった。だが、ベビーブーム世代が引退をする頃(二〇一〇年あたり)になれば、膨大で、不満をもち、退屈し、生産力がなく、そして最終的には不健康になる老齢人口の存在は、大きな社会的危機を引き起こすだろう。

戦後のような形の福祉国家を維持するためのコストをいつまでも支えつづけられるものではない、というのは、ヨーロッパのほとんどの政治家の目にはあきらかになっている。難しいのは、どちらの不興を先に買うべきか――つまり、減少する、福祉への貢献者か、それとも増加しつつある、否応なしに福祉を受給する側になる人たちか――ということだ。そのどちらの人びとにも投票権がある。これまでのところ、習慣と善意の組みあわせによって、できるだけ多くの社会的給付を維持する方に意見は傾いている。だが、ここ数年、「福祉」論争における別の要素が、国民的な政治判断を、まったく均衡を失わせるほどに歪めてしまっている。それはいわゆる「移民問題」である。

西欧は、その急速な成長を加速させるために労働力を吸い上げていることから来る雇用の見込みによって、以前の植民地や地中海沿岸の外縁地域から移民をひきつけてきたのだが、その結果、一九六〇年代初頭には今世紀で初めて、移民の流入が流出を超えた。西欧における「外国人のプレゼンス」の頂点たる一九七三年には、欧州経済共同体（EEC）加盟国にオーストリア、スイス、ノルウェーとスウェーデンを加えると、約七五〇〇万人の外国人労働者を擁するようになっており、そのうち五〇〇万人近くがフランスとドイツの移民で、両方の国の労働力の約一〇パーセントを占めていた。それ以来、政府が経済的・政治的の両方の理由で移民を制限したためにその数字は激減したけれども、「移民」のプレゼンスはいまだ重要なものでありつづけている。一九九〇年のデータを見ると、ドイツの人口の約六・一パーセント、フランスの人口の約六・四パーセント、オランダの人口の約四・三パーセント、イギリスの人口の約三・三パーセントが外国人であった。この数字には帰化した外国人や、現地生まれの外国人の子どもは含まれていない。ただし、いくつかの国――とりわけドイツ――では、そういった人びとはいまだに外国人に算入され、完全な市民権を与えられてはいないけれども。

近年、こういった移民やその子どもたちは、「原住の」人びとの怨嗟と恐怖の対象になっており、その感情は極右と主流の政治家の両者に焚きつけられ、利用されている。その過程がどこまで進んだのかというのは、フランスを見ればわかるだろう。一九八九年五月には、ジャック・シラクのド・ゴール主義の支持者たちの二八パーセントが、ジャン＝マリー・ル・ペンの国民戦線[☆1]の綱領に表現された移民についての考え方に「グローバルな規模で合意」していると言明した。一九九一年にはその数字は五〇パーセントに上昇した。そして、たとえ共産党と社会党の有権者がそれよりはル・ペンに対して共感的には見えないとしても、実際はその人たちのかなりの数が、すでにル・ペンに支持を移してしまっていたのである。一九九五年の大統領選挙で、ル・ペンは雇用のある労働者階級の三〇パーセントの票を得たのだが、社会党の候補リオネル・ジョスパン[☆2]はたった二一パーセントしか獲得しなかったのだ。

　このように、一九八〇年代の終わりには、フランスの主流の有権者のうち、馬鹿にはできない数の少数派が、二〇年前であればファシズムに接近していて許容不可能であったはずの政策に同意を表明することに、何ら恥ずべきところはないと考えるようになっていたのである（ル・ペンが一九九一年一一月に出した「移民について行うべき五〇の政策」のリストの提案のなかには、すでに認められた帰化を撤回するというものがあったが、これは以前にはフィリップ・ペタン[☆3]政府のもとでフランスで実行された過去遡及的な不当行為である）。オーストリアでは、イエルク・ハイダー[☆4]の極右の自由党が、一九九五年一二月の総選挙で二二パーセントの得票をした。ドイツでも、「外国人出稼ぎ労働者《ゲスト・ワーカー》」とほかの潜在的な移民に対するさらなる規制が、「その人たち自身の利益のために」押しつけられた。

　移民をめぐる政治がすぐに沈静化するということはないだろう。というのも、大陸内での、そして大陸をまたいだ移民が、ふたたびヨーロッパ社会の特徴となってきており、個々の土地での移民に対する恐怖や偏見を見てみれば、移民が社会を破壊するものとみなされつづけて、政治的に利用可能なものだとみなされつづけるであろうことは、確実である。ポーランド、イタリア、ポルトガル人移民に対する以前の数十年の偏見は、その移民の子どもたちが、宗教・言語・肌の色のどれによっても区別できないかたちで、社会の風景のなかに溶けこんでいってしまうと、ついには消え去った。そのような、文化的・身体的に不可視になれるという利点は、トルコ、アフリカ、インド、もしくは西インド諸島からの移民の子孫には与えられていなかった。本当の意味での外来コミュニティということになると、実効的な同化吸収——もしくは、違う言い方では、「多文化主義」——の伝統は、ヨーロッパにはほとんどないのである。移民とその子孫たちは、西欧の減少してしまった資源をめぐる競争における「負け組」に入ってしまうだろう。

これまでのところは、戦後ヨーロッパの歴史における「負け組」は、EUが各国の内部または国をまたぐかたちで設置してきた、地域的な扶助の複雑で高くつく制度によって援助されてきた。その制度というのはつまるところ、制度化された貧民救済というかたちをとる。つまり、富と機会を裕福な北西ヨーロッパの中心地に集中してきた市場の偏りを、その格差の原因に大きく手をつけることなしにつねに修正しようとする制度なのである。かくして、南欧、周縁ヨーロッパ（アイルランド、ポルトガル、ギリシャ）、経済的なアンダークラス、そして「移民」は、一つの恵まれぬ者たちの共同体を形成しているのだが、その人たちにとってEUは一方では唯一の救済のよりどころであるだけでなく——というのも、ブリュッセルからの救いの手なしでは、不景気な炭坑コミュニティから利益のあがらない農村にいたるまで、西欧の多くの地域は現状よりもひどい苦境におちいるだろうから——、その一方でEUは嫉妬と怨嗟の源でもあるのだ。負け組がいるところ、勝ち組もいるのであってみれば。

勝ち組にとって「ヨーロッパ」がどのような機能をもっているのかを知るには、ザールブリュッケン（ドイツ）、メス（フランス）の町、そしてルクセンブルクを頂点とする三角地帯で数日をすごしてみるだけでいい。そこでは、この三国の裕福な市民たちが、ほとんど消滅してしまった国境を自由に行き来している。人間、雇用、商品、そして娯楽は、さまざまな言語や国家のあいだを、そんなに遠くない過去においてまさにこの地域をいろどった歴史的な緊張や敵意などどこ吹く風という顔で、容易に行ったり来たりしている。地元の子どもたちはフランス、ドイツ、ルクセンブルクで育ち、その国々の教育上の慣例にしたがってその歴史を学びつづけているが、彼らが学ぶものは、彼らが目にするものとはもはやうまく一致しなくなっている。全体としては、それはよいことである。ザールをロレーヌ地方に併合することの本来の論理は、ドイツの最高指令権や、フランスの進駐軍のうしろだてによってではなく、欧州委員会の善意からの計画にしたがって、達成された。「すばらしいけれども、これはヨーロッパじゃない」[☆5]というわけだ。もしくは、公平を期するならば、それは「ヨーロッパ」ではあるけれども、かなり異質な角度から見たヨーロッパなのである。というのも、このヨーロッパは、地理的な意味で、何によって構成されているのか？　その首都はどこで、その機関はどこにあるのか？　欧州委員会とその公務機関はブリュッセルに設置されている。議会とその委員会はストラスブルクとルクセンブルクで会議を行っている。欧州司法裁判所はハーグにある。さらなる連合への加入についての重大な決定はマーストリヒトで行われる一方、国境をめぐる規制を合同で行い、外国人をとりしまるための合意はルクセンブルクの町シェンゲンで署名された。以上の六つの町は、それぞれ容易に行ける距離にあり、一九世紀のカロリング朝の中軸であり主要な交通ルートである、北海からアルプス山脈をむすぶ線を横切るかたちで存在している。ここに、今日のＥＵの心臓があると、（さらに、人によってはつけ加えるかもしれないが、魂があると）言ってもいいかもしれない。しかし、これら現代の「ヨーロッパ」の首都の、直感的で先祖返り的な（そして政治的には計算された）所在地は、今日のヨーロッパについて真であることは実はそれほど新しいことではなく、そして新しいことだと主張されているものは完全に真だとは言えない、ということを重々念押ししてくれていると見るべきなのである。

今日のヨーロッパには、もう一つ非常に目を引く点がある。ヨーロッパの勝ち組、つまりEUでうまいことやってきて、その繁栄をヨーロッパというアイデンティティととりわけ結びつけるような人びとや場所は、国民国家ではなく地域を枠組みに語ることで最もうまく説明できるということである。現代ヨーロッパの偉大なるサクセスストーリーといえばドイツ南西部のバーデン゠ヴュルテンベルクであるし、フランスのローヌ゠アルプ地域圏、イタリアのロンバルディア、そしてスペインのカタルーニャである。この「スーパー地域」(そのどれも、それが属する国の首都を含んではいない)のうち三つは、スイスのまわりに集まっており、それはあたかもそれらの地域がなんとかしてイタリア、ドイツ、フランスの貧しい地域との結びつきからくる制限から抜け出して、自分たち自身が、地理的な近さと親近性によって、繁栄する小規模なアルプス地域の共和国になりたがっているかのようである。これらの地域の、飛びぬけた繁栄と経済力は衝撃的なものである。ローヌ゠アルプ地域圏は、パリ首都圏と合わせると、フランスのGDPの三分の一を生産している。カタルーニャは、一九九三年には、スペインのGDPの一九パーセント、スペインの輸出の二三パーセント、そして全海外投資の四分の一を占め、一人当たり収入はスペイン全体を約二〇パーセント上回っていた。

西欧の裕福な諸地域は、直接であるかヨーロッパの機関を通してであるかを問わず、お互いと結びついていればかなりの利益があることに気づいた。そして当然のなりゆきではあるが、その利益によって、それらの地域は、自分たちがいまだに縁が切れていない古い国民国家と、さらに対立関係を深めることになってしまったのである。このような不一致の原因は目新しいものではない。イタリアでは、「寄生的な」

南部と同じ国を共有せねばならないことに対する北部住民の憤懣は、国家そのものと同じくらい古い問題である。ナチス支配下で隆盛し、まさにその理由のために戦後はいくぶん沈静化した、ベルギーにおけるフランドル人の分離運動は、近年ではワロン地域の工業地帯の経済的な没落によって勢いを得た。いまや議論は、われらフラマン人は言語のうえでの平等と分離独立した行政だけではなく、われわれ独自の（非ベルギー人としての）アイデンティティ、そして国家を求める、という調子になってきている。

スペイン、イタリア、そしてベルギーだけではなく、「ビロード離婚」をする前のスロヴェニアとチェコ地域の分離主義者の共通する主張は、次のようなものだ。すなわち、「われわれ」——勤勉で、納税をしており、よい教育を受けた、言語そして文化のうえで、またはそのどちらかのうえで独自性をもった北部住人——は、「ヨーロッパ人」であるが、それに対して「彼ら」——田舎の、後進的で、怠惰で、助成金に頼る（地中海地域の）「南部人」——は、そうではないと。同じ国を共有している望ましくない隣人からみずからを区別する「ヨーロッパ人」のアイデンティティが論理上要求するのは、これまでとはちがう権威の中心地を探すこと、ローマやマドリードではなく「ブリュッセル」を選ぶことである。こういった状況下での「ＥＵ」の魅力とは、古めかしく、制限だらけで、「人工的」な国民国家の制約に対立する、コズモポリタンで現代的な発展という魅力なのである。

そのために、こういった地域の若い知識層は、「ヨーロッパ」にとりわけ惹きつけられたのだろう。ソ連はかつて多くの西欧の知識人を、哲学的な野望と行政権との結合として惹きつけたが、「ヨーロッパ」は同様の魅力のいくぶんかを備えているのだ。賞賛者にとっては、「連合」は、一八世紀の啓蒙化された専制政治の最新の跡継ぎである。というのも、「ブリュッセル」とは、結局のところ、独立分邦主義から自由で、理性と法の支配によって駆動される、効率的で普遍的な行政の理想——エカチェリーナ二世、マリア・テレジア、ヨーゼフ二世といった改革派の君主たちが、彼らのいまにも崩壊しそうな国に、必死で植えつけようと試みた行政制度の理想――をあらためて追求するものでなければ、何だというのか？ＥＵの理想を教育ある専門職階級にとって歓迎すべきものにしているのは、まさにその理性なのであり、その階級は、東欧であれ西欧であれ、融通の利かない習慣や地方の後進性からの逃避を「ブリュッセル」に見出しているわけだが、それはちょうど、一八世紀の法律家、商人、そして作家たちが、反動的な議会の頭越しに近代化を進める王族に訴えかけたのと同様なのである。

しかしこのすべては、代償をともなう。もし「ヨーロッパ」が勝ち組を代表しているのだとすれば、一体誰が負け組、つまり「南部」や貧民、また言語・教育・文化のうえで恵まれておらず、権利を奪われた、消え去った国境沿いの黄金の三角地帯には住んでいないヨーロッパ人を代表するのか？　危険なのは、こういったヨーロッパ人に残されたのは「国民国家《ネーション》」、もしくはより正確にはナショナリズムだ、ということである。カタルーニャの国民分離主義や、ロンバルディアの地域的な私利追求ではなく、変化に対抗する防波堤としての、一九世紀的な国家の保存だ。この理由のために、そしてまたヨーロッパの国々のさらなる緊密な結合は実際上はありそうもないがゆえに、そのような国家の役割をあくまで主張するのは軽率というものだろう。ヨーロッパの可能性についてもっと穏当な評価を主張するにあたって、超国家的な機関よりも国家的な機関のほうが本来的に優越していると示唆することは望まない。だが私たちはさまざまな国民や国家の現実を認識して、それらを等閑視すれば、ナショナリストたちが選挙にあたって利用できる資源になってしまうという危険に留意すべきである。

Ⅱ

ＥＵは東欧の国々を迎え入れるべきなのだろうか？　旧東ドイツでは、経済的な繁栄が分断された国を結束させ、不幸な記憶を流し去ってしまうだろうという楽観的な信念、つまり要するに、旧西ドイツの「経済の奇跡」とそれに付随する利益を再現させようという試みは、そういった不幸な記憶が存在するためというよりは、西ドイツが五〇年代初頭に享受したものに比肩する経済的変容が不在であったために、頓挫した。東ドイツよりも東側にある諸国をＥＵに吸収しようとする試みは、同じ困難に直面しないではいないだろう。

経済的観点のみで見れば、東欧への拡張は、厄介で既加盟国には嫌われるであろう重荷を背負うことを意味する。一九九二年のＥＵの予算では、純貢献差益をもたらしているのはたった四ヶ国である。すなわち、（一人あたりの貢献差益順に言うと）ドイツ、イギリス、フランス、オランダだ。同じく一人あたりの受益順に言うと、受益国はルクセンブルク、アイルランド、ギリシャ、ベルギー、ポルトガル、デンマーク、スペイン、イタリアである。たしかに、そのあとにつづいて加盟した国々――スウェーデン、フィンランド、オーストリア――はすべて貢献国になる可能性があるが、この国々の経済規模は小さく、その貢献度はたかが知れている。それとは対照的に、（スイスを除く）将来ＥＵに加盟する可能性のあるすべての国は、間違いなく受益国のカテゴリーに入るだろう。（ベルテルスマン財団による一九九四年の研究によると）ヴィシエグラード・グループ[☆6]の四ヶ国、つまりポーランド、チェコ共和国、スロヴェニア、ハンガリーだけでも、ＥＵに年二〇〇億ドイツマルクの、直接支払いの負担を強いると見積もられている。そういった将来の加盟国を、現在の加盟国と同じ条件で加入させようとすれば、それはあきらかに、ＥＵに多額の出費を――

現在ＥＵがまかなえる以上の出費を――強いるだろう。

私がここまで示唆してきた理由のために、ＥＵはその現在の加盟国にさえも、過去と同等に安定して繁栄した将来を現実的に約束することはできない。「ユーロ圏内核」「ファスト・トラック」「可変翼ヨーロッパ」「平和のためのパートナーシップ☆7」といった口実はすべて、新加盟希望国にノーと言うか、そうでなければ平等な条件で連合を拡大していくかという不可能な選択を先延ばしにするための仕掛けである。予見可能な未来において、ＥＵが東方の国々をなんらか許容可能な条件で吸収することは、経済的な観点から言えば贅沢な慈善の行為となるであろう。しかしおそらく、それにもかかわらずそのような犠牲を払うことは、ヨーロッパの自己利益にかなっているのではないか（それをする余裕があるとつねに仮定するとして）？

文化的な近親性の問題、つまり、西欧がもし何らかのかたちで中欧または東欧から切り離されてしまったら、そのきわめて重大な一部分を欠くことになるのかどうかという問題は脇に置いておこう。西欧において自己利益だと認知されているものは、東欧や南欧の人口学的ならびに経済的な脅威に対して、みずからの地歩を固めることができるかどうかという点にかかっている。より従来的な脅威については、ヨーロッパ全体にとっての重大な軍事的脅威はいまだロシアだけであるというのが、あらゆるヨーロッパの防衛計画立案者にとっての、暗黙の前提である。西欧と中欧の主要な諸国家が、自分たちをロシアから隔てるための「緩衝国家」を維持することに変わらぬ利害をもっているということは、明白だ。だが、そういった国家が形式上、ＥＵの内側にいるのと外側にいるのとでは、どちらがその地理戦略的な役割をよりよく果たせるかは、未決の問題なのだ。

なんにせよ、西欧における議論は目下、EUの働きそのものに集中している。ヨーロッパの集団的な事業は、(現在のように)全会一致で決めるべきか、それとも多数決で決めるべきか? 後者だとして、多数というのはどう解釈されるべきで、その決定の拘束力はどれくらいであるべきか? ヘルムート・コール、故フランソワ・ミッテランと二人の政策助言者たちは、多数決制度の導入に賛成であった。それは、あまりに多くの加盟国の必要や要求をみたそうと試みれば否応なく生じてしまうであろう行き詰まりの危険を取り除くためであった。イギリスは、小加盟国のいくつかに支持されて、拒否権の維持に賛成した(一九六三年一月にイギリスをEUに入れないようにするために、シャルル・ド・ゴールによって行使された、その拒否権である!)。それはまさに、その国々の利益に反する決定が行われるのを防ぐためであったし、また事実、そもそも決定が行われすぎることそのものを防ぐためであった。こういった軋轢が表面化したのは、偶然ではない。「一五ヶ国のヨーロッパ」においては、厳しい選択を要求する決定について、全会一致はおろか、対多数派の賛成を得るのは、ほとんど不可能だろう。

このことはとりわけ、防衛と外交、つまり、ヨーロッパがこれまで積極的に動いてこなかった問題にあてはまる。軍事的な黙認という選択肢はもはやヨーロッパには与えられていないし、合衆国が、その助力が必要とされる場合にはいつでもヨーロッパの問題に介入するだろうと当てにすることは、もはやできない。EUは、いかなる共通の政策や、軍事・外交問題にかかわる行動についても、その加盟国を団結させることに完全に失敗してきた。そして、一五ヶ国にとって難しいと判明したことは、さらに多数の国にとっては問題外ということになろう。EUとその前身がかつては国際連合に似ていたのに対して——共通の利害のある領域については全会一致の合意を取り、困難な、もしくは意見の分かれる主題については不一致を認める、もしくはたんに決を採らない——EUはいまや国際連盟に似てくることになるだろう。つまり、加盟国は、意見を異にする決定についてはたんに棄権するのだ。単一の加盟国が、全体の合意をむりやりに拒否することの精神的・政治的ダメージは――マケドニアの承認に対するギリシャの拒否、イタリアがスロヴェニアについて、二国のあいだに長くつづいているが些細な法律的係争が解決されないかぎりはEUへの加盟について考慮の対象から外すように主張したことを参照――たとえばイギリスまたはフランスが、ドイツとそれを支持する小国で構成された多数派の外交政策の受け入れを拒否することと比べれば、何でもない。

そうすると、西欧の、安定を求める一般的な利害、ハンガリーやスロヴェニアのような国々を、それらの国自身のうちに潜む悪魔から確実に守ることへの利害についてはどうだろうか？　これは実際、中欧の国々が、EU加盟の名乗りをあげるに際して提示できる、最も強力な論拠である。われわれを、われわれ自身から、「ポスト共産主義」への移行の失敗の国内における帰結から守ってくれ、というわけである。この議論はとりわけ、すぐ西側のいくつかの隣国、とりわけドイツにとっては説得力があるだろう。しかしこれはまったくもって慎重さを要する議論であり、だからこそEUは、部分的な加盟や、暫定的な所属などを提示することでそれに対応しようとしたのであり、これは西欧が現実的で差し迫った困難に気をとられているときにあたって、仮定的な将来の問題を引き起こす。東欧の安定性についての懸念によって、ヨーロッパのドアが開かれることに成功したとしても、それはEUの意味と実践をかなり水で薄めてしまうという代償との引き換えでのみ、可能となるだろう。そしてヨーロッパの「助けの手」は、古きハプスブルク家の中心地（チェコ共和国、ハンガリー、スロヴェニア、ポーランド）の外側にはさしのべられることはまずないだろう。その地域は不況にあえぐ一種のヨーロッパ郊外となり、その向こうでは（ラトヴィアからブルガリアまでの）「ビザンティン帝国の」ヨーロッパが、ロシアと、その地域が西欧に対して配慮を示すことについてロシアが抱いている利害にあまりに近いために、吸収であれ対抗であれ、強硬な姿勢を示すことができないままに、自分で自分の身を守らざるをえないのだ。

その一方で、ヨーロッパはドイツに支配されつづけるだろう。一九九〇年以来、統一ドイツは、中欧への拡張のためのその戦略において手を組むパートナーを探しつづけている。もしドイツが、ヨーロッパの「ファスト・トラック」のほかのメンバーと足並みをそろえて行動できるなら、ボン〔旧西ドイツ首都〕がそれほど勇み足に前に出て目立ってしまうということはないであろう。そうすれば、たとえばドイツの企業がオーストリアの子会社、もしくは「前哨部隊」を使って東欧に投資をしても、それは西ドイツから直接になされる投資よりは、怒りを買うことが少ないのである。一九八九年以前の西ドイツの外交政策が、合衆国、モスクワ、そしてパリのどれをもひいきにしたり、どれからも不興を買ったりしないようにするという意味で、三方面にバランスを取ることを特徴としたのと同じように、統一後のドイツの政策は、西欧の同盟国を警戒させたり、復活した国民的な野望に対するドイツ人自身の恐れを引きおこすことなしに、ドイツの国力を追求し、中欧と東欧における歴史的な地位を確保するというロジックに従おうとしている。

いく人かのドイツの著述家が指摘しているように、困難は、できるかぎりの善意にもかかわらず、ドイツがヨーロッパを不安定化させずにはおかないということだ。アデナウアーとその同時代人たちが手助けをしてかたちづくったヨーロッパは、そしてお返しに西ドイツがヒトラー以後のアイデンティティを作りあげることを可能にしたヨーロッパは、戦後体制が終焉を迎えるにあたって、いまや疑義をつきつけられている。より劇的な歴史的比較もあるが、これは誤解を呼ぶものである。すなわち、EU内部でのドイツとオーストリアの事実上の連盟関係は、一九三八年のアンシュルス〔ナチス・ドイツのオーストリア併合〕とは違うのであり、ドイツの軍国主義はおろか拡張主義は、予見可能な将来においてはありそうもないことなのである。だが、独自の利害を持った強力なドイツがヨーロッパの中心に存在しているのは、その隣人たちにとって不安定をもたらすことであるというのは、一八七一年以来変わらぬ真実でありつづけているのだ。

それにしても、過去とは著しく対照的に、ドイツによって支配されたヨーロッパはとりわけ、国際関係に積極的に介入する意志がないことをその性格とするだろう。ずっとそのままであるかは別の問題である。ナチズムの遺産が、いつまでもドイツの公衆の心にのしかかりつづけるということはないであろうし、ドイツの政治家や有権者が、ほかの強国と同じように行動することに負い目を感じなくなり、外国に派兵し、国家の目的を果たすために軍事力を行使するか、軍事力で脅すなどをする時がいずれ訪れるだろう。しかしその時までは、ドイツに支配されたヨーロッパがそのメンバーにもたらす困難は、一種の不活発性であり、それはヨーロッパの共同体に、その集団的な国際的介入を環境や人道に関する対立をもたらさない問題に限ることを強いるだろう。

それが、ユーゴスラヴィア紛争の悲劇の第一の教訓だ。それは事実、ヨーロッパの主導力の弱さ、問題に関わることを避けなければならないという衝動、そして現状維持以上には、なんら同意を得た集団的・戦略的な利害を持たないことを明らかにしてみせたのだ。一九九一年以来のユーゴスラヴィアでの戦争は、ヨーロッパでのドイツの覇権を歓迎しないのはドイツ人だけではないということを、ちょうどよいタイミングで思い出させてくれるものでもある。最初はスロヴェニアとクロアチアの独立に対する、そして次にはボスニアにおける外部勢力の「介入」に対抗するセルビアのプロパガンダの最も強力な論点は、ドイツとオーストリアは「ドイツ＝カトリック」の中央ヨーロッパ《ミッテルオイローパ》を再興しようとたくらんでおり、ユーゴスラヴィアを解体しようとするこの事業の全体は、一種のチュートン族＝ハプスブルク家的な陰謀である、という主張だった。この議論の正しさを証明してしまうかもしれないという恐れによって、ヨーロッパ最強の国家は四年が経過するまで積極的に介入することができず、介入が行われた際にも、小規模なドイツ軍の分遣隊を、厳密な非戦闘地域に限って派兵するという決定が、ドイツの知識層や政治家たちから喧々囂々の反対が出るなかようやく行われたというありさまだった。

だからといって、フランスやイギリスの行動が模範的だったと言いたいわけではない。フランスとイギリスは、どれだけ不十分で不誠実なものであっても、とにかく何かをすることを強いられ、それゆえに一九九五年に、当地での国連のプレゼンスがいかに効果をもたらしていないかが誰の目にもあきらかになったのちに、小編成の「緊急対応部隊」をサラエヴォに派遣したのである。[*1] しかしこの軍隊が仏英の部隊であり、何ら「ヨーロッパ」の庇護のもとで活動しているわけではなかったがゆえに、それはバルカン諸国における出来事によって与えられたもう一つの教訓、すなわち「ヨーロッパ」の屋台骨は根本的に空虚なものであり、財政的な健全性と商業的な利益のみに自己中心的に固執しているものだ、という教訓を確固たるものにした。実効性のある国際社会が存在しないのと同様に、そういった目的のためのヨーロッパ社会というものも存在しない。存在するのはさまざまな強国、大きな強国やそうでもない強国であり、少なくとも目下のところ、ドイツが主導するヨーロッパはその一つにはなれていないということだ。

フランスとイギリスが、このような状況によって与えられた限定された国際的な主導権をどう使うかは、両政府がボスニアでの冒険での不面目から（あるとして）どのような教訓を学ぼうとするか次第であろう。しかし、スエズ危機での英仏の恥辱から四〇年後という折にあたって、両国は、外交上の相対的な自律性の魅力とその重荷を再発見しようとしている。合衆国はもはや両国を顧みることはないし、「ヨーロッパ」はもうたしかな逃げ場ではなくなった。一九四五年から一九八九年という時代はどんどん束の間の挿話のように見え始めている。私たちが第二次世界大戦から遠く離れていくにつれて、前とは異なる何かを作りあげることがどうしてあれほど重要だったのかということは、次第に差し迫ったものにはならなくなっている。だからこそ私たちは、本当に進歩があったのだということだけではなく、その進歩を手助けしたヨーロッパの共同体は、目的ではなく手段だったということを肝に銘じなければならない。

というのも、もし私たちがすべての解決策として欧州連合に期待を向け、お経のように「ヨーロッパ」と唱えつづけ、「ヨーロッパ」の旗を頑強な「ナショナリズム」の異端者たちの目の前にはためかせるのなら、ある日気づいてみれば、「ヨーロッパ」の神話は、私たちの大陸の問題を解決するどころか、そういった問題を認識することの障害になっているであろうから。ヨーロッパは個々の地域の困難を覆い隠してしまうための政治的に正しい方法以上のものではほとんどなくなっている。あたかも、統一ヨーロッパの約束と希望をちょっと引き合いに出しさえすれば、それが現在の問題と危機の解決の代わりになるかのようなのである。たしかに、あたかもヨーロッパが何らか強力で集団的なかたちですでに存在しているかのように語れば、そう語ることによってヨーロッパがそのように機能するという利点もあろう。だが、ヨーロッパにはできないことが存在し、対応できない問題があるのだ。「ヨーロッパ」とは地理的な概念以上のものであるが、問題への解答未満のものなのである。

（このエッセイの初出は、『ニューヨーク・レヴュー・オヴ・ブックス』誌一九九六年七月号である。）

第3章　重罪と軽罪[☆1]

私たちは、ヨーロッパの歴史（そして歴史学）にとっての分岐点に立っている。第二次世界大戦から五〇年が経ち、かの戦争とその余波の功罪について、これまで長く信じられてきた見立てが揺るがされている。共産主義の崩壊からおよそ一〇年が経過し、二〇世紀の歴史におけるレーニンの立ち位置についての西側のこれまでの見解は真剣な再考を迫られている。ヨーロッパの諸帝国の終焉と東欧の復興は、ヨーロッパ大陸をめぐる大半の通史を、取り返しのつかないほど時代遅れにしてしまった。いまこそ新しい視点、すなわちヨーロッパがどのようにして現在の姿にいたったのかを説明する真に新鮮な解釈が求められているのだ。

一見すると、ノーマン・デイヴィス[☆2]による、ヨーロッパ大陸の地質学的な起源から一九九二年までの時代を扱った野心的な新しい歴史書は、まさにそのような期待に応えた本のようである[*1]。同書は、イギリス本国では間違いなく手厚い歓迎を受けた。『ヨーロッパ』は、その射程、形式、情熱が多方面から賞賛され、イギリスではベストセラーとなり、多くの歴史家、ジャーナリスト、編集者によって、「その年の一冊」に選ばれた。三〇〇〇年ものヨーロッパ史をたった一四〇〇頁で、しかも一貫して読みやすい文体で記述したことが重要な功績であったことに疑いの余地はない。デイヴィスの著作は、この主題が広い読者層の真の情熱を惹きつけるということを証明している。ポーランド史家であるデイヴィスはヨーロッパの東半分に注目することを宣言し、そうすることでほかの同種の研究書と比べたみずからの著作の独自性を印象づけている。同書のもう一つの特徴は、本全体に散りばめられた、平均して一頁ほどの長さの、三〇〇にも及ぶ「カプセル」と名づけられたコラムである。これらは、特定の人物や場所、思想、出来事についての、生き生きとして独特かつ平易な説明を提示しており、そのなかのいくつか、たとえば「ムーシケー（音楽）」や「サンゴタール峠」[☆3]についてのものなどは、情報として有益であるばかりでなく読んでいて楽しいものでもある。さらには図版や系譜、地図といった多数の付録も充実している。

それでも、『ヨーロッパ』は著者の偉大なる野心に応えたとは言いがたい。同書はまったくもってよい歴史書ではないし、ヨーロッパの過去を理解しようとする読者は、けっして参照してはならない。これは同書に見られる細部の誤りのせいというわけではないが、実際のところ、この本は誤りだらけである。まず、抜け目なく自己主張してくるデイヴィスの文体には苛立ちを禁じえない。彼はときに恥じらいもなく自己を誇示する（みずからをギボン[☆4]と比較することを読者に促してさえいる）。芸術や思想の歴史についてはほとんど何も知らず（まだ音楽についてはましだが）、経済の発展についてはさらに知らないようである。そればかりか、序章では実質すべての先行する歴史や歴史家の視点が偏っていることをさんざん軽蔑しておきながら、自分は何の一貫した視点も持ちあわせていない。ほかにもいくつかのささいな点に困惑させられる。章とカプセルのタイトルは、言葉の使い方をとっても、また何に言及しているのかという点でも曖昧であり、読者を啓蒙するというよりはみずからの博学をひけらかすことが意図されているようである。一方で（本全体のおよそ四分の一を占める）カプセルそれ自体は、本文の内容とゆるやかに関連しているものの、その流れを阻害してしまっている。ヨーロッパの政治地図はすべて意味もなく九〇度回転させられ、ポルトガルが一番上に位置し、ワルシャワがつねに中心に来るようになっている（地図作成のイデオロギーが実にわかりやすくあらわれている）。索引は不十分であり、注もうまく整理されていない。

もちろん、ほとんどの野心的な通史にこのような欠点はつきものである。デイヴィスの著作における重要な欠点は、これよりもずっと深刻なものだ。同書は、通史の記述に要求される責任を果たしておらず、またさらに深刻なある点において、まったく不快感を禁じえない著作なのである。

手始めに、デイヴィスが事実を正しく捉えていないことを確認しよう。日付や名前がいくつか間違っているなどといったものではない。彼の本は、教師であれば「生徒がやらかしそうなポカ」とでも呼ぶような、恥ずかしく馬鹿げた間違いだらけなのだ。イングランドのヘンリー八世とフランスのフランシス一世との有名な会合が行われた日付は間違っており、そのときには片方はまだ王になってすらいない。チューダー朝の王たちの治世も、一人を除く全員のものが間違っている。オランダの蜂起[☆5]は何通りかの日付が示されており、そのうち一つは正しい（三世紀後のクリミア戦争も同じ目に遭っている）。パスカルはポール・ロワイヤル修道院の「収容者」と記述される。一九世紀においては、数々の珍事のなかからいくつか例を挙げれば、フランス第二帝政は四年早く始まっており、トルパドルの殉教者たち[☆6]はイギリス国内の別の場所にいたことにされ、一八九四年の露仏同盟にいたっては日付も名前も変わっている。

本の五分の一を占める二〇世紀を見てみよう。イタリアとスペインのファシスト政権は間違った日付に始まっており、スペインでは良心的な社会主義者であったラルゴ・カバリエロが、かわいそうなことに共産党の指導者になっている。フランツ・フォン・パーペンは国会《ライヒシュターク》でナチスの議員たちから支持を得たことになっており（そんなことはない）、フォン・シュライヒャー将軍[☆7]は国会《ライヒシュターク》の一員になっている（これも間違い）。ドイツはヴィシーを一九四三年に占領したことになっているが、一年遅い。パリ解放の過程で処罰されたフランスとベルギーの戦時協力者たちの数は、数千人規模で誇張されている。モーリス・シューマンは名字のつづりが変えられ、これまではなんのかかわりもなかったはずのロベール・シューマン[☆8]の弟にされ、さらには二人とも戦後フランスで重要な政党を設立したことにされている（ロベールはモーリスより二五歳年上で、索引では彼自身の名前と彼の「プラン」のつづりも間違っている）。核不拡散条約の締結は一九六八年から一九六三年に早められており、スペインとポルトガルはヨーロッパ共同体に三年早く加盟したことになっている。アフリカのイギリス帝国は一九五一年のナイジェリア独立から瓦解が始まったとされているが、最初の独立国家は一九五七年のガーナであり、ナイジェリア独立はその三年後である。フランソワ・モーリアック[☆9]の有名な、ドイツがあまりに好きなので二つあって嬉しいという言葉は、名前の挙げられていないフランスの大臣が言ったことにされている。そしてベルリンの壁は、およそ一週間遅く崩壊したことになっている。

これらの間違いは私が一度の通読で見つけたもののうちのほんの一部であり、文献や出来事の解釈の誤りは含まれていない。ほかの読者は各々が詳しく知っている年代について確実に同様の疑念を抱くだろう——ただ、早熟なハンニバル[☆10]が、本人が意図していたよりも丸一世紀早くアルプスを越えていたことを知ったときの私の驚きは、古代史について私とさほど変わらない知識しかもたない多くの一般読者にもきっと共有されることだろう。八六五頁〔日本語版では第二巻四八三頁〕にデイヴィスは子どもじみた「意図的な誤り」を忍び込ませているが、もし他の多数の意図的でない誤りに取り囲まれていなければ、この馬鹿らしさも少しはましに見えたのではないか[☆11]。これらの誤りの積み重ねは、『ヨーロッパ』に対する読者の信頼を完全に破壊するものである。

さらに、均衡感覚の欠如という問題もある。西欧の東欧に対する無知についてのデイヴィスの正当な苛立ちはうんざりするほど繰り返されるが、彼自身も東欧の歴史的後進性とそれにともなう政治的な弱さをもたらした、複雑な社会的・経済的文脈の大部分を無視している。ヨーロッパの東半分の不運は、たっぷりと、涙を誘うほどに見せつけられるものの、それについてしっかりとした説明がなされることはほとんどない（ところが、そのような不運をもたらしたことへの非難を、おもに東欧の外の地域に対して浴びせることにおいては惜しみがない）。何ともお粗末な索引にも、この均衡を欠いた埋め合わせのための手法が見てとれる。ピウスツキには一一項目があてられ、シャルルマーニュやビスマルクを含むたいていのヨーロッパの指導者を上回っている。ポーランドのナショナリスト扇動家ロマン・ドモフスキには三項目をあてられているのに対し、メッテルニヒには二項目、フロイトには一項目、フランスで三度首相の座についた社会主義者のレオン・ブルムにいたってはゼロである。[☆12]

デイヴィスの言葉づかいにも歪曲が見られ、それはとくに「ジェノサイド」のような、惜しみなく濫用される言葉に顕著である。フランス革命は「フランス国民による同胞のジェノサイド」の機会であったと記述され、著者もその「高潔な精神」にはある程度の関心を抱いている、反革命派のふくろう党に対して、敵対者たちが「ためらうことなくジェノサイドという手段を用いた」時代であったとされる。[☆13] 一世紀半後のポーランド人に対するナチスの政策も同様に「ジェノサイド」に分類される。これは馬鹿げている。一八世紀フランスの反革命派に対する大量虐殺の事例は、たいていは一度に数十人から数百人の犠牲者を生んだのみであり、ある悪名高い例でも犠牲者の数はおよそ二〇〇〇人にとどまった。ロベスピエールとその同僚たちは、フランス国民の半分を殺そうと画策したポル・ポト派の原型などではない。同様にナチスは、デイヴィスが認めるように、占領下ポーランドの教育を受けたエリートたちを殲滅しようとしたのであり、ポーランド人全員を連行し、投獄し、殺そうとしたのではない。デイヴィスは、「ジェノサイド」を軽々と用いることで、大量の人びと（アルメニア人やユダヤ人）を実際に根絶することを目的とした近代の企みと、過去における、同じように死者を出したもののずっと小規模であり、まったく異なる目的をもった、さまざまな共同体や国家——アルビ派、ユグノー、ユダヤ人、アイルランド人、ポーランド人、そのほか——に対する迫害を区別できていない。デイヴィスはこれらの違いについて混乱しているようであるし、それはまた彼の読者を混乱させることにもなるだろう。

しかし、ある一点では、デイヴィスはたんにカテゴリーを取り違えるという以上のところまで踏み込んでいる。彼は、不適切な事象を比較し、同等性を見出すこと——本人の言葉では「並置」——をせずにはいられないようであるが、そのなかの多くはユダヤ人一般と、とくにホロコーストに関連している。実際のところ、ユダヤ人は『ヨーロッパ』において、奇妙なありかたではあるものの、かなりの関心をもって扱われている。たとえば「バタヴィア」と題されたカプセルは、まったく明確な理由もなく、オランダ史研究の第一人者サイモン・シャーマ[☆14]が「オランダ系ユダヤ人の両親の元にイギリスで生まれ育った」ことを確認して締めくくられている。アメリカで出た書評のなかでこの点を問われたとき、デイヴィスは苛立ちながら、そんなことは自分自身がランカスター出身だと読者に知らせるのと同じようなものだという、よくても不誠実としか言いようのない返答をした。

モダン・アートについての記述では、カンディンスキーはロシアからの亡命者、ピカソはカタロニアからの亡命者と記述されるが、マルク・シャガール[☆15]は「ユダヤ人亡命者」とされる（一体どこからの?）。キリスト教の起源についての箇所では、「敵を許せという教えにもかかわらず、キリスト教徒にとってもユダヤ教徒にとっても、相手を同じ伝統の上に立つパートナーとみなすことはこの世でいちばん難しい。キリスト教徒のなかでも最も敬虔なキリスト教徒しか、ユダヤ人を「われらの兄弟」と呼んでもよいとは考えない」のだと、権威ありげに教えられる。しかし、数百頁後のユダヤ人解放[☆16]についての段落では、「反ユダヤ主義のルーツに関心を抱く現代人が時に見過ごしてしまうのが、ユダヤ社会自身の持つ「分離の掟」の厳格さである」と述べている。これはまったく誤解を招く書き方である。解放の後、信心深いユダヤ人ですら、こうした共同体的な要求のほとんどを放棄したのだ。ここでは、同様の問題についてのほかの箇所でもそうであるが、デイヴィスは際立って教皇よりも教権主義的なのである。

彼の「並置」はとどまるところを知らない。ナントでヴァンデの反逆者とその支持者たちの乗った船が沈められた「溺死刑[☆17]」についてのものとされるカプセルにおいては、デイヴィスはまず犠牲者の数を誇張して暗示し（実際の数は二〇〇〇人から二五〇〇人であるところ、彼は「数千人」と述べる）、そこからすみやかにみずからの目的に移る。一七九三年のナントの悲劇（デイヴィスは年を間違えている）にはほんの一〇行しか割かれず、一頁半におよぶガス室と火葬場の「並置」が続く。一見するとここでの論点は、それぞれの世代がそれぞれの大量虐殺のための技術を開発するのだということのようである。しかし、本当の主張は別のところにある。デイヴィスの論調は次の引用によく表現されている。「ナチスのガス室はよく整備された食肉処理場と同じようなもので、「人道主義的対処法」を反映しているとする見方をする人がいるかもしれない。被収容者はどうせ死なねばならないなら、長く続く苦痛のなかで、寒さと飢えのなかで死ぬよりも、即座に死ぬほうがよかっただろうと。実際のところナチスの死の収容所の運営は、不必要な残虐行為をともなっていた証拠が多々ある」。私たちはここから何を読みとることを求められているのだろうか？　不必要でない適切な形式ならば、残虐さは容認されうる「という見方もあるかもしれない」ということだろうか？　良心的な歴史家であれば、ヴァンデの反逆者たちの虐殺は内戦のなかでのテロリズム的な復讐劇だったという見方をとるかもしれない。しかしそれが一体、存在自体を罪とされた人びとに対する計画的な大量虐殺について、何を明らかにするというのだろうか？

このカプセルが特別おかしいのではない。この後にくる「一〇一大隊」と題されたカプセルは、東部戦線でユダヤ人を虐殺したドイツ警察の大隊のなかにいた「普通の人びと」[☆18]に捧げられているとされているが、そのようなありふれた大量虐殺犯たちと、ユダヤ人のゲットー警察や、戦後ポーランドのUB（秘密公安警察）で共産党のために働きながら、デイヴィスの言うところの「拷問、残虐な体罰、殺人」に従事していたユダヤ人たちが犯した「罪」についての要約との「並置」に本文の三分の二ほどが費やされている。デイヴィスは、ドイツ人によるユダヤ人の虐殺に関する記述においては、ここまで感情を喚起するような書き方をしていない。規模、文脈、ゆゆしさのいずれにおいてもこれらの罪はまったく関連していないにもかかわらず、――近年ポーランドの学者たちが示したように、デイヴィスはUBにおけるユダヤ人の存在を誇張している――どういうわけか、デイヴィスは戦前、戦中、戦後のポーランドをめぐる文脈、あるいはポーランド人の動向についての一切の議論もなしに、これらを結びつけている。デイヴィスはこう結論づける。「この点から考えると、戦時中のポーランドの殺人者、犠牲者、傍観者それぞれを特定の民族集団と結びつける一般的な見方は正当化しがたい」（翻訳しよう。ドイツ人はたんに殺人者なのではなく、ユダヤ人による被害者でもある。そしてユダヤ人はたんに犠牲者なのではなく、ドイツ人とポーランド人を殺害し迫害した存在でもある）。読者がこのような記述から何を受けとるべきとされているかは、曖昧であり、少なからず不穏当である。

デイヴィスの以前の著作に慣れ親しんだ読者であれば、これらの「並置」や同等視に驚くことはないだろう。一九八二年に出版された二巻からなるポーランドの歴史書『神の遊技場』のなかで、デイヴィスは

「ポーランド人のユダヤ人に対する敵意は、ポーランド人に対するユダヤ人の敵意によって補完されてきた」と断言し、読者を安心させている。戦時中のポーランドについて学ぶ人たちに向けて、デイヴィスは、「なぜポーランド人がユダヤ人を助けるためにほとんど何もしなかったのかと問うことは、なぜユダヤ人がポーランド人を手助けするために何もしなかったのかと聞くようなものだ」という助言をしている。後に『ポリン』誌〔ポーランド系ユダヤ人研究の英文専門雑誌〕に掲載された論文では、第二次世界大戦前のポーランド人とユダヤ人のあいだでの敵対心と恐怖心が――ユダヤ人が人口の一〇パーセントしかいない国であるにもかかわらず！――双方通行であったことを示そうとし、デイヴィスは東部ガリツィアにおけるポーランド人の「捕縛」について、「ベタル〔シオニズムの青年組織〕運動に参加した若者たちは、「われわれはパレスチナを打倒する」「われわれはアラブ人など恐れない」と叫びながら街の広場を行進した」と熱意をもって書いた（デイヴィスによる戦間期ポーランドのユダヤ人に対する迫害の描写は、これよりもずっと迫力に欠けている）。

事実、彼自身がかつて「実り多き研究の路線」と呼んだユダヤ人とポーランド人のナショナリズムの特徴の比較に見られるように、デイヴィスの歴史家としての経歴のかなりの部分は、そのような同等性をあきらかにすることに捧げられてきた。どうやらその成果は十分だったようであり、勇気づけられたデイヴィスは最新作でその路線を拡張し、明日には計画的に殲滅されるのにも関わらず共同体のなかでうわべだけの権威を授けられた、取るに足らないゲットーの犯罪者たちの邪悪な企みと、ナチスの虐殺部隊とのあいだに奇妙な同等性を見出している。

その配慮の足らない言葉づかいとユダヤ人を訴追することへの強迫観念については言うまでもなく、みずからの「並置」が物議をかもす性質のものであることを認識して、デイヴィスは一一六八頁〔日本語版では第四巻三九四頁〕の脚注九九で自己防衛をはかっている。彼はホロコーストとほかの出来事を比較し対照することに何の誤りもないというみずからの見方を権威づける。その権威の後ろ盾となるのはアイザイア・バーリンだ。デイヴィスはバーリンを引用し、歴史的な比較を拒みホロコーストの「特殊性」を主張する者には「政治的動機」があるのだと述べる。これは、もしうまく味方につけることができれば、大きな援護である。問題は、デイヴィスはバーリンを味方につけることなどできていないということだ。デイヴィスが引用している箇所で――一九九〇年にロンドンで出版された、ラルフ・ダーレンドルフ編☆19『解決されざる過去――ドイツ史における論争』の一八頁から一九頁にかけての箇所である――バーリンが実際に述べているのは、デイヴィスによって彼が言ったとされていることの真逆なのだ。

当該の一節でバーリンは、まさにある種の信憑性のない歴史的比較を主張する者たちの「政治的動機」に対して、どう見ても明白に疑問を投げかけている。以下がバーリンの言葉である。

ある現象の特殊性、とりわけおぞましい現象の特殊性が検討されるときに、その現象となんらかの点で類似しているかもしれないほかの現象と比較することなしに人類の歴史において特殊な事例であるという結論へと急いではいけないということは、疑いなく賢明であると言える。このことがまさにホロコーストにもあてはめられようとしている。だが、フランス革命のような特殊な出来事のことを考えてみよう。いったいフランス革命は本当に特殊なのか、あるいはそれは名誉革命や、クロムウェルと清教徒、四〇五年のアテネでの出来事、またはローマの元首政などと似ているのではないか、もしそうであればそこからどのような政治的結論が引き出されるのか、などと言ってまわったものは誰もいない。立役者たちの一部はフランス革命との類似性を考えていたロシア革命についてですら、肯定的か否定的かにかかわらず、革命の特殊性や非特殊性、あるいは先行する出来事との類似性や非類似性を強調しようとする文献に出くわすことはない。したがって特殊性の問題には、たんに客観的なたぐいの歴史的評価よりも、その出来事を「文脈に位置づける」という意味合いがあるはずなのだ。そこには顕著に政治的な動機があった。

とんでもなくひどい誤読の力を借りてこそ、デイヴィスはみずからの手法に対する壊滅的な批判であるはずのものを、批評家たちから身を守るための盾に変えることができたのである。私はこの過ちは、注意深くテクストを読むという学者に必要な能力がたんにデイヴィスに欠如しているためだと考えている。それでもバーリンは正しい。『ヨーロッパ』は政治的な動機をもった本である。買い手たちよ、気をつけなさい。

『ヨーロッパ』の欠点のうちのいくつかは著者の際立った個性によるものと考えられる——デイヴィスの宣伝文句を書いたあるアメリカのジャーナリストは、彼を「歴史家、ポピュリスト、自称因習打破主義者」と呼んだ（アメリカのジャーナリストやインタビュアーたちは、イギリスの同業者よりも早くから、デイヴィスの愛嬌のあるとは言えない欠点に言及していたのだ）。ノーマン・デイヴィスは正確さに配慮しない歴史家であり、そのくせ『ヨーロッパ』の序章では上から目線でかわいそうなトマス・カーライル[☆20]を批判する（歴史に関するカーライルの著作に対して、デイヴィスは、「誤りのないように照合して確認するのは大事なことだ」などと意見を述べる）。一九一九年から二〇年にかけてのポーランドとソヴィエトの戦争を主題としたデイヴィスの処女作について、ある同情的な書評家は一九七三年に「この若い学者がこれほどまでに不正確な情報を書き込んでいることに驚かずにはいられない」と書いており、デイヴィスの二巻にわたるポーランドの通史は、この点以外については共感的な評者たちから、「詳細な記述をすることに飽きてしまって」いる（アントニー・ポロンスキー）、「多くの間違ったポーランド語からの書き写しや事実誤認」を含んでいる（L・R・レウィッター）[☆21]など、さまざまな指摘を受けた。デイヴィスがスタンフォード大学から教授職に就くことを拒否されるという、世間の大きな注目を集めた論争のときには、学長はデイヴィスについて、「うまい言い回しのために正確さを犠牲にする傾向」があり、「ときおり誤った解釈や一般化」、そして「性急さによるとみられる多くの事実誤認」が認められるとした学術評価者のコメントを公表しなければならなかった。

デイヴィスの新著に見られるそのほか多くの苛立たしい特徴は、周囲を驚かせたいという願望から生じたものなのだろう。ギボンになりたいというみずからも認める願望もさることながら、オクスフォード大学出版局の歴史についてのカプセルで、その最も偉大な功績として挙げられている著作のリストを見ていくと、ロバート・バートン『憂鬱の解剖』、『一般祈禱書』、ウィリアム・ブラックストン『イギリス法釈義』、『不思議の国のアリス』[☆22]、そして……ノーマン・デイヴィス『神の遊技場』が含められているのだ！その一方で、つねに底を流れている怒りが、ときおりパラノイアとなってあらわれることもある。デイヴィスの著作は悲しいことに、たびたび顔をのぞかせる、さまざまな相手に対する復讐の願望によって歪んでしまっている。スタンフォードやそのほかの北米のトップ大学を、ヨーロッパ史の教育に十分な努力を費やしていないということで弾劾した後に、デイヴィスはケンブリッジのとある歴史家を、ヨーロッパの歴史におけるハンガリーの重要性を理解していないということで叱責する。曰く、「これらすべてが、マジャール人〔ハンガリーの主要民族〕がケンブリッジまで到達しなかったということを示している」。オクスフォードの中世史家モーリス・キーンは一九六九年に執筆した『ヨーロッパ中世史』[☆23]における西欧への偏りを嘲笑される。オクスフォードの歴史学部は中世（西欧）の史料に重きをおく長い伝統のために断罪され、またイギリス人の大多数は「すべての文化的勾配がオクスフォードというヒマラヤ山脈の頂きからゆるやかにくだっていくのだと考えがち」であるのだと告げられる。これと似た調子の箇所がいくつもつづいた後には、読者は『たのしい川べ』でヒキガエルが道の真ん中で得意げに歌っている様子を思い浮かべずにはいられないだろう。

オクスフォードの学者さま
朝から晩まで本を読み
なんでもかんでも　ご承知だ
だが　ヒキガエルにはおよばない[☆24]！

ヒキガエルの無自覚な傲慢さは、自分のような東欧の専門家だけがヨーロッパの歴史の全体を真に理解できるのだというデイヴィスの主張にみごとに表現されている。『ニュー・ステイツマン』誌に掲載された「いかにして私はヨーロッパを征服したか」というエッセイで、デイヴィスは「もしヨーロッパ全土の歴史が書かれるならば、われわれのなかの誰かが書かなければならなかったのだ」と述べている。「われわれのなかの誰か」。ここにおいて、デイヴィスの「奴ら」に対する疑念は、多くの（すべてではないが）東欧の人びとや研究者たちが、何らかの陰謀や策略、そのほかのたくらみによって自分たちのヨーロッパが西洋文明の物語から切り離されていると考える傾向と合流する。デイヴィスは怒りをこめて次のように語る。「一般論として、西洋文明がヨーロッパ全体に及んでいるとは考えられていない（地球上の、ヨーロッパから遠く離れた地域にはひろがっていることになっているのかもしれないが）」。

デイヴィスはここで正当な議論からは程遠い、実際にはとんだ陳腐なことを言っている。ヨーロッパの過去と現在についての西側の理解を捉え直すこと、すなわち、幸運に恵まれた西側諸国のみでなく大陸全体を見ることは、たしかに長いあいだ必要とされてきた。しかし、西洋文明に関する「ほとんどすべて」の記述の「まったく悪意のある性質」を弾劾し、「西側の想像力」によるたとえば「スラヴ的精神」などの発明を非難し、東欧諸国がみずからの不運を外部からの悪意のせいにする気の滅入る傾向に同調し、みずからのヨーロッパ史の記述を東側のEU加盟申請諸国〔ポーランドのEU加盟申請は一九九四年、加盟認可は二〇〇四年〕のためのプロパガンダにしてしまうことで、デイヴィスは歴史家の使命の境界線をずっと踏み越えてしまっているのである。

同じことはデイヴィスのユダヤ人問題の扱い方にも言える。彼はみずからを反ユダヤ主義者ではないと言っており、その点においては彼の言葉を信じなければならない。彼は、誰も怒らせることなく「東ヨーロッパ」について公平に書くなどということは単純に不可能なのだと言う。たしかに、東欧の近代史の大部分はユダヤ人の歴史とさまざまな問題を含みながら複雑に絡みあっているために、異なる話題が提起されるたびに、あらゆることに対して冷静さを保つのが困難になるというのは、疑う余地なく本当のことだ。それでも、このことをもって、みずからへの批判に対するデイヴィスの反応を十分に説明することはできない。彼はアメリカのジャーナリストに向けて、「東欧について私が書くことを都合よく思わない人たちが、とりわけアメリカにはいるだろう」と言った。一体アメリカのどのような人びとのことを言っているのだろう？　スタンフォードの教授職を拒絶されたことへの反応として、デイヴィスは学長に対し、東欧かポーランドを扱うあらゆる歴史家は「国境を越えたシオニズムや共産主義など、多くの権益に注意を払わねばいけない」と述べた。

そう、もう完全にあきらかである。実際『神の遊技場』で、読者は「つねにシオニズム運動の関心のなかに……ポーランドを最も好ましくない色で塗りたくることが含まれていた」のだと告げられる。『ヨーロッパ』で私たちは、マレク・エデルマン（ポーランドに残ることを選択したワルシャワのゲットー反乱の生存者）がホロコーストについての「シオニストによる支配的な見解に反対した」ために「断罪された」ということを学ぶ（不運なエデルマンが、ときには彼自身の言葉の意味を微妙に変えられながら、本人の意思とは関係なくデイヴィスの仲間にされたのは、これが初めてではない）。

以上のことから、デイヴィスをたんなる反シオニストだと推論するのは真っ当なことに思える。当然のことだが、反シオニズムは反ユダヤ主義とはまったく別のものである——とはいえ、デイヴィスが誇り高くみずからの見識を披露する一九四八年以降の東欧の文脈では、そのような区別はしばしば混同されてきた。このことからも、『ヨーロッパ』のホロコーストについての箇所の脚注で、いわゆる「修正主義者」たちが正当な歴史家たちと同じだけの頁を割かれているのは最も不運なことである。一般読者に向けて書かれた本でこのようなことが起こるのには、驚かざるをえない。

ある脚注では、デイヴィスによる「ホロコースト産業」批判の根拠の一つはポール・フィンドリーの『恐れずに声をあげる人びと』[☆25]であることがあきらかになるが、この本は、恨みを抱えた元下院議員によって書かれた、アメリカ政治における「イスラエル・ロビー」の役割についての非難演説であり、過熱した議論であるうえに、デイヴィスの論旨にはまったく関係がない。

昨年一二月、ロンドンで行われた『デイリー・テレグラフ』紙によるインタビューで、デイヴィスは、イギリスでの卑屈に媚びへつらうような受容とは対照的に、際立って批判的に書かれた『ニューヨーク・

タイムズ・ブックレビュー』誌上でのセオドア・ラップ[26]による書評について返答する必要に迫られた。デイヴィスはいくつかの釈明をしたが、そのどれもプロの歴史家が目指すべき正確さやバランスなどとは関係がなかった。代わりにデイヴィスは、「ラップは戦友たちに、このヨーロッパ本にはユダヤ人問題があるぞ、とひそかに信号を送っているのです、もちろんそんなことは言わないけれど」と断じた。このことは、デイヴィスが言及したこの話題が当該の書評ではわずか二文でしか扱われていないということを考えると、何とも奇妙である。つねに注意深いデイヴィスは、ラップによる批判の全体に対してこのような薄弱な根拠をもって釈明している。それで、その「戦友たち」とは誰のことなのか？ ひょっとして、シオンの賢者たち[27]のことか？

実際のところ、デイヴィスは反ユダヤ主義者でもなければ反シオニストでもなく、おまけに東欧びいきですらない。彼はたんにポーランドびいきなのだ。このことがこの男の、この本の、この論争の謎を解く鍵となる。彼に敬意を寄せるシカゴの聴衆たちの前でデイヴィスが冗談めかして言ったように、『ヨーロッパ』は「ポーランドのもう一つの歴史を書くための見せかけ」だったのだ。デイヴィスの新著において、カプセルで取り扱われるシャルルマーニュ以来唯一のヨーロッパの指導者がポーランド人であることはけっして偶然ではない。同書の強迫観念、怒り、強調点は、すべてポーランド的なものだ。「東欧」は、この意味で、見せかけにすぎない。だからチェコスロヴァキアの建国者トマーシュ・マサリク[28]は索引にあらわれないし、かつてポーランドの領内にあった地方都市リヴィウにあてられている索引項目の数はマンチエスター、ミラノ、マルセイユをひっくるめた数よりも多いばかりでなく、ブダペスト、ブラチスラヴァ、ブカレスト、そしてベオグラードをすべて合わせたよりも多いのだ。

デイヴィスが（ポーランド＝リトアニア共和国を分割した）啓蒙専制君主たちや（ポーランドを見捨てた）ユ

ダヤ人たち、そして（またポーランドを見捨てた）一九三九年以降の西欧を記述する際の歴史的な不適切さと機嫌の悪そうな調子は、彼のポーランド偏向によって説明できる。ここに描かれている、ピョートル一世からゴルバチョフまでの、歪められ偏見に満ちたロシア史の語り方についてもそうだ。「ポグロム」についてのカプセルは、一九一八年のレンベルク（リヴィウのドイツ語名）における血みどろの暴動に対する責任からポーランド人を擁護するためだけに挿入されている。冷戦の終結についてのほとんどの功績はポーランドに与えられ、その目的のために国際史および一九八〇年代の軍縮条約はひどく間違った扱いを受けている。デイヴィスが自分自身を描写するところの「ながく苦悩してきた著者」の自己憐憫的な怒りは、痛ましく犠牲を強いられてきた「諸国家のなかのキリスト」たるポーランドのかつての自画像を反映したものなのかもしれない。

デイヴィスのロシアとソ連の扱いは最も悪意に満ちていて、それだけでも同書の正当な歴史書としての資格を失わせるものだ。これは、デイヴィスが「連合国版の歴史観」という邪悪な呼び名をつけるものと対位法をなしている。一九四一年以降のすべての西洋の学術研究をあきらかに支配してきた「連合国版の歴史観」は、ドイツについては「悪魔学的な魅力」を呼び起こし、ロシアに対しては寛大であり、大西洋共同体に執着し、そしてヨーロッパの東半分には無知で目もくれなかった。ここでもまた、デイヴィスはまったく間違った標的を討つために一線を越えてしまっている。たしかに、ヤルタ会談（とその後の帰結）は無力な被害者たちを無視して行われたものだった（とはいえ歴史家は読者に対し、なぜこのようなことが起こり、当時の西欧の政策指導者にとってほかにどのような選択肢があったのかを説明するべきである）。またアメリカとイギリスの学者や作家たちは、ウィーンより東の土地の近年の歴史の複雑さや、そこで犯された罪について、ときに無知である。しかし、スターリンの罪が知られていない、もしくは議論されていないといった考えは馬鹿げている。「あの戦争〔第二次世界大戦〕から半世紀が過ぎても、連合国側の神話に反するエピソードの大部分は、過小評価あるいは軽視されつづけているのである」と主張することで、デイヴィスはどうやって均衡をとりもどそうとしているのだろうか？

デイヴィスは二つのことを教えてくれる。第一に、一七世紀以降のロシアの歴史とは一つの長い侵略の企てであり、それはほとんどポーランド人に対して向けられていたということである。ロシアのツァーリたちはプロイセンやオーストリアと交渉しポーランド＝リトアニア共和国（一七七二－九五年）を分割し、ポーランドの土地を奪い、ポーランド人たちを追い出した。リトアニア系ユダヤ人たち（「リトワック」と呼ばれる）のあいだで急進的なシオニズムが台頭し、その人びとがポーランドにやってきてポーランド人とユダヤ人との共生を台無しにし、その後局所的に反ユダヤ主義が盛りあがったことでポーランド人が不当に責められているのも、ロシアのツァーリたちのせいである。ツァーリを引き継いだソヴィエトは、ポーランドを破壊するための協約をドイツとふたたび結び（一九三九年）、それによりロシアはポーランド人を追い出し、ポーランド人将校たちを（カティンの森で）虐殺し、さらにもう一度ユダヤ人工作員たちを、今度は共産党の警察官として送りこみ、それは当然のことながら新たな害をポーランドの人びとに加え、（ユダヤ人のために）戦後ポーランドの不幸な結果を引きおこしたのである。そしてこのことを西欧では誰も知らないし気にかけない。

第二の教えは、私たちがロシアのことをしっかりと理解していないために、ドイツなどロシアの敵国について不公平であるということのようだ。ドイツ人によってなされたホロコーストに対する私たちの強迫観念と、ドイツ人と並んでロシア人にも責任がある半世紀にもわたるポーランド人の苦しみに関する私たち無知は、そこから生じた結果であるという。デイヴィスは、第二次世界大戦中の「スロヴァキア人、クロアチア人、そしてバルト諸国民」の行動をほとんど擁護するところまで踏み込む。それら諸国民は、「西方の友人を拒否した、あるいは敵に協力した〔原文ママ！〕」と考えられていたのだと。当然、一九四五年二月の連合国側によるドレスデン空爆には一つのカプセルが当てられるが、あるねじれをともなっている。空爆はソヴィエトによる援軍の要請に対する応答であると提示され、ドイツ人犠牲者は「ソ連軍の侵攻から逃れてきた何千人もの難民たち」であるとされるのだ。こうしてドレスデン空爆は、連合国側の共謀によるソヴィエトに支援された犯罪行為であるとされる。おそらくは予想に難くないことに、デイヴィッド・アーヴィング[☆29]に言及する脚注がつけられている。

カルパティア地方に位置するチェルニヴィッツについてのカプセルでは、デイヴィスは「そこに住むユダヤ人、ルーマニア人、ポーランド人、ルテニア人の豊かに重なりあう生活を……ウクライナ地方の暗いよどみ」へとおとしめてしまったことへのソヴィエトの責任を嘆いている。そこにおいてナチスが担った重要な役割、すなわち、その共同体の多様性のなかで最も大きな部分を占める構成要素を殲滅したことについての言及はない。最後に、まったく無責任な関心のなさをもって、デイヴィスは、合衆国が一九四五年以降にかなり多くのドイツ人捕虜を故意に放置して、もしくはもっとひどいやり方で、意図的に死に至らしめたという、ジェームズ・バクー[☆30]による指摘を本文のなかに差しはさむ。一一七〇頁〔日本語版では第四巻三九六－七頁〕の脚注4まで辿り着けた読者だけが、この仮説は信用に足る歴史学者たちから「熱烈な異議を申し立てられている」のだということを知る。実際、その仮説の信用は、その著者の信用とともに、完全に地に落ちている。デイヴィスはそのことを知らないのかもしれないが。

レオン・ブルムはフランス共産党のことを「外来国民政党」と呼んだ。ノーマン・デイヴィスは外来国民歴史家である。彼はポーランド「国民」になりきってしまい、彼の新しい同胞たちがもつ偏見をも取りこんでしまった。これは彼に限ったことではない。最近オクスフォード大学出版局から出た『ルーマニアの歴史』の著者であるアメリカ人のキース・ヒッチンス[☆31]はそのような歴史家の一人であるし、彼の本も、当該地域の国民的物語として広く信じられている一連の思い込みの枠内で書かれているということにより、大きく価値を落としている。

記述対象との完全な同一化は、当然、詳細かつ共感に満ちた学術研究の必要条件ではない。オクスフォードの歴史家でフランス革命の専門家の故リチャード・コブ[☆32]は、みずからのフランスへの熱中が、自身の著作のなかで述べたように、「第二のアイデンティティ」を形成していたことをよく理解していた――そして学者としてはつねに第一のアイデンティティに立ち返っていた。さらに、コブはつねに同時代のフランスで影響力のある先入観に逆らっていた。彼の生涯の仕事は、近代フランスの支配的な国民革命の神話に真っ向から反論することだった。もう一人の因習打破的で偉大なイギリスの歴史家でありデイヴィスも尊敬する故A・J・P・テイラーは、歴史学の方法についてのデイヴィスの心得違いと対照的な例を示してくれる。テイラーもまたよく仲間の学者たちを驚かせたり、慣習的な見解を違う方法で扱ったりすることが多かった。しかし彼は事実に関しては注意深かった。そして彼はみずからの偏見に抵抗しながら著述した。テイラーはドイツを心から嫌っていたが、彼の最も議論を呼んだ本、『第二次世界大戦の起源』は、ヒトラーを第二次大戦に対する責任から解き放とうという、見当違いだけれどもすばらしい試みだった。「連合国版の歴史観」をあれだけ叩いておきながら、国民的な決まり文句や慰めの物語に立ち向かうことでよりよい歴史を書くことができるかもしれないという考えは、ノーマン・デイヴィスにはまったく浮かばなかったようだ。

それでは、なぜこの本はイギリスであそこまでの評価をもって受け容れられたのだろうか（より熟慮された反応が出てくるまでにはもう少しの時間がかかるだろう)。イギリスの学術的な書評の書き手たちが同書の欠点のいくつかを指摘したのはたしかだが、その「枢軸国側の協力者たちへの……甘さ」(マイケル・バーレイ)、「恥ずかしいほどの数の誤り」(アダム・ロバーツ)、「ところどころのジャーナリズム的な言い回し」(フェリペ・フェルナンデス＝アーメスト)、そしてその「放縦」(ティモシー・ブラニングとレイモンド・カー)[☆33]にもかかわらず、同書はほとんど例外なくすぐれた歴史書であると結論づけられているのだ。ほとんどの書評家は、デイヴィスによるみずからの目的のための断言や、史料の用い方を疑問視しなかった。

一つの答えは、かつてあれだけ辛辣で情け容赦のなかったイギリスの書評界が、外部から評価される教職員の達成に応じて大学に点数(と資金)がわりあてられるという、最近導入された中央集権的学術評価システムによって牙を抜かれてしまったということだろう。今年までノーマン・デイヴィスはロンドン大学の上級教授だったが、いつか自分がピア・レビューを受けるときにお返しをもらえるように、影響力のある同僚にはよくしておこうという慣習が、いくら無意識的にではあれ、彼を書評した人たちの精神状態に影響したということはありうる。このことが真実であろうとなかろうと、ケンブリッジ大学のブラニング教授が『タイムズ文芸付録』において(「ギボン東へゆく」という見出しのもと)、デイヴィスの無神経な「並置」についての論評を、「いくらかの箇所の記述は、ある種の人びとの感情を大きく害するだろう」という不穏当な一節にとどめなければいけなかったことに対する説明にはならない。これは恥ずべきはぐらかしである。デイヴィスの記述が過ちを含んでいるならば、ブラニングはそうであると述べ、しかるべき結論を出すべきだ。もし過ちを含んでいないというのならば、私たちは、こうした問題に対する自身の倫理的・学術的分別は、民族的・宗教的忠誠心によって限定されているのだと結論づけなければならないだろう。それは、批評的責任を放棄することに対するうわべだけの多文化主義的な言い訳であり、こんなところでそんなものに出くわすとは誰も期待していない。

もう一つの説明は、この本のために行われた目覚ましい広告キャンペーンに見てとれるかもしれない。『ロンドン・タイムズ』紙編集部による「偉大なるイギリスの学者による偉大なる新作」という見出しや、『ロンドン・サンデー・テレグラフ』紙のノエル・マルコム[☆34]による「われわれの歴史記述における活力……まぎれもなく、現代イギリス文化において見過ごされてきた、最も驚くべき栄光」という賛美は、イギリスの国際的地位が傾いてきたことに対し、自分たちを慰めたいという衝動によって理解できるだろう。なおロンドンのジャーナリストたちは、デイヴィスをほめそやすのみならず、あらゆる競争相手を蹴落とすことでも一致団結している。『デイリー・テレグラフ』紙のある書評家は、ジョン・メリマンとジョン・ロバーツのそれぞれによるヨーロッパの歴史に関する近著を、「デイヴィス教授という月に照らされれば「卑しい夜の美」にすぎない」とあざ笑った[☆35]。『ヒストリー・トゥデイ』誌の書評家は、デイヴィスの誤りを「細部の見落とし」として見過ごしておきながら、フランスの歴史家マルク・フェロー[☆36]の著作における事実誤認を非難し、後者についてはは冷笑気味にこう結論づける。「読者が前もって事実関係に確信をもてない分野においては、著者を信用することは不可能である」。重りが二つあれば、それぞれに別の量りが必要なのだ。

『ロンドン・レビュー・オブ・ブックス』誌では、デイヴィスが別のどこかで「同志」(つまり、敵に囲まれたもう一人の東欧の信奉者)と呼んだニール・アッシャーソン[☆37]が、スタンフォードでの一件を引き合いに出し、イギリスの読者たちはアメリカにおけるノーマン・デイヴィスに対する批判の「裏に何があるのかを知る権利がある」のだと尊大にも助言した。アン・アプルボーム[☆38]というロンドンのコラムニストは、みずからの書評のなかで、「連合国版の歴史観」――「みずからの学者としての経歴を忌々しい東欧人のために捧げてきたノーマン・デイヴィスのような人に疑いの目を向ける」「歴史観」――について疑問を唱えるデイヴィスを黙らせようとする「紋切り型の論者たち」を攻撃した。アプルボームは事実デイヴィスのこの本を三度にわたり書評しており、回を重ねるごとにデイヴィスの「敵」に対する彼女の憎悪は激しさを増しているようだ。彼女は不吉な脅し文句まで残している。「もし今回も紋切り型の論者たちが勝利を収めようものなら、『ヨーロッパ』は」アメリカで出版される「これほど面白い」最後の本となるかもしれないというのだ（デイヴィス同様、彼女も同書の誤りについてはオクスフォード大学出版局のせいだとしている。アプルボームは、実のところすべては同書がインドで編集されることになった出版社の決定に起因しているという、きわめて不快な論点をほのめかしてさえいる。アメリカの読者は『ニュー・クライテリオン』誌五月号を読めば、アプルボームの当てこすりがどんなものかを味わうことができるだろう）。

イギリス文化の「旗艦」となる歴史家、「偉大なイギリスの学者」をこれほど躍起になって探さなければならないがために、デイヴィスの事実、手法、解釈における過ちを見逃し、不適切な言葉遣いを許容し、そして彼自身による自著の評価を真に受けるということは、文化全体の名誉を損なう陰鬱な事態である。というのも『ヨーロッパ』は、たんに誤りや不均衡、偏見、怒り、傲慢さに満ちているだけではない。それはまた驚くほどに因習的なのだ。結局これはありふれた昔ながらの王様と戦争のヨーロッパ史であり、ただポーランドの例が普段よりも充実しているというだけだ。より独創的なものを読みたいのならば、よそをあたるべきである。そして、もし因習的なヨーロッパ史を読みたければ、もっとよいものがいくらでもある（たとえば、激しく中傷を浴びたジョン・ロバーツの仕事があるし、彼の新著『ヨーロッパ史』はヴァイキング社からまもなく刊行されようとしている）。それらの著作は学術界の小競り合いや地政学的な怨恨によって損なわれてはいないし、また事実について間違いだらけということはない。

（このノーマン・デイヴィス『ヨーロッパ』の書評は、『ニュー・リパブリック』誌一九九七年九月号に掲載された。）

第4章　冷戦が機能した理由

I

私が育った戦後ロンドンは石炭を燃料にして蒸気で動く世界で、市場の商人たちはまだ馬を使い、自動車はあまり見かけられず、スーパーマーケットは（そこで売られるほとんどのものも同様に）知られていなかった。その社会的地理、気候と環境、階級関係と政治的連帯関係、産業貿易、そしてその社会的差異に基づく慣習において、一九五〇年のロンドンはその半世紀前の観察者にもすぐに理解できるようなものであったはずだ。戦後労働党政府の偉大な「社会主義」プロジェクトでさえも、実際、エドワード朝期の自由主義による改革概念の遅れ咲きだったのだ。もちろん多くのことが変化した。ヨーロッパの他地域と同様、イギリスでも戦争と経済の悪化は物質的ならびに精神的状況を変化させた。だがまさにそういった理由から、へだたった過去はこれまでになくより近くに、そしてより身近になったように思われた。重要なかたちで、二〇世紀中葉のロンドンはいまだに一九世紀末の都市だった。だがそうであったとしても、冷戦はもうすでにかなり前から始まっていたのだった。

ジョン・ギャディスがその素晴らしい著書[*1]で多分に強調しながら挙げた論点を尊重するのであれば、五〇年前の世界がいかに異質であったかを理解しておくことが助けになる。冷戦は非常に長い期間つづいた——一九四七年のソ連との戦後交渉の崩壊から一九九〇年のドイツ統一までの四三年間だ。これはフランス革命とナポレオン戦争のいつ果てるともしれない戦争よりもかなり長いし、あまり有名ではないが一七世紀の三〇年戦争よりも長く、トーマス・ジェファーソンの死からウラジミール・レーニンの生誕までの期間に一年及ばないだけだ。

朝鮮戦争が高まりを見せた一九五一年、ヨーロッパは異なる世代の男性たちによって統治されていた。イギリスの首相ウィンストン・チャーチルとドイツの首相コンラート・アデナウアーは二人とも、ビスマルクのプロシア下における初めての国家統一の直後（それぞれ一八七四年と一八七六年）に生まれており、彼らが初めて公共の事柄について認識し始めたころ、ビスマルクがまだ国際外交の場で主要な人物であった。イタリアのキリスト教民主主義の指導者アルチーデ・デ・ガスペリ[☆1]やヨシフ・スターリンといった彼らの「若い」同時代人でさえ、第一次世界大戦勃発の一〇年前に成人に達したのだったし、彼らの政治やとりわけ国際関係に関する考え方はそれ以前の時代の構成や対立によって形成されていたのだった。冷戦をポスト核時代のジレンマと性急に結合させてしまう前に、最初に冷戦を戦った者たちは世界を非常に異なったレンズを通して見る以外に方法がなかった、ということを頭の中にとどめておくべきだ。

こういった考慮すべき事柄に対するギャディスの敏感さは、彼の著作に見られる多くの良質な点の一つである。同書は冷戦の歴史書というよりはむしろ一連のエッセイを大まかに時系列に並べたものとなっており、冷戦の節目となった大きなテーマと危機をあつかっている。あつかわれているのはヨーロッパの分断、ドイツ問題、アジアでの対立、核戦略の逆説、などといったものだ。ギャディスの筆致は明晰で、非常に問題含みで激しい議論が戦わされる論題に対して、対立姿勢を極力排除した良識あるかたちでアプローチしており、かつ、気が滅入るほど広大なトピックに関する英語で書かれた二次文献についての驚くべき知識を有している。彼はすでに冷戦期に関する四つの研究書を上梓しており、そのすべてがアメリカの外交政策史における彼の専門知識を駆使したものとなっている。[*2]しかし今回の著作では、最近アメリカで公表されたものからわかった新事実と同様に、ソヴィエトとヨーロッパのアーカイヴでこれまでに発見されてきた多量の文献を組み合わせ、それらを現在の私たちの冷戦に関する知識状態全体を覆う一般的な解釈に編みこもうと試みている。

そういったわけで同書のタイトルは少々適切さを欠くものとなっている。タイトルに含まれる“Now”に強調を置いて正しい抑揚でこのタイトルを読めば「〔今や〕知っている、ということになり、かつては知らなかったが学んだのだという意味になるので」、ギャディスが、物事はより多く学べば違ったものに見えてくるだろうとの理解に基づいて、過去五〇年間の歴史に関する現在の私たちの知識の在り方を分析していることがわかる。だが一部の評者に見られるように、読者はこれを自信に満ちた最終的結論だと捉えてしまう傾向にあるかもしれない。いまや私たちは何が起きたのかもなぜ起きたのかも知っているのだ、と。これは残念なことだ。というのもギャディスは新しく公開されたアーカイヴがどれほど期待を集めるように見えるものであっても、それによって強化される知識や理解を過大評価してしまう危険にはっきりと気づいていたからだ。「アーカイヴ」とは、それが共産党内での議論の議事録を、あるいは外国政府のメッセージの傍受記録を、スパイからの報告を、あるいは警察が作成した情報提供者や「協力者たち」のリストを含んでいようがいなかろうが、結局のところ真実の源泉などではないのだ。その資料を作成した人物たちの動機や目標、彼らの自身の知識の限界、上官への報告におけるゴシップやご機嫌取りの混入、そしてイデオロギーや偏見による歪曲などがすべて考慮されなければならないのだ。

たとえある情報源の真実性と重要さの両方がなんらかのかたちで確証できるものであったとしても、大きな歴史的論争をこれをかぎりに決着せしめるような資料が明るみになるといったことはありえないのだ。たとえば一八世紀フランスに関するアーカイヴはいまや数世代にわたって公開されているが、フランス革命の起源と意味に関する苛烈な歴史的論争に終止符は打たれていない。ロシア連邦大統領のアーカイヴを利用できないことで、歴史家はソヴィエト時代の最高位における意思決定や決定の選択について記述できないままであるにもかかわらず[*3]、冷戦に関しては、(東西両陣営の)どのような資料が欠けているのかすらはっきりとはわかっていない状況だ。こういった理由から、慎重さが必要なのだ。旧共産主義諸国において選択的かつ政治的動機をもってなされたアーカイヴや個人ファイルの公開は多くの弊害をもたらしてきた。裏切り者を「暴露する」との目的で新しく利用可能となったソ連や東ヨーロッパのアーカイヴを綿密に調査することで出版された人びとの歴史に関する資料は(とりわけフランスで)、この事業全体に疑義をもたらしているのだ[*4]。

*

ギャディスは慎重だ。彼はロシア現代史資料保存研究センターを利用した研究者らの仕事や、新規に研究の進められた資料のほとんどが論じられる季刊誌『冷戦期国際史プロジェクト報告』を十全に活用している[☆2]。だが彼はこの研究者らの仕事をほとんど例証のためだけに用いており、彼の解釈にもとづく主張を確固たるものとするためにこれを利用することはほとんどない。一九五〇年の金日成とスターリンのやりとりはそういった稀有な例の一つだ。そこでギャディスは、スターリンが当初は金の攻撃的な意図を支持することには乗り気ではなく、主導権を持ち責任を取るのが中国であることが明確になってからのみ、金を支持するとしていたと結論づけている。

彼が用いる資料の筆者である専門家らと同じように、彼自身も新しい資料がどれほど興味深いものであっても、それは私たちが徹頭徹尾無視してしまっている事柄については何も教えてはくれないということを認識している。たとえば、スターリンとの論争中にユーゴスラヴィアが選択的に公開した書類のおかげで、あるいはポーランドやチェコスロバキアで「自由改革路線」の短い時期に（ポーランドは一九五六年、チェコスロバキアは一九六八年）発表された資料のおかげで、ソヴィエト圏内における意思決定や対立の内幕の歴史が完全な空白ではなくなってきた。

実際、現在公開され論じられている新しい情報のもとでは、私たちがどれほどのことを「知っていた」のかと考えると驚きを禁じえない。冷戦に関係したあらゆる立場の回顧録や部分的な一次資料、鋭い洞察力による観察記録、および優れた歴史分析のすべてを考慮に入れれば、冷戦の歴史の全体は初めから私たちの手にあったのだ。多量の新しい一次資料を渉猟した二人の研究者の言葉を借りるなら、「ソヴィエトの［東欧］支配に関する西洋の「冷戦」史記述は根本的に的を絞ったものだった」ことはいまやあきらかだろうと思われる[*5]。西側の政治家（や学者）の一部がとりわけその最初期において冷戦の性質をつかみ損ねたのは、資料の不足というよりも、想像力の不十分さによるものだったのだ。ジョージ・ケナン[☆3]の言葉には次のようにある。「ワシントンにいるわれわれの指導者はまったく何もわかっていなかったし、ラヴレンチー・ベリヤ[☆4]統制下において、ロシア秘密警察に支援されたソヴィエトによる占領が支配される側の人にとって何を意味したのかを想像する能力を欠いていたのだと思われる」[*6]。

*

冷戦史における特定の瞬間についての私たちの理解を深めるために、新たな資料がいかに利用されうるかは、最近のある共著が申し分なく示している。この著作は、ジャンチャアコモ・フェルトリネッリ財団およびロシア規則保存センターの後援を受け、序文や注釈という学術的に十分な形式を備えた、一九四七年から一九四九年までのコミンフォルムの三つの会議の全議事録となっている[*7]。コミンフォルムは一九四七年にソ連によって設立されたもので、表向きにはイタリアやフランスの共産党だけでなく東・中央ヨーロッパ諸国の共産党とモスクワとのあいだの情報(および指令)のやりとりのための情報センターとされた。

その初期にあたる一九四七年九月のポーランドのシュクラルスカ・ポレンバにて行われた会合で、アンドレイ・ジダーノフ[☆5]は、西側とソ連を和解不可能な二つの「陣営」とする基本路線を示した。これはスターリンの死までソ連外交政策の原則を基礎づけた見方であった。一九四八年六月にブカレストで行われたコミンフォルムの第二回会議では、ソ連とユーゴスラヴィアの対立が広く論じられ「チトー主義」的異論が定義され非難された[☆6]。「チトー主義とのたたかい」は政治的迫害を作り上げそれを正当化するのに用いられ、その後数年の裁判でも見られた。一九四九年一一月にハンガリーで行われた最後の会議は、厳密に国内的で内的な共産党政策を確認するのに利用されただけだった。その後は、コミンフォルムの活動はニュースレターの発行に限定され、一九五六年になるとフルシチョフ体制の変革に見舞われ、ついには廃止されている。

コミンフォルムは重要だ。なぜならその創設と会議の議事録、とりわけ最初の会議のものは、一九四七年の西側大国との対立へと舵を切った共産党のあきらかな変化の動機とタイミングを知る重要な鍵となるからだ。とはいえこの点について、私たちは常に十分な情報を手にしてきた。最初の会議にユーゴスラヴィアから派遣されたミロヴァン・ジラスとエドヴァルド・カルデリの両者ともが回想録を出版しているし、イタリアから派遣された二人のうちの一人エウジェニオ・レアーレ☆7は、後にイタリア共産党を離れ、コミンフォルム創設会議での経験を出版している。ユーゴスラヴィア政府は、スターリンとのやりとりや第二回会議の準備期からの作成していた書類を、スターリンに対する非難の累がみずからに及ぶのを避けるために出版している。コミンフォルムも不穏当な箇所の削除改定を済ませたみずからの議事録についての説明を出版している。こういったなかで、今回出版された完全な議事録からこれ以上何を学ぶことが望みうるのだろう？*8

ロシアのアーカイヴで発見された予備的資料も含めて、コミンフォルムに関する記録によって、いくらかことなった三つの見方が可能となる。それらはどれも重要なものだ。まず一点目として、自身の支配圏内部のヨーロッパ勢力地域にどうやって着手すべきかについて、スターリン本人はまったく明確に心を決めていなかったという点が挙げられる。これはノーマン・ネイマークによるソ連の東ドイツ占領についての最近の研究から出てきた事柄を確証するものだ。*9その地域のすべての国において完全かつ永続的な影響力を獲得する、というスターリンの根底的な戦略がぶれることはまったくなかったのだが、戦術的な選択肢は未決のままだったのだ。一九四六年の七月という段階になってようやく、スターリンはチトーとの会話のなかで、厳格な統制を行い、すべての共産党に詳細な指示を出し、すでに一九四三年の時点で終結していた旧来の集権的コミンテルンのやり方の復活はそれがいかなる形であっても反対するとはっきり述べた。しかし一九四七年のマーシャル・プランの提案と解決の見えないドイツの分断によって、中央ヨーロッパの共産党、とりわけ社会主義へと向かうはっきりとした「道程」を進めるのだという幻影を抱きつづけていたチェコのような状況にあった共産党に対して、スターリンはより厳しい教義的かつ行政的な統制を行う方向へと向かっていった（いずれにせよスターリンには西側の脅威を、たとえ実際には存在しなくとも感じ取る慢性的な傾向があったのだが）。コミンフォルムにおけるジダーノフのスピーチにはいくつか草稿が存在するが、一九四七年の夏に準備されたそれら草稿は、その方針が次第に明確化され、路線が硬化していく様子を明らかにしている。

二つ目として挙げられるのは、戦後直後の世界における共産党の相対的な混乱状況が、いまやかつてよりもあきらかになってきているという点だ。〔第二次世界大戦中にナチスにたいして〕レジスタンス活動を行っていたという威光を強調して国会を通じた権力の獲得を目指すイタリアとフランスの共産党の戦術は、この両党が連立政権から離脱した一九四七年の五月には、ベルギー共産党と同様に破たんした。ポーランドで行われたコミンフォルムの会議において、両党はロシアとユーゴスラヴィアの共産党から当然の批判を受けることとなった。その批判は革命的情熱を欠いていたこと、非革命的な権力獲得方法に寄与したこと、そしてジダーノフを経由するかたちでスターリンに「平和的共存」の道を公然と非難させるにいたった「変化した状況」への対応準備に失敗したことに向けられていた。イタリアとフランス共産党を「右派的逸脱」とする批判は、西ヨーロッパのかつての同盟国と「協調」するというモスクワがそれまで採用していた戦術の失敗への責任を、西側諸国の共産党にかぶせるための策略であったと長いあいだ考えられてきたし、とりわけエウジェニオ・レアーレはこの点を強く強調してきた。

だが、フランス共産党指導者モーリス・トレスに宛てられ、その写しがほかの共産党首脳部にも送られたジダーノフの一九四七年六月二日付の手紙（写しのうちの一つは最近になってプラハの党資料庫から発見されている）から、当時のモスクワがほかの関係者とおなじくらいにフランス共産党の戦術についてわかっていないことだらけであった可能性が出てきた。「多くの人がフランス共産党は［モスクワと］協調して活動を行ったと考えているが、ご存じのとおり、これは正しくない。貴党の行動はわれわれにとっては完全な驚きであった」と。つまりコミンフォルムが設立されることになった本当の理由は、第二次大戦中および戦後の共産主義陣営に浸透していた戦術的な無秩序に終止符を打つためだったのだ。コミンフォルムは、この目的には大成功をおさめた。これ以降、イタリア共産党でさえもが、自国内での政治的信頼をある程度犠牲にする必要があることを当然に遺憾に思いながらも、モスクワのやり方に率先して忠実であろうとしたのだった。イタリア共産党（ＰＣＩ）の歴史的指導者であったパルミロ・トリアッティは、コミンフォルム解体のずっと後、自身の死の直前である一九六三年四月になって、チェコ共産党の書記長でアレクサンダー・ドゥプチェクの前任者であったアントニン・ノヴォトニー宛に手紙を送り、ルドルフ・スランスキー[☆8]をはじめとする一九五二年にプラハで行われた裁判の犠牲者たちに対する公開「名誉回復」の予定を延期するよう求めている[☆9]。彼は（五〇年代はじめの公開裁判を擁護するという点でイタリア共産党の共謀を言外に認めながら）、そういった公告は「私たちに敵対する激しいキャンペーンを惹起しまうかもしれず、それは最もばかげた扇動的な反共テーゼを前景化させ、来る選挙で私たちに傷を負わせることになるかもしれないのです」と書いている[*10]。

三つ目として、たとえユーゴスラヴィアをソ連側のやり方に引き入れる機能を成り行き上獲得したとはいえ、コミンフォルムはそれを目的として作り出されたものではないことを私たちはすでに知っている、という点だ。これはソヴィエト側の意図を直接は知りえなかった当時の関係者の記録をもとにした解釈とは対照をなすものだ。もちろん、チトーはスターリンにとってしつこい厄介な問題だったし、それは一九四五年からずっとそうだった。オーストリア領のケルンテン州とイストラ半島にある［イタリア領の］都市アリエステを獲得しようとするユーゴスラヴィアの努力は、西側同盟諸国との関係を持つスターリンにとっては困惑の種だったし、とりわけ国内での拡大を狙うイタリア共産党にとっては邪魔であった。ギリシャがはっきりしないかたちではあれ西側「世界」の手に落ちたことから、チトーが当初行っていたギリシャ共産党への支援もまた同様に困惑させるものであった。アルバニアとブルガリアを組み入れたバルカン連盟を作り上げその指導的立場に立つというユーゴスラヴィアの野望は、みずからの影響圏での直接的統制を持続させようとするスターリンと衝突した。ほかの同盟国の「友好的な」党からの拘束もなく、よってほかの東ヨーロッパ共産主義者たちよりもはるかにラディカルで容赦なかったユーゴスラヴィア共産党による物怖じしない革命的な内政は、ソヴィエトモデルを顔色なからしめるほどのものだった。革命の問題においては、チトーはソヴィエトの教皇たるレーニンよりもよほど原理に忠実な、いわばカトリック的存在になろうとしていたのだった。

こういったことにもかかわらず、コミンフォルムはユーゴスラヴィアを従わせるための装置として創設されたわけではなかった。一九四七年のシュクラルスカ・ポレンバの会議で行われたフランスとイタリア共産党への攻撃は、独善的な熱意と少なからぬ傲慢な態度をまとったユーゴスラヴィア派遣団を中心として行われた。このことはフランスとイタリア両国の共産党が後のユーゴスラヴィア共産党の支持喪失を好意的に受け止めた際の熱狂と、その後数年にわたる両党指導者による執拗で熱心な反チトー主義を説明する際の助けとなるものだ。[*11] だがユーゴスラヴィアはのちの解説者が言うように、ただソヴィエトの命令をねじ曲げたマキャヴェリズム的なやり方で追従してきただけではなかった。ジダーノフが西側共産主義者たちにむけた批判の草稿は、バルカンの同志にむけられたものに負けず劣らず敵対的であったし、ユーゴスラヴィアは自分たちの言い分については、自分たちで言ったことをはっきりと信じていた。一まとまりの異端者を別のまとまりと抗する形で動員し、その後最初の集団のみに対応する、というのはあきらかにスターリンのテクニックの一つだった。これは一九二〇年代の各国の共産党間での対立において彼が完成させた方法だった。しかし、チトー主義の「左派的」異端が翌年に当然の批判を受けはしたものの、一九四七年の時点でそのことが予定されていたかどうかについては証拠がないのだ。

このようにして新しく利用されたコミンフォルムの歴史資料は、歴史の全体像を劇的に変えるものではないだろう。だがこれらの資料は小さな事象に対する私たちの理解を改定することを可能にし、そうした小さな改訂の蓄積がより正確できめ細やかな全体像を作り上げていくことを可能にするのだ。では物語の全体像はいまやどう見えるのだろうか。まず、冷戦がスターリンの頭の中に、そしてソヴィエトの世界観の一つのバージョンのなかに、常に存在しつづけていたということが言えよう。西側の政治家が行ったこと、もしくは行わなかったことが、この事実を変えることはなかっただろう。だが、ヨーロッパの重要地域を統御するという彼の決意を別とすれば、スターリンはなんら野心的なマスタープランを持っていたわけではなかった。実際、彼はリスクを負うことをひどく嫌っていた。ヴャチェスラフ・モロトフ[☆10]の言葉によれば「私たちソ連のイデオロギーは、可能な時には攻撃的作戦を意味しているが、そうでない時には、待機を意味する」ものだったのだ。[*12]このことを敷衍すれば、一九四七年に採用された「包摂」政策は、その試みがなされていればもっと早い段階でうまく機能していた、ということが言えるかもしれない。だがそれが採用されたのがいつだったのであれ、それが冷戦を「開始させた」わけではなかったのだ。

こういったことの原因の一つは、完全にうまくいったやり方ではなかったにせよ、東ヨーロッパと東ドイツの「ソヴィエト化」が当時の状況では避けがたかったことにある。いみじくもノーマン・ナイマーク[☆11]が述べたとおり、「ソヴィエトの役人たちがこの領域をボリシェヴィキ化したのは、そのように計画されていたからではなく、それが彼らの知る社会の組織化の唯一の方法だったから」なのだ[*13]。ほとんど同様のことがほかの東ヨーロッパ諸国への対処に適用できる。こういった結果を防ぐことができたのは赤軍兵の排除以外ではありえなかったし、西側指導者の誰も、赤軍兵排除の試みをまじめに検討しなかったし、ひとたびソヴィエトの統制が敷かれてしまうと、西側の政策立案者は機会があればソ連は同様の措置を西側へ広げてくるだろうと想定し、それに即した計画を練る以外に選択肢はほとんどなかったのだ。しかしスターリンがさらなる西への侵攻をまじめに検討していたということは、いまではあまり想定できない。だがギャディスが述べるように、「歴史を作った人物たちに対してまだ書かれていなかった当時の歴史を利用しなかったと咎めるのは、歴史家の傲慢さの極致である。悪夢は見ているときにはいつもリアルに見えるものだ——たとえ日が昇り明るい光の下ではいくぶんかばかげたものに思えるとしても」。

すくなくともヨーロッパにおける対立線が一度はっきりと引かれてしまえば、それらを消し去る「失われた好機」はもうほとんど残されていなかったように思われる。ドイツから手を引くことに同意する一九五二年三月のスターリンの示唆がその最も有名なものだが、これは現在であれば当時の批判者たちがとらえた姿で理解することができる。つまり、スターリンはたしかに東ドイツを犠牲にすることにやぶさかではなかったが、それはソ連の効果的支配のもとでの東西統一された「中立的」ドイツを交換条件としていたのだ。冷戦構造の形成過程における分断されたドイツの、さらにはひろくヨーロッパの未来の重要性もまた、とてもはっきりとしている。すくなくともベルリンをめぐる一連の危機と対立（一九四八－四九年、一九五三年、一九五八－五九年）が一九六一年のベルリンの壁建設をもっていったん終結するまで、つまりは公の場で述べたことが何だったのであれ二大国双方がひそかに安堵のため息をついたその瞬間まで、朝鮮半島やマレーシア、キューバ、ヴェトナム、あるいはアンゴラにおける血なまぐさい対立はヨーロッパにおける主要な争いの周辺に置かれつづけたのだった。

戦時中の同盟国たちが、あれほどまでの苦労をし、かつての敵国領土にある従属国家の利害を守るために直接対決に至りかねないほどになったというのは、ふりかえって見れば奇妙に見えるのかもしれない。この国々が闘争を象徴的なものに集中させていたという点は、さまざまな冷戦（私たちの冷戦は最初の例ではなかった）の特徴だったし、ドイツの未決状態は戦後状況の安定化が終了していないことの象徴だったのだ。この理由から、東西ドイツそれぞれの統治者どちらもが、自身の強さと重要性以上の影響力を何年にもわたって超大国の政治に与えつづけることができたのだった。

II

当時のヨーロッパではなんらかの術策を講じる余裕はなかった。対立する両者がそれぞれ一つの軍需物資（ソ連は従来的な陸軍、ＮＡＴＯは空挺部隊の核兵器）に依存しており、その点においては敵に対してはるかに優れていたのだ。こうした手詰まり状態という観点から見ると、事態の展開や誤解は欧米の外側で起きただろうと思われる。最近手に入るようになった証拠が示すところでは、ハリー・トルーマン大統領やそのほか西側諸国の指導者たちは、北朝鮮による韓国への攻撃が西側の注意と軍事力をそらすために、あるいはヨーロッパへの侵攻の前奏曲とするために、スターリンによって計画されたものだと間違って認識していた。それでも彼らはそれを信じたし、NATOの強化と西ドイツ再軍備化の提案という応答は、当時の状況では合理的で賢明だとされた。

不運なことに、何かが起きるとそれを非ヨーロッパ世界で起きているプロセスとして見るのではなく、むしろほかの場所で起こったことでもヨーロッパの状況の指標あるいは複製として対応してしまう性向が、その後数十年間のアメリカのほとんどの外交政策の性質となった。ギャディスが挙げているとおり、それはジョン・フォスター・ダレスによる中東での「失策」からヴェトナムでの大惨事にまで見られる事態だ。だがこのような性向は、世界のどこで起きたことであっても冷戦はヨーロッパに関わるものだと考えるこのような理解から引き出されたものであった。対立の過熱が避けられなければならないのはヨーロッパにおいてであり、その過熱が終結されうるのもヨーロッパにおいてでしかない、というわけだ。いまやよく知られているとおり、クレムリンの立場からの物事の見方も、また同様のものであった。スターリンは金日成による攻撃を不本意ながらも支援し、彼と彼の後継者は毛沢東の性急さについて重大な懸念を表明した。だが結局、彼らはドイツやバルカン諸国では絶対に是認しなかったであろうリスクを朝鮮やヴェトナムにおいては黙認したのだった。

アーカイヴへのアクセスは、ソ連の崩壊以降まではあくまで開かれたままになっていた解釈の回路の多くを閉じた。冷戦を開始し、それを遂行していった主たる責任はアメリカが負っているとの証拠を希望的憶測でもって探すような「歴史修正主義」は、いまや死に体となった。たしかに西側は、とりわけ西ヨーロッパは、ヨーロッパ分断と世界の二極化から多くを得たのだが、これは一九四七年の時点ではまったく明らかではなかった。ドイツの問題を解決するための戦後の努力については、ひとまず棚上げしておいても構わないのでないか、と最初に結論づけたのはアメリカではなくイギリス、とくに当時の外相アーネスト・ベヴィン[☆12]であった。ルーズヴェルト的伝統にあったアメリカの交渉者たちは、ロシアとの合意の模索を諦めるのにもっと長くかかったのだった。これとは別の修正主義的戦略として、冷戦とそれに関連した激しい対立がそれよりずっと前から動き始めていた社会的・政治的過程の帰結だと示唆するものがある。これは、何かを始めた責任を誰かに帰することはできるが実際にはその責めはどちらの陣営にも負わせることはできない、といったものにも見える。ブルース・カミングス[☆13]の言葉を借りれば、「誰が朝鮮戦争を始めたのか？　という問いは発せられるべきではない」というわけだ[*14]。だがすべての直接要因は長期的な決定因をもっている、というような平凡な意味以外では、カミングスの見方はもはや支持しうるものではない。いくぶんかでも質の良い情報の助けを借りれば、とりわけ一九四七年のドイツ交渉決裂および朝鮮戦争の勃発、そしてベルリンをめぐる多様な対立の責任のほとんどは、ソ連に負わせることが可能なのだ。

西側に罪があるとの証拠を求める修正主義的な調査は、時に研究者たちのなかで培養されたある種の嫌悪感と連関している。それは歴史が作り上げられているなかで「諜報」が重要な役割を果たしただとか、スパイが一連の出来事に尋常ならざる影響を及ぼしたといった観念に対する嫌悪感だ。（東西双方の）諜報機関が、活動の帰結を予測する点において、惨憺たる記録しか残せなかったことに鑑みれば、この偏見は理解できないものではない。だがこれは間違いだったことがわかっている。スパイは冷戦において、とりわけ初期数年においてはきわめて重要だったし、それは核をめぐる機密事項を盗み出した有名な事例に限定されるものではない。フランス外相はイギリスの統治階級と同じように、何年にもわたって嬉々として情報を漏洩しつづけ、パリのソ連大使館とベルリンのソ連諜報員に途切れることなく内部情報を提供しつづけた。ソ連の諜報ネットワークは西側のものに比べると格段に優秀だった。ソ連の諜報部が一九二〇年代後半からいくつかの国に置かれていたことを考えれば、これはさもありなんといったところだろう。ソ連諜報部の弱点は、諜報員が伝えようとしたことを聞き取り、理解する能力を欠いたモスクワ上層部にあった。これはソ連における根の深い問題であり、その最たる悪名高いものとして、一九四一年の春、ヒトラーが攻撃を仕掛けてくるという警告すべてをスターリンが否認したという事例が挙げられよう。ディーン・アチソン[☆14]がかつて別の文脈で述べたことばに代えるなら、「われわれの幸運は敵の内部にあった」というわけだ。[*15]

これとは逆に、当時の国際関係における諜報機関の役割を、より一般的には現実政治《レアルポリティーク》の役割を、しっかりと理解していた多くの西側の冷戦分析者たちであっても、ソ連の性質を常に把握できていたわけではなかった。たとえもしソ連が利害を追求する強国として行動していたとしても、それはよくある帝国のまた別の一つにすぎないというわけではなかった。ソ連は共産主義の帝国でもあったのだ。ギャディスも十分な注意を払っている、新しい情報源であきらかになったことのなかで最も興味深いものの一つは、ソ連の指導者たちの思考におけるイデオロギーの位置づけだ。この点に関しては長いあいだ、見解を戦わせる三つの異なった学派があった。一つ目の学派は、ソ連の為政者たちはアメリカの為政者たちとおおよそ同様の行動と思考を行っていたと見なされるべきだ、というものだ。すなわち、国内の利害団体を競い合わせ、経済的あるいは軍事的優位点を算出し、西側の対抗者らと競い合ってはいるものの互いに収束するような目標を追求する、というものだ。これらの目標を達成しようとする際に西側がもちいた公の言語は、どちらかだけに属するものではなかった。

二つ目の学派は、ソ連の政策決定者たちはロシア皇帝《ツァーリ》の後継者だと主張してきた。彼らの最大の懸念はロシアの地政学的利害である、というわけだ。またソ連の政策決定者たちのイデオロギー的なことばは偶発的で二次的なものとしてあつかわれるべきで、彼らを論じる際にあまり考慮に入れる必要はない、ともされている。三つ目の学派は、ソ連は共産主義国家であり、その指導者たちが世界を記述するときに用いる術語は彼らが世界を理解する術語なのであり、よって彼らのイデオロギー的な前提は彼らを知るうえではこの術語が最も重要だ、と論じた。

一つ目の学派はアメリカの「ソヴィエト学」を何年にもわたって支配したが、いまではそれがぶざまなまでに理解しそこなった政治体制もろとも、廃れてしまっている。最も洗練された先導者としてジョージ・ケナンが挙げられる二つ目の学派には、あきらかに一理あった。たとえ共産主義について私たちがほとんど知らなかったとしても、ロシア史について学識をもって理解していれば、「従来型の」外交基準に照らしあわせるだけで、一九三九年から一九九〇年のあいだのソ連の外交政策について合理的にしっかりと理解することがまだ可能だった。そのうえ、東欧の共産主義「諜報員」の最後の世代に対応したことのある人物であれば誰も、この諜報員たちが高邁な理想や教義の一貫性それ自体の追及に突き動かされた人物だったとは考えないだろう。それにもかかわらず、スターリンからゴルバチョフまで、冷戦期のソ連指導者たちの思考においてイデオロギーが一定の役割を果たしたことはあきらかだと思われる。トルーマンやアイゼンハワー、ケネディと同様に、ソ連の指導者たちの世界理解は世界についての彼らの想定によって形成されていた。ソ連の事例では、そういった想定が基本的にはマルクス主義だったのであり、そのマルクス主義がスターリンの死の頃に意味したのは、国際的階級闘争における窮極的勝利への期待という趣の加えられた、粗雑な経済決定論以上のものではほとんどなかったのである。

これが実践で意味したことは、たとえばアンドレイ・ジダーノフがトルーマン・ドクトリンを知り、それに言及した際の取り上げ方に見ることができる。最初のコミンフォルム会議で行った報告でジダーノフは、アメリカが「地中海地域と近東の影響範囲からイギリスを排除している」ことを理由に、トルーマン・ドクトリンを英米間の開きつつある亀裂の証拠として取り上げたのだ。トルーマン本人については、一九四六年のクレムリン内部のメモにおいてもっぱら彼が代弁していたとされる経済的利害（「アメリカの独占資本の輪」）の観点から描かれている。ベルリンに拠点を置いていた諜報員たちは、一貫して西側指導者の行動と議論を彼ら内部の「経済的緊張関係」などによって突き動かされていると分析していた。

したがって、西側の行動は仮定的な動機と利害に、とりわけ経済的なそれに、くりかえし還元されてきた。モロトフから最下級の諜報員あるいは党員に至るまでの全員が「本当に」彼らの口にしていたことを信じていたかどうかは究極的には重要ではない。問題なのは、仲間内のものであれ外部に向けたものであれ、彼らの述べたことすべてがこういった、雲をつかむようなぼんやりとしたことばで表明されていた、ということなのだ。ゴルバチョフでさえ、いやむしろ三代にわたる「マルクス主義」教育の作り上げてきた人物として誰よりもおそらくゴルバチョフこそが、そういったかたちで考え、しばしば発言してきた。だからこそ彼は自分の行為の結末に真に呆然となったのだ。

ジョン・ギャディスは、人は客観的で計測可能な利害だけではなく、自分の考えや信念によっても突き動かされるという点を西側の「現実主義者ら」が理解しそこなっていたと正当な批判をおこなった。だが彼はさらに踏み込んだことも述べている。冷戦がその生誕地であるヨーロッパから出て、アジアを抜け、最も思いがけない場所（モザンビーク、エチオピア、ソマリア、アンゴラ、そしてとりわけキューバ）に入り込んでいったのは、フルシチョフとレオニード・ブレジネフに言及しながらギャディスが言うところの「老齢期にありがちな無理」だったというのだ。ギャディスの考えによれば、フルシチョフとブレジネフは晩年、仲介者を通してではあったものの、エキゾチックな地に若かりしロシアの革命的ロマンスを再発見したのだという。それは、若々しいままの共産党首脳部や革命的ボルシェヴィキの再来というロマンスだった。これはおそらく空想的に過ぎるように思えるし、いずれにせよもはや用済みのものである。ソ連（および冷戦）の歴史はその指導者らのイデオロギー的展望を真剣なものとみなさないかぎりは理解できないということを、そして他方で同時に、そういった指導者らは機会があればいつでもどこでも自分たちの政治的利益をとなる行動を取ることを常としていたという点をモロトフとともに認めることが、なぜ私たちにはできないのだろうか？　彼らが国外への介入を正当化するときに革命の擁護を引き合いに出すのは確かだ。その回顧録から知ることのできるフルシチョフの事例で言うならば、彼はキューバ人の情熱に心から感動した。人間の起こす行動の源泉たる利害と信念、感情は、本質的に相容れないというわけではないのだ。

ソ連首脳部に見られた「老齢性」の妄想を強調することで、議論は私の冒頭の論点に立ち戻ることになる。アメリカの観点からすると（最近になるまで冷戦史に関するほとんどの記述はいやおうなしに主にアメリカの視点から書かれてきた）、冷戦は戦時中の連合国の関係が崩れた一九四七年に始まったことになっている。ジョン・ルカーチが述べているように、一九四六年から一九四七年の一八ヶ月のあいだにワシントンでは劇的で先例のない政治的変化が起きており、それ以来、アメリカの国家政策も世論も様変わりしてしまった。[*16] だがギャディスは私たちにことなった視点から歴史を眺めてみるよう求めている。すなわち、冷戦を戦後の混乱期の世界にふりかかった国際関係上のいわば不運な交通事故のようなものとみなすのではなく、それを第二次世界大戦から、とりわけ敵に支配されていた地域を吸収したいというスターリンの欲望から、自然に生成した当然の帰結とする観点である。そうであるならば、もう少し踏み込んでみてもよいのではないだろうか。当時の同時代的観点からすると、一九四五年のヨーロッパはつまるところ未知の未来への前奏曲《プレリュード》となっていただけでなく、現実の、はっきりと記憶されていた過去の後継者でもあったのだ。

一九〇〇年から一九四五年を見通すヨーロッパの政治家の観点からすれば、そしてほとんどの年長の指導者たちは個人的な記憶や関係からそういった位置にいるわけだが、当時のヨーロッパ（つまりは世界）は、四つの連関した難問に直面していたと言える。まず、一八七一年以降プロシア支配下にあったドイツによってかき乱された国際関係の均衡をどうやって取り戻すのかという問題。次に、ロシア革命とそれにつづく国際的災禍がひきおこした破壊のあとで、なんらかの安定した形でロシアをどうやって国家間の協力体制に引き戻すのか、というもの。第三には、戦時期の数年間で壊滅的なまでに崩壊した国際経済をどうやって立て直し、いかにして第一次世界大戦の勃発した一九一四年以前の成長と安定を取り戻すか、という問題。そして、国際関係における経済的および政治的要因と考えられるイギリスの予期されていた地位低下を、どう埋め合わせるのかというものだ。

一九四四年から一九四七年までのあいだ、これらの問題に対する多様な解決策の可能性が議論されたが、そのすべてが過去との一定程度の連続性を想定したものだった。三国同盟に対抗するかたちで締結された一八九四年の露仏同盟をモデルにするのであれば、フランスはロシアとの同盟関係を獲得する長い道のりを進んだかもしれないが、ロシアに提供できるものはフランスにはもはやなにもなかった。[*17] 多くの西ドイツ国民、とりわけのちに初代西ドイツ首相となったアデナウアーは、歴史的つながりの深い西隣の土地とのより近しい関係と引き換えに、東プロイセンを放棄することにはまったく反対していなかった（いずれにせよ、ドイツ西部ラインラント地方の出身者の西ドイツの人びとは、東プロイセンを心底嫌い恐れていた）。フランス社会党指導者のレオン・ブルムは、ウィンストン・チャーチルが西ヨーロッパ地域のコミュニティに抱いていた、劇的なまでに弱体化させられてしまった西ヨーロッパの独立した国民国家の補償への期待を共有していた。そしてスターリンは、直近の過去からの教訓と同じくらいに偉大なるロシアの長い歴史からの命令にも応答しつつ、ソ連帝国領土の最西端を確保するために、ドイツの弱体化を（彼の先達が一八世紀にポーランドの弱体化を好機として利用したように）好機としてとらえていたのだった。

こういったありふれた戦略の実現を一九四五年の状況において困難にしたのは、まず、ロシアとドイツのあいだに独立国家が存在したという点だ。次にロシア－ソ連体制独特の特質、そして三つ目に、ドイツの西側を相殺するに足る力が存在しなかった点が挙げられる。第一次世界大戦以前は、こういった問題はどれも存在しなかった。一九一四年には、バルト海諸国、ポーランド、チェコスロバキア、ハンガリー、ユーゴスラヴィア、そしてルーマニアの大部分がドイツとオーストリア、トルコ、ロシア帝国の国境に囲まれていた。一九一九年のヴェルサイユ条約によって成立したこれらの国家の独立は、西ヨーロッパ諸国の強い意志と力なくしては（ヒトラーが実際に行ってみせ、こんどはスターリンが確証してみせたように）維持されえないものだった。西ヨーロッパはこの意志と力を一九三八年には行使し損ね、一九四五年には持ち合わせていなかったのだった。だがこれらの国家が当時独立を経験したという事実は、ロシアの占領を著しく印象の悪いものにした。また共産主義体制の性質はその帝国主義的野望を、西ヨーロッパにとって以前のツァーリによる中央および南東ヨーロッパ諸国の覇権構想以上に恐ろしいものへと変容せしめた。そして国際政治で重要な要素であったフランスの退場とあいまったイギリスの経済的疲弊は、西ヨーロッパ諸国の指導者にアメリカを説得してそれまでそういった国々が担っていた役割を引き受けてもらう以外の選択肢を残さなかったのだった。

こういった状況において、冷戦は問題ではなく解決策を体現していたのであり、冷戦がたいへん長くつづいた理由がこれだったのだ。さらなる変化に抗する保障を提供するものとしてアメリカをヨーロッパに招き入れることで、西ヨーロッパ諸国は大陸の半分を再建するのに必要な安定と安全を確保した。だが皮肉なことに、アメリカはナポレオンが敗退した一八一五年からロシア帝政の二〇年間の行為とほとんど変わらぬ行動をとった。すなわち、手におえない革命勢力による現体制へのこれ以上の破壊がなされない保障を自任するような、大陸のある種の警察官としてふるまったのだ。一方でソ連はさらなる冒険的行動を控えるという約束とひきかえに、大陸のソ連側の半分に対して行う専制的政治は見て見ぬふりにされることとなった。こういった調整は実際には、スターリンとその後継者にとって大変満足のいくものだった。[*18] こういったことは、これによって「社会主義」の支配下に置かれることとなった数百万のポーランドやそのほかの人びとを満足させるために導き出された結果では到底なかった。だがこういった人びとがほとんどの連合国側の政策立案者から解決すべき問題の一部とみなされていなかったのであれば、彼らが解決策のなかで優先的な地位を占めることがなかったのは、驚くにあたらない。

このように見ると、冷戦はヨーロッパ史と国際史における「長期持続」のうちにしかるべき位置を与えられることになる。だがこの事態は二つの点が原因で複雑なものとなっている。第一に、ヨーロッパにおける協力関係と分断は、アジア、アフリカ、ラテンアメリカ、および中東における独立運動と脱植民地化の政治と複雑にからみあっており、それにかかわったすべての党派にとってたいへんに誤解を招きやすい帰結をともなっていた、という点が挙げられる。一九五六年から一九七四年まで、興味深い「貿易」が立ち上がっていた。西ヨーロッパとアメリカが一九世紀の自由主義的な思想と制度を発展途上の世界に輸出し、資本主義の西側を模倣すべきモデルとして称揚し、その慣行と実践を適用するように急き立てたのだ。西洋諸国はそれと交換に、彼ら自身の生ぬるい(そして相対的な)繁栄に異議をとなえるよう意図された、革命の神話とその原型を受け取ったのである。ソ連も似たような貿易に従事した。ソ連も一九世紀的なイデオロギー(マルクス主義的社会主義)を輸出し、そのひきかえに若々しく革命的になりうるもののむしろ疑わしい忠誠を獲得した。そういった人物たちの行為は、失われたボリシェヴィキの威信に対する束の間の懐古的な輝きをもたらした。

複雑な事情の二つ目は、核兵器の存在だ。長いあいだ、核兵器は政策決定に混乱とリスクを付与してきた。ソ連は軍拡競争においてほとんどつねに大きく後れをとっていた(とはいえ、グリゴリー・ポチョムキン公の遺産がうまく機能していたことで、この事実を長いあいだアメリカに隠しおおせていたのではあるが)。だがこの劣勢状態は、ソ連の指導者らに埋め合わせのようなかたちの攻撃的姿勢を取らせたにすぎなかった。その間、アメリカの政策立案者たちは何年もかけて(そして尋常ならざる費用をかけて)トルーマンが当初から直感的に把握していたと思われる事柄を、すなわち、核兵器は外交手段としてはまったくもって役に立たないということを学習していた。たとえば槍部隊と異なり、核兵器の利点はその使用ではなく保有にあるのだ。それにもかかわらず抑止装置としての核の集積は利用された。だがこれは、究極的には核配備がありうると敵味方双方が信じたときのみ可能なものだった。これにより、冷戦は実際の問題とは、あるいはこの事態にかかわっているほとんどの人たちの意図とは、まったく釣り合わない恐怖を何年にもわたって維持したのであった。

こういった新しい二つの要素が原因となって、冷戦はその性質を変化させ、当初のものとは大きく変わった別の何かになっていったのだと思われる。そして、一方の競合相手の崩壊をもって冷戦が終結した時には、これで人類史の新しい時代に入ったのだと考えた者もいた。一九九〇年以降、私たちはそれがかならずしも正しくないことを知った。たしかに一九五〇年からの世界はすっかり変わってしまった。馬は必要とされなくなり、石炭もなくなり、それらが象徴していた社会的なあり方や労働形態も一緒に消えた。すくなくとも当面のところ、大改革プロジェクトもなくなった。だが冷戦に勝利したことで、冷戦が解決しようとした（あるいは見えなくさせていた）ジレンマがまだ私たちの世界にあるということが、私たちは以前よりもよく見えるようになってきている。昨今の歴史は、その解決策がこれまでになく手に入れがたいものであることを示している。

（ジョン・ルイス・ギャディス『歴史としての冷戦――力と平和の追求』およびジュリアーノ・プロカッチ編『コミンフォルム――三つのカンファレンスの議事録』の書評である本論の初出は、『ニューヨーク・レビュー・オブ・ブックス』誌一九九七年一〇月号である。）

第5章　自由と自由の国《フリードニア》

I

東欧は複雑な場所である。シェイクスピア（「私はイリリアでどうしたらいいのか？」[☆1]）からネヴィル・チェンバレンにいたるまで、西欧の著述家たちにとってそこは遠く離れた、よくわからない、厄介な場所だった。最近まで、そこを訪れ、言語を学び、その土地、過去、文化を理解しようと試みるものはほとんどいなかった。一九一八年まで、外交の場で「東欧問題」という見出しで一括りにされる以外には、その独特な地域はほとんど部外者の目には見えなかったし、国際情勢のなかでその声が聞かれることもなかった。二つの世界大戦のあいだには、ドイツとソヴィエト連邦のあいだの小さく脆弱な諸国家は、不安定な世界の不安定な一要素にすぎなかった。そしてヒトラーの敗北後は地域全体がソヴィエトの一部となった。一九八〇年代になってもなお、オクスフォードで歴史学を専攻する学部生にとって、東欧は「ソヴィエトと東欧政治」という表題のもとでしか学ぶことができず、しかもその文脈では、つねに最大の関心はソヴィエト連邦そのものに向けられることになっていた。

結果として、東欧は複雑《コンプレックス》であるのみならず、東欧人がそのことについてコンプレックスを抱くことになった。あなたがたは私たちを理解できない、と東欧人は西欧人を非難する。あなたがた西欧の学者たちは私たちを無視してきたし、あなたがた西欧の指導者たちは、私たちのことを考慮してくださったとしても、結局は見捨ててきた（ヤルタで、ミュンヘンで、サラエボで……）。そして、辺境に位置しているのはそちらであり、こちらこそがヨーロッパの中央に位置している（もしくは、あなたがたが私たちを耐え難い苦難のなかに置き去りにするまでは、位置していた）にもかかわらず、私たちを「東欧」と呼ぶことで、歴史的な損害に地理的な侮蔑をつけ加えている。私たちはあなたがたの言語を話すし、あなたがたの詩、戯曲、小説を読む。あなたがたは、いったい私たちの言語や文学について何を知っているというのだ？

ワルシャワはヨーロッパの「中心」だ、とポーランド人ならば言うだろう。チェコ人であれば、プラハはウィーンとストックホルムの西に位置し、イタリアやフランスのどの都市よりもヨーロッパのバロック様式の最盛期の名残を残している、と言うだろう。ブダペストは、少なくともウィーンと同じくらいには、復興した中欧の首都としてふさわしい都市だ、とハンガリー人ならば主張するだろう（実のところ、まっとうな主張である）。ブカレスク、ザグレブ、サラエボ、そしてベルグラードはすべて、近年別々のかたちで、本質的にヨーロッパの真髄を示す都市であると名指されてきた。なぜならそれらの都市は、ヨーロッパ文明が東や南の野蛮人たちと相対した（そして追い返した）境界を守ってきた都市だからである。

みずからのヨーロッパ性がこれほどまでに長いあいだ脅かされてきたからこそ、私たちはヨーロッパ人であるということが何を意味するのかをわかっているのだ、と、そのような人たちは主張する。ヨーロッパが、あなたがたのヨーロッパが生き延び繁栄するために、私たちは苦しみ犠牲をはらってきた。どうして見てくれないのだ？　どうして聞いてくれないのだ？　このように東欧人たちは挑戦を挑んできた。そして近年、新世代の西欧の学者やジャーナリストたちがその挑戦に応じた。東欧への関心が増してきた一つの理由はもちろん、プラハの春から〈連帯〉、チェコ七七年憲章、一九八九年の革命、そして第三次バルカン戦争にいたる、当地の情勢の目を見張る展開である。この地域の現代史は、無視するには単純に劇的すぎるのだ。しかし東欧への関心が高まってきたことにはもう一つの理由がある。それは学術界の嗜好に本質的な変化が生じたことである。

私たちはかつて、国家、国民、階級を研究したものだった。しかし、とくに人類学と歴史学の分野での流行の変化によって、事物それ自体ではなく、それがどのように——歴史の主役たちとその研究者たちによって——表象されるかを研究するようになって久しい。人類学者ベネディクト・アンダーソンの大きな影響のもと、私たちはナショナリズムではなく「想像の共同体」を研究するようになった。そして一九八三年にエリック・ホブズボームとテレンス・レンジャーの編集による画期的な論集が出版されてからは、伝統ではなく「伝統の発明」が、近代の民衆文化や、政治という活劇を扱う歴史家の関心事となった。☆2

東（もしくは「中央」）ヨーロッパは、そのような概念を試すための、すぐそこにある恰好の領域だった。東欧の諸国家は近年まで存在しなかったか、もしくは前時代の強国に消滅させられたために、近代になってからつくりなおされなければならなかった。西欧的な視点では（その地域に住む人びとの視点とは必ずしも一致しないが）、チェコ人、スロヴァキア人、クロアチア人、ボスニア人——これらは東欧全体のなかの最もよく知られているほんの一部の人びとである——は、すべて発明された国民なのだ。ポーランド、セルビア、ウクライナ、バルト三国、そしてギリシャでさえも、真実のもしくは想像上の遠い過去の栄光が何であれ、ほかの誰かの物語の下に歴史を埋没させられていた土地や人びとのなかから、繰り返し構築されてきた。簡潔に言えば、東欧はあなたの視点と立ち位置によって、現前していると同時に不在でもあり、現実であると同時に非現実でもあったのだ。

　アンダーソンもホブズボームもレンジャーも東欧にはさほど関心を向けなかったが、彼らのアプローチ（もしくは少なくとも彼らの著作のタイトル）は、西欧がいかに東方の他者を「想像」し、「発明」し、（ポストモダンな文学批評風に言えば）「（誤）表象」してきたかを辿る数多くの研究に着想を与えてきた。そのなかの最良のもの――たとえば一九九四年に出版されたラリー・ウルフの『東欧の発明』[☆3]――においては、西欧の書き手たちがある文明の地勢図を固定化し、それにより東欧を空間的のみならず精神的にも西欧の物語の辺境におとしめてきた経緯の見取り図を描くための未踏の領域への挑戦という意味で、西欧の歴史学の知に対するすばらしい貢献がなされた。

　しかし、構築主義的アプローチには危険もともなう。「発明」、「想像」、「表象」、そして「他者性」といった用語のあいだで、東欧の過去と現在をありのままに見ることに対する西欧の失敗の物語が、過度に理論化された学術的疑念の重荷にひきずられて沈んでしまう恐れがあるのだ。「オリエンタリズム」――西欧の書き手たちが、東もしくは南東ヨーロッパを理想化し制御するために、見下して距離を置くような書き方を用いてきたという非難――をこの組み合わせに加えてみよう。[☆4]東欧はもう一度、今度は西欧による無理解を埋め合わせることを目的とした善意から来る繊細さという泥沼に沈み、すっかり見えなくなってしまう。

II

ヴェスナ・ゴールズワージー[☆5]の著書『ルリタニアの発明――想像力の帝国主義』は、この嘆くべき結果をよく示す一例である。[*1] 彼女はたしかにすばらしい主題を選んだ。バイロンからマルカム・ブラッドベリ[☆6]にいたるまで、イギリスの作家たちはとくに詩、訓話、旅行記、冒険譚、ゴシック小説、恋愛喜劇、喜歌劇などの舞台をヨーロッパの東の辺境に設定してきた。H・H・マンロー(「サキ」)[☆7]が述べたように、そこは「馴染み深い異郷の地」なのだ――ロマンティックな幻想や叙事詩的な夢物語の舞台にふさわしく適度に離れたところにあり、荒らされてもおらず、居心地悪く隣接している文明化された世界と並置されても十分に見分けがつく。

最初はバイロンとシェリーのギリシャだった。次に来たのは、ブラム・ストーカーの『ドラキュラ』(一八九七年)における、ゲルマンとオリエントが半々に混ざった辺鄙なトランシルヴァニア、そしてそれに比べて地理的な正確さは欠くものの中欧に位置することはすぐにわかる、アンソニー・ホープの『ゼンダ城の虜』(一八九四年)と『クラヴォニアのソフィー』(一九〇六年)のそれぞれにおける小国。ジョン・バカンの『三九階段』(一九一五年)とサキのバルカン半島を舞台とした諸作品の後には、グレアム・グリーンの『スタンブール特急』(一九三二年)、アガサ・クリスティーの『オリエント急行の殺人』(一九三四年)、レベッカ・ウエストの『黒い仔羊と灰色の鷹』(一九四一年)、そして一世代を経て、オリヴィア・マニングの『バルカン三部作』(一九六〇-六五年)がつづいた。[☆8]

合間にはオーストリアのシュタイアーマルク州を舞台としたジョゼフ・シェリダン・レ・ファニュの『カーミラ』(一八七一年)とブルガリアを舞台とするバーナード・ショーの『武器と人』(一八九四年)、イーディス・ダラムの『バルカン人の責務』(一九〇五年)と『高地アルバニア』(一九〇九年)が出版された。ドロシア・ジェラードの『赤く焼けた王冠』(一九〇九年)はセルビア、ロレンス・ダレルの『団結心』(一九五七年)はユーゴスラヴィアを舞台としている。[☆9] よく知られていない作品はほかにもたくさんある。

ここには採掘されるべき豊かな文学的鉱脈があり、ゴールズワージーはテクストを直接論じるときに優れた批評眼を見せる。たとえば、彼女はこのジャンルに属する多くの小説や旅行記が国境地帯の街や駅で西欧への別れを告げるところから始まるか、もしくは西欧（たいていはイギリス）人の旅行者たちが策略にはまり列車に閉じ込められるという、バルカンを走る「缶詰の西欧」と彼女が呼ぶ仕組みによってプロットが成り立っており、このことから、いかに列車が重要であるかを指摘する。

彼女はまた、これらの物語におけるイギリス人の興味深い二面性を捉えてもいる。イギリス人はヨーロッパの東側（たいていはバルカン半島）をはじめは奇妙で無秩序だと感じるかもしれないが、最後には、ほとんど故郷のように感じるようになるのだ。中心から外れた《エクス・セントリック》ルリタニア人[10]と、奇妙な《エキセントリック》イギリス人が、どういうわけか共通の土台を見つけるのである。イギリス人の男か女が、図らずも「ルリタニア」の王座にのぼり、王子だか姫と、もしくは道中で出会った田舎の素朴な誰かと、恋に落ちかける。実際、『ゼンダ城の虜』からイヴリン・ウォーの『無条件降伏』[11]にいたるまで、これらの物語のなかの多くで、登場人物たちはイギリスへ帰ることに少なからず複雑な気持ちを抱くのだ。ゴールズワージーはこのことを、イギリス人が現地人のなかでは人格や品性の自然な優越を誇示できるのに対し、本国では無名であり、郊外の大衆のなかに紛れてしまうためであると考察する。これは一理ある指摘だ。

彼女の主題の大部分に見られるバイロン的モデルもまた重要な手がかりを与えてくれる。ギリシャで、トランシルヴァニアで、「ルリタニア」で、イギリス人冒険家は世界を正し、本国では彼には（そして当然のこと彼女には）認められていない倫理的そして政治的主導権を行使することができる。さらにウィリアム・コベットからウィリアム・モリスを経てジョージ・オーウェルへといたる、忘れられがちなイギリス文学の一側面もある。[12]それは田園イングランドの失われた世界、素朴で穏やかな日々への、長くつづくロマンティックな郷愁である。ゴールズワージーが指摘するように、これらの小説のうちのいくつかではルリタニアのなかにさらに保存されたルリタニアがあり、善良で誠実な農民たちが山中の要塞で、都市や宮廷の皮肉や裏切りとは無縁の生活を送っている。こうした「ルリタニア」への切望は、ゴールズワージーのあつかう冒険文学の多くが、彼女が考えているよりもさらに、実はイングランドについてのものなのだということを示唆している。

それでは、一体この本の何が問題なのか。まず、手法の点で偏りがある。すべてが、発明され、表象され、構築され、オリエント化されたことになっている。このことが文学的な創作や旅行者の観察記と地域住民の経験を並置することで両者を比較対照し、イギリス人の作家たちが集団的に世界の別の地域についての長く受け継がれる歪んだイメージをつくりあげたやり方を示すという目的のためであったならば、ただ苛立たしいだけで済んだであろう。しかし、ゴールズワージーの社会的に構築された世界においては、現実における真偽の判断はなされない。現実は文化のなかに溶け入ってしまっているのだ。「現実」、「ドキュメンタリー」、もしくは「客観性」がゴールズワージーの著作のなかに現れるときには、ほとんどつねに鍵括弧に入れられ、言うなれば、存在論的に疑われている。だから私たちは「現実」のバルカン人、「客観的」記述、そして「ドキュメンタリー」的著作について読むことになる。バルカン人自身でさえ――「バルカン人」として――引用符を装備させられ、それにより読者は、物語記述や文学的イメージを何らかの具体的な状況や場所に照らして判断するようないかなる行為もしてはいけないのだという警告を受ける。

構築主義と皮肉の混合が、彼女自身もバルカンや東欧の現実を誤読しているのではないかというあらゆる批判からゴールズワージーを守っている。ときにはバルカン人は実在する。たとえば彼女が、ドラキュラやゼンダは中欧についての神話であり、それより南部の地域と混同されるべきではないと述べるときなどだ。だがたいていの場合、バルカン人は発明されたものでしかない。その語が動詞型や形容詞型(「バルカン化する」「バルカン化された」)になると軽蔑的な意味合いをもつため、ゴールズワージーは、半島のほとんど全体をその言葉との一切の連想から保護しようとする。一言で言えば、バルカン人は「バルカン人」ではない。私たちが相手にしているのは、イメージ、戦略、偏見、表象、幻想でしかない。そこには、そこなどないのだ。[☆13]

しかし、この外国の文献による誤った流用の物語からは、実際の土地というアルキメデスの点〔ある知識の体系の基礎となる観点〕のみが欠けているのではない。ゴールズワージー自身が、彼女の記述において、奇妙にも不在なのである。たしかに彼女は、みずからがイギリスの文学的優位による当該地域の搾取と呼ぶもの(ここでは鍵括弧はない)に対する苛立ちや、怒りの片鱗さえも表す。だが私たちは、イギリスの作家たちが実際に存在する資源をちょろまかしたり濫用したりしたのか、もしくは何もないところからそれを発明したのかということについて、何も告げられることはない。ブラム・ストーカーによるトランシルヴァニアの記述は正確なのか? アンソニー・ホープのゼンダは事実に忠実なのか? もちろん違う、とゴールズワージーはほのめかしているようだ。それは愚かで不適切な問いなのだ。そしてそれでも、E・M・フォースター[☆14]が一九三〇年にブカレストのイギリス公使館に滞在したとき、彼は「「現実の」バルカン人と出会った」のだと記述される。ドラキュラの城よりはおそらく実際に起こったことに近いのだろうが、だからといって、より現実的であるということはない。

以上から、まさしくポストモダン的な結論を導くことができる。「中欧」も「バルカン人」も存在しない。そこには虚構——それは少なくとも虚構でないかのようなふりはしないが、それでも人びとが事実として受けとめるようなイメージをつくりだす——か、もしくはせいぜい虚構としてあつかわれるにすぎない幻想の残像である「現実」しか存在しない。しかしこれは、まさにゴールズワージーの主題を損なうものであろう。なぜならこの本はまぎれもなく、イギリスの作家たちが現実の世界に実体として物理的に存在するものを奪い、つくりかえてきた方法についての本だからである。現実が問題にならないなどということはありえないのだ。だから彼女は譲歩をはかる。「語り手の数だけバルカンの「真実」がありうるし、真実についてではなく、変わりゆく真実性の知覚について議論することのほうが、私たちにとって有用である」と。しかしこの説明はあまり助けにならない。それは、レベッカ・ウエストとロレンス・ダレルを、もしくはそのどちらかと何らかの「中立的な」記述を比べるべきでないということは教えてくれるが、レベッカ・ウエストを彼女が題材にした土地に照らして判断してはならないのはなぜかを説明してはくれないからだ。そしてゴールズワージー自身がどのように考えているかについても、当然教えてはくれない。

さいわい、「想像力の帝国主義」という、ゴールズワージーの本の副題がヒントを与えてくれる。彼女は「この本は、世界で最も強大な国の一つが、その国の文学やエンターテイメント産業のために、バルカン人の資源を搾取した方法を探求することを目的としている」と述べる。彼女によれば、今日の世界は、イギリス人の目を通してバルカン人を見ている。なぜなら、「西洋の想像力産業の経済力に直面し、バルカン人たち自身がつくったものは、機械によって大量生産されたイギリスの製品が市場に押し寄せてきたときのインドの綿産業と同じくらいに、勝負にならなかった」からである。そして事態はいまも変わっていない。「イギリスによってつくられたバルカンの「ブランド名」がバルカン人についての考えに悪影響を与えつづけていることは、イギリスの灌漑計画が肥沃なパンジャブの大地に塩害をもたらしたのと同じくらいにたしかなことである」。

このような、カルチュラル・スタディーズが後期マルクス主義と不幸せな政略結婚をしたような調子で書かれた箇所はまだまだある。かわいそうなロレンス・ダレルはバルカン人について「自分が得ることができるかもしれない経済的な利益をしっかりと計算したうえで……意図的に「模倣的な」書き方で書いた」ことにより、「文学における「バルカン人たち」〔原文ママ〕を無慈悲に搾取しつづける想像的な植民地化に収益性が認められること」を暴露したために断罪される。ゴールズワージーは新レーニン主義的な解釈にまで乗り出す。とはいえ彼女は、そこから引き出されるみずからの結論の愚かさに対して臆病に距離をとるくらいには用心深いのだが。

人びとの想像力の需要を満たすことにおいて、エンターテイメント産業によって存続させられてきた帝国主義は、よりおなじみの経済的な帝国主義の諸形式によって演じられてきたのとよく似た役割を演じている。実際、とあるマルクス主義批評家は、エンターテイメント産業の帝国主義が、ほかの人びとを従属させることで「大衆の阿片」の代替をもたらし、階級闘争を遅らせるものだと論じさえもした。

その無知なマルクス主義批評家が誰であれ、彼だか彼女だかは、少なくともバーナード・ショーが『武器と人』のなかでブルガリア人について書いたジョークが、民族ではなく階級に関するものであるということには触れてもよかっただろう。デイヴィッド・フットマンの『ペンバートン』[☆15]におけるバルカン舞踏室の人びとについての嘲笑めいた独白についても同じことが言える。バルカンという設定は、まぎれもなくイギリス内部のものである偏見や皮肉を変装させることに寄与するのだ。

問題は、カルチュラル・スタディーズがマルクス主義を薄めてしまうことが皆の損失となるというだけではない。もう一つの問題は、ゴールズワージーにまったくユーモアのセンスがないこと、滑稽なものに対する感受性が完全に欠けていることだ。みずからがとりあげるイギリスの作家たちがバルカン人の登場人物たちやバルカンという設定を見下し、バルカン人の「東方的な」短所を笑っていることに確信をもつがあまり、彼女はとりあつかうべき最良の材料を見逃している。もしハリウッド版の『ゼンダ城の虜』（一九三七年）が情け容赦のない資本主義的搾取の絶頂を示しているのならば、『我輩はカモである』（一九三三年）については何を言うべきなのだろうか？☆16

　こちらのマルクスたちはゴールズワージーの本のなかで言及されないが、ドラキュラの映画版がドナウ川というルーツから切り離されてしまったこともあり、マルクス兄弟の映画は西洋のポピュラーカルチャーにおけるバルカン的ステレオタイプの「搾取」としては、断然一番有名である。たしかに、『我輩はカモである』は、文学や映画におけるステレオタイプを無慈悲なまでに効果的に用いている。しかし、その結果は見事に逆である。私たちが自由の国《フリードニア》を笑うとき、私たちはセルビアやルーマニアを嘲笑しているのではない。私たちは映画産業そのものの陳腐さをネタにしたジョークを共有しているのだ。同じような内的言及という性質は、ダレルによる先行するバルカンの陰謀事件のパロディにおいても見てとれるのだが、ゴールズワージーの著作からそれを知る術はない。それ自体グレアム・グリーンの『第三の男』など先行する諸作品への言及によって成り立っているマルカム・ブラッドベリの『為替レート』（一九八三年）における、後期共産主義時代のブカレストの不運な英語講師の話は、ただ笑えるだけではなく、痛ましいほどに正確でもある。

　もし『ルリタニアの発明』が、「バルカン半島」を舞台にしたイギリスの作品の多くに見られるパロディやパスティーシュ、ドタバタ喜劇、そして自己嘲笑といった性質を楽しむことに失敗しているのであれば、その原因はたんに著者がブリキの耳をしているということだけではない。もう一つの原因は、正確さとパロディがともに著者に多大な不快感を与えるらしいということである。彼女は、バルカン危機のあいだのギリシャの恥ずべき行動についてのイギリス（もしくは西欧）の批判が気に入らない（「ギリシャ人の象徴的な「バルカン化」を……見下している」）し、それを偏見と植民地主義的気質のせいにする。ゴールズワージーは、彼女が議論する小説のなかのいくつかには、今世紀前半のセルビアとブルガリアの政治の動乱の歴史が公正に――そしていくぶんかの善意をもって――映し出されていること（最大の違いとして、ルリタニアの結末はより幸福で、残虐行為も少ない）は認めるが、彼女はこの真実への言及をできるかぎり手短に済ませる。

実のところ、ゴールズワージーはみずからの題材について、かなりの憎悪をあらわにしている。簡潔に言えば、外国人は歓迎されないし、その地を放っておくべきなのである。ゴールズワージーは、「バルカン問題に対する部外者の視点に、私たちは、私たちのうちのほとんどは、うんざりしてしまっている」という、『高地アルバニア』におけるイーディス・ダラムの記述を、イタリックで強調し賛意を示しながら引用する。部外者がバルカン半島を無視すれば、その地を軽蔑し貶めているとされる。一方で、その地を文学的目的のために利用すれば、濫用し搾取しているとされるのだ。

そしてもし外国人がその土地について学ぼうとし、共感をもって介入しようとすれば、それもうまくいかない。近年では、ゴールズワージーの書くところによると、「ヨーロッパの政治的無意識がみずからのタブーや隠された不安を表現するための真っ白なキャンバスを、いかにこの地域が提供してきたかということが、もう一度あきらかになってきている」という。彼女の本は、「飽くことのない介入への欲求を満たすために……数えきれない〈他者〉を、自国内と国外の双方で」つくり出している、「メディアによる良心の産業」への非難で締めくくられる。ここから導かれる結論は、問題となっている〈他者〉がセルビア人であるということだ。同書のなかで唯一手厳しい批判をまぬかれるイギリス人作家であり、セルビア人びいきのレベッカ・ウエストへのゴールズワージーの明白な共感とともに、この事実はゴールズワージーが完全に抑圧することのできない党派的で偏狭な視野を示唆している。

III

バルカン半島から中欧へ移動することは安堵をもたらす。だがこれはつねにそうではない。というのも中欧の歴史は、憂慮と苦悩という点では、バルカン半島のいかなる事例とも対抗しうるからだ。ヒトラーは中欧から来たのであるし、彼のドイツとスラヴの衝突に対する偏執狂的執念は、とりわけオーストリア－ボヘミアの過去に根を張っている（ロバート・カプランが『バルカンの亡霊たち』[☆17]のなかで、このヒトラーの生い立ちの中欧的要素の一部としてバルカン半島という側面を示唆したことを、ゴールズワージーは正しく批判している）。そしてバルカン半島における何者も、陰湿な疑い深い皮肉か、悲しみに満ちた自己憐憫的で滑稽な哀情のどちらかを強いられた、最も不機嫌なときのポーランド人やチェコ人とは比べものにならない。ボヘミアの発明という主題について書くか、あるいはそうした歴史の代償を支払うための知られざる中欧の歴史を書こうとすれば、それは実に鬱屈とした本になるだろう。

しかし、デレク・セイヤーの『ボヘミアの海岸』[*2☆18]はそのような本ではない。同書はチェコの人びとの芸術、文学、そして政治について、共感をもって優美な文体で書かれた野心的な著作である。一九世紀の〈国民意識〉〔一八世紀に始まった国民復興の初期の運動〕の目覚めから共産主義の衰退まで、チェコ地域、とりわけボヘミアとなかでもプラハの歴史に焦点を当て、セイヤーはチェコの数世紀にもまたがる土地、神話、そして歴史を、たしかな足取りで流麗に横断し、情熱と献身を示しながらも、ありがちな自己満足の国民幻想からは距離を置いている。彼は、数世紀にもわたる外国の迫害もしくは無視に対して過剰にやり返そうという誘惑に屈してはいない。おそらくセイヤーの本に向けうる最大の批判は、みずからの題材の豊かさに酔いしれており、ときに芸術作品のタイトルを並べているだけで、数頁にわたって事例が次々と示されるのが場合によっては百科事典のようになり、少し困惑させられることもある、ということくらいだろう。

セイヤーが自著の題材のためにほんの少しだけ見せる守りの姿勢は、冒頭、読者にチェコの過去がいかに不平等にあつかわれてきたかを確認するときに見られる。ボヘミアは東欧ではない、と彼は主張する。それはとくに「ボヘミアン」ですらない。自分たちの判断に任せられれば、ボヘミアはまったく西欧のようになり、また西欧の一部となっただろうし、現にこれまでもときにはそうだった。実際のところ「私たち」がボヘミアについて語るのは、そこでの危機が主流の歴史と絡みあったときだけなのだ。一六二〇年の白山の戦い（三〇年戦争の初期の戦いで、プロテスタントのボヘミア所領が対抗宗教改革派の軍によって打ち破られた）、一九三八年、一九六八年、一九八九年。このようなときでなければ、ボヘミアは西欧の意識から消え去ってしまうのだ。

さらに悪いことに、セイヤーの見方では、ボヘミアはみずからの歴史においてのみでなく、われわれの歴史においても正当な地位を否定されてきたのだという。どれだけの教養ある西洋人が言語学やモダン・アートにおけるチェコの達成について知っているだろうか？　「ニューヨーク近代美術館が「ダダ、シュルレアリスム、その遺産」の「包括的」と称する回顧展を開催しても、その網羅的な図録の本文中にも、実に詳細な年譜のなかにも、文献表にも、プラハやチェコスロヴァキアのシュルレアリスト・グループについての言及が一切ないことがまかりとおる」ことにセイヤーは不満を述べる。彼は正しい。そしてその点に長々と拘泥しないからこそ、彼の論点は説得的だ。一九四八年以降ヨーロッパの地図が書き直される以前に、カレル・タイゲ[☆19]などのチェコの前衛芸術家たちは実際のところ西欧でよりよく知られ理解されていた――ただ、ミュンヘン協定さえ結ばれていなかった頃から、アルフォンス（Alfons）・ムハは、ボヘミアの叙事詩を描いた偉大なる国民的な画家でありチェコスロヴァキアの切手の絵も手がけた人物としてよりも、世紀末にパリで活躍したアール・デコのデザイナーのアルフォンス（Alfonse）・ミュシャとしてよりよく知られていた（し、いまもそう知られている）[☆20]。

いったんセイヤーの筆が走り始めて、チェコの近代の芸術と思想の深みや幅広さとイギリスの首相たちの偏狭な無知とのあきらかな対照を提示し、戦争、占領、そして外国の無知によって押し潰されてしまったチェコのコズモポリタニズムに対して然るべき敬意を示してしまえば、彼の本は楽しい読みものになる。同書はほとんど例外なくチェコ語で書かれた文献に依拠している。百科事典、回顧録、古物商の広告、伝記、展覧会や美術館の図録、旅行ガイド、そのほかにも、それ自体が過去の研究の偏りを埋め合わせるための学術的営為の一形式とも考えられるような前世代のチェコの歴史研究書など、多岐にわたる。セイヤーがこれらの資料を用いる方法は模範的だが、一点だけ例外がある。

例外というのは、第一次世界大戦前のハンガリーによるスロヴァキアの学校とスロヴァキア語の抑圧についての記述である。セイヤーはチェコのデータと資料のみを用いて論証している。しかしハンガリー側から見れば、話はやや変わってくるだろう。そしてなによりセイヤーが別の文脈でみずから認めているように、一九一四年よりも数十年も前の時代の「スロヴァキア」語や「スロヴァキア」農民といった言葉が何を意味しているのかは、まったく明瞭でない。スラヴ語を話すハンガリー農民についてもまったく同じことが言えるだろう。誰が何のデータを、何のために用いているかによって、多くの事情が変わってくるのだ。

セイヤーは、細部の記述に関しては忍耐強い目と耳をもっており、ボヘミアの〈国民意識〉の目覚めから一九六〇年代までについての箇所で彼が記述し分類する、その土地にまつわる豊かな情報の量は、その素材の質のみならず――セイヤーは無名の作曲家、画家、詩人の名前を所狭しと並べてみせるものの、深入りしすぎることはない――その範囲の広さという点でも、驚嘆に値する。国民とは構築され想像されるものであるというのが本当なのだとすれば、「チェコ人らしさ」の誕生は、広告から絵の挿絵まで、画廊からスポーツ・クラブまで、もしくは公園から政治劇まで、国民の構築と想像がなされうる多様なスケールを示す模範例であろう。

チェコの事例がとりわけ興味深いのには――というのもこれは、結局、ほかの地域についても言えることなのだから――いくつかの理由がある。ルターよりも一世紀早く、そしてほかのたいていのヨーロッパの地域に比べてずっと先行したフスの改革[☆21]の時代からすでに、チェコ的なアイデンティティ、チェコらしさは、ほぼ確実に存在した。一四一五年にヤン・フスが異端として焼かれてからも、一六二〇年にハプスブルク帝国とカトリック教会の勢力によってチェコの支配階級が所有物を没収され、亡命させられ、殺されることで、ドイツ語を話し帝国側についた新しいエリートたちにとって代わられるまでは、長いあいだプラハとボヘミアは文学と宗教の双方において抵抗の拠点でありつづけた。二〇〇年以上ものあいだ、チェコ語は、そして独特なチェコのアイデンティティの残滓は、田園地域へと追いやられ、そこでなんとか口承で生き延びたのだった。

ヴィクトリア朝中期のボヘミアとモラヴィア（チェコ地域〔現在のチェコ共和国領〕）では依然として、ドイツ語を話す貴族と都市ブルジョワが、孤立しほとんどが文盲のスラヴ語話者の農民たちに囲まれていた。

しかし一九一〇年までには、国民意識を目覚めさせるべく奮闘した人たちの多大なる努力や、チェコ語を話す村人たちをそれまでにない規模で都市に吸い上げていった急速な産業化のせいもあり、プラハとほかのほとんどの比較的大きな都市で話される言語としては、チェコ語が優勢となっていた（しかし教養層はいまだにドイツ語を話していた）。一九一八年にオーストリアからの独立が宣言されるまでに、チェコ人は自分たちしか話せない言語と、そのなかで築きあげられてきた文化的アイデンティティによって定義される一つの国民として、みずからを再発明していた。

言語、アイデンティティ、自己奉仕的な国民神話（とそれを創り維持することを手助けした歴史の捏造）、国民と国家の構築におけるアイデンティティと同一化《アイデンティフィケーション》――セイヤーはこれらすべてを論じる。彼は、自著の主人公たちのなかで最も尊敬され、神聖化されているトマーシュ・マサリクについても、なんの幻想も抱いていない。チェコの初代大統領によって書かれた、大きな影響力をもった教育書『チェコ問題』は、チェコ国民アイデンティティのために政治的に都合のよい系譜を呼び起こすため、宗教的偏見と国民神話をここぞとばかりに利用したのだが、セイヤーはそのことをしっかりと指摘している。中世の神話から現在までのチェコの物語を絵画で描いたアルフォンス・ムハ〔ミュシャ〕の記念碑的な連作《スラヴ叙事詩》（一九二八年完成）については、セイヤーは次のように述べる。「ある次元では、ムハの無作為な〔宗教的モチーフの〕略奪は、すでに宗教がどれほど世俗化されていたかということを示している。しかしそれはまた、国民や民族に関するものが聖の領域へと高められたことを裏付けてもいる」。

とくに感心するのは、セイヤーがあらゆるもののなかで最も繊細な問題を扱う手さばきである。その問題とは、これまた東欧に共通する主題のきわめてチェコ的な変奏である。戦間期チェコスロヴァキアは、東欧地域の標準に比べてはるかにリベラルで立憲主義的、平等主義的な社会だったという事実とは裏腹に、それは完璧からは程遠い社会だった。一九一八年以降、チェコ人はプラハによって支配される人口のわずか半分に過ぎず、残りの半分はスロヴァキア人、ドイツ人、ユダヤ人、ハンガリー人、そしてカルパティア・ルテニア（現在のウクライナ西部）人が占めていた。セイヤーが、独立にずっと先立って、芸術的主題から通りの名前にいたるあらゆる場面でチェコらしさが強調されていたことについて論じながら指摘するように、「この新たに国民のものとされた社会的空間は、当然、実際には依然として多民族的であった人口の現実に対して組織的になされた、一連の文化的表象であった」のだ。

しかし国民の神話、記念日、博物館、学校のカリキュラム、そしてそのほかにもたくさんのものが、チェコらしさ、前世紀のチェコの復興、チェコの詩や音楽、言語の栄光などを、何よりも第一に語っていた。一九一八年以降に一九世紀の文化史がナショナリズムや反ドイツ主義の目的のために政治的に利用されたことについてセイヤーが議論している箇所をふたたび引用すると、「国立博物館、国立美術館シュテルンベルク宮殿、王立ボヘミア科学協会、そのほかの諸機関は、チェコ国民再生の初期のあらわれだったわけではない。これらのうちの多くは後から、その計画のためにハイジャックされたのであり、それらの設立はナショナリズム的系譜のために過去遡及的に流用されたのだ」。

このようにして独立の後に示されたイメージは、自国に対しても世界に対してもいくぶん偏狭なものとなり、そして、これがリベラルでコズモポリタンであると喧伝されたのであってみれば、誤解を生むものだった。ルテニア人とハンガリー人は無視された。いまだに大半が、せいぜい初等教育を受けただけの農民だったスロヴァキア人は蔑まれた。ユダヤ人は差別の対象とはならなかったが、ユダヤ人であったことと同時にドイツ語話者であったことによって、よどみなく流れる反ユダヤ主義的な憤懣の感情に向き合わされた。ドイツ人自身は、もはや多数派となっていたのはボヘミアとモラヴィアの南側と北側に位置する

「ズデーテン」地方においてのみだったが、歴史については怒りを向けられ、政治においては軽んじられた。ミュンヘン会談の結果、ハンガリーとポーランドがそれぞれ国土の端を少しずつ持ち去り、スロヴァキア人は独立を宣言し、ドイツがその残りをすべて手に入れようとして国がばらばらになったときには、チェコ人（そして、みずからを共和国の一員として考えるようになっていたうえに、ほかに選択肢のなかったユダヤ人）だけが残念に思っていた。

セイヤーは第一次チェコスロヴァキア共和国に対する郷愁の念を完全に押し殺せてはいない。それは、ワイマール共和国のように、ますます醜くなっていく政治と革新的な芸術とが同時に栄えた場所だった。しかしセイヤーは、つねに不吉な予兆となった〈国民意識の目覚め〉から引き継がれた国民的ポピュリズムの潮流がそこにあったことをいさぎよく認める。第二次世界大戦のあいだ、チェコ地域はそれほど苦しむことはなかった。セイヤーは、チェコとスロヴァキアにおける三六万人のヒトラーの犠牲者のうち、二六万人がユダヤ人であったという、戦後の慰霊において強調することを注意深く避けられてきた事実に対して注意をうながす。

そしてヒトラーが一度その土地から少数派を取り除いてしまうと、チェコ人は残りのドイツ人とハンガリー人を力ずくで追い出した。結果として、再構成された戦後のチェコスロヴァキア国家は、チェコ人とスロヴァキア人のみからなる、実質上均質的な国となった。ヒトラーのおかげで、土地と人びとは単一であり、みながチェコに（もしくは、しぶしぶながらスロヴァキアにも）属するのだという、一九世紀のナショナリズム的主張が現実となったのだ。「残されたのは、民族的そして社会的な複雑さを奪われ、統一的な国民という筋書きを押しつけられるべく裸にされた風景だった」。

一九四八年二月に共産主義者が政権を握ったのはこのような状況のなかでのことだった。セイヤーはここで、チェコの共産主義がロシアによって外から押しつけられたものなどではなく、チェコの土地の政治的・文化的土壌に根ざしたものだというみずからの視点をあきらかにすることで、大きな論争の的となる問題へと切り込んでいく。みずからの視点を論証するために、セイヤーは、その土地の共産党が、自由で開かれた選挙において、ヨーロッパのほかのどの地域にも勝りチェコ地域で成功を収めた、あの有名な一九四六年の選挙結果に言及するだけではない。セイヤーはまた、戦前に普及した民衆芸術、音楽、歴史、教育、そして民話におけるチェコ的なモチーフを共産党が大いに効果的に利用したことを指摘する。

共産主義を倫理的・物質的な面で準備した、序曲とでもいえるものを演奏したのはエドヴァルド・ベネシュ大統領[☆22]が一九四五年五月から四八年二月のあいだに広めて推し進めた、所有者から財産を没収し、少数派を追放し、諸事業を国有化し、政治的敵対者を投獄して公共の場から締め出した一連の立法であったことを、セイヤーは読者に思い起こさせる。そして、チェコの共産主義者たちが、あれだけ抑圧的で、画一的で、無慈悲で、そして怒りに満ちた体制、共産主義者たち自身の基準に照らし合わせても厳格で冷酷な制度を課すことができたことの責任の一部を負っているのは、国民自由党員そして社会主義者ですらあった前任者たちであり、その連中が「あいつら」に対して「われわれ」を、部外者に対してチェコ人を、強欲な支配者やそのほかの特権的少数者に対して人民を強調したことで、その後の共産主義者たちの仕事がやりやすくなったのだと、セイヤーは正しく結論づける。

チェコの国民感情の地域的偏狭さは、共産主義時代の以前にもそのあいだにも、'Malé ale naše'――小さいかもしれないが、われらのものだ――という、国内の風景からスポーツにおける実績にまで何に対しても用いられる一九世紀のナショナリズム的な言い回しにうまくとらえられている。セイヤーはこのことを記述するとともに、「今晩うちに食事に来ないか」という文脈における「うち」のような「自分たちの場所」といった意味でも使われ、その土地生まれではないものの排除を含意する「われらの故郷」などの意味でも用いられるチェコ語のU nás という言い回しの、変幻自在な用法の幅広さにも注目する。このような、居心地のよい仲間意識から民族中心主義的な排外主義にまで一つの言い回しのなかで容易に移り変わりうるという言語学的性質は、ヨーロッパのほかの言語にも、たとえばハンガリー語、そのほかのスラヴ語、ドイツ語（Bei Uns）、フランス語（Chez nous）などに見て取れるということをセイヤーはつけ足しておくべきだったであろう。対照的に英語とイタリア語には、囲炉裏、家、故郷、均質性、そして郷土《ハイマート》などが息を抜いてくつろいだ様子で混ざり合うという、そのような性質は見受けられない。

IV

チェコスロヴァキアと現代のチェコ共和国に興味のある人であれば誰でもこの本を読むべきである。この地域のほかの国について、同じような本が存在しないのは悲しいことだ。みずからも認めるように、自分の学者としての新しい出発点となったその土地と主題に対する強い情熱をもちながらも、セイヤーは、西欧の立場で上から目線で見下ろしたり、「現地の人《ゴー・ネイティヴ》」のように振る舞い、当の地域の人びとにもまして国民的で擁護的になったりという、ありがちな誤りを避けている。さらに彼は、近代のチェコの歴史における、最も触れづらい、議論の分かれる問題のいくつかに取り組んでいる。彼は、チェコの（そして東欧の）文化と人に関する同化政策、すなわち作家、芸術家、知識人が大いに尊敬されるが、その見返りとして共同体に対して反応し《レスポンド》、また責任《レスポンシブル》をもたなければいけないという状況に対してミラン・クンデラが抱く[☆23]嫌悪感をさえ共有しているようである。この「温かい親密さ」のなかでは、クンデラが書いたように、

「（批評家も、歴史家も、自国民も外国人も）みんなが国民という家族写真のうえにその芸術を張り付けて、そこから外に出ることを許さないからなのである」。

このことは、中欧とバルカン半島、そしてほかの東欧地域に関する、不穏ではあるが重要なことを思い出させる。このように国家、国民、人民が、めまぐるしい頻度でつくられてはつくりなおされてきた地域における国民アイデンティティの不安定さは、必然的に、当地の芸術家や学者たちに対して「国民的」、もしくは少なくとも忠誠的たらんとする圧力を与えるのみならず、老水夫症候群[☆24]とでも言うべきものも引き起こす。それは、部外者の肩をつかまえて、悲劇的な国民の物語を、失われ忘れ去られないように、何度も何度も繰り返し語ろうとする傾向である。チェコの国歌が、「Kde domuv muj?」、つまり「我が家何処や」という題であるのには、理由がないわけではないのだ。

このドラマにおける西洋の観衆の役割は、ほとんどのところ、敬意をもって聞くということに尽きる。それでも、部外者だけが言えることもあるし、部外者が言ったからといって不適切になるということはない。まず、西欧が東欧を扱ってきた歴史は、「植民地主義」という語をどれだけ広い意味で捉えようとも、その比喩によっては不完全にしか理解できない。外国による侵略の犠牲となった国に拠点を置いているその国の歴史家が、過去を「奴ら」が「われわれ」にしたこととして見る衝動にかられるというのは理解できることである。一九八九年以降には、そのような主張はふたたび、今度は共産主義による略奪の説明として聞かれるようになった。

まぎれもなく、ヒトラーとスターリンが犯した罪は深いものである。しかし、ほかの勢力、たとえばイギリス、フランス、イタリア、そして合衆国などの積極的な介入に目を向けることで、多くの中欧と東欧の人びとが辿った運命をどの程度説明できるのかといったことは、それよりはるかに不明瞭である。さらにはヒトラーとスターリンでさえも、東欧で、地域と時代によってはある程度歓迎されたし、その土地である程度の後援を受けたのだ。東欧諸国が、その規模と富に見合うような国際的な自律性を欠いてきたというのは本当である。しかし、それらの国が他者の悪意のたんなる受動的な犠牲者というだけではないということもまた真実である。

このことの理由の一つは、まさに国家の独立にまつわる事実にある。よく知られているように、「チェコ国民の父」と呼ばれるフランティシェク・パラツキー[☆25]は一八四八年四月に次のように述べた。「オーストリア帝国が、大小さまざまな共和国へと分裂したと想像してみよう。ロシアの君主制が普遍的に広まるためのなんと好都合な下地となろうか」。ハプスブルク帝国を再建することなどできない――とはいえ私は、一九一八年のオーストリア＝ハンガリー帝国の分裂が、そのほとんどすべての土地と市民たちにとって起こりえた最悪の事態だったのではないかとさえ言えると考えているのだが。しかし同時に、近代の中央・東南ヨーロッパの歴史における悲劇に何よりも貢献したのは、諸国家の独立とそれによって引き起こされた国境内外のほかの自称国家たちとの、生きるか死ぬかを賭けた衝突という経験だった。EUへの加盟は、少なくとも中欧において、一九一八年以降の当地の過酷な歴史のいくらかを和らげるかもしれないが、同時にその歴史を冷静な目で理解することの助けにもなることだろう。

このことは私たちをバルカン半島へと連れもどす。一九四八年以降にチトーがユーゴスラヴィアをスターリンの手から護ることに成功したことが、その国の知識人――そして国外の崇拝者たち――を勘違いさせ、みずからの過去を忘却させてしまい、それが現在の難局をもたらすことに間接的に貢献してしまったことは、悲しい皮肉である。ベルグラードやザグレブの知識人たちは、みずからとその読者たちに、歴史的衝突が解消され、国民同士の分断や社会的分断が克服され、労働者による管理の実験が成功した、などという虫のいい話を聞かせた。同じようなことは当然ソヴィエト管理下の東欧でもなされたが、そこでは誰もそんな話を信じなかった。それが違いである。植民地主義的流用という主題に関するヴェスナ・ゴールズワージーの勤勉なポスト・マルクス主義的研究は、今日のワルシャワやブダペストでは、笑い者にされて相手にもされないだろう。しかし、戦争による心の傷を背負ったユーゴスラヴィア崩壊の犠牲者たちは、みずからのぼろぼろな状況とこれから向き合わなければならないのだ。

そのときにそうした人びとは、オーストリアとイスタンブールのあいだの諸国における問題には、長い年月にわたって過剰に外国の利権や介入が絡んでいたのではなく、むしろそれらが過少であったのだという考えに行き着くかもしれない。デイトン合意が署名されたとき[☆26]、私はクロアチアのリベラルな知識人たちの一団と一緒にザグレブにいた。「ほら」、とそのうちの一人が言った。「アメリカはついに欲しいものを手に入れましたね」。「どういう意味ですか」と私は尋ねた。「わかりませんか」、そう友人は答えた。「合衆国はバルカン半島に軍事的拠点を築くことに成功したのですよ。あの国はそれをずっと望んできたのです。もう二度と手離さないでしょうね」。「でも私に言ったじゃないですか」と私は返答した。「西洋がこの地域に十分な関心をもたないことが問題なのだと」。「それは本当ですよ」。彼は答えた。「西洋は関心を持っていません」。合衆国が、あるいはほかのいずれかの西欧の勢力が、バルカン半島に「拠点を築く」などという意図をほんの少しでも抱いていたなどと私の頭には浮かんだことは一度もなかった。私は、西洋のまったく冷淡な無関心が真の問題なのだと思っていた。しかし、クロアチアの知識人にとって、あるいはセルビアの知識人にとっては、バルカン半島はイギリス、アメリカ、そして西欧の思考のなかで、一世紀以上ものあいだ、最も重要な関心事だったのだ。あるいは、そうあるべきだった。あるいは、その両方だった。それ以外に、このことを説明する手立てがあろうか。

したがって、『ボヘミアの海岸』の冷静な考察と、『ルリタニアの発明』の怒りに満ちた否定とのあいだの違いは、著者たちの手法と関心の違い以上のものを示している。それは、チェコ人たち自身によるチェコの歴史の議論が、歴史そのものに追いついてきた速さを示しているのだ。同じことはハンガリーとポーランドにも言える。一方でセルビアとクロアチアでは、あるいはルーマニアやギリシャでさえも、その歴史の大部分は、その土地の聴衆に向けて語られるとき、タブーとなるか、あるいは学術的検閲にさらされてしまうのだ。そこは妄想で溢れかえっている。

本当のところ、大半の西欧人は旧ユーゴスラヴィアについてほとんど何も知らなかったし、気にもかけなかった。このことに関してはユーゴスラヴィアの知識人たちにも多少の責任がある。部外者がその土地の内部の党派的な立場について介入したり支持したりすることに対する怒りと、ベルグラードに拠点を置くプラクシス派マルクス主義[27]の色あせていく幻想とのあいだで、ユーゴスラヴィアの多くの作家、学者、芸術家たちがみずからの国について実直に考えることができなかったため、それを世界に対して説明する機会をも失ってしまったのだ。ユーゴスラヴィアのナショナリストとなってしまった党官僚の共産主義者たちが、国際社会にみずからを国内指導者として、また国際的な対話者として売り出すことができたことの理由の一つである。

結局、一九八九年以前に西欧の指導者は誰も、自分がとるにたらない共産主義の独裁者たちとともに「仕事をする」ことができるなどと真剣に考えることはできなかった。アダム・ミフニクやヴァーツラフ・ハヴェルらの早い時期の貢献も手伝って、アメリカや西欧のどの外交官も、チェコスロヴァキアのグスタフ・フサークが「一緒に仕事のできる」男だなどと言うことはなかったし、かつてのブルガリアの、あるいはポーランドの場合でさえも、共産党の第一書記たちを「政治家」と呼ぶこともなかった。[28]しかし、リチャード・ホルブルックとビル・クリントンは、フラニョ・トゥジマンとスロボダン・ミロシェヴィッチ[☆29]をそうした言葉で評したのだ。

このような状況は、西欧の同盟者たちと合衆国を、バルカン半島での一つの大失敗からもう一つの大失敗へと導いたのであり、そのことはポストコロニアル、あるいは擬似《パラ》ルリタニア的な幻想に論理的に帰することはできない。クロアチアのトゥジマンは現代の自由の国《フリードニア》の独裁者のように見えるし、しばしばそのように振る舞う。しかし、嘲笑され無視されるどころか、彼はまったくもって真面目に相手にされるのだ――そしてそれにより彼自身もみずからを重要なものとみなす。西洋の指導者たちは、近年のバルカン半島の歴史におけるおぞましい出来事についてほんの少しでも知っていれば、言葉と友人を選ぶにあたってもっと慎重になるかもしれない。そうすれば確実に、より効果的な介入をする備えとなるだろう。

というのも、バルカン半島の過去はおぞましいからだ。不快なイメージのなかのいくらかは、単純に真実なのである。ヴェスナ・ゴールズワージーは一九九〇年代の「新しいオリエンタリズムへの動き」と彼女が呼ぶものについて否定的に書いている。「「バルカン」の残虐な戦争が二〇世紀末にヨーロッパのほかのどこかで起こることは考えられないという理由で、バルカン人は真に「ヨーロッパ人」ではないとされる」。このことはヨーロッパ亜大陸のほかの部分が、たしかにより幸運ではあったものの、より優れた場所だからという理由によるものではない。それは、二〇世紀後半の歴史が物事をそのように定めてきたからなのだ。

そのことをしっかりと見据えよう。私たちの世紀の本当に残虐なヨーロッパの戦争は、東・南東ヨーロッパに封じ込められてきたのだ。一九一四年以前の、または一九四一年から一九四八年までの、そして一九九一年以降のバルカン諸国内外の戦争のようなトラウマ的な動乱、非道な暴力、そして長くつづくむき出しのサディズムは、近代のアメリカ、イギリス、フランス、イタリア、あるいはスペインにおけるいかなる経験にも比較しえないのである。ポーランド、バルト三国、そしてウクライナで行われたドイツによる殲滅戦だけがそれらに比較しうるのであり、それはすでに長いこと、絶対悪についての近代の寓話となっている。西洋の観察者が「オリエンタル化」さえしなければ、東・東南ヨーロッパの歴史が西欧のそれと同じように見えるというふりをするのは、重大な誤りである。当然、バルカン半島の衝突のむき出しの悲惨さには理由がある。しかし実際に悲惨なのだ。この断言のなかに、想像されたもの、発明されたもの、表象されたもの、構築されたもの、流用されたもの、オリエント化されたものなど何もない。それは事実なのだ。

(このエッセイ、ヴェスナ・ゴールズワージー著『ルリタニアの発明——想像力の帝国主義』とデレク・セイヤー著『ボヘミアの海岸——チェコの歴史』の書評は、『ニュー・リパブリック』誌一九九八年九月号に初出である。)

II　イスラエル、ホロコースト、ユダヤ人

第6章　どこにも辿り着かない道

アルジェリアのフランス系カフェがアラブ人により爆破され、フランス政府が在アルジェリアフランス軍による拷問の使用を暗黙裡に容認し、空挺部隊の大佐らがテロを終わらせるための自由裁量権を要求するなど、アルジェリア危機が最高潮に達していた一九五八年、レイモン・アロンがある薄い本を上梓した。『アルジェリアと共和制』だ。[*1] フランスとアルジェリア双方の感情的主張および歴史的主張をはねのけ、アロンはフランスがアルジェリアを諦めなければならないその理由を彼独特の冷徹な散文で説明した。フランスによるアラブ支配を強制するにせよ、あるいはフランス国内でアラブ人にフランス人と同等の地位を与えるにせよ、フランスにはそれを行う意思も手段も欠けていた。もしフランスがとどまるのならば、状況は悪化の一途を辿るであろうし、あとになってもいずれは撤退を余儀なくされることになるだろう――しかもより悪化した状況で、より深刻な敵意という負の遺産とともに、というわけだ。共和国が自身にもたらした損害は、フランスがアルジェリアに与えていた損害を凌ぐものとなった。ここでの選択肢がいかに不可能に見えようとも、非常に単純なことだ。すなわち、フランスは撤退せねばならない。

それから何年も経ってから、アロンはなぜ当時白熱していた問題にまったく参与しなかったのか尋ねられた。拷問やテロリズム、フランスが政策としていた国家主導の政治的暗殺、アラブ人による独立国家の要求、そしてフランスの植民地主義の遺産といった問題だ。彼の応答は、皆がこれらについて話をしていたのに、なぜ私が自分の意見をつけくわえる必要があるのか、というものだった。焦点はもはやこの悲劇の起源を分析することでも、それに対する責を問うことでもなかった。成されるべきことを成すこと、それが焦点だった。

中東の惨事をめぐって意見と非難の不協和音が渦巻くなかで、アロンの冷静な明晰さは大変残念なことに見過ごされてしまった。というのも、イスラエル・パレスチナ紛争への解決策もまた、明快であったからなのだ。イスラエルは存在している。パレスチナ人とほかのアラブ人たちは、いずれこれを受け入れるだろう。すでに多くのアラブ人は認めている。パレスチナ人は「大イスラエル」から消し去られることはないだろうし、それに統合されることもないだろう。もし実際にヨルダンに追放されるようなことになれば、ヨルダンは破裂してしまい、イスラエルに壊滅的な結果をもたらすことになるだろう。パレスチナ人は自分たちの現実の国家を必要としており、それは獲得されることになるだろう。二つの国家は二〇〇一年のタバ交渉に沿うかたちで国境を描くことになるだろうし、それに即したかたちであれば一九六七年の国境は調整されるが、ほとんどすべての占領地域がパレスチナの統治下に置かれることとなるだろう。したがって多くのイスラエル人が個人の水準では認識しているように、占領地域のイスラエル入植地はこうした運命を定められており、そのほとんどがいずれ解体されることになるだろう。

アラブ人に帰還の権利はないだろうし、いまや時代錯誤となったユダヤ人の帰還の権利も放棄すべき時期だ。エルサレムはすでに民族的境界線にそって広く分割されているが、最終的には、両国家の首都となるだろう。この両国家は安定と共通の安全保障問題に関する利害を共有するのだろうから、やがては協力することを学ぶだろう。ハマースのような共同体を基盤とした組織は、テロリストのネットワークから政治政党へと自己変革する機会を与えられれば、同様の道を歩むこととなるだろう。先例は数多くあるのだ。

もし以上のようなアロンの主張がこの地域の未来なのだとすると、ではなぜこの地域はそこに到達することの悲劇的なまでの難しさを証し立てつづけているのだろうか。アロンのエッセイから四年後、ド・ゴールは彼の同国人をアルジェリアから比較的たやすく救出した。五〇年にもおよぶ残虐な抑圧と搾取のあと、南アフリカの白人らは人口の大多数を占める黒人に権力をあけ渡した。黒人たちは暴力も復讐も用いずに、その後任となったのだった。中東はそれほど異なっているのだろうか。パレスチナ人の視点からすれば、植民地主義の類比がしっくりくるし、他地域の先例が適用されるかもしれない。しかしながら、イスラエル人は別のやり方に固執している。

ほとんどのイスラエル人は自分たちの特殊性という物語にいまだにとらわれている。一部のユダヤ人にとってその特殊性は、現在のイスラエルの土地に古代ユダヤ人の国家が始原として存在したことを核心とする。あるいは、これはユデアとサマリアの地に神が与えたもうた権限なのだという主張を特殊性の論拠とするユダヤ人もいる。ユダヤ人の多くはいまだにホロコーストを引き合いに出し、ホロコーストは国際社会に対してユダヤ人の正当化を成しうるという主張に頼っている。これらの特殊な申し立てをすべて拒絶する人たちでさえ、自分たちの特質を防御するために次のような地理条件を指摘する。私たちはことほど左様に攻撃されやすい状況にあり敵に包囲されているのだから、危険を冒すことはできないし、たった一つの失敗も許されない。フランスは地中海を越えて撤退することができたし、南アフリカは非常に広大な国だ。だが私たちにはほかに行くところがない、というわけだ。最後の論点として、困難な選択肢であってもそれが不可避であるという点を直視しようとしないイスラエルの拒絶の背後には、アメリカによる暗黙裡の保障があることを指摘しておきたい。

世界のほかの地域にとっての問題は、一九六七年以来イスラエルが、みずからによる伝統的な自己像を不条理なものに変えてしまうまでに変容をつづけてきた、ということだ。イスラエルを世界第四位の軍事大国とする報告もあり、もはやイスラエルは地域的な植民地権力となっている。イスラエルは、あらゆる装飾と能力をそなえた国家なのだ。これと比べてパレスチナ人はじつに脆弱だ。たしかにパレスチナ指導部の失策は底なしで、パレスチナのテロリストによる犯罪は極端なほどに残虐ではあるのだが、その一方で、イスラエルが軍事的かつ政治的なイニシアチヴを握っているというのが事実なのだ。したがって現在の窮境を乗り越えて先へ進む責任は、主に（後で見るように占有的にというわけではないが）イスラエルにあるということになる。

しかし当のイスラエル人たちにはこのことが見えていない。その眼から見ればいまだに、自分たちは圧倒的優勢を誇る相手に抗して、抑制的に不本意ながらの自衛を行う小さな犠牲者の共同体なのだ。驚くほどに無能な彼らの政治的指導層は、自信過剰をもたらした一九六七年六月の〔第三次中東戦争における〕勝利以来、三〇年の月日を空費してきた。その期間、イスラエルは占領地域に不法な収容所を建設し、冷笑的態度という堅い殻を育てていたのだった。この冷笑は蔑視の対象であるパレスチナ人に向けられたものであったし、また、かつては善意から関与を避けていたのを、イスラエルが恥知らずにも利用したアメリカに対しても向けられていた。

イスラエルはシリアやレバノンのヒズボラ、ハマースの軍事部門、あるいはほかの過激派組織に対して継続的な脅威となってはいない。逆にこれらの組織のほうが、予想されるイスラエルからの反撃によってかえって発展してきた。だが現在のイスラエル政府は実際に、パレスチナ政府を壊滅しかかっている。先月の事件[1]のあとで愚かにもイスラエル側の言葉をうのみにしてしまったパレスチナの政治家は、裏切り者として激しく非難され、このことで処分されることとなるだろう。イスラエル国家はみずからの手で信用できるパレスチナ側の対話者を取り去ってきたのだ。

これはイスラエルがかかえる衝動の暗黒の源たるアリエル・シャロンによるはっきりとした功績だ。兵士のあいだではその戦略的な不適格さ[2]で名高い――勇敢な戦車部隊の侵攻による彼の戦術的成功[3]は、より広い視野で見たときの問題に比肩するものではない――シャロンは、私たちの多くが懸念するとおり問題が多いのだ。まさにその「戦略的な不適格さ」というレトリックにいたるまで、彼は一九八二年レバノン侵攻の失敗のすべてを反復している（アラファトの排除に関してはこの反復に失敗している）。ヤセル・アラファトに関するシャロンの強迫観念は、ヴィクトル・ユゴーの（『レ・ミゼラブル』に登場する）ジャベール警部を思いおこさせる。彼は自分自身を含めたあらゆる手段と理性を犠牲にして、ジャン・バルジャンを葬り去ることに彼の人生と仕事のすべてを捧げたのだった（文学での比較はシャロンとアラファト双方を過大評価することになるが）。

他方で、シャロンは数年のあいだに一人でアラファトの国際的評価を高めもした。もし彼がアラファトを排除することができて、それにもかかわらず、爆破犯たちがイスラエルに来つづけていたら（実際そうなるだろう）、シャロンはどうするのだろうか。また、イスラエル国内出身のアラブ系の若者らが、イスラエルによる占領地ジェニンやラーマッラーのいとこたちへの対処の仕方に憤慨して自爆作戦に志願するとき、彼はどうするだろう？　戦車部隊をガリレに送るのだろうか？　ハイファのアラブ人地区を電気フェンスで囲もうとでも言うのだろうか？

シャロンとイスラエル政府——自分たちに責任がないしるしとして手を洗うピラトのごときこの国のインテリ層については言うまでもないが——は昨今の危機に関して最も非難されるべき対象だ。だが、彼らだけではない。イスラエルはワシントンから自由に行動する権限をもらっていると考えているのだから、アメリカはこの混乱に否応なく参与していることになる。中東に平和をもたらそうとするヘンリー・キッシンジャーからビル・クリントンにいたる過去三〇年間のすべての真摯な努力はアメリカによる熱意と介入で始まった。ではブッシュ政府は国際的な怒りを買い将来の影響力を危険にさらしながら、なぜこうも長いあいだこの問題を迂回しつづけたのだろうか？

なぜアメリカ大統領は三月末から四月の初めにかけて、自爆犯の犯行を取り締まるために「アラファトはもっと手を打つべきだ」と示唆する程度にとどめつづけたのだろうか？　その一方でパレスチナ政府の指導部は自由に使える携帯電話一つだけ手にして三つの部屋に幽閉されていたというのに。なぜ素養と知性をかねそなえたコリン・パウウェルは現在の危機が作り上げられていくなかで、自由裁量的な「完全休戦」（散発的に起こるイスラエル人の暗殺を抑えるためのもの）の期間をもとめるシャロンの不誠実な要求を、政治的論議を経ずに受け入れたのか？　四月九日の『ニューヨーク・タイムズ』紙によれば「イスラエルの戦車部隊と戦闘ヘリが西岸地区になだれこんだ三月二九日以降、二〇〇人以上のパレスチナ人が殺害され一五〇〇人以上がケガをした」というのに、なぜアメリカは傍観しつづけているのか？　要するに、シャロンが自由自在にアメリカを振り回せる「テロリズム」と書かれた手綱に、なぜアメリカは自発的に自分を縛りつけていったのだろうか？

その答えは、残念なことに、九月一一日だ。それまでブッシュは、去る八月にそうしたように、「標的の定まった暗殺」をしないようにとイスラエルに警告する必要を感じていた。だが九月一一日以降、「テロリズム」や「テロリスト」といった言葉が理性的な対外政策論議を黙らせてしまっている。アラファトは「テロリスト・ネットワークの」首領であると、ただアリエル・シャロンが宣言するだけで、ワシントンは羊のごとく彼のあらゆる軍事行動のあとに唯々諾々と従っていったのである。私たちは「テロとの戦争」という新しいレトリックに麻痺させられている。どんな政治家でも国内外の批判者を説得的に「テロリスト」だとレッテル張りできれば、すくなくともアメリカ政府に話を聞いてもらうことができるし、しばしばそれ以上の見返りがあるのだ。

「テロリスト」なる呼称は、これ以前の「共産主義者」や「資本主義者」、「ブルジョワ」などのように、私たちの時代のお題目になってしまっているのかもしれない。これらと同様に、「テロリスト」という語はそこから先の議論を閉ざしてしまうものだ。語にはそれ自身の歴史がある。ヒトラーとスターリンは反対者たちを典型的に「テロリスト」と呼んだのだった。もちろん、実際にテロリストは存在するが、それは現実のブルジョワや本物の共産主義者が存在するのと同じことだ。市民を標的とするテロは弱者がよく用いる武器である。だが問題なのは、「テロリスト」という言葉が、「ならず者国家」と同じように、両刃の剣となりうるような変幻自在の表現装置だということだ。ユダヤ人テロリストはイスラエル国家創設者らのなかにいたし、イスラエルをならず者国家だとする決議案が国連で採択されるまでそう長くはないかもしれないのだ。

したがって、中東における問題の解決がいかなるものであれその第一段階は、アメリカにとってはまずテロとの戦争という自滅的なレトリック的強迫観念を放棄することとなる。これがアメリカの対外政策をシャロンの懐刀にしてきたのだ。アメリカは強大な力を持つ国らしく行動し始める必要がある。イスラエルの首相に脅されてだんまりを決め込むのではなく、むしろワシントンは首相に、そして首相の好意を勝ち得てきたパレスチナの代表者らに、お互いとの対話の開始を求めなければならない。二年前は、いや一年前ですら、パレスチナ政府にそういった対話の前に爆破行為の全面的停止を求めることは合理的だったかもしれない。だがアリエル・シャロンのおかげで、交渉に応じるパレスチナ人でそういった要求に対処できる地位の人物は誰もいなくなった。したがって、爆破のあるなしに関わらないかたちで対話や和平締結が目指されなければならないのだ。

もちろん、イスラエル市民への自殺テロを容認するような人物とどうやって話などできるのか、とイスラエル人は言うだろう。パレスチナ人はこれに対して、恒久平和を望むと主張しながらも過去数年間で三〇もの新しい入植地を建設してきた者に言うことなどない、と返すだろう。双方ともに、相手を疑う十分な根拠がある。が、ほかに選択肢はないのだ。両者が対話するようにされなければならない。[*2]そして、忘却を始めなければならないだろう。

忘れなければならないことはたくさんある。パレスチナ人は、一九四八年の大規模な立ち退きや土地の収奪、経済的搾取、ヨルダン川西岸地域の植民地化、政治的暗殺、そして数多くの日常的な屈辱的経験を覚えている。イスラエル人は、一九四八年の戦争や、一九六七年以前はアラブがイスラエル国家を認めてこなかったこと、それ以降はユダヤ人を海へ追い立ててやると繰り返し脅してきたこと、そしてこれまでの市民への恐ろしい無差別殺戮を覚えている。

しかし中東の記憶は特殊なものでもなければ、規模においては特別でもない。アイルランド共和軍（ＩＲＡ）は二〇年にわたってプロテスタント系市民をその家の前で、子どもらの目の前で幾度となく撃ち殺してきた。プロテスタント側も同様の応酬を行った。暴力はその規模を大きく減じはしたものの、つづいている。だが、このことは穏健派プロテスタントがシン・フェイン内の同じ立場の者に向けて公の形で語りかけるのを防げることはなかった。〔ともにシン・フェイン党の代表を歴任した〕ジェリー・アダムズとマーティン・マクギネスはいまや正統な政治的指導者として受け入れられている。別の場所では、ナチス親衛隊（SS）が七〇〇人ものフランス人男女と子どもを生きたまま焼き殺した一九四四年のオラドゥール村虐殺事件から六年も経たないうちに、フランスとドイツが新しいヨーロッパのプロジェクトの核となる部分を作り上げようと同じ席に着いたのだ。

第二次世界大戦末期の激動のさなか、数十万人のポーランド人とウクライナ人が殺されたり自分たちの土地から追い立てられたりした。これはどちらも近隣のウクライナ人やポーランド人によって行われたもので、中東でこれまで見られたものをはるかにしのぐ、コミュニティ間の暴力の狂乱のなかで行われた。現在の状況に換算するなら、ユダヤ人とアラブ人の衝突による死者が同程度の死者数になるにはあと数十年かかるということになる。だが現在のポーランド人とウクライナ人はすべての悲劇的記憶にもかかわらず、平和な生活だけでなく、平穏に保たれた国境をはさんで協働と協力を育むよう、暮らしを営んでいるのだ。

これは可能なのだ。今日の中東ではそれぞれの側が密閉された記憶と国民の物語のなかに住んでおり、そこでは反対側の痛みは見えないし聞こえない。だがこれはアルジェリア人とフランス人のあいだでも、フランス人とドイツ人のあいだでも、ウクライナ人とポーランド人のあいだでも、そしてとりわけアルスターのプロテスタントとカトリックのあいだでもそうだったのだ。壁が崩れ去る魔法のような瞬間などないが、出来事がどのような順序で起きるのかははっきりしている。はじめに政治的解決が、典型的には外部の上から押し付けられるかたちでやってくる。これはしばしば相互的な敵意がピークに達した時に起こる。そのあとになって初めて、忘却が始まるのだ。

アリエル・シャロンがこの地域全体での死と衰退の長いサイクルを始めようとしている現在のこの瞬間は、アメリカ大統領が遅まきながら認めているように、最後の瀬戸際なのかもしれない。これは間違いなくイスラエルにとってのものだ。アラブ側が土地と国家を獲得するずっと前に、イスラエルは内部から衰退していくことになるだろう。シャロンに連帯を示していると受け取られるかもしれないという恐れは(すでに多くがこれによりイスラエル訪問を控えているのだが)広く国際社会へと急速に広がり、イスラエルをのけ者国家にしてしまうことだろう。パレスチナ人にとってシャロンは悪しき者だが、パレスチナ人はシャロンの下でも生き残るだろう。イスラエルの今後についてはこれほどはっきりしていない。世界のほかの地域からすれば中東危機は国家間戦争の危機が高められている状態を表しており、アメリカのテロとの戦争が、それがどのように説明されるものであろうとも、失敗するであろうことの保証となっているのである。[*3]

現在の中東を見る悪気のない評者たちは、しばしば闘争中の集団が賢明な自己利益にもとづいて行動していると信頼してしまう。彼らが示すところによれば、パレスチナ人は物質的豊かさと個人的安全と引き換えにイスラエルの覇権を受け容れたほうがよい、そうすれば遅かれ早かれ彼らは完全な独立などという要求は間違いなく放棄するだろう、というわけだ。シャロンの戦車の背後に戦略的な計算があるとすれば、それは次のとおりだ。すなわち、十分に脅しつけられることで、アラブ人は戦いによってどれほどのものを失わなければならないかを理解し、イスラエル側の示す条件下での平和な生活に賛同することになるだろう。

これはあらゆる植民地幻想のなかでも、おそらく最も危険なものだ。アルジェリアのアラブ人のほとんどにとって、フランス支配下にいた方がそれにとって代わった現地の抑圧的体制下よりも豊かに暮らせたであろうことにはほとんど疑いがない。同様のことがかつてロンドンに支配されていた旧植民地国家の多くに当てはまる。しかしよい暮らしの基準は、収入計算や寿命、あるいは安全によってすらも、たやすく算出されうるようなものではない。レイモン・アロンが見て取ったように、「人が自分の利益への情熱を犠牲にするだろうと想定することは、私たちの世紀の経験を否定すること」なのだ。これが、国内のアラブ系国民の扱いにおいて、イスラエル人がどこにも辿り着けない道の途上にあるというゆえんである。和平交渉と徹底的な解決以外の代替案はないのだ。そしてそれは、いまでなければ一体いつ着手されるというのだろうか。

（このエッセイの初出は二〇〇二年五月の『ニューヨーク・レヴュー・オヴ・ブックス』誌である。）

第7章　イスラエル——代案

中東和平交渉プロセスは終わった。自然死したのではなく、殺されたのだ。マフムード・アッバス☆1はパレスチナ自治政府大統領によって足下をすくわれ、イスラエルの首相には顔に泥をぬられた。彼の後任には、同様の運命が待ちかまえているだろう。イスラエルは、「ロードマップ」を鼻であしらって不法な入植地を建設し、みずからの後援者であるアメリカを小馬鹿にしつづけている。アメリカ合衆国の大統領は腹話術人形へと堕し、イスラエルの内閣のせりふをみじめに復唱している。曰く、「悪いのは全部アラファトだ」と。イスラエル人たち自身は、次の自爆テロはいつだろうかと戦々恐々としている。パレスチナのアラブ人は、縮小していく自治区《バントゥスタン》におしこまれ、EUの施しで糊口をしのいでいる。死体のちらばった〈肥沃な三日月地帯〉で、アリエル・シャロン、ヤーセル・アラファト、そして一握りのテロリストたちは、勝利を宣言することができるだろうし、実際に宣言している。私たちは袋小路に入ってしまったのだろうか？　何がなされるべきなのだろう？

二〇世紀のはじめ、大陸ヨーロッパの諸帝国のたそがれに際して、ヨーロッパの従属民族は、「国民国家」を、すなわちポーランド人、チェコ人、セルビア人、アルメニア人などが自由に、自分たちの運命の主人となって暮らすことができるような故国の領土を形成する夢を見た。第一次世界大戦後にハプスブルク帝国とロマノフ帝国が崩壊すると、これらの国の指導者たちはその機会をとらえた。新たな国家が疾風のごとく現れ、そういった国家が最初にしたのは、その国民的、「民族的」な多数派——それは言語、宗教、古くからの受け継いだ風習、もしくはそのすべてによって定義される——に特権を与え、返す刀で地方の少数派の不都合な存在を抑圧し、彼らを二級国民の地位に押しやって、永久に自分たちの故国に居住するよそ者にしてしまう、ということだった。

しかし、こういったナショナリズム運動のうちでも一つだけが、つまりシオニズム運動だけがその野望を達成できなかった。消滅してしまったオスマン帝国の只中の適切な場所にユダヤ国民の故国を建設しようという夢は、イギリス帝国がそこから撤退するのを待たねばならず、それはさらに三〇年間ともう一度の世界大戦を経てようやく実現されたのである。かくして、一九四八年になってようやく、ユダヤ人の国民国家が元オスマン帝国領のパレスチナに建設された。だが、ユダヤ人国家の建国者たちは、かつてのワルシャワ、オデッサ、ブカレストの世紀末の同時代人たちと同様の概念や範疇の影響を受けていた。驚くべきことでもないが、イスラエルの民族・宗教的な自己定義と、内部の「外国人」に対する差別はずっと、たとえば、——これは両者とも認めたがらないだろうが——ハプスブルク帝国後のルーマニアの実践とかなりの共通点があったのだ。

つまるところ、イスラエルの問題は、しばしば示唆されるのとはちがって、それがアラブ世界のなかのヨーロッパの「飛び地」であることではなく、それが生まれたのが遅すぎたということなのである。イスラエルは、一九世紀終盤における独特の分離主義の企図を、すでに先に進んでしまった世界、すなわち個人の権利、解放された国境、そして国際法の世界に持ちこんだのである。「ユダヤ人国家」というまさにその観念、つまり、ユダヤ人とユダヤ教が排他的な特権を持ち、そこからは非ユダヤ系の国民は永久に排除されるような国家の観念そのものが、現在とは異質な時と場所から生じたものなのである。つまるところ、イスラエルとは時代錯誤的な観念なのだ。

とはいうものの、イスラエルはある重要な特質において、帝国の崩壊から生じた、かつての不安定で守勢に回った極小国家とはかなり異質である。それは、イスラエルが民主主義国であるということだ。現在のジレンマはそこから生じているのだ。一九六七年に征服した土地を占領していることから、今日のイスラエルは三つの魅力的とはいえない選択肢に直面している。まずイスラエルには、その領土のなかの入植地を撤去し、一九六七年時点の、そのなかではユダヤ人が明確な多数派となるような国境線へと復帰するという選択肢がある。そうすればイスラエルは、アラブ系の二級市民のコミュニティを変則的に抱えもちながらも、ユダヤ国家でありなおかつ民主主義国の体裁を保つことができる。

ほかの選択肢として、イスラエルが「サマリア」「ユダヤ」[☆2]そしてガザを占領しつづけるというのがあり、そうするとそれらの地域のアラブ人は、今日のイスラエルのアラブ人人口に加算されれば、五年から八年以内には人口の上での多数派になるだろう。その場合イスラエルは（公民権のない非ユダヤ人のますます大きくなる多数派を抱えた）ユダヤ国家になるか、民主主義国家になるかのどちらかを選ぶことになる。だが論理的には、その両方になることはできない。

それ以外には、イスラエルは占領地を支配しつづけるけれども、そこに暮らす圧倒的多数であるアラブ人を追い出すという選択肢がある。その方法は、無理矢理に追放するか、または土地や生活の糧をしぼり取っていって、国外に脱出するほかにどうしようもなくしてしまうかのどちらかだ。この方法でならイスラエルはユダヤ人国家でありつつ、同時に少なくとも形式的には民主主義国家であることができる。だがその代償としてイスラエルは、国家のプロジェクトとして大規模な民族浄化を行った、現代で最初の民主主義国になるだろう。それはイスラエルに、無法国家の地位を、国際的なのけ者《パリア》の地位を永久に宣する行為となるだろう。

この三つ目の選択肢は、なんといってもユダヤ人の国家には取りうるものではあるまいと考える人は、過去四半世紀にわたるヨルダン川西岸での入植地や土地の接収の間断ない増加が見えていないし、現在その一部が政権に入っている、イスラエル右派の将軍や政治家が言っていることが耳に入っていないということになる。今日のイスラエル政治の中道を占めているのはリクード党である。リクード党の本体は、故メナヘム・ベギンがつくったヘルート党だ。[☆3] ヘルート党は、ゼエヴ・ジャボチンスキーが戦間期に立ち上げた修正主義者シオニスト連合[☆4]の後継組織なのであるが、その修正主義者シオニスト連合というのは、法的・領土的に微妙な問題に対してどこまでも無頓着であり、左派シオニストたちから「ファシスト」というあだ名をつけられたほどなのである。イスラエルの首相代行エフード・オルメルト[☆5]が、彼の国はパレスチナ自治政府が選んだ大統領を暗殺するという選択肢を排除はしてこなかったと堂々と言ってのけるのを聞けば、このレッテルはこれまでになくぴったりだというのは明白だろう。政治的な殺人とは、まさにファシストの所業なのだから。

イスラエルの現状は絶望的とは言わないにせよ、見込みの少ない状態に近づいているだろう。自爆テロではイスラエル国家は倒せないだろうが、パレスチナ人には武器はそれしかない。あらゆるユダヤ人を地中海へと追い出すまでは気が済まないという急進派のアラブ人たちがいるにはいるが、彼らはイスラエルに対する戦略上の脅威にはならないし、イスラエル軍もそれをわかっている。もののわかっているイスラエル人がハマースやアル・アクサ殉教者旅団[☆6]よりもはるかに恐れているのは、「大イスラエル」に着実に出現しつつあるアラブ人の多数派であり、とりわけ自分たちの社会の政治文化や国民的な士気がむしばまれてしまうことである。高名な労働党の政治家アブラハム・バーグが最近書いたように、「二〇〇〇年にわたる生き残りのための闘争を経たのちのイスラエルの現実とは、法と市民的な道徳を鼻であしらう派閥に運営される植民地国家だ[*1]」。何か変化がないかぎりは、イスラエルは五年後にはユダヤ系の国でも、民主主義国家でもなくなってしまうだろう、ということだ。

ここで、合衆国が構図のなかに入ってくる。これまでのイスラエルの行動は、アメリカの外交政策にとって破滅的なものであった。アメリカの支持によってこそイスラエル政府は、戦争によって強奪し占拠した領土から撤退するように要求する国連決議を、一貫してずうずうしくも鼻であしらうことができてきたのである。イスラエルは、中東で真に威力のある大量破壊兵器を所有していることが知られている唯一の国である。それから目をそらすことによって合衆国は、そのような兵器がほかの、好戦的な可能性を秘めた小国の手に渡ることを防ごうという次第に必死さを増す努力を、みずから台なしにしてしまったのである。合衆国政府が、（暗黙の）懸念を抱きつつもイスラエルを無条件に支持していることは、世界中がもはや私たちアメリカの誠実さにもはや信を置かなくなった理由なのである。

いまや、アメリカがイラク戦争を開始した理由は、必ずしも当時喧伝された理由によるものではなかったとわかっていると、政府の要職についている人びとは暗黙のうちに認めている[*2]。現在の合衆国政府の多くの人間にとって、主要な戦略上の関心事は、中東を不安定化させ、イスラエルとって好ましいと考えられるようなやり方で構成しなおすことである。このストーリーは終わりなくつづく。私たちはいまや、イスラエルの諜報部がイラクの兵器はシリアに移動したと確証したので、シリアに対して好戦的な抗議の声を上げている。この主張についてはイスラエル以外の情報源からの確定的な証拠は何ら得られていないのだが。シリアはヒズボラとイスラム聖戦[☆7]を支持している。どちらもたしかにイスラエルの宿敵ではあるのだが、国際的な脅威とはまったくもって言いがたい集団である。ところが、シリア政府はアルカイダについて決定的な情報を合衆国にこれまで提供してきてもいる。イスラエルの長年にわたる怒りのもう一つの対象であり、私たちが積極的に遠ざけてきたイランと同様に、シリアは敵というよりも友人として合衆国により役に立つ存在なのだ。私たちはいったいどの戦争を戦っているのだろう?

二〇〇三年九月一六日に合衆国は、ヤーセル・アラファトを国外退去させるという脅しを思いとどまるようイスラエルに依頼をする国連安全保障理事会の決議に拒否権を行使した。アメリカの高官たち自身でさえも、オフレコで、その決議は理にかなっており賢明なものであり、イスラエルの現在の指導層による、次第に乱暴さを増していく意見表明は、アラブ世界でのアラファトの立場を回復させるだけであり、平和への大きな障害になっていると認めているのだ。しかしそれにもかかわらず合衆国はその決議に反対を表明し、中東地域の誠実な調停役としての信用をさらに失墜させた。世界中のアメリカの友好国や同盟国はそのような行動にもはや驚くことはないが、それにしても悲しみ、落胆してはいる。

イスラエルの政治家たちはすでに長年にわたってみずからの墓穴を掘りつづけてきている。なぜアメリカは、イスラエルの失敗を援助し、それに手を貸すようなことをつづけるのか? 合衆国はかつて、年間の支援金のうちヨルダン川西岸地域の入植者の助成金となっている一部を保留するという脅迫によって、イスラエルに圧力をかけようとした一時期があった。しかし、それが前回、クリントン政権時に試みられた際には、イスラエル政府はそのお金を「防衛費」として受け取ることで切り抜けた。アメリカ政府はそのごまかしを見て見ぬふりをし、一九九三年から一九九七年の四年間の一〇〇億ドルのアメリカによる支援金のうち、保留されたのは七億七五〇〇万ドルに満たなかったのである。入植計画は何のとどこおりもなく進んでいった。いまやアメリカはそれを止めようという努力さえも放棄してしまった。

このように、発言も行動もしたがらない姿勢は、誰の得にもならない。それはまた、アメリカ国内の議論をも損なってきた。アメリカの政治家や評論家たちは、中東について正面から考えるのではなく、意見を異にするヨーロッパの同盟国を中傷し、イスラエルが批判されたら反ユダヤ主義の再興だと口から出任せに無責任なことを述べ、コンセンサスに異を唱えようとする著名人は誰であろうと口汚く非難するのである。

だがそれで中東危機が消え去るわけではない。六月に、トニー・ブレアをなだめるために「ロードマップ」についておざなりな発言をしたブッシュ大統領は、来年には中東で起こる騒乱から不在であることによってむしろ目立つことだろう。しかし、時間の問題でアメリカの政治家はイスラエルの首相に真実を告げ、それに耳を傾けさせる方法を見つけなければならないだろう。イスラエルのリベラル派とパレスチナの穏健派は、唯一の希望はイスラエルがほぼすべての入植地を解体し、一九六七年の国境線へと復帰し、その見返りにアラブ側が、その国境線と、安定してテロリストのいないパレスチナを、西洋と国際的な機関の保証（と強制）のもとに承認することであると、二〇年間にわたって主張してきたのであるが、それは無駄に終わってきた。これはいまだに従来からつづくコンセンサスであるし、かつては公正で可能性のある落としどころであった。

しかし、私が思うに、もはや手遅れである。あまりにも多くの入植地が、あまりにも多くのユダヤ人入植者が、そしてあまりにも多くのパレスチナ人が存在し、有刺鉄線と移動制限法によって分離されながらとはいえ、その全員が共に暮らしている。「ロードマップ」が何を語っていようが、本当の地図《マップ》は地上に存在するものであり、その地図は、イスラエル人の主張によれば、現実を反映しているのだ。ロードマップによれば二五万人以上の、重武装して資金提供を受けた入植者たちが、アラブ人のパレスチナからみずからの意志で撤退するということであったが、そんなことが起きると信じている人は、私の知るかぎりではいない。それらの入植者たちの多くは、立ち退くくらいなら死ぬ――そして殺す――だろう。国家の政策を遂行するためにユダヤ人を射殺した最後の政治家はダヴィド・ベン゠グリオンで、彼はベギンの非合法のイルグンを一九八四年に強制的に武装解除し、新たなイスラエル国防軍に編入した。[☆8] だがアリエル・シャロンはベン゠グリオンとは違うのだ。[*3]

いま、思考不可能なことを思考すべき時がやってきている。二国家解決――オスロ和平プロセスと現在の「ロードマップ」の核にあるもの――の命運はおそらくもはや尽きた。私たちは極右と極左のみがそれぞれの理由があってこれまで目をそらさなかった、不可避でより厳しい選択を一年また一年と先延ばしにしてきた。この後の年月において中東が直面する真の選択肢とは、民族浄化をされた大イスラエルか、それともユダヤ人とアラブ人、イスラエル人とパレスチナ人が暮らす単一の、統合された、二国民の国家のどちらかとなるだろう。事実、シャロン内閣の強硬派が認識しているのはそのような選択肢だ。それゆえに彼らは、アラブ人を取りのぞくことが、ユダヤ人国家が生き残るための避けえない条件になるだろうと予期しているのである。

しかし今日の世界のなかに「ユダヤ人国家」のための場所などないとしたらどうだろうか？　もし、二国民解決が、次第に可能性を増しているというだけではなく、実際に望ましい結果だとしたら？　これはそれほどに奇妙な考えというわけではない。このエッセイの読者のほとんどは、かなり昔から多民族・多文化である、複数主義的な国に住んでいる。ヴァレリー・ジスガール・デスタン[☆9]には失礼ながら、「キリスト教ヨーロッパ」は死語である。今日の西洋文明とはさまざまな肌の色、宗教、言語の、そしてキリスト教徒、ユダヤ人、イスラム教徒、アラブ人、インド人、そのほか色々のパッチワークであり、そのことはロンドン、パリ、はたまたジュネーヴに訪問すればかならず気づくことである。[*4]

イスラエルそのものは、実質においては多文化の社会である。しかし、イスラエルは、その国民を命名しランク付けする際に民族・宗教的な基準に頼るという点において、民主主義国家のなかでもいまだに際だった存在である。この国は、現代の国家のなかでも異彩を放っているのだが、それは（その偏執的な支持者が主張するように）それがユダヤ国家であって、だれもユダヤ人に国家を持ってほしいとは思っていないからではなく、その国が、そのなかでは一つのコミュニティ――つまりユダヤ人――がほかのコミュニティより上に置かれるようなユダヤ国家であり、そのような国家は現代においては存在が許されないからである。

長年にわたって、イスラエルはユダヤ人にとって特別な意味を持ってきた。一九四八年以降、イスラエルはほかに行き場のない何十万人もの無力な生き残りたちを受け容れてきた。イスラエルがなかったら、そういった人びとの状況はこのうえなく悲惨なものになっていただろう。イスラエルはユダヤ人を必要とし、ユダヤ人はイスラエルを必要とするのである。かくして、その建国の経緯からしても、イスラエルのアイデンティティは、ヨーロッパのユダヤ人を根絶しようというドイツの計画である〈ショアー〉にわかちがたく結びつけられているのだ。その結果、イスラエルに対するあらゆる批判はどうしようもなくその計画の記憶にひきもどされてしまうのだが、アメリカのイスラエル擁護者たちはそれを恥知らずにも、なにかにつけて利用するのである。ユダヤ人国家を悪く言うことはすなわち、ユダヤ人に対して悪意を持つことである。中東の現在とはちがった配置を想像してみることでさえも、ジェノサイドを頭のなかで行っているのと同等のことだと見なされるのだ。

第二次世界大戦後しばらくのあいだ、イスラエルの外に住んでいるユダヤ人は、イスラエルの存在そのものによって安心感を与えられた。彼らがそれを、再興する反ユダヤ主義に対する保険契約と考えるにせよ、もしくはたんに、ユダヤ人は反撃できるしするぞ、と世界に知らしめるためのものとして考えるにせよ。ユダヤ人国家が誕生するまでは、キリスト教社会の少数派ユダヤ人は、びくびくと危険をおそれて、目立たないようにしていたものである。一九四八年以来、彼らは胸を張って歩けるようになった。ところが近年、状況は悲劇的にも逆転してしまった。

今日、イスラエル国民ではないユダヤ人は、自分たちがふたたび批判にさらされており、自分たちがしたわけではない罪状について受ける攻撃から身を守れないと感じている。しかし今回は、その行動に関して彼らを人質にとっているのはキリスト教国家ではなく、ユダヤ国家なのである。離散ユダヤ人はイスラエルの政策に影響を与えることはできないのだが、それでも彼らは、とりわけイスラエルが彼らの忠誠をしつこく主張するがために、暗にイスラエルと同一視されている。自称ユダヤ国家の行動が、ほかのあらゆる人たちのユダヤ人観を左右してしまうのだ。ヨーロッパそのほかで、ユダヤ人襲撃事件が増加していることは主に、しばしば若いイスラム教徒が、イスラエルに仕返しをしてやりたいという相手を間違った行動に走っているせいである。意気消沈させる真実は、イスラエルの現在の行動はたんにアメリカにとって都合が悪い（確かに悪いのだが）ということだけではない。それはイスラエル自体にとって悪いものであり、それは多くのイスラエル人が口に出さずとも認めていることだ。意気消沈させる真実は、今日のイスラエルはユダヤ人にとって都合の悪い存在になってしまったということである。

さまざまな国民や人びとがますます思うがままにまじりあって異文化間で結婚するようになり、コミュニケーションを行うための文化的・国民的な障壁がほとんど崩壊してしまい、私たちのますます多くが複数の、随意に選択できるアンデンティティを持って、もしそのうちの一つだけを自分のものとしなければならないとなれば不当な制限を加えられたと感じるであろう、そのような世界で、イスラエルの存在は真の意味で時代錯誤的である。しかもたんなる時代錯誤ではなく、機能不全におちいった時代錯誤だ。現代の、開かれた複数主義的な民主主義国と、好戦的かつ排他的で、信仰を原動力とする民族国家とのあいだの「文化の衝突」においては、イスラエルはまちがった陣営に入ってしまう危険に、実際にさらされている。

イスラエルをユダヤ人国家から二国民国家へと転換することは簡単ではないだろうが、思われるほどに不可能なことでもない。そのプロセスは事実上すでに始まっているのだ。だがそれは、ほとんどのユダヤ人やアラブ人に、その宗教的・国民主義的な敵が主張するほどの混乱を引き起こすことはないのだ。なんにせよ、私の知るかぎりこれ以上のよいアイデアを持っている人はいない。現在建設中で論争を呼んでいる電気柵が問題を解決するだろうなどと考えている人間はみな、過去五〇年間の歴史を理解していない。その「柵」——実際は割堀、柵、センサー、（足跡を探知するための）泥道、そして場所によっては二八フィートの高さにおよぶ壁でできた武装地帯なのだが——はアラブ人の農地を占領し、分割し、強奪するものである。それは村を、生活の糧を、そしてアラブ系ユダヤ人のコミュニティの残り屑を一掃してしまう。この柵の建設は一マイルにつき一〇〇万ドルがかかるけれども、その両側にもたらすのは恥辱と不快感のみである。ベルリンの壁と同様に、それはそれが守ることを意図した体制の制度的・精神的な破綻を確定してしまう。

中東に二国民国家を成立させるためには、アメリカによる勇敢で積極的関与をいとわない主導が要請されるだろう。ユダヤ人とアラブ人両方の安全は国際的な軍事力によって保証される必要があるだろう。ただし、合法的に形成された二国民国家であれば、その国境線内のあらゆる過激派をとりしまる方が、そういった過激派が外から自由に浸透して、国境の両側の怒れる、排除された住民たちの感情に訴えかけられる場合よりも容易だとわかるだろう。[*5] 中東に二国民国家が誕生するためには、ユダヤ人とアラブ人双方のなかに、新たな政治的階級が出現する必要があるだろう。このアイデアそのものがリアリズムと空想をとりまぜたものであり、希望に満ちた、幸先のよい出発点ではないかもしれない。しかしそれ以外の代案ははるかに、はるかに悪いものなのである。

（このエッセイの初出は『ニューヨーク・レヴュー・オヴ・ブックス』誌二〇〇三年一〇月号である。）

第8章　「イスラエル・ロビー」と陰謀論

イギリスの権威ある雑誌『ロンドン・レヴュー・オブ・ブックス』は二〇〇六年三月二八日付けで「イスラエル・ロビー」と題された記事を発表した。[☆1] 筆者はアメリカの二人の名高い研究者（ハーヴァード大学のスティーヴン・ウォルトとシカゴ大学のジョン・ミアシャイマー）であり、[☆2] 後により長いバージョン（八三頁に及ぶ）をハーヴァード大学ケネディスクール公共政策大学院のウェブサイトに掲載した。[☆3]

予期されたことであろうが、この記事は酷評と論難のすさまじい嵐を巻き起こすこととなった。批評家たちは彼らの学識は粗雑で、その主張には、コラムニストであるクリストファー・ヒッチンズの言葉によれば「かすかにではあるが間違いなく臭う」ものがあると非難した。ここで嗅ぎつけられ問題とされているのは、もちろん反ユダヤ主義のそれだ。

このいくぶん感情的な反応は残念なものだ。このエッセイはその挑発的なタイトルにもかかわらず、さまざまな基本的情報源を参照し、ほとんど異論をはさまれそうもないものとなっている。だがそこでははっきりとした二つの重要な主張がなされている。一つ目は、数十年にわたるイスラエルへの無批判な支持は、アメリカにとって最重要の利害関心に寄与するものではなかった、というものだ。これはそれぞれ是々非々で論じられるべき主張と言えよう。筆者らのもう一つの主張は、より論争的だ。彼らの書くところによれば、アメリカの対外政策の選択肢はもう何年にもわたって国内のある一つの圧力団体によってねじ曲げられてきた、というのだ。すなわち「イスラエル・ロビー」である。

アメリカの国外での行動を説明する際、国内の「エネルギー関連のロビー団体」を名指しで非難することが好まれることもあれば、ウィルソン的理想主義が、すなわち冷戦の残滓である帝国主義的な実践の影響が批判されることもある。しかし、ワシントンがどう機能しているかを知っている者なら、強力なイスラエル・ロビー団体の存在はほとんど否定しえない。その中心はアメリカ・イスラエル公共問題委員会（エイパック）であり、そのまわりには種々の全国的なユダヤ人組織がある。

このイスラエル・ロビーは私たちの対外政策の選択に影響を与えているのだろうか。もちろんだ。それが団体の目標の一つなのだから。そしてそれは相当程度成功してきた。イスラエルはアメリカ対外援助の最大の受給国となっているし、イスラエルの素行に対するアメリカの反応は、はなはだしく無批判で協力的なのだ。

だがイスラエルを支持せよとの圧力がアメリカの意思決定を歪めてしまっているかと聞かれたら、それはどう判断するかにかかっている、と答えよう。著名なイスラエルの指導者やアメリカにいる支持者たちはイラク侵攻を強烈に後押ししているが、合衆国はおそらくイスラエル・ロビーがなくともイラクには駐留していただろう。ミアシャイマーとウォルトの言葉を借りて問えば、イスラエルは「テロとの戦争および、ならず者国家対処のための広範な努力における障害」となっているのか、となる。私はそうなっていると思う。だがこれもまたしっかりと議論されるべき問題なのだ。

この記事とそれがアメリカの対外政策について喚起した問題は、海外では盛んに分析され論じられているものの、アメリカでは異なった様相を呈している。大手主要メディアが事実上、沈黙しているのだ。これはなぜだろうか？　もっともらしい説明がいくつかある。そのうちの一つが、比較的わかりにくい学問的論文は一般読者の関心に触れることがほとんどない、というものだ。あるいは、ユダヤ人が不釣り合いに広い影響力を持っているという議論は真新しいものではないし、それに関する論争が政治的な過激派たちの関心を呼び込んでしまうことが避けがたいから、という説明もできる。また、ワシントンは政策立案者にプレッシャーをかけて政治選択を歪めさせるこういった「ロビー」にそもそも浸りきっているのだ、とする見方もある。

これらの考え方は、それぞれがミアシャイマーとウォルトの記事に対する大手メディアの無関心をある程度説明できてはいる。だが、研究界隈やユダヤ人コミュニティ、オピニオン誌やウェブサイト、そして国外においてこの記事が激しい論争を引き起こした後でさえメディアが沈黙しつづけていることについては、これらの理由づけは説得的な説明ができていない。ここにはもう一つ、別の要素が働いているのではないか、と私は考えている。すなわち、恐怖だ。「ユダヤ陰謀論」にお墨付きを与えてしまっていると捉えられてしまうことへの恐れ、反イスラエルと考えられてしまうことへの恐れ、そして、最終的に、反ユダヤ主義的表現を許容してしまうことへの恐れだ。

これらの最終的な帰結、すなわち公共政策の重要課題を考察することの失敗は、大変に遺憾なものだ。しかし、ヨーロッパの人間がそんな情熱をもってこの問題を論じたからといってだからなんだ、と問うかもしれない。ヨーロッパはいつだって、イスラエルとイスラエルを支持するアメリカを攻撃する機会を心待ちにしている、(反ユダヤ主義と解釈される) 反シオニズムの温床じゃないのか、と。しかし、ミアシャイマーとウォルトを批判しながらも「私は、不正をただそうという彼らに共感している。というのも、アメリカはパレスチナ人の苦境をばかげたかたちで理解しそこなってきたからだ」と認めたのは、『タイムズ・オブ・ロンドン』のコラムニスト、デヴィッド・アーロノヴィッチ[4]その人だった。

また、有名人によるこういった問題のとりあつかいに極度な注意を要する国ドイツで「タブーを破ってやろうという強い意志と勇気を持った学者を目にすることはまれだ」とドイツの週刊新聞『ディー・ツァイト』に書いたのは、長いあいだ親アメリカ的であったクリストフ・バートラム[5]だった。

さらには、ミアシャイマーとウォルト両教授の提起したこの居心地の悪い問題を最も広く公のかたちでとりあつかったのがイスラエルであったという事実を、私たちはどう説明したらいいのだろうか。アメリカの対外政策アドバイザーであるリチャード・パール[6]とダグラス・フェイス[7]を「アメリカ政府への忠誠とイスラエルの利害のあいだのきわどいところを行っている」と評したのはリベラル日刊紙『ハアレッツ』のイスラエル人コラムニストだったし、国防副長官のポール・ウォルフォウィッツを「献身的な親イスラエル派だ」としたのは、自他共に認める保守新聞『エルサレム・ポスト』だったのだ。私たちはイスラエルに対しても「反シオニズム」と批判するのだろうか。

イスラエルを論じる際に反ユダヤ主義に陥ることを恐れるアメリカがもたらすダメージは、三重のものとなっている。まず、アメリカがかかえるそういった恐れはユダヤ人にとって悪しきものだ。反ユダヤ主義は十分に現実的なものとなってはいる（私は一九五〇年代のイギリスで育ったのだから、このことについてはある程度わかっている）が、それだけの理由でイスラエルやアメリカのイスラエル支持者へ向けた政治的批判を反シオニズムと混同すべきではない。次に、これはイスラエルにとって悪しきものだ。イスラエルに無条件の支援を保証することで、アメリカは結果を顧みようとしないイスラエルの行いを助長してしまっている。イスラエルのジャーナリスト、トム・セゲフ[8]は、ミアシャイマーとウォルトのエッセイを「尊大だ」としながらも、残念そうに「彼らは正しい。もしアメリカがイスラエルをイスラエル自身から救ってくれていたら、今日の生活はもっとよくなっていたはずだ。アメリカのイスラエル・ロビーはイスラエルの本当の利益を害している」と認めている。

だがなによりも、自己検閲はアメリカ自体にとって悪しきものだ。アメリカ人はめまぐるしく変化する国際的議論に自分たちが参加することを拒絶している。ダニエル・レヴィ（イスラエルの元和平交渉担当者）は『ハアレツ』に、ミアシャイマーとウォルトのエッセイはイスラエル・ロビーがアメリカとイスラエル双方にもたらしている害を思い起こさせる警鐘となるべきだ、と書いているが、私はさらにもう一歩踏み込みたい。パレスチナに何の関心も持たない二人の「現実主義的」政治科学者によるこのエッセイは、時流をとらえたものとなっていると思われるのだ。

ここでふりかえって、イラク戦争とその悲劇的な帰結を、中東における新たな民主主義の時代の始まりとしてではなく、むしろ一九六七年戦争の冒頭から始まった一時代の終わりとして見てみよう。つまり次に挙げる二つの要請によってアメリカのイスラエルとの連携が形作られていった時期として、ということだ。すなわち、冷戦期の戦略計算によって、そして新たにアメリカ国内で顕在化していたホロコーストの記憶に対する感度や、その犠牲者と生存者に対する罪責感の高まりによって。

それというのも、戦略的な議論の条件が変化してきているからなのだ。東アジアの重要性は日々増している。その一方で、中東の再構築のぶざまな失敗（およびそれが中東における私たちの立ち位置にもたらす長期的な影響）が、注目を集めるようになってきている。アメリカが世界のこの地域にもたらす影響は、いまやほとんど戦争を起こす力によるものだけとなっている。このことが意味するのは、結局のところアメリカには何の影響力もないということだ。そしておそらくなによりも、ホロコーストは生きた記憶以上のものとなってしまっているという点がある。事態を注視する世界の観点からすれば、イスラエル兵士の曾祖母がトレブリンカの収容所で亡くなったという事実はその兵士の不法行為を免罪するに足るものではないだろう。

したがって、アメリカの未来の世代にしてみれば、帝国主義的な強大な力とアメリカについての国際的な評価が、なぜ地中海にある小さくも論争を呼びがちな依存国とそれほどに一蓮托生になっているかは、自明ではなくなるだろう。ヨーロッパやラテン・アメリカ、アフリカ、あるいはアジアの人びとにとっては、すでにまったくもって自明ではなくなっている。これらの人びとは、アメリカがこの問題についてなぜイスラエル以外の国際社会との関係を断つことを選択したのか、と問いかける。アメリカの人びとは、この問いに含まれる意味を好まないかもしれない。しかしこれは差し迫った問題なのだ。このことは私たちの国際的な立ち位置と影響力に直接的にのしかかっているし、反ユダヤ主義とはまったく関係がない。私たちはこれを無視することなどできないはずなのだ。

(『ロンドン・レヴュー・オブ・ブックス』誌に掲載されたジョン・ミアシャイマーとスティーヴン・ウォルトの「イスラエル・ロビー」への応答である本エッセイの初出は、二〇〇六年四月の『ニューヨーク・タイムズ』紙である。)

第9章　戦後ヨーロッパにおける「悪の問題」

私が一六歳のときにはじめて読んだハンナ・アーレントの著作は『エルサレムのアイヒマン――悪の凡庸さについて』だった。私にとってこの著作はアーレントの象徴的な作品でありつづけている。これはアーレントの最も哲学的な著作というわけではないし、すべてが正しいというわけでもない。また、彼女の最も有名な作品というわけでも断じてない。私自身でさえ、これを最初に読んだときは好きになれなかった。私は情熱に燃える若き社会主義シオニストだったし、アーレントの結論は私を深く動揺させたのだった。しかしそれから数年が経つうちに、私は『エルサレムのアイヒマン』が最良のかたちのハンナ・アーレントを表しているのだと理解するようになった。困難な話題を正面から攻撃し、公式見解に異議を唱え、彼女の批判者だけでなくとりわけ彼女の友人たちとのあいだにも論争を立ち上げ、そしてなによりも受け容れられた意見という安易な平穏をかく乱したのだ。ほかのなによりも彼女の政治的著作の多くを占めていたこの問題について、まさしく「平和のかく乱者」たるアーレントを記念して、いくつか考えを述べたいと思う。

一九四五年、ヨーロッパでの戦後初の著作において、ハンナ・アーレントは「第一次大戦後、死が根本的問題となったように、悪の問題は第二次大戦後のヨーロッパにおける知的生活の根本的問題となるだろう」と書いている。[*1] ある意味では、もちろん彼女は完全に正しかった。第一次世界大戦後、ヨーロッパ人は死の記憶からのトラウマを抱えていた。なによりも戦場での死から、それまでは想像だにできなかった規模の死から。戦間期ヨーロッパの詩も、フィクションも、映画も、そして芸術も、批判を常としながらも時に郷愁をたたえた、暴力と死のイメージに覆いつくされていた（この点はエルンスト・ユンガーやピエール・ウジェーヌ・ドリュ・ラ・ロシェルの作品に確認できる）。そしてもちろん、第一次世界大戦の軍事的暴力は戦間期ヨーロッパの市民生活にもあらゆるかたちで入り込んでいた。準軍事的市民集団や政治的動機による殺人、クーデター、市民戦争、革命といったかたちで。

しかし、第二次世界大戦後になると、暴力崇拝の大部分はヨーロッパの生活から消え去っていた。この戦争のあいだ、暴力の矛先は兵士のみならず、なによりも市民に向けられていた（第二次世界大戦中の死者のかなりの数が、占領統治や民族浄化、そして虐殺で発生した）。そして、戦勝国と敗戦国双方において同様に見られたヨーロッパ各国の極度の疲弊により、戦闘による栄光や死による名声といった幻想の残る余地はほとんどなかった。では残存したものは何かといえば、もちろん、それまでにない規模で行われた残虐行為と犯罪に対する、広く普及した馴染み深さであった。アーレントのような注意深い観察者にとって、人間同士がお互いに対していかにしてそのようなことを為しえたのか、そしてなによりもヨーロッパの一集団（ドイツ人）がなぜ、そしていかにして別の集団（ユダヤ人）を殲滅しようなどということを企図しえたのかといった問いが、ヨーロッパ全土に対峙する脅迫的な問いとなるであろうことはあきらかだった。これこそ、彼女が「悪の凡庸さ」という言葉で表したものだ。

したがって、ある意味でアーレントはもちろん正しかった。だがほかの人びとが彼女の論点を把握するのには往々にして時間がかかった。ヒトラーの敗北とニュルンベルク裁判の混乱の後で、弁護士や立法者がそれまで名前すら与えられていなかった「人道に反する罪」や「虐殺《ジェノサイド》」なる新しい犯罪の定義にかかりっきりにならざるをえなかったのは事実だ。しかし、ヨーロッパで行われたばかりのこの怪物的な犯罪の定義に法廷が苦慮していたその他方で、ヨーロッパの人びと自身は、それらを忘れようと手を尽くしていた。少なくともそういった意味では、アーレントは間違っていたのだ。少なくとも一時的には。

第二次世界大戦以降の数年間、悪の問題に関する考察を行うどころか、ほとんどのヨーロッパの人びとはその問題から断固として目をそらしてしまった。今日の私たちには理解しがたいと感じられるのだが、ショアー（ヨーロッパのユダヤ人に対して企てられた虐殺）は何年にもわたって、戦後ヨーロッパの（あるいはアメリカの）知的生活における最も根本的な問題などではなかったのだ。実際に、知識人らを含めたほとんどの人が可能なかぎりそれを無視したのだった。なぜだろうか？

東ヨーロッパの場合には、四つの理由が考えられる。第一に、ユダヤ人への戦時下最悪の犯罪はそこで実行されたのであり、たとえそれらの犯罪がドイツ人の支援によって行われたものであったとしても、ポーランドやウクライナ、ラトヴィア、クロアチア、そのほか占領地域内からの協力者には事欠かなかったという点が挙げられる。多くの地において、実際に起きたことを忘却し最悪の恐怖に覆いをかぶせる強力な動機があったのだ。[*2] 第二に指摘すべきは、多くの非ユダヤ系東ヨーロッパ人たち自身が残虐行為の被害者となったのであり、戦争を想起する際には近隣ユダヤ人の苦しみではなく、彼ら自身の苦しみと喪失を思い起こしていた、という点だ。

第三に、中央ヨーロッパと東ヨーロッパの大部分が一九四八年にはソヴィエトの統制下に入った点を考えなければならない。第二次世界大戦についてのソヴィエトの公式見解は反ファシスト戦争であり、ソヴィエト連邦内では「偉大な愛国心の戦争」であった。モスクワ当局にとってヒトラーはなによりもまずファシストでありナショナリストであった。彼の人種主義などとるに足らないものだったのだ。ソヴィエト領内出身のユダヤ人の数百万にのぼる死は、もちろんソヴィエトにとっての喪失としてカウントされたのだが、歴史書や公的記憶においてユダヤ性は背景へと追いやられるか、あるいは完全に無視された。そして最後の考慮すべきことは、共産主義統制下の数年を経た後では、ドイツによる占領の記憶はソヴィエトによる占領の記憶に置き換えられてしまっていた、という点だ。ユダヤ人の殲滅はこれによりさらに後景の奥へと押しやられてしまったのだった。

西ヨーロッパでは、状況はまったく違えども、並行した忘却が進んでいた。フランスやベルギー、オランダ、ノルウェー、そして一九四三年以降のイタリアでは、戦時の占領は恥ずべき経験とされ、戦後政府は占領軍への協力やそのほかの当時の不名誉な行為を忘れてしまうことを好み、そのかわりに英雄的な抵抗運動や国民蜂起、解放、そして国への殉教者たちの存在を強調した。一九四五年以降の長きにわたって、シャルル・ド・ゴールのような比較的よく理解している人たちでさえも、あえて英雄的な苦しみや勇敢な集団的抵抗運動といったナショナルな神話に貢献してきた。戦後の西ドイツにおいても、国全体の当初の雰囲気はドイツみずからの苦しみに向けられた自己憐憫だったのだ。そして冷戦が始まって敵が変わることで、同盟国となった国の過去の犯罪を強調することは時宜を逸したものとなってしまった。こういったことにより、ドイツでも、オーストリアでも、フランスでも、オランダでも、ベルギーでも、イタリアでも、誰もユダヤ人の苦しみやそれをもたらした歴然たる悪を想起したがらなくなってしまったのだった。

こういったことこそが、有名な例を挙げるならば、プリモ・レーヴィが一九四六年にアウシュヴィッツの回想記である『これが人間か』をイタリアの大手出版社エイナウディに持ち込んだときに無下に断られてしまった原因なのだ。その当時、そしてそれ以降数年間、ナチズムの恐怖を象徴していたのはアウシュヴィッツではなくベルゲン・ベルゼン強制収容所やダッハウ強制収容所であったし、人種を原因に収容された者たちではなく、政治的理由から収容された者たちを強調することのほうが、戦時下の国民的抵抗運動を戦後の視点から説明し再確認することよりもうまく整合性が取れたのだった。レーヴィの著作は最終的には出版されたが、地方出版社でたった二五〇〇部刷られただけだった。ほとんど誰も買おうとしなかったし、多くの残部がフィレンツェの保管庫に残され、一九六六年の洪水で失われてしまったのだった。

当時のショアーに対する関心の欠如については、占領された経験がなく、したがって戦時犯罪についての複雑な感情ももちあわせていなかった戦勝国イングランドで育った私自身の経験から確認することができる。イングランドにおいてさえ、この主題はほとんど論じられることがなかった。学校でも、メディアでも、だ。ケンブリッジ大学で現代史を学び始めた一九六六年になってやっと、私はヴィシー政権を含むフランス史を教えられたのだが、その際にユダヤ人や反ユダヤ主義についての言及はなかった。誰もこの主題について書いていなかったのだ。もちろん、ナチスによるフランス占領やヴィシー政権における協力者のこと、そしてフランスのファシズムについて勉強はした。しかし私たちが読んだ英語あるいはフランス語のテクストのどこにも、「最終解決」におけるフランスの役割という問題に踏み込むものはなかったのだ。

私はユダヤ人であり、親戚の一部が死の収容所で殺されていたが、それでも当時、この私でさえもこの主題が触れられることなく素通りされていくことについて特に奇異だとは考えなかった。沈黙はまったくもって普通のことだと思われた。あとから振り返って、受け容れがたいものを受け容れようとするこの意思をどうやって説明できるだろうか。なぜ普通ではないはずのものが、その存在が気にならないほどに普通のものとなってしまったのだろうか。これは、『アンナ・カレーニナ』においてトルストイが示した、嘆息を誘うほどに単純な理由によるものだろうと思われる。「人間が適応できない状況などというものはない。とりわけその状況が周りの人間全員に受け容れられていることがその人の目にあきらかな場合には」。

六〇年代以降は、多くの理由によりあらゆることが変わり始めた。時間の経過、若い世代の好奇心、そしておそらく国際的な緊張関係の緩和などがその理由だ。[*3] なによりも、ヒトラーの戦争による恐怖の最も大きな責任を負っている西ドイツは、世代の変化にともなって、自身の犯罪の非道さと説明責任の規模を比類ないかたちで意識する集団へと変容していった。一九八〇年代になると、ヨーロッパにおけるユダヤ人の壊滅という物語は、多くの本や映画やテレビでますます身近なものとなっていった。一九九〇年代とヨーロッパ分断の終結以降、公的謝罪および国立の記念の場、記念碑、そして博物館はありふれたものとなった。共産主義政権以降の東ヨーロッパにおいてすら、ユダヤ人の苦しみは公的記憶においてとりあげられ始めた。

今日では、ショアーは広く語られるものとなっている。「最終解決」やナチズム、あるいは第二次世界大戦の歴史は高校のカリキュラムにおいて、おしなべて必須の科目となっている。それどころか子どもたちが学ぶ近現代ヨーロッパ史の唯一のテーマとしてこの科目が置かれる学校がアメリカに、そしてイギリスにさえ存在する。戦時下のヨーロッパ系ユダヤ人の殲滅に関するものとしては、いまや無数の記録や再話、研究が存在している。地域的な研究書や哲学エッセイ、社会学的あるいは心理学的調査、回想録、フィクション、関連映画、聞き取りのアーカイヴなど、ほかにも無数にある。ハンナ・アーレントの預言は現実のものとなったようだ。悪の問題の歴史はヨーロッパの知的生活における根本的な主題となったのだ。

では、現在ではすべてが良くなったと言えるのだろうか？　私たちはすでに暗い過去をのぞき込み、それをしっかりと名指しし、これは二度と繰り返されてはならないと誓ったのだから、いまや何の問題もないと言えるのだろうか？　私には確信が持てない。学校教育を受けたすべての子どもたちがいまや「ホロコースト」と呼びならわすショアーに関わる私たちの最近の関心事から、五つの困難を指摘しておきたい。第一の困難は、相互に矛盾する記憶の存在と関連している。「最終解決」の記憶に向けられた西ヨーロッパの関心は、スペインとポルトガルにおいては、無理からぬ理由からあまり大きくはなっていないものの、いまや普遍的なものとなっている。しかし、一九八九年から「ヨーロッパ」に参入した「東側」諸国は、先ほど挙げた理由から、非常に異なった第二次世界大戦の記憶とその教訓を保持しているのだ。

　実際、ソ連が消滅し、結果としてコミュニズムの犯罪および失策についての研究と議論が自由になり、ヨーロッパの東半分の人びとがドイツとソ連双方から受けた苦しみについてはそのどちらに対しても大きな注目が集まることとなった。こういった文脈において、アウシュヴィッツとユダヤ人の犠牲者を強調する西ヨーロッパやアメリカの見方は、時に人を苛立たせるような反応を引き起こした。たとえばポーランドとルーマニアでは、教育を受けた国際的感覚を持つ人たちから、なぜ西側の知識人はそこまでユダヤ人の大量虐殺に神経をとがらせるのか、と尋ねられることがあった。ナチズムやスターリニズムの犠牲になった数百万という非ユダヤ人についてはどうなのか、なぜショアーがそれほどまでに特別なのか、と。これらの問いに対しては答えが一つ用意してあるのだが、〔現在のドイツとポーランドとの国境にあたる〕オーデル・ナイセ線の東側においてそれは自明ではありえない。アメリカと西ヨーロッパにいる私たちにとっては好ましいことではないかもしれないが、これは覚えておかなければならないことだ。この問題に関しては、ヨーロッパは統合されているとはとても言えないのだ。

二つ目の困難は歴史の正確性および過度な補償のリスクに関連している。西ヨーロッパ諸国は、何年にもわたってユダヤ人の戦時下の苦難について考えないようにしてきたわけだが、いまや私たちはそういった苦しみについてつねに考えるよう勧められている。一九四五年から数十年のあいだ、ガス室はヒトラーの戦争に対する私たちの理解のなかでは周辺にとどめ置かれていたが、今日、それらは中心にすえられている。今日の学生にとって第二次世界大戦とはホロコーストなのだ。道徳的な意味では、これはあるべき姿だ。第二次世界大戦における倫理的問題の中心はたしかに「アウシュヴィッツ」なのだ。しかし歴史家からすれば、これは誤解を招きかねないものだ。というのも、第二次世界大戦のさなかにユダヤ人のこの運命を多くの人が知らなかったし、たとえ知っていたとしてもほとんど気にもかけなかっただろう、というのが悲しいかな事実だからである。第二次世界大戦がなによりもまずユダヤ人殲滅を企図したものであったというのは、二つの集団にしかあてはまらない。すなわち、ナチスとユダヤ人自身だ。実際のところ、それ以外の人びとにとってこの戦争はまったく異質な意味を持っていた。そういった人びとには、それぞれ独自の問題があったのだから。

そういったわけで、私たちがなによりもホロコーストのプリズムを通して（時にはそれだけを通して）第二次世界大戦の歴史を教えようとするのであれば、それは必ずしも良き歴史を教えているということにはならないのかもしれない。ホロコーストが非占領地での戦争経験において果たしていた役割よりも、むしろ私たちの日常において果たす役割の方が大きいということを受け容れるのは簡単なことではない。しかし、悪の本当の重大性を把握したいと望むのであれば、ハンナ・アーレントがそれを「凡庸」と呼ぶことで意図したように、私たちはユダヤ人殲滅の真に恐るべき点はその重大性にではなく、その些末さにこそあるのだということを覚えておかねばならないのだ。

三つ目の問題点は「悪」という概念そのものにかかわる。「悪」という概念は、現在の世俗社会にとって長い間やっかいなものでありつづけてきた。良し悪しや正誤、罪と罰などの区別について、私たちはもっと理性的かつ法的な定義を好むのだ。しかし近年になってこの語は道徳的言説や政治的言説にすらゆっくりと戻ってきつつある。[*4] いまや「悪」の概念は私たちの公的言語への再登場を果たしたが、私たちはそれをどうあつかってよいか分からず呆然としている。私たちは混乱しているのだ。

一方では、ナチスによるユダヤ人殲滅は一回的な犯罪として、前にも後にも相当するものがない悪として、その具体例であり警鐘として、提示されている。「*Nie Wieder!*（二度と許すまじ！）」と。だが他方で、当初からは大きく逸脱したさまざまな異なった目的のために、同様の（「唯一の」）悪が召喚されているのだ。ここ数年では、政治家や歴史家、そしてジャーナリストたちが、いろいろなところで起きている大量殺人や大量虐殺という結末を描写する際に用いている。その範囲はカンボジアからルワンダ、トルコからセルビア、ボスニアからチェチェン、コンゴからスーダンにまで及ぶ。ヒトラー本人も、現代の独裁者の「悪」なる性質と意図を表すために召喚される。私たちは北朝鮮からイラク、シリアからイランと、そこら中に「ヒトラー」がいるのだと聞かされている。また、ジョージ・W・ブッシュ大統領の「悪の枢軸」も、聞きなれたものとなっている。これはこの語の利己主義的な濫用であり、それによって引き出されてきた冷笑的態度に大いに資するものだ。

またさらに、もしヒトラーやアウシュヴィッツ、ユダヤ人虐殺が比類のない悪の具現化だったのだとするならば、なぜ私たちはそれらが、あるいはそれらに似たものがどこでも起きうるとかふたたび起きつつあるなどといった警句を耳にしつづけているのだろうか。誰かがフランスのシナゴーグの壁に反ユダヤ主義的な落書きを描くたびに、「比類なき悪」がふたたび私たちの近くにやってきているだとか、〔「水晶の夜事件」が起きた〕一九三八年の再来だとか聞かされる。私たちは人間の行う通常の罪悪や愚行（愚かさ、偏見、日和見主義、デマゴギー、過激主義）と真の悪との区別を理解する能力を失いつつある。私たちはあまりにも魅惑的で、あまりにもありふれており、したがってあまりにも真に悪魔的であった、極左と極右の二〇世紀的な政治的宗教がどういったものであったかを知る視覚を失ってしまっているのだ。要するに、いたるところに悪を見出すのであれば、どうやって本当の悪を見抜くことができようか、というわけだ。六〇年前ハンナ・アーレントは、私たちは悪についていかに語りうるかを知らず、そのためその重大さを把握しえないのではないかと危惧していた。今日、私たちはつねに「悪」について語っている。だがその結果として私たちはその意味することを希薄化させてしまっている。

四つ目の論点は、たとえどれほど重大であっても、私たちの感情的かつ道徳的エネルギーを一つの問題に注いでしまうことで引き起こされるリスクとかかわっている。こういった類の視野狭窄の代価は、テロリズムの悪に対してワシントンが抱く強迫観念に悲劇的なかたちで露呈している。すなわち、「テロに対するグローバルな戦争」だ。問うべきは、テロリズムが存在しているかどうかではない。存在しているのは当然だ。また、テロリズムとテロリストに抗して戦うべきか、というのも問われるべき問題ではない。戦うべきなのは当然だ。問うべきは、もっぱらたった一つの敵のみに集中し、それを自分たちの一〇〇にも上る小さな罪を正当化するのに利用することで、私たちはほかのどんな悪を無視しようとしているのか、あるいは作り出そうとしているのか、というものだ。

同様の点は、昨今の反ユダヤ主義問題に惹きつけられる私たちの在り方や、その独自の重要性を強調する態度にも見出せる。反ユダヤ主義は、テロリズムと同様に古くからある問題だし、テロリズムにあてはまることは反ユダヤ主義についてもあてはまる。つまり、それがたとえ小さな発露であっても、過去においてそれを十分に重大なものだと捉えてこなかったことによる帰結が想起されてしまうのだ。しかしながら反ユダヤ主義はテロリズムと同様に、世界における唯一の悪ではないし、そのほかの犯罪や苦しみを無視するための免罪符にすることは許されない。「テロリズム」や反ユダヤ主義をその文脈から抜き出して抽象化してしまうことの危険性は、そしてそれらを西洋文明や民主主義、あるいは「われわれの生活」に対する最大の脅威としてまつり上げ、その代表者たちを終わりなき戦争の標的としてしまうことの危険性は、それがその時代のほかの多くの難題を私たちに見過ごさせてしまうかもしれない、という点にある。

ハンナ・アーレントはこれに対しても考えを述べている。全体主義に関する最も影響力のある本を書いたことで、彼女はそれが開かれた社会にもたらすであろう脅威にはっきりと気づいた。しかし今日のテロリズムや反ユダヤ主義と同様に、冷戦期の「全体主義」は西洋の思想家や政治家にそのほかすべてを排除させるような脅迫観念的関心事となってしまう危険があった。これに抗するために、アーレントは今日においても有意義な警句を残した。

全体主義がこの世紀の呪詛だと考えることの最も危険な点は、それが強迫観念的なものとなり、地獄への道に敷き詰められたそのほか無数の小さな悪やそれほど小さくもない悪に対して私たちを盲目にしてしまうおそれがある、という点にある。[*5]

私の最後の懸念事項は、ヨーロッパのホロコーストに関する記憶とイスラエル国家の関係についてのものだ。イスラエルは一九四八年の建国以来、ショアーとの複雑な関係をうまく処理してきた。まず一方で、ヨーロッパユダヤ人がほとんど絶滅に近い状態に追いやられたことが、シオニズム運動の論拠となった。ユダヤ人は非ユダヤ的な地では生き残ることも栄えることもできなかったし、ヨーロッパ諸国とその文化への統合と同化は悲劇的な幻想であったのであり、ユダヤ人は国家を持たなければならない、というわけだ。だがその一方で、ヨーロッパのユダヤ人は自分たちの破滅に協力したのであり、よく言われるように「屠畜場へ向かう羊」のごとく移動したのだ、という広くみられるイスラエルの見方は、当初のイスラエルのアイデンティティがユダヤ人の過去を拒絶しその惨劇を弱さの証として用いることによって作り上げられたことを意味していた。ユダヤ人はあまりにも弱いので、新しいタイプのユダヤ人を作り上げていってこれを克服することこそがイスラエルの宿命なのだ、と。[*6]

しかしイスラエルとホロコーストの関係はここ数年で変化してきている。今日では、パレスチナ人や一九六七年に〔第三次中東戦争での勝利によって〕獲得された〔ガザ地区やヨルダン川西岸地区などの〕占領地に対する不当なあつかいによってイスラエルが国際的な批判にさらされると、イスラエルの擁護者たちはホロコーストの記憶を好んで強調する。イスラエルをあまりにも激しく非難すると、反ユダヤ主義の悪魔を眠りから覚ますことになるぞ、と警告するのだ。さらにはイスラエルへの強硬な批判は反ユダヤ主義を呼び起こすだけではなく、それ自体が反ユダヤ主義だとも示唆する。そしてこれにより、一九三八年への、水晶の夜への、そしてそこからトレブリンカやアウシュヴィッツへの前進する――もしくは後退する――道が開けるのだ、というわけだ。もしこれの行きつく先を知りたければ、イスラエルのヤド・ヴァシェム〔と呼ばれる国立のホロコースト記念館〕やワシントンのホロコースト博物館、あるいはヨーロッパじゅうに点在する記念館や博物館を訪れるだけでいい、とも。

こういった主張の裏側にある感情を理解することはできる。だが、その主張そのものは桁外れに危険なものだ。イスラエルをあまりに強く批判しすぎているのではないか、偏見の亡霊を目覚めさせてはいないか、と私やそのほかの人びとがたしなめられることがあるが、そういったとき私は、その態度は問題をまったく間違ったかたちで捉えてしまうことになる、と応えている。反ユダヤ主義を惹起してしまうのは、むしろそういった禁忌意識なのかもしれないのだ。数年にわたって私はアメリカやそのほかの国の大学や高校を回り、戦後ヨーロッパ史とショアーの記憶について講演を行ってきた。これらのトピックを私の大学で教えもしてきた。そこで感じたことをここでいくつか報告しておきたい。

今日の学生に対しては、ユダヤ人虐殺や反ユダヤ主義の歴史的帰結、悪の問題について気づかせる必要はない。彼らはこのことについてよく知っているのだ（彼らの親はいくつかの理由でこのことをまったく知らないのだが）。これはあるべきかたちだろう。しかし最近はある種の新しい質問が表立って増えてきており、その頻度の高さに衝撃を受けている。それは「なぜそれほどホロコーストに照準を当てるのですか？」や「なぜ（いくつかの国では）ホロコーストを否定することは違法なのに、それ以外の虐殺についてはそうではないのですか？」、あるいは「反ユダヤ主義的な脅威というのは誇張ではないですか？」といったものだ。また、とりわけ増えてきたものとしては「イスラエルはホロコーストを免罪符として利用していませんか？」というものもある。こういった質問は、過去にはなかったと記憶している。

ある二つの事柄が起きているのではないか、と私は危惧している。ホロコーストの歴史的特異性を強調し、他方でそれを今日的な諸問題に言及するかたちで頻繁に引き合いに出すといったやり方をすることで、私たちは若者を混乱させている。また、誰かがイスラエルを非難したりパレスチナ人を擁護したりするたびに「反ユダヤ主義だ」と言いつのることで、私たちは冷笑的態度を養成してしまっている。実際には、今日のイスラエルは存在の危機に瀕してなどいないというのが事実だし、西洋世界の今日のユダヤ人は過去の事例に比肩するような、あるいはほかのマイノリティが現在こうむっているものに相当するような危機や偏見には、間接的にも直面してなどいないのだ。

以下の問題を考えてみて欲しい。アメリカのムスリムとして、あるいは「不法移民」として、あなたは安全で、受け容れられ、歓迎されていると感じられるだろうか。イングランドのどこかの「パキ」〔パキスタン人を含む南アジア出身者に対する蔑称〕としてならどうだろうか。あるいはオランダのモロッコ人としてならどうだろう。フランスに生きるブール〔北アフリカのマグレブ系移民の二世に向けられた蔑称〕なら、スイスでの黒人なら、デンマークでの「外人」だとしたら、イタリアのルーマニア人なら、あるいはヨーロッパ各地のジプシーだとしたら、どう感じるだろうか。ユダヤ人であるとしたら、むしろより安全で、より統合されていて、より受け容れられていると感じるのではないだろうか。私たちはみな、この答えを知っているだろうと思う。オランダやフランス、アメリカ、そして言うまでもなくドイツといったこれらの国の多くで、地元のユダヤ人マイノリティはビジネス、メディア、そして芸術の領域において突出したかたちで代表され表象されており、どこにおいても、ユダヤ人はスティグマ化されたり、脅かされたり、排除されたりなどしていないのだ。

もしユダヤ人に（そしてそれ以外のすべての人に）関連する脅威があるのだとしたら、それは異なったところからやってくる。ホロコーストの記憶をイスラエルというたった一つの国の擁護にあまりにもぴったりと張り付けてしまうことで、私たちはその道徳的な重要性を特定地方限定のものにしてしまう危険におちいっている。いま一度アーレントの言い方に倣うのであれば、もちろん前世紀の悪の問題がユダヤ人を殲滅せんとするドイツというかたちをとって現れたというのはそのとおりだ。だが、それはドイツだけの問題でもなければユダヤ人だけの問題でもない。ましてやヨーロッパだけの問題でさえない。たとえそれが起こったのがヨーロッパであったとしても、だ。悪の問題は、つまり全体主義の悪や虐殺の悪は、普遍的な問題なのだ。だがそれがひとたび特定地域に都合が良いように操作されてしまうと、次のことが起きる（そして私の考えるところでは、すでに起きている）。すなわち、（自分がヨーロッパ人でないとか、それがなぜ問題なのか思い起こせないほどに若いといった理由で）ヨーロッパの犯罪からいくらか離れた立場にある人たちが、それらの記憶がいかにして彼らとつながっているかを理解しなくなり、私たちがそれを説明しようとしても聞く耳を持たなくなってしまう、という事態だ。

要するに、ホロコーストはその普遍的な響きを失うかもしれないのだ。そうならないよう望まなければならないし、私たちはショアーが真に伝えることのできる中心的な教訓を保存する方策を探る必要がある。人びとが、すべての人びとが、あまりにも簡単に中傷され、非人間的なあつかいを受け、そして破壊されうる、という教訓だ。とはいえ、この教訓が実際に疑問に付され忘却されうるという点を認識しないかぎりは、私たちはどこにも行きつけない。〔ギリシャ神話の〕グリュプスが見て取ったように、教訓の問題は、その効力が日々減じられていってしまうという点にあるのだ。もし私の言うことが信じられないのであれば、西洋先進諸国に行ってアウシュヴィッツが教えてくれる教訓とは何か、と尋ねてみればいい。得られる答えはけっして安心できるようなものではないだろう。

この問題については安易な答えは存在しない。今日の西ヨーロッパにとって明らかなことは、四〇年前には西ヨーロッパにとってそうであったように、多くの東ヨーロッパにとって不明瞭なものにとどまっている。アウシュヴィッツがもたらした道徳的戒めは、ヨーロッパ人の記憶のスクリーンに誇大なほどに大きく映し出されるものではあるが、これはアジアやアフリカの人間にとっては見えないものなのだ。またとりわけ私の世代にとって自明に思われるものは、おそらく子どもや孫の世代にとってはますます意味のわからないものになっていくだろう。いまや記憶から歴史へと退いていっているヨーロッパの一つの過去を、私たちはどうやって保存することができるのだろうか。たとえ部分的にではあれ、私たちはそれを喪失してしまうことを運命づけられているのではないだろうか。

もしかしたら、私たちがいま手にしている博物館や記念館、義務的な学校行事としての訪問といったものは、記憶する準備ができていることを示すサインなのではなく、すでにやるべき罪滅ぼしをこなし、そろそろそれを放り出して、私たちの代わりに記憶してくれる石だけを残して、忘却してしまってもかまわないと私たちが思い始めていることを表しているのかもしれない。いま私にはっきりとわかっているのは、もし歴史がすべき適切な仕事を行うとするならば、つまり過去の罪やそのほかの証拠を永久に保存するのだとしたら、それはそのままそっとしておくのが最もよいということだ。政治的利益のために過去をあさりつくしたとき、すなわち目的に沿う断片だけを拾い上げてご都合主義的な道徳的教訓を説くために歴史を徴用するといったことを行うならば、私たちが手にするのは悪しき道徳と悪しき歴史の両方なのだ。

その一方で、悪の問題について論じる時、私たちはみな注意しなければならない。そこには単純ならざる凡庸さがあるからだ。そこにはアーレントの語った、人間のなかにある不穏でありふれていて、身近で日常的な悪がある。だがもう一つ、別の凡庸さもある。濫用による凡庸化だ。すなわち、聞く人びとの感覚を鈍らせ説明しようとしている当の悪に対して免疫を作らせてしまうほどに、同じ事柄をあまりにもたくさん見せ、言い、考えさせることによる、平板化と鈍化である。これこそが今日私たちが直面している凡庸さ、あるいは「凡庸化」なのだ。
一九四五年以降、私たちの両親の世代は悪の問題を脇によけてきた。彼らにとってそれがあまりにも多くのことを意味したからだ。私たちののちの世代は、この問題の意味するところがあまりにも少ないとして、それを退ける危険にある。これをどうやって防いだらいいのだろうか。言い換えれば、悪の問題はいまだに知的生活の根本的な問題でありつづけているのであり、ヨーロッパにかぎった問題ではないということを、私たちはいかにして保証しえるのだろうか。この問いの答えについては私はわからないが、これが正しい問いであることははっきりと確信できる。これこそはハンナ・アーレントが六〇年前に提起した問いであり、思うに彼女が今日でも問いかけている問題なのだ。

（本エッセイの初出は二〇〇八年二月の『ニューヨーク・レビュー・オブ・ブックス』誌である。これは二〇〇七年一一月に、同年のハンナ・アーレント賞の受賞に際して行われたブレーメンでの講演をもとにしている。）

第10章　地に足の着いたフィクション

私は、イスラエルのキブツが入植地《セトルメント》らしく見えたのを覚えている年代の生まれだ（入植地は、『オクスフォード英語辞典』では「小さな村、あるいは家の集まり」、「新しい国に人を住まわせたり植民したりする行為」とされている）。

一九六〇年代初頭、私は建国以前のイスラエルで組織された民兵組織ハガナーのパルマッハ隊によって建設された小さなコミュニティ、キブツ・ハカックにいたことがある。一九四五年に建設されたハカックは私が初めて見たときは設立から一八年で、まだ村のはずれは未開拓だった。そこに住む数十の家族が自分たちで大食堂や納屋、家、そして労働時間中に子どもの面倒を見るための「ベビーハウス」を建てていた。しかし住居群の向こうは岩だらけの丘陵と開拓半ばの野原が広がっていた。

コミュニティのメンバーたちはまだ青い作業シャツとカーキの短パンに三角帽をかぶっており、都会の熱気に満ちたテル・アビブの雰囲気とは対照的な開拓者像とその精神をなんとか成育させようとしていたのだった。目を輝かせた訪問者とボランティアに対して、彼らはこうも言わんばかりだった。私たちの手にあるものは本物のイスラエルだ、どうぞ来て石をどけて、バナナを育てるのを手伝ってくれ、そしてヨーロッパとアメリカにいる友人たちにも同じように伝えてくれ、と。

ハカックはまだそこにある。だが今ではプラスチック工場と、ガリラヤ湖近くに大挙してやってくる観光客に依存している。砦のまわりに築かれていたもとの農地は、観光客の呼び物に姿を変えた。このキブツを入植地と呼ぶのはもう奇妙なことなのかもしれない。

だがイスラエルは「入植地」を必要としている。これは長いあいだイスラエルが海外の援助者や出資者に向けて発してきた自己イメージの本質的部分なのだ。すなわち、開墾や灌漑、農業による自給自足、産業的生産性、合法的な自己防衛、そしてユダヤ人コミュニティの建設、といった困難な精神的作業を通して、敵意に囲まれた環境にあっても正当な権利にもとづく土地を護ろうと苦慮する弱小国家、というイメージだ。しかし、この新しい集産主義的フロンティアという物語は、現代のハイテク化したイスラエルについては白々しく響く。そういった理由から、この入植者神話は別の場所と置き換えられてきている。すなわち、一九六七年の〔第三次中東〕戦争で獲得された、それ以降も不法に占領されつづけているパレスチナの土地だ。

したがって、国際的メディアがヨルダン川西岸地区のユダヤ人「入植者」や「入植地」について語り、書くようにと推奨されるのも、偶然ではない。だがこのイメージは完全に間違っている。これら論争の的となるコミュニティの地理的な意味で最大のものは、〔西岸地区にあるイスラエルの都市〕マアレ・アドゥンミームだ。この都市は、ニュージャージー州のモントクレアやイングランドのウィンチェスターにも匹敵する、三万五〇〇〇人以上の人口を抱えている。だが最も驚くべきは、マアレ・アドゥンミームがイスラエルの拡張領土であるという点だ。この「入植地」は三〇平方マイルにも及び、マンハッタンの一・五倍、あるいはマンチェスターの行政区と都市部を合わせたものの半分に相当する大きさなのだ。たいした「入植地」だ。

西岸地区の占領地域には、およそ一二〇にものぼるイスラエル公式の入植地がある。これに加えて、その算定には八〇から一〇〇ほどと幅はあるものの「非公式」の入植地も存在する。国際法においてはこの二つのあいだに違いはなく、どちらも武力行使の結果としての土地の併合を明確に禁止したジュネーヴ条約の第四条約、第四七条に違反している。この原則は国連憲章第四条、第二項においてもふたたび宣言されている。

したがってイスラエルの公式発表でよくみられる「公認」の入植地と「非公認」の入植地という区別は、うわべだけのものでしかない。公式に認可されているかどうかや、その拡張が「凍結」されているのか急速に拡張が進められているのか、といった区別にはまったく関係なく、すべてが違法なのだ（イスラエルの新しい外相アヴィグドール・リーベルマンが、一九八二年に建設されそれ以降、違法な拡張をつづけている西岸地区の入植地ノクディムに属していることは注記しておくべき問題だろう）。

現在のイスラエル政府の露骨な冷笑的態度に目をくらまされて、もう少しまともに見えなくもないその先行者たちの責任を見過ごしてはならない。入植者の人口はここ二〇年間で継続的に五パーセントずつ増加している。これはイスラエル全体の人口増加率の三倍にあたる。（一九六七年の第三次中東戦争で）違法なかたちでイスラエルに併合された）東エルサレムの人口と合わせれば、今日の入植者人口は五〇万人以上にものぼり（イスラエル国家とパレスチナ人自治区を合わせた）いわゆる大イスラエルのユダヤ人人口の一〇パーセントを若干超えるほどまでになっている。これこそが、イスラエルの国政選挙において入植者たちが重要視される理由の一つだ。イスラエルの選挙は完全比例代表制となっており、最小の有権者層たる入植者らに対しても過度な影響力が付与されているのだ。

だが入植者たちは周縁的な利益団体にすぎないというわけではない。アラブ人の侵入を防ぐための六〇〇にものぼる検問所と障壁に守られて、群島のごとく点在する都市というかたちの駐屯地のうえに広がった彼らの重要性を認識する際には、次のことを考察する必要がある。すなわち、東エルサレムと西岸地区、そしてゴラン高原を合わせると、ワシントンDCの規模に匹敵する人工的に均質なブロックが構成される、という点だ。その人口規模はテル・アビブのそれを三〇パーセント以上も超過するものとなっている。たいした「入植地」だ。

イスラエルが入植地に酔いしれているとしたら、それを長いあいだ可能にしてきたのはアメリカだった。もしイスラエルがアメリカの対外援助におけるトップクラスの受益者でなかったら(その額は二〇〇三年から二〇〇七年の平均で年額二八億ドルにのぼり、二〇一三年には三一億ドルに達する予定だ)、西岸地区入植者たちの家屋は、イスラエル内の同程度の普通の家屋の半分以下という安価なものにはならなかっただろう。

そういった家屋に移り住んだ人たちの多くは、自分自身でも、みずからのことを入植者とは考えていない。ロシアなどの地からやってきた彼らは、たんに補助金の投入された住居のオファーを受け入れて占領地に移り住み(南部イタリアで新しく道路と電気を提供された農民のごとく)、政治的パトロンに感謝の念を抱く顧客になるだけだ。西部へと拡大したアメリカの入植者たちと同様、西岸地区のイスラエル植民者たちは彼らのホームステッド法とも言えるものの受益者なのであり、これもまたアメリカ西部への入植者たちと同様に、立ち退かせることは大変難しい。

和平の条件として入植地を解散させようという外交的議論が行われているが、それにもかかわらず、この五〇万の居住者と都市駐屯地、肥沃な土地と水への優先権をともなった入植者コミュニティが、本当に撤去されるなどということは誰もまともに信じていない。イスラエル当局は、左派だろうが右派だろうが中道だろうが、これらを撤去させる意図など持ち合わせていないし、パレスチナ人も知識層のアメリカ人もそういった幻想を抱いてはいない。

この点については、実際とは逆の状態であるかのようなふりをした方が大方の人たちにとって都合がいいのは間違いない。二〇〇三年の「ロードマップ」に言及し、一九六七年の国境にもとづいた最終的同意について語ればそれでいいのだ。だがそういった偽装された忘れっぽさは政治的偽善と大差ないものであり、外交的やりとりのなかで交友と妥協を促進する潤滑剤となっている。

しかしながら、政治的偽善が自身にとっての最大の敵となる事態が存在し、入植地の問題はその一例となっている。入植地がなくなることはないだろう。それなのにほとんどの人がそれとは逆であるかのようにふるまっているのだから、私たちはイスラエルが長いあいだ胸を張って「地に足の着いた事実」〔西岸地域の入植地の実情を表すときに主に外交で用いられる表現〕と呼んできたものの含意するところを断固として無視しつづけてきたということになる。

イスラエルの首相ベンヤミン・ネタニヤフはこのことを誰よりもよくわかっている。彼は六月一四日の強く期待されたスピーチのなかでアメリカの対話者を狡猾にも煙に巻いた。最終的なパレスチナ国家の存在を（それが制空権を行使せず、外からの攻撃に対する防衛手段を持たないとの明確な理解にもとづいて）仮定的に認めつつ、その一方で真に重要なイスラエルの立場を繰り返し主張した。それは、違法な入植地は建設しないが、「合法的」なものについては、自然な増加率に即してその拡張の権利を保持する、というものだった（このスピーチを行う場所として彼が選んだのが、非妥協的なユダヤ律法学の中心地であり、一九九五年にイッハク・ラビン首相を暗殺したイガール・アミルが、暗殺前にラビン首相への憎悪を学んだバル＝イラン大学であったことは偶然ではない）。アメリカの神経質な聞き手向けに甘ったるい紋切り型のかたちで表現されてはいたものの、ネタニヤフ氏が入植者とその政治的支援者たちに提供したこの確約は、それまでにないほどに受け容れられた。アメリカのメディアは予想どおりこれに食いつき、判を押したようにネタニヤフ氏のパレスチナ国家への「支持」を強調し、それ以外を小さくとりあつかったのだった。

だが現在最も大きな問題は、オバマ大統領が同じような調子でこれに応じるかどうかだ。彼は間違いなくそうしたいと望むだろう。アメリカ大統領とその助言者たちにとって、カイロでの演説をきっかけにネタニヤフ氏さえもがそれまでの態度を変えて歩み寄りに前向きになったのだと断言できること以上に喜ばしいことはないのだ。[☆1] したがってワシントンはとりあえずこの最も近しい同盟国との対決を避ける。しかしネタニヤフ首相が〔歩み寄りを見せた同じスピーチのなかで〕率直な事実を述べていたという事実はなんとも厄介だ。彼の政府は、「ユダヤとサマリア」におけるイスラエルの土地収奪〔西岸地区の入植地、ユダヤ・サマリア地区を指す〕に関する国際法や意見については認める気はない、と述べたのだ。

これによってオバマ大統領は選択を迫られることになる。彼は善意の約束とイスラエルの提示する合法的入植地と違法なものとの区別の重要性を信じるふりをしながら、イスラエルに調子を合わせるかもしれない。そういった見せかけによって、オバマ大統領は時間を稼ぎつつ、議会の賛同を得ることも可能だろう。だがイスラエル側は彼を愚者扱いするだろうし、中東やそれ以外の場所からもそのような人物とみなされるだろう。

これとは別の方法として、二〇年にもわたったアメリカの追従を破棄し、王様は裸だと公に認め、ネタニヤフ氏をその冷笑的態度を理由に退け、すべての入植地がアメリカの好意に完全に依存していることをイスラエルに思い起こさせる、という選択肢もある。また同様に、違法なコミュニティはイスラエルの防衛とは関係なく、それ以上に、農業による自給自足とユダヤ人の自治という創立当初の理想とはなんら関係がないことをイスラエルに思い出させることもできよう。これらは植民地主義的収奪にほかならず、アメリカが援助する問題ではないのだ、と。

もし私の考えが正しく、イスラエルの入植地をとりのぞく現実的な展望がないのだとすると、「認可された」入植地を拡大しないというだけのことを和平に向けた真の一歩だと認めることは、アメリカ政府にとっては、昨今の外交交渉のなかでも最悪の選択肢となるだろう。こんなおとぎ話を信じる人など世界のどこにもいないというのに、なぜ私たちがこれを信じようというのだろうか。イスラエルの政治的エリートたちは労なくして得た安堵のため息を一つして、もうこの問題が出資者たちの目に留まらないようにすることだろう。アメリカは、その敵対者は言うまでもなく、その友人からもバカにされることになる。アメリカが同地域における自分の利害のために立ち上がることができないのであれば、少なくとも、相変わらずのお人好しな愚か者とされつづけることは避けなければならない。

（本エッセイの初出は二〇〇九年六月の『ニューヨーク・タイムズ』紙である。）

第11章　イスラエルは民族的神話を解体せねばならない

厳密な意味で、「シオニズム」とは一体何だろう。その中心的主張はいつも、ユダヤ人とは共同的な単一の集団であるだとか、数千年にわたる離散と苦しみは、ユダヤ人の確固とした集団的特質を減じることはなかっただとか、ユダヤ人がユダヤ人として自由に生きられる唯一の道は、いうなればスウェーデン人がスウェーデン人として自由に暮らすその在り方と同様に、ユダヤ国家に居住することだといったものだった。

シオニストの考え方において、このように宗教はユダヤ人アイデンティティを測る最重要の要素ではなくなってきている。一九世紀末頃、若いユダヤ人がますます法的にも文化的にもゲットーや東欧のユダヤ人村落共同体から解放されていくにつれて、影響力ある少数派にとってシオニズムは迫害や同化、文化的希釈に抗する唯一の選択肢に見えるようになってきた。これとは矛盾するが、宗教的分離主義とその実践が後退していくにつれて、その世俗的なかたちの分離主義が盛んに喧伝されるようにもなった。

その激しさにしばしば私が不安を抱いたほどの反宗教的感情が、一九六〇年代の左傾化するイスラエルのサークル内で広がっていたことは、私の個人的経験からはっきりと確証できる。宗教は超正統派《ハレディーム》とエルサレムのメーアー・シェアリーム地区の「クレイジーな奴ら」のものだ、と私は教えられた。「私たち」はモダンで合理的で「西洋的」なのだ、とシオニストの教師たちに教えられたのだった。だが彼らが私に言わなかったことがある。すなわち、教師たちが私に参加を望んでいたイスラエルとはしたがって、民族的な意味での厳格なユダヤ人性あるいはユダヤ性に基づいた、そしてそれのみによって基礎づけられたイスラエルである、という点だ。

その物語は次のようなものだ。一世紀に起こった第二神殿の破壊までは、ユダヤ人は現在のイスラエル／パレスチナの地で農耕を営んでいた。その後ユダヤ人たちはローマ人によってふたたび流浪の身に落とされ、地上をさまよった。家もなく、根無し草の追放者として。やっといまになって「彼ら」は「戻って」来ており、祖先の土をもう一度耕すことになるだろう。

これこそが、歴史家シュロモー・サンドが『ユダヤ人の発明』〔『ユダヤ人の起源　歴史はどのように創作されたのか』高橋武智ほか訳、武田ランダムハウスジャパン、二〇一〇年〕での議論によって突き崩そうと試みた物語だ。だが批評家らが言うところによると、サンドの貢献はせいぜい余分な繰り返しにすぎない。前世紀のあいだ、サンドが参照した資料や彼が立ち上げた議論は専門家たちのあいだでは完全に周知のものだったのだという。純粋に研究者としての観点からすると、この点について議論の余地はない。ユダヤ人史の最初期に関する情報については大部分を二次資料に頼っていた私ですら、サンド教授の語ることでそれまで知らなかったことはないのだ。たとえば、黎明期のユダヤ人を特徴づけたものとして彼が強調する改宗と民族的混交がその好例だ。

問題となるのは「私たち」とは誰か、という問いだ。アメリカでは間違いなく、圧倒的多数のユダヤ人（くわえておそらくは非ユダヤ人も）が、サンド教授の述べる物語をまったく知らない。彼らの多くはその物語の登場人物のほとんどの名前を耳にしたこともないだろうが、彼らはみな、サンド教授がその信用を落とそうと試みているユダヤの物語の戯画版に、あまりにも慣れ親しんでそれを肯定している。一般向けのサンド教授の著作が、読者層における省察とさらなる読書の喚起をもたらす以上に何もしないものであるなら、それは十分に価値のあるものになっただろう。

だがここにはそれ以上のものがある。イスラエル国家を正当化するものはほかにもあったし、いまだにあるわけだが（ダヴィド・ベン＝グリオンがアドルフ・アイヒマン裁判を求め、計画し、演出したのは偶然ではない）、ユダヤ人国家を正当化する従来の主張の根拠を、サンド教授が切り崩したのはあきらかなのだ。端的に言うと、イスラエル独自の「ユダヤ的」性質が想像的あるいは選択的な近似性なのだと同意できるのであれば、そこからどうやって先に進むことができるのか、というわけだ。

サンド教授自身はイスラエル人であるから、彼の国が「存在理由」を持っていないという考えは、彼にとっては唾棄すべきものだろう。当然のことだ。国家というものは存在するか否かが重要なのだ。たとえばエジプトとスロヴァキアは、深淵なる「エジプト性」あるいは「スロヴァキア性」なる理論を根拠にすることで、国際法で正統だと認められているわけではない。これらの国家は、単純にその存在や自身を維持し防衛する能力があることを根拠に、諸権利と地位をそなえた国際的行為者として認識されているのだ。

したがってイスラエルの生存の可能性は、イスラエルが語る民族的起源の信憑性には依拠しない。このことが受け容れられれば、ユダヤ的アイデンティティを強弁することに専心するこの国の主張は、重大な問題を抱えていることがわかってくる。まず、そういった主張はすべての非ユダヤ的イスラエル市民および居住者を二級市民的位置へとおとしめることになる。これはユダヤか否かの区別が純粋に形式的なものにしか過ぎない場合であっても、あてはまってしまうことだろう。だが、この区別はもちろん、形式的なものではない。ムスリムやキリスト教徒であること（あるいは今日のイスラエルがもちいる、ますます厳格な細分化が進む「ユダヤ性」に適合しないユダヤ人であることさえ）には価値付けがされているのだ。

サンド教授の著作で暗黙裡に述べられているのは次のような結論だ。すなわち、イスラエルは自身をイスラエルそのものと認識し、かつ、自身をイスラエルであるとする考えを学ばなければならない、というものだ。普遍的なユダヤ性を小さな一片の領土と同一視しようなどという無茶な主張は、多くのかたちで機能不全を起こしている。これはイスラエル－パレスチナ紛争の解決の失敗を説明する一つの重要な要因だ。それはイスラエルにとって悪いことだし、イスラエルの行為と同一視されてしまういろいろな場所のユダヤ人にとっても悪いことだと指摘しておきたい。

では、何がなされるべきなのだろうか。サンド教授は、あきらかにこれには答えてくれていない。とはいえ、この問題が扱いにくいものだという点は理解して、彼を弁護しておきたい。彼は一国家解決案を望んでいるのではないかと私は推測している。それが彼の議論がもたらす論理的帰結であろうから。私もそういった結果を希望したいところなのだが、残念ながら確実に、この解決案に対してイスラエルとパレスチナの双方は激しく、そして武力をもってして反対するだろう。たとえイスラエルを現在の民族的妄想のなかに無傷のままにとどめてしまうことになっても、二国家解決案がいまのところは最善の和解であろう。だがここ二年間の進展を見るかぎりでは、そういった解決策への見通しは楽観的たりうるものではない。

私自身としては、別のところに関心を向けたい。もしヨーロッパと北米のユダヤ人が（すでに多くのユダヤ人がそうしはじめているように）イスラエルから距離をとるようになったら、イスラエルが「彼らの」国家であるとの主張が、不条理な雰囲気をまとうようになってくるだろう。時間が経てばワシントンですら、アメリカの外交政策を中東の小さな国家の妄想に追従させることの無益さに気づくようになるだろう。イスラエルに起こりうることのなかではこれが、イスラエル自体にとって最良のことだということを私は信じている。イスラエルは自身の限界を認識せざるをえなくなるし、別の友好国を、望むらくは近隣諸国のなかから、作り上げていかなければならなくなるだろう。

かくしてやがては、たまたまユダヤ人ではあるが別の国の市民となった人びとと、イスラエルの市民ではあるがたまたまユダヤ人である人びととのあいだの、自然な区分が設けられることが期待できよう。これが大変有用であることは証明できる。ギリシャ人やアルメニア人、ウクライナ人、アイルランド人の離散者たちが、それぞれの祖先の国で民族的排外主義とナショナリスト的偏見を生き永らえさせる不健全な役割を担ってしまったという多くの先例があるのだ。北アイルランド内戦の終結の一因は、アメリカ大統領がアメリカのアイルランド系移民コミュニティに対して、IRA暫定派に武器と資金を提供するのをやめるよう指示したことであった。もしアメリカのユダヤ人たちが、自身の命運をイスラエルと関係づけるのをやめ、慈善的な資金をよりよい目的に使えば、似たようなことが中東で起きるだろう。

（本エッセイの初出は二〇〇九年一二月の『フィナンシャル・タイムズ』紙である。）

第12章　常套句《クリシェ》なきイスラエル

ガザ解放船団に対するイスラエルの攻撃〔二〇一〇年五月に、ガザ解放運動の率いる六隻の市民船籍の船をイスラエル軍が攻撃した事件で、九人の活動家が殺害された〕は、毎回おなじみの人物たちからあふれんばかりの常套句《クリシェ》を生じさせた。聞き飽きた非難と儀礼的な擁護なしには、中東を論じることはほとんど不可能だ。ちょっとした整理が必要だろう。

常套句その一「イスラエルは非合法化されてしまっている／されるべきだ」

イスラエルはほかの国家と同様、長い間存立しているし国際的に認知されている。北朝鮮やスーダンの、そしてもちろんアメリカの為政者の悪しき行動がそれらの国を「非合法化」することがないのと同様に、イスラエル政府の悪しきふるまいがイスラエルを「非合法化」することはない。イスラエルが国際法に違反した時には、それを取りやめるよう圧力をかけられてしかるべきだ。しかし、私たちがそういった影響力を持つのは、まさしくその国家が国際法の統制下にあることによるのだ。

イスラエルを批判する者のなかには、イスラエルが存在しなければいいという希望をその動機とする者たちがいる。なんらかのかたちでイスラエルは消えて無くなるだろう、と。しかしこれは現実逃避的な政治だ。〔ベルギー内でオランダ語系のフラマン語を話す〕フラマン人のナショナリストはベルギーについて同じことを感じているだろうし、分離独立派のバスク人のスペインに関する感情も同様だ。イスラエルはなくならないし、なくなるべきでもない。いかなる批判も「非合法化」の実践だとしてその信用を落とそうとするイスラエルの広報キャンペーンについて言えば、それは類を見ないほどに自滅的だ。イスラエルはそういったキャンペーンで応えるたびに、みずからの孤立を強調しているのだ。

常套句その二「イスラエルは民主主義国家だ／ではない」

イスラエルをその外部から擁護する言葉として最もありふれているのは、イスラエルは「中東における唯一の民主主義国家」だから、というものだ。これは広い意味ではそのとおりだ。イスラエルには司法の独立も自由選挙もある。だがそれと同時にイスラエルは非ユダヤ人への差別を行っており、それは今日のほかの民主主義国家からイスラエルを区別するものとなっている。公の政策に対する強い異議の表明は、ますます良しとされなくなってきている。

だがその点はあまり関係がない。「民主主義」は良識ある行動を保証するものではないのだ。ほとんどの国々が、今日では形式的には民主主義だ。ここで東ヨーロッパの大衆民主主義を思い起こしてもいいだろう。イスラエルはアメリカの「民主主義国は戦争を起こさない」という居心地の良い常套句を信じている。イスラエルは元職業軍人によって牛耳られ、時には支配されてきた民主主義国である。この点だけをもってしても、イスラエルはほかの先進国とは異質な国である。また、ガザも中東におけるもう一つの「民主主義国」であることを忘れるべきではない。パレスチナ当局とイスラエルの双方がともに激しく反応したのは、まさしく、二〇〇五年の自由選挙でハマースが勝利を収めたからなのだ。

常套句その三「責任はイスラエルにある／ない」

近隣諸国の多くによって長いあいだその存在権を否定されてきたという事実について、イスラエルは責任を負っていない。イスラエルの多くの公的発言における妄言的性質を理解しようとする際には、イスラエルが抱く包囲されているという感覚は過小評価されてはならない。

イスラエル国家に精神病理的習癖があることは驚くにあたらない。なかでも最も有害なのが、武力に訴えるという習癖だ。これがあまりにも長いあいだ機能してきたために（建国初期数年における数々の快勝は人民の記憶に深くしみ込んでいる）、イスラエルはそれ以外の応答の仕方を思いつくのが難しくなってしまっている。そして二〇〇〇年のキャンプ・デイヴィッド和平交渉での失敗は「対話すべき相手などどこにもいない」という考えを強化してしまったのだった。

だが、対話すべき相手はいる。アメリカの政務官が個人的なレベルでは認めている様に、遅かれ早かれイスラエル（あるいはほかの誰か）はハマースと対話をしなければならなくなるだろう。フランス領アルジェリアから南アフリカそしてＩＲＡ暫定派まで、同じ筋書きが繰り返されている。つまり、支配的権力が「テロリスト」の合法性を否定し、そうすることで支配側の力を強化する。そして支配側は秘密裏に「テロリスト」らと交渉を行い、最終的には「テロリスト」らの権力や独立、あるいは対話の開始を認めるのだ。イスラエルはハマースと交渉を行うことになるだろう。問題はそれがなぜいま行われていないか、だ。

常套句その四「責任はパレスチナ人にある／ない」

イスラエルの元外務大臣であるアッバ・エバンは、アラブ人は好機を逸するという好機を逃したことがない、と主張した。これは完全に間違いというわけではなかった。一九四八年から一九八〇年代初頭にかけてのパレスチナ抵抗運動の「否定主義的」スタンスは、ほとんど成果をもたらさなかった。それ以前のパレスチナ代表に比べてはるかに人気は高いもののそれらと同じ伝統にしっかりと位置づけられるハマースは、イスラエルの存在権を認めざるをえなくなるだろう。

しかし一九六七年以来、ほとんどの好機を逃しつづけてきたのはイスラエルの方だ。(先達の政治家の助言に抗するかたちでの)四〇年におよぶ占領、レバノンへの三度にわたる破滅的な侵攻、世界の世論に反したガザへの侵攻とその封鎖、そして今度は公海上の非戦闘員に対する見苦しい攻撃だ。これほど積みあがった不手際に比肩するものをパレスチナ側に見出すのは難しい。

テロリズムは弱者の武器だ。市民を標的とした爆弾攻撃はアラブ人の発明ではない(一九四八年以前に同じことを行っていたユダヤ人の発明でもない)。道徳的には擁護しえないが、テロリズムは少なくとも一世紀のあいだ、あらゆる人種の抵抗運動の特徴となってきた。イスラエルが、いかなる対話も決着もハマースがテロ行為の停止を誓えるかどうかにかかっていると主張するのは正しい。

だがパレスチナ人はほかの被抑圧者と同様の厄介な問題に直面している。すなわち、独占的権力を有する確固とした国家に対抗するために与えられた手段として、拒絶と抵抗しかない、という点だ。もしイスラエルの要求(暴力的厳命、イスラエルの是認、敗北の承認)をあらかじめすべて認めてしまったら、いったい何を交渉のテーブルに載せられるというのだろう。パレスチナにではなくイスラエルに主導権があるのだから、イスラエルがそれを使うべきだ。

常套句その五「責任はイスラエル・ロビーにある／ない」

ワシントンにはイスラエル・ロビーがおり、大きな成果を残している。それこそが存在意義なのだ。イスラエル・ロビーが、「影響力が強すぎる」（ユダヤ人による過剰な影響が舞台裏にある、とする言外の意味がそこにはあるのだが）ものとして不当に描かれていると主張する人たちがいるが、その主張は的を射ている。銃器関連会社の圧力団体や石油関連圧力団体、銀行関連圧力団体はアメリカの健全さにもっと大きな爪痕を残してきているのだ。

しかし、イスラエル・ロビーの影響力は不釣合いなほどに強力だ。下院議員の圧倒的多数は、なぜ親イスラエル的動議すべてを認める方向に転がっていってしまうのだろうか。この問題に一貫した関心を示しつづけている人びとはほんの一部にすぎない。圧力団体の過剰な影響力を公然と非難することと、「この国を動かしている」としてユダヤ人を非難することとは別だ。人びとがこの二つを混同してしまうことを恐れるがあまり、自己検閲に走ることがあってはならない。アーサー・ケストラーの言葉を引いておこう。「自分が良からぬ友人たちに囲まれていることに気づいてしまうという恐怖は、政治的純粋さの表出ではない。それは自信のなさの表出である」。

常套句その六「イスラエル批判は反ユダヤ主義とつながっている／いない」

反ユダヤ主義とはユダヤ人嫌悪であり、イスラエルはユダヤ人国家なのだから、もちろんイスラエルに対する批判の一部の動機には悪意がある。直近の過去において、「反シオニズム」が反ユダヤ主義の便利な言い換えとして公的に使用された過去がある（とりわけソ連とその衛星国において）のだから、多くのユダヤ人やイスラエル人がこれを忘れていないことも理解できよう。

だが、イスラエルの外にいるユダヤ人から増えつつあるイスラエル非難のほとんどは、反ユダヤ主義に動機づけられたものではない。同様のことは昨今の反シオニズムにも当てはまる。シオニズムそのものが「建国の功労者たち」のイデオロギーからは大きく逸脱して、最近では領有権の主張や宗教的排他性、そして政治的過激主義を押しつけるものとなっている。イスラエルの存在権を認めつつ、同時に反シオニスト（あるいは「ポスト・シオニスト」）であることは可能だ。ユダヤ人がみずからの「普通《ノーマル》の国家」を建設するために必要なものとしてシオニズムを強調するのだとすると、イスラエルがユダヤ人国家であることを理由に、「異常な《アブノーマル》」方法で行動する権利をイスラエルに認めるという昨今の主張は、シオニズムの失敗を示唆している。

「反ユダヤ主義」の過剰な召喚については気をつけなければならない。アメリカの、そして言うまでもなく世界中の若者世代は懐疑的になりつつある。「イスラエルによるガザ封鎖への批判が潜在的に「反ユダヤ主義」であるとするのならば、偏見のそのほかの事例についてまじめに考える必要などあるのか」と彼らは問うている。また、「もしホロコーストがイスラエルの悪しき行いの次なる免罪符になってしまっているとしたらどうするのか」とも。「反ユダヤ主義」と他の議論との合流を助長することでユダヤ人が犯しているリスクについては、見逃されるべきではないのだ。

石油を保持するアラブ諸国とともに、イスラエルはいまやアメリカの中東および中央アジア戦略上、最大の障害となっている。イスラエルのおかげで、私たちはいまトルコを「失う」危機にある。ＥＵからの対応に腹を立てたこのイスラム民主主義は、近東および中央アジア国際関係において重要な存在となっている。トルコなしでは、アメリカは同地域における目的のほとんどを達成できないだろう。それはイランであろうと、アフガニスタン、あるいはアラブ世界であろうとも同様だ。イスラエルを取り巻く常套句を取り払うべき時が来た。イスラエルを「普通の」国家としてあつかい、緊密な関係を切断すべき時が来ているのだ。

（本エッセイの初出は二〇一〇年六月の『ニューヨーク・タイムズ』紙である。）

第13章　何をなすべきか？

六年前、私は『ニューヨーク・レビュー・オブ・ブックス』誌に「イスラエル——代案」と題したエッセイを発表した〔本書第7章〕。そのなかで私は、当時その達成が目指されていた「和平プロセス」と二国家解決案は死んだと論じた。もしイスラエルがそのままの方向性を維持しつづけるのであれば、なんともそそられない選択肢に直面することになるだろう。すなわち、イスラエルがユダヤ人のものでありつづけるかわりに民主的であることをやめるか、あるいは真に多民族的民主国家となり、その場合には「ユダヤ的」であることをやめるか、という選択肢だ。三つ目のものとしては、イスラエルが国内のアラブ系住民の大多数を強制的に移動させる（あるいはアラブ人にとってイスラエルで暮らすことを耐え難いものにする）ことでユダヤ的民主主義の存続を確保する、というものがある。しかしそれにはグロテスクかつ極端に自己破壊的な対価を支払うことになる。こういった状況では、ある種の二国民制あるいは連邦制的な取り決めが最も有効な選択肢だと思われる。たとえそれがどれほど見込みなさそうに見えても。

上記の主張を行った私のエッセイは、もちろん、少なからぬ異論を噴出させた。多くの異論のなかでも筋の通った反応は、私の議論の気が滅入るような真実性を認識しつつもその結論を飲み込むことのできないイスラエル人とパレスチナ人から出てきたものだった。二国家解決はあるはず、、、と彼らは主張した。それ以外でうまくいくものなどないのだ、と。その達成を阻むもの（イスラエル入植者、パレスチナの自爆テロなど）が何であれ、両サイドからの道理をわきまえた発言者は、相互に受け入れ可能な唯一の解決策を強く求めつづけなければならない。イギリスの元首相ウィンストン・チャーチルによる民主主義の定義にならっていえば、中東における二国家解決案は最悪の選択肢なのだ、それ以外のすべての選択肢を除けば。☆1

二〇〇三年の一〇月以降、状況は悪化の一途を辿っている。イスラエルはヒズボラ☆2とハマース☆3に対する二つの戦争で「成功」し、占領地域での入植地を拡大してパレスチナ人の土地を包囲しつづけて、ガザの統制を放棄している。そしてこれらの事実にも関わらず、イスラエルは平和と安全からこれまでになく遠ざかっているのだ。二〇〇六年、パレスチナでは中東アラブ史に記録されたなかでも最も自由な選挙が実施され、その勝者は、合衆国やヨーロッパから「テロリスト」と位置づけられボイコットされた運動体、ハマースであった。パレスチナ解放機構（ＰＬＯ）は、今回の選挙で負けたパレスチナ人の連合体であり、西側諸国が相手にしつづけているのはこちらであるが、その権威と正当性は着実に崩壊してきている。抑圧され忸怩たる思いを抱えたアラブ人を史上最大の規模で統治するユダヤ人国家という醜悪なパラドクスは、日を追うごとにあからさまなものとなってきている。これまでにないほど多くの人が「二国家解決案」を語るようになってきたが、それを信じている人はどんどん少なくなってきている。何がなされるべきなのだろうか？

まず、克服しがたい二つの現実から始めよう。イスラエルは存在するのであり、批判者はその事実をはっきりと認識しないかぎり、まともに取り合ってもらえないだろう。また、パレスチナ人の圧倒的多数は自分たちの現実の国家を求めている。これもまた現実をありのまま述べたものであり、同様に軽んじられるべきものではない。現状では、どちらの側も一つの国家内で他方と共生することを望んでいないし、だれもそれを強制することはできない。連邦制であれ二国民制であれ、あるいはそれ以外のものであれ、そういった「一国家解決案」は一方が他方の良心を信頼した時にのみ可能となるものだ。だがもしその信頼が成り立つことがあったら、一国家解決案などは不必要なものとなるだろう。相互信頼が成り立つのであれば、とっくの昔に真の二国家という結論に向けた最終的な交渉に辿り着いていたはずなのだ。

信頼の（あるいはその欠落の）問題はイスラエル／パレスチナ問題の核心にある。意図されている「信頼関係の構築」からは程遠く、和平交渉は積極的にその破壊に寄与してしまっている。イスラエルにおけるその帰結は壊滅的なものだ。イスラエルという国は、左から右までの政治的スペクトラムのなかで極右の位置にいたことのあるいくつかの党派が、その「穏健な」核心部分を構成する連合体によって統治されている。野党はメナヘム・ベギンによるヘルート党の後継党であるリクード党出身の、ツィッピー・リヴニに率いられている。このリクード党は、ゼエヴ・ウラジミール・ジャボチンスキー[☆4]の旧来型シオニズムのあけすけなまでの民族主義的右派である戦間期修正主義シオニズムを引き継いでいる。イスラエル政治の左派と中道のほとんどは、消え失せてしまっている。

ベンヤミン・ネタニヤフのイスラエルは、労働党[☆5]政権時代と比べるとあきらかにその偽善的性質を減じている。一九六七年にまでさかのぼるその先行者のほとんどとは違い、ネタニヤフのイスラエルはみずからが支配するアラブ人との和解を求めているふりすらしない。ちょうど一ヶ月前にイスラエルの国会にあたるクネセトで投票が行われ、右翼政党ユダヤの家所属のゼブルム・オルレフ議員[☆6]提案による議員立法法案の予備読会が四七対三四で可決された。この法案はユダヤ人国家としてのイスラエルの存在に疑問を投げかける者に対して最長で一年の懲役を求めるものであった。その間、超正統派ユダヤ教政党シャスのアリエル・アティアス〔一九七〇生まれの政治家〕住宅開発大臣が二〇〇九年七月二日、ガリレーにおけるユダヤ系とアラブ系住民の「混交」を批判し警告を出した。彼の宣言したところによれば、住人を区別しておくことは「国家の責任」なのだ。

そういったなかで、パレスチナ人はたとえどれほど自分たちの国家を望んでいても、その実現可能性については、より懐疑的になってきている。アル・カッズ大学の学長であり、二国家解決案を長く支持してきたサリ・ヌセイベ博士[☆7]が二国民解決案に好意的な文章を書いているというのは、あまりよい兆しとは言えない。マドリッドでの中東和平会議（一九九一年）とオスロ合意（一九九三年）で動き始めた和平交渉の失敗は、ヤセル・アラファトの後半生とその後継者たちの信用を失墜させている。占領はイスラエルにとって因果応報の敵となっている。すなわち、占領が被占領者を過激化させているのだ。いまや多くの若いパレスチナ人の目には、パレスチナ解放機構（ＰＬＯ）とその代表者たちは、たとえ人びとが苦しんでいようとも、占領者との屈辱的な取引によって利益を得てきた利敵協力者と映っているのだ。パレスチナ当局議長のマフムード・アッバスがイスラエルの首相やアメリカ大統領と接見して何も手にせず帰ってくるたびに、彼はその信頼性を少しずつ減じ、「抵抗運動」を意味するハマースは賛同者と獲得票数を増やしているのだ。ヴィシー政府時のフランスで見られたように（このアナロジーは最もよく目にするものだ）、占領者に協力する当局というのは、解放の交渉を行い自由な人びとを導くうえでは好ましからざるものだ。だがもしアッバスがパレスチナのフィリップ・ペタンになる道を進んでいるのだとすると、シャルル・ド・ゴールになるのは誰なのだろうか[☆8]？

非合法な入植地や国家的野心に負けず劣らず、不信もまた地べたの現実なのであり、こういった現実から目をそらすいかなる和平交渉も、失敗が運命づけられている。この問題の外部にいる人たちが「オスロ和平プロセス」や「ロードマップ」を盛んに論じれば論じるほど、重要な人物たちからはまじめに取り合ってもらえなくなってしまう。これはまちがいなく、いまやアメリカ当局がパレスチナ国家について自由に論じ、ネタニヤフ氏ですら極度に制限された条件下でのパレスチナ国家に賛意を表明していることがほかならぬ原因となっている。この考えはパレスチナ側の支持を失いつつある。パレスチナ人は、イスラエル人と同様に、これ以上の「段階的」交渉や後退には懐疑的だ。これにより、西洋の共感的な支持者たちは急速に後手に回りつつある。二〇〇九年七月二三日にネタニヤフ氏が述べたように、「入植地論争は時間の無駄」なのだ。[*1] 彼は正しい。全政党に「ロードマップの求める責務を果たし」、「ロードマップおよび関連する国連安全保障理事会の決議、そしてマドリッドでの和平規定に合致するすべての問題についての直接交渉を再開する」ことを求めたG８外相らの最近の発言は、機能不全に陥った国際機関の軋みの代表的事例なのだ。アメリカ特使ジョージ・ミッチェルがみずから主張するように、「意義深く生産的な」和平交渉の早急の開始を真剣に望むのであれば、何かまったく別のことを思い描いておいたほうがよいだろう。

したがって、私たちは重要な事柄からとりかかるべきだろう。この悲劇的なまでの対立において長い間中心でありつづけてきた土地の問題は、解決策を考えるうえでは最も役に立たない方法かもしれない。現在イスラエルに占領されている九パーセントの肥沃なヨルダン川西岸地区の土地はあきらめて、広大な西ネゲブ砂漠をパレスチナ人は受け容れるだろうなどといった考えは、単純にばかげている。それなのに長い間まじめに議論の俎上に乗せられてきたのだった。「防御フェンス」の両側の土地の交換というもっと重大な問題についてはどうだろうか。シャロン政権下のイスラエルが、撤退時に数百の住居といくつかのプールをガザのアラブ人のために残しておくといったことすらできなかったことを考えてみよう。そうであるなら、「ユダヤとサマリアの土地」というはるかに問題含みな土地でパレスチナ人のために価値のあるものを残しておこうなどという政治的意思や思慮深い度量の大きさがネタニヤフ政権下のイスラエルの核心にあるなどということを、どうやって想定しうるというのだろう。領土をめぐる和解に関して達成されるのが何であれ、それは別の方法によってなんらかの信頼と相互的な善意が達成されて初めて可能になるのだ。

「安全保障」についてはどうだろうか。イスラエル市民は、大都市から数十マイルしか離れていない場所にいる武装したパレスチナ人部隊を思い描いて、心の底から心配している。イスラエル軍はこのことで寝ずの番を強いられてはいるものの、この恐怖を利用している。イスラエルの存在を脅かす本当の外的脅威があるとするなら、それはたとえ着弾地点が正確に設定されていたとしても数発のカッサームロケット〔殺傷能力は低いが心理的恐怖を与えることがその主な目的とされているロケット〕によるものなどではない。イスラエルの課題は、このロケットの発射台を取り除くことにあるのではなく、その補充を永続化させている政治的状況の解決にこそあるのだ。国家に付随するすべての権利と責任を有した正当なかたちで建設されれば、パレスチナ国家は悪辣なロケット攻撃にたいする非常に優れた保険となりうる。イスラエルの安全保障に関する正当な懸念はしたがって、国家の持ちうる力すべてをまとい、強大な隣国と良好関係を保ち国内の不安定な過激派たちを抑えつける動機を持ったパレスチナ国家を（できるだけ即刻に）建設することによって、最良のかたちで対処することができるのだ。

イスラエル側からとらえたここまでの議論に必要な変更を加えることで、パレスチナ人にも正当な安全保障上の懸念を見ることができる。国際法を踏みにじり、標的を定めた暗殺に従事し、アラブ人を先制攻撃で戦争をしかけるべき不変の正当な対象とみなすイスラエルの性癖からパレスチナ人を守るために、パレスチナ人には早急に十全な国家が必要なのだ。ここでも、できるだけ早く作られた国家は双方にとって予防的な利益を持ちうるだろう。イスラエル人は、いまだ残る記憶のなかで抱いていたような恐怖を、もはやヨルダン人やエジプト人に対して持っていない。私は、かつてユダヤ人を嫌いその破壊をもくろむ、変わらぬ普遍的な性向がとりわけエジプト人にあるのだと、イスラエルで信じられていたのをはっきりと思い出すことができる。もしそのような性質の人びとの存在を信じるのであれば、そういった人びとを継続的にやり込めて屈服させることだけが安心感を得る唯一の方法だ、ということになるのだろう。逆説的だが、イスラエルはその国境の向こう側に、適切なかたちで設立され軍事的権限をそなえたパレスチナ国家を持つことによってのみ、安全を感じることができるのだ。

では、双方の国家が首都に位置づけようと望む都市エルサレムについてはどうだろうか。イスラエルによる東エルサレムの併合は現実のジレンマを浮き彫りにしている。この都市をもっぱらイスラエルに統一して植民地化しようという動きは、ベルリンの分断が克服不可能ではなかったのと同様に、まったくもって取り消し不可能なものなどではない。かなりの数のイスラエル人が、昨今のイスラエルによるエルサレム関連の政治（宗教的ナショナリスト的な過激主義の温床になっている）に嫌悪感を抱いており、そういったイスラエル人たちは、この議論を支配しているイデオロギー的な入植者と狂信者たちの連合が失敗しても残念に思うことはないだろう。同じようにして、多くの世俗的パレスチナ人は、イスラエルの極右たちが彼らの日々の暮らしや政治的権利を人質にとるような立場にないことが確認できるかぎりにおいて、エルサレムのパレスチナ側の領域についての主権の主張よりもはるかに譲歩した解決策で手を打つことだろう。

しかし、ベルリンが純粋にドイツ人の自由意志の実践として再統合されたのと同様に、エルサレムの問題も利害関心をもった党派だけで解決されることはない。たしかに、二五〇〇年におよぶユダヤ人の神話と民衆の記憶は、エルサレムが「われわれ」の都市であると述べている。だが、ユダヤ以外の二五〇〇年に及ぶ神話と民衆の記憶は多くのところで多くのことを述べており、そのほとんどは現代の政治状況に適用できるものではない。ユダヤ人は、古い記憶や古代からの念願を占有しているわけではない。歴史の重荷や喪失を引き継いでいるほかの人びとと同様に、妥協が必要となるかもしれないのだ。ほかの領域と同様ここでも、最良《ベスト》のものは良きもの《グッド》の敵であることもありうる。バラク・オバマやジョージ・ミッチェル、G8、国連安保理、そしてこの複雑な物語の部外者に何か果たせる役割があるとしたら、それは現実の自治に関する問題を管理するのが誰であれ、エルサレムを開かれた都市として国際化せよとの主張をすることにある。ユダヤ人とムスリム（そしてそれを言うならキリスト教徒も）が「彼らの」都市に対して単独の管理権限を主張すれば、平和が手に入ることは絶対ないだろう。

だが土地や安全よりも、あるいはエルサレムさえよりも重要な、はるかに重要なのは、「承認」の問題だ。アラブ系近隣諸国やアラブ系の自国市民と暫定的協定を結ぶことがイスラエルには想像不可能であることを説明するのに寄与していたのは、そしてそれを正当化するために想起されていたのは、パレスチナ人による（そしてアラブ側による）長期にわたるイスラエルの現実に対する承認の拒絶（この拒絶はいまだにハマスの宣言書そのもののなかに組み入れられている）なのだ。これとは逆に、ユダヤ人が和平や和解について真剣に語っていないと多くのパレスチナ人に確信させているのは、パレスチナ系アラブ人に対して行われた犯罪やそれが生み出した苦しみをイスラエルが一貫して否定しているという点なのである。[*2]

もちろんパレスチナ人は過去の苦しみが承認されること以上のものを求めている。だが彼らはイスラエル国家建設に際して奪われた土地や所有物の返還の権利が認められることも望んでいる。諸外国のコメンテーターたちはこの要求における法的かつ人口統計的な含意に論を集中させる傾向があり、この承認が認められてしまうと数万にも及ぶアラブ人がすぐにも「帰還の権利」を要求することになろうという、イスラエルの誇張された恐怖をおうむ返しにしている。これは、それ自体がありえもしない予想となっているだけではない（というのも、ネタニヤフ氏の治めるユダヤ国家に住むために、アメリカから、ヨーロッパから、クウェートから、あるいはレバノンからどれほどのパレスチナ人が本当に帰還したいと望むだろうか）。それだけではなく、それはより大きな論点を見過ごしている。「帰還の権利」の承認は原則として、なによりもパレスチナ人に対してくわえられた巨大な損害と、イスラエルが負っているなんらかのかたちの補償の責任を、はっきりと認めることと関連する問題なのだ。

　われわれユダヤ人はほかの誰よりも次のことを理解しなければならない。ナチスの行ったことは、どれほどの規模の金銭的補償をもってしても償いをするにはほど遠いものであるし、ひとにぎり以上のヨーロッパ系ユダヤ人とその子孫たちが、ポーランドやそのほかの場所の自分たちの国や家や店や工場に帰還したいと望むこともない（とはいえ、権利を主張するパレスチナ人の大群が戻ってくるという予見を、イスラエルの代弁者たちが主張していたのと同様に、ポーランドのナショナリストたちは長い間、ユダヤ人たちが戻ってくるだろうという予想を大きく喧伝していたのだが）。第二次世界大戦後にユダヤ人が求め、成功裏に手に入れてきたのは、自分たちの苦しみと迫害者の罪に対する認容と承認であった。パレスチナ人はそれ以上のものは求めていない。問題となっているのは土地や金銭でもないし、いわんや煉瓦とモルタルの家でもない。問題となっているのは記憶、そしてなによりも歴史なのだ。イスラエルの合法性がユダヤ人の被った喪失と苦しみの含意と認識に少なからず依拠しているのと同様に、パレスチナ側の大義やパレスチナの主張は、政治的エネルギーや道徳的意味をパレスチナ人の被った喪失と苦しみから引き出している。このことがはっきりと理解され認識されるまで、そしてそうされないかぎりは、対立に終わりは来ないだろう。

　イスラエル／パレスチナ問題におけるジレンマの見せかけ上の独自さに捕らわれてしまうのは簡単なことだ。エルサレムは唯一無二のものだし、（ホロコーストでその頂点に達する）ユダヤ史は西洋世界の記憶において特別な場を占めると主張しており、肥沃な三日月地帯（地中海東部沿岸地域からイラクにおよぶ農業地帯）は長い間国際的な宗教紛争および政治紛争の中心部を占めてきたのだ。たしかに、ほかの領土をめぐる闘争と似て、ここに一定の独自な特徴があるのもまた事実だ。だが一歩身を引いて、ほとんどの点においてこれが唯一無二の危機などではまったくなく、ほかの地域や時代における比較可能な事例と多くの特質を共有していることを思い起こすことが有用だ。それらの事例を少し見てみるだけで、この隘路を克服する道が見えてくるかもしれない。

　まず私たちは、多文化的で多宗教的で多言語的な国家は私たちが時に思うほどには想像不可能なものでもずっと不安定なままでありつづけるものでもない、ということを思い起こす必要がある。スイスもベルギーもインドも、利害関心や集団間のあきらかな不和に向き合いつつ多かれ少なかれ機能しているのだ。これらに対するはっきりとした反例となるユーゴスラヴィアは、国民を構成する集団の一つの指導者によって故意に、そして身勝手に分断されてしまうまでは、むしろ快調に機能していた。ケベック州の例もある。この深刻に分離された地方では、州境内外での英語話者の「ヘゲモニー」に抗して安全を確保するために多数派のフランス語話者が憤然として独立を求めたのだが、現在では平和になっている。

　異民族同士が重なり合い相互に敵意を抱いている際に、最も長きにわたってとられてきた解決策が、人びとの分離や、さらには「交換」であったことは事実だ。だがそれらにはいつも戦争と大規模な死と破壊に引きつづいて起きてきた。小アジアや東ヨーロッパがその好例だが、これらの前奏曲《プレリュード》が起こることを私たちの現在において望むわけにはいかない。だから、イスラエルもパレスチナも現在手にしているものを利用して前に進むべきだ。だが部外者にとって衝撃的なのはイスラエルとパレスチナの状況が、ほかの似た問題に直面している人びととなんと多くの共通点を有しているか、ということなのだ。

そういったわけで、アルジェリアから北アイルランドまで、締め出しを食らうのは「穏健派の人びと」だ。そういった人びとは間違いなく母国や外国のほかの穏健派からの敬意を集めはするのだが、部分的にはまさにそのために、自分たちの地域での影響力と重要性を失ってしまう。最終的な帰結を取り決め、権力の座に着くことになるのは、ほとんどいつも、もと「過激派」やもと「テロリスト」だ。これはすでにイスラエルで起きているし、ハマースが運転のハンドルを握っているパレスチナにおいても間違いなくそうなるだろうと思われる。ケニアからインドネシアまで、あるいはアルジェリアから南アフリカまで、ヨーロッパの植民地権力とその後継者たちがかつて「テロリスト」として投獄した男女に不自然にも権力を手渡してきたのは、偶然ではないのだ。

ここで南アフリカに言及したのは、パレスチナの大変不利な点として、パレスチナにはネルソン・マンデラ[☆9]にあたる人物がいないということを想起してもらうためだ。フレデリック・デクラーク[☆10]と彼の周りのアフリカーナーたちはアパルトヘイトが持続不可能であることに気づいた（この点では、彼らは全員とは言わないまでもほとんどのイスラエル人よりも進んでいた）が、幸運にも彼らには、ほかの黒人からも信頼されたぐいまれな才能を持った、交渉相手となりうる政治犯収容者マンデラがいたのだ。イスラエル人が嬉々として思い起こさせるように、パレスチナにはそういった人物がいない。だがたとえもしパレスチナのマンデラがいたとしても、双方向的な不信と恐怖を克服するための真実和解委員会[☆11]を設立することはできないだろう。ほとんどのイスラエル人は、和解を必要とするほどには恐怖を感じていないし、したがって他者の真実を認知する必要に迫られておらず、大イスラエル主義[☆12]のプロジェクトが失敗を運命づけられていることに気づいているイスラエル人の数は、まだ十分ではないのだ。したがって悲しいかな、南アフリカ人は私たちよりももっと洗練されており、また自己理解においても偏狭さがより少ないと認めざるをえない状況だ。「制限と監督を必要とする怠惰な二級の先住民に取り囲まれた、ひどい扱いを受けながらもよく働き必死に戦う国民《フォルク》」という彼らの根本的な神話は、世界の反感を前に崩れ去った。もし何も変わらないのであれば、この先数年のうちにイスラエル人は似たようなことを経験することになるだろう。

　だが、ジョージ・ミッチェル[☆13]がその立場からよく理解していたように、北アイルランドの問題はよりよい見通しを提供してくれている。プロテスタント側もカトリック側も、穏健派の政治家たちは数十年にもわたって歩み寄りのための基盤を探っていた。だがその努力の結果手に入れたのは、屈辱と縮小しつづける得票数だった。勝者として、ビル・クリントンとトニー・ブレアの対話者として、そしてますます平和的で安定したアイルランド北部《アルスター》の指導者として現れたのは、過激派たち、すなわちIRA暫定派とイアン・ペイズリー[☆14]の民主連合党だったのだ。三〇年近くにもわたって、これらの男たちと配下の殺し屋たちは、北アイルランドを蹂躙しつづけ、領土的独占主義と他者への恐怖の名のもとに、支持者らに殺害と傷害を強く推奨した。彼らが「和平プロセス[☆15]」に組み入れられないかぎり、何一つ先には進まなかったのである。今日ではジェリー・アダムズ、マーティン・マクギネス[☆16]、そしてイアン・ペイズリーがアルスター政府において協力している。彼らはどれほど信じがたいものであっても、新聞の見出しになることからようやく逃れた平和な北アイルランドの新しい顔なのだ。

　アルスターにおける問題は、中東のものよりもその期間において（北アイルランドの問題は一七世紀後半にまでさかのぼる）、スケールにおいて（アルスターで殺害された人数はより直近のおよそ三〇年間の問題にかかわるものだけでも、イスラエル／パレスチナ問題が始まってからイスラエルで自爆やほかのテロで殺された人よりもはるかに多い）、そして複雑さにおいて、桁違いのものとなっている。アルスターの問題が解決できたのだとすれば、中東の問題に希望がないはずはない。イスラエル（と国際社会の友人たち）は、ハマースとの直接交渉を開くべきだ。これは私の独自の考えなどではない。二〇〇九年の三月には、ポール・ヴォルカーや元共和党議員チャック・ヘーゲル、ナンシー・カセバウムを含むアメリカの有力者の超党派団体が、オバマ大統領にそうするようにうながしているのだ。[☆17]だがもしハマースを交渉に引き入れ、真剣な交渉人たちと生産的に仕事をする理由を彼らに与えなければ、あらいはさらに悪いことにイスラエルがその運動すべての指導者たちを暗殺することに成功してしまったら、あとには穏健派のパレスチナ人は残らないかもしれない。残るのは聖戦《ジハード》論者だけかもしれないのだ。そういった意味では、ハマースは最悪の恐怖などではなく、最後の希望なのだ。

アルスターとの類推によって中東が直面するもう一つの問題が想起される。イスラエルかパレスチナどちらかについて批判的に書いたことのある者なら誰でもよく知っているように、最も過激で非合理的な反応は中東からではなく、その離散者《ディアスポラ》たちから来るのだ。これもまた、驚くにはあたらない。クロアチアやアルメニア、あるいはギリシャやポーランドでそうであったように、繊細な国家問題について最も強硬な路線をとってくるのは、世界中に散らばった離散者のコミュニティなのだ。アルメニア国内のアルメニア人は第一次世界大戦中にトルコ人の手によって祖先たちがこうむった虐殺に完全に気づいていたのだが、国際的論争の渦中でトルコを率先して激しく非難したのはアルメニアの離散者たちであった。アルメニア国内ではトルコ系近隣住民との日々の生活や交易のほうがはるかに優先順位の高いものだったのだ。

同じように、クロアチアの離散者は最近のユーゴスラヴィア市民紛争において、クロアチア居住者のほとんどよりもはるかに強硬な路線をとった。国内のクロアチア人は、それまでの常態に戻ってヨーロッパに帰還するため、喜んで歩み寄りをしたのだ。キプロスの長きにわたる苦々しい分断は、国外の党派や広く散らばった離散者たちからの血生臭い分断を援助する過激なスタンスがなければ、遠い昔に克服されていただろう。同じことはパレスチナ人に対しても言えるし、なによりもユダヤ人に対して言える。アメリカ系ユダヤ人のロビー活動や経済的支援がなければ、イスラエル入植運動の急進派は現在の政治的力も影響力も手に入れられなかっただろう。組織化された離散者（および政界のお偉方のなかの友人たち）の極端なイデオローグたちを隅に追いやってしまってはじめて、あるいはそうしないかぎりは、海外からのイスラエルへの効果的な圧力が行使されることはないだろう。ここアメリカのＩＲＡ暫定派の熱心な支持者たちと経済援助者たちを無視することがクリントン大統領の意志だったのであり、それがシン・フェイン党を孤立させジェリー・アダムズに歩み寄る以外の選択肢はないのだと示すこととなった。ジョージ・ミッチェルはこういった先例の意味するところを理解しているはずだという希望を多くの人が好んでいる。

まとめよう。古い「和平プロセス」や「ロードマップ」をこれ以上追及するのは無益だ。当事者のなかでこれを信じている人は一人もいない。困難な諸問題を後回しにすることで、私たちは成功の可能性をもったすべての集団や党派の信念を破壊してきたのだ。重要な目標はいまや、これまでとは異なった道を追求する以外に選択肢はないのだとイスラエルとパレスチナ双方を説得することだ。このやり方なら即座にしかも持続的な利益をもたらすことができ、したがってその着手を拒絶することによる損失は受け入れがたいものだ、ということを納得させる必要があるのだ。このことに寄与している部外者（誰よりもまずアメリカとヨーロッパ）だけがこれを達成することができる。だが偉そうに陳腐な言葉を並べ立てたり相手側の陳腐な物言いを黙認しつづけたりしてしまえば、あるいは組織化された離散者の偏見に耳を傾け続けるようなことになれば、その達成は期待できないだろう。

「過激派」はすぐに対話に参加させるべきだし、譲歩して立場が弱められてきた穏健派については、その存在によってプロセスに不信感を持たれることがないように、対話の末席に適切なかたちで戻されるべきだ。エルサレムや安全の問題、イスラエルの承認やパレスチナ人の帰還の権利と過去の喪失の認容といった問題など、表面的には「解決不可能」に思われる問題にはすべて、高い優先順位が与えられるべきだ。永久に終わらない可能性のある領土問題の決着は、延期とするかあるいは議論のために補助的役人の手に委ねられるべきだ。領土についての詳細にわたる決着が避けがたい困難であっても、それが議論の遅延を招くことは認められない、という点がはじめから明確にされるべきだ。アメリカとEU双方は政治的影響力や圧力、実際に働きかける力が自分たちにあることを認識すべきだ。イスラエル側は長いあいだ、アラブ側は示威的行動だけにしか応答しないと主張してきたが、同じことはイスラエルにも言える。

よく知られているように、政治とは可能性にかかわる技術である。私には、中東における何らかの解決がまだ可能なのかどうかわからない。だがもし可能でないのであれば、このことについて理解しているのがパレスチナ人だけであるにしても、パレスチナ人にもイスラエル人にも未来はないだろう。しかし、想像的な歩み寄りで得られるであろう利益が、現地のもっとも偏屈な政治家の知性による理解が届かないようなものであってはならない。とりわけその政治家らが歩み寄りを海外からの抗しがたい圧力のせいにできてしまうときは。今日のアラブ諸国は一世代前には想像もつかなかったかたちの歩み寄りに開かれている。たとえ平凡な知性の政治家によって率いられていても、イスラエル人の国家は先例のないかたちで興味深い可能性に直面している。それをつかみ取る方法を知っていればの話だが。イスラエルは友好的なアラブ諸国とだけでなく、なによりもトルコと、そしてロシアとすら同盟関係を構築することによって、非常に容易に地域的関係を安定化させることができるのだ。

上記のような見通しにもかかわらず、変化の激しいパレスチナ人国家と隣り合わせで生きていくことによってイスラエルが抱えるであろうリスクは、まったくもって取るに足らないものだ。だが、適切なかたちで建設されたパレスチナ国家が、言ってしまえば、イスラエルよりも変動の激しいものとなるという考え方を支持する理由はない。この国家はまた、イスラエルとは異なって核兵器を保持することはないだろうし、世界有数の強力な軍隊を持つことも、したがって特定のイスラエル人界隈で耳にするような「サムソン・コンプレックス」を彷彿とさせる、自身の利害を歩み寄りで危険にさらすくらいなら全世界を破滅させてしまおうなどという誘惑にかどわかされることもないだろう。☆18

だが現在の好機は長くはつづかないだろうし、イスラエルの入植政策と自分たちに向けられた非妥協的態度から論理的な結論を導き出し、自分たちの国家をあきらめるパレスチナ人が十分な数に達すれば、イスラエルは負けるだろう。イスラエルは私が冒頭で素描しておいた選択肢に押し戻されることとなるだろう。そして、事態が一国家二国民解決案という最もありえなさそうな選択肢に向かわないかぎり、イスラエルはうやむやのまま、のけ者国家となることを運命づけられている。この問題においては、時間はどちらの味方でもない。解決策は遅かれ早かれなんらかのかたちで「出現する」という自然法則など存在しないのだとつくづく思い知らされているはずだ。私たちはあまりにも長いあいだこれを放置し、この問題をここ最近イスラエルとパレスチナ双方の当局を動かしている無能力な不適格者の手に委ねてきてしまったわけだが、事態が悪化するに任せてしまうとその帰結は壊滅的なものとなるだろう。「ユダヤ人国家」によるパレスチナ人の残虐な取り扱いのおかげで、イスラエル／パレスチナの混乱した事態は、世界中の反ユダヤ主義復活の諸要因のなかでも主要なものとなっている。また、これはラディカルなイスラム主義運動に人員を提供する最有力の仲介業者ともなってしまっている。こういったことは、世界で最も繊細かつ不安定な地域の一つに対するアメリカとヨーロッパの外交政策を無駄にしてしまう。何かこれまでとは異なったことがなされるべきなのだ。

（このエッセイは二〇〇九年の夏に書かれたが、完成されることなく出版もされていない。本書における草稿としての発表が初出となる。）

III　9・11と新世界秩序

第14章 『ペスト』について

ペンギン・ブックスからアルベール・カミュ著『ペスト』のロビン・バスによる新訳が出版された。以下は数ヶ月前に私が書いたその序文である。北アフリカの都市オランを一九四×年にペストが襲い、その壊滅的なインパクトに住民たちがそれぞれに多様な反応の仕方をしたという筋立ては、多くの読者にはおなじみのものだろう。今日では、『ペスト』は真新しい重要性と心を動かさずにはおかない緊急性を帯びている。

あらゆる公的な選択決定の中心に個々人の道徳的責任を据えなければならないというカミュの主張は、私たちの時代の居心地のよい諸習慣に鋭く対立している。彼の英雄の定義――単純な良識から並外れた事柄を行うふつうの人びとという定義――は、私たちがこれまで考えてきた以上に、より強い真実味を帯びている。彼の描く、権威の座から行われる審判――「みなさん、これは当然の報いなのです」――は、私たち全員にとって残酷なほどになじみ深いものだろう。☆1

懐疑的な人物や事態に屈してしまう人物、あるいは人間的な不完全性を原因とする動機や間違いに共感を寄せながらも、カミュは善悪の差異をゆるぎなく把握するのだが、このような態度は今日の私たちの時代の相対主義者や日和見主義者の姿を批判的に照らし出すものともなっている。そして道徳的腐敗のジレンマを描くための、生物学的な伝染の利用は、彼の想像もしえなかったかたちでつづいていく。ここ二〇〇一年一一月のニューヨークは、この小説末尾の預言的な一文が持つ痛烈さを十全に感じ取るにはこの上ない場所である。

『ペスト』はアルベール・カミュの最も成功をおさめた小説だ。カミュが三三歳の一九四七年に出版され、またたくまに成功をおさめた。一年のあいだに九つの言語に翻訳され、その数はさらに増えた。絶版になったことは一度もないし、一九六〇年の交通事故によるカミュの突然の死を待たずに、『ペスト』は世界文学の古典としてその地位を確立した。カミュの名を広めた最初の小説『異邦人』よりも野心的であり、また後期の著作よりも手に入れやすい『ペスト』は、カミュを数百万の読者に知らしめた作品なのだ。その四年後に発表された『反抗的人間』が自身の著作のなかで彼が個人的に最も気に入ったものだったというのは、彼自身、奇妙だと思っていたかもしれない。

『ペスト』はカミュのほかの最良の作品と同様に執筆期間が長く、小説の舞台となるアルジェリアの港町オランに彼が到着した一九四一年六月から資料収集が始められている。彼は一九四二年夏に結核による周期的な発作の治療のために訪れたフランス中部の山村シャンボン・スュール・リニョンでも草稿を書きつづけた。だがすぐにフランスのレジスタンス運動に巻きこまれ、第二次世界大戦終結とともにフランスが解放されるまでこの著作にふたたびとりかかることはできなかった。だがその頃には、アルジェリア出身のこの無名作家は国民的な存在となっていた。すなわち『コンバ（戦闘）』（非合法的に誕生し、戦後フランスにおいて広く影響力を持った日刊紙）の編集を行う知的抵抗の英雄として、あるいは新しい観念や偶像を希求していた新世代のフランス男女の偶像として。

この役柄を演じるうえで、カミュは完璧な適任者だったようだ。ハンサムかつチャーミングで、社会的政治的変革のカリスマ的擁護者であった彼は、フランスの人びとに対して比肩する者のないほどの影響力を帯びていた。レイモン・アロンの言葉を借りれば、カミュの論説の読者は「それぞれの日々の思考をカミュから得るという習慣を形成した」のだ。戦後のパリにおいてそれから数年間重要な役割を果たすことを運命づけられていた知識人がほかにもいた。アロン自身やシモーヌ・ド・ボーヴォワール、そしてもちろん、ジャン＝ポール・サルトルだ。だがカミュはこれらの人物とは異なっていた。アルジェリアに一九三一年に生まれたカミュは、第二次世界大戦終結時にはほとんどがすでに四〇歳代になっていたセーヌ川左岸界隈の友人たちよりも若かったし、パリの高校やコレージュといった温室のような環境ではなく、遠く離れたアルジェリアからやってきたゆえに「異国的」だった。彼には何か特別なものがあったのだ。当時の関係者がこのことをうまく言い表している。「私は彼のとても人間的で鋭敏な顔に強い衝撃を受けた。この男性のなかには、何かそういったあきらかな高潔さが備わっており、それはほとんど出会った瞬間に敬意を強いるほどのものだった。端的に、彼はほかの者とは何か異なっていたのだ[*1]」。

カミュの公的な名声は、この本の成功を約束していた。だが出版のタイミングも無関係ではない。本作が発表された際、フランスはドイツ占領下における四年間の不安と妥協を忘れはじめていた。フランスを破り勝ち誇っていたナチスへの協力政策を開始し実現させた当時の国家主席フィリップ・ペタン元帥は弾劾され投獄されていたし、対独協力を行った政治家たちは処刑されるかあるいは公の場からは消え失せていた。輝かしい国民的対独レジスタンスの神話が、シャルル・ド・ゴールから共産党まであらゆる旗色の政治家たちによって注意深く作り出され、耳触りのよくない個人的な記憶はなだめられるようにして公的な歴史物語に、いわくフランスは国内のレジスタンスとロンドンのド・ゴールが指揮した自由フランス軍の協力によって抑圧者たるドイツの手から解放されたのだとする物語に、塗り替えられてしまっていたのだ。

こういった文脈において、アルベール・カミュがもちいた戦時占領下フランスの比喩は、間接的かつ表向きには非政治的な調子ではあったものの、直近のフランス史の痛ましい一章の扉をふたたび開け放ったのだった。これによって同書は、極左と極右は例外として、それぞれの党派からの抗議を防ぎ、耳を貸すまいとする拒絶反応を引き起こすことなく、とりあつかいの難しい問題を主題とすることができたのだった。もし一九四五年に出版されていれば、同書の正義と責任に関する節度ある省察は、怒りに満ちた党派的な復讐の雰囲気に飲みこまれてしまっていたかもしれない。あるいは出版が一九五〇年代まで遅れてしまっていたら、おそらく同書の主題は冷戦によって生まれていた新しい同盟にとってかわられてしまっていただろう。

『ペスト』がフランス戦時下のトラウマの単純な比喩として読まれるべきかどうかについては、もちろんそのように読まれてきたのだけれど、またあとで立ち戻ることにしよう。それ以上に疑いえないのは、これが強烈なほどに個人的な著作であるという点だ。カミュは自身のなにがしかを――つまりは彼の感情や記憶、そして場所の感覚を――出版されたすべての作品に書きこんでいる。これが彼の同時代の知識人と異なっている点であり、彼の普遍性と息の長い人気を説明するものとなっている。だがこういった彼の基準に照らしてみても、『ペスト』は著しく内省的かつ意義深い作品だ。小説の舞台となるオランは彼がよく知った都市であるし、彼が生まれ強く愛したアルジェリアの首都アルジェとは対照的に、心底嫌っていた都市でもある。彼にとってオランは退屈で物欲にまみれているし、その記憶は滞在中に結核が極度に悪化したという事実に形作られてしまっている。結果として彼は水泳を禁止され——これは彼の最も好む娯楽だった——、息の詰まるような厳しい暑さのなか何週間も座ったままぼーっとしていることを余儀なくされ、この暑さが物語の背景となったのだった。

カミュが生まれ故郷で愛したもの——砂浜、海岸、身体的運動、そしてカミュがいつも北部の陰鬱さとどんよりとした空気に対比させていた地中海的な気楽さと自由——は不本意にもうばわれてしまうわけだが、このはく奪感は療養のために彼がフランスの田舎に送られてからさらに増すこととなる。フランス中南部の山地マシフ・サントラルは静かで元気を取り戻させるような場所であり、一九四二年八月にカミュが到着した人里離れた山村は作家にとっては理想的な立地だと思われたことだろう。だが一二週間後の一九四二年一一月、連合国が北アフリカに上陸し、ドイツ軍はこれに南フランス全土（それまでは温泉保養地として知られるヴィシーにあったペタン元帥の傀儡政権に統治されていた）の占領でもって応え、アルジェリアは大陸から切り離されてしまった。これ以降、カミュは故郷から切り離されてしまっただけでなく、彼の母や妻とも離れ離れとなってしまい、ドイツ軍の敗北まで再会することはかなわなかった。[*2]

病気、追放状態、そして離別はしたがって小説のなかと同様に彼の人生においても存在し、これらに対する彼の考察はこの寓意に対するきわめて重要な対照点となっている。彼の痛烈な直接的経験によって、ペストや孤独の痛みについての描写は例外的なまでに生々しく痛切なものとなっているのだ。物語の語り手が前半部分で「ペストがわが市民にもたらした最初のものは追放の状態であった」〔『ペスト』、一〇二頁〕と述べ、また「愛する者との別離……が、……この長い追放の期間の主要な苦痛となった」〔同上、九六頁〕と述べているのは、カミュ本人の心痛の深さを表している。

このことは翻ってカミュと読者双方を同じように、彼の初期小説作品へといざなう。すなわち、病気や別離、追放状態は私たちの身に予期せずして自然に降りかかってくるものである、という考え方だ。これらは人間の置かれた状態や、人間の行う事業の見たところ偶発的な性質を指す「不合理性」という語でカミュが意味した事柄を描き出したものだ。主要登場人物の一人であるジョゼフ・グランがタバコ屋で「海岸で一人のアラブ人を殺したある若い商店員」について耳にしたということを、特にあきらかな理由もなしに報告している〔同上、八一頁〕のは偶然ではない。これはもちろん『異邦人』でその後の物語の引き金となる、ムルソーによる行き当たりばったりの暴力への言及となっている。そしてこれは、カミュの内部ではどちらもアルジェリアを舞台としているという共通項以上に、『ペスト』における疫病による惨害に結びつけられているのだ。

だがカミュは自身の著述および個人的経験から引き出された挿話と感情を、自作の物語に挿入する以上のことを行っている。彼は自分自身を小説の登場人物たちのなかに組み入れているのだ。とりわけ彼独自の道徳的見解を代表させ描き出すために、三人の登場人物をもちいている。パリにいる妻と引き離されてしまっている若いジャーナリストのランベールは、当初は隔離された都市から逃げ出したくてたまらなかった。妻との別離という個人的な苦悩にさいなまれた状態は、彼をより大きな悲劇に無関心にさせ、それを自分から遠く離れたものだと感じさせていた。なにしろ彼はオランの市民ではなかったのに、予測不可能な偶然によってそこに閉じ込められてしまっていたのだから。自身の境遇にもかかわらず彼がオランのコミュニティの一部になっていることを、そしてその運命を共有していることを認識するのは、彼がくぐらなければならない関門の入り口に過ぎなかった。リスクと当初の自身の自己中心的な欲求を無視して、彼はオランにとどまり、「保険隊」に参加する。不運に対する純粋に個人的な抵抗から離れ、ランベールは集団的抵抗の団結でもって共通の苦難に抗することを決意したのだ。

医師リウーとのカミュの同一化は、当時の数年間のカミュ自身の気分の移り変わりを反映している。リウーは苦悩と共通の危機に直面し、為さねばならないことを為すことによってリーダーとなり、また、英雄的勇気や注意深い理性によってではなくむしろ一種の必然的な楽観主義から模範となる人物である。一九四〇年代後半になると、カミュは公的知識人としての自分に課される期待に疲弊し憂鬱になっていた。自身のノートでカミュは「未だ模索中の人間に、人は結論に達していることを求める」と吐露している。「実存主義」哲学者（カミュはこのレッテルをいつも嫌っていた）に、人はいつも磨き抜かれた世界観を求めたが、カミュに提供できるものは何もなかったのだ。[*3] リウーを通して説明しているとおり、彼は「自分の住まう世界に疲れ切って」おり、いくらかでも確証をもって提供できるのは「仲間への感情」だけでしかなく、「彼の手の届く範囲ではいかなる不正義も妥協も拒絶すると決めていた」。

医師リウーは何が必要なのかがはっきりと見えるがゆえに、正しいことを行うことができる。カミュは彼の道徳的思想に関するより明確な説明を、これまで以上に三人目の登場人物であるタルーに注ぎ込んでいる。タルーはカミュと同じく三〇代半ばで、彼の説明するところによれば死刑を支持する父を嫌い、家を離れている。カミュにとって死刑はたいへん重要なテーマとなっており、戦後には広くこのテーマで執筆している。[*4] タルーは過去の自分の人生と現実参加については苦々しくふりかえっており、リウーへの告白は本作の道徳的メッセージの中核となっている。「ぼくはペストと闘っていると思っていた。だけど、ぼくは数千という人びとの死を間接的に認め、それどころか死に必然的につながるような行為や規則を認めることでそういった人びとの死の原因にすらなっていたことを知ったんだ」（同上、三七一頁）。

この一節は、一九三〇年代アルジェリアの共産党に関する自身の文章に対する、カミュ本人の沈痛な省察として読むことができる。だがタルーの結論は政治的間違いの承認を超えるものだ。「われわれはみんなペストのなかに居るのだ。……ぼくにわかっているのはペストの犠牲者にならないように最善を尽くさなきゃいけないってことだ。……そうしたわけでぼくは、人を殺したりあるいは人を殺そうとしている人たちを正当化したりすることは、間接的にせよ直接的にせよ、一切を拒否しようと決心したんだ」〔同上、三七五－三七六頁〕。これはアルベール・カミュの真正な声であり、イデオロギー的教義や政治的あるいは司法的殺人、そしてあらゆる形態の倫理的無責任性に向けられた、彼のその後の人生を通じた立ち位置を描き出すものでもある。このスタンスはのちにカミュに、かけがえのない友人との決裂、そしてパリの知識人階級における影響力の喪失という重大な犠牲を強いるものとなる。

自分の行った拒否と政治的参加に対するタルー／カミュの弁明は、議論を『ペスト』の位置づけの問題へと引き戻す。この小説は、偉大な小説であればそうであるように、多様なレベルで成功を収めている。だが本作は何よりもまず間違いなく道徳の物語だ。カミュは『白鯨』に強く魅せられており、作者のメルヴィルと同様、自分の物語に象徴や比喩を持ち込むことを恥とは考えない。だがメルヴィルがクジラ漁の語りと人間の強迫観念の物語とのあいだを自由に行き来できる余裕をそなえているのに対して、カミュのオランでの物語と人間の行う選択のジレンマのあいだに横たわるのは、一九四〇年から一九四四年までのヴィシー政権下フランスで生きることのリアリティだ。したがって一九四七年当時と同様に今日でも、『ペスト』を被占領下の数年の寓話として読もうとするのは間違ったことではないのだ。

これは部分的にはカミュが本作を「私たち」についての物語だと明確にしていることに原因がある。物語の大部分は三人称で語られているのだが、テクストのなかには戦略的に「私たち」がちりばめられており、この問題となる「私たち」は――すくなくとも当初のカミュの読者にとっては――一九四七年のフランスなのだ。フィクション世界のオラン市民に降りかかった「災厄」は、一九四〇年のフランスに軍事的敗北と共和国の放棄、そしてドイツ監督下におけるヴィシー体制の確立とともに、降りかかったものだった。ペストを象徴するネズミの登場についてのカミュの説明は、一九四〇年フランスの分断状態について広く受け入れられた見解を響かせている。「さながら、われわれの家の建っている大地そのものが、うちにたまっていた膿汁《うみ》を全部出しきって、それまで内部をむしばんでいた癤瘡《ねぶと》や血膿を地面に流れ出させたとでもいうようであった」〔同上、二四頁〕。フランスの多くの人が当初はパヌルー神父の第一反応を共有していたのだ。「みなさん、これは当然の報いなのです」。

長いあいだ、人びとは何が起きているのか認識せず、生活がずっとつづいていくかのように思っていた――「外見は、何も変化がなかった」。「だがオランは疲労困憊の人であふれた」。後になってペストがやってくると、健忘症が入り込む――「彼らは私たち《ママ》が感覚を失っていることを否定した」。これらに加えてさらにそのほかにもたくさんのもの――闇市や、事態を適切な形で認識できず国家の道徳的指導力を当てにしている行政側の失策――がフランスの直近の歴史をあまりにもうまく描写しており、カミュの意図が誤読されえないほどのものとなっている。

それにもかかわらずカミュの描く対象のほとんどは安易なレッテルに抵抗し、本作の寓話は戦後使用された二極化した道徳的レトリックの性質にはっきりと対峙するものとなっている。対決するには強大過ぎるとしてペストを受け入れ、「保険隊」を時間の無駄だと考える登場人物コタールは、あきらかにこの都市の運命における「利敵協力者」となっている。コタールはこの新しい状況で元気になり、「以前のやり方」に戻ってしまえばすべてを失う。だが彼は共感をもって描かれており、タルーやほかの人物たちはコタールと交流をつづけ対ペストの行動について議論しさえする。彼らが求めるのは、タルーの言葉で言えば「承知の上でペストを広げないようにする」ことだけなのだ。

物語の末尾でコタールは、新しく解放された市民に激しく打ちすえられる。これは「解放」の際に利敵協力者と目された者たちに行われる暴力的な刑罰を思い起こさせるものだ。そしてそれを行う人びとの熱情は、戦時中にみずからが行った妥協を忘れさせてくれるものなのだ。本当の苦難および罪の記憶から産み出される怒りとルサンチマンに対するカミュの洞察は、彼の同時代においては稀有であった共感のニュアンスを導入するものとなっており、それが彼の物語を当時の因習から解放している。

同様の洞察（と統合——カミュは個人的な経験の観点から書いている）が抵抗者たちの表象を形成している。冴えない、やさぐれて向上心もない吏員のグランは、現実的で反英雄的な抵抗が形象化されたものとして描出されている。リウーにとってそうだったように、カミュにとっても抵抗とは英雄的なものではまったくない。あるいはもしそうだとしても、善きものの英雄像であるはずだ。「こんな考え方はあるいは笑われるかもしれませんが、しかしペストと戦う唯一の方法は、誠実さということです」（同上、二四五頁）。「保険隊」に加わることそれ自体はなんら偉大な行為などなのではなく、むしろ「それを決意しないことのほうが、当時としてはむしろ信じられぬことだったのかもしれない」（同上、一九四頁）のだ。

カミュは語り手と同様に、「（保険隊の）意図とヒロイズムのあまりにも雄弁な賛辞者にはなろうとはせず、それゆえそれ相当の重要さを認めるにすぎない」（同上、一九三頁）。これは文脈において理解されなければならない。フランスの対独レジスタンスにはもちろん多大な勇気と犠牲が存在したし、数多くの男女がその大義のために亡くなった。だがカミュは戦後フランスで成長してきていたヒロイズムのとりすました神話に居心地の悪さを感じており、もとレジスタンスを自称する人びと(ここにはカミュの友人の著名な知識人たちも含まれる)が何もしなかった人びとを見下す際に持ち出す道徳的優越性を嫌悪していた。カミュの見方によれば、これは人びとの行為し損ねを説明する惰性あるいは無知なのだ。現実世界のコタールたちはその例外だ。ほとんどの人は思った以上に良い人たちだ、としたうえでタルーは言う「そういった人たちにはただ機会を与えてやればいいのさ[*5]」。

その結果、カミュと同時代の知識人たちは『ペスト』をあまり気に入らなかった。彼らはカミュにもっと「政治参加《アンガージュマン》」的な記述を期待しており、本作の曖昧さや疑念のなしの寛容さや穏健さの調子は政治的に正しくないと感じたのだった。とりわけシモーヌ・ド・ボーヴォワールは、自然の疫病をファシズムと置換している(と彼女は考えたわけだが)カミュのやり方を強く批判した。カミュのやり方は人びとを政治的責任から解放してしまい、歴史と現実の政治的問題から逃避させることになる、とボーヴォワールは主張する。一九五五年には文学批評家ロラン・バルトがカミュは読者に「非歴史的な倫理」を提供していると して非難し、似たような否定的結論に至っている。こういった批判はこんにちにおいてさえ、カミュ研究界隈でもときおり表面化する。研究者らはカミュが「非イデオロギー的かつ非人間的なペスト」の比喩を展開することで、ファシズムとヴィシー政権の責任を回避させてしまっていると非難している。

上記のような批判は二重の意味で興味深いものだ。まず、こういった批判はカミュの直截に思われる物語がいかに誤解に開かれているかを示している。寓話はヴィシー政権下フランスに結びつけられているのかもしれないが、「ペスト」はそういった政治的レッテルを超越している。カミュが標的としたのは「ファシズム」ではなく——ファシズムは結局、安易な標的なのであり一九四七年時点ではとりわけそうだった――、社会において興味深いかたちで現れるあらゆる独断的主張であり、追従であり、臆病であったのだ。タルーは、まちがいなくファシストではない。だが彼は冒頭でより高い目標のために他者に犠牲を強いることにお墨付きを与える命令に従うことで、それと同じ主張をしている。彼はペストと戦いながら、ペスト保有者でもあったのだ。

第二に、カミュがその判断においてあまりにも曖昧で、比喩についてはあまりにも非政治的だとする批判は、カミュの弱さではなくむしろ強さをあきらかにしている。このことについては、『ペスト』の最初期の読者の時代に比べると現在の私たちの方がよりよく理解できる立場にあると言えよう。プリモ・レーヴィ[☆2]やヴァーツラフ・ハヴェル[☆3]のおかげで、私たちは「あいまいな《グレイ》領域《ゾーン》」について多くを知ることとなった。極限状態には私たちの知る慣習的な善悪や無罪か否かの単純なカテゴリーなどほとんど見出しえないということを、私たちはよく理解してきた。過酷な時期に人びとが直面する選択と妥協についてより多くのことがわかってきているし、不可能な状況に置かれた人びとについてもはや性急に結論づけることはできない。人はさまざまに入り混じった動機から善行をなすのかもしれないし、同じような気軽さでもって、最良の意図のもとに――あるいは何の意図もなしに――悲惨な行為を起こすかもしれないのだ。

このことからは、人間が人間にもたらすペストが「自然」で不可避であるかどうかについての判断はもたらされない。だがそういったペストの責任を人間に割り当てるかどうか――したがって未来に起こりうるそれを防ぐこと――は、容易な問題ではない。さらにハンナ・アーレントの思想に鑑みれば、ここにはさらなる複雑さがある。すなわち、言語を絶する犯罪があきらかな良心を備えたきわめて普通の人間によってなされうる、という「悪の凡庸さ」(カミュであれば細心の注意をはらって避けるであろう定式)という考え方だ。[*6]

こういった論点は、道徳や歴史についてのありふれた議論ではある。だがアルベール・カミュは彼の同時代人のほとんど全員がつかみそこねたオリジナルな視点と直感でもって、最初に自分の言葉でここにたどり着いたのだった。だからこそ多くの同時代人たちがカミュの記述に当惑させられたのだ。カミュは、善悪を躊躇なく区別するが人間的な弱さへの断罪は慎むモラリストであった。彼は必然性への降伏を拒否した「不合理」の学徒であった。[*7] 彼は、本当に重要な問題は個人の優しさと善き行為に行きつくのだと主張した公的な行為者であった。そしてタルーと同様、彼は可能性の限界を受け入れながらも完全なる真実の信奉者であった。「歴史を作るのはほかの連中だ……ただぼくが言っているのは、この地上には疫病と犠牲者があり、できうるかぎり疫病の側に与することを拒否しなければならないということなんだ」（同上、三七七頁）。

したがって、『ペスト』は何の教訓ももたらしていない。カミュはモラリストではあるが、道徳化を行うわけではない。彼は「政治的なパンフレット」を書くことを避けようと細心の注意を払ってきたと主張しているし、いかなる立場の論者であっても彼の小説になんら安寧を見出せないのならば、そのかぎりでカミュは成功したと言えるだろう。だがまさしくその理由から、占領下フランスの寓話に端を発する同書は、ただそれ以降も息長く残っただけでなく、その時代を超越したのだと言える。二〇世紀の陰鬱たる記録を顧みれば、アルベール・カミュが時代の中心的道徳的ジレンマをつかみ取っていたことが、いまやよりはっきりと理解できる。ハンナ・アーレントと同様にカミュもまた、「死が第一次世界大戦のあとに根本的な問題になったように、悪の問題は戦後ヨーロッパの知的生において根本的な問題になるであろう」ことを見抜いていたのだ。[*8]

初版の出版から五〇年、知識人が「歴史の終わり」を公言し政治家が普遍的な緩和剤としてグローバリゼーションを提示する、現状と今後の見通しに満足したポスト全体主義のこの時代において、カミュの偉大な作品の締めくくりはどの時代にもまして真実を響かせ、独りよがりと忘却の闇における警鐘となっている。

事実、市中から立ち上がる嘉悦の叫びに耳を傾けながら、リウーはこの嘉悦が常に脅かされていることを思い出していた。なぜなら、彼はこの歓喜する群衆の知らないでいることを知っており、そして書物のなかに読まれうることを知っていたからである――ペスト菌は決して死ぬことも消滅することもないものであり、数十年の間、家具や下着類のなかに眠りつつ生存することができ、部屋や穴倉やトランクやハンカチや反故のなかに、しんぼう強く待ち続けていて、そしておそらくはいつか、人間に不幸と教訓をもたらすために、ペストがふたたびその鼠どもを呼びさまし、どこかの幸福な都市に彼らを死なせに差し向ける日が来るであろうということを（同上、四五八頁）。

（本エッセイの初出は、『ニューヨーク・レビュー・オブ・ブックス』誌二〇〇一年一一月号である。）

第15章　みずからの最大の敵

I

ジョーゼフ・ナイの著作の主題である、覇権的で、比肩するものがなく、確固としてゆるぎない「超大国」としてのアメリカの現在の地位は、その軍事組織によって示されている。[*1] 九・一一以前、ブッシュ大統領がその年の国防費を一四パーセント（四八〇億ドル）引き上げることを提案する以前にも、合衆国はすでに軍事力において群を抜いていた。合衆国は、世界中に基地、軍艦、飛行機、兵員を擁している。アメリカ政府は、歴史上どの国よりも、軍事力に資金を投入している。合衆国の国防予算はもうすぐ、アメリカに次いで予算を多く取っている九つの国家を合わせた年間防衛費の支出を上回るだろう。たしかに、EUの加盟諸国は合わせて、合衆国よりも多くの兵士を有しており、またそれらの国々の国防費を合計すると二〇〇二年以前の合衆国政府の支出のおよそ七〇パーセントである。しかし、技術と兵器から生ずる結果は、こういった数字から単純に比較できるものではない。合衆国は、世界のほとんどどこにでも介入し、戦争を始めることができる。真似できる国はほかにない。

しかし、世界の多くの人びとの頭のなかにある「アメリカ」という国は、投射重力〔ミサイルの破壊力のこと〕やスマート爆弾、あるいは米兵によってすらも定義されない。それは、こういったものよりも複雑でわかりにくいものなのだ。ある場所では合衆国は、解放の消えゆく記憶である。別の場所では自由やチャンス、豊かさの約束、すなわち政治的メタファー、私的ファンタジーである。そのほかの場所、あるいは同じ場所でも時代が違えば、アメリカは、地域の抑圧と同一視されてきた。端的に言えば、アメリカはどこにでもある。アメリカ人――世界の人口のたった五パーセント――は、世界の総生産額の三〇パーセントを創出し、全世界の石油生産量の三〇パーセント近くを消費し、また温室効果ガスの世界の排出でもほぼ同程度の責任がある。私たちの世界は、多くの仕方で分断されている。金持ち／貧乏人、北半球／南半球、あるいは西洋人／非西洋人。しかし、そのなかでもいっそう重要になってきている分断は、アメリカとそれ以外のすべての国々を切り離すそれである。

評論家たちが現在夢中になっている反アメリカ主義は、それゆえ驚くに値しない。合衆国はその独特な立ち位置のおかげで、その国がやること、あるいはできないあらゆることに対する世界の批判的な視線にさらされている。合衆国が引き寄せる敵意のいくらかは、アメリカがアメリカであることの結果である。外国からの訪問者は、アメリカが世界的な支配者になるずっと前に、威丈高なうぬぼれや、アメリカ的価値観と慣行の優位性に対するアメリカ人のナルシスティックな自信を、また根なし草ゆえの――彼ら自身とほかの国民の――歴史と伝統への配慮のなさを批判していた。合衆国が世界の舞台に躍り出て以来、その起訴状は増えつづけているが、アメリカはそれほど変化していない。この「文化的」反アメリカ主義は、ヨーロッパ人、ラテンアメリカ人、アジア人、また世俗的、宗教的な人びとによっても同様に共有されている。そういった反感の核にあるのは、西洋や自由、啓蒙、あるいは合衆国によって体現されるほかのあらゆる抽象観念に対する敵意ではない。それはアメリカに対する敵意なのだ。[*2]

アメリカはその存在そのものによって怒りを引きおこすが、その行いによっても反感をあおる。ここにきて最近、事態はさらに悪い方へ向かいはじめた。合衆国はしばしば、怠慢な国際社会のメンバーである。合衆国は、地球温暖化であれ、生物化学兵器戦、刑事裁判、女性の権利に関してであれ、国際的な発議や合意に参加したがらない。合衆国は、一九八九年の「児童の権利に関する条約」を批准しなかった二ヶ国のうちの一ヶ国（もう一方はソマリア）である。現在の合衆国の政府は、国際刑事裁判所を設立したローマ条約を「無効と宣言」し、また、ある条約に批准していない国々がその条約に従う義務を取り決めた「条約法に関するウィーン条約」によってももはや拘束されないと宣言した。国連とその機関に対するアメリカの態度は、控えめに言っても冷淡である。今年〔二〇〇二年〕のはじめに、合衆国の人権大使は、ルワンダと旧ユーゴスラヴィアのために特別法廷の解散を求めた──特別法廷があらゆる深刻な対国際テロ戦争にとって重要であり、また合衆国自身はベオグラードに数百万ドルの賄賂を渡し、スロボダン・ミロシェヴィッチをハーグ裁判所に引き渡させたにもかかわらず。

多くの部外者たちにとって、国際組織や国際協定（そのいくつかはアメリカ政府が設立に協力した）に対するこのような一貫しないアプローチは、国際的利益を共有し、また自身の目的のために多国間主義的なパートナーを模索するというアメリカの主張を裏切っている。同様のことはアメリカの経済政策にも当てはまる。合衆国は、グローバル化──国境や特定の利害、規制となる慣行、保護貿易主義、あるいは国家の介入などに束縛されない自由市場資本主義──の唱道者であると同時に手本でもある。しかし、本国において合衆国政府は、政治的利益のために、鉄鋼に対する関税や農業支援、そして（とりわけ国防産業に対する）事実上の政府助成を行っている。ＥＵももちろん同様のことを行っているが――悪名高い共通農業政策[☆1]は、ＥＵの予算の四五パーセントを費やしており、少なくともアメリカのあらゆるファーム・ビル〔農業の生産と価格を規制する法令〕と同程度に、アフリカの農場経営者の生産を阻害している点で有害である。しかし、アメリカのイメージに対する損害ははるかに大きなものである。というのも合衆国は、自身が現在逸脱しているまさにその国際的規範と実質的に同一視されているのだから。

外国の批評家たちにとって、アメリカの態度のこのような矛盾は、――おそらくこれは、合衆国に対して浴びせられる最も馴染み深い非難であるが――偽善をにおわせるものだ。それらの矛盾がよりいっそう苛立たしいのは、偽善的であろうとなかろうと、アメリカが欠かすことのできない存在であるからだ。アメリカの参加がなければ、ほとんどの国際協定は空文である。アメリカのリーダーシップは、イギリス人とその仲間のヨーロッパ人たちがその危機を援助がなくても解決する手段を有していた場合――一九九二年から九五年のあいだのボスニアのような場合――ですら、必要とされているようだ。合衆国は、世界の警察を演ずるのにはひどく向いていない。合衆国政府の注意が持続する時間は、カシミールやバルカン、中東、また韓国のような慢性的な紛争地域においてさえも、かなり短いのだ。しかし、そこに選択の余地はないようである。一方、ほかのすべての人びと、とりわけヨーロッパ人たちは、合衆国が先導するのを怠るときに合衆国に対して憤るかと思えば、あまりに独断的に先導するときにも憤るのである。

そこから当然起こると予想される反動が、アメリカの政策における新しい風潮となっているが、それは、諸外国のどのような意見にも傲慢にいらだつという態度である。ブッシュ政権とその支持者たちの単独行動主義的信念によれば、冷戦は終了し、いまや混乱は鎮まった。私たちは私たちが何者であるか知っており、私たちが何を求めているか知っている。外交政策は国益のためにこそある。国益は、力の行使によってかなえられる。力とはすなわち兵器とそれらを行使する意志の問題であり、私たちはその両方を有している、と。コラムニストのチャールズ・クラウトハマー[☆2]は、二〇〇一年七月にこう言っている。「新たな単独行動主義はアメリカの力を強めようとしており、自身で定めたグローバルな目的のために恥も外聞もなくそれを動員しようと努めている[*3]」。

九・一一の直後、ブッシュ政権の単独行動主義的レトリックは鳴りをひそめたが、それはテロとの来るべき戦争での同盟国探しを行うためだった。海外の評論家たちは大量虐殺に当惑して、真摯にお悔やみの言葉を返した。「私たちはいまや、みなアメリカ人である」、と『ル・モンド』紙は公言したし、一方で、NATOは、その条約の第五条を初めて発動し、NATOの全加盟国と攻撃を受けている合衆国とを結束させた。しかし、その蜜月も短期間のものだった。各国の内々の不安がどのようなものであれ、ほとんどのアメリカの同盟国はアフガニスタンとの戦争を確固として支持した。しかし、ブッシュ大統領が一般教書演説で「悪の枢軸」（北朝鮮、イラン、イラク）にそれとなく言及した二〇〇二年の一月に、合衆国とその諸同盟国とのあいだの分断はふたたび開いた。

例の演説が不愉快を引き起こした原因は、その内容というよりも、むしろその形式であった。アメリカのほとんどの同盟国は、イランを西洋の国々から仲間はずれにするのが賢明かどうか疑わしく思っており、また何ヶ国かは合衆国政府によるサダム・フセインの扱い方を問題視する。しかし、これらはとくに新しい意見の相違ではなかった。しかしながら、共通の敵との戦いにおいて同盟を形成し、仲間と緊密に協力したいと宣言した四ヶ月後に、闇の勢力とのアメリカのグローバルな戦いに関するブッシュの説明においては、アメリカの同盟国の名前がふれられることさえなかった。これが怒りを生んだのだ[*4]。

アメリカの反応は、驚きを装うというものだった――「彼ら全員にそれほどショックを与えるような、どんな単独主義的行動をわれわれは取っただろうか?」と、二月一七日にコリン・パウエル[☆3]は問うた。しかし、ヨーロッパ人たちは、ワシントンからのサインを誤って読解するようなことはなかった。このパウエルの発言にもかかわらず、政権内での現実主義的な（人によってはシニカルなと言うだろうが）コンセンサスは、アメリカの同盟諸国はアメリカの軍事的計算に無関係であり、金魚のフンのようについてくる以外の政治的選択肢を持たないので、事前に彼らの意見を聞いたり、彼らの過敏さを顧慮したりすることによって得られるものは何もない、というものだった。この結論は、ふたたび、チャールズ・クラウトハマーによって非常に簡潔なかたちでよくまとめられている。

われわれの洗練されたヨーロッパのいとこたちは動転している。フランス人は先頭に立って、アメリカの過度の簡略主義 *simplisme* を拒絶した。彼らは、悪を名指すことをマナー違反であると思っている。彼らは、悪に順応することを好む。彼らのその経験は豊富であり、一九四〇年にはナチス・ドイツに便宜を図った。……われわれは、自己防衛の戦争の最中である。それは、西洋文明のための戦争でもある。もしヨーロッパ人たちが彼ら自身をその戦いの一部とみなすことを拒否するのなら、よかろう。もし彼らが降りるのであれば、よかろう。手を出さないというのなら、われわれの邪魔をせず、引き下がっているがいい。[*5]

クラウトハマーがここで、一九四〇年にドイツ人との六週間の戦いにおいてフランスが一〇万人を失ったという事実だけでなく、ヒトラーが一九四一年一二月にアメリカに対して宣戦布告するまで合衆国が悪のナチスと完全な外交関係を保っていたという事実をも言い落としていることは、今日のワシントンのいくつかの場所において漂っている不快な雰囲気の典型的な現れである。

クラウトハマーはもちろん、たんなる一コラムニストである。しかし、今日のアメリカの外交政策の新しいトーンは、多くの外国人にとっては、ブッシュ政権の多国間主義的穏健さを表す唯一の声である、ほかならぬパウエルによって無味乾燥に要約されている。ブッシュ・プーチン会談とそれに続くNATO・ロシア理事会の設立の後ローマでスピーチを行ったとき、パウエルはアメリカの外交政策がこれまでと同様に「多国間主義的」でありつづけていると主張した。われわれの課題は、同志たちにわれわれの政策が正しいことを説得することである、と彼は説明した。しかし、もし説得に失敗したら、「そのときは、われわれは自分たちが正しいと思う立場をとることになる。私は、ヨーロッパ人たちが、われわれの望む事態の進め方について、理解してくれることを望むだけだ[*6]」。

二〇〇一年九月の高まった期待のあとで、諸外国の耳に不快な音を響かせ、アメリカの同盟国をひどく失望させたのは、外部の意見に対するこのような恩着せがましい冷淡さである。「単独行動主義的に決定された先制的自衛」というブッシュが最近宣言した戦略的ドクトリン、また新しい地中貫通核兵器がイラクで使われるかもしれないという恐ろしい見込み――これは、この種の先制攻撃用兵器を許すことに渋ってきたアメリカの歴史との先例のない断絶である――とあいまって、その態度は、批判や助言に対して聞く耳を持たないアメリカの指導層というイメージを上塗りしている[*7]。現在の指導層はあまりに軽蔑的で好戦的に見えることが多すぎる指導層であり、『エル・パイス』〔スペインの代表的な日刊紙、中道左派〕の言葉で言えば、差し迫るアルマゲドンについての強迫観念と、みずからの利益のためにそれを警告することによって「人びとの不安」を煽る指導層だ。

ジョーゼフ・ナイ[☆4]は、ハーバード大学ケネディスクールの学部長であり、クリントン大統領のもとで国防省高官・情報機関高官を務めた。アメリカ外交政策に関する彼の一冊分の長さの論文は、九・一一の攻撃以前に書かれ、出版のために急いで改訂されたが、これほど時宜にかなった著作はほかになかった。ナイは、よりよい世界をめざして国際社会に参加することをアメリカが渋るのを憂えるような、ウィルソン的な理想主義者ではない。彼は一九九〇年に『不滅の大国アメリカ』を出版し、そのなかで来るべきアメリカの覇権を正しくも予言していた[*8]。彼は、アメリカが覇権を握っているという現実に戸惑ってはいないのだ。

それにもかかわらず彼は、アメリカ外交政策における単独行動主義――ほかの者たちに対して最小限度の注意しか払わず、「一人で勝手にやる」というアメリカにはびこった傾向――に対する強烈な批判を書いた。彼はまた「現実主義」、つまり権利や国際法、またモラルにかなった目的などに対する普遍的な関心を軽視し、あらゆる適切な手段によってアメリカの利益の増進に外交を限定するような国際関係へのアプローチに対しても、暗に懐疑的である。しかし、これは、国際関係論を主題とする本ではない[*9]。ナイの単独行動主義に対する、あるいは本書でもちいられた言葉の意味での現実主義に対する異論は、それらが概念として不確かであるということにあるのではない。彼の主張は、そういった主義がまったく機能しないという主旨なのだ。

ナイの見方では、国際関係は今日、まるで三次元のチェスのような、非常に複雑なゲームに似ている。第一の次元では、合衆国が追随を許さない領域である確固とした軍事力がある。第二の次元においては、経済的力および経済的影響がある。この領域においてEUは、貿易、独占の制限、工業規格の設定においてすでに合衆国と争っており、遠距離通信、環境政策、またほかのいくつものトピックにおいてアメリカをしのいでいる。そして、さらに、別の対抗相手たちがいる。

ナイは第三の水準に、私たちの世界を形作る、多種多様で、急増している非政府の諸活動を位置づける。すなわち、通貨の流通、移住、多国籍企業、NGO、国際機関、文化交流、電子メディア、インターネット、テロリズムなどである。非国家的な行為者たちは、政府の介入によってほとんど制限されていないこの領域を通してコミュニケーションし行動しており、これによって合衆国を含め、あらゆる一国家の権力もたやすく挫かれ、無効にされる。

ナイによれば、今日の合衆国の政策を形作り、説明する責任のある人びとに関する問題点は、彼らが上記の第一の次元でしか動いておらず、彼らの視野がアメリカの軍事力にだけ限定されていることである。彼の言葉でいえば、「アメリカの支配力についてのそのような伝統的な説明にもとづいた覇権的なアメリカ外交政策を推奨する者たちは、なげかわしいほど不十分な分析に頼っている」。ナイの見方では、九・一一以前、アメリカ人たちは彼らの周囲の世界に対して頑として聞く耳を持たなかった。彼らは、「アメリカ国民が国内で、それも大量に死亡する可能性がある」[*10]と、来るべき大災厄を一九九九年に警告した前上院議員のゲイリー・ハートやウォレン・ラドマン[☆5]などのような人びとをさえも、のんきに無視した。九・一一は、ものごとの見方を変えるようにというはっきりとした呼びかけとなってもよかったのだが、アメリカの現在の指導層は耳を傾けようとはしていないように見える。

もし合衆国が、テロとの戦争に勝利したいなら、そしてもし世界のリーダーシップを主張するのに成功したいなら、他国の援助と理解を必要とするだろう。これはとりわけ、貧しいアラブやムスリムの国々、またそのほか自国の後進性に対して憤っている他国を相手にする場合に当てはまる。このことは火を見るよりも明らかである。国際的な警察活動、また大陸間の通貨、商品、人の動きの規制と監視は、国際的な協力を必要とする。[*11] そのがれきのなかでテロリストがはびこる「破綻した国」は、再建されねばならない――一九四五年以後の実績とは気が滅入るほど対照的に、合衆国は不届きにもこの課題に興味を示さず、また、もはやそういった課題を遂行する能力に欠ける。アメリカは爆撃をする。しかし、再建という複雑で危険な仕事は人任せなのだ。

現在（その加盟候補国をふくむ）ＥＵは世界各国で活動する平和維持軍に合衆国の一〇倍の規模で貢献しており、コソヴォ、ボスニア、アルバニア、シエラ・レオネ、そのほかの場所においてヨーロッパ人たちは、合衆国よりも多くの死傷兵を出している。世界の開発支援の五五パーセント、世界の貧しく弱い国々に対する無償援助の三分の二は、ＥＵから来ている。国民総生産の割合からすると、合衆国の諸外国への支援は、かろうじてヨーロッパ平均の三分の一程度である。もし防衛、諸外国への資金援助、諜報活動、また警備――これらはすべて、国際的な犯罪に対してつづけられている戦争にとって必須のものである――にヨーロッパが費やす金額を合計したとしたら、現在のアメリカの防衛費に容易に匹敵する。現在の合衆国政府においては、タフガイ気取りをしていることが時に外交政策分析扱いされるにもかかわらず、合衆国は、その目的を果たすために仲間や同盟国に完全に依存している。

もしアメリカが諸外国の支持を受けつづけたいのなら、アメリカはナイが「ソフト・パワー」[☆6]と呼ぶものを用いることを学ばねばならないだろう。ナイの考えでは、新しいアメリカ帝国について気宇壮大に語ることは非現実的である。アメリカ帝国とは、「ヴェトナム〔戦争〕」、「ミュンヘン〔会談〕」と並んで、乱用されてきた比喩のリストに加えるべき、まぎらわしい歴史的な引喩である。アメリカ政府においては今日、一極性と覇権に関して騒々しい大言壮語が聞かれるが、ナイが書くところによると、事実は、アメリカの優位の達成は、たんに軍事力や経済力に依っているだけでなく、われわれの文化と価値のソフト・パワーに、また他国に、自分たちの声に耳が傾けられ、自分たちの利益が考慮に入れられていると思わせるその政策にも依っている。帝国に関する議論はわれわれの目をくらませ、われわれは単独でやっていけるという考えへと誤って導くだろう。[*12]

ナイの用法では、ソフト・パワーは、良識というものとおおいに似通っており、ハリー・トルーマンからジョージ・ブッシュ・シニアまで、あらゆる戦後アメリカの政権にとってもそのように機能してきたようだ。もしあなたが、あなたの欲しいものをほかの人びとにも欲してもらいたいと思うなら、あなたはその人たちに、自分たちは勘定に入れられていると感じさせなければならない。ソフト・パワーは、影響力、模範、信用性、評判の問題である。ナイの説明によればソヴィエト連邦は、それぞれ一九五六年と一九六八年のハンガリーとチェコスロヴァキアへの侵攻の過程のなかでこれを失った。アメリカのソフト・パワーは、その社会のオープンさとエネルギーによって強められた。ただそれは、京都議定書が「無効である」としたブッシュの無遠慮な断定のように、不必要に愚鈍なふるまいによって弱められてもいる。スカンジナビア諸国とカナダは、国際援助と平和維持活動が世界的に認められているおかげで、国際情勢において本来の国の重要性を大きく上回る影響力を行使している。これもまた、ソフト・パワーである。

ナイのすべての論点に賛成しなければ、彼の主張全体に同意できないということではない。彼が提案しているのは結局のところ、合衆国政府は、トマス・ジェファソンがかつて「人類の意見へのきちんとした尊敬の念」[☆7]と呼んだものを払うべきだということである。自国の多くの利益を独力で守ることにアメリカがいずれにしても無力である世界において、思慮分別を持って自制し協力することは、国益の追求に対する苛立たしい障害になるどころか、そういったあり方だけが国益を高めることができる。ナイは、合衆国は「幻の国際社会の利益ではなく、国益という確固たる基盤に立」つべきという視野狭窄的な見方を持っている現国家安全保障担当大統領補佐官のような人びとに対して、ほとんど我慢がならないのだ。[☆8]

ナイの説明では、民主主義国における国益というものは単純に、「アメリカ市民が適切な熟議の後で、国益であると述べるもの」である。近代民主主義の性質を考慮すればこれはいささか素朴な考えであるが、アメリカの国益をどのように定義するにしても、世界全体にその利益が共有される公共財を提供したのとひきかえに、その主権がわずかに目減りすることを許容できないということはあるまい。

アメリカの強情さがもたらす損害は、昨今の国際刑事裁判所をめぐる国際的な衝突によってあきらかだ。ブッシュ政権は、国外で職務についているアメリカ人が些細な罪状で告発にさらされるだろうと主張し、裁判所の設立に異議申し立てをした。それにより、二〇〇二年七月一日の裁判所の開始をひかえて、合衆国は六月後半に、アメリカ人が裁判所の裁判権から包括的適用除外を保証されないかぎり、国連の平和維持活動から身を引き、今後そのようなすべての活動に拒否権を発動すると脅した。そのようなごり押しに屈することをほかの国連の安全保障理事会メンバーが拒絶したことで少々不意をうたれたのか、長く張り詰めた議論のあとで合衆国は、妥協に応じることでなんとか面目をたもった。すなわち、国連刑事裁判所に署名していない国から派遣された国連の平和維持活動従事者は、一年間は起訴を免除され、また毎年七月一日に更新可能であるという妥協案である。

この出来事に際しての合衆国の態度はひどくみっともないものだった。海外で現在国連の平和維持活動に従事しているアメリカ人は（四万五〇〇〇人いる隊員のうち）七〇〇人しかおらず、国際刑事裁判所はすでに、あきらかに合衆国政府をなだめるために挿入された、国連の活動を実質的に起訴から免除する条項を盛り込んでいた。今年六月の当初のアメリカの立場は、国際刑事裁判所と国連平和維持活動の掘り崩しを目的としていた――その二つとも、ディック・チェイニー、ドナルド・ラムズフェルド、コンドリーザ・ライスら[☆9]によって嘲笑され嫌悪されていたものだ。合衆国政府のスタンスはとりわけ困ったものであるが、その理由は、このスタンスは、アメリカがテロリストやほかの政治犯の国際的な追跡と告発を強く求めていることを水の泡にしてしまうからだ。さらに、新しい裁判所を恐れる現実的な理由のある国々や政治家たちに、アメリカという隠れみのを提供するものだからである。国連の安全保障理事会の私たちの同盟国はすべて、この問題について合衆国に反対する票を投じた。一方で、国際刑事裁判所に対する合衆国政府の敵対心は、イランやイラク、パキスタン、インドネシア、イスラエル、そしてエジプトに共有されてはいたが[*13]。

それにしても、広く求められた目的の多くは、合衆国がそれに反対することをやめさえすれば到達できるものであった。合衆国政府は、「武力紛争における児童の関与に関する条約の国際議定書」に署名することを拒否し、また議会は女性差別撤廃条約を批准しようとしていない。前者は、アメリカ国防総省が少数の一七歳の少年を新兵として補充する権利を確保しておきたいがためであり、また後者は反中絶ロビー活動のためである。一九五〇年代の人種隔離政策のように、そのような政策は合衆国に対する不信感を世界的に広める。つまりそれは、アメリカの利益――それをどう定義しようとも――の追求を確実に妨害する。世界のことを真剣に考えているという見かけだけでも示しさえすれば、アメリカの影響力はかぎりなく高まるだろう。ヨーロッパの知識人からイスラム原理主義者にいたるまで、反アメリカ主義は、合衆国が他者の見方や要求に対してかたくなに無関心であるという主張から、大いに力を得ているのだから。

他国にあなたが欲するものを欲するよう促すことと、他国にあなたが持っているものを欲するよう唆すこととのあいだには、天と地との開きがある。多くのアメリカ人評論家たちはこの区別ができておらず、世界は、アメリカが得たものを欲する人びとと、それを持っているアメリカを嫌悪する人びととの二種類しかいないと、狭量にも想定している。ジョーゼフ・ナイは、たしかに慎重にそのような独我論を避けてはいる。しかし彼でさえ、合衆国とその西側の同盟国が基本的に一体であり、価値と目的を共有していると当然のごとく思っている。ヨーロッパと合衆国のあいだに開いてしまった溝を狭めるのに必要なのは、アメリカの外交の影響力をより緻密に、また繊細に行使することだけだという。どうだろうか。あやしいものである。

II

表面的には、合衆国とヨーロッパとのあいだのこのずれは、冷戦以後の世界の再構成の副産物である。NATOの目的はいまや不明確であり、（合衆国同様ヨーロッパにおける）世論は、ソヴィエトの脅威がないなかでヨーロッパ人たちが自己防衛を集団的に組織すべきかどうか、すべきだとすればどのようにかをめぐって割れている。東方への拡張を自由にできるEUは、それをどう行うかについて、またそれがEUの統治にどのような影響を与えるかについての内部での議論に没頭している。二〇以上ある小国はEU内における彼らの平等な地位に不安げにしがみつく一方、「巨大な」三つの加盟国（ドイツ、フランス、イギリス）は、小国によって彼らの行動が拘束されることを警戒している。ヨーロッパは、外の世界に対してあまり強い関心をいだいていない。

EUは、戦後のベビーブーマーたちが退職し、国家の年金基金に重い負担となりつつあるまさにそのとき、ユーロ通貨を守るために、加盟国に厳しい支出制限を負わせた。また、これには極右から生じている扇動的な反移民のレトリックもつけくわえられねばならない。これらの理由から、またかつてアメリカの核の傘に依存していたために、ヨーロッパ人たちは、公的資金を軍事費へと向けることを嫌っており、また彼らの大部分は九・一一以降のテロリズムに対するアメリカの不安がいかばかりであるかを完全には理解していない――イギリス人とスペイン人は、三〇年間以上、国内の残忍なテロリズムとともに生きてきたのであるから。

いずれにせよ、ヨーロッパ人たちはかつて以上に自分たちが「ヨーロッパ的」であると今日では感じているが、その経済の重要性にもかかわらず、EUは「大国」にはけっしてならないだろう。[*14]「ヨーロッパ」は、戦略的に考えることをしておらず、最も巨大な加盟国でさえも、単独でそうする立場にはない。彼ら全員が合意しようとも――たとえばブッシュの失敗した中東政策に対して不安に満ちた失望を覚えるという点で合意したように――ヨーロッパのリーダーたちは、一丸となって合意したと述べることはできない。出動し、敵を始末し、そしてみずからの要塞に退去するアメリカの傾向を、ヨーロッパ人が批判するのは正しい。たとえば欧州委員会の外交専門部委員クリス・パッテン[☆10]は、「悪の枢軸」演説のあとで「本当の友はごますりではない」として、合衆国は友を必要としていると述べたように。[*15]しかし、彼らには提案できる別の戦略がないようである。

しかし、西洋内部における不和は、防衛についての瑣末な口論だけにはおさまらない。冷戦と大西洋を挟む同盟〔NATOのこと〕は半世紀のあいだ、二つのはっきりと対照的な社会のあいだの差異を隠蔽してきた。ヨーロッパ人が防衛に「出資をしてこなかった」のは、アメリカの保証人が彼らを「恒久平和」の園へと導いたからだけではなく、[*16]二〇世紀の三四半期〔一九五〇年－七五年〕には、彼らは金のかかる（そしてとても人気のある）公共サーヴィスに大量の資金を投入することを選んだからでもあった。その結果は、ヨーロッパと合衆国は実際、多くの重要な点において、五〇年前よりも異質な社会になってしまったということである。

このような意見は、そのプロセスの熱狂的な支持者によってだけでなく、その怒れる批判者たちによっても提示されている「グローバル化」と「アメリカ化」に関する主張に真っ向から反する。しかし、アメリカの新しい世紀の希望は、見た目よりも薄い。第一に、私たちは以前も同じような状況を経験したことがある。グローバル化についての予言者たちの基本的な教義は、グローバル化を前にして、経済的効率の論理がすべてを一掃してしまうはずということだ（これは彼らがマルクス主義者たちと共有している一九世紀特有の誤謬である）。しかし、前のグローバル化の偉大な時代のピークにおいて、つまり多くの評論家が国民国家の衰退と国際的な経済的統合という来るべき時代を予言した第一次世界大戦前夜においても、世界は同じように見えていたのである。

実際に起こったことはもちろんいくぶん異なっており、一九一三年レベルの国際貿易、情報通信手段、また移動可能性は一九七〇年代半ばまではふたたび達成されることはなかった。国内政治の偶発的な出来事が、国際的な経済の作用の「法則」を打ち負かしたが、同じことがまた起こるかもしれない。資本主義は事実その範囲においてグローバルであるが、しかしローカルな形態はつねに多種多様なものであったし、いまだにそうである。これは、経済的実践が国家の制度と法的な規範を形作り、また反対にそれらによって形作られるからである。そういった経済的実践は、非常に異質な国民的・倫理的な諸文化に根ざしている。

部分的には以上のような理由から、アメリカという模範はほかの場所の人びとにとってあきらかに魅力的というわけではなく、その勝利はまったく確実ではない。ヨーロッパ人とアメリカ人とはかなり異質な暮らし方をしている。西欧において貧困率が八パーセント付近にとどまっているのに対して、アメリカ人の五人に一人以上は貧困である。合衆国においては、生まれた年に死ぬ赤ちゃんは、フランスやドイツにおけるよりも六〇パーセントも多い。金持ちと貧乏人のあいだの不均衡は、ヨーロッパ大陸のどこよりも(また二〇年前の合衆国よりも)非常に大きい。ところが、有意な富の再分配を支持するアメリカ人は三人に一人以下なのに、イギリス人の六三パーセントはこれに賛成であり、その数字はヨーロッパ大陸においてはもっと高い。

近代ヨーロッパの福祉国家が確立される以前(ドイツの場合では一八八三年以来)、ほとんどの就業中のヨーロッパ人は強制的に健康保険に加入していて、すべての西欧人はいまや、保証や保護、また援助が相互に連動する網の目を当然のものと思っており、それらの削減や廃止に対して選挙で一貫して反対しつづけている。何千万のアメリカ人にとってなじみ深い社会的・職業上の不安定は、EUのどこにおいても政治的に耐え難いものだとながらく考えられてきた。もしファシズムや共産主義が、(ジョーゼフ・ナイとほかの論者が提案したように)先のレッセ・フェール型グローバル化の大波に対するヨーロッパの反応であったとしたなら、「福祉資本主義」は、その再演に対するヨーロッパの保険である。たんなる思慮深さから、という動機だけであっても、西洋のそのほかの国々は、アメリカ的な道をとりそうもない。

しかし、世界のすべての人びとと同じように、ヨーロッパ人はほとんど選択肢を持っていないという主張はどうだろうか？　足取りが重く、非生産的で、柔軟性のないヨーロッパ流が敗北し、アメリカ流の経済実践がやがて避けがたく勝利するという主張はかまびすしい。しかし、国家統制主義の過去から想像されるさまざまな障害によってこのとおりハンディキャップを負いながらも、昨年のベルギーやフランス、オランダの経済の一労働時間あたりの生産性は実は、合衆国のそれよりも高かった。他方、アイルランド人、デンマーク人、ドイツ人は、合衆国にわずかに劣っているだけである。[*17]

事実、一九九一年と一九九八年のあいだの生産性は平均して、合衆国においてよりもヨーロッパにおいて早いペースで成長した。合衆国はそれでも、総生産額においてはヨーロッパに勝っている。これは、より多くのアメリカ人が働いているためである。アメリカという国家は、ヨーロッパよりも賃金から税金を徴収する額は少ない（それと交換に、福祉の給付も少ない）。アメリカ人はより長い時間働いている――ドイツ人より二八パーセント、フランス人より四三パーセント長く。そして、彼らの休暇はより短いか、あるいはまったくとらない。

もしアメリカの経済モデルが適用されたとしたら、ヨーロッパ（もしくはほかのどこでも）がアメリカに似てくるかどうかということは、議論の余地のある問題である。現代のアメリカ経済は、別の場所で複製可能ではない。合衆国が決定的に諸外国に依存しているのは、「テロとの戦争」においてだけではない。過去一〇年のアメリカ経済の「奇跡」は、現在年間四五〇〇億ドルにも達している外国貿易の赤字をカバーするために必要な一日あたり一二億円もの国外資本の流入によってもたらされたものであった。株価を高い水準に保ち、インフレ率と利率を下げ、また国内消費のブームを保ったのは、この莫大な対内投資フローであった。

もしヨーロッパ、アジア、ラテンアメリカのどこかの国がそれに匹敵する貿易赤字を出したとしたら、その国はとっくに国際通貨基金に任されることになっていただろう。合衆国は、そのように有害な国外投資家に依存したままでいられる独自な位置にいるが、それはドルが第二次世界大戦以来世界の準備通貨であるためだ。海外での信用を失うことで、痛ましくも地に落ちるまでにアメリカ経済がどれほどもちこたえられるかというのは、よく議論されるトピックである。またそれに関連して主張されるのは、一九九〇年代の繁栄を駆動したのは、新しいハイテク事業の先例のない生産性というよりはむしろ、先述の外国貨幣の流入だったということである。[*18] あきらかなのは、その魅力にもかかわらず、アメリカのモデルは独特であり、輸出できないということだ。

グローバル化はその魅力を一般化するどころか、それはむしろアメリカモデルへの熱狂を冷ましつつある。すなわち、過去二〇年間にわたり、ヨーロッパにおける財とサーヴィスの公有の割合の低下は、国家の社会的義務のいかなる削減をも伴っていない――印象的にも、政府が世論の反対を前にして逆戻りしなければならなかったイギリスを除いて。そして、ヨーロッパ人とアメリカ人が世界をこれほど別の仕方で見ており、また明確に異なる国際的なプロセスや結果を評価するのは、彼らが非常に異質な社会に住んでいるからなのだ。

近代のアメリカの指導者たちは概して、政府の介入を限定的なものにし、国内の公的生活において市民に好きなようにさせておくのが一番であると信じており、それと同様に彼らは、国際情勢にもそれを当てはめようとする。ワシントンから見ると、世界は別個の難題と脅威からなっているが、それらはアメリカにとって何を意味するかという度合いによって測られる。合衆国はグローバルな強国であるため、世界で起こるあらゆることが、その関心事となる。しかし、アメリカは本能的に、どのような個々の問題も分離してとりあつかい、解決しようとする。

問題はたしかに解決されるだろうという、清々しいほどアメリカ的な自信もまた存在する――解決した時点で、合衆国は本国へ戻ることができるというのだ。「出口戦略」、すなわち、世界のなかにはいるが、しかし完全にその一部であるというわけではなく、つねに意のままに争いから身を引くことだが、これを強調することには、アメリカの現代生活において国内版の類似現象がある。とりわけ九・一一以降、その市民の多くと同様に合衆国は、自国の「ゲイテッド・コミュニティ」へとひきこもっているときに、最も快適であると感じている。

この選択肢は、ヨーロッパ人やそのほかの人びとに与えられていない。というのも、彼らにとって今日の世界は、生活のほとんどすべての側面を制限し監督する法制度や法機関が連携しあう網目であるからだ。今日ヨーロッパが直面している諸問題――犯罪、移民、難民、環境破壊、制度的統合――は、本質的に慢性的なもので、それらは国境を越えて広がっている。各国政府はいつも、あるいはまた多国間の機関を通して協力して取り組んでいる。公的部門が、国民の生活の多くの部分で個人の自律的行動に取って代わってきたのと同じように、協力という慣習が、ヨーロッパが国際関係に対してとるアプローチを形作っている。これらの点において、「グローバル化」に成功したのがヨーロッパで、それに大きく遅れているのが合衆国なのである。

これらすべての理由から、また、アメリカの外交政策のかなり多くの部分がすぐには変わらない狭量な考えによって推し進められていることから、アメリカの「ソフト・パワー」の未来に関するジョーゼフ・ナイの楽観的な結論に同意することは困難である。合衆国は、文字どおりの意味でみずからの最大の敵なのだ。アメリカの大統領が一番多く他国の意見を遠ざけるのは、国内の選挙民に対して迎合するときである。大げさなレトリックと単独行動主義的構えは国内ではうけがよく、他国の敵をひるませることだってあるかもしれない（あまりなさそうだが）。しかし、大統領たちは確実に、第三の選挙民、つまり海外のアメリカの友や賞賛者たちを恐れさせ、また遠ざける。

それでもしかし、グローバル化のおかげでではなく、むしろそれにもかかわらず、アメリカはいまだ海外で尊重され、崇められさえしている。アメリカは、MTVとマクドナルドによって、あるいはエンロンやワールドコムのバーニー・エバーズ[☆11]によっても要約されるものではない。アメリカは、その恐るべき軍事体制によって他国でとりわけ賞賛されているわけでもないし、同様にその比類なき富によって尊敬されているわけでもない。アメリカの覇権と影響力は、ある観念、独特で代替不可能な神話に依拠しているために、実際のところはかなり脆い。それは、合衆国が本当によりよい世界を表しており、また、それを求めるすべての人の最良の希望でありつづけているという観念である。

ブッシュ政権が理解し始めることとすらしていないアメリカにとっての本当の脅威は、アメリカの怠慢や無関心に直面して、この神話が消えていこうとしていることであり、また「多くの主要な国々が、合衆国に、また自由貿易と自由な社会というグローバルな価値に敵対するだろう」[*19]ということである。このことは、私たちが半世紀のあいだで理解してきたような「西洋」の終りを招くだろう。戦後の北大西洋の利害と相互友好の共同体はかつてないものであり、かけがえのないものである。その喪失は、すべての者にとって災厄となるだろう。[*20]

アメリカに格別の影響力を与えているものは、その無類の戦争遂行の能力ではなく、アメリカがよき意図を持っているはずだという他国の信頼である。これが、合衆国政府の国際刑事裁判所への抗議があれほどの痛手となった理由だ。それは、合衆国が、世界のほかの国々がアメリカ人を公平に扱うとは信じていないことを示唆しているのだ。しかし、アメリカがもし他国に対する信頼の欠如を表に出したとしたなら、他国が仕返しをするときがいつかくるかもしれない。

*

二〇〇一年の春、南バルカンに位置する小国マケドニアは、内戦の瀬戸際にあった。マケドニアの多数派スラヴ人が、少数派で不利益を被り、不満をつのらせたアルバニア人たちによる反乱に直面したのだ。時代錯誤的な民族共産主義者たちによって率いられる政府は、残虐でむごたらしい「警察行動」を爆発させようとうずうずしていた。やっとのことで、イギリスとそのほかの国からの仲介者は、あやうい合意を勝ち得た。すなわち、暴徒を武装解除し、そのかわりに、議会はマケドニア国内のアルバニア市民を保護し、自治権を与える法律を通すというものである。二、三週間のあいだ、あらゆる人びとは固唾をのんで見守っていた――もしマケドニアが「爆発」したら、南バルカンは暴発し、ギリシャとトルコ、そしてNATOを騒擾の大釜のなかに放り込むだろう。

しかし、マケドニアは「爆発」せず、合意は持ちこたえ、そしてそれはいまも持ちこたえている。その緊急事態が最高潮にあったとき、私はあるアルバニアの友人に、協定に対してあきらかに不満を持っているマケドニア政府が協定を破らず、その最悪の行動に出ないでいるのはなぜなのかを尋ねた。「コリン・パウエルのファックスだよ」と彼は答えた。アメリカの国務長官の倫理的な権威（それは倫理的なだけだった――というのも、合衆国は兵士を派遣する意図はなかったのだから）、そしてマケドニアがアメリカにとって、パウエルが慎重に事態を考慮するほどに重要であったという事実——こういう理由だけでも重大な地域的危機を和らげるのに十分だったのである。

上記のような世に知られていない遠くの国々がアメリカにとって重要でありつづけるかぎり、アメリカはその国々にとって、そしてほかのすべての国々にとって重要であるだろうし、その友好のための力はつづくだろう。しかし、もしアメリカが気にかけることを止めたら、アメリカは重要でなくなる。もしワシントンが信頼することをやめたら、他国の信頼を失うだろう。ファックスは鳴らなくなり、私たちはみな、とりわけ合衆国は、はるかに孤独になり、ずっと脆弱になるだろう。

（ジョセフ・S・ナイによる『アメリカへの警告——21世紀国際政治のパワー・ゲーム』のレヴューであるこのエッセイは、『ニューヨーク・レヴュー・オブ・ブックス』誌二〇〇二年八月号に初めて掲載された。）

第16章　私たちの現在の生き方

I

私たちは現在、一つの国際システムの崩壊を目撃している。そのシステムの核にあったのは、そしてその精神の要にあったのは、北大西洋の同盟であった。それはたんに一九四九年の〔北大西洋〕条約だけではなく、一九四一年の大西洋憲章にはじまり、国連とその諸機関をつうじて広められていったさまざまな濃淡のある申し合わせや合意のことである――ブレトン・ウッズ合意とそれが生み出したさまざまな機関、難民、人権、ジェノサイド、軍備管理、戦争犯罪、それにくわえて多くの事柄についての協定だ。この、国際的な協力と取り組みのしっかりと編みあわされた網の目は、共産主義を封じ込めて最終的には打ち負かすという目標をはるかに超えた利点を持っていた。世界の新たな秩序形成の背後には、戦争、不況、国内における暴政、国際的な無政府状態の三〇年間の記憶があったのであり、そのことはその創設に与った人びとが完全に理解していたことであった。[*1]

かくして、冷戦が終結したからといって、戦後秩序が不要なものになったわけではない。そのまったく逆である。ポスト共産主義の世界においては、西欧と北米という幸運な地域は、自分たちの達成を教訓とするようほかの国々に説きつけるのに、とびぬけて適切な立場にあった。教訓というのは、市場と民主主義ということであるのは確かだが、統合された国際社会のさまざまな制度や習慣に善意をもって参加することには利点があるのだ、という教訓である。そのような社会はその敵を罰する手段と意志を保持しなければならないということは、遅ればせながら、しかし効果的に、ボスニアとコソヴォの例で示された(それして、逆の意味で、ルワンダでも示された)。これらのエピソードが示唆し、二〇〇一年九月一一日が確証したように、合衆国のみが、それが育て上げるのに多くの力を貸した相互依存的な世界を守る資源と決意をもちあわせている。そして、そのような世界が死滅するのを目にしたいと願う人間の第一の標的となりつづけるのは、アメリカなのである。

したがって、ほかならぬアメリカの指導者たちが今日、合衆国と国際社会におけるその最も親密な同盟国とを結びつけているきずなを腐食させ融解させようとしていることは、歴史的な悲劇である。合衆国は、その国民の多くにとってさえいまだにはっきりしない理由でイラクに戦争をしかけようとしている。国民がたしかに理解している戦争、つまり、テロとの戦争は、一人のアラブの暴君に対する起訴状へと切りつめられてきたが、それには説得力はない。ワシントンは中東の地図を描きかえるという大プロジェクトに大わらわであるが、その一方でイスラエルとその占領地における真の中東危機はアリエル・シャロンに下請けに出されている。アフガニスタンやパレスチナそのほかと同様にイラクにおいても、戦後に合衆国は、ヨーロッパの主要な同盟国の(小切手帳は言うまでもなく)手助けと協力を必要とするだろうし、継続的な国際協力なしにはウサマ・ビン・ラーディンに対してであれ誰に対してであれ、永続的な勝利などありえない。現在は、私たちの指導者たちが西洋の同盟関係を熱心に破壊しにかかるような瞬間ではない、という結論にいたって当然であろうが、それこそ彼らが現在行っていることなのだ（その熱心さは、この後論じるが、ローレンス・カプランとウィリアム・クリストルの『ネオコンの真実――イラク戦争から世界制覇へ』でみごとに表現されている）。

この問題についてヨーロッパ人も潔白とは言えない。アメリカの核による安寧の数十年は、前例のない軍事的な栄養失調を引き起こした。仏独による協同主権の支配は、遅かれ早かれヨーロッパの小国のあいだに反動を引き起こさないではいなかった。ＥＵに外交におけるコンセンサスをつくりだす能力がなく、ましてやそれを実行するための強制力をそなえていないことによって、ワシントンは国際的な危機とは何であるかを定義し、それを解決することにおいて独占権を獲得した。アメリカの現在の指導者たちが、その力を行使することを選んでも、誰も驚くべきではないだろう。数年前には、ヨーロッパが自分たちの防衛を組織し、それに支出をすることができなかったことに対して、アメリカは不満を覚えていたのだが、それはいまや合衆国のタカ派にとっての満足の種となったのである。ヨーロッパ人はわれわれに同意しないだって？　だから何だ！　奴らの助けは必要ないし、いずれにしろ奴らに何ができるというのだ？　ブリュッセルやパリやベルリンでは連中は傷ついて腹を立ててるだって？　ふん、それは自分たちのせいだろう。ボスニアを思い出すがいい。[*2]

だが今日、腹を立てて不満をかかえているのはブッシュ政権の方である。少なくともフランスは、実際は多くのことをなす能力があると判明したからである。フランスは、ＮＡＴＯにおいてはベルギーおよびドイツと、国連においてはロシアおよび中国と手を組んで、アメリカを阻み、裏をかき、足をひっぱり、邪魔をし、食い止め、混乱させ、面目を失わせ、そしてとりわけいらいらとさせる力をもっている。イラク戦争への準備段階にあるアメリカは、国際的な世論を二年間にわたって鼻であしらってきたことの代価を支払っている。とりわけフランスが犯した大逆罪を受けて、アメリカの現在の指導層は、同盟国が隊列を乱したことに対するこれまでに例をみないような怒りを公然と表現している。ブッシュ大統領の不朽の名言で言えば、「われわれの味方でないならテロリストの味方だ」というわけだ。さらに悪いことに、これは合衆国のメディアにおける冷笑的なヨーロッパ嫌悪の発作を引き起こし、それはもっと賢明であってしかるべき政治家や評論家によって恥知らずにも助長されている。

アメリカにおけるヨーロッパについての公的な議論は、二つの神話に支配されている。一つ目は、それが引き起こしている害の甚大さゆえに笑って済まされるものではないが、「古い」ヨーロッパと「新しい」ヨーロッパという概念である。国防相のドナルド・ラムズフェルドが一月にこの区別を提起した際に、それはペンタゴンの応援団によって悪意に満ちた機敏さで採用された。『ワシントン・ポスト』紙でアン・アプルボーム[☆1]は熱心にラムズフェルドを支持した。彼女が書くところに従えば、イギリス、イタリア、スペイン、デンマーク、ポーランド、ハンガリー、そしてチェコ共和国〔これに加えてポルトガル〕（つまり、『ウォール・ストリート・ジャーナル』誌上での、ブッシュ大統領を支持する書簡[☆2]に署名をした国々）はすべて、その経済の「自由化と私営化を進めて」きて、アメリカのモデルに接近している。それらの国々は、フランスとドイツという「古いヨーロッパ」とは違って、これからの「ヨーロッパ」を代表して語るにふさわしい国々である、と。[*3]

イタリアが「経済的な自由化」に取り組んだという観念は、イタリア人にとっては初耳であろうが、それはまあよい。より見逃しがたい間違いは、「親アメリカ的」ヨーロッパ人と、その隣の「反アメリカ的」ヨーロッパ人を、それほど都合よく区別できると想定することである。ピュー研究所〔ワシントン

DCを本拠とするシンクタンク」による最近の世論調査は、ヨーロッパ人に「もし軍事の上でアメリカに匹敵する国が出てきたら、世界情勢はより危険になる」と考えるかどうかを質問した。「古いヨーロッパ人」であるフランス人とドイツ人は（イギリス人と同様に）それに同意する傾向が強かった。「新しいヨーロッパ人」たるチェコ人やポーランド人は、その見込みについてそれほど心配をしていなかった。同じ世論調査は回答者に、「アメリカとの意見の相違が生じる際には、それは（私の国の）異なる価値観のためである」と考えるかどうかを質問した（つまりそれは、文化的な反アメリカ主義を測るためのものである）。その結果、フランスの回答者のうちのたった三三パーセント、ドイツ人の三七パーセントが「はい」と答えた。ところが、イギリスは四一パーセント、イタリアは四四パーセント、そしてチェコ共和国は六二パーセントだったのである（同じように感じるインドネシア人は六六パーセントであるが、それに迫っている）。[*4]

イギリスでは、『デイリー・ミラー』紙、すなわちトニー・ブレアのニュー・レイバーをこれまで支持してきた大衆タブロイド紙が、一月六日には一面の全面を使って特集を組み、ブレアの立場を揶揄した。その記事はブレアに対して、お気づきではないかもしれないが、ブッシュをイラク戦争へと駆り立てているのはアメリカのための石油なのだ、とブレアに忠告をするものだった。イギリスの有権者の半数は、いかなる状況下であれサダム・フセインと戦争をすることには反対している。チェコ共和国では人口のたった一三パーセントしか、国連の信任なしでのアメリカのイラク攻撃を支持していないし、スペインでもその割合はまったく同じである。伝統的には親アメリカ的なポーランドでは、イラク戦争に対する賛意はさらに薄い。一方的な戦争を支持するポーランド人はたった四パーセントだ。スペインでは、ホセ・マリア・アスナール首相[☆3]自身の国民党の支持者の圧倒的多数が、彼の戦争支持を拒絶している。カタロニア州の彼の盟友たちもスペインの野党と手を組んで、合衆国のイラクに対する「正当な理由のない一方的な攻撃」を弾劾しており、ほとんどのスペイン人は、二度目の国連決議を経てさえも、イラクでの戦争には断固として反対している。アメリカのイスラエル政策については、「新しいヨーロッパ」たるスペインにおける世論は、「古い」ヨーロッパであるドイツやフランスよりも明確に支持が低い。[*5]

もしアメリカがその「新たな」ヨーロッパの友人たちに頼りたいというなら、期待値を下げて臨んだ方がいいだろう。合衆国の政策に賛同し、ラムズフェルド氏がとりわけて称賛した国のうちでも、デンマークは、GNPの一・六パーセントしか防衛費に使っていないし、イタリアは一・五パーセント、スペインはほんの一・四パーセントである。これは「古いヨーロッパ」たるフランスが防衛に費やしている半分以下である。苦戦を強いられているイタリアの首相シルヴィオ・ベルルスコーニは、ほほえむジョージ・ブッシュとならんで写真を撮られたいと願う動機を大いに持っているが、そのうちの一つはイタリアがアメリカの防衛の傘のなかにとどまって、自前で防衛費を支払うのを避けるというものである。

東欧人について言うと、そう、たしかに彼らはアメリカが好きで、可能ならばその命令に従うだろう。合衆国はつねにルーマニアのような脆弱な国をおどして、国際戦犯法廷に反してアメリカを支持させることができるだろう。だが、一九九九年のコソヴォでの軍事行動の際に、アメリカの介入に反対していたある中欧の外相が言うには、「われわれは戦争をするためにNATOに加わったわけではない」。最近の調査では、ポーランド人の六九パーセント（そしてイタリア人の六三パーセント）が、世界における一勢力としてのヨーロッパの立場を強めるために防衛費を増加させることに、反対している。『ニューヨーク・タイムズ』紙が正しく、ジョージ・ブッシュがポーランド、イギリス、そしてイタリアを彼のヨーロッパにおける主要な同盟国とみなしているなら、アメリカは――トニー・ブレアはともかくとして――ゴムでできた松葉杖によりかかっていることになる。[*6]

では、ドイツについてはどうか？　アメリカの評論家たちは、ドイツがサダム・フセインにたいして「融和」をしようとしていることに非常に腹を立て、ゲアハルト・シュレーダー〔当時のドイツ首相〕に好戦的な情熱とアメリカに対する「感謝の念」が欠けていることにあまりにも激怒したため、「合衆国の大統領はわれわれみんなが直面している危険の具現化だ」というギュンター・グラス[☆4]の見解にどうしてあれほど多くのドイツ人が共感したのかを、立ち止まって考えてみる者はほとんどいなかった。現在のドイツはかつてとは違うのだ。ドイツには（たとえばフランスとはまったく違って）明確な平和主義の文化をたしかに備えているのである。もし戦争をしたいというのなら、私ぬきで《オーネ・ミッヒ》やってくれ、と多くのドイツ人は感じているのだ。この変化は、「古い」ヨーロッパの人間たちの、歴史的な偉業の一つである。アメリカの代弁者たちがそれについてのいらだちを表明するとき、彼らは自分たちが一体何を頼んでいるのかをちょっと考えてみるべきなのだ。ただし、サダム・フセインがアドルフ・ヒトラーと粗雑に比較され、合衆国の防衛大臣がドイツをキューバやリビアとならべて「のけもの《パリア》国家」と呼んではばからない現在において、それは期待のしすぎというものであろうが。それにしても、こんなに性急に、ドイツの戦争への熱意を要請していいものか？

現在合衆国に広く流布している第二のヨーロッパ嫌悪的な神話は、より有害なものである。それは、ヨーロッパは反ユダヤ主義に覆われており、ヨーロッパのユダヤ人嫌悪の過去の幽霊がふたたびよみがえっており、そしてこのヨーロッパの原罪たる先祖返り的な偏見が、ヨーロッパのイスラエルに対する批判、アラブ世界への共感、そしてさらにはイラクの支持を説明してくれる、という主張である。これらの主張の主要な根拠となっているのは、二〇〇二年の春に噴出した、ユダヤ人とユダヤ人の財産に対する攻撃であり、ヨーロッパ大陸中での反ユダヤ的感情の回帰を証明することを意図して広く喧伝されたいくつかの世論調査であった。これらのデータに対するアメリカの評論家のコメントは、中東発のヨーロッパのメディア報道の「反イスラエル的」性質を強調するものであった。[*7]

事実から始めよう――ヨーロッパには手に負えない反ユダヤ主義があるというイメージのプロパガンダを誰よりも精力的に行ってきたアメリカ名誉毀損防止同盟（ADL）[☆5]によると、二〇〇二年四月にフランスでは二二件の重大な反ユダヤ主義の事件があり、さらにベルギーでは七件が起きた。二〇〇二年を通しては、ADLはフランスで四五件の同様の事件を記録しており、それはマルセイユのユダヤ人の経営する店での反ユダヤ的な落書きから、パリ、リヨンその他でシナゴーグに火炎瓶が投げこまれた事件まで、さまざまであった。だがその同じADLが、一九九九年に、アメリカの大学のキャンパスだけでも六〇件の反ユダヤ的な事件があったと報告している。落書きから暴力的な襲撃にいたるまで、あらゆるものを含めて計算すれば、近年のヨーロッパ諸国で反ユダヤ主義は増加をしている。だが、アメリカにおいても同様なのだ。ADLは一九八六年の九〇〇件から増加して、二〇〇〇年に一六〇六件の反ユダヤ的な事件を記録している。たとえフランス、ベルギーそのほかでの反ユダヤ的な暴力行為が過小報告されているとしても、それが合衆国よりもヨーロッパでよりはびこっているとする証拠はないのである。[*8]

しかし一般的な感情についてはどうだろうか？　EUのユーロバロメーター、フランスの有名な世論調査サーヴィスであるSOFRES、そしてADL自身の調査結果はすべて同じ方向を指し示している。合衆国と同様に、多くのヨーロッパの国において、あまり過激ではない、言葉による反ユダヤ的行為に対して、かつてよりも許容度が大きくなっており、ユダヤ人についての古くからあるステレオタイプ、たとえばユダヤ人は経済に過剰に大き影響力をふるっているといった信憑を信じる傾向がある。しかしながら、その同じ世論調査が、ヨーロッパ中の若者が、親の世代よりも偏見に対する許容度がはるかに低くなっているということを確証している。とりわけフランスの若者たちのあいだでは、反ユダヤ的な感情は絶えず弱まってきており、いまや無視できるほどになっている。二〇〇二年一月にフランスで質問を受けた若者の圧倒的な多数が、私たちはホロコーストについて口をつむぐのではなく、語るべきだと考えているし、一〇人中九人近くが、シナゴーグの襲撃は「言語道断」であると同意した。これらの数字は、合衆国で行われた似たような調査の結果とおおざっぱに近いものになっている。[*9]

西欧における最近のユダヤ人への攻撃のほとんどは、現地の評論家たちが認めているように、若いアラブ人やほかのイスラム教徒によるものであった。[*10] ヨーロッパにおけるユダヤ人の襲撃はイスラエル政府に対する怒りに駆り立てられたものであり、そのためにヨーロッパのユダヤ人は目の前にいる便利な代理となったのである。ヨーロッパの反ユダヤ主義の伝統的なレトリックの武器――「エルサレムの長老たちの外交儀礼」、ユダヤ人が持つとされる経済的な力と陰謀のネットワーク、さらには血の中傷[☆6]――は、カイロそのほかの場所で新聞やテレビによって利用可能なかたちにまとめあげられ、若きアラブ人の国外離散者たちにおぞましい影響を与えている。

ADLはこのすべてが「新たな形の反ユダヤ主義がヨーロッパに根を下ろしつつあることを確証している。この新たな反ユダヤ主義は反イスラエル感情によって煽られ、ユダヤ国民の〔居住国に対する〕忠誠心を疑問に付している」と主張する。これはナンセンスだ。ガルジュ゠レ゠ゴネスのようなパリ郊外の失業したアラブ人の若者の集団は、たしかにフランスのユダヤ人をイスラエルの代表とみなすが、彼らに愛国心が欠けているということについてそれほどの心配はない。ユダヤ人の忠誠心について言うと、ADLの調査のある主要な質問事項――すなわち、「ユダヤ人は〔あなたの国よりも〕イスラエルにより強い忠誠心を持っていると思いますか」という質問――は、ヨーロッパにおいてよりも合衆国においてつねに高い割合の肯定の回答を引き出している。ユダヤ人の第一の忠誠はイスラエルにあるとはなから想定しているのは、ヨーロッパ人ではなく、アメリカ人なのである。

ADLとアメリカのほとんどの評論家は、イスラエルに「反対」することと、ユダヤ人に「反対」することのあいだにはもはや違いはないとここから結論づけている。しかしそれはおそらく間違っている。今日のヨーロッパにおける親パレスチナの最も高い水準の共感はデンマークで記録されており、そのデンマークは、ADL自身の基準によれば、最も反ユダヤ的ではない国の一つとされているのだ。パレスチナに対する高い、そしてさらに高まりつつある水準の共感を持つ国はオランダである。ところが、オランダ人はヨーロッパで最も低い反ユダヤ主義の「指数」をそなえた国で、国民の半数は反ユダヤ主義が興隆する可能性について「憂慮」している。さらには、最も妥協ぬきで親パレスチナ的であるのは、ヨーロッパで「左翼」を自認する人びとであり、その一方で「右翼」は反アラブ的および反ユダヤ的な偏見の両方を示すのである（が、多くの場合親イスラエルである）。実のところ、これは、右翼・左翼というレッテルが意味を持つ、数少ない公共生活の領域の一つである。[*11]

全体的には、ヨーロッパ人は現在の中東における泥沼についてパレスチナよりもイスラエルを責める傾向にあるが、それは二〇対二七という比率である。それとは対照的にアメリカ人は、四二対一七の比率でパレスチナをイスラエルより悪いと考えている。これが示唆するのは、ヨーロッパ人の反応ははるかによりバランスのとれたものであるということだが、それは予想どおりのことではある。ヨーロッパの新聞、ラジオ、そしてテレビは、ほとんどのアメリカ人の手に届くよりもより充実し、より公平な、中東での出来事についての報道を提供しているからである。その結果、イスラエル批判とユダヤ人嫌悪を区別することに、ヨーロッパ人はアメリカ人よりも長けているのだ。

その理由の一つは、ヨーロッパで最も古く、最も評価の高い反ユダヤ主義者たちが公然とイスラエルへの共感を示しているということかもしれない。ジャン＝マリー・ル・ペンは、イスラエルの日刊紙『ハアレツ』での二〇〇二年四月のインタヴューで、アリエル・シャロンの政策についての彼の「理解」を（「テロとの戦争というのは粗暴なものです」と述べて）表明した。彼の意見ではそれは、四〇年前のアルジェリアでの、フランスによる同様に正当化できない対テロリストの実践と比較可能だというのである。[*12] イスラエル・パレスチナ問題についてヨーロッパ人とアメリカ人を分かつ相違は、今日の大西洋をこえた相互理解の最大の障害となっている。七二パーセントのヨーロッパ人がパレスチナ国家を是認するのに対して、アメリカ人は四〇パーセントにすぎない。一から一〇〇までの「親近感」指標では、アメリカ人のイスラエルに対する親近感は五五であり、対してヨーロッパの平均は三八しかない。しかも、「新たなヨーロッパ人」のあいだでいくぶんかその数値は下がるのである。示唆的なことに、イギリス人とフランス人のイスラエルに対する親近感は同じスコアである。イスラエルに対して圧倒的に距離感を表明しているのはポーランド人である（ドナルド・ラムズフェルドよ、この点を留意せよ）。[*13]

II

ここ数週間で、ヨーロッパについてのこれらのおとぎ話の両方が、新しい不吉なひねりを加えられた古いおとぎ話へと折り込まれていった――新しいひねりとはつまり、フランスやフランス人に対する強烈な疑念である。国連でフランスが議論をぐずぐずと先延ばしにしたことによって、合衆国では過去に例を見ない毒々しい批判が噴出した。これは、先例を見ないものである。ド・ゴールが一九六六年にＮＡＴＯの統合軍事指揮権から離脱した時、ワシントンは――フランスのほかの同盟国とともに――遺憾に思い、そのように述べた。しかしその際にフランスがなんらかのかたちでアメリカを「裏切った」とか、ド・ゴールは「卑怯者」でありフランス人はアメリカ人が彼らのために払った犠牲に対して恩知らずであり、したがってその罪で罰されるべきだと考えたアメリカの政治指導者、外交官、政治家、新聞の編集者、もしくはテレビの評論家はいなかった。アイゼンハワー、ケネディ、ジョンソンそしてニクソンはみな、彼の欠点にもかかわらずド・ゴールを尊敬し、ド・ゴールもまた尊敬を返したのである。[*14]

そして今日、りっぱなコラムニストたちが、フランスは合衆国の意志を妨害したかどで、安全保障理事会から追放されるべきだと要求しており、彼らは読者たちに、もしフランスに任せていたら「ほとんどのヨーロッパ人はいまごろドイツ語かロシア語をしゃべっていることだろう」と念を押している。もう少し歯に衣を着せない媒体の書き手たちは、ノルマンディ上陸作戦開始日のことを忘れてしまったことに対して「フランス人をまとめてぶっとばしてやりたい」と思っている。「アメリカの若者たち」が彼らの救助にやってきたときに、フランス人はどこにいたのか？　最初はヒトラーから、そして今サダム・フセイン（「同じくらいに下劣な暴君」）から？　「隠れていたのだ。怖じ気づいて。弱虫万歳！」　フランスは「臆病者たちのヨーロッパのコーラス」に参加している。新しいバンパー・ステッカーによれば、「まずイラク、次はフランスだ」というわけだ。[*15]

アメリカによるフランスの中傷は、コリン・パウエルが最近登壇した際に、趣味の悪い反フランス的なジョークが公然と交わされた合衆国の国会において、あからさまに推奨されているのだが、それはフランスではなく、アメリカの格を下げている。私は、独裁者たちに真剣に対応してこなかったフランスの大統領たちを擁護はしない——ジャン＝ベデル・ボカサからロバート・ムガベ☆7まで、そしてそれに加えてサダム・フセインも含めた独裁者たちである。また、ヴィシー政権時代はこの世の終わりまでフランスの汚点でありつづけるだろう。しかし、「降伏するサル《サレンダー・モンキー》」☆8としてのフランス人というのは、ジョン・ウェインからメル・ギブソンまで、自己満足的な戦争映画によってマリネ漬けになってきたアメリカの評論家が使うにしても少々軽薄にすぎる表現である。

フランス人がその最初から最後まで戦った第一次世界大戦では、フランスはアメリカがこれまで戦ったすべての戦争で失った数の総計の三倍の兵士を失った。第二次世界大戦では、一九四〇年五月から六月にドイツ軍を阻止したフランス軍の六週間での死者は一二万四〇〇〇人、負傷者は二〇万人であり、これはアメリカの朝鮮戦争とヴェトナム戦争での死者・負傷者の総計よりも多い。ヒトラーが一九四一年一二月にアメリカを戦争に引きずりこむまでは、ワシントンはナチス政権と良好な外交関係を保っていた。その間、アインザッツグルッペン☆9が六ヶ月のあいだ東方戦線でユダヤ人を虐殺し、占領下のフランスではレジスタンスが活動していたというのに。

さいわい、占領勢力によって、自分たちの只中にいる人種的マイノリティを迫害せよと命じられたことはないので、アメリカの中枢階級がもしそう命令されたらどのように反応しただろうか、ということを知ることはできない。しかしそのような情状酌量すべき状況が存在しないとはいえ、先例は不穏なものである——少なくとも三五〇人の黒人が白人によって殺された、一九二一年五月のタルサ虐殺☆10を想起せよ。また、フランスの「古くからの」反ユダヤ主義について拙速にすぎる判断をする前に、アメリカ人はちょっと立ち止まってみるべきだろう[*16]――一九世紀の終わりには、フランスのエリート教育機関たる高等師範学校が、（一般公募での競争にもとづいて）レオン・ブルム、エミール・デュルケーム、アンリ・ベルクソン、ダニエル・アレヴィその他何十人という聡明な若きユダヤ人たちを受け容れており、これらの人びとは当時、そしてその後何十年にわたって、アメリカのアイヴィー・リーグの大学のいくつかには近づくことが許されなかったのであるから。

こういったことを繰り返し述べなければならないのは悲しいことである。おそらくこれらにはたいした意味がないのだろう。今日、アメリカ人がフランスやヨーロッパを不快に感じていて、アメリカの指導者たちが無知なままに「古い」ヨーロッパを鼻であしらい、扇動的な評論家たちが、恩知らずのゴミのようなヨーロッパを捨てるよう読者に迫るとして、それが何だというのか？　結局、フランスの反アメリカ主義も、おなじみで取るに足りないものなのかもしれない。それがヨーロッパとアメリカの関係や大きな戦略を深刻に阻害したことはないのだから[*17]。私たちはたんに、売り言葉に買い言葉を耳にしているだけではないのか？　ただし、ただならぬ音量ではあるが？

そうではないと思う。私たちのほとんどがこれまで知っていた唯一の世界の枠組みをつくったアメリカ人たち――ジョージ・マーシャル、ディーン・アチソン、ジョージ・ケナン、チャールズ・ボーレン[☆11]、そして彼らが仕えた大統領たち――は、自分たちが何を達成したいと望んでいるのか、そしてヨーロッパとアメリカの関係が彼らにとってなぜ決定的に重要なのか、わかっていた。今日の彼らの後任者たちは、彼ら独自のまったく異質な信念を持っている。彼らの見解では、ヨーロッパ人と、ヨーロッパ人が深く関わっているさまざまな同盟や連合は、アメリカの国益を追求するにあたって、いらだたしい障害物なのだ。

合衆国は、そういった廃棄可能な便宜上の同盟諸国を怒らせたり、それらと疎遠になったりすることで失うものはなく、むしろフランスとその同類たちが、われわれの移動の自由をがんじがらめにしようとしている、支配の網の目を破り去ることで得るものが多いだろう、というわけだ。

この見解はローレンス・カプランとウィリアム・クリストルによる短い新著『ネオコンの真実——イラク戦争から世界制覇へ』で曖昧なところなく述べられている。[*18] 著者は二人ともワシントンで活動するジャーナリストである。だがクリストルはかつて、ダン・クエール副大統領[☆12]の首席補佐官の名誉に浴し、現在ではフォックス・テレビの政治アナリストであるのだが、同時に『ウィークリー・スタンダード』誌の編集者であり、合衆国の外交政策のネオコンへの転回の背後の「ブレーン」の一人である。クリストルの政治的意見はリチャード・パール、ポール・ウォルフォウィッツ[☆13]など、ブッシュ政権のパワー・エリートたちと共有されたものであり、彼が表明しているのは、ホワイトハウスの指導層そのものの偏見や不公平を少しだけ抑制したものなのである。

『ネオコンの真実』は爽快なまでに率直な本である。サダムは悪人だ、彼は抹殺されなければならない、そしてその仕事ができるのは合衆国だけだ。しかしそれは始まりでしかない。なすべき仕事はさらに多くあり、実際今後の年月において数限りなく待ちかまえているだろう。合衆国がその仕事を満足にこなしていきたいのなら——「安全を確保し、自由という大義を前進させていきたいなら」——合衆国は「世界共同体」(いつも引用符で距離感が表現される)と縁を切らなければならない。ほかの人びとはどちらにせよわれわれの「傲慢さ」とわれわれの力のために合衆国を憎むであろうし、アメリカがより「抑制された」外交策を取ったところで彼らは納得しないであろうから、どうしてそんな心配をして時間を無駄にするのか? 合衆国の外交戦略は「言い訳がましいものではなく、理想主義的で、肯定的であり、そして潤沢な資金に支えられたものでなければならない。アメリカは世界の警察そして保安官になるだけではなく、世界の導きののろしでなければならないのだ」。

問題は何だろうか？　まず、このような見解は、極度の「現実主義的」シナリオが多くの場合にそうであるように、現実世界に対する無知をさらけだしている。それは、アメリカの国益とこの惑星の上にいるすべての右翼的思考の持ち主の利益とを何のためらいもなく同一視するため、そもそもアメリカによる介入を引き起こすことになるまさにその敵対性や敵意を誘発せずにはいないのである（これは計算のうちだと考えるのは、ヨーロッパのひねくれた皮肉屋だけだろう）。本書の著者たちは、その政治上の主人たちと同様に、アメリカは他人の言うことには耳を傾けずに好き放題できて、それと同時に、好き放題をすることにあたって、友国と敵国両方の真の利害と語られない願望をあやまたず反映することができると、疑いもなく想定している。この主張の前半部分は広い意味で正しい。後半部分は未熟な田舎者根性を物語っている。[*19]

第二に、クリストル／ウォルフォウィッツ／ラムズフェルドのアプローチは、病的なほどに自滅的なものである。少なくとも、古めかしい孤立主義という点では首尾一貫している。世界の出来事に関わらないようにしておけば、誰にも依存しなくて済む、というわけだ。真のウィルソン的国際主義もまたそうだ。われわれは世界のなかで活動をしようとするのだから、世界とともに活動すべきなのだ、と。同じような首尾一貫性が、伝統的なキッシンジャー流の現実政治《リアルポリティーク》の特徴となっている。われわれには利害があり、ある物事を欲している。ほかの国々もわれわれと同様に、ある物事を欲している――だから、手を結ぼう、と。だが、現在の政権の新たな「一方的国際主義」は、不可能なことを試みている。われわれは世界で好きなことをする。だが、ほかの国々がわれわれの目的を共有しない場合は、その願望は無視して、自分たちの思いどおりにやるのだ、と。

だが合衆国が世界でその「使命」を追求すればするほど、合衆国は、平和維持、国家の建設、そして新たに見出された友国からなるますます大きくなっていく国際社会のなかでの協力関係を促進するために、より多くの手助けを必要とするだろう。こういった仕事は、現代のアメリカがとびぬけてうまくできるものとは言えず、そのためにアメリカは同盟国に大幅に依存しているのだ。すでに、アフガニスタンとバルカン諸国においてドイツという「のけ者」国家だけでも、アメリカが勝ちとった領地を保持するために一万人の平和維持兵を派遣している。合衆国の有権者は、増税にアレルギーを持っていることで有名だ。彼らが西アジアの多くの部分の治安を維持して再建するために、ましてやクリストルの「使命」が私たちを引きずりこむかもしれない、ほかの不安定な地域の治安維持と再建のために必要な資金を提供するとは思えない。そうすると誰がそれを支払うというのか？　日本？　ＥＵ？　国連？　これらの指導者たちが、カプランとクリストルの彼らに対する軽蔑的な誹謗の言葉を熟読しないことを望もうではないか。

過去の失敗について本書の著者たちが述べていることのいくつかは、的を射ている。国連は、西欧諸国と同じように、ボスニアとコソヴォの問題について不面目にも二の足を踏んだ。クリントン政権は、先行する父ブッシュと同様に、バルカン半島と中央アフリカにおける人道上の危機から目をそらした。子ブッシュのもとでの合衆国が今、野蛮な暴君や武装した政治的精神病質者と戦うのだと決心したのなら、それはそれで大いに結構かもしれない。しかし、九・一一以前からはずいぶん変節があったのではないか？九・一一以前は、アメリカの保守派は国際的な舞台から目にもとまらぬ速さで撤退しようとしていた――コンドリーザ・ライス[☆14]が「国家の建設」について軽蔑的に否定したことをいまや誰が覚えているだろうか？　なぜアメリカの友国が、国際問題に対するこの突然のコミットメントに信を置いて、アメリカに代わって暴力的な報復に身をさらさなければならないというのか？

道理をわきまえた人であれば、ウサマ・ビン・ラーディンの緊急越境追跡に反対はできないだろう。そしてまた、武装解除を拒むイラクに対する軍事行動には一理ある。しかしそれを、人類の半数の状況を変えてしまうような、終わりの見えない、制限もない、恣意的で国際的な反対にあっているようなアメリカの行動のためのミッション・ステートメントへと拡張していくことは、そして実際、クリストルとカプランがそうするように、そのような国際的な反対にあうであろうことをうれしそうに予期することは、あまりにも本末転倒に思える。しかもそれは、ある不誠実によってさらに飲み下しがたいものへと悪化している。

この小冊では、「イスラエル」が索引の最も長い項目の一つになっている。「パレスチナ」は皆無である。ただし、ＰＬＯについては、イラクに支援されたテログループとして、一度だけ触れられているが。クリストルとカプランはかなりの紙幅を費やして、彼らが思い描く新たな中東におけるアメリカの戦略的パートナーとしてのイスラエルの重要性を強調し、イラクにおける全面戦争の正当化の理由として、それがバグダッドとイスラエルの関係を改善するだろうということを挙げている。だが、彼らがイスラエル・パレスチナ間の紛糾そのものについてなんらかの憂慮を示すことはない。それは、急速に拡大する人道上の危機であり、その地域における不安定とテロの、唯一のもっとも大きな原因であり、大西洋両岸のあいだの不和と不信を悪化させる対象であるというのに。この問題が触れられないことは、非常に顕著で示唆的である。

野望を抱いた新たなアメリカの、地球を正道に戻す国際的使命が、イスラエルについて沈黙するのはなぜか、新たに力を得たアメリカという「覇権国」が、奇妙にも、世界で最も不安定な地域の一つの小さな属国に圧力をかけることができないし、そうする気もないのはなぜか——これらをクリストルと彼の政治的導師たちが説明できないかぎり、彼らの内輪のサークルの外側にいる国々は、彼らの「ミッション・ステートメント」を真剣に受け取ることはないだろう。合衆国政権とその露払いをする国家はなぜそれを気にする必要があるのか？　それは、戦後の国際システムを構築した人びとであれば、即座に理解したであろうような理由のためである。もしアメリカが真剣に相手にされないなら、もしアメリカが信じられるのではなく服従されるのだとしたら、もしアメリカがその友国を買収し同盟国をおどしつけるなら、もしその動機があやしいもので、その基準が二重のものであるなら——もしそうなら、クリストルとカプランがあれほどに自慢してやまない圧倒的な軍事力も、アメリカになにももたらさないことになるだろうから。合衆国は戦争に赴いて、「すべての戦いの母」[15]に勝つだけではなく、「砂漠の嵐」の母権的な王朝[16]をまるまる勝ちとることになるだろう。それは、風を受け継[17]ぐことになり、それにくわえてさらに悪いものを受け継ぐことになるだろう。

だから、私たちの憂慮や不安のはけ口として、ヨーロッパに対してマッチョな罵倒の言葉を投げつけるのは止めにしていただきたい。彼の動機が何だったにせよ、フランス大統領のジャック・シラクは、広く世界の人びとはもちろん、ヨーロッパの大多数の人びと、そしてアメリカのそれなりに大きな少数派の人びとによって共有された意見を発してきたのである。シラクが、そしてその意見を共有する人たちが「われわれの味方か、さもなくばテロリストの味方」だと主張すること——同意しないことはすなわち裏切りであり、意見を異にすることはすなわち反逆であると主張すること——は、控えめに言っても、どうしようもない軽率というものだろう。ヨーロッパがアメリカを必要としている以上にアメリカがヨーロッパを必要としているかどうかというのは興味深い疑問であり、この後のエッセイで取り上げたいと考えている疑問であるが、もしヨーロッパ人がアメリカのご機嫌をとるためにつばぜり合いを始めるとするなら、合衆国は失うものがかなり多いだろう。そして私たちのリーダーは、これを大喜びで助長してしまったことを恥じるべきである。[20] アスナール、ブレア、そしてほかの協力者たちが、二〇〇三年一月三〇日の、論争を呼んだ公開書簡で書いたように、「今日ではかつてなく、大西洋をはさんだ結束が、われわれの自由を保障してくれるのだ」。これは〔マーシャル・プランの〕一九四七年と同様に現在にあてはまる――そしてこれは、アメリカの側からも言えることなのだ。

（ローレンス・F・カプランとウィリアム・クリストル『ネオコンの真実――イラク戦争から世界制覇へ』の書評であるこのエッセイの初出は、『ニューヨーク・レヴュー・オヴ・ブックス』誌の二〇〇三年三月号である。）

第17章　海外の反アメリカ派

I

もし今日アメリカが世界にどのように見えているかを理解したいと望むなら、スポーツ・ユーティリティ・ヴィークル〔SUV〕[☆1]を考えてみよ。必要以上に巨大で重いSUVは、大気汚染を規制するために取り決められた協定を見下している。それは、特権的な乗員に過剰なサービスを与えるために、法外な量の希少な資源を浪費している。それは、乗っている人のありもしない安全を提供するために、よそ者を死にいたるリスクにさらす。混み合った世界のなかでSUVは、物騒な時代錯誤に見える。合衆国の外交政策と同様に、スポーツ・ユーティリティ・ヴィークルは、大げさなミッション・ステートメントに包まれて現れる。しかし中身は、過大な力を備えたたんなる巨大なピックアップトラックにすぎない。

この比喩は現代的かもしれないが、その裏にある観念はそうではない。「アメリカ」が、世界の貧しい人びとや虐げられた人びとのための灯台と避難所でありつづけてきた時間よりも、諸外国の疑念の対象でありつづけてきた時間の方が長い。一八世紀の論者たちは——直接の観察にはほとんど基づくことなく

――、アメリカの植物相と動物相が発育不全で、面白さも使い道もかぎられていると思っていた。彼らは、この国はけっして文明化されえない、ほぼ同じことがそこに住む洗練されていない新住民にも当てはまる、と主張した。フランスの外交官（と司教）であったタレーラン[☆2]は、その後二世紀にわたるヨーロッパ人の論評を先取りして、こう述べている。すなわち、「三二も宗教があるのに料理は一種類しかない国」――そして例によって当然のことながら、アメリカ人たちはこの料理を早食いしがちだった。一九世紀初期に執筆活動を行っていたジョゼフ・ド・メーストル[☆3]のようなコズモポリタンな保守派ヨーロッパ人の観点からすると、合衆国は嘆かわしい逸脱であった――そして、卑俗すぎて長くは我慢できなかった。

　チャールズ・ディケンズはアレクシ・ド・トクヴィルのように、アメリカの一般の生活の保守主義に衝撃を受けた[☆4]。スタンダールは、その国の「エゴイズム」についてコメントを残した。ボードレールは侮蔑的に、ブルジョワ的凡庸さにおいてその国をベルギー（！）になぞらえている。そして誰もが、合衆国の幼稚な愛国主義の誇示に言及している。しかし、次の世紀が進行するなかで、ヨーロッパの論評は目に見えて、軽蔑的なものから憤りに満ちたものへと転換した。一九三〇年代までに、合衆国の経済力は、その国の粗雑な未熟さに脅威的な変化をもたらしつつあった。新世代の反民主主義的批評家たちにとって、近代生活の動揺をもたらす兆し――大量生産、大衆社会、そして大衆政治――はすべて、アメリカに発するものであった。

　反アメリカ主義は反ユダヤ主義と関連づけられることがよくあったが、反ユダヤ主義同様に、反アメリカ主義は文化の不安を表明するための便利な省略表現であった。一九三五年にフランス人ロベール・アロン[☆5]が書いた言葉を引けば、ヘンリー・フォード、F・W・テイラー（ワーク・リズムと製造効率の予言者）、そしてアドルフ・ヒトラーは、好むと好まざるとにかかわらず「われわれの時代の指導者」であった。アメリカとはすなわち「産業主義」であった。それは個性、特質、国民の特殊性の存続を脅かした。「アメリカは領土を拡大しつづけており、そこで西洋の価値観は自らの死を見出す危険がある」と、一九二九年にエマニュエル・ベル[☆6]は書いている。ヨーロッパ人はどのような時も、自分たちの遺産のためにもアメリカ化に抵抗しなければならないと、ジョルジュ・デュアメル[☆7]は一九三〇年に力説した。「われわれ西洋人は各人で、住居、衣服、精神におけるアメリカ的なものはなんでも、断固として拒絶せねばならない」[*1]。

第二次世界大戦がこの苛立ちをやわらげることはなかった。冷戦の始まりの時期におけるラディカルな反アメリカ主義は、二〇年前の保守的な反アメリカ主義の感情を反映していた。シモーヌ・ド・ボーヴォワールは、アメリカが「ファシストになりつつある」と非難し、ジャン＝ポール・サルトルはマッカーシーのアメリカが「狂った」と主張し、ロジェ・ヴァイヤンは、冷蔵庫はフランスの国内の文化を破壊するための計略であると断言し、『ル・モンド』紙は「コカ・コーラはヨーロッパ文化のダンツィヒ」であると言いきった[☆8]。その時、彼らは、一世代前に自身の政治的敵対者たちをあれほど警戒させたのと同じアメリカという「敵」を非難していたのだ[*2]。本国と国外におけるアメリカのふるまいはこのような偏見を育てたが、それを無から作りだしたわけではなかった。合衆国に対して怒るヨーロッパ知識人たちは何十年ものあいだ、居心地の悪い変化に対する彼らの不安を表明し続けていたのだ。

私が引用したいくつかの例はフランスのものであったが、アメリカに対するイギリスの愛憎も昨日今日の話ではない。そして、ドイツの一九六〇年代の世代は、とりわけ彼らの親世代たちが担った戦後連邦共和国の愚鈍な消費賛美主義と政治的記憶喪失をアメリカのせいにした。そして、ドナルド・ラムズフェルドの「新しい」ヨーロッパ[☆9]においてさえも、「西洋の」科学技術と進歩を代表する合衆国は、グローバル資本主義の結果引き起こされる倫理の欠如や文化の貧困について、折にふれて非難されてきた。[*3] それにもかかわらず、ヨーロッパにおける反アメリカ主義はともかくつねに、はっきりとフランス的色合いを帯びていた。アメリカに対するヨーロッパ人の愛憎が論争的なかたちを取るのは、パリにおいてである。

フィリップ・ロジェ[☆10]は、フランスの反アメリカ主義について、的確で、博識に裏打ちされた、機知に富んだ素晴らしい歴史書を書いた。[*4] フランス学問のまさに最高の伝統にのっとったこの愉快な試みは、縮約なしで英訳出版されるに十分値するものである。この本の議論は非常に巧緻かつ複雑であるため簡潔に要約することは難しいが、しかし、タイトルにある「系譜学」という語は真剣に受け取られねばならない。ロジェが自身の材料を「記号の圏域」としてあつかっているために、これは、厳密に言えば歴史ではない。また、彼は、バランスのとれた説明を提示するためには議論される必要のある、フランスの「アメリカ主義賛成派」の記録にそれほど多くの注意を払っていない。

代わりに、六〇〇頁〔日本語では八〇〇頁〕近い緻密なテクストによる解釈のなかでロジェは、フランスの反アメリカ主義の核心が事実非常に古いということだけでなく、それがつねに空想的であり、アメリカの現実と不正確なかたちでしか結びついてこなかったことを論証している。反アメリカ主義は、特定の繰り返されつづけるテーマと、恐怖、希望を備えた一つの語り《レシ》[☆11]、一つのお話（あるいは寓話）である。新世界への審美的な観点からの嫌悪として始まったフランスの反アメリカ主義は以来、文化的なものから政治的なものへと移ってきた。しかし、積み重ねられてきた以前の反アメリカ主義の証言は、けっして完全に見失われることはない。

ロジェの本は、一八世紀と一九世紀に関して非常に説得力がある。彼が二〇世紀をカバーする範囲は、サルトルの世代で止まっている。それは、彼が私たちに教えるように、フランスの反アメリカ派のテクスト群が、それらが反アメリカ的ではないと否定することから始めるのが定型となる瞬間である。この説明は道理にかなっているように思われる——私たちの時代の反アメリカ主義についての満足のゆく説明は数多くあり、ロジェはその結果にではなく、その起源を辿ることに興味を持っているのだ。[*5] そして、現在の手前で終えることによって、彼は皮肉かつ楽天的な結論を下せるのである。

もし反アメリカ主義が、フランス人が自分に課した精神的奴隷状態、すなわちマゾヒズム的怠惰、凡庸な憤り、情熱なきパブロフの犬的反応にすぎないとしたら？　そうであればそれは、希望を持つ理由を与えてくれるだろう。みずからが引き起こす退屈に長く耐えることのできる悪徳は、たとえ知的なそれであっても、ほとんど存在しないのだ。[☆12]

不幸なことに、この話には新たなひねりがある。今日の反アメリカ主義は新たな理由によってたきつけられており、またそれはもはや知識人たちだけに限定されていない。今日、ほとんどのヨーロッパ人とそのほかの外国人は、いずれにせよそれらの多くは海外で製造され取り引きされているアメリカの製品を当然のものとして受け容れている。彼らはアメリカの「生活様式」に馴染んでおり、一方で彼らはしばしばそれを妬み、他方で嫌っている。ほとんどの者たちはアメリカを軽蔑することはなく、アメリカ人を憎んでいないことはたしかだ。彼らを動揺させるのは、アメリカの外交政策である。そして、彼らはアメリカの現在の大統領を信用していない。これは新しい事態だ。冷戦のあいだでさえも、アメリカの政治上の敵の多くはアメリカの指導者を実際かなり好んでおり、信用していた。今日ではアメリカの友ですら、ブッシュ大統領を好んではいない。ある部分では彼の追求する政策のせいで、またある部分では彼がそれを追求する仕方のせいで。

＊

これが、パリから反アメリカ的な出版物が近年噴出していることの背景である。これらのなかで最も異様なものは、ペンタゴンに対する九・一一の攻撃はけっして起こらなかったということを証明しようともくろむ、ティエリ・メサン[☆13]による著作であった。[*6] 彼は、旅客機があのビルのなかに突っ込むことはなかったと書いている。すべてのことは、アメリカの国防省によって、彼らの利益を押し進めるために行われたねつ造というわけだ。メサンのアプローチは、ホロコースト否定論者のそれを繰り返している。彼は広く認められている出来事が存在しないと想定することから始め、どんな証拠――とりわけ直接の目撃者からの――も、それを反証することはできないということを念押しする。この方法は、彼の主張に反対する目撃者の証言の大部分を彼が否定するところによく表れている。「彼らの証拠を正当化するどころか、これらの目撃証言の質は、アメリカ軍が真実を捻じ曲げるのにどこまでやるかということを示しているにすぎない」。[*7]

メサンの著作で最も気が滅入ることは、それがベストセラーであったということだ。フランスには、アメリカに対するパラノイア的懐疑をさらに強めている読者がおり、九・一一はその読者層を目覚めさせたように思われる。もっとも、より典型的なのは、『なぜアメリカは嫌われるのか？』[☆14]、『アメリカ合衆国黒書』、また『危険なアメリカ』といったタイトルのついた本における不平不満の買い物リストであるが。[*8]

はじめの二冊はフランス語版がベストセラーになったけれど、イギリス人とカナダ人の作家によるものである。そして三番目の著作は、フランスの緑の党の高名な政治家で前大統領候補だった人物が共著で参加している。

本当の、あるいは偽りの断り書き（「われわれは反アメリカ主義ではない、だが……」）とともに提示されるのが特徴的だが、これらの著作はよく引き合いに出されるアメリカの欠点の一覧である。合衆国は商業と利益、またこの惑星の略奪に専念する、利己的で個人主義的な社会である。自分たち以外の人類に無関心なのと同じように、自国の貧乏人と病んだ人びとを歯牙にもかけない。合衆国は国際法や条約を踏みにじり、倫理、環境、自然の未来を脅かしている。他国との接し方において一貫性がなく偽善的で、またかつてないほどの軍事的影響力を及ぼしている。簡単に言うと、世界のはた迷惑な乱暴者であり、大混乱を引き起こす者である。[*9]

これらのほとんどは、アメリカに対する以前の批判の焼き直しである。ジアウッディン・サーダーとメリル・ウィン・デービス（「アメリカのハンバーガーと他のウィルス」）やノエル・マメールとパトリック・フアルビアス（「世界のアメリカ化」、「石油の匂いのする十字軍」）と同様に、ピーター・スコーエンの不満（彼の章の見出しには「広島と長崎の惨事」と「空虚な文化」といったものがある）は、伝統的な主題と新たな非難とを混ぜ合わせている。それらは、保守的文化観に発する嫌悪（アメリカは醜く、伝統がなく、俗っぽい）と反グローバル化のレトリック（アメリカは世界を汚染している）、また新マルクス主義的な還元主義（アメリカは石油会社によって、石油会社のために動かされている）の混合である。国内のアメリカ批判者は、この混合に人種を付け加える――ほかの人びとを踏みつけるだけでは満足せず、合衆国は自国の歴史を踏みつけにしている、と。[*10]

アメリカの政策と実践に対する批判のいくつかには、十分根拠がある。そのほかのものは戯言である。アメリカに反対する主張のカタログのなかで、サーダーとデービスは、不承不承の西ヨーロッパに冷戦を押しつけたことに関して、アメリカを非難している。「フランスとイタリアには、主要政党として共産党があった——両党はいまだに存在する〔ママ〕——が、きわめて特殊な歴史があって、これにはロシアはほとんど関係なかった[☆15]」。別の言葉で言えば、「インターナショナル共産主義」はアメリカの発明だったというのだ。この修正主義の神話は、何年も前に死んだ。それが生き返ったのは、より古い政治的な反アメリカ主義がブッシュ政権の国外への野望を受けてから新たなはずみを得ていることを示唆している[*11]。ならず者国家は、いつまで経ってもならず者国家だ、というわけである。

だが、エマニュエル・トッド[☆16]によれば、心配する必要はない。彼の最近の著作『帝国以後』（これもベストセラーだ）において、彼は、帝国アメリカに差す日は沈みかけていると論じている[*12]。私たちは、アメリカ以後の時代に突入したのだ。アメリカは、国際的安定を危うくしつづけるだろう。しかしヨーロッパ人（とアジア人）は、未来が彼らのものであるという認識からいくらか慰めを得ることができる。アメリカの軍事力は現実のものであるが、それはもはや余分なものである。一方で、そのぐらついている経済は危なっかしく世界のほかの国々に依存しており、またその社会のモデルはもはや魅力を有していない。一九五〇年から一九九〇年までの間、合衆国は世界において慈悲深く必要な存在であったが、現在はもはやそうではない。今日の課題は、アメリカがますます重要性を失っていく状況をどう御するかである。

トッドはよくある「反アメリカ派」ではまったくなく、彼の主張は興味深い——イギリス人の読者は、アメリカの凋落について理解したければ、チャールズ・カプチャン[☆17]を読むほうがよいように思われるが[*13]。

トッドは正しくも、非対称的なグローバル化――そこにおいて合衆国は他国が生産したものを消費し、経済格差はたちまち広がる――が、アメリカの野望を好ましくは思わない世界をもたらすと述べている。共産主義以後のロシア、サダム以後のイラク、そしてほかの近代化を進めている社会は、資本主義を取り入れるかもしれないし、民主主義国にすらなるかもしれないが、彼らはアメリカの「超個人主義」を真似しようとはせず、多くの物事に関してヨーロッパの選択を共有するだろう。トッドの見方では、合衆国は必死で、その野望と力の名残にすがりつくだろう。失われつつある影響力を維持するために、「一定レベルの国際的な緊張、限定的だが慢性的な戦争状態」を保持しようとするだろう。このプロセスはすでに始まっており、九・一一がその引き金だったのだ。

エマニュエル・トッドの問題は、そしてこれは彼の以前の著作のどれか一つでも読んだことのある者にはすでにおなじみと思われるものだが、彼の結論というよりも、推論の過程にある。この著者にはどこか、老水夫〔長話をする人〕のようなところがある。彼には、語るべきマニアックな話題があり、それを次々に本を出して詳しく披露していき、「わかっただろ？　繁殖力がすべてなんだ！」とでも言うかのように容赦なく読者を摑んでいく。トッドは、専門としては人類学的人口統計学者である。一九七六年に、彼は『最後の転落――ソ連崩壊のシナリオ』を出版し、ソ連の終焉を予言した。「一九七〇年から一九七四年にかけてのロシアの乳児死亡率のわずかな上昇に気づいて、私はロシアの衰退を一九七六年に理解し、それによりソヴィエトの体制の崩壊を予言することができた」。彼の説明では、ソヴィエトにおける出生率の低下は、「共産主義を倒すことが完璧にできる普通のロシア人が出現しそうだという事態」を彼にあきらかにしていた。

エマニュエル・トッドは、一九七〇年代に共産主義の不健全な未来を予告していた唯一の人物ではなかった。それにもかかわらず、彼が発見したと主張する繁殖力と体制の崩壊とのあいだのつながりは、彼の頭をのぼせあがらせた。彼の新しい本において世界史は、出生率、識字率、不変の家族の構造、グローバルな政治を結びつける、一方向的で、一つしか原因がない一連の相関関係に還元されてしまっている。ユーゴスラヴィアの戦争も、スラヴ人とムスリム人のあいだの「繁殖力の格差」の結果であった。アメリカの独立戦争も、アングロサクソンの移住者集団の出生率の低さに帰される。そして、もし「個人主義的な」アメリカが暗い見通しに今日対面しているとしたら、それは世界のほかの国々の「家族構造」がそれぞれ非常に異なる政治的システムと相性がよいからなのだ。

エマニュエル・トッドのパラレルワールドにおいて政治は──経済的行動と同様──社会の「遺伝子コード」に書き込まれている。中央アジアの平等主義的な家族システムは、共産主義をそこでより受け容れやすいものにした「共同体の人類学」を示している（ほかの著作で彼は、フランス人、イタリア人、フィンランド人の投票パターンの地域差を、家族の生活における同様な差異に帰している）[*14]。今日、ロシアの拡張された家族を基にした「普遍主義的ロシア人の気質」は、非個人主義的な社会経済的なモデルを提供しており、それは未来の民主制になるかもしれない。「論理に基づけば、グローバルな帝国的態度を保とうとするアメリカの活動からこの惑星を守るリベラルで民主主義的なロシアを想像できないという理由はない」。だからこそ、「〔文化〕差異主義」的な傾向を持つアメリカ、イスラエル、そしてほかの国々のロシアに対する抑制されない憤激があるのだ。

トッドはさらに進む。彼は、アメリカの現在の災難を、たしかにそれは存在はするのだけれども、馬鹿げたほど誇張している。彼はエンロンの例から推定して、すべてのアメリカの経済データがソヴィエトのそれと同じほどに信用できないものであるという結論を出す。合衆国の経済のひどく危険な状態は隠蔽され続けてきた。そして彼は、「文明の衝突」[☆18]の彼のヴァージョンを提示するのだ。イスラムと合衆国のあいだの来るべき相克は、アメリカの「実質的にフェミニスト的な」、女性を基礎とした文明と、中央アジアとアラブの戦士社会の男性化された倫理を対立させる。ここにおいても、アメリカは孤立するだろう。というのも、ヨーロッパ人は、アラブの近隣諸国がそうなのとまったく同様に、合衆国によって脅かされていると感じるだろうから。いま一度、このすべては家族生活に帰着し、そしてそこに独特な近代的なひねりが加わる。「脅迫し去勢する存在としてのアメリカ人女性の地位は、ヨーロッパの男性にとって不安をひき起こす存在であるが、それはヨーロッパ人女性にとって全能のアラブ人男性が不安を引き起こすのと同様である」。大西洋の裂け目は寝室から始まる。それは人為的に作り出されたものではないのだ。

エマニュエル・トッドのもとを去りジャン゠フランソワ・ルヴェル[☆19]に向かうことは、マッドサイエンティストを捨て自己満足の貴族に向かうことである。ルヴェルは、堂々たるアカデミー・フランセーズ会員である。彼の最新の評論を読めばそこにはっきりと書いてあるが、彼は多数の本（現在までで三一冊）の著者である。[*15] ルヴェルの文体は、自己懐疑になじみがなく、矛盾に不慣れな男をほのめかす。彼は大雑把で、立証されていない一般論に向かう傾向があり——彼の説明によれば、ヨーロッパの政治・文化エリートは「共産主義についてこれまで何も理解してこなかった」——彼の描くフランスの反アメリカ主義は、時にカリカチュアにまで近づく。この著作のいくばくかの部分は十分道理にかなっているだけに、これは残念だ。

たとえば、ルヴェルは、多くのフランス人によるアメリカ批判の核心にある矛盾に目を向けさせるという点で正しい。もし合衆国がそのような社会的災難、文化的未熟者、政治的単細胞、そしていまにも起きそうな経済崩壊であるのなら、なぜ心配する必要があるのか？　なぜ、その国にそれほどまでに怒りに満ちた注意を向けるのか？　あるいは、もし多くの国々が恐れるほどその国に力があり成功しているなら、何かしら正しいことをしているかもしれないではないか？　ある種のフランス知識人たちが、数十年前にはアメリカの反共産主義政策に対して何も異議がなかったと断言し、それでいて現在の行き過ぎに対してだけ反対するのを不誠実だとルヴェルが批判する時、彼はだいたいにおいて正しい。記録の示唆によれば、その知識人たちの態度はその正反対だったのだから。

フランス人として、ルヴェルは彼の同胞の市民たちに、フランスもまた社会問題を抱えているということを思い出させるよい立場にいる――大いに自慢されているフランスの教育システムは、文化的、宗教的少数者を同化させることもなく、かといって文化的差異を支持しも、育てもしない。フランスにもまたスラムがあり、暴力があり、犯罪がある。昨年の大統領選挙におけるジャン＝マリー・ル・ペン[☆20]の成功は、移民と人種問題の対処にフランスのあらゆる政治家集団が失敗していることに対するおきまりの非難の表現であった[*16]。ルヴェルは正当にもフランスの文化行政官たちをからかっているが、彼らは、自国の国家的遺産を、少なくとも野蛮なアメリカ人に負けず劣らず無頓着に破壊しかねない連中だ。どのようなアメリカの熱狂的支持者も、文化大臣ジャック・ラング[☆21]の一九八四年の「フランスの対外文化プロジェクト」にはかなわないだろう。そこでは、フランスの文化的野望は「どの国にも比類ないものである」と、ラング自身によって述べられている。それなら、フランスの新聞とテレビがムシュー・メサンの労作を軽々しくも大々的に取り上げたわけだが、このことは、メディアの洗練について何を語っているのだろうか？

それだけではない。フランス人の気取った態度（そして彼らの記憶の欠落）を馬鹿にすることは、合衆国の外交政策の偽善を酷評することとほとんど同じくらい簡単である。またルヴェルが、反市場のレトリックを用いる現代の反グローバリゼーション活動家たちを、ヨーロッパ人左翼にとっての「天上の驚き」とし、すなわち、ヨーロッパの急進派が途方にくれていたポストイデオロギーの時代における天来の大義と呼ぶのは正しい。ただ、フランスにおいて誤っているものについてのルヴェルの抜け目のない考察は、彼がアメリカに関して間違っているものを何一つ見つけられないことによって、その信用が傷つけられるおそれがある。彼の本全体は、残念なことに、実際は存在しないある国への視野狭窄的な賛歌である。彼が軽蔑する反アメリカ派の人びとのように、彼もまた何もないところから彼のアメリカという問題を呼び起こしてしまっているのだ。

ルヴェルのアメリカにおいて、人種のるつぼは「とてもよく《フォル・ビヤン》」機能しており、ゲットーへの言及は一切ない。彼によれば、アメリカにおける犯罪は現実にはたいした問題ではないのに、ヨーロッパ人は合衆国の犯罪統計を読み誤ると同時に誇張しているという。アメリカにおいては、福利厚生もうまくいっている。ほとんどのアメリカ人は職場で保険に加入しているし、そのほかの人びとも、公的に資金援助されたメディケアやメディケイドから恩恵を受けている。[☆22] いずれにせよ、そのシステムの短所は、自国フランスの医療提供の短所よりも悪いものではない。アメリカの貧困者は一人当たり、ポルトガル市民の平均と同じ収入があり、それゆえ彼らは貧困者であるとは言えない（ルヴェルはあきらかに生活費指数というものについて聞いたことがないようだ）。「下層階級」などいない。一方で、合衆国はヨーロッパよりも長いあいだ社会民主主義を保ってきたし、アメリカのテレビとニュースの報道は、あなたが思っているよりもはるかによい、という。

アメリカの外交政策に関して言えば、ルヴェルの想像する世界において合衆国は、イスラエル・パレスチナの紛争に十分に取り組んでおり、また徹底的に無党派的で、その政策は成功している。アメリカのミサイル防衛プログラムはムシュー・ルヴェルをたいそう悩ませるが、いくらかのアメリカの将軍たちの一部ほどに悩ませているわけではない。合衆国の選挙民の半数とは異なり、アカデミー会員のルヴェルは、二〇〇〇年の大統領選挙の運営において、不適切なものを何も見ることはなかった。アメリカ人のなかに湧き上がっている反フランスの感情や戯言、ナンセンスの証拠に対しては、「私に関して言えば、何一つ見ていない」。つまり、フランス人の批評家やほかの人びとが合衆国について何を言おうとも、ジャン＝フランソワ・ルヴェルはそれとは反対のことを主張するのだ。ヴォルテールでも、伝統的なフランス人の偏見を揶揄するこれ以上の仕事はできなかっただろう。不思議の国の楽天家《パングロス》といったところだ。☆23

II

エマニュエル・トッドとジャン＝フランソワ・ルヴェルのあいだのどこかに、ジョージ・ブッシュのアメリカについてのヨーロッパ人の興味深い見方がある。大西洋の両岸は今日、本当に異質である。第一に、アメリカは、信じやすく宗教的な社会である。五〇年代半ば以来、ヨーロッパ人たちはこぞって彼らの教会を見捨ててきたが、合衆国においては教会通いとシナゴーグへの参拝に実質的な衰退は見られない。一九九八年にハリス世論調査☆24は、非クリスチャンのアメリカ人ですら、その六六パーセントが奇跡を信じており、また彼らのうちの四七パーセントは処女懐胎を信じていることをあきらかにした。アメリカ人全体にあてはめればこの数字は、それぞれ前者は八六パーセント、後者は八三パーセントである。アメリカ人のおよそ四五パーセントが、悪魔がいると信じている。最近の『ニューズウィーク』誌の世論調査では、アメリカ人回答者の七九パーセントが聖書で書かれている奇跡が本当に起きたことを信じていた。一九九九年の『ニューズウィーク』誌の世論調査においては、全アメリカ人の四〇パーセント（福音主義のプロテスタントの七一パーセント）が世界はキリスト対アンチ・キリストのハルマゲドンの戦いにおいて終わると信じていた。ホワイトハウスにおいて聖書研究を行い、祈りとともに閣議を始めるアメリカの大統領は、ヨーロッパの同盟国にとっては奇妙な時代錯誤者に見えるかもしれないが、彼の選挙区民たちとは波長が合っている。[*17]

次に、アメリカの生活の不平等と不安定は、大西洋の向こう側ではいまだに想像もできないものである。ヨーロッパ人たちは、収入の過度な不平等にあいかわらず警戒心をいだいており、彼らの制度や政治的選択は、そういった感情を反映している。さらに、規制されていない市場と公的セクターの解体に対するヨーロッパのためらいと、アメリカ「モデル」に対する地域の抵抗の源泉となっているのは「社会主義」の残滓であるというよりも、慎重さである。このことはうなずける――世界のほかの場所と同様に、ヨーロッパにおけるほとんどの人びとにとって、規制のない状態での競争は、チャンスであるのと少なくとも同程度に脅威でもあるのだから。

ヨーロッパ人はアメリカ人よりも、自国における介入的な国家を望み、そして彼らはその対価を支払うことにやぶさかではない。サッチャー以後のイギリスですら、二〇〇二年の一二月に世論調査された成人の六二パーセントが、公的サービスが改善されればより高い税金を支払うことに賛成した。合衆国におけるその数字は、一パーセントにも満たなかった。このことは、（金持ちと貧乏人の格差が、どの先進国においてよりも開いている）アメリカにおいて、成人人口の一九パーセントもの人びとが、その国で最も豊かな一パーセントに自分たちが含まれていると主張すること――そしてさらに二〇パーセントが、彼らのその後の人生においてその一パーセントに入るだろうと信じている！——を考えてみれば、驚くべきものではない。[*18]

ということで、ヨーロッパ人がアメリカについて不安に感じているのは、ほとんどのアメリカ人が自国の最強の持ち札と思っているものなのである。つまり、倫理的な宗教性、公共福祉の最低限の提供、最大限の市場の自由という、この三者の独特な混合——すなわち「アメリカ的生活様式」——、これが伝道者的な外交政策と対になっているが、この外交政策は表向きは上記の一群の価値感と慣行を輸出することを目的としているのだ。ここにおいてグローバル化は合衆国の役に立たなくなる。グローバル化は、世界のより貧しい国々にとって経済的競争にさらされることがもたらす損害を目立たせ、同時に西欧人には冷戦という長い眠りのあとで、これまで差異化されてこなかった「西洋」を二分する真の断層を思い起こさせるものなのだ。

これらの大西洋間での特徴の違いの重要性は、今後数年以内に増しこそすれ、減ることはないだろう。すなわち、長くつづいてきた社会的、文化的差異は、政策における解消しえない不一致によって強調されより強められつづけている。イラクに対するアメリカの戦争をめぐっての分裂もすでに、新しい重大事を明らかにしてしまった。冷戦初期において、ヨーロッパにおける反米デモは、ソヴィエトに資金提供されていた「平和運動」にならっていたが、政治と経済のエリートたちは確固としてアメリカの陣営に属していた。今日では、誰も大衆の反戦抗議をコントロールしてはいないし、西欧の指導者たちも主要な国際的な問題においてアメリカと袂を分かとうとしている。合衆国は、これまでに例がないほど公然と買収や脅迫で言うことをきかせざるをえなくなっているが、（民主主義の予測しえない作用のせいで、目下トルコにおいてさえそうであるように）あきれるほどに限定された成功しか収めていない。

イラクの危機は、現代の国際システムの三種類の弱さを明るみに出した。私たちはいま一度、いかに国連が脆いものであるか、そしてそこに託された希望について、それがいかに力不足に見えるかを思い知らされた。しかし、国連に対する昨今のアメリカの態度——われわれの求めるものを与えよ、われわれはいずれにしてもそれを手に入れるだろうけれども、という態度——は、事実上、この機関の重要性に対するアメリカ以外のすべての国の認識を、逆説的にも強めた。国連は軍を持っていないかもしれないが、独自の正統性を過去五〇年間にわたって獲得してきた。そして正統性というものは一種の力である。いずれにせよ、私たちには国連しかないのだ。それをみずからの目的のために濫用する者は、そうすることで国際市民としての彼らの信用を深刻な危機にさらすことになるのだ。

この危機の第二の表向きの犠牲者はEUである。見かけの上ではヨーロッパはいまやひどく分断されているが、その原因は、アメリカの害が半分、ヨーロッパの指導者たち自身の無能力が半分というところだ。しかし、危機は有益でありうる。いったんイラク戦争が終わればイギリス人は、アメリカの関与について厳しい審問をすることになるだろう。その関与は、一九五六年のスエズにおける中東での先の誤算の結果、イギリス人が生じさせたものである。EUの予算を立てる段になったら、東欧人たちはその予算案がブリュッセル、ベルリン、パリにおいて早く忘れられるよう祈るだろう。トルコの政治家たちはすでに、自国とアメリカとのかつての聖なる関係に疑問を表明している。ジャック・シラク[25]は、アメリカから独立したヨーロッパ、そして国際情勢においてアメリカと同等の存在を形作るという、この国の最後で最高の機会を得ているのかもしれない。この「ヨーロッパの刻」は到来しなかったかもしれないが、合衆国政府のヨーロッパの意見に対する徹底的な無関心は、その国の崩壊の予兆を告げる夜中の出火警鐘を打っていたのだ。[26]

三番目の弱さは、合衆国それ自体に関わっている。それは、圧倒的な軍事力にもかかわらず、ではなくむしろその力ゆえの弱さである。信じられないことに、ブッシュ大統領と彼のアドバイザーは、アメリカを国際秩序安定の最大の脅威に見せることに成功してしまったのだ。九・一一のわずか一八ヶ月後の現在、合衆国は、世界の信頼を博打ですってしまったのかもしれない。西洋の価値とその擁護を独占的に主張することに賭けることによって合衆国は、ほかの西洋諸国に何が彼らとアメリカを隔てているのかを考えるよう駆り立てた。ワシントンはムスリムの世界を再編成するみずからの権利を熱狂的に主張することにより、ヨーロッパ人たちに、とりわけ彼らの文化内において大きくなりつつあるムスリムの存在感とその政治的含意について注意を促した。[*19] つまり、合衆国は、多くの人びとに、ムスリムと彼らとの関係を再考する機会を与えたのだ。

筋肉の膨らみすぎたアメリカが、敵対的な国際環境において、かつてそうであったよりも強くなっているのではなく、弱くなっていると考えるのにフランス知識人である必要はない。アメリカはまた好戦的らしく見える度合いが高まっている。しかし、アメリカが何になろうとしているのかが重要なのだ。国際政治に重要なのはときに善悪であるが、つねに重要なのは軍事力である。合衆国は相当な軍事力を有しており、世界の国々は合衆国が味方であることを必要としている。もし合衆国が単独行動主義的な予防的戦争とナルシスト的な無関心のあいだで揺れていて予測しがたいようだと、それは世界的な災難となるであろう。このために、国連において多くの国が、彼らの指導者の私的な懸念がどのようなものであろうと、合衆国政府の望みを是が非でも叶えようとしたのである。

一方で、ワシントンの「穏健派」は、もしサダムに対する戦争が手早く勝利を得てかつ比較的「クリーン」なものであると判明すれば、これらのすべての懸念は払拭されると主張している。しかし軍事作戦は、その成功だけによって過去遡及的に正当化されるのではないし、いずれにせよ、多くの二次的な危害はすでに加えられている。仮想的脅威に対する先制・予防戦争という前例。この戦争にはバグダッドを武装解除する以上の目的があるという、軽率かつ周期的に行われる自己承認。諸外国の感情の疎外。どれだけアメリカが平和をあつかうのに成功していようとも、これらのことが戦争の傷となるのだ。世界の「欠かすことのできない国家」（マデレーン・オールブライト）[☆27]は、計算を間違え、やりすぎてしまったのだろうか？ほとんど確実にそうだ。地震が収まったときには、国際政治の地殻のプレートは永遠に変わってしまっているだろう。

（このエッセイは、フィリップ・ロジェ『アメリカという敵——フランス反米主義の系譜学』、ティエリ・メサン『二〇〇一年九月一一日——恐るべきペテン』、ジアウッディン・サーダー、メリル・ウィン・デービス『反米の理由——なぜアメリカは嫌われるのか？』、ピーター・スコーエン『アメリカ合衆国黒書』、ノエル・マメール、パトリック・ファルビアス『危険なアメリカ——予告された戦争の年代記』、エマニュエル・トッド『帝国以後——アメリカ・システムの崩壊』、ジャン＝フランソワ・ルヴェル『インチキな反米主義者、マヌケな親米主義者』の書評として、『ニューヨーク・レヴュー・オブ・ブックス』誌二〇〇三年五月号に初めて掲載された。）

第18章　新世界秩序

I

アメリカのイラク侵攻に対してはじめから反対していた私たちは、その破滅的な結果に何の慰め《コンフォート》も見出せていない。反対に、いま私たちは、いくつかの決定的に不愉快な《アンカンファタブル》問いに答えていくべきだろう。一つ目の問いは、「予防的」軍事介入の妥当性に関わっている。もしイラク戦争が誤っているとしたら――「誤った時の誤った戦争」[*1]だったとしたら――、それならなぜ、一九九九年の合衆国に率いられたセルビアに対する戦争は正しかったのか？　あの戦争も、結局のところ、国連安全保障理事会の承認というお墨付きを欠いていた。それもまた、ある主権国家に対する、「予防」という理由で着手された非公認で勝手な攻撃であり、多数の民間人の死傷者を生み出し、それを実行したアメリカ人に対する激しい憤りを生じさせた。

あきらかな違いは、そして、合衆国とその同盟国がコソヴォに入った時に私たちの多くが喝采した理由は、スロボダン・ミロシェヴィッチが、セルビアのコソヴォ州の多数派であるアルバニア人に対して、ジェノサイドの前兆となるあらゆる特徴を有する作戦行動を開始していたことにあった。それゆえ、合衆国は正しい側にいただけでなく、リアルタイムで介入しようとしていたのだ――その行動は、重大な犯罪を実際に防ぐかもしれないという理由で。そう遠くない過去におけるボスニアとルワンダの恥ずべき記憶があったこともあり、何の行動も起こさないことによって起きるだろう結果はあきらかで、介入のリスクをはるかに上回るもののように思われた。今日、ブッシュ政権は、急いで武器を取ることを正当化する「大量破壊兵器」が見つからないので、ほとんど後知恵として「イラクに自由をもたらすこと」を提案している。しかし、コソヴォのアルバニア人を救助することが、当初から一九九九年の戦争の本質であった。

ただしかし、事はそれほど単純なわけでもない。（ミロシェヴィッチのように）サダム・フセインは、彼の多くの国民にとって持続的な脅威であった。私たちが傍観しているあいだに彼がクルド人とシーア派の人びとを虐殺していた頃だけでなく、最後の最後まで。私たちの善意を満たすからではなく、善を為し、悪を防ぐという根拠で、人道主義的な介入を原則としては支持する人びとは、サダムが打倒されるところを見ても、同じ基準で遺憾に感じるようなことはなかった。むき出しの軍事力の一方的な行使に反対する私たちは、一〇年前に、ルワンダのツチ族を救助するために誰かが――誰であってもよかったのだが――一方的に介入するのを見たら大いに喜んだだろうということを思い起こすべきである。そして、他国の問題に対する最大限に善意がこもった干渉でさえも意に反した結果をもたらすと――私の意見では、正しく――指摘する人びとたちは、干渉が始まって欲しいとみずから望んだ事例に、その考えをつねに適用してきたわけではないのだ。

デイヴィッド・リーフ[☆1]は、これらの難局の解決手段として提供すべきものを何一つ持っていない――彼の最新作の主調は、まごうかたなき絶望の調子である。[*2] しかし、彼の最近のエッセイと報告からなる新しい論集は、そのようなディレンマがどれほど悩ましいものになりうるかを私たちに思い起こさせるという有益な機能は果たしている。リーフは多年にわたって、無差別な人道的介入の主たる喧伝者であった——たんに世界の傷に貼り付ける応急バンドエードとしてではなく、介入が必要と思われる場所へと民主的な変化をもたらすことの望ましさと可能性を、誰あろうポール・ウォルフォウィッツ[☆2]のように、彼が真剣に信じていたからであった。彼はその論集に、アフリカ、バルカン諸国、またそのほかの場所における西洋の介入を感動的に擁護するいくつかの初期エッセイを収めている。その同じエッセイ集に付け加えられた補論においてリーフが認めるところでは、いまや彼はそれほどの確信を抱いてはいないのだが。

物事はうまくはいかないものであり、それはイラクにおいてだけではない。国際法は、国連それ自体のように、諸主権国家からなる世界、つまり国家間で戦争が生じ、国家間で平和がつつがなく調停され、そして、第二次世界大戦後の和解における最大の関心事が、国境と主権の不可侵性を保証することであったような世界において生み出された。今日の戦争は主として、国家の内部で起きている。平和構築と平和維持とのあいだの——介入と援助、また強制のあいだの——区別は不分明であり、衝突しあうグループの諸権利や外国の諸機関が軍事力に訴えるかもしれない状況もまた明確ではない。このように混乱した新しい世界において、善意のある西洋の外交官や評論家は時には、戦争している国家——慣習的な外交的規範に従っている——とスーダンの指導者たちのような、現地で権力をふるう犯罪的な専制君主を見分けることができないことがわかった。後者との交渉は協力関係、さらには共犯関係にさえいたることがかなり多い。

国連（リーフの言葉では、「あの無力で老いた口喧し屋」）に関して言えば、それは犯罪行為の防止の手助けにならないだけでなく、「不偏不党」であろうとし、かつ国連自身の人員を守ろうとするその強迫観念によって、時には大量虐殺を幇助し、うながしてきた可能性がある。一九九五年七月のスレブレニツァにおいて、四〇〇名のオランダ人国連兵士はおとなしく傍観し、ラトコ・ムラディッチと彼のボスニア系セルビア人の非正規軍が、国連保護下に「安全」地域におあつらえ向きに集められていた七〇〇〇のムスリムの男性と少年たちを殺害するにまかせた。☆3 これは、極端なケースかもしれない——しかし、どれほどそれらの意図が善意からのものであれ、あらゆる種類の国際機関が信用を損なうような振る舞いに及ぶのを避けがたいのは、まさにそのような極端な状況においてなのだ。安全保障理事会の諸大国が適切な軍事支援の許可を拒否する時はとりわけそうである。難民のための民間の慈善団体と国連自身の高等難民弁務官が、強制退去させられた人びとの輸送、移住、住居への収容、食物の提供を助ける時——南バルカンであれ、また東コンゴ、あるいは中東であれ——彼らは切に必要とされる援助を提供しているのか、あるいは民族浄化という誰かほかの人びとのプロジェクトを促進しているのか？　答えは両方という場合がとても多いのだ。

リーフはそこで立ち止まらない。それが公的なものであれ私的なものであれ、ほとんどの人道的機関は定義上、緊急事態への対処に最適化されている。危機においては、それらの機関の優先事項は、即時的な援助を提供すること（そして自分たちの人員を保護すること）である。そういった機関が長期的な問題解決や政治的な計算をする時間はほとんどなく、またそう対応する傾向にもない。結果としてそれらは、不当に利用されがちである。すなわち、一つは犠牲者による利用がある（リーフはとりわけ、ＫＬＡ（コソヴォ解放軍）を嫌っている。彼はかつてＫＬＡを賞賛していたが、現在では、いつでも暴力に走る傾向があって、コソヴォに残留しているセルビア人の強制退去に熱中していると彼は見ている——実際、ＫＬＡはセルビア解放軍とほとんど変わらないと)。しかしとりわけ、主要大国による利用がある。そのような人道的な団体は実際問題として強国の下請けとなっており、強国の協力を必要としているのである。

人道主義者たちがこのように、法的に微妙な武装介入とその避けがたい欠点を隠蔽するかぎり、彼らは、みずからの目的をいつも達することなく、自身の名声と倫理的信頼を貶めることになる。リーフによれば、国連は特に「合衆国軍にとっての事実上の植民省」になる危険を冒している。国連は、アメリカが侵攻した跡をきれいに掃除し、リーフも賛同して引用するイラクのある国連職員の冷めた記述によれば、「いつものように……高級クリネックスのように使われた」。これは少し厳しすぎるかもしれない。結局のところ、危険な場所において福祉援助を行う機関は、占領している軍隊の側に味方するか、あるいは腐敗した地域の首長や警察官の側につくこと——彼らの信用が短期的にはどれだけ損なわれようとも——が、その地に留まって少しでも役に立つ唯一の方法であることを、苦い経験から知っているのだから。

リーフの幻滅した調子はこのようにして、シニカルな棘をおびる——「〔マックス・〕ブートや〔ロバート・〕ケイガンなどのアメリカの新保守主義者たちの帝国の夢は、人道主義的左派の優柔不断よりもはるかに道理にかなっている」[☆4]。そして、彼のエッセイは、元の草稿段階とのちの再出版の両方において、いくぶんの性急さを露呈している。すなわち、コソヴォにおいて、「西洋は、ついに人権という定言命令に対する自身のリップ・サーヴィスの自縄自縛におちいった」と、述べられる。さらに、他民族の問題への善意の関与の悪影響についてリーフが言えることのほとんどは、読者にとっては旧聞に属することだろう。しかし、リーフがそのような不快な副作用を自由人の勇気の大半として受け容れただろうときがあった〔ここでジャットは「用心は勇気の大半」をもじっている〕。彼は数年前に書いているのだ。「二〇〇〇年におけるイラク戦争る私たちの選択は、結局は帝国主義か、もしくは野蛮に行き着くように思われる」。しかし、イラク戦争の直後の時期に事態は異なった様相を帯び、彼は悲しげに、「私は、帝国主義がいかに野蛮であるかを、あるいは、少なくともつねにどれだけ野蛮になりうるかをはっきり理解していなかった」[*3]と認めている。

　リーフが今日の人道的介入に反対しているわけではない。しかし、彼は、私たちが幻想を持つことなく実務的に、ここの案件に対処すべきであると考えている。とりわけ、私たちがどれほど本物の変化をもたらすことができると期待できるかということについての、またそのためには何が犠牲になるかということについての幻想を持つことなく。[*4]彼はいまだ「私たち」がボスニアにすぐに介入すべきだったと信じており、また「私たち」にルワンダにおいてジェノサイドを可能にした集団的な責任があると信じている。それなら今後、どのようにして「私たち」は、いつ身を引き、いつ行動すべきか決定できるのだろうか？そして、責任があり、そのような破局を防ぐことのできるこの「私たち」とは誰なのか？「国際社会」――これは現実的に国連とそのさまざまな救援機関、平和維持軍を意味しているが――だろうか？失恋したリーフは、国連に対してははっきりと軽蔑的な態度をとる――「それをよく知っている人たちにとっては怠惰な組織として理解されている国際連合のように無責任な機関が権力の中枢とみなされうるのは、アフリカの文脈においてのみである」――しかし、彼は国連に勝るものを提案できるわけではない。

　「無責任」？「怠惰」？リーフの軽蔑は、広く共有されているものである。アフリカにおいて国連に協力していたある高名な人権弁護士は、その機関が――そして、その現在の事務総長コフィー・アナン[☆5]が――「悪に降伏した」ことを非難した。[*5]新保守主義者たちはずっと前に、国連を見当違いな存在としてしりぞけてきた。「国連は、何の保証人でもない。形式的な意味を除いて、それは存在しているとはほとんど言えない」[*6]。ブッシュ政権は、次の国連大使として、その機関を侮蔑している人物を意図的に任命した。[☆6]国連事務総長によって任命された最近の「有識者調査員団」は、国連の紛争後の活動の管理の誤りと粗末な調整、不用意な出費、また諸機関のあいだでの無駄な競争の記録とが事実であると認めている[*7]。その調査員団は、国連自体の悪名高い国連人権委員会が、調査員団が「正当性の欠如」と遠慮がちに名指すものに苦しんでいるとはっきりと述べている。

国連の根本的な問題は、しかし、無能力や堕落でもなければ、「正当性」の欠如でもない。その問題は、弱さなのだ。国連には、安全保障理事会の全会一致の承認なくして、国際的な介入を始める権限がない。その安全保障理事会の五つの常任理事国には拒否権があり、そしてそれらの国々は、少なくとも合衆国の場合には、拒否権を行使するのをためらったことがけっしてないのだ。長いあいだ国連は、冷戦という膠着状態によってがんじがらめにされ、立派に響く「解決」に限定されていた。しかしながら一九九〇年以来、国連とその諸機関は、世界の平和を作り、構築する機関として、また平和維持の機関として、高められた役割と特別な種類の国際的な正当性を得た――世界中の何億もの人びとにとって、アメリカのイラク侵攻の妥当性が、二回目の安全保障理事会決議の支持を得るのにワシントンが成功するか失敗するかで決まる程度にまで（それは二、三〇年前には想像もできなかった）[*8]。

有識者調査員団が指摘しているとおり、「集団的に承認された軍事力の使用は今日慣例ではないかもしれないが、もはやそれは例外ではない」。しかし、このことは、第二の弱さを指し示している。政府によるその国民の権利侵害が軍事介入の主たる動機となりつつある世界において、国連憲章における主権国家の不可侵性の強調は、一つの難問を提示している。国家の特権と個人の権利のバランスをとるのはあまり新しい挑戦ではないが（それは一九五三年から一九六一年に国連事務総長を務めたダグ・ハマーショルド[☆7]の主要な関心事項であった）[*9]、しかし、国連はいまだ、法的であれ兵站に関わるものであれ、この難問に対応するための資源をほとんど有していない。とりわけ、国連は、自前の軍も、武装警察も有していない。それゆえこれまで国連は、軍事力の使用を求める対立を敬遠してきたのであり、彼ら自身の調査団で「集団安全保障に関わるわれわれの機関における無力さの最大の要因は単純に、致命的な暴力を防ぐことに対して真剣に取り組んでこなかったことである」と結論づけるに至った。

しかしながら、同調査団は、国際連合がそれでもなおこれまで達成してきたことに対してきわめて肯定的であった。その最大の成功とは、民主主義者たちと専制君主たち両方に、以下の必要性を納得させたことだった。それは、彼らが、彼らの不体裁な行動を隠すためのイチジクの葉として国連の承認を獲得する、もしくは求めることによって、自分たちに正当性があるように少なくとも見せる必要があると納得させたことである。世界各地――ボスニアからアブハジア〔グルジア西部、黒海沿岸に位置する地域〕、東ティモールまで――における国連の平和維持部隊の存在は今日、リーフとほかの人びとが鬱々と記録しているように、ときに意に反した、そして逆説的な結果を生むかもしれない。しかし、それが存在しない場合や、あるいは存在していても十分な人数がおらず、不十分な権限しかない場合は、ほとんどつねに破滅をもたらす。国連の権威が通らないところでは、(チェチェンや中国西部のウイグル族においてのように) 軍事力のある非自由主義国家は、国内問題に対するいかなる介入も許さないだろうから、悪いことが起こる。概して、国連の記録は、それほど非難されうるものではない。有識者調査員団は以下のように結論づける。

平和と安全保障に対する重大な脅威に対処するのに、評価されている以上の効果を国連が収めたことがわかった。

このように判断を下した国連の一六人の調査員たちは、夢想的な人道主義的左派の集まりではない。彼らのなかには、元首相、非常に高く評価されている国際危機グループの会長（前オーストラリア外務大臣のガレス・エヴァンズ）、退職後のイギリスの国連への外交使節、さらに父ブッシュ大統領の国家安全保障の補佐官を務めたブレント・スコウクロフト将軍の四名が含まれる。☆8 国連委員会にとっては、彼らの結論はすがすがしいほどに実際的であり、それゆえ、尋常ではない重みがそなわっている。そして、彼らは以下のように結論づける。今日、「法の支配によって統治される国際的なシステムへの熱望」がある、と。そのような国際的なシステムは、それが「活用可能な軍事資源」によって支えられている場合だけ機能することができ、国連の加盟国だけがそれらの組織、機関、そして従業員にその資源を配備することができる。もし国連加盟国がそうするのに失敗しつづけるとしたら、九〇年代半ばにそうなったように、「国連は、冷戦という桎梏を、加盟国の自己満足と大国の無関心という拘束衣に交換した」ことがすぐに明白となるだろう。

それと同時に、もしばらばらの加盟国がむしろ、彼らの軍事資源を一方向的に使用する選択をした場合、私たちが現在知っているような国際的システムは存続できない。実際問題として、連続的かつ世界規模でそれを行うことのできるポジションにいる国連の加盟国はたった一国しかなく、国連の調査員団たちは、彼らがそれについて思うところを以下のようにあきらかにしている。

潜在的な危機に満ちている世界においては、*10 グローバルな秩序とそれが基盤としてきた非介入という規範に対するリスクが甚大すぎるゆえに、集団的に支持された行動とは異なる一方的な予防的行動の正当性が受け容れられることはない。

未来の介入に関する私の疑問のなかにあった「私たち」は、いわば、さまざまな国からなる国際社会でしかありえない。しかし、コフィー・アナンの有識者調査員団は、その国際社会の諸事実に関して思い違いもしてはいない。

もし安全保障についての新しいコンセンサスを手にしたいと思うなら、それは以下の理解から出発しなければならない。私たちが直面するあらゆる新旧の脅威に対処する前線に立つものは、独立した主権国家でありつづける、という理解からである。

II

ここで私たちは、一周回ってスタート地点に戻ってきたことになる。多くの独立した主権国家がある。しかし、そのなかの一ヶ国、すなわちアメリカ合衆国だけが、国際的な武力介入を支援し、その実行を手助けすることのできる意志と手段の両方を有している。このことはもちろん、長らくあきらかであった。しかし合衆国は、国際的な不安の理由になるどころか、多くの国々にとって安心の源であった。合衆国は、みずからが一九四五年に設立するのを援助したさまざまな機関や同盟国と人道的・民主的目的を共有しているように見えただけでない。合衆国は、一定の度合いの自制的態度を見せることの利点を理解していた政治家集団によって治められており、ハリー・トルーマンとともに以下のことを信じていた。

われわれはみな、たとえどれほどわれわれの強さが圧倒的であろうと、自分たち自身がつねに好きなように行動する自由を拒絶する必要があることを認識せねばならない。[*11]

大国はもちろん、博愛主義者ではない。合衆国は、代々の政権が理解していた意味での国益を追求するのをけっして止めなかった。しかし、冷戦が終わってから一〇年のあいだ、合衆国と「国際社会」は、どれほど偶然であろうとも、一連の共通した利害と目的を共有しているように思われた。事実、アメリカの軍事的重要性は、グローバルな規模での進歩への多種多様なリベラルな夢をふくらませた。それゆえ、九〇年代の熱狂と希望があったのだ――そしてそれゆえ、今日の怒りのこもった失望も。というのも、ジョージ・W・ブッシュ大統領の合衆国は、きわめて明白に、国際社会の利害と目的を共有していないのだから。その社会のなかにいる多くは、これは合衆国自体が、前例のない、そして非常に恐ろしい仕方で変化したためであると言うだろう。アンドリュー・ベースヴィッチ[☆9]は、彼らに同意するだろう。

ベースヴィッチは陸軍士官学校の卒業生、ヴェトナム戦争の退役軍人、そして現在はボストン大学で国際関係論を教える保守派のカトリック教徒である。彼はそれゆえ、基本的に批判を受けつけない界隈においてさえ発言する権利を得てきた。彼が書くものは、その界隈の人びとをきっと躊躇させるだろう。彼の議論は複雑であり、ヴェトナム戦争以来の米国軍隊における変化の詳細な説明、戦略的政治的判断の軍事化、またアメリカ文化における軍隊の役割に基づいて展開されている。しかし、彼の結論は明快である。合衆国は、軍事化された国家になろうとしているだけでなく、軍事的な社会になりつつあると彼は書く。すなわち、軍事力が、国家の偉大さの尺度となり、戦争、あるいは戦争の計画が、模範的な（そして唯一の）共通のプロジェクトである国に。[*12]

なぜ合衆国の国防省は現在、（数々の極秘基地は言うまでもなく）七二五の公式の米軍基地を国外に、また国内に九六九の基地を有しているのか？　なぜ合衆国は「防衛」に、世界のほかの国々がかけている額をすべて合計したよりも多く費やしているのか？　結局のところ、合衆国には、「スターウォーズ」計画のミサイル防衛や地中貫通「核」爆弾でもっと脅したり打ち負かしたりしなければならないような目下の敵はいないのである。それでもなお、この国は、戦争にとり憑かれている。戦争のうわさ、戦争のイメージ、「先制」戦争、「防止的」戦争、「外科手術的」戦争、「予防的」戦争、「永久」戦争。ブッシュ大統領が、二〇〇四年四月一三日の記者会見で説明したように、「この国は、攻撃しつづけ、攻撃する側にいつづけなければならない」。

民主主義国家のなかでは、アメリカにおいてだけ、兵士たちと制服を着た軍人たちが、政治的な写真セッションの機会や大衆映画に登場する。アメリカにおいてだけ民間人が心から望んで、郊外で買い物に行くために高価な軍用の乗り物を購入する。人間の努力に関するほかのほとんどの領域においてもはや最重要の位置を占めない国において、戦争と兵士は、アメリカによる支配とアメリカ的生活様式についての最後の、そしていまだ存続しているシンボルとなってきた。「戦争にこそ、アメリカの真の比較優位[☆10]があったように思われた」と、ベースヴィッチは書いている。

ベースヴィッチは、治療的攻撃というカルトの知的ルーツに精通しており、なかでも独特なノーマン・ポドレッツ[☆11]を引用する（彼によれば、アメリカには国際的な使命があり、けっして「家へ帰っては」いけないのだ）。彼はまた戦争についての現実主義的な論拠を手短に述べてもいる――それは、燃料供給の支配をめぐる、ますます必死になる合衆国の闘争に端を発するものだ。合衆国は、世界において産出される全石油の二五パーセントを毎年消費しているが、自国の埋蔵量は世界全体の二パーセントよりも少ないことが証明されている。この戦いを、ベースヴィッチは、第四次世界大戦と呼ぶ。すなわち、中東と中央アジアのような、戦略的に重要でエネルギーが豊富な地域の覇権をめぐる競争である。[*13] それは、「第三次世界大戦」（つまり冷戦）が公式に終了するずっと以前の七〇年代終わりから始まったという。

この状況において、今日の「テロとのグローバルな戦い」は、合衆国が戦うよう求められている（あるいはみずから求めるだろう）潜在的には数かぎりない戦いのなかの一つの戦い、あるいはたんなるそれに付随する余興のようなものであるかもしれない。合衆国は最も進んだ武器を独占しているので、これらの戦いすべてに勝利するだろう。そして、ベースヴィッチの見方では、この同じ兵器類、とりわけ空軍力は、いまいちど戦争に「美的な品位」を与えてきたので、その戦いはアメリカ人たちに受け容れられるかもしれない。しかし、戦争それ自体に、予想しうる終わりは見えていない。

元兵士としてベースヴィッチは、その結果生じているアメリカの外交関係の軍事化に、また、祖国の伝統的な軍に関わる価値が征服と占領の戦争を重ねるなかで堕落させられていることに、かなり戸惑っている。そして、ワシントンのイデオロギーによって駆り立てられている国外での冒険を、彼がほとんど許容していないことは明白である。国外の受益者たちにとっての不確かな利益よりも、合衆国自身が被る倫理の犠牲の方がはるかに大きいのだ。[*14] というのも、ベースヴィッチにとって最も重大な心配は、自国なのだから。軍事化された社会において、受け入れられる意見の範囲は、不可避的に狭まる。「最高司令官」への敵対は即座に不敬罪とみなされ、批判は裏切りとなる。マディソンが一七九五年に書き、それをベースヴィッチも肯定的に思い起こしているように、どのような国家も、「継続的な戦争の最中では、その自由を保持できない」[*15☆12] のだ。「全領域における支配」はペンタゴンの決まり文句として始まり、行政執行上の計画として終わる。

ベースヴィッチが戦争を問題の中核とみなすのは正しいと私は考えるが、現在の合衆国の政治傾向には、軍事力カルト以上のものがある。私たちの大統領を「リーダー」として崇拝するのは共和制にそぐわぬが、この崇拝のおかげで、アメリカ人たちは、他国がアメリカを見るように自国のふるまいを見ることが難しくなっている。アムネスティ・インターナショナルからの最新の報告書――これは世界のほかの国々が知り、信じていることしか記述していないにもかかわらず、ブッシュ大統領に否定され、馬鹿にされている――は好例である。[*16] 合衆国は、ターゲットとなった容疑者を尋問と拷問のために、合衆国の法と報道のおよぶ範囲を超えた第三者国へ「あけ渡す《レンダー》」（つまり誘拐し、引き渡す）。私たちがこの任務を外部委託する国は、エジプト、サウジ・アラビア、ヨルダン、シリア（！）、パキスタン、ウズベキスタンを含む。外部委託が実行できない場合は、凄腕の尋問者を海外から輸入する。二〇〇二年九月には、客員の中国人「代表団」が招聘され、グアンタナモで行われた、ウイグル族抑留者の「質疑」に参加した。

イラク、アフガニスタン、グアンタナモ・ベイ内に合衆国が所有する尋問場所と刑務所において、少なくとも二七の「容疑者たち」が、拘留中に殺されてきた。この数字は、司法の外あるいは領土の外で遂行される「標的暗殺」を含んではいない。標的暗殺は、一九三七年のノルマンディーにおいてロッセリ兄弟の殺人でベニート・ムッソリーニによって始められた手口であり、その後イスラエルによって続行され、いまやブッシュ政権に採用されている。アムネスティの報告書は、合衆国の抑留センター、とりわけグアンタナモで日常的に行われているとみられる六〇の監禁と尋問のケースを挙げている。これらの手口は、冷水につけて溺死を模擬体験させる、髭と体毛を強制的に剃る、身体の各部位に電気ショックを与える、辱める（たとえば尿をかけられるなど）、性的な嘲弄、宗教的信仰に対する嘲り、手錠による宙吊り、疲労困態の極に達するまで肉体を酷使させる（岩を運ばせるなど）、そして模擬処刑（死刑にすると見せかけて自白を強要する拷問の方法）である。

これらのすべての手口は、五〇年代の東ヨーロッパの学生や、七〇年代、八〇年代のラテンアメリカの学生にはなじみ深いものだろう――拷問の現場に「医療職員」が立ち会っているという報告も含め。しかし、アメリカの尋問者が新しく取り入れたものもある。一つのテクニックは、イスラエルの旗で無理やり容疑者を――そして彼らのコーランを――包むというものである。これは、私たちの唯一の無条件の同盟国〔イスラエル〕にとっては寛容な身振りであるが、しかし、世界中の新しい世代のムスリムがアメリカとイスラエルという二つの国を一つであるとみなし、その二ヶ国を同様に憎むよう計算されたものである。

これらすべての手口は――ほかにはグアンタナモで、アフガニスタンのカンダハールとバグラムで、またアルカイム、アブグレイブ、さらにイラクのどこかで日常的に採用されている多くの手口は――、合衆国が調印しているジュネーヴ条約と国連の拷問等禁止条約に違反している（二〇〇二年一月にイギリスの秘密情報部でさえも、アフガニスタンにおけるその職員に、犯罪の責任を負うことのないように、合衆国の同盟国によって遂行されている囚人の「非人間的で人間的価値をおとしめるあつかい」に参加しないよう警告を発した）。[*17☆13]

その行為はまた、合衆国の法にも違反している。これらの行為が続けられている「法のブラック・ホール」は、以下の唖然とするほどシニカルな主張によって作り出されている。すなわち、それは外国人に対して、合衆国が最終的な主権を欠いている場所において行われているために（この目的のためなら、私たちはキューバのグアンタナモ・ベイの所有権を喜んで認めるのだ）、アメリカの法律もアメリカの裁判所も司法権を有していないのだ、という主張によって。合衆国の外に収容されている七万の抑留者たちは、グローバルなテロとの戦争が戦われているかぎり、監禁され、連絡を絶たれ続けるかもしれない。そしてその戦争は数十年にも及ぶかもしれないのだ。

*

この残忍な話の最も気の滅入る側面は、ブッシュ政権が批判に応ずる際に見せる、あからさまな侮蔑である。これは、ある程度は、批判それ自体がそれだけまれになったからでもある。わずかな例外――とりわけ『ニューヨーカー』誌の賞賛すべきシーモア・ハーシュ[☆14]が顕著だが――を除き、アメリカの報道陣は、この政権によってもたらされる脅威に立ち向かうどころか、その脅威をいちじるしく理解しそこねてきた。合衆国の新聞とテレビは黙従するよう脅されながら、行政権力が監視や異議申立も受けず法を無視し、人権を侵害するに任せてきた。報道調査ジャーナリストたちは、強大すぎる政権に抵抗するどころか、イラク戦争前には大量破壊兵器に関するリポートを広めることに積極的に荷担してきた。専門家と評論家たちは戦争を要求し、国外の批判者や反対する同盟諸国を――彼らがいまもそうし続けているように――鼻であしらった。アムネスティ・インターナショナルとほかの国外の人権グループは現在、怠惰で従属的になってしまった国内メディアの仕事を肩代わりしているのだ。

それゆえ、現政権とその下僕たちが（立法府を含めた）国民を、かくも軽蔑的にあつかうのも無理はない。アルバート・ゴンザレス[☆15]が米国の司法長官に任命される以前の二〇〇五年一月の上院の聴聞会において、召集された議員たちに、労を惜しまず以下のように説明した。国際的な拷問等禁止条約は合衆国の法律の下位に属し、合衆国憲法修正条項第一四条は各州にのみ当てはまるので連邦政府には当てはまらず、また修正条項第五条も国外で拘留されている外国人にも適用されないため、合衆国は、「国外の外国人に対す

る残酷で、非人間的および屈辱的なあつかい」に対する法的な義務を負っていない、と。法を持たぬ卑しき者たち……。[☆16]

二〇〇五年三月に、米国安全保障戦略は「国民国家としてのわれわれの力は、国際フォーラムと司法プロセス、そしてテロリズムを利用する弱者の戦略を採用する人びとから、挑戦されつづけるだろう」と公然と語った。少なくとも、この陳述は私たちが誰を、そして何を私たちの敵とみなしているかをはっきりさせる。しかし、コンドリーザ・ライス国務長官はまさにこれと同じ月、二〇〇五年三月一四日に、「世界のなかで……国際機関と法の支配にわれわれが置いている価値を理解している国は少なすぎる」と言い放つことができた。あきれるほかない。

III

アメリカ帝国の時流に便乗する歴史家と専門家たちは、一つの帝国が生まれるためには共和制がまず死ななければならないということを早々に忘れてしまう。より長い目で見れば、どのような国も、本国において共和制的な価値を保持したまま海外で――冷酷に、侮蔑的に、法を逸脱して――帝国的にふるまうことは無理である。というのも、いろいろな制度の存在だけで、帝国が必然的に行き着く権力の濫用から共和国が救われると想定することは誤りであるからだ。共和国を作ったり壊したりするのは制度ではなく、人間である。そして今日の合衆国においては、この国の政治家集団の男（とともに女）たちは失敗してきた。議会は行政における権力の集中を防ぐのになすすべがないようである。実際のところ、ほとんど例外なく、議会は積極的に、熱狂的でさえある仕方で、その集中に寄与している。

司法組織も負けず劣らずである。[*18]「野　党《ロイヤル・オポジション》」は、概してあまりに忠実《ロイヤル》すぎる。事実、民主党から望めるものはほとんど何もないように思われる。「秩序」と「安全保障」に関するコンセンサスからの逸脱を非難されることに怯え、そのリーダーたちはいまや攻撃的なスタンスで、共和党議員をまねしようと、いや出し抜こうとすらする。民主党の二〇〇八年大統領選の最も有力な候補である上院議員のヒラリー・クリントンは最近、アメリカ・イスラエル政治行動委員会で集まった人びとの前でこれみよがしに媚びてみせる姿が見られた。[*19☆17]

合衆国の絶対的主権の外縁、ブラチスラヴァ〔クロアチアの首都〕やトビリシ〔グルジアの首都〕において、共和国アメリカの夢は、遠く離れた、死につつある星のかすかな光のように、いまだ生きつづける。しかし、そこでさえも、疑いの影は大きくなりつつある。アムネスティ・インターナショナルは、「アメリカ人がそのような仕方で行動するのを絶対に信じられないと思っていた」抑留者たちのいくつかの事例を引き合いに出している。これは、私がマケドニアにおいて、あるアルバニア人の友人から一言一句違わず言われた言葉である。しかもマケドニア系アルバニア人には、自分たちのことを、合衆国の親友であり無条件の賞賛者だとみなす十分な理由がある。マドリッドにおいて、かなり年長でいくぶん保守的なスペイン人外交官は最近このように述べた。

> 私たちはフランコの支配下ではアメリカの夢とともに育った。あの夢は、私たちに別の、より良いスペインを想像し、いつかそのようなスペインを建設するよう勇気づけた。すべての夢は色あせるにちがいない――しかし、すべての夢が悪夢になってはならない。私たちスペイン人は、政治の悪夢を少なからず知っている。アメリカに何が起きているのか？　あなた方はどのようにグアンタナモを説明

するのか?[20]

アメリカ人たちは、彼らの共和制は不死身だという感動的な信念を持っている。彼らのほとんどには、自分たちの国が俗悪な寡頭政治の手中に落ちる可能性を、つまり、アンドリュー・ベースヴィッチが表現しているように、彼らの政治的な「システムが根本的に腐敗しており、本物の民主主義の精神とは矛盾したかたちで機能している」ことなど思い浮かびもしないだろう。しかし、二〇世紀は、世界のほかのほとんどの国民に、あまりうぬぼれるなと教えてきた。そして今日、外国人たちが大洋を隔てて合衆国を見るとき、彼らが見るものは、安心させるものとは程遠い。

というのも、近代西洋史には前例があるのだから。すなわち、その国の指導者が公共の自由を制限するために国民の屈辱と恐怖を利用した国の前例、国策の道具として永続的な戦争をもちい、政敵の拷問を手配した政府の前例、国の「価値観」という装いの下に対立を生むような社会的目標を追求する支配階級の前例、みずからの独特の宿命と優越性を主張し、軍人の勇敢さを崇拝した文化の前例、支配政党が自分たちのやりやすいように政治プロセスの規則を改ざんし法律を変えると脅した政治的システムの前例、あるいはジャーナリストたちが脅迫されて自分の誤りを自白し、また公開で悔い改めさせられた場所の前例が。ヨーロッパ人たちはとりわけ、遠くない過去にそのような支配体制を経験してきており、彼らにはそれを表す言葉がある。その言葉は「民主主義」ではない。

アメリカの共和制に落ちる影が暗に示しているのは、合意の上での国際的介入の短い時代はすでに終わりを迎えようとしているということである。これは、人道主義的取り組みがかかえる矛盾や逆説にはなんの関わりもない。これは、合衆国が信用を失った結果である。アメリカ人には理解しがたいことかもしれないが、世界の多くはもはや、合衆国を善をなす力として見てはいない。合衆国は悪いことをしているし、悪友を持っている。冷戦のあいだは、たしかに、合衆国もたくさんの不快な政権を支持した。しかし、その当時、その選択には確固とした論理があった。すなわちワシントンは、反共産主義の冷戦追求のために、反共産主義の独裁者を支援した。それが国家理性《レゾン・デタ》〔通常は非難されるが国益のために正当化される理由〕だったのだ。今日、残酷なテロと専制に見かけ上は反対している戦いにおいて私たちは、世界のはなはだ残酷で、脅迫的な暴君と連携している。私たちは、民主主義の幻影を、それが自由であると叫びながら、時速五〇マイルの装甲車から売り歩いているのである。これは行きすぎたやり方である。世界は、アメリカへの信頼を失いつつある。

このことは、デイヴィッド・リーフならいの一番に認めるだろうが、よくない知らせである。というのも、新保守主義の立場の中核には、根本的な真実があるからだ。つまり、アメリカ合衆国の安寧は、全世界の安寧にとって計り知れない重要性を持っているということだ。もし合衆国が空洞化し、民主主義的な魂も実体もない巨大な軍事力の殻になってしまったら、そこから何一つ善がなされることはないだろう。合衆国だけが、世界の重い人道主義の重量上げを（しばしばかなり文字どおりの意味で）行うことができる。私たちは、ルワンダにおいてそうだったように、あるいはダルフール〔スーダン西部の地域〕において今そうであるように、ワシントンの動きがたんに鈍いだけで、何が起きるかをすでに見てきた。もし合衆国が、善をなす力として信用されなくなるとしても、世界が止まることはないだろう。他国はまだ抵抗するだろうし、アメリカの支援を願ってよき仕事にとりかかるだろう。しかし、世界は暴君や悪党にとっていっそう安全な場所になるだろう――国内でも、国外でも。

というのも今日、合衆国は信用できないのだ。その名声と地位は歴史上最も低い位置にあり、すぐには回復しないだろう。さらに、合衆国の代わりが姿をあらわそうとしているわけでもない。ヨーロッパ人たちは、その難題に挑戦することはないだろう。フランスとオランダにおける最近の国民投票の寒々とした結果[☆18]によって、EUは今後数年にわたって国際政治の効果的なアクターとしての力を失ったように思われる。冷戦が終わったのはたしかだが、しかし、冷戦後の希望の時もまた終わった。二世代にわたる見識あるアメリカの政治家たちによってあれほど苦労して回避させられてきた国際的な無秩序は近いうち、ふたたび私たちを襲うかもしれない。ブッシュ大統領は、「自由」が進軍するのを見ている。私も彼の楽観主義を抱くことができればと思う。私には、不吉な月が上がるのが見えるのだ。[☆19]

(このエッセイは、デイヴィッド・リーフ『向けられる銃口──民主主義の夢と武装介入』、アンドリュー・J・ベースヴィッチ『アメリカの新たな軍事主義──アメリカ人はいかにして戦争に誘惑されるか』、脅威、挑戦、変化についての国連事務総長ハイレベル調査員団報告書『より安全な世界──われわれが共有する責任』、またアムネスティ・インターナショナル『グアンタナモとその先──野放しの行政権力の継続的執行』の書評として、『ニューヨーク・レヴュー・オブ・ブックス』誌二〇〇五年七月号に初めて掲載された。)

第19章　国連は命運尽きたのか？

国連は、不思議なくらいに議論を呼び起こす話題である。合衆国で（特にワシントンで）それを口に出せば、おそらく「言語道断」や「無駄」、「失敗」と言われるだろう。すなわち、金のかかる国際的な無用の長物であり、惰性、名誉職、閑職の温床、そしてアメリカの国益の効率的な追求と実行の障害物である、と。国連はこの界隈では、ひどく「まちがった」方向へ行ってしまった名案と見られればよい方なのだ。

しかしながら、ほかの場所では国連の力の及ぶ驚くべき範囲を思い起こさせられることになるだろう。人口、環境、農業、開発、教育、医療、難民のケア、そのほか多くの領域におけるさまざまな機関を通して国連は、ほとんどの西洋人が想像することさえできないような、人道的な危機と課題に取り組んでいる。さらに、平和維持活動がある。国連は、青いヘルメットをかぶった兵士たち、国境監視員、警察の訓練員、選挙監視員、武器検査官、そのほかの人びとを合わせて、イラクにおける米国軍隊の全人員と同程度の人員の国連平和維持軍を展開している。この角度から見ると、もし国連が存在しなかったとしたら、世界はいまよりも疑いなくひどい場所になっているだろう、ということになる。[*1]

国連がそれほど議論の的になることとは、その創設者たちを驚かせたかもしれない——そのなかでもとりわけ、多くのアメリカ人たちを。一九四五年当時、この国連というプロジェクトに対してはとてつもない熱狂があり、その正当性と目的は自明なものに思われた。世界の諸国民国家がみずからの身に招いた破局の甚大さが、楽観主義の根拠になった——さまざまな政府と国民は、あのような災厄をもう一度起こさせることはないほどには分別があってしかるべきだ。国連、国連憲章、またその付属機関は、その防止のために彼らに選ばれた手段であるだろう。国際連盟の不備は補われ、有力な主権国家は、国連を避けたり反対したりして活動するよりは、国連を通して活動するだろうというのだった。

六〇年後の現在、国連はたしかにいくつもの問題をかかえている。それらのうちの一つは、はじめから存在していた。ナチズム直後の時期、ナチスの生き残った指導者たちがニュルンベルクにおいて、ほかの何にもまして「侵略戦争を計画し、準備し、開始し、実施した」罪の裁判にかけられていた時期に、国連の創設者たちは、主権国家が他国の干渉から守られる権利を強調した——それは、非常に例外的な状況を除いて、国連それ自体からの介入をも含んでいる。国連憲章第二条第七項には、「この憲章のいかなる規定も、本質上いずれかの国の国内管轄権内にある事項に干渉する権限を国際連合に与えるものではな〔い〕」と書かれている。

しかし国際連合は、支配者や政府が自国の境域内で市民やそのほかの人びとの権利を侵害するのを防ぐということについては、国際連盟よりはずっと積極的に行動するように意図されていた。時を経て、国連は人権とマイノリティたちの扱いに関して厳しい基準を設けるようになっており、マイノリティを差別すれば、それは国際的な介入を引き起こす正当な理由となっている。国の主権と国際協調主義のあいだのこのあきらかな矛盾は、市民の権利を当然のように侵害する加盟国の増加によって、そして主権の性質それ自体が不確かになっている加盟に失敗した国家の数が増えることによって、着実に悪化してきている。[*2]

一九九〇年代のハイチ、ソマリア、ボスニア、またルワンダ、そして今日ではイラクとスーダンにおいて、国連は実際に、誰と取り引きすべきなのか？　地域の犯罪的な首長だろうか？　危機に対してまずは責任を負うべき当の政権だろうか？　グローバル化の時代において、古典的な国家の中核的な機能はかなりばらばらになっており、誰がどのようにそれらの機能を現在引き受けるべきかは定かではない。というのも、このグローバル化の時代においては、そもそも国家でさえないのに、しかしその豊かさと影響においては多くの国家をはるかに越えている多国籍企業とそのほかの経済的主体が増大し、最悪の権利侵害がしばしば国家でない行為体によってなされるからだ。[*3]　そのような時代において、まさにその国際連合という名前が示唆するように、国民国家の時代に根ざした理念であり機関である国連の役割とは何なのか？

これらの切迫したディレンマと比べて、国連が効率的に活動し、縁故主義と汚職・不正利得を排除する際に（ほかのあらゆる巨大官僚組織のように）現在直面しており、またつねに直面してきた諸問題は、世界における国連の役割についての議論の争点にはならないだろう、と思われるかもしれない。しかし、そう考えるのは誤りだろう。ジョー・マッカーシー[☆1]が共産主義勢力の手先として国連を非難して以来ずっと、アメリカの評論家たちは大喜びで国連の名誉を傷つけてきた。歴代の攻撃のなかで最新の、また最高に下品な中傷は、自称「報道記者」[*4]のエリック・ショーン[☆2]によるそれである。

国連を批判する多くの執念深い者たちと同様、ショーンは、国連についてよかれと思っていると主張する。「私は、無数のほかの人びとと同様、高貴な理想が傲慢の砦へと、そしてあまりにもしばしば怠惰の砦へと変質していったことにひどく幻滅している」[*5]。しかし、この気休めのおべっかはすぐに、国連が犯した罪のカタログの息もつかせぬ「調査」にとってかわられる。国連は、「卑しむべき無能力で充満し」

ている。「国連大使と職員は、贅沢で非課税のマンハッタン風のライフスタイルとそのほかの特権を享受している」。「一二歳の少女を暴行し、性交する……平和維持軍の兵士」の報告書に、わいせつな関心を交えた注意が向けられており、その本のカバーには「いかに国連職員が、繰り返し子どもたちを彼らの性的な餌食にしてきたか」と要約されている。また、「国連世界の指導者」であるコフィー・アナンに言及するたびに、侮蔑の調子があふれ出している。

この長広舌の調子とそこに含まれる偏見は、ショーン氏の雇い主であるフォックス・ニュースのそれを忠実に再現しているのだが、その裏側には、しかし、真面目な目的がある。ショーンと彼の仲間たちが国連を忌み嫌っているのは、アメリカの諸目的に対して国連が提起してきた障害に関して、とりわけイラク侵攻に関してである。どの国であれ国同士の連合であれ、アメリカの戦争への動きに同意しないなどという言語道断を、ショーン氏は腹に据えかねるのである。とりわけ安全保障理事会の一常任理事国――フランス――が、国際社会を無理に従わせようと骨を折ったワシントンに対して拒否権を発動したなどという事実は、彼をかんかんにする。「イラクが完全な安定を実現する」のを援助するために一〇万人の兵士を追加することをフランスとそのほかの国々が拒否することは、「イラクの人びとに対してのあいもかわらぬ裏切り」であり、「国連が象徴するものが倫理的・政治的に重要なものでなくなっていることの最も露骨な例」である。

もちろん、それはフランスだけではない。ショーンの説明においては、国連という組織全体が、アメリカの敵を支持し、アメリカの国益に危害を加える一方で、アメリカの金を奪うよう仕組まれているという。国連の上級職員は、本能的に反アメリカ派なのだ。国連事務次長であったイギリス人のマーク・マロック・ブラウン[☆3]の事例で裏付けの証拠を提示するやり方が、ショーンの説明の方法のみごとな例証となっている。一九八三年に、マロック・ブラウンは、社会民主党（ＳＤＰ）の国会議員候補として（当選しなかったが）出馬した。二〇年後の二〇〇三年に、イギリスの自由民主党――いまは存在しないＳＤＰの後継である――は、トニー・ブレアのイラク派兵決定に反対票を投じた。証明終了。そして国連は、かなり汚れた過去を持つマロック・ブラウンのような人びとであふれているという。

国連は、民主的な選挙がイラクで最終的に行われたからといって、戦争におけるそれ自身の役割に関して許されるべきではない。アメリカ人たちは、ニューヨークシティのイーストリバーを見下ろすあの四角い建物[☆4]の占有者たちから回答をもらうに値する。

ショーンの小冊子は立派な雰囲気を帯びている。ペンギン・ブックスの子会社によって出版され、ルドルフ・ジュリアーニ[☆5]からの推薦文が付いているのだ。[*6] さらに、その著者は、退職したイェールの在住外交官であり、ショーンのより凡庸ないくつかの警句の出所であるチャールズ・ヒルのような人物たちとのつながりを自慢げに引き合いに出す。しかし、『国連の真実』は実のところたんに、ジャーナリズムの装いをした誹謗中傷と愛国主義的な不機嫌の発露でしかない。もしエリック・ショーンが国連のかかえる問題を真剣に調査したかったのなら、イェール大学のニュー・ヘイヴンを訪問中に、ヒルではなくポール・ケネディと話したほうがもっと有益な仕事になっただろう。

ケネディ教授の最新の著作である『人類の議会』は、国連の歴史および課題、ディレンマについての包括的かつ平易な概説である。[*7] これは魅力的で真剣なエッセイであり、国連の苦境を慎重に列挙しながらも、より重大な真実を見落とすことのない学者によって書かれている。そのより重大な真実は、この著作の結びの文章で要約されている。「国連は、私たちの世代に大いなる恩恵をもたらし、その責務にさらに貢献することのできる私たち全員による決意と寛大さがあれば、私たちの子と孫の世代にも恩恵をもたらすだろう」と彼は書いているのだ。[☆6]

コフィー・アナン在職中の最後の期間についてのジェイムズ・トローブ[☆7]による卓越した説明から受ける印象と同様に、ケネディから受ける第一印象は、年長の職員が国連においてはめざましい働きをしているということだ。近年では、若い男女が民間セクターにおける俸給とチャンスに惹きつけられて公的職務のキャリアから遠ざかっているために、西洋諸国における高い地位にいる公務員と外交官被任命者たちの質は低下している。しかし、国連は非凡な才能の持ち主や熱心な公務員に頼りつづけてきた。これは、ダグ・ハマーショルドとラルフ・バンチのような政治家とブライアン・アークハート（彼はベルゲン・ベルゼン〔強制収容所〕に足を踏み入れた最初のイギリス人将校だった）、またルネ・カサン（一九四八年の国連人権宣言を起草したフランスの法専門家）のような、国連に魅惑された理想主義者たちによって運営されていた初期の頃に当てはまる。

それは、今日でもまだ当てはまることだ。国連事務総長たち自身、その力量はさまざまに異なる国際的・政治的な官吏である（クルト・ヴァルトハイムも、ブトロス・ブトロス＝ガーリも、栄光に満ちた仕事ぶりだったとは言えない）[*8][☆8]。だが、ラクダール・ブラヒミ（二〇〇一年一〇月から二〇〇五年一月におけるアフガニスタンでの国連派遣団の長であった）や、モハメド・エルバラダイ（一九九七年以来、国際原子力機関の事務局長を務める）、メアリー・ロビンソン（一九九七年から二〇〇二年までのあいだ人権高等弁務官を務めた）、ルイーズ・アルブール（ロビンソンの後継者であり、また旧ユーゴスラヴィアとルワンダのための国際戦犯法廷の元主任検察官）、故セルジオ・ヴィエイラ・デ・メロ、あるいはジャン＝マリー・ゲーノ（二〇〇〇年一〇月より国連平和維持活動の長）——あるいは、ハマーショルド以来、最も印象的な事務総長であるコフィー・アナン——らの貢献を誇りにできるどの政府も、自分たちをとてつもなく幸運だと思うだろう。[*9☆9]

国連が達成してきたものとは何か？　第一に、それが存続してきたということだ。国際紛争を解決し、問題に対処する機関という理念は古いものであり、永遠平和という一八世紀のカントの夢がそのルーツである。その観念が初期に、また部分的に具体化された組織——国際赤十字（一八六四年に創設された）、一八九九年と一九〇七年のハーグ平和会議、そしてそれらが生み出したジュネーブ協定、国際連盟——は、交戦中の国民国家からなる世界においては正当性を、そしてとりわけ強制力を欠いていた。国際連合はそれにくらべて、冷戦の数十年間における力の均衡と、脱植民地化の時代から恩恵を受けており、この両者のおかげで国連は、国際的な問題を話し合うための自然な集会所《アゴラ》と公会場《フォーラム》になった。そして国連は、その当初から最近まで、合衆国の支持に恵まれていた。

国連もまた、どの国も引き受けたくない国際的な責任が恒常的に増加することから、この言葉を使っていいなら、恩恵をこうむった。そのような責任は、ケネディの言葉では「真夜中に国連の扉の前に置き去りにされた捨て子」であり、一九六〇年のコンゴに始まり、九〇年代のソマリア、カンボジア、ルワンダ、ボスニア、さらに今日の東ティモール、シエラ・レオネ、エチオピア・エリトリア、ふたたびコンゴにいたる。これらのミッションの多くは失敗し、そのすべてに多大な資金がかかった。しかし、それらのミッションは、なぜ私たちがなんらかの国際的な組織を必要としているかを冷静に思い起こさせるものである。そして、それらのミッションが表しているのは、国連の取り組みの最も見えやすいところだけである。

というのも、実際には、多くの国連が存在するのであり、そのなかの、政治・軍事に関わる部門（総会、安全保障理事会、平和維持活動）だけが最もよく知られているにすぎないからである。ほんの数例を挙げれば、ユネスコ（一九四五年に創設された国連教育科学文化機関）、ユニセフ（国連児童基金、一九四六年）、WHO（世界保健機関、一九四八年）、UNRWA（国連難民救済事業機関、一九四九年）、UNHCR（国連難民高等弁務官、一九五〇年）、UNCTAD（国連貿易開発会議、一九六三年）、ICTY（旧ユーゴスラヴィア国際戦犯法廷、一九九三年）。このような超国家的な部門は、国連の後援のもとで執行される、複数の政府にまたがる事業を含んでおらず、また、特定の危機に対処するために設立された多くの現地の出先機関をカバーしてもいない。これには、UNGOMAP（ソヴィエトの撤退を監督するのに成功した、国連アフガニスタン・パキスタン仲介ミッション）、UNAMSIL（国連シエラ・レオネ派遣団、一九九九年）、UNMIK（国連コソボ暫定行政ミッション、一九九九年）、そしてそれらの以前から、またそれ以後に存在したほかの多数の機関を含んでいる。

これらの諸部門によってなされる仕事のほとんどは、慣例的な日常業務である。そして、国連の「ソフトな」業務——医療と環境問題への対処、危機にある女性と子どもたちへの援助、農民たちの教育、教師たちのトレーニング、小規模なローンの提供、人権侵害の監視といった業務——は同様に、国家の機関や非政府機関によっても遂行されることがある。ただ、ほとんどの場合は、国連に奨励されてか、国連に援助されたイニシアチブに従ってでしかないが。しかし、国家が、EUや多国籍企業などの非国家的アクターへとイニシアチブをあけわたしている世界のなかで、もし国連あるいはその代理機関によって取り組まれなかったとしたらまったく生じないであろうものはいくつもある——ユニセフに援助されている児童の権利に関する条約は好例である。[*10] そして、これらの諸組織には金がかかるけれど、たとえば、多数の国際的企業の予算よりもはるかに少ない予算しかユニセフが有していないという事実を、私たちは思い起こす必要がある。

国連が最もよく機能するのは、みながその役割の正当性を認識している時である。たとえば選挙や停戦を監視し監督する時、国連は、争いあうあらゆるグループによって、その善良な意図と正当な権威が認められている唯一の外部の対話者である。そうではない場合には、たとえば一九九五年のスレブレニカにおけるように、国連軍が自己防衛するために武力を用いることも、またほかの者たちを保護するために介入することもできないために、結果として惨事が起きる。それゆえ、国連が公平で誠実であるという名声は、最も重要で長期にわたる財産なのだ。それがなければ、国連はより力のある国（あるいは国々）のたんなる道具と化してしまい、それゆえに恨まれるようになるだろう。二〇〇三年の安全保障理事会によるアメリカのイラク戦争承認拒否はそれゆえ、世界のほかの多くの国々の視線のもとで、致命的になりえた信頼喪失から国連を救ったのだ。

加盟諸国の期待に応える際に国連が直面している実際的な問題は簡単に列挙できる。国連がすることはすべて金がかかり、加盟国が出してくれなければ、金はない。これは思い起こされるべきだが、事務総長と彼のスタッフたちは、加盟国の望みをつねに実行し、それのみしか行っていない。国連は、それ自体の軍も警官隊も有していない。過去には、ポーランドやイタリア、ブラジル、インドなどの一握りの国々とともに、オランダ、スカンディナヴィア、カナダ（「憂慮する北側諸国」）が、訓練され装備された軍を国連の目的のために提供した。今日、国連の派遣隊は、アフリカやアジアなどのより貧しい国々によって提供される傾向にある。それらの国々は国連の金を熱望しているのだが、その兵士たちは未熟かつ訓練不足で、彼らがその平和を守るためにやってきた国々からつねに好感を持たれているわけではない。[*11]そしてもちろん、新たな派遣隊は、危機のたびごとに集められなければならない。

もし国連が生じつつある「保護する責任」――それは元々の国連の権限や計画のなかには含まれていな

い——を果たすつもりなら、自前の軍が必要になるのはあきらかである（とりわけブライアン・アークハートが提案したように）[*12]。目下の情勢では、安全保障理事会が軍事的任務に承認を与えることに同意するときでさえ、事務総長は、金や兵士、警察、看護師、兵器、トラック、兵站などを求めて延々と終わることのない交渉や根回しを始めなければならない。そのような追加の援助なしには、国連はお手上げである。実際、一九九三年には、平和維持活動の支出だけで、国連全体の年間予算を二〇〇パーセント以上も超過していた。それゆえ、一国家による介入（コートジボワールやチャドにおけるフランスの介入、またシエラ・レオネにおけるイギリスの介入）や、一九九九年のセルビアに対する攻撃を行ったＮＡＴＯのような半国連的連合組織は、危機に際して国連よりも迅速で、より効果的な解決策でありつづけるだろう[*13]。

国連の執行委員会である安全保障理事会は、それ自体が最も手に負えない諸問題のうちの一つである。安保理のメンバーのほとんどは交代するが、常任理事国の五ヶ国は一九四五年以来変わっていない。合衆国、中国、そしてロシア（旧ソヴィエト連邦）の特別な地位は憤慨を呼んでいるが、しかし本当に疑問視されてはいない。しかし、多くの国々がいまや、英国とフランスが保持しつづけている特権に対して苛立ちを表明している。なぜそのような特権を持っているのがドイツではないのか？　あるいはヨーロッパの常任理事国全体でそのような立場に立てる割り当てを一国にし、ローテーションするのはどうか？　一九四五年以後の変化を反映するには、ブラジルもしくはインド、ナイジェリアなど、少なくとも一ヶ国は新しい常任理事国があるべきではないか？　フランスは、イラク戦争反対の立場で国際的人気を得たおかげで一時的な執行猶予期間を稼いだが、これらの不満は消え去ることはないだろう。

安全保障理事会の改革に関する合意はまとまりそうもないので——どの国も拒否権を手放したくないうえに、拒否権を振り回す加盟国を増やすことは事態を悪くするだろう——ある種の問題が常態化している。

中国（そして時にロシア）が、彼らの取引相手のスーダンのような犯罪的な政府の「主権」を守るという選択をしているかぎり、ダルフールでのジェノサイド☆10を防ぐために介入することは不可能でありつづけるだろう。イスラエルに批判的な安全保障理事会に対して合衆国が拒否権を行使しつづけるかぎり、国連は中東では無力でありつづけるだろう。安全保障理事会が全会一致で投票するときでさえ――レバノンでの停戦への呼びかけに際して去年の八月にそうしたように☆11――、たった一国の有力加盟国（この場合では合衆国）がイスラエルに黙従を強いるのを拒絶することは、国際社会全体の意志を鈍らせるのには十分なのである。

多くの批評家たちは、これは国際社会というものが存在しないからだと反応するだろう。国連に対して概して好意的なジェイムズ・トローブの見解においてさえも、安全保障理事会と国連総会（国連議会）という組織はどちらも「麻痺している」*14。世界の諸国家の代表者たちは意見表明やパフォーマンスのためにニューヨークを訪れるが、彼らは共通の利害や目的をもった「社会《コミュニティ》」を形成することはほとんどない。たとえ彼らがそうしたとしても、国連はそれを実行に移すことはできないだろうが。それゆえ、「改革」を求める合唱が生じているのだ。しかし、これは何を意味するのだろうか？　国連は多くのことを必要としている。国連はまちがいなく、もっとうまく危機を予測し分析するために、自前の情報取集能力を獲得する必要がある。また、決定を下し、実行する際の効率性を高めることが必要であり、そのためには、役割の重複する委員会やプログラムをスリムダウンし、規則や立法、会議、支出を合理化したほうがいいだろう。また、国連は、これまでよりもはるかに深く、みずからの無能力と堕落に自覚的にならねばならない。コフィー・アナンが彼自身認めているように、国連の運営は「改革の必要のある……問題」なのだ。

しかし、国連の慣習を改革することは、加盟諸国のふるまいを改革することを意味するだろう。合衆国からサハラ砂漠以南に位置する小国家までの全国家が、それぞれの課題と既得権益を有しており、ほとんどの国家が、国際社会全体の高次な目的のために、自分の利益を犠牲にすることはないだろう。それゆえ、委員会のメンバーを割り当てる際に（能力によるのではなく）「公平な地理的配分」を長年にわたって強調してきたことにはそれなりのメリットがある。すなわちこれは、富裕な国々やそれらの連合による強行採決から周縁的な小さな国々を守るのに役立つのだ。しかしその方針はまた、投票権のある加盟国としてのスーダンを含む国連人権委員会を生み出し、また報道の自由の規制を求める一九七八年の悪名高いユネスコ宣言を作り出しもした[☆12]。ほかならぬコフィー・アナンが最近、以下のように警告している。新しい人権委員会（その現在の加盟国はアゼルバイジャン、キューバ、サウジ・アラビアを含んでいる）は、もしその委員会がイスラエルの権利侵害に過度に注力し、「その一方で同様に他国によっても生じている深刻な権利侵害を無視し」た場合、即座に信頼を失うだろう、と。しかし、障害物は残っている[*15]。

残念だが、あらゆる障害物のなかで最たるものは、国際連合の最も力のある加盟国であり、主要な出資国である合衆国である。アメリカの国連大使ジョン・ボルトン[☆13]の国連に対するひどく冷淡な性格は、昨年大いに注目された。そしてボルトンは、多くのレベルで、国連がスムーズに機能することに対する重大な障害になっている――というか、（ブッシュ大統領が、彼の暫定的な在職を引き延ばす試みを嫌々ながらも放棄したので）かつては障害になっていた。ジェイムズ・トローブが示すように、過去二年間にわたる制度と手続きのうえでの改革は、ボルトンと彼のスタッフによって粉砕されつづけ、彼らは、「大規模なマネジメントの改革」を求めていたにもかかわらず、それを実際に達成するだろういかなる妥協をも妨害した。実質的に、ボルトンは、ジンバブエやベラルーシそのほかの、国連を無力にし、国内情勢から締め出しておきたいそれぞれの事情のある国々と事実上の連合を形成した。また、合衆国は、人権理事会の改革、平和構築委員会の設立や新たな国際的な軍備縮小体制についての近年の交渉において少しも妥協する姿勢を見せなかったために、合衆国が妥協していれば譲歩するよう強いられただろう国々（とりわけイランとパキスタン）は、たとえば非核散に関するより強力なルールを拒否することになんのうしろめたさも感じなかった。（ほとんどはヨーロッパの）いくつかの加盟国は、拘束されない国家主権と引き換えに、より効果的な国際法的体制や集団的行動のための一連の実行可能なルールを確立する方法を模索していたが、ずっと少数派のままだった。

ボルトンは、国連における効果的な改革に反対していただけではなくあらゆる機会をとらえてこの機関自体をあざ笑い、さまざまな仕方で国連を「無能力」で「意識を失っている」など、さまざまな名で呼んでいた。[*16] そうすることで、彼は自国をあきらかに奇妙な仲間たちのなかに位置づけた。ベイトハヌーンにおける一九人のパレスチナ人民間人の殺害のかどでイスラエルを非難する二〇〇六年一二月の安全保障理事会の提案に合衆国が拒否権を発動した後、国連総会（そこには拒否権はない）は、死者たちへの「哀悼」の意を表明しただけの文書を可決した。しかし、合衆国は、この提案にさえ反対し、いつもの同盟国——イスラエル、パラオ、マーシャル諸島——が同調したが、この時は、オーストラリアも同調した。同年これより先に、人権理事会の改革提案がついに総会の議場に達した時、一八八ヶ国がそれを実行する方に票を投じた。四ヶ国が反対票を投じたが、それはイスラエル、マーシャル諸島、合衆国、ベラルーシであった。

ボルトンのキャラクターは独特であったかもしれないが、しかし、彼の票は、ワシントンにいる彼の上司たちのために投じられたものであった。一時期、ボルトンの過剰な国連嫌いは、実際には公的なアメリカの意見を反映していないという噂が広まった。コンドリーザ・ライスは、ボルトンがワシントンに戻って大混乱を引き起こさないように、ニューヨークのイーストリバー〔国連本部〕に彼を「預けた」。しかし、それが事実だとしても、このことはたんに、アメリカの国務長官と彼女の同僚が、以前そう思われていたよりもいっそう国連への尊敬を失っていることを示すだけである。というのも、そこにボルトンを選任することは、意図的な軽蔑の表現であると広く解釈されたのだから。[*17]

そして事実、ボルトンは問題ではなく、たんなる兆候だった。たとえば彼の「先制攻撃性」という表現、国連を「トワイライトゾーン〔中間の曖昧なゾーン〕」とする彼の説明、協定を法的な義務ではなく「政治的義務」と呼ぶ習慣などは、雇われチンピラの言葉による挑発以外のなにものでもないように思われるかもしれない。しかし、実際これらは、アメリカと世界のそのほかの国々との関係における劇的な変化を反映しているのである。トルーマンからクリントンまでのアメリカ大統領は、現金と妥協をほどほどに提供する見返りに、合衆国が国連から――政治的支持、国際的黙認、法的保護など――おどろくほど多くのものを得ることに感謝していた。いまや、私たちはどのような些細な譲歩にも反対している。これはこれまでにないことだ。冷戦時、国連のテーブルに靴をたたきつけたのはフルシチョフ氏であり、あらゆる国連の発議に制限をくわえ、みずからの「主権」に対する抑制に激しく反発していたのはモスクワであった。いまや、ワシントンがこの役割を演じている――これは強さの表れではなく、（ソヴィエトの場合と同様に）弱さの表れである。[*18]

アメリカは国連に自分の行為の後始末をすることと、万事について国際的な奇跡を行うことを国連に期待していながら、そうする手段を国連に供給するのには断固として反対し、ことあるごとにその信用を貶めようとしている。こんなだだっ子のような合衆国は、克服しがたいハンディキャップであり、国連についてアメリカの論評家たちが現在慨嘆しているまさにその欠点の主たる源である。国連の最近の汚いスキャンダル――特に「石油食料交換」詐欺[☆14]――は、とるに足らない。それは、合衆国やオーストラリア、そのほかの場所における近年の多くの企業スキャンダルにくらべればそれが引き起こした害は少ない（不正利得もはるかに少なかった）。イラク戦争とその余波に付随した、いまだ計算されていない汚職と略奪は言わずもがなである。しかし、よりひどいスキャンダル――国連のボスニアの惨事に対する不手際、ルワンダにおける無能力、ダルフールに対する怠惰――はすべて直接的に、合衆国も含めた大国の不作為（もしくは悪い意味での作為）に起因する。[*19]

それでは国際連合は、不当にも中傷されてきた国際連盟と同じ道を辿る運命なのか？　おそらくそうではない。しかし、国際連盟が辿った運命は、合衆国が過去一〇〇年の歴史の教訓に向き合うことを嫌がってきたことを忘れさせないでくれるものだ。結局のところ、二〇世紀は合衆国にとって好都合な世紀であったが、過去に機能していたものは未来でも機能しつづけるだろうと想定する習慣がアメリカ人の思考には深く染みこんでいる。反対に、ヨーロッパの同盟諸国――その国々にとって二〇世紀はトラウマ的な惨禍であった――は、たとえ、形式的な主権の独立性をいくぶん犠牲にしたとしても、戦いではなく協力が、生き残るために必要な条件であると認める傾向にある。一九一七年のパッシェンデールの戦いにおけるイギリス軍の犠牲者だけで、アメリカが第一次世界大戦と第二次世界大戦で失ったすべての犠牲者を超えている。フランス軍は、ヴェトナムでの合衆国の犠牲者の総数の二倍の犠牲者を、一九四〇年のたった六週間の戦闘で出している。イタリア、ポーランド、ドイツ、そしてロシアはすべて、第一次世界大戦において――そして第二次世界大戦においてもふたたび――合衆国が、諸外国とのすべての戦争において失った数の総計よりも多い兵士と民間人を失った（ロシアの場合には、どちらの大戦においても一〇倍である）。このような対照を知れば、世界の見方がずいぶん違うものになるだろう。

このように今日では、ライス氏が言うように、「世界は混乱した場所で、誰かが片付けないといけない」などと言うところを、あるいは考えているだけのところでさえも押さえられる人物がいるとしたら、それはアメリカの外交官だけだろう。[*20] より広まっている国際的なコンセンサスはむしろ、「世界が混乱した場所」だからこそ——そして「清掃人」を自任する国を相手にした恐ろしい経験のおかげで——、私たちが展開するセーフティネットが多ければ多いほど、新しい箒が少なければ少ないほど、私たちが生き延びる見込みは改善される。かつてはアメリカの外交官のエリート階層もこのような見方をしていた。ジョージ・ケナン、ディーン・アチソン、そしてチャールズ・ボーレンの世代であって、国際情勢の現実と外交的視点に関して、今日アメリカの外交政策を運営する男女よりもはるかに見識があった。[☆15]

ケナンと彼の同時代人は、彼らの後継者たちが見失った重要なものを理解していた。ほとんどの国と民族が、国際法と国際的な慣習に従うことの利益をたいていの場合理解している世界において、そのルールを嘲ったり破ったりする者たちは、一時的なメリットを得られるかもしれない。ほかの者たちがやろうとしないことをできるのだから。しかし、彼らは長期にわたる損失をこうむる。つまり、社会ののけ者になり、そうでなければ——アメリカの場合のように——たとえ彼らの存在が避けがたいとしても、激しく嫌われ信用されないだろう。そしてそれゆえ、彼らが無視するふりをする国際機関のうちにおいてであろうとあるいはその外であろうと、彼らの影響力は下がっていくだけで、残るのは批判者を説得するための軍事力だけである。

もし合衆国を正気に戻したいなら——ミズーリ州インデペンデンスにあるトルーマン大統領図書館における告別スピーチでコフィー・アナンが述べたように、もしアメリカ合衆国が、世界の共同体の失われたリーダーシップを取り戻そうと望むなら――、合衆国は、以下のアイゼンハウアーの言葉を認識することから始めなければならないだろう。「さまざまな欠陥、さまざまな失敗によって批判されているにもかかわらず国連は、戦場を会議場でおきかえるという人類の最善の、組織的に達成されるべき希望を表している」ということを。ヨーロッパにおいてこの認識は、ヨーロッパ人たちが三〇年間にわたってほかの何千万ものヨーロッパ人を拷問し殺した後で、やっと根づくことができた。彼らが植民地の「原住民《ネイティヴ》たち」を拷問し殺していたあいだは、態度はほとんど変わらなかった。

ここアメリカ合衆国において、この原稿を書いている時に、イラクにおける三〇〇〇人を上回るアメリカ人の死者が国民の心に刻みこまれた。しかし、数万人のイラク人の殺害はほとんどそのようなあつかいを受けていない。事実、ワシントンでの体面をとりつくろう最新の決まり文句は、イラクで展開している惨事はイラク人自身のせいである。つまり、われわれは全力を尽くしていたが、彼らはわれわれをがっかりさせている、というものだ。そして、合衆国が「テロとの戦い」において容疑者を「明け渡し」、拷問することを（議会の完全な承認をもって）つづけているあいだは、私たちが国際法廷の美徳や国際法の優位についての考えを変えることはありそうもない。

そうすると、つまるところ、イラク戦争の屈辱的な敗北でさえ、国際協力の美徳についての多くのアメリカ人の考えを変えることはありえそうもない。しかし、ほかの何かが変化をもたらすかもしれない。というのも、どれほどアメリカ人たちが外の世界について知らず、外の世界に対する彼らの見方がどれほど古臭く偏見に満ちたものであったとしても、アメリカ国民と政治家たちが世界のほかの国々との協同を避けることのできない、二一世紀において国際的に共通する一つの経験があるのだから。このエッセイの多くの読者たちが生きているあいだに、世界はますますスピードを上げて環境破壊へとなだれこんでいくだろう、ということだ。

この見通しに関して最も責任を負っている二ヶ国――中国とアメリカ合衆国――が、安全保障理事会のメンバーのなかでも、集団的行動一般を受け容れる姿勢を一番見せていない国であることは偶然ではない。コフィー・アナンの後継の国連事務総長として彼らが選んだ男が韓国の潘基文[☆16]であり、これまでに不都合な課題を強く求めたり、時をわきまえずに発言したりすることで知られる別の人物ではなかったことは、驚くべきことではない。彼の最初の表明、特にサダム・フセインの処刑の妥当性に関する曖昧な言葉は、安心感を与えるものではなかった。しかし、今後数十年のあいだに、私たちは「自然」災害、干ばつ、飢饉、洪水、資源をめぐる戦争、人口移動、経済危機、地域流行病に未曾有の規模で直面するだろう。

個々の国家には、損害を抑え込んだり損失を補償したりするための手段も――グローバル化のゆえに――実際的な権限もないだろう。赤十字や国境なき医師団などの準国家的アクターたちは、よくて応急処置ができる程度だろう。「他者と行動をともにする」――ブッシュ以後新たに出てきたスローガン――ことは、まったく不十分だろう。自発的な者たち（もしくは盲従的な者たち）のたんなる連携だけでは無力である。私たちは、何がなされるべきかを知っている人びとの権威と指導を認めざるをえなくなるだろう。私たちは他者を通して、つまり、協力や協同というかたちで行動しなければならなくなるだろう。それも、いずれにせよほとんど意味を失ってしまうであろう、個別の国益や国境はほとんど意に介することなしに。ポール・ケネディは書いている。国連と、ＷＨＯのようなその多様な諸機関のおかげで、私たちはすでに、「国家がぼろぼろになりつつある時に、もしくは崩壊していく時に備えて、国際的な早期警戒やアセスメント、対応、調整を行う仕組みを確立してきた」。私たちは、これらの仕組みを、崩壊や失敗に直面するのが国家ではなく社会全体であるような状況へと適用することを学ばねばならなくなるだろう。「ここ」で彼らと戦わないために、「あちら」で「彼ら」と戦うという安心させる選択肢をアメリカ人でさえ取ることができないだろう状況に。

「唯一で替えがきかない」国連は、そのような危機を私たちがついには自覚した際に、それに対応する集団的な能力によって私たちが達成してきたものである。私たちがすでにそのような組織を持っていなかったとしたら、おそらく現在においてそれを作る方法は見当がつかないだろう。しかし、私たちには国連があって、今後、創設者たちの楽観主義をとは言わぬまでも、彼らの決定を相続した自分たちを幸運であると考えるようになるだろう。だからよい知らせは、長期的な視点で見れば、国連の正しさは証明されるだろうということだ——実際、国連は成功するだろう。ニューヨークシティの周囲の水位がどうしようもなく高まり、国連本部が（エリック・ショーンとそのお友達たちは大いに安堵することだろうが）マンハッタンのイーストリバーの河岸を離れることを余儀なくされでもしなければだが。悪いニュースは、もちろん——ケインズが私たちに思い起こさせたように——長い目で見れば、私たちはみな死んでいるということだ。[☆17]

（このエッセイはエリック・ショーン著『国連の真実——国際連合はいかにしてアメリカの安全保障を妨害し、世界を失望させたか』、ポール・ケネディ著『人類の議会——国際連合をめぐる大国の攻防』、ジェイムズ・トローブ『最良の意図——コフィー・アナンとアメリカ大国時代の国際連合』の書評として二〇〇七年二月の『ニューヨーク・レビュー・オブ・ブックス』誌に初出。）

第20章　私たちはいったい何を学んできたのか？

二〇世紀は過ぎ去ってしまったものなどでは到底ないのだが、そこでの不和と達成、理想と恐怖は、不明瞭な記憶の暗闇へとすべり落ちてゆきつつある。西洋において私たちは、可能なときはいつでも二〇世紀の経済的、知的、制度的因習をなしで済ますことに躍起になってきたし、そうするようほかの国々にも勧めてきた。一九八九年のあとで、かぎりない自信と不十分な反省を抱きながら私たちは二〇世紀を忘れ、利己的な、見せかけの真理に包まれた二一世紀へと闊歩していった。すなわち、西洋の勝利、歴史の終わり、アメリカ一極の時代、グローバル化と自由市場の避けがたい進展へと。

昔は昔、今は今という考えは、ちょうど消滅した冷戦時代の共産主義のドグマと制度よりはるかに強く信仰されている。九〇年代において、そしてふたたび二〇〇一年九月一一日の直後に私は、本国においてと同様国外で、私たちの現在の窮状の原因を理解しようとしない倒錯的な昨今の主張に、一度ならず驚かされた。より賢い頭脳を持った、以前の時代の一部の人びとの声を多大な慎重さをもって聴き取ろうとせず、思い出すというよりもむしろ積極的に忘れようとし、機会を見つけては連続性を否定し新しさを標榜しようとする、そういった主張に。過去には教わるべき興味深いものはほとんどないと、私たちは耳障りなほど強調するようになった。いまの世界は、新しい世界なのだ、と私たちは断言する。その危険と好機には前例がない、と。

おそらく、このことに驚きはない。近い過去は、知り、理解するのが最も困難なものである。さらに、一九八九年以降、世界は実際に特筆すべき変化を経験しているが、そのような変化はつねに、以前世界がどのようであったかを覚えている人びとにとって、動揺させるものである。フランス革命につづく数十年間において、消滅したアンシャン・レジームの生活の甘さは、年配の論者たちにひどく惜しまれた。それから一世紀が過ぎたあと、第一次世界大戦以前のヨーロッパについての回顧やメモワールなどは典型的に、失われた文明を、その世界の幻想がまったく文字どおり打ち砕かれた世界を描いていた(し、いまだに描いている)。「二度とこのような無垢はありえない」[*1]。

しかし、一つの違いがある。当時の人びとは、フランス革命以前の世界をなごり惜しんだかもしれない。しかし、彼らはそれを忘れてはいなかった。というのも、一九世紀の大半にわたってヨーロッパ人は、一七八九年に始まった激動の原因と意味に悩まされたままであったから。啓蒙の政治的、哲学的議論は、革命の火のなかでも焼尽していなかった。それどころか、フランス革命とその帰結は、あの同じ啓蒙のゆえであるとされたのだ。啓蒙はしたがって――友にとっても敵にとっても――次世紀の政治的ドグマと社会プログラムの源泉として現れたが、そのことは広く認められていた。

似たような調子で、一九一八年以後みなが事態はもうけっして同じままではないだろうと同意した一方で、戦後世界が取るだろう特有の形態はあらゆる場所において、一九世紀の経験と思考の長い影のなかで考えられ、議論された。新古典派経済学、リベラリズム、マルクス主義(そして共産主義というその継子)、「革命」、ブルジョワジーとプロレタリアート、帝国主義、「産業主義」――二〇世紀の政治世界の基礎となる諸要素――は、すべて一九世紀の産物である。ヴァージニア・ウルフと同様、「一九一〇年一二月、またはその前後で、人間の性質が変わった」――ヨーロッパの世紀末の文化的な激動が、知的交流の状況を完全に変えてしまった――と考える者たちでさえ、それでも、前世紀の者たちとのシャドーボクシングに驚くほどのエネルギーを費やした。[*2] 過去は、現在に重くのしかかっていた。

*

今日、それとは打って変わって、私たちは前世紀をいくぶん軽視している。たしかに、私たちはその世紀を至るところに記憶してきた。すなわち、聖堂、碑銘、「遺産」、また歴史テーマパークまでもすべて、「過去」を公的に思い起こさせるものである。しかし、私たちが記念しようとして選んできた二〇世紀は、奇妙にも焦点がぼやけている。二〇世紀の公的記憶の圧倒的に多くの場は、明白にノスタルジックで勝利の感覚に満ちたもの――高名な人物を讃えるか、名高い勝利を祝う――か、そうでなければ、ますます、一部の人びとだけの苦しみの回想の機会になっている。

二〇世紀はこのようにして、倫理的な記憶の宮殿になり始めている。すなわち、途中の通過場所が「ミュンヘン」、「真珠湾」、「アウシュヴィッツ」、「ソ連強制収容所《グラグ》」、「アルメニア」、「ボスニア」そして「ルワンダ」と名付けられている、教育に役立つ歴史の恐怖の部屋。[☆1] そして、ある種の余計なコーダとしての「九・一一」。これは、二〇世紀の教訓を忘れようとしたか学び損ねた人びとにとっての血ぬられた追伸である。私たちがいまやありがたくも脱け出した比類なく恐ろしい時代としての前世紀の、この簡潔かつ荘重な表象の問題は、その描写にあるのではない――その世紀は多くの点で本当に恐ろしい時代であり、歴史的記録を見ても、これまでにおそらく類を見ない蛮行と多くの人びとの苦しみの時代であった。問題は、それが伝えるメッセージである。すなわち、すべてはいまや過ぎ去った、その意味はもう明白だ、われわれはいま——過去の失敗にわずらわされることなく——別の、よりよい時代へと進んでよいのだ、というメッセージである。

しかし、そのような公的な記念は、私たちの過去の認識と過去に対する意識を高めることはしない。その役割は、過去の代理、代用なのだ。歴史を教える代わりに、私たちは子どもたちを連れて博物館や記念館のなかを歩く。さらに悪いことに、私たちは彼らに、彼らの祖先の苦しみの道しるべとして過去——とその教訓——を見るように奨励する。今日、近い過去についての「共通の」解釈は、このようにばらばらな過去の事象の多数の断片から成り立っており、それぞれ（ユダヤ人、ポーランド人、セルビア人、アルメニア人、ドイツ人、アジア系アメリカ人、パレスチナ人、アイルランド人、同性愛者……）が、おのおの特殊で自己主張の強い被害者性によって特徴づけられている。

その結果生じるモザイク状の過去の表象は、私たちを共有された過去へと結び合せるのではなく、そこから私たちを切り離す。かつて学校で教えられた国家の物語の欠点がどのようなものであろうと、またそれらの焦点の合わせ方がどれだけ選択的で、そのメッセージがどれだけ道具的であろうと、そのナラティヴは少なくとも、現在の経験にとっての過去の参照点を国民に与えるという利点を持っていた。数世代にわたる小中学生や高大生に教えられてきたような伝統的歴史は、過去を参照することによって現在に意味を与えた。すなわち、今日の名前や場所、碑銘、思想、そして間接的言及などは、過去についての記憶となったナラティヴへとはめ込むことができた。私たちの時代においてはしかし、このプロセスは逆になってしまった。過去はいまや、私たちが抱える多くの、そしてしばしばそれぞれ異なる現在の関心を参照することによってのみ、意味を獲得する。

過去のこのめんくらわせるほど縁遠い特性というものはあきらかに、ある程度までは現代の変化の純然たる速さの結果である。「グローバル化」は、両親や祖父母に想像させるのも難しいかたちで、人びとの生活を激しくかき乱した。数十年間、あるいは数世紀間なじみがあり、永遠であるように思われていたものの大半が、現在では急速に忘却されようとしている。過去は本当に、別の国になってしまったように思える。彼らはそこで、別の仕方で生きていたのだ。

コミュニケーション手段の拡大は、よい例を与えてくれる。二〇世紀の最後の一〇年間まで、情報へのアクセスは世界のほとんどの人びとに対して制限されていた。しかし――国家の教育、国家の管理下のラジオとテレビ、共通の印刷文化のおかげで――どの国家や国民、共同体においても、人びとはみな多くの同じ事柄を知るようになっていた。今日、これとは逆のことが当てはまる。サハラ以南のアフリカ以外の世界のほとんどの人びとが、無限に近い情報にアクセスすることができる。しかし、少数のエリートを除いて一切の共通の文化を欠くなかで、人びとが選択しそして出会う断片化された情報と考えは、嗜好や親近感、利害の多様性によって決定される。ただ、エリートたちのなかでさえもつねに共通文化があるわけではないのだが。年を追うごとに、私たち一人一人は、私たちの先祖の世界については言うまでもなく、私たちの同時代人の急速に多様化していく世界と共通のものを持たなくなっていく。

このことはすべて、たしかに実際に起きていることだ――そして、民主主義的統治の将来に対して不穏な含みを持っている。それにもかかわらず、混乱を引き起こす変化は、世界的な規模での変化でさえ、それ自体は前例のないものではない。一九世紀後半の経済の「グローバル化」は、その含意がはじめははるかに少ない人びとによってだけにしか感受され理解されなかったことを除けば、同様に激しいものであった。いまの変化の時代について重大なのは、過去の慣習だけでなくそれらの記憶すらも捨ててしまうという、独特な無関心である。ごく最近失われた世界は、すでに半ば忘れ去られた。

それでは、二〇世紀を忘れようと躍起になるなかで私たちが置き忘れたものとは何か？　少なくとも合衆国においては、私たちは戦争の意味を忘れてしまった。これには理由がある。ヨーロッパ、アジア、アフリカ大陸の多くの国において、二〇世紀は戦争のサイクルとして経験された。前世紀の戦争は侵略、占領、排除、略奪、破壊、そして大量殺戮を意味した。戦争に負けた国々はしばしば人口、領土、資源、安全、独立を失った。しかし、形式的には勝利を収めた国々でさえ、敗戦国と類似した経験をしており、敗戦国とほぼ同じように戦争を記憶していた。第一世界大戦後のイタリア、第二次世界大戦後の中国、両大戦後のフランスはよい例かもしれない。すなわち、どの国も「戦勝国」であるが、どの国も荒廃させられた。そして、戦争には勝ったが「平和を失った」国々があるが、それらは勝利によってもたらされた好機を浪費した。ヴェルサイユでの西側同盟諸国と一九六七年六月の勝利につづく数十年間におけるイスラエルは、依然として最もわかりやすい例である。

さらに、二〇世紀の戦争はしばしば内戦を意味した。すなわち、それは多くの場合占領や「解放」という口実の下で行われた。内戦は、インドとトルコからスペイン、ユーゴスラヴィアまで、二〇世紀の強制的な人口移動や広範に実施された「民族浄化」において重要な役割を演じた。外国による占領のように、内戦は過去一〇〇年の「共有された」恐ろしい記憶の一つである。多くの国々において、「過去を忘れること」――たとえば、血なまぐさい衝突や共同体内での暴力といったそう遠くない記憶を乗り越え、忘却する（あるいは否定する）ことへの同意――は、戦後政府の最重要の目標でありつづけてきたが、ある時にはそれは達成され、ある時は達成されすぎた。

戦争は、それ自体でたんに大惨事であっただけでなく、その後に別の恐怖をもたらした。第一次世界大戦は、これまでにないほどの社会の軍事化、暴力の崇拝、そして死の礼賛へとつながったが、これらは戦争自体より長くつづき、次いで起きた政治的惨事の土壌を用意した。第二次世界大戦中と大戦後にヒトラーやスターリンによって（あるいは順に両者によって）掌握された国家と社会は、たんに占領と搾取を経験しただけではなく、市民社会の法および規範の劣悪化と腐食を経験した。文明化された生活——規則、法、教師、警察官、裁判官——のまさにその構造が、消滅するか、そうでなければ別の不吉な意味を帯びた。安全を保障するどころか、国家それ自体が、不安定の主たる源となったのだ。相互主義と信頼は、それが近隣、同僚、共同体において、また指導者においてであろうと、崩壊した。慣習的な状況においては逸脱的であるだろうふるまい——盗み、不誠実、偽り、他者の不幸に対する無関心、そして他者の苦しみのご都合主義的利用——は、たんに普通になっただけでなく、時に家族と自分自身を救うための唯一の方法になった。異議申し立てや反対意見は万人が抱く恐怖によって押さえつけられた。

簡単に言うと、戦争は平時には通用せず、また考えられなかったはずのふるまいを駆り立てた。残虐行為を招くのは、人種差別でも民族的な敵対関係、また宗教的な熱狂でもなく、戦争である。戦争——総力戦——は、現代における大衆犯罪に先行する重大な条件でありつづけている。最初の原始的な強制収容所はイギリスによって、一八九九年から一九〇二年に起きたボーア戦争時に設営された。第一次世界大戦がなかったら、アルメニアの虐殺もなかっただろうし、共産主義もファシズムも近代国家をおそらく支配することはなかっただろう。第二次世界大戦がなかったら、ホロコーストはなかっただろう。カンボジアがヴェトナム戦争に無理矢理に関与させられなかったら、私たちはポル・ポトについて聞くことはなかった

ある。[*3] だろう。普通の兵士たち自身に戦争が与える残酷な影響に関していえば、もちろん、おびただしい記録がある。[*3]

合衆国は、これらのことのほとんどすべてを回避した。おそらく世界で唯一、アメリカ人は他国人よりもはるかに肯定的な光のもとで二〇世紀を経験した。合衆国は侵攻されなかった。占領や分割の結果、多数の市民や広大な領土を失うこともなかった。遠い場所で行われた新植民地戦争（ヴェトナム、現在はイラク）において面目を失いはしたものの、合衆国は、敗戦の結果にとことん苦しんだことは一度もない。[*4] 昨今の企てに対する彼らの二面的な感情にもかかわらず、ほとんどのアメリカ人は、自分たちの国が戦った戦争がほとんどの場合「よい戦争」であったといまだに感じている。合衆国は、二つの世界戦争における自国の役割とその結果によって大いに経済的に豊かになったが、この点で、別の唯一の大国であるイギリスと共通するところがない。イギリスはこの二つの大戦の明白な勝者となったが、国家破産寸前に陥り、帝国を失うという犠牲を払った。二〇世紀のほかの主要な競争相手と比べても、合衆国は戦闘において失った兵士も比較的少なく、民間人の死傷者もほとんど出していない。

この対比は、統計的に強調するに値する。第一次世界大戦において、合衆国の戦死者は、一二万人弱であった。イギリス、フランス、ドイツは、その数字はそれぞれ八八万五〇〇〇人、一四〇万人、二〇〇万人以上である。第二次世界大戦においては、合衆国が戦闘において四二万の武装兵力を失ったけれども、日本は二一〇万人、中国は三八〇万人、ドイツは五五〇万人、ソヴィエトは推定で一〇七〇万人失っている。ワシントンDCにあるヴェトナム戦争戦没者慰霊碑は、一五年間つづいた戦争のなかで生じた五万八一九五人のアメリカ人の死者を記録している。しかしフランス軍は、一九四〇年の五月から六月の六週間の戦闘において、その二倍の数の死者を出していた。前世紀で最も犠牲の多かった合衆国軍の戦闘——一九四四年一二月から一九四五年一月のあいだのアルデンヌの攻撃（「バルジの戦い」）——においては、一万九三〇〇人のアメリカ兵が亡くなった。ソンムの戦い（一九一六年七月一日）の開始二四時間以内で、イギリス軍は二万人の死者を出した。スターリングラードの戦いにおいて赤軍は七五万人の命を失い、ドイツ国防軍もそれとほとんど同じ数の犠牲を出した。

第二次世界大戦において戦った世代の人びとを除いて、合衆国はそれゆえ、戦争や敗北について、ほかの国々の軍隊の記憶とは比較にならないくらいわずかな現代の記憶しか持っていない。しかし、国家の記憶に永続的な傷を残すのは民間人の死傷者であり、この点において違いは実に鮮明である。第二次世界大戦だけでイギリスは、六万七〇〇〇人もの死者を出した。ヨーロッパ大陸においては、フランスは二七万人の民間人を失った。ユーゴスラヴィアは、五〇万人以上の民間人の死者を、ドイツは一八〇万人、ポーランドは五五〇万人、そしてソヴィエト連邦は推定で一一四〇万人の死者を記録している。これらの総計の数字は、およそ五八〇万人のユダヤ人の死者を含んでいる。さらに遠く離れて、中国においては死者の数が一六〇〇万人を超えた。両大戦におけるアメリカの民間人の死者は（商船隊を除いて）二〇〇〇人以下である。

結果として、合衆国は今日、公人たちが軍隊を賞賛し賛美する唯一の先進民主主義国になっている。こういう感情は、一九四五年以前のヨーロッパにおいてはなじみ深いものだったが、現在ではまったく知られていない。合衆国における政治家は、武勇を示す象徴や装飾品を身にまとう。二〇〇八年になっても、アメリカの論評家たちは、武力衝突に参加することをためらう同盟国を激しく非難する。私は、合衆国とほかの点では比較しうる国々とのあいだのどんな構造的な差異よりも、戦争とその影響について、対照的な記憶をもっていることが、今日の国際的な課題への両者の対応の違いを説明すると考えている。事実、――平和主義的な幻想を抱いているうぶなヨーロッパ人とは対照的に――アメリカ人は戦争と争いを理解しているという新保守主義の自己満足的主張は、私にはまったく誤っているように思われる。戦争をわかりすぎているほどわかっているのはヨーロッパ人（それとともにアジア人とアフリカ人）である。ほとんどのアメリカ人は運良く、戦争の本当の重大さをまったく知らない状態で安穏と生きてきたのだ。

これと同じ対照が、冷戦とその結果についてアメリカ人が書くものの多くが持つ独特な性質を説明するかもしれない。共産主義の崩壊についてのヨーロッパの説明では、以前の鉄のカーテンのどちらの側においても、支配的な感情というのは、長く不幸な一時期が閉じる時の安堵の感情である。しかしここ合衆国においてこの話は概して、勝利主義的調子で記録される。[*5] それのどこがいけない？　アメリカの多くの論評者と政策立案者たちにとって、二〇世紀のメッセージというのは、戦争は効き目があるということである。それゆえ、二〇〇三年には、イラクに対する戦争について、（他国のほとんどからの強い反対にもかかわらず）熱狂的な支持が広まったのである。ワシントンにとって、戦争は依然として一つの選択肢である――そしてあの時には、それが第一の選択肢であった。ほかの先進国にとっては、それは最後の手段となっている。[*6]

二〇世紀の歴史に関する無知は、たんに武力衝突への痛ましい熱狂に寄与するだけではない。それは敵を誤認することにもつながる。私たちはまさにいま、テロリズムとその挑戦に見舞われてもおかしくはない。しかし、地球上からテロリストを根絶する一〇〇年戦争にとりかかる前に、以下のことは考えておく必要がある。テロリストたちは、新しい存在ではない。たとえ私たちが大統領と君主の暗殺や暗殺の企てを除外し、非武装の民間人を政治的目的のためにランダムに殺害する男女に限定したとしても、テロリストは一世紀以上ものあいだずっと、私たちのそばに存在しつづけてきた。

アナーキズムのテロリスト、ロシア人テロリスト、インド人テロリスト、アラブ人テロリスト、バスク人テロリスト、マレー人テロリスト、タミール人テロリスト、そしてほかの多数のテロリストたちがいた。そしてキリスト教信者のテロリスト、ユダヤ人テロリスト、ムスリムのテロリストが存在してきたし、いまでもいる。第二次世界大戦で恨みをはらそうとしたユーゴスラヴィアの（「パルティザン」）テロリストがいた。一九四八年以前のパレスチナにおいてアラブ人市場を爆破したシオニストのテロリスト、マーガレット・サッチャーのロンドンにおいてアメリカから資金援助されたアイルランド人のテロリスト、一九八〇年代のアフガニスタンにおけるアメリカ軍に支援されたムジャヒディーン[☆2]のテロリスト、などなど。

日常的に危険な国は言うまでもなく、スペイン、イタリア、ドイツ、トルコ、日本、イギリス連邦、あるいはフランスに住んだことのある者は誰も、二〇世紀とそれ以降も――銃や爆弾、科学薬品、車、列車、飛行機、そのほか多くのものを使用した――テロリストの遍在に気づかずにはいられなかっただろう。最近変化した唯一のことは、二〇〇一年九月におきた、合衆国内における殺人テロリズムの実行である。これすらも、完全に前例がないわけではなかった。その手段は新しく、大虐殺はこれまでに例がなかったが、アメリカの領土におけるテロリズムは二〇世紀を通じて知られていないものでは到底なかった。

しかし、今日のテロリズムは異なっている。宗教と権威主義的政治を混ぜ合わせた毒を吹き込まれた「文化の衝突」、すなわち「イスラムファシズム」であるという議論はどうなるのか[☆3]？　これもまた、二〇世紀の歴史についての誤った解釈に大部分依拠している見方である。ここには三重の混乱がある。その第一は、戦間期ヨーロッパにおいてそれぞれの国家ごとに異なるファシズムを、私たちの時代の（同様に均質ではない）ムスリムの運動と反乱が見せるまったく異なった怒り、要求、そして戦略などと一緒くたにすることである——そして、過去の反ファシズム闘争がもつ倫理の信頼性を、私たち自身のより怪しげな動機から行われる軍事的冒険に結びつけることである。

第二の混乱は、宗教的な動機を持った、無国籍の一握りの暗殺者たちと、二〇世紀に生み出された脅威とを混同するところから生じている。この脅威は、外国への攻撃と大量虐殺に従事していた全体主義政党に支配された富裕な近代国家によって引き起こされたものだった。ナチズムは私たちの存在にとって脅威であり、ソヴィエト連邦はヨーロッパの半分を占領していた。しかしアルカイダは？　この比較は、独裁者と戦った人びとの記憶は言うまでもなく、彼らの知性を辱める。それらの類似性を主張する人でさえも、それを信じているようには思えない。結局のところ、もしウサマ・ビン・ラーディンが本当にヒトラーやスターリンと同等であったとしたら、私たちの、九・一一に対する反応は、侵攻であっただろうか……バグダードの？

しかし、最も深刻な誤りは、形式が内容であるという思い込みから生じている。つまり、現代のそれぞれ異なり、時に矛盾し合う目的を持ったさまざまなテロリストたちとテロリズムをすべて、彼らの行為によってのみ定義すること。それどころかそれはまるで、イタリアの赤い旅団、ドイツのバーダー・マインホフ・グルッペ、アイルランド共和国軍暫定派、バスクETA、スイスのジュラ分離派、コルシカ民族解放戦線などをすべて一つにまとめあげ、それぞれの差異を無視しようとしているかのようである。[☆4]イデオロギー的な制裁を下す者、爆弾投下者、政治的殺人者たちを混ぜ合わせて出てくるものを「ヨーロッパの過激派」（あるいは「キリスト教ファシズム」？）と名付け……そしてそれに対して妥協もなく終わりのない武装闘争を宣言するかのようである。

敵と脅威を彼らの文脈から抜き出すこの行為は、私たちが二〇世紀のあの教訓を忘れているというたしかな印である——この行為によって私たちはやすやすと以下のことを自分たち自身に言い聞かせ、信じ込んだのである。すなわち、遠くの「イスラム国家《イスラミスタン》」に住み、私たちを憎み、「私たちの生活様式」を破壊しようとしている、見知らぬ文化の「イスラムファシスト」、「過激派」と戦争をしているのだ、と——あの教訓とは、戦争と恐怖とドグマとによって、私たちはやすやすと、他者を悪魔化し、彼らに自分たちと同等の人間性を否定しあるいは私たちの法の保護を与えるのを拒否し、言語道断な仕打ちに及んでしまいかねないということである。

私たちはほかにどのようにすれば、拷問の慣行を現在許容しているという事態を説明できるだろうか？というのも、私たちはたしかに許容しているのだ。二〇世紀は戦争法に関するハーグ条約[☆5]から始まった。二〇〇八年現在、二一世紀は、ご立派にもグアンタナモ強制収容所を有している。この場所と合衆国内のほかの（極秘の）刑務所において、テロリストたちやテロリストと疑われている人びとは日常的に拷問されている。これに関してはもちろん、独裁においてだけではなく、多くの二〇世紀の前例がある。イギリス人は、東アフリカの植民地において一九五〇年代になってもテロリストを拷問していた。フランス人は、フランス領アルジェリアを保持するための「汚い戦争」において捕虜となったアルジェリア人テロリストを拷問した。[*7]

アルジェリア戦争の真只中にレイモン・アロンは、フランスがアルジェリアを諦め、その独立を認めるよう強くうながす説得力のある論文を二本出版した。彼が主張したのは、これはフランスが勝つことのできない無駄な戦争であるということである。数年後アロンは、アルジェリアにおけるフランス支配に反対しながら、なぜ彼はアルジェリアにおける拷問の使用に対して声を上げていた人びとに加勢しなかったのかと尋ねられた。「しかし拷問に反対することを表明することで、何を達成できただろうか？」と、彼は返答した。「拷問に賛成する人には一人も会ったことがなかったのだから」[*8]。

そう、時代は変わってしまった。今日の合衆国では、多くの尊敬すべき、良識ある人びとが、――適切な状況のもとで、それをすることでメリットが得られる人物に対してであれば――拷問に賛成している。ハーヴァード・ロー・スクールのアラン・ダーショウィッツ教授[☆6]は「〔囚人から、時間にかぎりのある情報を聞き出すための〕生死にかかわらないような拷問を採用するために、費用と便益の関係のシンプルな分析をするのは抗しがたい」と書いている。シカゴ大学神学校のジーン・ベスキー・エルシュテイン教授[☆7]は、拷問は恐怖であり、「一般的には〔ママ〕……禁止されている」と記している。しかし、「限度を知らない敵に対する致命的で危険な戦争の状況のなかで捕虜を尋問する際……この規則が無視されるかもしれないときはある」[*9]。

この背筋の凍るような断言はニューヨークの上院議員チャールズ・シューマー（民主党員）[☆8]によっても繰り返されている。彼は、二〇〇四年の上院の聴聞会において「この部屋のなかで、あるいはアメリカにおいて、拷問が決して、絶対に行わされるべきでないと言う人はおそらくほとんどいまい」と主張した。たしかにそのとおりで、最高裁判所判事のアントニン・スカリア[☆9]は、二〇〇八年二月のBBCのラジオ4に対し、拷問をできないということは馬鹿げたことだと伝えた。スカリアの言葉では、

> それをわれわれが一度認めたら、われわれは別のゲームを始めることになる。どの程度まで脅威が迫っていなければならないか？　どれくらい激しく苦しみを与えることが可能か？　私はこれらの問い

が簡単だとはまったく思わない。……しかし、したり顔で自信満々に入ってきて、「ああ、それは拷問だ、だから絶対よくない」と言えはしないと、私ははっきりとわかっている。[*10]

しかし、まさにその「それは拷問だ、だから絶対よくない」という主張こそが、ごく最近まで、独裁と民主主義を区別するものであったのだ。私たちは、ソヴィエトの「悪の帝国」を打ち負かしたことに誇りを持っている。実際にそうだろう。しかしおそらく、私たちはもう一度、その帝国のもとで苦しんできた人びとの回想録――ユーゲン・レベル、アルチュル・ロンドン、ジョー・ランゲール、レナ・コンスタント、そして無数のほかの作家たちの回想録――を読むべきだ。そして彼らが受けた、尊厳を傷つける虐待と、ブッシュ大統領とアメリカ議会によって承認され、正式に許可されている処置とを比較すべきである。それらは、それほどまったく異なるものだろうか？[*11]

拷問はたしかに「効き目がある《ワーク》」[☆10]。二〇世紀の警察国家の歴史が示しているように、極端な拷問のもとで、ほとんどの人びとは何でも（時には真実も）口に出すだろう。しかし何のために？　拷問によってテロリストから聞き出された情報のおかげで、フランス軍は一九五七年のアルジェの戦いに勝利することができた。わずか四年後に戦争は終わり、アルジェリアは独立し、「テロリスト」は勝利した。しかし、フランスはフランスの名の下に行われた犯罪の汚点と記憶をいまだに背負っている。拷問は本当には役に立たない。とりわけ共和国にとっては。そしてアロンが数十年前に述べていたように、「拷問――そして嘘――は、戦争につきものである。……なされなければならないのは、戦争を終わらせることだった」[*12]。

私たちは坂をずり落ちている。今日、自分たちのテロとの戦争から私たちが引き出す詭弁的な区別――法の支配と「例外」状態のあいだの、（権利と法的な保護を有した）市民とその人びとには対して何を行ってもよいとされる非市民とのあいだの、普通の人びとと「テロリスト」のあいだの、「われわれ」と「彼ら」とのあいだの区別——は、新しいものではない。二〇世紀にはそれらすべてが利用されてきた。それらは、近い過去の最悪のぞっとするような行為を認可した区別とまったく同じ区別である。すなわち、収容所、国外追放、拷問、そして殺人——私たちに「二度とあってはならない」と呟くようながしている、まさにその犯罪なのである。そうすると、私たちが過去から学んできたと思っているものは、正確にはいったい何なのか? もし合衆国が自前の強制収容所を作り、そこで人びとを拷問にかけることができるなら、私たちの独りよがりな記憶と記念行為の崇拝は何の役に立つ可能性があるのか?

私が思うのは、私たちは二〇世紀から逃げるどころか、そこに戻り、もう少し慎重に眺めてみなくてはならないということだ。私たちはもう一度——あるいは初めて——、いかに戦争が勝者も敗者も同様に残忍にし、尊厳を失わせるかを学ぶ必要がある。そして、十分な理由がないまま無思慮に戦争を行い、戦争の際限のない継続を正当化するために私たちの敵を拡大し、悪魔化するよう促される時に、何が起きるかを。そしておそらく、この長期にわたる選挙期間に、私たちの大志を抱く指導者たちに一つの疑問をぶつけることができる。父さん(あるいはこうかもしれないが、母さん)、戦争を防ぐために何をした?☆11

(このエッセイの初出は、『ニューヨーク・レビュー・オブ・ブックス』誌二〇〇八年五月号である。)

IV　私たちの現在の生き方

第21章　鉄道の栄光

ほかのいかなる技術設計や社会制度にもまして、鉄道は近代性をあらわしている。ほかのいかなる交通機関、技術革新、産業も、鉄道の発明と導入によってもたらされた規模の変革を起こしたり手助けしたりしたことはない。かつてピーター・ラスレット[☆1]は、「私たちが失った世界」、すなわち、現在とは想像できないほどに違っていた昔の状況について語った。鉄道以前の世界について、たとえば、パリからローマまでの移動にかかる時間とその移動手段が二〇〇〇年ものあいだほとんど変わらなかった時代の、距離とそれがもたらした問題の意味を考えてみよう。食料や物資、そして大勢の人間を、時速一〇マイルを超える速さで運ぶことができなかったために、経済活動や人間の生存確率に課されていた限界について考えてみよう。文化、社会、あるいは政治に関するすべての知識が長いあいだ地域的特徴を維持していたこと、そしてそのような分断がもたらした帰結について思いをめぐらせてみよう。

なによりも、鉄道の到来以前に、人びとにとって世界がいかに違うものに見えたかを考えてみよう。その違いは、ある意味においては、知覚が制限されていたことによるものだった。一八三〇年まで、ほとんどの人びとは、馴染みのない風景や遠くの街、あるいは外国の土地がどのように見えるかを知らなかった。

訪れる理由も機会もなかったからだ。しかしまた別の意味でも、鉄道以前の世界はその後に訪れた、今日の私たちが知る世界とはかなり異質に見えたし、それは鉄道が、たんに移動を可能にして、それにより世界が見られ描かれる方法を変える以上のことをしたからだった。

鉄道は産業革命から生まれた。一八二五年に車輪がついたとき、蒸気機関自体は発明されてからすでに六〇年が経っていたし、その発明によって採掘が容易となった石炭は、蒸気機関の動力として不可欠だった。しかし、その産業革命に生命と推進力を与えたのは、鉄道だった。鉄道は、みずからが運搬することを可能にした貨物の最大の消費者だった。さらに、近代産業の技術への挑戦のほとんど――長距離電信、家庭用・産業用の水道やガスや電気の整備、都市部や地方の排水設備、巨大な建築、大勢の人間の運搬など――は、鉄道会社によって初めて挑まれ、克服されたのだった。

列車、あるいは、むしろそれが走った線路は、空間の征服を象徴した。運河や道路の整備は大きな技術的達成だったかもしれない。しかしそれらはほとんどつねに、河川や谷、歩道や山道などといった古代の遺跡や自然の地形を、人力あるいは技術の発達によって拡張したものだった。テルフォードやマカダム[☆2]でさえ、すでに存在する道を舗装する以上のことをほとんどしなかった。鉄道路線は風景を再発明したのである。丘を切り抜き、道路や運河の下を掘り、谷や街や入り江を越えていった。鉄桁、構脚、レンガで覆われた橋、石で支えられた土塁、埋め立てられた湿地などの上に、耐久的な鉄道が敷かれた。これらの素材を搬入したり持ち去ったりすることで、街も田園も同じように完全につくりかえることができた。車両が重くなるたびに、その下支えもさらに巨大化していった。より厚く、より強く、より深く。

列車以外の何もその上を走ることはできないし、列車はほかのどこも走ることができないという点で、鉄道は特定の目的のためだけに建設されたものだ。そして、敷設するには、ある程度の傾斜の上で、カーヴも限定的にせねばならず、また森や岩、畑や牧場などに邪魔されてはいけなかったために、鉄道は、それまで戦時中を除けばまったく例を見なかった（そしてそれ以降にも見られない）優先通行権や財産、所有、そして破壊の権利といった、人間と自然両方に対する力と権威を要求し、実際にいたるところでそのような力と権威を享受した。鉄道を歓迎した共同体はとくに繁栄した。鉄道への反対を表明した町や村は、敗北したか、あるいは苦難を強いられた。もしくは、仮に線路や橋、駅を建設することを阻止できた場合は、遅れをとることとなった。消費、旅行者、物資そして市場はすべてそこを通り越して、どこかよそへ行ってしまったからだ。

空間の征服は、不可避的に、時間の再編成へと向かった。初期の列車のそれほどでもない速さ——大体時速二〇から三五マイルほど——でさえも、一握りのエンジニアたち以外のあらゆる人びとの想像力の限界をはるかに超えたものだった。ほとんどの旅行者や観察者たちは、当然のことながら、鉄道が空間的関係とコミュニケーションの可能性に革命を起こしたというだけでなく、列車が、これまでに例を見ない速度で、みずからの前進をはばむいかなる障害物もなく移動するという点で、きわめて危険であるという考えを抱いていた。信号、通信、そしてブレーキのシステムは、つねにエンジンの動力と速度の安定的な向上に一歩遅れをとっていた。二〇世紀後半まで、列車は止まることよりも動くことに秀でていたのである。そのため、列車は互いに安全な距離を保ち、つねに自分がどこにいるのかを把握していることが決定的に重要だった。こうして、技術的考慮と安全への配慮のみならず、商業、利便性、広報上の動機から、鉄道時刻表が生まれたのである。

一八四〇年代前半に最初に現れた時刻表が、鉄道そのものの編成に関してはもちろんのこと、それ以外のあらゆる日常生活に対してもった重要性と影響力を伝えることは、今日では難しい。近代以前の世界は空間に規定されていた。それに対して近代世界は時間に規定された。この移行は一九世紀のなかほどに驚くべき速さで起こり、主要駅に特別に建てられた目を引く時計塔や切符売り場、プラットフォーム、そして従業員のポケットの中といった、駅のあらゆる場所へと時計は普及していった。その後に現れたすべてのもの——各国において定められ国際的にも合意されたタイム・ゾーンの成立、工場で労働時間を測るための時計の導入、腕時計の普及、バスやフェリー、飛行機、ラジオとテレビ番組の時刻表など——は、たんに鉄道に従ったにすぎない。鉄道は、時間の管理と編成における列車の孤高の地位を誇った。ガブリエル・フェリエによって描かれたオルセー駅(いまでは美術館)の食堂の天井を見てみればよい。《時間の寓意》(一八九九年)は、食事をとる者たちに、列車はデザートまで待ってくれないということを思い出させている。☆3

一八三〇年にリヴァプール—マンチェスター路線が開通するまで、人びとは大勢で一緒に旅をすることはなかった。標準的な乗合馬車はなかに四人、外に一〇人乗せることができた。しかし、それは頻繁に使われることはなかったし、ほかに選択肢があれば避けられるのが普通だった。富裕層や冒険心のある者は——馬に乗るか、個室の馬車で——一人で、あるいは家族で旅をしたものの、ほかに遠くまであるいは頻繁に旅をする者はいなかった。だが鉄道旅行は初めから大勢のためのものであり——最初期の列車でさえ数百人の乗客を運んだ——そのために値段や快適さ、サービス、そしてなによりも同じ車両に乗り合わせることになるであろう同行者などによって差をつけることが重要となった。そうしなければ、上流階級は乗ろうとしなかっただろうし、貧しい者は費用を賄えず締め出されただろう。

そうして鉄道は旅の「クラス」を確立した。通常は三つのクラスがあり、ロシア帝国とインドの場合には五つまでクラスがあった。こうしたクラスは現在の「ファーストクラス」や「セカンドクラス」などの元となったが、事実上のみならず比喩的な意味でも、客車やその内装だけではなく、待合室、公衆トイレ、切符売り場、レストラン、そして駅に備えられたそのほか多くの設備のいたるところで、そのクラスは再生産された。やがて、ファーストクラスの乗客のみに許されたある種の設備──食堂車、特別客車、喫煙車、寝台車、プルマン式車両〔豪華な寝台車両〕──は、堅固で上品で優雅なブルジョワの生活を（文学、芸術、そして装飾において）再生産し定義することとなった。こうした特別な設備──とくに二〇世紀特急、ゴールデン・アロー号、あるいはオリエント急行のような、長距離もしくは国境を超えた列車のそれ──は、もっとも派手なかたちで、近代の旅を、文化を誇示するためのとくに羨望を集める方法、すなわち特権的な少数者のための高級な様式として定義したのだ。

やがて、鉄道は社会の階層をたった二つの階級へと単純化した。これは、西洋の大部分においては第一次世界大戦後の変化を反映したものだったが、それ以外の地域ではかならずしもそうではなかった。部分的には、これもまた競争への反応だった。一九三〇年代以降、自動車が、短距離のみならず中距離の移動においても、便利な選択肢として列車に挑戦していた。車は、その前身となったがもはや廃れていた個室馬車と同じように、すぐれて私的な乗り物であったために、それは鉄道の旅のみならず、公共交通機関が上品で好ましい移動手段であるという観念そのものを揺るがした。一八三〇年以前の状況が一九五〇年以降に再来したのだ。経済的余裕がある者はプライバシーを選ぶようになっていった。もはや公共交通機関を、以前のように注意深く、社会的に決められた序列に気を配りながら調整する必要性も欲求もなかったのだ。

列車は人びとを運ぶためにある。しかし、その最も際立った姿、その最も偉大なる記念碑は、静的なものだ。すなわち駅舎である。駅は、とくに大きなターミナル駅は、空間を編成するものとして、かつて例を見ないほどの大勢の人びとを一箇所に集め送り出すための革新的な手段としての実用性と重要性のために研究が尽くされている。そして実際、ロンドン、パリ、ベルリン、ニューヨーク、モスクワ、ボンベイ、そのほかいたるところの新しい巨大な都市型の駅は、公的空間の社会的編成において革命を起こした。しかしそれらは、建築と都市設計の、都市計画と公共生活の歴史においても、独特な重要性をもった。

大きな都市に鉄道路線を引くことは、記念碑的な挑戦だった。技術的・社会的問題――都市の一区画を丸ごと取り除き（たいていの場合は最貧地域が犠牲になり、たとえばグランド・セントラル駅の場合は、二〇〇以上の商店、作業場、教会が、数千もの安アパートと一緒に取り壊された）、都市や自然の障害を越えて橋を架けトンネルを掘らなければならないこと――のほかにも、新しい技術を、重要な大建造物を、そして止むことのない日々数万人もの人びとの流れを古い都市の中心に置くことへの懸念もあった。駅はどこに建設されるべきなのか？　どのように既存の都市構造のなかに組み入れられるべきなのか？　どのような見た目であるべきなのか？

これらの問いへの答えが、近代の都市生活をつくったのだ。一八五〇年代（パリ東駅の建設）から一九三〇年代（巨大なミラノ中央駅の完成）までのあいだ、ブダペストからセントルイスにいたるターミナル駅は、その都市の錨となった。それらのデザインはゴシックから「チューダーベス様式」（一九世紀後半から二〇世紀前半にかけて現れたチューダー朝復興様式のなかで、とくにエリザベス朝的な様式を融合させたもの）まで、ギリシア復興様式からバロックまで、ボザール様式（パリのエコール・デ・ボザールで学んだ建築家たちによる古典主義的なヨーロッパ古典様式）から新古典主義まで幅広かった。そのうちのいくつか、とくに二〇世紀前半のアメリカのものは、入念にローマをモデルにした。ニューヨークのペン駅の寸法はカラカラ帝の大浴場（紀元前二一七年）をもとに計測され、ワシントンのユニオン駅にある筒型ヴォールト天井は、ディオクレティアヌス帝の大浴場（紀元前三〇六年）の翼廊のヴォールトから直接借用された。

これらの巨大な建造物――これらはときに駅舎の機能面がその見た目に劣ることをほのめかしたが、ときが経つにつれて、後ろに敷かれた線路よりもそのほかの都市構造に訴えかけることで、そのことをうまく隠すようになった――は、その都市の計り知れない誇りの源泉となり、しばしば都市のほかの大部分のデザインを事実上つくりなおす機会をもたらした。ベルリン、ブリュッセル、パリ、ロンドンなどのヨーロッパの主要諸都市は、鉄道の終着駅を中心に、駅へと伸びる広い大通りを敷き、都市へ入ってくる路線同士をつなぐ地下鉄や路面電車の交通網（ロンドンに典型的に見られるように、放射状のスポークをもつゆるやかな円状のネットワーク）を整備し、鉄道によって期待される住居への需要の増加に合わせた再開発計画を立てることで再構成されていった。

鉄道駅は新しい支配的な都市空間となった。都市の大きな終着駅はゆうに一〇〇〇人を超える人びとを直接雇用した。盛時にはニューヨークのペン駅は、三五五人のポーター――あるいは「赤帽」を含む、三〇〇〇人を雇用した。駅の上もしくは隣接して鉄道会社によって建てられ所有されたホテルは、さらに数百人を雇用した。駅のホールと、線路を支えるアーチの下に、鉄道はさらに豊富な商業空間をもたらした。一八六〇年代から一九五〇年代まで、ほとんどの人びとはターミナル駅を通じて都市に出入りした。そうしたターミナル駅の大きさと荘厳さは――近くの街角から見ようが、駅をさらに重要なものとするために新しく作られた大通り（たとえばパリ東駅へと辿り着く新しいストラスブール大通り）の端から遠く眺めようが

——近代のメトロポリスの商業的な野心と都市としての自己像を直接的そして意図的に語っていた。

＊

駅のデザインが顕著に示したように、鉄道が機能的なだけであったことはない。鉄道は、快楽としての、冒険としての、そして典型的な近代の経験としての旅を可能にした。パトロンや顧客たちはチケットを買って出発するだけのことを期待されてはいなかった（それが、「入場券」が導入されて大いに活用された理由だった）。だから駅は、身廊、後陣、側廊の脇のチャペル、補助的な事務所や儀式といった空間と設備をもった大聖堂をしばしば意図的にモデルとして設計されたのだった。そのような新しい伝道のための記念碑を建てようという意識への目配せとしては、ロンドンのセント・パンクラス駅（一八六八年）が古典的な例である。駅はレストランや商店、そのほかの対人サービスを兼ね備えていた。駅は長いあいだ、都市の第一の郵便・電信の事務所を置く場所として好まれた。そしてなによりも、駅は鉄道そのものを宣伝する格好の場所だった。

路線、ツアー、遠足、エキゾチックな場所や機会を宣伝するための鉄道のポスター、広告、パンフレットは、鉄道旅行の歴史の早期に目覚ましく現れた。第一世代の鉄道会社のマネージャーたちにとってさえも、自分たちが自分たちにしか満たせないニーズをつくりだしていること、そしてより大きなニーズをつくりだすほど、自分たちの事業もより大きくなっていくだろうということは、完全に明らかだった。制約のなかで、鉄道会社は、自分たちの商品を自分たちで宣伝することを——最も有名な例では、一九一〇年頃から一九四〇年頃までのあいだに、アール・デコと表現主義的なポスターで駅の壁と新聞広告欄を埋め尽くすことで――やってのけた。鉄道会社はホテルや蒸気船も所有していたものの、みずからが生み出した事業のすべてを管理するほどの術をもっておらず、そうした事業は旅行マネージャーや代理店といった新しい業種の手に渡った。そのなかで飛び抜けて一番重要だったのは、ダービシャーのトマス・クックの一族だった。

クック（一八〇八‐九二年）は、鉄道旅行の可能性によって解放された商業的活力と、それらが導いた幅広い経験の双方を体現している。小さな家族経営の会社として、地域の禁酒協会の日曜の鉄道旅行を企画したことに始まり、まずはイギリスで、次に大陸ヨーロッパで、そしてついにはアメリカ大陸で、クックは鉄道やバス、船舶に関する知識を蓄積するとともに、ホテルや観光地との連絡もおさえた。クックとその後継者たちや模倣者たちは旅そのものを企画し、鉄道会社と手を結び、現在人びとが旅をする「リゾート」を発明した。山や海、あるいは旅行という目的のために発見された「景勝地」などにあるそうした「リゾート」は、クックを通じて予約でき、鉄道で訪れることができた。

しかしツアーの企画者たちがなによりも重きを置いたのは、旅に*つ*い*て*の情報を集めることだった。旅人たちが実際に旅をする前に想像し予想する（そして料金を前払いする）ことを可能にし、それによりリスクを最小限にとどめながら期待を向上させた。どこに行くべきか、何を楽しみにするべきか、どんなものを着るべきか、何をどんな風に言うべきか、といったことを旅行者に助言したクックのパンフレット、小冊子、旅行ガイドは、新聞売場や書店によって駅に新しく開かれた売店で売り出された。一九一四年までには、クックは必然的な次の一手として、鉄道駅やホテルのなかや隣に支店を開き、鉄道の時刻表を出版し、道中の列車とその設備に対する保険を請け負うことまでするようになっていた。

鉄道広告掲示板、あるいはツアー・ガイドや旅行代理店によって配布される色とりどりの資料に描かれるイラストは、鉄道に関する別の何かを描き出している。モダン・アートにおける鉄道の立ち位置、その同時代性と新しさのアイコンとしての汎用性である。芸術家たち自身はこのことに疑いを抱いたことはなかった。ターナーの《雨、蒸気、速度》(一八四四年)から、モネの《サン・ラザール駅》(一八七七年)、エドワード・ホッパー《駅》(一九〇八年)、キャンベル・クーパー《グランド・セントラル駅》(一九〇九年)、そして戦間期のロンドン地下鉄の古典的なポスター・デザインまで(その後の世界中の鉄道や地下鉄路線図で、複製とは言わないまでも模倣されることとなった、一九三二年に描かれたハリー・ベックの古典的な鉄道路線図は言うまでもなく)、鉄道の列車と駅は四世代にわたる近代絵画芸術の主題もしくは背景となった。[☆4]

しかし鉄道が最も効果的に価値を見出され利用されたのは、すべてのモダン・アートのなかで最も近代的な領域においてだった。一九二〇年代から一九五〇年代にかけて、映画と鉄道はときを同じくして全盛期を迎え、両者は歴史的に切っても切れない関係にあった。史上初めてつくられた映画、リュミエール兄弟の『ラ・シオタ駅への列車の到着』(一八九五年)は、列車についてのものだった。列車というのは、視覚と(とくに蒸気機関の時代には)聴覚に訴えかける、感覚的経験である。だからそれは、映画撮影技師にとっては「自然」なものだったのだ。駅は匿名的で、そこにはあふれるほどの影と動きと空間がある。映画作家にとって駅が魅力をもったことはけっして不思議ではない。しかし駅や列車、そして鉄道の旅にまつわる期待や記憶に関する映画のまぎれもない幅広さには、いまだにただ驚かされる。ほかのいかなる旅の手段も、世界の映画においてこれほどまでの重要性をもってはいない。馬や自動車には、列車のような汎用性がないのだ。西部劇やロード・ムービーはすぐに時代遅れとなるし、国際的な市場はあるものの、合衆国でしか製作されたことはない。

『キートン将軍』（一九二七年）から『オリエント急行の殺人』（一九七四年）まで、鉄道を舞台にした、あるいは鉄道に関する映画を列挙したところで意味はないだろう。しかし、そのなかで最も有名な作品については一考の価値がある。デイヴィッド・リーンの『逢びき』（一九四五年）では、駅と列車とその目的地が、ただの小道具、あるいは感情の動きや物語上の出来事のたんなるきっかけ以上の働きをする。まさに細部の具体性（時刻表の超越的な権威、街と共同体における駅とその配置、蒸気と灰の身体的な経験とプロット上の重要性）が、鉄道をたんなる設定以上のものにするのだ。カーンフォース駅での場面は、まさにその場面が脅かす家庭生活の静謐さと並置されることで、リスクを、機会を、不確実さを、新しさを、そして変化をあらわしている。それらは人生そのものなのだ。

（本章はトニー・ジャットが二〇〇七年に執筆した論文の第一部であり、『機関車《ロコモーション》』と題された本のなかに収められる予定だった。ジャットの病と早すぎる死により、その本が書かれることはなかった。この論文はジャットの死後、『ニューヨーク・レビュー・オブ・ブックス』誌二〇一〇年一二月号に発表された。）

第22章　鉄道を取り戻せ！

私たちの現在の暮らし

一九五〇年代以降、鉄道は衰退をつづけている。つねに旅行者（そして、それよりは目につかないが、貨物）をめぐる競争があった。一八九〇年代以来、乗合馬車や馬車鉄道は、作るのも走らせるのも機関車より安上がりだった。馬車は一世代後には電気やディーゼルやガソリンを使った車に取って代わられた。貨物馬車の後継者となったトラックは、短距離輸送に関してはつねに秀でていた。それがディーゼル・エンジンの開発されたいまとなっては、長距離も任せられるようになったのである。それに加えて飛行機も登場し、なによりも自動車が現れ、より安く、より速く、より安全で、年を追うごとにより信頼度を増していった。

本来想定されていた長距離の移動においても、鉄道は不利な立場にあった。操業と維持――検査、トンネルの掘削、線路の敷設、車両と駅の建設、ディーゼルへの切り替え、電気の導入――にかかる費用は、競合するほかの交通手段よりも高かったし、けっして元をとることはなかった。対照的に、大量生産された自動車は安く製造され、道路の整備は税金で賄われた。たしかに自動車には、環境への負荷のような高い社会的なコストがかかったが、そのツケはいつか将来に払えばよいのであった。なによりも、自動車は私的な旅行の可能性をもう一度示した。鉄道は、採算をとるためにたくさん乗客を乗せられるような仕切りのない車両を採用したこともあり、決定的に公共の移動手段だったのだ。

そのような課題に加えて、鉄道は第二次大戦後に新たな挑戦を受けなければならなかった。近代都市は鉄道旅行から生まれた。数百万人もの人びとを密集させたり、自宅と職場とのあいだの相当な距離を移動させたりなどということ自体が、鉄道によって初めて可能になったのだ。しかし都市へと人びとを吸い上げて、地方の共同体や村、労働力を奪い取ってしまったことにより、列車はそれ自体の存在意義を破壊し始めた。都市と都市のあいだの、あるいは遠隔地から都市の中心への移動という存在意義である。都市化において中心的な役割を担った鉄道は、その犠牲者となったのだ。移動しなければならない距離が、ほとんどの場合、かなり長いかほんの短いかのどちらかとなったため、いまや自動車か飛行機のほうが多くの人びとにとっては都合がよくなったのである。短距離路線や、頻繁に停車する郊外路線、そして少なくともヨーロッパでは中距離特急についてはまだ見込みがあった。しかし、そんなところだった。貨物輸送についても、公共の無料道路というかたちで国家の融資を受けた安価なトラック輸送に脅かされた。ほかのあらゆる部門は見込みがなかった。

そうして鉄道は衰退した。鉄道を所有する私企業のうち、まだ存続していたものは破産した。多くの場合は、税金を利用してあらたにつくられた公団に引き継がれた。政府は投資を制限し、「経済的でない」路線を廃止しながら、鉄道を、捨て去ることはできないが好ましくもない公庫への重荷としてあつかった。

そうした過程がどの程度「不可避」だったのかは地域による。「市場要因」が最も容赦なかった——それゆえ鉄道が最も深刻な危機に見舞われた——のは、一九六〇年以降に鉄道会社が最低の黒字額を記録した北米と、一九六四年にリチャード・ビーチング博士指揮下の国家委員会が、国鉄の経済的「存続可能性」を維持するために、地方路線と支線およびサービスを大幅に削減したイギリスにおいてだった。[☆1]どちらの国でも不幸な結果が待っていた。アメリカの破産した鉄道会社は、一九七〇年代に事実上「国有化」された。二〇年後、一九四八年以降国の手にあったイギリスの鉄道は、最も採算性の高い路線やサービスを競り落とそうとする私企業へとぞんざいに売られていった。

大陸ヨーロッパでは、多少の路線の廃止やサービスの削減はあったものの、公共財を守る文化と自動車の普及の遅さがほとんどの鉄道インフラを守った。それ以外の世界のほとんどの地域では、貧困と後進性によって、鉄道は大衆移動の唯一の実用的な形式でありつづけた。しかし、公的投資と都市の誇りの時代の兆しであり象徴だった鉄道は、どの地域においても二つの信頼が失われたことにより傷を受けた。それは、採算性や競争を追い求めるうちに失われてしまった、公的サービスによって得られる正当な利益への信頼、そして、集団的な努力が、都市計画、公共空間、あるいは建築にあらわれる自信というかたちで、目に見える成果を生むということへの信頼の二つである。

こうした変化がもたらしたものは、駅の辿った運命に最も明白に見てとることができる。一九五五年から七五年までのあいだに、反歴史主義的な様式の流行と、企業による自己利益の追求が合流した結果、多くのターミナル駅の空間や建物が破壊されたのだが、これらの駅こそ、近代世界における鉄道旅行の中心的な位置をまさに最も顕著に誇示していたのだ。ロンドンのユーストン駅、ブリュッセルのミディ駅、ニューヨークのペン駅のようないくつかの事例では、取り壊された建物はなんらかのかたちで代替されなければならなかった。人を移動させるという駅の中心的な機能はいまだに重要だったからだ。ほかの事例では、たとえばベルリンのアンハルター駅のように、古典的な建物が取り壊され、代わりとなるものは何も建てられなかった。こうした多くの変化のなかで、実際の駅は地下に潜り見えなくなり、目に見える建物は取り壊され、匿名的な商業施設やオフィスビルか娯楽施設、あるいはその三つすべてにとって代わられた。ペン駅――もしくはほぼ同時代に建てられた、醜悪なまでに人間味のないパリのモンパルナス駅――は、この点に関して最も悪名高い例である。*1

この時代の都市の破壊はもちろん鉄道駅にとどまることはなかったが、駅は（ホテル、レストラン、映画館など、かつて駅が提供していたサービスと並んで）飛び抜けて最も目に見えるかたちで犠牲となった。そしてまた、駅は象徴的な意味でも適切な犠牲者だった。経済的効率の悪い、市場に対して敏感ではない近代盛期の価値観の遺産という象徴としてである。しかしここで述べておくべきなのは、鉄道旅行自体は、少なくとも数においては衰退しなかったということだ。鉄道駅がその魅力と象徴的な公の名声を失ったとしても、鉄道を使う人の数は増えつづけた。当然このことは、ほかに現実的な選択肢のないような、とくに貧しく人口が密集する地域において起こったことだった。最も顕著な例はインドであるが、もちろんそれに限った話ではない。

実際のところインドの鉄道と駅は、投資も十分でなく、異なる階層の人びとが利用したことにより国内の新興専門職業人たちを遠ざけたにもかかわらず、ほかの多くの非西欧地域（中国、マレーシア、あるいはヨーロッパのロシア領）における鉄道と同じように、おそらく安定した将来を期待できるだろう。石油が安価であった二〇世紀半ばに内燃機関の普及によって利益を得ることができなかった国々にとって、アメリカやイギリスの経験を二一世紀に再演することは、経済的に不可能なのである。

鉄道の未来は、つい最近までは死にたくなるほど暗い話題だったものの、持続的な関心の的となっている。鉄道は、実のところかなり有望なのである。第二次世界大戦後初期の美的な危機――一九世紀の公共建築と都市計画の最も偉大な成果の大量破壊をうながした「ニュー・ブルータリズム」☆2――はもう過去のものだ。私たちはもはや、産業時代の偉大なる鉄道駅の名残であるロココやネオ・ゴシック、ボザール様式などを見ても、当惑することはないどころか、そうした建築物の設計者やその同時代人と同じような視点に立つことができる。つまりそれらを同時代の大聖堂として、その時代の人たちのためにも、私たちのためにも、保存するべきものとして見ることができるのだ。パリの北駅とオルセー駅、ニューヨークのグランド・セントラル駅、セントルイスのユニオン駅、ロンドンのセント・パンクラス駅、ブダペストの東駅、そのほか多くの駅は、保存されたばかりでなく、改良すらされた。あるものは当初の機能に沿って、別のあるものは旅行と商業施設の混合的な役割を担うように、さらに別のあるものは都市の記念碑として、文化的記憶を呼び起こしつづけるように改築されたのだ。

多くの場合、それらの駅は一九三〇年代以降のいかなる時期よりも活気にあふれ、共同体にとってより重要なものとなった。たしかにそれらは、近代都市への入り口となる荘厳な扉という、設計時に果たすことを期待されていた役割について十分に評価されることは今後ないかもしれない。というのも、ほとんどの人は地下鉄から鉄道に乗り換えるか、地下のタクシー乗り場からからプラットフォームへとエスカレーターに乗るため、本来想定されていたように駅舎を外からあるいは遠くから見ることはないからだ。しかし数百万人もの人びとが駅を利用するのだ。近代都市はいまではとてつもなく大きく、膨大に広がっている――そしてそのために混雑しているし物価も高い――ために、富裕層もいま一度、たとえ通勤のためだけだとしても、公共交通に立ち返った。一九四〇年以降のいつにもまして、私たちの都市は列車に生き残りをかけているのだ。

石油価格は、一九五〇年代から九〇年代までは（危機に合わせての変動はあったが）事実上は停滞していたものの、現在では年々上昇しており、無制限の自動車旅行がふたたび経済的に負担可能な水準にまで下がることは考えにくい。それゆえ、郊外を生み出した論理は、一ガロンの石油を一ドルで買えていた時代には否定しがたかったが、現在では疑問に付される。長距離移動には欠かせない飛行機も、中距離以下の移動については割高だし不便だ。それに西欧と日本では、鉄道のほうがより快適で速い選択肢なのだ。技術的にも政治的にも、近代鉄道の環境に対する利点は、現在ではかなり大きなものになっている。電気の力を使った鉄道システムは、都市内部での軽便鉄道や路面電車と同様に、既存のものでも革新的なものでも、変換可能な燃料であれば原子力から太陽光までなんでも使って走ることができる。このことは、見通しのつく将来においては、ほかのいかなる動力輸送にも勝る鉄道特有の利点となるだろう。

西欧とアジア、ラテンアメリカのいたるところで、過去二〇年に鉄道移動への公共インフラ投資が増大しつづけているのは偶然ではない（例外は、そのような投資がいまだにごくわずかであるアフリカと、あらゆるかたちの公共投資という観念がいまだに深刻に過小評価されているアメリカである）。鉄道の建物が目立たない地下倉庫に埋められて、その機能とアイデンティティがオフィスビル群の下に不名誉にも隠されるようなことは、ごく最近ではもはや見られなくなった。リヨンやセビリア、クール（スイス）、九龍、もしくはロンドンのウォータールー国際駅のような、公的投資を受けた新しい駅は、建築においても都市の誇りという面においても回復された名誉を謳歌しており、サンティアゴ・カラトラバやレム・コールハース[☆3]といった革新的な建築家たちによって手がけられることがますます増えている。

なぜこのような予期されなかった復興が起こっているのか？　このことは、まだ起こっていないことを想定することで説明できる。不必要な自家用車やトラックの利用の安定的削減を義務づける公共政策を想像することは可能である（し、多くの地域で今日盛んに検討されている）。また、航空券の値段が度を超えて高騰し、また飛行機移動の魅力がなくなることで、もしくはそのどちらかによって、必要不可欠ではない移動手段としての飛行機の人気が持続的に落ちていくことを想像するのは、いくら思い描くのが難しいとしても、可能である。しかし地下鉄や、路面電車や、軽便車両や郊外路線、鉄道の接続、都市と都市のあいだの鉄道路線などがない、いかなるかたちの近代的な都市型経済を想像することも単純に不可能なのである。

　私たちはもはや現代世界を列車のイメージを通して見てはいないが、それでも列車がつくった世界に住みつづけている。機能的な鉄道ネットワークを有する国であればどこでも、一〇マイル以下あるいは一五〇から五〇〇マイルまでの移動に関しては、列車が最も速いだけでなく、すべての負荷を考慮に入れれば、最も安価で環境への負荷も小さい移動手段なのだ。私たちが後期近代として思い描いていたもの——鉄道以後の自動車と飛行機の世界——は、一九五〇年から一九九〇年までの時代に関するほかの多くのことと同じように、あいだにはさまれた空白期間だったということがあきらかになったのだ。その時代は、尽きることのない安価な燃料という幻想と、それにともなう民営化《プライヴァタイゼーション》＝私有化への狂信に駆り立てられていた。「社会的な」計画へ回帰することの利点は、現代の都市計画者たちにとって、かつてのヴィクトリア調の前任者たちにとってと同じくらいに、とはいえ違う理由から、あきらかとなっている。しばらくのあいだ古臭いと思われていたものが、もう一度、きわめて現代的になったのである。

鉄道と近代生活

列車が発明されてからというもの、まさにその発明の結果として、旅は近代性の象徴であり症候であった。列車は――自転車、バス、自動車、バイク、そして飛行機とともに――芸術や商業の領域で、社会が変化と革新の前線にいることを示す証拠として流用されてきた。しかし、ほとんどの場合、特定の交通手段を新しさと同時代性の象徴として祭り上げることは一過性の現象だった。自転車はかつて、一八九〇年代には「新しかった」。バイクは一九二〇年代のファシストや「陽気な若者たち《ブライト・ヤング・シングス》」☆4たちにとっては「新しかった」(それ以降というもの、バイクは「レトロ」な感覚を強く呼び起こすものとなった)。自動車は(飛行機と同じように)エドワード朝と、そしてもう一度一九五〇年代に短いあいだだけ、「新しい」ものとなった。それ以降、それらはそれぞれの時期にいろいろな性質――信頼性、繁栄、誇示的消費、自由など――を象徴したが、「近代性」そのものを示すことはなかった。

列車は違う。列車は一八四〇年代にはすでに近代生活の化身だったし、そのために「モダニスト」の画家たちを魅了した。全国を横断する特急が現れた一八九〇年代にも、列車はまだその役割を果たしていた。一九三〇年代に新表現主義的なポスターで宣伝された新しい流線型のスーパーライナーほど極端に近代的なものはなかった。今日では日本の新幹線とフランスのTGVが魔法のような技術と時速一九〇マイルでの高い快適性の象徴であるのと同じ意味で、ロンドン地下鉄の電車は一九〇〇年以降のモダニスト詩人たちのアイドルだった。列車は永遠に現代的なようである――たとえしばらくのあいだ表舞台から姿を消していたとしても。鉄道駅にもほとんど同じことが言える。初期の幹線道路の石油《ペトロール》「ステーション」〔イギリス英語でガソリンスタンドのこと〕は、今日描かれたり思い起こされたりすれば懐かしい愛情の対象となるが、それはつねに機能的に更新されたかたちで取り替えられてきたので、元の姿は思い出のなかにしか生き残っていない。空港は、美的あるいは機能的に時代から置き去りにされてからしばらく経ったというのに、概して（うっとうしいことに）生き残っている。しかし、誰も空港をそれ自体のために保存しようなどとは思わないし、一九三〇年あるいは一九六〇年に建てられた空港が、今日でも有用であったり興味深かったりなどとはなおさら考えない。

しかし一世紀か一世紀半前に建てられた鉄道駅——パリの東駅（一八五二年）、ロンドンのパディントン駅（一八五四年）、ボンベイのヴィクトリア駅（一八八七年）、チューリッヒ中央駅（一八九三年）——は美的に魅力的であるのみならず、ますます愛好と尊敬の対象となっている。それらは機能しているからだ。そしてより重要なことに、それらは建設当初と根本的に同じ方法で機能しているのだ。これはもちろん建築と設計の質の高さの証明でもあるが、同時に永遠の同時代性のあらわれでもある。これらの駅は「時代遅れ」にならないのだ。それらは近代生活の付属品などではないし、たんなる一部分でもなければ、副産物でもない。駅は、それがつなぐ鉄道と同様に、近代世界そのものに組み入れられているのである。

近代性を第一に特徴づけるのは個人、すなわち還元できない主体であり、独立した人間であり、解き放たれた自己であり、自由な市民であるのだと私たちはよく思い込み、あるいは断言する。この近代的個人は、前近代世界の依存的な、畏敬の念をもった、不自由な主体とよく好んで対比される。当然そのような考えには一理あるし、それに付随する、近代性とは財産と資格と野心をもった近代国家の物語であるという観念にもまた一理ある。しかしそれでも全体として、それはやはり誤りなのだ。しかも深刻な誤りである。私たちが危険を覚悟で手離そうとしている、近代生活の本当の特徴とは、切り離された個人でも、制約から自由な国家でもない。その二つのあいだにあるもの、すなわち社会だ。より厳密には市民の——あるいは（一九世紀の呼び方では）ブルジョワの——社会なのである。

鉄道は市民社会の登場に必要な自然な付随物であったし、いまでもそうなのだ。鉄道は、個人の利益のための集団的な事業だった。公共の合意（そして近年では公共の支出）なしには存在しえなかったし、個人と集団双方に計画的に実益をもたらした。これは市場にはなしえないことだった――ただし、市場そのものに言わせれば、幸運な偶然を除いて。鉄道はつねに環境によく配慮していたわけではなかったが――とはいえ公害コスト全体としては、蒸気機関が、内燃機関を備えた競争相手〔つまり自動車〕よりも大きな害をもたらしたかどうかはさだかではない――鉄道は社会に応答したし、そうしなければならなかった。これこそ、鉄道がそれほどの利益を生まなかった理由の一つなのだ。

もし私たちが鉄道を失えば、代用や回復に膨大な費用がかかる、価値のある実用的な財産を失うことになるだけではない。私たちはまた、集団として生きる方法を忘れてしまったということを認めることになるだろう。もし私たちが――一九五〇年代と六〇年代に一度手をつけたように――鉄道駅とそこに通じるすべての線路を放棄するならば、そのときに私たちは、自信をもって市民生活を送る方法をめぐる記憶をも放棄することになるだろう。「社会などというものはない。個人の男女と、家族がいるだけだ」という有名な台詞を放ったマーガレット・サッチャーが、鉄道をけっして利用しなかったのには理由があったのだ。もし私たちが鉄道に集団的な資源を割くことができず、列車の旅を満足のいくものにできないのだとすれば、それは、私たちがすでに門で囲われた共同体《ゲーティッド・コミュニティ》のなかへ移住し、もはや必要なのは共同体同士のあいだを動き回るための私有車だけだから、などといった理由のためではない。それは、私たちが公共の利益のために公共空間を共有する方法を忘れてしまった、門で囲われた個人になってしまったことの結果であるだろう。そのような損失は、たくさんある交通手段のなかの一つがなくなるということよりもずっと大きなものを暗示する。それは、私たちの近代生活が終わったことを意味するだろう。

（これは機関車に関するエッセイの第二部である。ジャットの死後、『ニューヨーク・レビュー・オブ・ブックス』誌二〇一一年一月号に発表された。）

第23章　革新という名の破壊の鉄球

『暴走する資本主義』はロバート・ライシュ[☆1]による、私たちの現在の生き方についての説明である。[*1]同書の語る物語はよく知られたものだし、その診断は表面的なものだ。しかしこの本には注意を払うべき二つの理由がある。著者はクリントン大統領の最初の労働長官だった。ライシュは、「クリントン政権は――私はその一翼を担えたことを誇りに思っているが――アメリカの歴史上最もビジネスに優しい政権の一つとなった」と述べ、彼のクリントンとの関係を強調している。実際、この本は確信をもって「クリントン的な」本であり、同書の欠点は、クリントンがふたたび大統領になったとしたら何を期待できるか（そして期待できないか）を予言しているかもしれない。そしてライシュの主題――今日の先進資本主義経済における経済生活と、私たちがそれに対して政治的および市民的な民主主義の健全さにおいて支払っている対価――は重要であり、緊急ですらあるものの、彼の提案する「修繕策」には説得力がない。

ライシュのテーマは以下のようなものだ。第二次世界大戦の終わりから一九七〇年代にかけての、ライシュがアメリカ資本主義の「黄金時代にわずかに届かない時代」と呼ぶ期間に、アメリカの経済生活は安定して居心地のよい均衡を保っていた。ゼネラルモーターズのような少数の巨大企業が、見通しのきく強固な市場を支配していた。熟練労働者は堅実で（比較的）安全な職に恵まれていた。競争と自由市場にリップサービスを払いながらも、アメリカ経済は外国との競争からの保護と、画一化、規制、公的助成、価格維持、そして政府保証によって支えられていた（この側面では西欧経済と似ていた）。資本主義が必然的にもたらす不平等は、現在の幸福と将来の繁栄、そして、いかにそれが幻想に過ぎなかったとしても、共通の利害関心という広く行き渡った感情によって和らげられていた。「ヨーロッパではカルテルを結び、民主的社会主義について大騒ぎしているとき、アメリカは問題の核心に迫り、産業界自身の手による計画経済という民主的資本主義をつくりだしていたのだ」[*2]。

しかし七〇年代半ばから吹き始め、最近ではますます獰猛に吹き荒れた変化の風——「超資本主義」〔ライシュの本の原題の直訳〕——は、それらすべてを吹き飛ばしてしまった。もともと冷戦下の研究事業に支えられていた、あるいはそこから派生した技術——コンピュータ、光ファイバー、衛星、そしてインターネット——の恩恵を受けて、商品、通信、そして情報の移動する速さは、いまや膨大に加速した。一世紀以上にもわたって運用されてきた規制構造は、数年のうちに廃棄、あるいは解体された。代わりにその地位を奪ったのは、グローバル市場、そして高利益の投資を追求する国際的資金を求めて、ますます激しくなる競争だった。賃金と物価は下がり、利益は上がった。競争と革新は、一定の人びとには新たな機会を生み、ごく少数に莫大な富をもたらした。一方でそれらは仕事を奪い、会社を倒産させ、共同体を破壊した。

新しい経済の優先順位にしたがって、政治は党派的な利益のためにロビー活動をする企業と資本家たち（ライシュの要約では「ウォルマートとウォール街」）に支配された。「超資本主義は政治にも溢れ出し、民主主義を飲み込んでしまった」。投資家として、そしてなにより消費者として、とくにアメリカ人は自分たちの両親には想像もできなかったほどの利益を得てきた。しかし、より広く公共の利益を考えているものは誰もいない。投資価値は天井を突き抜けたが、「かつて市民の価値観を統合していた諸機関は衰退してしまった」。現代の合衆国の公共政策の議論は、ロバート・ライシュが書くように、「よく見てみれば、企業利益追求のためのありふれた競争優位の戦い」になっている。「公共の利益」という観念は消え去った。アメリカ人は、自分たちの民主主義を制御できなくなったのだ。

ライシュはわかりやすい例に目をつけている。合衆国における貧富の格差は現在一九二九年以降最大となっており、二〇〇五年には、国民所得の二一・二パーセントはたった一パーセントの人間の稼ぎによるものだった。一九六八年にはゼネラルモーターズのＣＥＯは、給与や諸手当などを含めて、同社の平均的な労働者の賃金の約六六倍を得ていた。二〇〇五年には、ウォルマートのＣＥＯは同社の従業員のおよそ九〇〇倍の所得を得ている。事実、その年にウォルマート設立者の親族が所有した富は、アメリカの全人口の下から四〇パーセントの一億二〇〇〇万人の所有した富（九〇〇億ドル）とほぼ同じだろうと推測された。もし経済全体が「あふれんばかりに」成長したのに、「中間層の家庭収入が過去三〇年のあいだ変わっていないとしたら、……その富はどこに行ったのか？　ほとんどが一番上へ行ったのだ」。直近の世代の「富の創造者たち」の大胆不敵さについて、ライシュは税制優遇、年金保障、セーフティネット、「スーパーファンド」、貯蓄やローンに対して近年支給された経済援助、ヘッジファンド、銀行、そしてそのほかの「リスクテイカー」などを列挙した後で、「利益というご褒美を民間の投資家に与え、リスクという負の側面を国民に押し付ける」ための取り決めは「企業家精神を大いにくすぐるものだと言えよう」と冷淡に結論づける。

これらはすべてそのとおりだ。しかしそれに対して何がなされるべきなのか？　ライシュはこの点についてはそれほど雄弁ではない。彼がかき集める事実は、共和国の基礎的な価値観と制度の崩壊の始まりを指し示しているように見える。議会の法案は個人の利益のために書かれ、影響力のある献金者が大統領候補の政策を決め、個々人の市民や投票者はつねに公共圏からじりじりと追い出されている。ライシュの挙げる多くの例のなかでも、近代の国際企業と過剰な給与を得る経営陣、そして「株価のことしか頭にない」株主たちが、市民的価値観の崩壊を体現しているようだ。そうした会社による成長、利潤、そして短期的成果への偏狭な関心が、かつて私たちを束ねていた、より広範な集団的目標と共通の利害関心を覆い隠し、追い出してしまったのだ、と読者は結論づけるかもしれない。

しかしこれは、ロバート・ライシュが私たちに到達させようとしている結論ではまったくない。私たちの現在のジレンマに関する彼の解釈においては、誰にも責任はないのである。「私たちは市民として、これほどの不平等が民主主義にとってよいものであるはずがないと感じているだろう。……しかし超富裕層に責任があるわけではないのだ」。「トップの経営陣がより強欲になったのか？」　いいや。「取締役会が無責任になったのか？」　違う。「投資家がおとなしくなったのか？」「これらの仮説を証明する証拠は一つもない」。ライシュが書き記すように、企業はみずからのふるまいに対して強い社会的責任感をもっているとは言えない。しかしそれは企業の仕事ではないのだ。私たちは、投資家や消費者や企業に対して、公共の利益に貢献することを期待すべきではないのだ。そうした人たちはみな、最も利益をもたらす取引を狙っているだけだからだ。経済学は倫理に関する学問ではない。ハロルド・マクミラン英首相[☆2]が言ったように、「道徳を求めるならば、大司教のところに行きなさい」というわけだ。

ライシュの記述によれば、「巨富の悪人」などというものは存在しない。[*3]　実際彼は、人間の選択、意思、階級の利害関心、さらには経済思想に依拠したいかなる説明も軽蔑して相手にしない。そうした説明はすべて、彼の言葉を借りると、「事実を前にすれば崩れ去る」のだ。彼の本に記された変化は、資本主義の運動につきものの創造的破壊が主体もなく繰り広げられるなかで「ただ起こった」ものだとされているのはあきらかだ。言ってみれば、亜流のシュムペーター[☆3]である。強いて言えば、ライシュは技術決定論者である。新しい「技術は、投資家と消費者につねによりよい取引を可能にしてきた」。こうした取引は「システムから……社会的な価値を……吸い取ってしまった。……こうしてあきらかになった事柄をめぐる物語には、英雄も悪人もいない」。

　ここではおなじみの三角測量戦略〔ビル・クリントンが大統領選において採用した、共和党より左派寄り、民主党より右派寄りの政策を目指す方針〕が働いている。著者は近代資本主義の負の側面への怒りをうまく示しているが、責任をどこにも帰することはなく（「私たちは感じるかもしれない」などとはぐらかして）、彼自身の判断を提示していない。企業はただやりたいことをやる。たしかに、もしそのことが私たちの社会にとって好ましくないのならば、市民としての私たちがその状況を変えることにライシュも異論はないだろう。しかしそのことは、技術と自己利益の鉄の論理について同書が繰り返す主張とうまく折り合いがつかない。そして、驚くことではないが、そのようなめざましい発展とそれがもたらすリスクに対してライシュが提案する解決策は、ささいな税制の変更、最低賃金要項を含んだ貿易協定、ロビー活動を制限する立法といった、不思議なほど凡庸なものである。

　しかし、このような現在の状況に対する微修正ですら、ライシュの基本的な思い込みとは相容れないのだ。それは、「投資家」や「消費者」としての私たちの利害関心が、「市民」としての私たちの行動力に対して勝利を収めたという思い込みである。もしライシュによる近代の経済生活の動向についての記述が正しければ——もし、彼が言うように、「超資本主義のもとでは「長期」というのは将来の利益が現在もつ価値のことを指す」のであれば——選挙資金管理法をどうにかしようとすることには意味がないか（何も変わらないから）、あるいは不可能である。なぜなら、そもそも初めに歪みを引き起こした「競合する事業関心」によって反対されるからだ。いずれの場合にしても、どうして私たちが、あるいは私たちの代表者が、ライシュの言い方を借りれば自己の利益を追い求める「消費者」や「投資家」であることを突然やめて、利害から離れた「市民」としてふるまうようになるというのだろうか？　市民個人にとって、一体何が動機となりうるのか？　一体誰の要請で、私たちは突然「経済的な」アイデンティティを捨て、「市民的な」アイデンティティを選ぶというのか？

ライシュが人間の行動をカタログ化するやり方には——まるで私たちの親和性や好み（「消費者」「投資家」「市民」）が、あたかも区切られた箱のなかに収めて整理できるかのようで——説得力がない。「（私たちは）市民として地球温暖化に誠実に関心をもっているのに、消費者や投資家としてはせっせと地球の温度を上げているのである」などといった名句を生むことはできる。しかしそれは、なぜほかのいくつかの地域では人びとがその問題について考え始めたというのに、アメリカの市民はいまだにこの矛盾にはまりこんでいるのかという問いに答えることはできないのだ。問題はライシュのもちいるカテゴリーが、彼の認識論的に薄い社会観を忠実に反映していることだ。「市民」という言葉で、彼は経済人＋啓蒙された自己利益以上のなにものも意味していないのである。ここには何かが欠けている。「英雄」や「悪人」がいないだけでなく、誰も「責められる」ことがない。そんなところに政治などない。

私たちは経済の時代に生きている。フランス革命後の二世紀のあいだ、西洋の政治は左と右との、「進歩的な」自由主義者や社会主義者たちと保守的な敵対者たちとの闘争によって進められてきた。つい最近まで、そうしたイデオロギー的な参照枠は生きていたし、公的な選択そのものとまでは言えないとしても、公的な選択をめぐるレトリックは、そのような参照枠によって決定されてきた。しかしその後の世代において、政治的なやりとりの言葉はあとかたもなく変えられてしまった。古い左翼の物語における慰めの運命論――「歴史」はあなたの側にあるという、希望を与える確信――の残滓は一九八九年以降すべて、「実在する社会主義」と一緒に埋葬されてしまった。伝統的な政治的右派はそれによってもたらされた運命に苦しんだ。一八三〇年代から一九七〇年代まで、右翼であるということは、左翼による不可避の変革と進歩の観念に反対することを意味した。「保守派」は守ったし、「反動派」は反動したのである。それらは「反革命的」だった。これまで進歩への確信を拒絶することによって活力を得ていた政治的右派もまた、それらの確信が破綻したことで、今日ではみずからの立ち位置を失ってしまったのである。

私たちが世界について考える方法、つまり新しい〈大きな物語〉は、経済的なもののために社会的なものを捨て去った。それは、階級闘争や革命、進歩よりも、「グローバル資本主義の統合されたシステム」、経済成長、そして生産性を前提としている。その先駆けとなった一九世紀の物語と同様に、現代の物語は進歩に関する主張（「成長はよいことである」）と、不可避性についての憶測を組み合わせる。グローバル化――あるいはロバート・ライシュにとっては「超資本主義」――は自然なプロセスであり、人間による恣意的な決定の産物ではない。昨日の革命の理論家たちの世界観が急進的な社会的蜂起の不可避性に依拠していたように、今日の成長の使徒たちは、同じように不可避なグローバル経済競争の運動に根拠を求めている。双方に共通しているのは、現行の出来事の必然性を見抜いていることへの自信である。エマ・ロスチャイルド[☆4]の言葉を借りれば、私たちは異論の余地のない「世界商業社会」に閉じ込められているのだ。[*4]

あるいはマーガレット・サッチャーがかつて要約したように、「ほかに選択肢はない」のである。

かつての政治評論家がそうであったように、現代の経済評論家はしばしば問題を単純化しようとする。高名な三人の経済評論家が述べるところでは、「長期的に見れば、ほんとうに重要な統計値はただ一つだけだ。それは生産性の成長である」[*5]。そして今日のドグマは、近年見られたほかのドグマと同様に、人間存在のもつ側面のうち、みずからの基準に容易に回収できないものには関心をもたない。古い思考が、「社会階級」の産物に分類することのできる行動と意見を強調していたのに対し、現代の議論では経済的観点からとらえることのできる利害関心と嗜好を前景化する。私たちは、二〇世紀を極端な時代、思い違いの時代として、そこから現在の私たちはありがたいことに抜け出したのだと振り返りがちである。だが、私たちはいまでも思い違いをしているのではないか？

新しく発見された生産性と市場の崇拝のなかで、私たちは前世代の信念を単純にひっくり返しただけなのではないか？　結局のところ、個人的なものであろうと公的なものであろうと、すべての情勢と政治が、グローバル化する経済、その不可避の法、そして尽きない需要に左右されているのだと主張することほどイデオロギー的なことはないのだ。このような経済的必然性の信仰は、革命の約束と社会変革の夢とともに、マルクス主義の中心的な前提だった。二〇世紀から二一世紀へと移り変わるなかで、私たちは、一つの一九世紀的な信仰のシステムを捨て去り、もう一つの一九世紀的なシステムをそこに置き換えただけなのではないのか。

古い〈大きな物語〉と同じで、新しい物語も難しい政治的選択をする際にはたいした手引きにはならない。単純な例を挙げよう。ロバート・ライシュの考える「市民」が地球温暖化について混乱しているかもしれない本当の理由は、「市民」がときどき投資家であったり消費者であったりするからではない。本当の理由は、地球温暖化が経済成長の帰結であり、経済成長に貢献するものだからだ。その場合、もし「成長」がよいものであり、地球温暖化が悪いものであるならば、どのような選択をすればよいのか？　成長は自明の善なのか？　現在における富の創造と効率を求めた生産性の成長が生むとされている利益――機会、社会の流動性、幸福、健康、豊かさ、そして安全――を実際に生むのかどうかという問題は、私たちが認めようとするよりも、もっと不確かな問いなのかもしれない。もし成長が社会における憤懣を軽減するどころか悪化させるとしたらどうすればよいというのか？[*6]　私たちは、公共政策の選択がもたらす経済以外の帰結を考慮するべきである。

　福祉改革の例をとってみよう。ライシュは、クリントン政権の労働長官としても、また、ずっと前に出された、福祉への公共投資の代わりに失業者を雇用する事業への給付金を支給しようという提案の発案者としても、福祉改革について熱心だった。[*7]　その甲斐あって、一九九六年にクリントン政権は公的扶助への連邦政府の保証する給付金をほとんど撤廃した。過去半世紀かけて成し遂げた発展に逆行し、議会は普遍的給付を廃止し、福祉を、仕事を探して受け入れる意思をどの程度示したかによる条件制とした。これはイギリスやオランダ、さらにはスカンジナビアといった他地域での改革に見られたような、福祉《ウェルフェア》から「ワークフェア」への展開と同一線上にあるものだった（たとえば一九九一年のノルウェー社会福祉事業法は、地方政府が福祉受給者に対して一定の労働を要求することを可能にした）。普遍的な権利と必要性にもとづいた福祉の支給は、「勤労を可能にする」動機づけと報酬のシステムにとって代わられた。人びとを福祉から「切り離す」という公言された目標は、そこから生じる結果が倫理的に模範的であり、経済的に効率的であるという信念をともなっていた。

しかし賢明な経済政策に見えても、それは市民的犠牲をはらんでいる。二〇世紀の福祉国家の根本的な目的の一つは、みなを完全な市民にすることだった。ここでの市民とは、投票する市民というロバート・ライシュの偏狭な見方によるものだけでなく、共同体による配慮と扶助を無条件で受ける権利をもった個人としての市民を意味していた。そこからは、どの集団に属する人びとも排除されたり、福祉を受けるに「ふさわしくない」とされたりすることなどない、よりまとまりのある社会が生まれるはずだった。しかし新しい「自由裁量」的なアプローチは個人の共同体に対する要求を、今一度、行動の善悪によるものにしてしまった。つまり、仕事のあるものだけが共同体の成員たりうるのだというように、社会における市民権をふたたび条件制にしてしまったのだ。共同体の成員たりえない者は、労働への完全参加に必要な援助は受けとることができるかもしれないが、そのためにはある種の試験に合格し、適切な行動を示さなければならなかった。

美辞麗句を捨て去った現代の福祉改革は、私たちを一八三四年のイングランド新救貧法の精神に立ち帰らせてしまった。この法律は、福祉制度の最小適用原則を導入することで、福祉を受給している失業者や低所得者の生活が現行の最低賃金と最低雇用条件よりも量・質ともに劣るようにしたのだ。そしてなによりも、福祉改革は能動的な（あるいは「ふさわしい」）市民と、そうでない者、つまり理由はなんであれ現状の労働力人口からは排除された人びととの区分を再導入してしまう。たしかに旧来の普遍的福祉制度は市場と親和的ではなかった。しかしそれこそが重要だったのだ。T・H・マーシャル[☆5]の言葉を借りれば、福祉は、「財とサービスを市場から取り上げ、あるいは市場の働きをなんらかの方法で制御し修正することで、市場がそれ自体では生み出さないであろう結果をもたらし、市場にとってかわるもの」であると想定されていたのだ。[*8]

公共政策をまずなによりも経済的効率性によって評価することで社会的あるいは政治的な評価を追放した市場の最適化の観念は、近年の民営化への熱狂を正当化してもいる。しかし福祉改革と同じようにここでも、近代の公的で集団的な行為主体性《エージェンシー》をずっと以前の形態と同じような分散した私有財産へと解体することで、未来を指し示すはずだったものが実際には過去と似たものになり始めている。近代国家の出現とともに（とくに過去一世紀にわたり）、交通、病院、学校、郵便、軍隊、監獄、警察、そして文化へのアクセス――これらすべては、利潤という動機では確実にうまく提供されるとはかぎらないが必要不可欠なサービスである――は、公的な規制や管理のもとに置かれてきた。これらはいま民間の事業者たちにふたたび手渡されつつある（もしくは、ヨーロッパの文化予算の多くの例では、半分民営化された国営宝くじというかたちで、個々の思い違いや意志決定の弱さによる気まぐれに委ねられている）。

それらの事業のうちのいくつか、とくに交通と郵便については、経済的な見返りを約束せず（たとえば遠隔地域にもサービスを提供しなければならないため）、国家が買い手を見つけるためには納税者が融資をするか、民間部門の利鞘を保証しなければならない。これはたんに旧来の公的助成が名前を変えただけであるし、（ロバート・ライシュが認めるように）責任放棄と頻繁に起こる汚職の原因となり、つねに倫理的な危険をはらんでいる。ほかには、民間企業がそれまで政府の責任であったもの（監獄や鉄道貨物や医療といった設備の供給）を引き受け、ときにはその特権を得るために金を払い、その設備を利用する市民や共同体に課金することでその支出をまかなうといった事例もある。概して、政府は一回かぎりの収入を得ることで行政上の重荷から解放されるが、得られるはずだった将来の収入と、引き渡されたサービスの質の保証を手放すことになる。イギリスでは、これは今日ＰＰＰ（「パブリック・プライベート・パートナーシップ」）と呼ばれている。アンシャン・レジーム期のフランスではそれは徴税請負制度《タックス・ファーミング》と呼ばれた。[*9]

民営化の本当の衝撃は、福祉改革や規制緩和、技術革命、そしてグローバル化そのものと同じように、国家が市民の諸問題に関して担う役割を縮小し、国家が「私たちに背を向けて」「私たちの暮らしから出て行く」ようにすること――いたるところにいる経済的な「改革者」に共通した目的である――によって、公共政策を、ロバート・ライシュが肯定的に用いる言い方にしたがえば、「ビジネス・フレンドリー」にしたことだった。「魂のエンジニア」としてふるまった二〇世紀の国家は、たしかに悪い後味を残した。それはしばしば非効率的だったし、ときには抑圧的で、大量虐殺をしたこともあった。しかし国家を縮小し（そしてその信頼を暗黙に失わせ）、可能なかぎりすべての分野で民間の利益のために公共の関心を捨て去るなかで、私たちは、集団性とその共通の目的を体現した財とサービスの価値を損ない、安定的に「有能で野心的な人びとが国家の事業に参入するか、あるいは関わりつづける動機を削減」してしまった。[*10] このことは、とてつもなく大きな危険をはらんでいる。

市場はみずからを維持し、資本主義の繁栄に必要な政治的安定を確保するために、みずからの外部に属する規範、習慣、「感情」を要求する。しかし市場は同時にこれらの実践や感情を侵食する傾向をもつ。このことはずっと昔からあきらかだった。[*11] 規制のない自由市場の恵み深い「見えざる手」は、商業社会の好都合な発足条件だったかもしれない。しかしそれは、個人の経済的自己利益の追求によって補強されることなく、むしろ切り崩されるようなもの、すなわち前時代からひきついだ団結や信頼、慣習、節度、義務、倫理、権威といった非商業的な制度や関係性などを再生産することはできない。[*12] 同じような理由で、資本主義と民主主義（あるいは資本主義と政治的自由）の関係は自明視されるべきではない。それは今日の中国、ロシア、さらにはもしかするとシンガポールを見ればわかる。効率性、成長、そして利潤は、必ずしも民主主義の前提条件ではないばかりか、その結果ですらないかもしれず、ましてや民主主義の代わりなどではない。

ライシュの言う「超資本主義」の衝撃のなかで生き延びるために、近代の民主主義は個々の経済的利益の追求を越えた何かに結びつけられる必要がある。そのような利益の追求がますます少数者に独占されている時代においてはなおさらである。金銭上の利害関心のみに結びつけられた社会という観念は、ミルも言ったように、「本質的に嫌悪感をもよおす」。文明社会は共通の目的という物語のために、それが妄想であろうと、あるいは啓蒙の結果であろうと、自己の利害以上の何かを要求する。「公的営為の最大の価値は、人びとの生活において漠然と感じられているより高い目的への必要性を満たすことにある」[*13]。

今日の危機は、公的な行動の価値を貶めた結果、もはや私たちを束ねているのは何なのかが、私たち自身にとってあきらかでなくなってしまったことだ。故バーナード・ウィリアムズは、ギリシアの倫理思想における「人間本質の客観的目的論」――人間に協調的な生活を送ることを定めているような、世界における人間の立ち位置をめぐる事実が存在するのだという信条――について記述した後に、以下のように結論づけている。

> その後のほとんどの倫理的態度には、この信条のなんらかの変奏が見られた。現在私たちはひょっとすると、五世紀に最初にそのことを疑ったソフィストたち以来、どの時代にもまして、そのような信条を手放さなければならないと考えているのかもしれない。

その場合は、ヤン・パトチカ[☆6]が「都市の魂」と呼んだものへの責任を今日では誰がとるというのか[*14]？都市の魂を心配することと、それが無限の経済成長という物語、あるいは資本主義的革新という鉄球による創造的破壊によってさえも満足に代替できないのではないかと恐れることには、二つの極めて重要な理由がある。第一の理由は、この物語があまり魅力的ではないということだ。その物語は国内外の多くの人びとを締め出す。その物語は自然環境を破壊する。そしてその帰結は人びとを惹きつけないし鼓舞することもない。豊かさというのは（ダニエル・ベル[☆7]がかつて述べたように）アメリカにおける社会主義の代替物かもしれない。しかし共通の社会的目的ということになると、ショッピングはいまだに十分ではない。フランス革命の初期、ニコラ・ド・コンドルセ[☆8]はみずからの前に開きつつあった商業社会への見通しを前にして、「貪欲な国民からしてみれば、自由は金融業を無事に行うための必要条件にすぎないものになるだろう」という考えに怯えた[*15]。私たちは彼の嫌悪感を共有すべきである。

二つ目の不安の源は、終わりなき物語に終わりがやってくるかもしれないということだ。経済にさえも歴史はある。第一次世界大戦に先立つ、まだその名前では呼ばれていなかったが帝国主義的世界経済の「グローバル化」の時代、資本主義世界が最後に前例のないほどの拡張と莫大な富の創造を経験した時代に、イギリスでは——今日の合衆国とヨーロッパに見られるのと同じように——それが前例のない永遠の平和と繁栄の時代の入り口であるという思い込みが広まっていた。この自信についての——そしてその帰結についての——説明を求める者は、ケインズの『平和の経済的帰結』を読むよりよい手はない。この本は、その後五〇年にわたりそのような平和の幻想を抱くことを不可能にした戦争の直後にケインズが書いたものである[*16]。

金ぴか時代の終焉につづいた三〇年にわたる戦争と経済的崩壊の時代の後にヨーロッパ人が抱いた「安

全への熱望」を予期して、その準備を助けたのもまたケインズだった。戦後の統治制度に組み込まれた国家による福祉サービスとセーフティネットのおかげで、先進諸国の市民たちは、一九一四年から一九五〇年代前半までの政治を支配し分裂させ、ファシズムと共産主義の台頭にも大きく寄与した、たえまない不安と恐怖の感覚を忘れてしまった。

しかし私たちには、この状況が変化しようとしていると信じるに足る理由がある。恐怖は西洋民主主義の政治生活の活発な構成要素として再登場している。もちろん、テロリズムへの恐怖というのが一つにはあるが、ことによるとそれよりも知らぬあいだに深刻となっているのは、制御できない変化の速さへの恐怖、職を失うことへの恐怖、ますます不平等となっていく資源の分配の中で他者にみずからの取り分を取られることへの恐怖、日常生活の決まりごとや暮らしの制御を失うことへの恐怖などである。そして、ひょっとするとなによりも強烈なのは、自分たちの生活のかたちを保つことができないのは私たちだけではなく、権力の座についている人びとも、もはや手のつけられない力を前に制御を失っているのではないか、という恐怖である。

安全と繁栄の半世紀は、前回の「経済の時代」が恐怖の時代へと崩れていった記憶を大部分消し去ってしまった。私たちは、過去が私たちに教えてくれることなど――経済的な予測や政治的実践、国際戦略、あるいは教育上の優先事項に関してでさえも――ほとんどないと頑固に言い張るようになってしまった。私たちの時代は新しい世界なのだ、そこでの機会やリスクには前例がないのだ、と私たちは訴える。しかし、以前の経済の時代が正体をあらわしたその帰結を目にした私たちの両親や祖父母は、個々人の党派的な利害関心が共同体の目標を打ち負かし、共通の利益が見えなくなってしまった社会に起こりうる事態について、より鋭い感覚を持っていた。

私たちは、その感覚をいくらか取り戻さなければならない。私たちは、いずれにせよ、グローバル化そのもののおかげで国家を再発見するだろう。人びとはますます経済的・物理的不安を感じ、領土をもった国家だけがもたらすことのできる政治的象徴、法的資源、物理的障壁に逃げ帰るだろう。このことはすでに多くの国で起こっている。アメリカ政治における保護主義への支持の高まり、西欧全域での「反移民」政党の台頭、「壁」や「障壁」、そして「検査」を求める声などを見ればあきらかである。さらに、グローバル化と「超資本主義」が国と国のあいだの差異を減少させるというのは正しいかもしれないが、それは特徴として国内の不平等を増幅させることで政治的混乱を招くのだ——たとえば中国やアメリカで起こっているように。

もし私たちが本当に国家の復権を、そして国家のみがもたらすことのできる安全と資源がより必要になることを経験しようとしているのならば、国家に何ができるのかについてより大きな関心を払っていくべきである。今日私たちは国家について、最初に頼るべき自然な恩人としてではなく、経済的非効率性の源であり、可能なかぎり市民の営みからは排除するべき社会的な邪魔者として、軽蔑的に語る。混合経済の福祉国家が社会的安定をもたらし、イデオロギー的武装解除に成功することで過去半世紀の繁栄を可能にしたことそれ自体が、若い世代にその安定とイデオロギーの静止状態を自明視させ、税制や規制、そして何にでも介入してくる国家の「障害」を廃止することを要求させたのだ。このような公的部門の軽視が、多くの先進国での政策に関する議論の出発点となっている。

しかし、もし私の見解が正しく、私たちの現状が永遠につづきはしないのであれば、経済的不確実性がもたらした政治的課題に対して、二〇世紀の前任者たちがどのように反応したかを、私たちはもう一度見ておくべきだろう。前任者たちが発見したように、私たちもまた、社会的サービスを万人に提供すること、そして収入と財産の不平等になんらかの制限を課すことは、それ自体が、持続的な繁栄のために必要な共同体の統合と政治的自信をもたらす、重要な経済変数であること——そして国家だけがそうしたサーヴィスを提供し、私たちの共同体の名においてそうした制限を課すための資源と権威をもっているのだということを知ることになるかもしれない。

私たちは、健康な民主主義が規制をもたらす国家によって脅かされているなどということはなく、実際は国家に支えられているのだということを知るかもしれない。不安定な個々人と規制されないグローバルな諸勢力とのあいだで引き裂かれていく世界において、民主的な国家の正統な権威は、私たちが考えつく最良の仲介機関であるという答えに行き着くかもしれない。結局、ほかにどんな選択肢があるというのだろうか？　現在の縛られることのない経済的自由への狂信は、高まる恐怖と不安の感覚と相まって、社会的援助の削減と経済的規制の最小化へと向かっている。しかしそれらは、これまでになく広がっていく政府による通信、移動、そして意見の監視をともなっている。いわば「中国型」資本主義の西洋版である。私たちが求めているのはこれなのだろうか？

（この論文はロバート・B・ライシュ『暴走する資本主義』の書評であり、『ニューヨーク・レビュー・オブ・ブックス』誌二〇〇七年一二月号に最初に発表された。）

第24章　社会民主主義の何が生き、何が死んだのか？

アメリカ人は物事が改善することを望んでいます。近年の世論調査によると、すべての人が、自分たちの子どもが出産で死亡する可能性が低くなることを望んでいます。自分たちの妻または娘が、ほかの先進国におけるのと同等の出産における生存率を得られることを望んでいるのです。アメリカ人はより低いコストで完全な医療を得られた方がいいと思うでしょうし、より長い寿命、よりよい公共サーヴィス、そしてより少ない犯罪を希望するでしょう。

こういったものがオーストリア、スカンジナビア、またはオランダでは手に入るけれども、それはより高い税金と「介入的な」国家をともなう、と言われたとき、その同じアメリカ人の多くは次のように答えるでしょう。「それじゃあ社会主義じゃないか！　私たちは国家が個人の問題に介入するのはいやだ。なんといっても、もっと税金を払うなんていやだ」と。

この奇妙な認知不協和は目新しい話ではありません。一世紀前に、ドイツの社会学者のヴェルナー・ゾンバルトは、『アメリカにはどうして社会主義が存在しないのか？』と問いかけたことでよく知られています。[☆1]この疑問には多くの答えがあります。答えのいくつかは、この国の純然たる大きさに関わるものでしょう。すなわち、帝国のような規模で、共通の目的を組織し維持するのは難しい、というものです。もちろん、中央政府に対するアメリカに独特の疑念といった、文化的要因もあるでしょう。

そして事実、小規模で均質的な国、不信と相互への疑念の問題がそれほど先鋭にはあらわれない国で、社会民主主義と福祉国家が最もうまく機能したのは偶然ではありません。ほかの人びとへのサーヴィスや福利のために喜んで財布を開くかどうかは、その人たちがあなたとあなたの子どもたちに、お返しに同じようにしてくれるという信憑にかかっている――その人たちはあなたと似たような人間であり、世界を同じように見ているから、というわけです。

逆に、移民と目に見えるマイノリティが人口統計を変容させてしまったような国では、他人に対する疑念の増加と、福祉国家の諸制度に対する熱意の喪失が見られるのがふつうです。つまるところ、社会民主主義と福祉国家が今日、深刻な現実的な危機にみまわれているということは明白なのです。それらが生き残るであろうことは疑いないけれども、かつてそうであったように、自信に満ちた様子ではなくなっているのです。

しかし、今晩私が注目したいのは以下の点です。ほかならぬここ合衆国で、その機能不全と不平等が私たちの困難の原因となっている社会とは異なる社会を想像することにさえも、私たちがこれほどの困難を覚えているのはなぜか？　私たちは現状の代替案を提示する能力はもちろん、現状に疑問を呈する能力を失ってしまったようです。共通の利益になるような一連の異なる物事の配置を考えてみることが、どうしてこれほどまでに私たちの手の届かないことになってしまったのか？

私たちの欠点は――アカデミックな専門用語を使って申し訳ないですが――言説にまつわるものです。私たちは単純に、こういった物事について語る方法を知らないのです。どうしてそうなのかを理解するには、歴史をふり返ってみればよい。ケインズがかつて述べたように、「意見の歴史を研究することは、精神を解放するために必要な予備作業」です。今晩の講演では精神の解放という目的のために、ある偏見の歴史をちょっと研究してみることを提案します。すなわちそれは、現代において普遍的に頼りにされる「経済主義」、つまり、公的な事柄のすべての議論において経済学が召喚されることです。

過去三〇年間にわたって、英語圏の多くの地域で（ただし大陸ヨーロッパとそのほかの地域ではその傾向は少ないのですが）、私たちがある提案や発議に賛成するかどうかを自問するにあたっては、私たちはそれが良いか悪いかと問うことはしてきませんでした。そうではなく、私たちは次のように問いかけてきました。それは効率的か？　生産的か？　それはＧＤＰに貢献するか？　経済成長には？　この、道義的な考察を避けようとする傾向、利益と損失という問題に自分たちを制限しようとする傾向――つまり、最も狭い意味での経済的な問題に制限しようとする傾向――は、人間の本能的な条件ではないでしょう。それは後天的な嗜好なのです。

これは、以前にも経験のある話です。一九〇五年、若きウィリアム・ベヴァリッジ――彼の一九四二年の報告書はイギリスの福祉国家の礎を築くことになるのですが――は、オクスフォード大学で講演をし、そのなかで、政治哲学が公的な討論においてなぜ古典派経済学によって覆いかくされてしまうのかと問いました。ベヴァリッジの疑問は、同じ有効性をもって今日の状況にもあてはまるでしょう。ただし気をつけたいのは、政治思想が覆いかくされてしまうというこの問題は、偉大な古典派経済学の著作そのものとは何の関係もないということです。一八世紀においては、アダム・スミスが「道徳感情」と呼んだものが、経済をめぐる議論のなかで最も重要だったわけですから。

実際、私たちは公共政策をめぐる思考をたんなる経済的な計算に制限するようになってしまうかもしれないという考えは、当時すでに憂慮の種になっていました。その最初期における商業的な資本主義についての最も洞察力ある書き手の一人であったニコラ・ド・コンドルセ☆2は、「自由は、貪欲な国家の視点では、財政上の事業を確たるものにするために必要な条件でしかなくなるだろう」という未来を、不快感をもって予期しています。この時代のさまざまな革命は、金もうけをする自由と……そう、自由そのものとの混同を助長するという危険を冒してしまったのです。それにしても、私たちは現代において、いかにして経済的な観点でのみものを考えるようになったのでしょうか？　血の通っていない経済的な語彙への魅了は、無から生じたわけではありません。

それどころか、私たちは、ほとんどの人たちがまったく知らないでいる論争の長い影のなかに生きているのです。現代の英語圏の経済思想に最も大きな影響を与えたのは誰かと問われれば、五人の外国生まれの思想家たちの名が思い浮かびます。ルートヴィヒ・フォン・ミーゼス〔一八八一－一九七三年〕、フーリドリヒ・ハイエク〔一八九九－一九九二年〕、ジョーゼフ・シュムペーター〔一八八三－一九五〇年〕、カール・ポパー〔一九〇二－一九四年〕、そしてピーター・ドラッカー〔一九〇九－二〇〇五年〕です。最初の二人は自由市場主義のマクロ経済学の、シカゴ学派の偉大なる「祖父」たちです。シュムペーターは、資本主義の「創造的、破壊的」な力についての熱の入った記述で最もよく知られていますし、ポパーは「開かれた社会」の擁護と、全体主義の理論で最もよく知られています。ドラッカーについて言えば、管理経営《マネジメント》についての彼の著作は、好況期であった戦後数十年間における企業の理論と実践にこの上ない影響力をふるいました。

これらの人物たちのうち三人はウィーン生まれで、もう一人（フォン・ミーゼス）はオーストリア領レンベルク（現リヴィフ）生まれ、もう一人（シュムペーター）は帝国首都から数十マイル北のモラヴィア生まれです。彼らはみな、生まれ故郷のオーストリアを襲った戦間期の破局によって、深く動揺しました。第一次世界大戦の大変動と、ウィーンにおける短命に終わった社会主義の自治都市の実験を経て、この国は一九三四年に反動的なクーデターに、それからその四年後に、ナチスの侵攻と占領にみまわれたのです。

彼らはみなこれらの出来事によって亡命の憂き目に遭い、そして彼らはみな――とりわけハイエクは、彼らの人生を支配した次のような中心的な疑問の影のもとで、著述をし、教育を行ったのです。すなわち、リベラルな社会はなぜ崩壊し――すくなくともオーストリアの場合は――ファシズムに屈したのか、という疑問です。彼らの答えはこのようなものでした――（マルクス主義）左派による、一九一八年以降のオーストリアに国家主導の計画経済、自治体が所有するサーヴィス、集産化された経済活動を導入しようとして失敗した試みは、妄想的であったのみならず、直接に反作用を引き起こすものであった、と。

かくして、ヨーロッパの悲劇は左翼の失敗によってもたらされたということになりました。まずは目的を達成できなかったという失敗、それから左翼自身とそのリベラリズムの遺産を守りぬけなかったという失敗です。彼らはみな、それぞれにかなり違った調子ではありましたが、同じ結論に達しました。すなわち、リベラリズムを防衛する最善の方法は、開かれた社会と、そこにともなわれる自由の最高の防衛は、政府を経済生活からできるだけ遠ざけておくということだ、というものです。もし国家が安全な距離に遠ざけられれば、もし政治家が――どれだけ善意からであれ――その国民の生活を計画し、操作し、指導することを禁じられれば、右翼であれ左翼であれ、過激派たちを寄せつけないでいることが可能だということです。

彼らが直面したのと同じ課題、つまり、戦間期に何が起きたのかを理解し、その再発を防ぐという課題は、ジョン・メイナード・ケインズも直面したものでした。一八八三年（シュムペーターが生まれたのと同じ年）に生まれたこのイングランドの経済学者は、安定して、自信に満ち、繁栄し、力強いイギリスで育ちました。それから、大蔵省という特権的な止まり木から、そしてヴェルサイユ講和条約会議の参加者として、ケインズは彼の世界が崩壊し、彼の文化と階級の泰然自若とした確かさがすべて奪い去られてしまうのを目撃したのです。ケインズもまた、ハイエクとオーストリアの仲間たちが発した疑問を自問したのです。ですが、彼が出した答えはかなり異質なものでした。

そう、後期ヴィクトリア朝期のヨーロッパの解体は、彼の人生を決定づけるような経験だったと、ケインズは認めました。実際、経済理論への彼の貢献の本質は、不確定性に関する彼の執拗な主張だったのです。古典派と新古典派経済学の、自信に満ちた万能薬とは対照的に、ケインズは人間の営為の根本的な予見不可能性を主張することになります。不況とファシズム、そして戦争から教訓が引き出せるとすれば、それは次のようなものでした。つまり、社会の騒擾や集団的な恐慌の水準にまで悪化した不確定性は、リベラルな世界をかつておびやかし、ふたたびおびやかすかもしれない破壊的な力なのである、と。

かくしてケインズは、景気循環対策的な経済介入も含むが、それだけに限られるわけではない社会保障国家の役割を強めていくという方向を追求したのです。ハイエクはその反対を提案しました。一九九四年刊の彼の古典『隷属への道』で、ハイエクは次のように書いています。

現在のイングランドの政治的な著作の多くと、ドイツにおいて西洋文明への信頼を破壊し、ナチズムが力を得るような精神の状態を創りだしてしまった著作とのあいだの類似性という考え方は、いかなる一般的な用語法を使った説明でも適切に表現できない。

言い換えれば、ハイエクは、イングランドでもし労働党が政権を握ろうものなら、ファシズムを招来するであろうと明確に予見したのです。そして現実に、労働党は政権を握りました。しかし労働党は政権を取って、ケインズの名と直接に結びつけられるような多くの政策を実行したのです。そのあと三〇年間にわたって、イギリスは（西洋世界の多くの地域と同様に）ケインズの考え方にそって統治されました。

それ以来、周知のとおり、オーストリア人たちは復讐をなしとげました。それがどうして起きたのか——そしてどうしてあのような地域で起きたのか——は興味深い疑問ですが、いまここで答えることはできません。しかしどのような理由であれ、私たちは、ほとんど一九世紀の終盤に生まれた男たちによって七〇年前に行われた討論のかすかな残響——消え去る星が発する光のような——を生きているのです。たしかに、私たちがそれを通じて物事を考えることを推奨されている経済的な用語は、そういった遠い昔の政治的論争とはふつうは結びつけられることはありません。しかし、この論争を理解しないかぎり、私たちは自分たちが完全に理解できない言語をしゃべっているようなものなのです。

福祉国家は特筆すべき達成をなしとげました。いくつかの国では、それは社会主義的な法制の野心的な計画を基礎とする社会民主主義の試みでしたし、ほかの国、たとえばイギリスではそれは貧困を緩和し、極端な富と困窮を減らしていくことを目指した一連の実用主義的な政策に等しいものになりました。戦後の新ケインズ主義的な政府の、共通の主題と普遍的な達成は、それらが不平等を削減することにめざましい成功をおさめたことでした。イギリスとアメリカに加えてすべての大陸ヨーロッパ諸国において、収入であれ財産であれ、富者と貧者を分かつ格差を比較するなら、それは一九四五年以降の一世代で劇的に縮小したことがわかるでしょう。

より大きな平等とともに、ほかの利益がもたらされました。時が経つにつれて、極端な政治、つまり絶望の政治、嫉妬の政治、不安定の政治へと回帰していくのではないかという恐れが、退潮していったのです。西洋の産業世界は順風満帆の安定した繁栄時代に入ったのです。それはおそらくバブルではあったのですが、ほとんどの人びとが過去に望むことができたいかなる状態よりもはるかに裕福で、したがって自信いっぱいに未来の到来を待ちかまえることのできるような、ここちよいバブルではあったのです。

福祉国家の、そして実際ヨーロッパのすべての社会民主主義（そしてキリスト教民主主義）国家のパラドクスとは、その成功がやがてその魅力を切りつめていってしまうだろうという、非常に単純な点にありました。一九三〇年代を知っている世代は、当然のことながら、過去の恐怖へと舞いもどることを防いでくれる砦としての課税、社会サーヴィス、そして公的な給付の機関と制度を守ることに最も懸命な世代でした。しかし彼らの後続世代は――スウェーデンにおいてさえも――どうして彼らがそもそものような安定を求めたのかを忘れ始めたのです。

第二次世界大戦の直後に、中流階級をリベラルな諸制度に結びつけたのは社会民主主義でした（私はここで、「中流階級」という言葉をヨーロッパ的な意味で使っています）。そういった中流階級は多くの場合、貧者と同様の福祉扶助やサーヴィスを受けていました。無償教育、安価もしくは無料の医療、公的年金などです。その結果一九六〇年代になると、ヨーロッパの中流階級はこれまでにない可処分所得を得るようになり、生活において必需のものの多くについては税金というかたちで前払いしているという状態になりました。かくして、戦間期にはあれほどまでに恐怖と不安定にさらされていたまさにその階級が、戦後の民主主義的なコンセンサスにしっかりと取りこまれていったのです。

ところが、一九七〇年代も終わりに近づくと、そのようなことは次第に等閑視されるようになりました。サッチャー＝レーガン時代の税制および雇用改革、そしてその直後につづいた金融部門の規制緩和ののちに、不平等がふたたび、西洋社会における問題となりました。不平等指数は、一九一〇年代から一九六〇年代にかけて顕著に低下していましたが、それは過去三〇年間のあいだ、増加をつづけたのです。

今日の合衆国では、富者と貧者の格差をはかる基準である「ジニ係数」は、中国のそれに比肩するほどになっています。[*1] 中国は発展途上国であり、富める少数と貧窮する多数とのあいだにいやおうもなく巨大な格差が開くものだというのを考慮に入れると、ここ合衆国において同じような不平等係数があるというのは、私たちがどれほど、かつて理想としていた状態から脱落してしまったかということについて、多くを語っています。

一九九六年の「自己責任・就労機会法」（これ以上にオーウェル的な法の名前は考えつくのも難しい）を考えてみましょう。これは、ここ合衆国において、福祉給付を骨抜きにすることを目指したクリントン時代の法制です。この法律の用語法は、イングランドで二世紀近く前に可決されたある別の法律を想起させるでしょう。つまり、一八三四年の新救貧法です。新救貧法の規定は、チャールズ・ディケンズがその実際を『オリヴァー・ツイスト』で記述してくれたおかげで、私たちにはおなじみのものになっています。ノア・クレイポールがオリヴァー少年を「救貧院」呼ばわりしてあざわらう有名な場面で、ノアが言おうとしているのは、今日私たちが「ウェルフェア・クィーン」と軽蔑的に口にする際に伝えようとしているまさにそのことの一八三八年版だったのです。

新救貧法は、困窮者と失業者に、どれだけ安かろうが賃金を選ばずに働くか、さもなければ救貧院に入る屈辱かを選択せよと強いる、言語道断な法律でした。この事例、そしてほかのほとんどの一九世紀における公共的な支援の形式（いまだに「慈善」だと考えられ、そのように名づけられている）においては、扶助の水準は、利用可能な最悪の代替手段よりも魅力的ではないように調整されていました。この制度は、効率的な市場においては失業はありえないとする古典派経済学を根拠とするものでした。賃金が十分に下落し、魅力的な代替手段がなければ、みんな職をみつけるだろう、ということです。

その後一五〇年にわたって、改革者たちはそのような、人の尊厳をおとしめる習慣をなくそうと努力してきました。やがて、新救貧法と、その海外における等価物にかわって、公的な扶助を与えることは権利の問題としてあつかわれるようになりました。仕事のない国民はもはや、それを理由に援助に値しない人間だと考えられることはなくなりました。彼らがその状況ゆえに罰を与えられることもなければ、社会のメンバーとしての彼らのちゃんとした地位に対して、暗黙の中傷が投げかけられることもなくなりました。なんといっても、二〇世紀中葉の福祉国家は、国民の地位を経済的なものへの参加との相関関係においてとらえることの根本的な不適切さを確立しました。

現在の、失業率が上昇する合衆国においては、仕事のない男性または女性は共同体の正式のメンバーではありません。利用可能な、なけなしの福祉の支払いを受けるために、彼ら彼女らはまず、いかなる賃金が提示されていようが、どれだけ給与が安かろうが、仕事がいかに不快なものであろうが、雇用を探し、可能な場合にはそれを受け容れていなければなりません。そうしたときにのみ、同胞国民の配慮と扶助の権利を得ることができるのです。

どうして私たちのうちには、民主党大統領のもとで施行されたそのような「改革」を非難する人たちがこれほどに少ないのでしょうか？　私たちはどうして、そういった改革の犠牲者に付与された汚名に対して何も思わないのでしょう？　初期の産業資本主義の習慣へのこの退行を疑問に思うどころか、私たちは、先行世代とはまったくもって対照的に、あまりにもうまく適応し、唯々諾々と黙従してしまったのです。まあそれにしても、トルストイが念を押しているように、「人間が慣れることができないような生活の状況というものは、とりわけそれがまわりのあらゆる人たちによって受け容れられている場合には、存在しない」のでしょう。

この「富める者と力ある者を称賛またはほとんど崇拝し、貧しくみじめな状況にある人たちを嫌悪する、もしくは少なくともかえりみない傾向……は、……私たちの道徳感情の腐敗の最大の、そして最も普遍的な原因」なのです。これは、私の言葉ではありません。これを書いたのはアダム・スミスであり、彼は、私たちが富を称賛して貧困を嫌悪し、成功を称賛して失敗を笑うようになるだろうという可能性を、彼がその出現を予言した商業社会において私たちが直面する最大の危険とみなしたのです。その危険は現在、私たちに襲いかかっています。

私たちが直面している問題の最も明確な例は、あなた方の多くにとってはたんなる技術的問題と見えるであろう形式をとります——すなわち、民営化のプロセスです。過去三〇年間にわたって、民営化という宗教は西洋の（そして多くの非西洋の）政府に催眠術をかけてきたのです。なぜでしょうか？ 最も短い答えは、政府予算の制限の時代にあって、民営化は節約になるように見えるからです。もし国家が非効率的な公的プログラムや高くつく公共サーヴィス——水道、自動車工場、鉄道など——を所有していたら、それを民間の買い手に売って重荷を下ろすことを目指せばよい、ということです。

その売り上げによって国家はしかるべくお金をもうけます。その一方で、民間部門に入ることによって、問題のサーヴィスや事業は、利潤という動機の作用のおかげでより効率的なものになります。みなが利益を得るでしょう――サーヴィスは改善し、国家は不適切で下手くそに管理運営された任務を手放すことができ、投資家は利益をあげ、そして公共部門は売却によって一回限りの利潤をあげます。

理論上はそうです。実践はかなりこれとは異質です。過去数十年私たちが目にしてきたのは、公共の任務が民間部門へと着実に移動させられたけれども、それがなんら目に見える集団的な利益をもたらさなかったことでした。まず、民営化は非効率なのです。政府が、民間セクターに譲るのに適していると考えてきたことのほとんどは、損失を出しながら運営されていたものでした。鉄道会社であれ、炭坑であれ、郵便業であれ、エネルギーの公共事業であれ、それらは歳入として得ることが望める以上に、提供し、維持するのにコストがかかるのです。

まさにその理由のために、そのような公共財は、極端な値下げを提示でもされないかぎり、民間の購買者にとっては本質的に魅力がないのです。ところが国家が安売りをするということは、公衆が損失をこうむるということです。サッチャー時代のイギリスにおける民営化の過程においては、長い歴史をもっていた公共の財産が民間部門に売り払われるにあたって、その価格は故意に低くおさえられたのですが、そのために総計一四〇億ポンドが納税者たちから株主やほかの投資家の手に渡る結果になったと計算されています。

この損失にはさらに、民営化の事務処理を行った銀行への手数料の三〇億ポンドが加算される必要があります。というわけで、国家は、そのような値引きをしなければ引き取り手のなかった資産の売却を可能にするために、民間部門に約一七〇億ポンド（三〇〇億ドル）を事実上支払ったのです。これは相当の金額です。たとえばハーヴァード大学の資産に近いですし、パラグアイまたはボスニア・ヘルツェゴヴィナの一年のGDPに匹敵するような金額です。[*2] これを公共的な資源の効率的な使用と解釈することは、まずできないでしょう。

第二に、モラル・ハザードの問題が生じます。民間の投資家たちが、一見非効率的な公共財を進んで購入する唯一の理由は、彼らがリスクにさらされる可能性を国家が取りのぞく、もしくは減らしてくれるから、ということです。たとえばロンドンの地下鉄の場合、購入した企業は、何が起きようとも深刻な損失から守られるという確証を得ていました。これによって、利潤を得たいという動機が効率を後押しするという、民営化を擁護する古典派経済学的な議論は根拠を失ってしまったのです。ここで問題となる「ハザード」とは、そのような特権的な条件下におかれた民間部門が、その公共部門における運営主体とすくなくとも同じくらいに非効率であると判明するだろう、ということです——生み出された利潤については美味しいところ取りをし、損失は国家に負わせながら。

第三の、そしておそらく最も示唆的な、民営化に反対する論拠はおそらく次の点です。国家が投げ売りをしようとする財やサーヴィスの多くの運営が、経営陣が無能であったり、投資が足りなかったりしたために、うまくいっていなかったことには、疑いはありません。しかし、どれだけ運営がうまくいっていなかったとはいえ、郵便事業、鉄道網、老人ホーム、監獄、そしてそのほかの、民営化のターゲットになった社会的な事業は、公的な当局機関の責任でありつづけているのです。売却された後でさえも、それらは市場の気まぐれに完全に任せてはならないものなのです。それらは本質的に、誰かが規制をしなければならない種類の活動です。

この、本質的に集団的な事業の半民半官的な性質は、私たちを非常に古い物語へと連れもどします。もしあなたの所得申告書が今日の合衆国で監査を受けるとすると、あなたに調査の手を入れようと決めたのは政府ではあっても、調査そのものは私企業によって行われる可能性が非常に高いです。その私企業は政府に代わってサーヴィスを行う契約を交わしており、それは民間の組織がワシントンと契約をして、イラクそのほかの場所で警備や輸送、また技術的なノウハウを（対価を得ながら）提供したのとほぼ同じようなことです。似たようなやり方で、今日のイギリス政府は民間の企業家と契約をし、高齢者に対する在宅看護サーヴィスを提供しています。それは、かつては国家が統括していた任務です。

要するに政府はその任務を、国家自体よりもより安く、よりうまくできると主張する民間企業に下請けに出しているわけです。一八世紀にはこれは徴税請負《タックス・ファーミング》と呼ばれていました。初期近代の政府はしばしば、徴税をする手段をもっておらず、民間の個人からその仕事を請け負う入札を受けたのです。最も高額で入札をした者がその仕事を得て、いったんそこで同意した金額を払いさえすれば、可能なかぎりどんな金額でも徴税することができ、上がりを自分の懐に入れることができたのです。そうして、政府は前払いの歳入を得るかわりに、得られるはずの税収が目減りすることを受け容れたのです。

フランスの君主制が崩壊した後、徴税請負はひどく非効率だということが広く認められるようになりました。まず、この制度は、世人の心の中では貪欲な民間の不当利得者によって代表される、国家の信用を失墜させてしまいます。第二に、これは効率的に運営された政府による徴税制度と比べて、民間の徴税人に与えられる利ざやのせいですが、かなり歳入を減らしてしまいます。第三にこの制度は不満をかかえた納税者を生み出すことになります。

今日の合衆国では、国家は信用を失い、公的資源は不十分になっています。興味深いことに、不満をかかえた納税者は存在しません。もしくは少なくとも、不満をかかえているとしてもそれはふつう間違った理由によってそうなのです。なんにせよ、私たちが自分たちに対して生み出してしまった問題は、本質的に、旧体制《アンシャン・レジーム》が直面した問題と比較可能なものなのです。

一八世紀にあてはまることは、現代にもあてはまります。私たちは国家の責任や能力を骨抜きにすることによって、国家の公共的な評価を切りつめてしまったのです。その結果生じたのは、言葉のあらゆる意味での「隔離された《ゲーティッド》コミュニティ」です――すなわち、自分たちは集団性やそれに奉仕する公務員とは実用上無縁であると浅はかにも想定する、小さく区分けされた社会です。私たちがもっぱら、もしくはほとんど民間の主体だけを相手にしていれば、やがて私たちは、明確な有用性のない公共部門との関係を希薄なものにしていってしまうのです。民間部門が同じことをよりうまくできるか、それともその逆か、そしてそれをより高いコストでできるか、それともより低いコストでできるかはあまり重要ではありません。どちらにせよ私たちは、国家への忠義を縮減させてしまい、そして同胞国民と共有すべき――そして多くの場合、かつては共有していた――何か決定的なものを失ってしまったのです。

このプロセスは、その現代の偉大なる実践者によって巧みに説明されました。マーガレット・サッチャーが断言したと報告されているところによれば、「社会なんて存在しません。あるのは個々の男性と女性、そして家族だけです」ということです。しかしもし社会なんて存在せず、個人と「夜警」国家、つまり活動を遠くから見守って、まったく参加しないような国家しかないとすれば、何が私たちを結びつけるのでしょうか？　私たちは、私営の警察、私営の郵便、戦争中の国家に必需品を供給する私営の組織、そのほか多くのものの存在を、すでに受け容れています。私たちは、一九世紀から二〇世紀初期にかけて、近代国家が骨を折って引き受けてきたまさにそういった任務を、「民営化」してしまったのです。

そうすると、何が国民と国家のあいだの緩衝物としてはたらくのでしょうか？　もちろん公共領域を骨抜きにされてしまった状況を生き抜くことで精一杯の「社会」ではありません。というのも、国家が衰退する様子はないからです。私たちが国家から、国民へのサーヴィスをするという特色を奪い去ったとしても、国家は私たちとともにありつづけるのです――ただし、支配と抑圧の力としてですが。そうすると、国家と個人とのあいだになんら中間的な組織や所属先というものがないことになります。国民が集団的に生きている公共空間を媒介として、国民をお互いに結びつけている相互的なサーヴィスと義務の蜘蛛の巣のような網の目は、残っていないのです。残っているのは、国家を自分の利益のためにハイジャックしようと相争う、私人たちと企業たちだけなのです。

その帰結は、近代国家が生じる前と同様に、今日においても魅力的なものとは言えません。実際、私たちが知っているようなかたちでの国家建設の動機は、いかなる個人の集まりも、共有された目的と共通の諸制度なしでは長生きすることはできないという認識から、明確に生じてきたものです。さまざまな個人の利益をかけあわせていけば公共的な利益になるというまさにその考え方が、萌芽期の産業資本主義に対するリベラルな批判者にとっては、明白にばかげたものに映りました。ジョン・ステュアート・ミルの言葉では、「金銭にまつわる欲得から生じる人間関係や感情のみによって結合された社会という観念は、根本的に不快なものである」ということです。

では、何がなされるべきでしょうか？　私たちは国家から始めなければなりません。集団的な利害、集団的な目的、そして集団的な善の体現としての国家です。私たちが「国家を思考する」ことをふたたび身につけなければ、私たちはあまり遠くまでは行けないでしょう。しかし、国家は正確には何をすべきでしょうか？　最低限のこととして、それは不必要な重複をしないことが必要です。ケインズが書いたところでは、「重要なのは、政府が、個人がすでに行っていることをすることではなく、またそれを少しうまく、または少し下手に行うことでもない。そうではなく、現在はまったくなされていないことを行うのが重要なのである」ということです。そして、過去の世紀の苦い経験から、国家が絶対にやってはいけないことがいくつか存在する、ということを私たちは知っています。

二〇世紀の進歩的な国家の物語は、「われわれ」——つまり改革者、社会主義者、急進主義者——が〈歴史〉を味方につけている、つまり、故バーナード・ウィリアムズ[☆3]の言葉で言えば、われわれの企図は「全世界によって応援されている」[*3]といううぬぼれの上に、危なっかしく乗っかったものです。今日私たちには、そのような自信を与えてくれる物語がありません。私たちは、国家が何をすべきかを述べ、必要とあれば強制力をもって、国家はお前たちのためには何が善かがわかっていると個人に念を押すことを、危険なまでの自信をもって主張する教義の一世紀を、生き抜いてきたばかりです。私たちはこのすべてに後戻りすることはできません。ですから、私たちがもう一度「国家を考える」ことをしたいなら、国家の限界の感覚を出発点とした方がいいのです。

似たような理由で、二〇世紀初期の社会民主主義をめぐるレトリックをよみがえらせるのは不毛でしょう。当時、民主主義的な左翼は、より妥協のない革命的マルクス主義の社会主義と、（後年には）共産主義というその後継者に対するオルタナティヴとして頭角を現したのですから。したがって、社会民主主義には、奇妙な分裂症が内在していました。社会民主主義は自信満々でよりよい未来に向けて更新していた一方で、つねにその左肩ごしにびくびくとふり返っていたのです。社会民主主義はこう言っているようでした。私たちは権威主義的ではない。私たちは自由に賛成しているのであって、抑圧に賛成しているのではない。私たちは民主主義者であって同時に社会的公正や市場の統制などを信じているのだ。

社会民主主義者の第一の目的が、彼らはリベラルな政体の範囲内での、まともな急進的な選択肢なのだと有権者に納得させることであるかぎりにおいて、このような防衛的な態度は意味がありました。ですが今日では、このようなレトリックは首尾一貫性を持ちえません。アンゲラ・メルケル[☆4]のようなキリスト教民主主義者が、ドイツで彼女の政敵たる社会民主主義者に選挙で勝つことができた、それも、金融危機の真っ只中で、重要な点については社会民主主義者自身の政策にそっくりな一連の政策によって勝つことができたというのは、偶然ではありません。

なんらかの形態での社会民主主義は、現代のヨーロッパ政治においてはごく当たり前の前提です。その程度についてはどれだけ意見を異にするとしても、国家の義務についての社会民主主義的な中心的前提に異議を申し立てるヨーロッパの政治家はほとんどいないし、また確実に、影響力ある地位についている政治家であればその数はさらに少ないでしょう。その結果、今日のヨーロッパの社会民主主義者には、とりたてて提示できるものがないのです。たとえばフランスでは、国有化を反射的に肯定する社会民主主義者の性向は、ド・ゴール主義右派のコルベール風の直感[☆5]とほとんど区別ができません。社会民主主義はその目的を考え直さなければならないでしょう。

問題は、社会民主主義的な政策に内在するものではなく、それが表現される言語にあります。左翼による権威主義の脅威が去ってしまうと、「民主主義」を強調するのは大幅な無駄になってしまいました。今日では、私たちはみな民主主義者なのです。しかし、「社会」という言葉には、いまだに大きな意味があるでしょう。とりわけ、数十年前、公共部門の役割が誰からも議論の余地なく認められていた頃よりも、現在においてはそのはずです。では、社会民主主義という政治へのアプローチにおける「社会」の、何が独特なのでしょうか?

よろしければ、ある鉄道駅を想像してみてください。ニューヨークのペンシルヴァニア駅——六〇年代の、石炭貯蔵庫の上に積み上げられた、いまはなきショッピング・モール——ではなく、もっと現実的な駅です。私が言っているのは、ロンドンのウォータールー駅や、パリ東駅、ムンバイにある劇的なヴィクトリア・ターミナス、はたまたベルリンの壮麗な中央駅《ハウプトバーンホーフ》のような駅です。これらの、現代生活の堂々たる大伽藍においては、民間部門は完全にしかるべき場所で機能しています。結局、新聞売店やコーヒー・バーが国家によって経営されるべき理由はないのですから。イギリスの鉄道駅のカフェで売っている、ぱさぱさの、ビニール包装のサンドイッチを思い出す人なら誰でも、この分野での競争は推奨されてしかるべきだと認めるでしょう。

しかし、鉄道を競争的に走らせてはいけません。鉄道は、農業や郵便と同じように、経済的活動でありつつ、まったく同時に必要不可欠な公益でもあるからです。さらには、二両の列車を一つの軌道に乗せてみて、どちらの方がいいパフォーマンスを示すかを見るという方法で、鉄道システムをより効率的にする、などといったことは不可能です。鉄道というものは、自然独占の業種なのです。イギリスでは実際、信じられないことに、バス事業にそのような競争を持ちこみました。ところがもちろん、公共交通機関の逆説というのは、それがよい仕事をすればするほど、「効率的」ではなくなるかもしれない、ということです。

お金のある人に特急便を提供し、年金受給者たちが時々乗るだけの辺鄙な村には止まらないバスは、その所有者にはより多くのお金をもたらすでしょう。しかしそれでも誰か——国家か、地方自治体——が利益にならず非効率なローカル便を提供しなければならないのです。それがなかったら、バス便をカットすることで得られる短期的な経済的利益は、コミュニティ全体への長期的なダメージによって相殺されてしまうでしょう。したがって、予想されることですが、「競争的」なバスの結果は——十分な需要が存在するロンドンを除いては——公共部門におしつけられるコストの増加であり、市場が支えうるかぎりでの運賃の急激な上昇であり、急行バス会社に魅力的な利益が生まれることなのです。

　鉄道は、バスと同様に、まずなによりも社会的なサーヴィスです。特急列車をロンドンからエディンバラへ、パリからマルセイユへ、ボストンからワシントンへと行ったり来たりさせるだけでいいのなら、誰でも利益の出る鉄道を経営することができます。しかし、人びとが時々しか鉄道を利用しないような場所への、そしてそういった場所からの鉄道の接続についてはどうでしょうか？　単独の私人であれば、そのような頻繁には使う機会のないサーヴィスを維持する経済的コストを支払うために、潤沢な資金を取っておくような人はいないでしょう。国家や政府、地方自治体のような集団のみが、それをできるのです。ある種の経済学者にとっては、必要とされる助成金はつねに不十分に映るでしょう。確実に、線路は引きちぎってしまって、みんなに車を使わせた方が安上がりではないのか？

　一九九六年、つまりイギリスの鉄道が民営化される前の年に、イギリス国営鉄道はヨーロッパの鉄道のなかでも最も低い公的助成金の額を誇っていました。その年、フランスはその鉄道のために人口一人あたり二一ポンドの投資を計画しており、イタリアは三三ポンドを計画していましたが、イギリスはたったの九ポンドでした。[*4] これらの対照的な数字は、それぞれの国の鉄道システムによって提供されるサーヴィスの質に、直接に反映されています。またこれらの数字は、どうしてイギリスの鉄道網が、そのインフラが不十分であるがゆえに多大な損失を出しながらでないと民営化できないかということを説明してくれます。

　しかし、この投資額の対照は私の論点を証明してくれるでしょう。フランス人とイタリア人は長いあいだ鉄道を社会的な設備としてあつかってきました。鉄道を人里離れた地域へとひいていくことは、どれだけコストの点で非効率だとしても、地域のコミュニティを維持していくものなのです。それは、道路を使った交通の代替手段を提供することによって、環境へのダメージを減らしてくれます。そういうわけで、鉄道駅とそれが提供するサーヴィスは、大志を共有するものとしての社会のしるしであり象徴なのです。

僻地に鉄道サーヴィスを供給することは、それが経済的に「非効率」だとしても、社会的には意味をなすと、私はここまで示唆してきました。しかしそのことはもちろん、重要な疑問を回避することになります。社会民主主義者は、彼ら自身、その代替案よりは大きなコストがかかると認めるような、立派な社会的目標を提案することでは、それほどに成功することはできないでしょう。私たちは、社会的サーヴィスの価値を認め、その費用を非難し……そしてそれだけで終わってしまうのです。私たちは、すべての、社会的そして経済的なコストを評価するために私たちが採用する仕組みを再考する必要があります。

例を挙げさせてください。貧者に善意からの施しを与えることは、彼らに正当な権利として完全な社会サーヴィスを保証することよりは、安上がりです。「善意からの」というのはつまり、信仰を基礎とする慈善であり、民間のもしくは独立の行動であり、食料切符や住宅交付金、衣服への補助金などといったかたちでの、収入水準次第の扶助のことです。ですが、そのような種類の扶助の受け取り手となることは、よく言われるように屈辱的なことです。一九三〇年代の不況の犠牲者たちにイギリスの当局によって課された「資力調査《ミーンズ・テスト》」は、いまでも老年世代には不快感、さらには怒りをもって回想されています[*5]。

それとは逆に、正当な権利の受け取り手の立場になることは、屈辱的ではありません。もしあなたが失業手当、年金、障害手当、公営住宅その他の、正当な権利としての、公的に支援された扶助を受ける権利があるとすれば――それも、あなたが援助に「値する」ほどに零落しているかどうかを決めるために誰かに調査されることなしにそういった権利が与えられているとすれば――、それを受け容れるのに恥の感覚をいだくことはないでしょう。しかし、そのような普遍的な権利や資格を保証することは、高くつきます。

しかし、私たちが屈辱感そのものをコストとして、社会に対する負担としてとりあつかうとすればどうでしょうか？　人びとが、たんなる生活の必需品を受け取るために、同胞市民によって恥をかかされる際に引き起こされる害を「定量化」しようと私たちが決心したら？　言いかえると、生産性、効率、もしくは幸福に対する私たちの評価に、屈辱的な施しと正当な権利としての福祉とのあいだの差異を要因として算入したらどうなるでしょうか？　私たちは、普遍的な社会的サーヴィス、公的な健康保険制度、また助成を受けた公共交通機関は実際には、私たちの共通の目的を達成するための費用対効果の高い方法であったという結論を出すかもしれません。そのようなことを実践しようと思えば、否応なく論争が起きるでしょう。どうやって「屈辱感」を定量化するのか？　孤立した国民から大都市の資源へのアクセス権を奪うことのコストはどうやって測るのか？　よき社会のために、私たちはどれくらい支払う準備があるのか？　明確ではありません。しかしそういった疑問を問わないかぎりは、どうやって答えをひねり出す可能性があるというのでしょう？[*6]

私たちが「よき社会」と言うとき、何を意味しているのでしょうか？　標準的な視点からは、私たちが自分たちの集団的な選択をそのなかに位置づける、精神的な「物語」から出発してみればいいでしょう。そのような物語はその後で、現在私たちの議論の幅を狭めている、狭義の経済的な観点に置きかえられてしまいます。しかし、私たちの一般的な目標をそのようなやり方で定義することは、まったく単純な問題ではありません。

過去においては、社会民主主義は善悪の問題にまちがいなく関わっていました。それは、極端な富と物質主義の崇拝に対するキリスト教的な嫌悪が注入された、前マルクス主義的な倫理的語彙を、社会民主主義が引き継いでいたゆえになおさらでした。ですがそのような問題意識はさまざまなイデオロギー的な疑問に打ち負かされてしまいました。資本主義は失敗の定めにあるのか？　そうだとして、ある政策は資本主義の予期された終焉を早めるのか、それともそれを先延ばしにするのか？　もし資本主義が終わらないのだとすると、政策の選択は異質な視点から行わなければならないことになります。どちらの場合にせよ、問う価値のある疑問は、ある政策提言の潜在的な利点や欠点よりも、「体制《システム》」のありようという問題に向けられるのが典型でした。そのような疑問はもはや私たちの関心の中心にはありません。私たちは、私たちの選択の倫理的な含意に、より直接的に直面しているのです。

金融資本主義、もしくは一八世紀の呼び方では「商業社会」について、私たちが忌むべきだと感じる点は、正確には何でしょうか？　現在の体制について、私たちが直感的にまずいと感じているのは何で、それについて何ができるのでしょうか？　私たちは何を不公平だと感じているのでしょうか？　富める者たちが制限のないロビー活動を行い、ほかのすべての人たちが犠牲になっているという状況に直面した際に、私たちの礼節の感覚を害するものは、いったい何なのでしょうか？

そのような疑問への答えは、制限のない市場もしくは無力な国家の不適切さに対する道徳的な批判というかたちをとるべきでしょう。私たちは、なぜそういった不適切さが私たちの公正や平等の感覚を害するのかを理解しなければなりません。つまり、私たちは目的の王国[☆6]へと回帰せねばならないのです。それにあたって、社会民主主義はかぎられた助けにしかならないでしょう。というのも、資本主義のジレンマに対する社会民主主義自体の応答は、「社会問題」に適用された啓蒙主義的な道徳言説の、遅れて来た表現にすぎなかったからです。私たちの直面している問題は、それとはいくぶん異なるものです。

私たちは、新たな不安定の時代へと入りつつあると私は考えています。一つ前のそのような時代は、

『平和の経済的帰結』（一九一九年）でケインズによって印象深く分析されたのですが、その時代は数十年間の繁栄と発展の時代、そして生活の国際化が劇的に進んだ時代――実質的な「グローバリゼーション」の時代――のあとに訪れました。ケインズが説明しているように、商業経済は世界中に広がっていきました。通商と通信は前例のない割合で加速していました。一九一四年以前には、平和的な経済的交易のロジックが国の自己利益を打ち負かすだろうとひろく主張されていました。誰も、その条件全体が突然に終わってしまうなどとは思っていませんでした。しかし、終わってしまったのです。

現代の私たちもまたたしかに、安定の時代を、そして際限のない経済発展の幻想を生き抜いてきました。しかしそのすべてはいまや過去になりました。予見できるかぎりの将来において、私たちは文化的に不確かであるのと同じくらい、経済的に不安定な状態に置かれるでしょう。私たちは確実に、自分たちの集団的な目的、環境的な安寧、そして個人的な安全について、第二次世界大戦以降のどの時代よりも自信を失うでしょう。自分たちの子どもがどのような種類の世界を受け継ぐことになるのか、私たちにはわからないわけですが、それがなんらか安心させるやり方で私たちの時代と似た時代になるだろうと、自分たちを幻惑して信じこませることはもはや不可能なのです。

私たちは、祖父母の世代が比較可能な難題と脅威に応答した方法を再訪してみるべきです。ヨーロッパでの社会民主主義、そしてここ合衆国でのニュー・ディール政策と「偉大な社会」は、当時の不安定と不公正に対する明確な応答でした。自分たちの世界が崩壊していくのを見るとはいったいどういう経験かを知っているほど老齢の西洋人はもうほとんどいません。[*7] 私たちには、自由主義的な諸制度が完全に破壊されること、民主主義というコンセンサスが完全に解体されてしまうことを想像するのは困難です。しかし、ハイエク／ケインズ論争を引き起こし、ケインズ主義的なコンセンサスと社会民主主義的な妥協を生み出したのは、まさにそのような崩壊だったのです。そのようなコンセンサスと妥協は、私たちがそのなかで育ち、まさにそれが成功したおかげでその魅力が見えにくいものになったのです。

もし社会民主主義に未来があるなら、それは恐怖の社会民主主義というかたちをとるでしょう。[*8] 楽観的な進歩の言語を再生するよりも、私たちは近い過去を学びなおすところから始めるべきです。今日の急進的な反対者の最初の仕事は、その聴衆に二〇世紀の達成について思い出させることであり、その達成を拙速に解体することで引き起こされるであろう帰結についても念を押すことです。

非常に粗雑に言うなら、左翼は保存すべきものを持っています。普遍的な企図の名のもとに、破壊をし、革新する、野心的で近代主義的な衝動を受け継いだのは右翼の方なのです。社会民主主義者は、そのスタイルや野心という点では控えめであるのが特徴ですが、過去に達成してきたことについて、より肯定的に語る必要があるでしょう。社会サーヴィスを提供する国家の出現、その財やサーヴィスが私たちの集団的なアイデンティティや共通の目的の模範となりかつそれを推進する、公共部門の一世紀にわたる構築、権利として与えられる福祉制度と社会的な義務としての福祉の給付——これらは、つまらぬ達成とはけっして言えないものです。

そういった達成が部分的なものであることに気を病む必要はありません。たとえ私たちが二〇世紀からほかに何も学ばなかったとしても、少なくとも、解答が完璧であればあるほど、そのもたらす帰結はより恐ろしいものになるのだということは理解していてしかるべきでしょう。満足いかない状況に不完全な改善をもたらすというのが、私たちが望める最上のものであり、そしておそらく私たちが追求すべきなのはそれだけなのでしょう。それを理解しない人たちは、過去三〇年間にわたって、まさにその改善を粛々と解体し不安定化させてきました。これに対して私たちはもっと腹を立ててしかるべきです。それはまた、用心深さからではあれ、私たちを心配させてしかるべきでもあります。どうして私たちはこんなに慌てて、私たちの先達が骨折って築いた堤防を壊してしまったのか？　洪水がやってこないとそんなに確信できるのか？

恐怖の社会民主主義は、戦って勝ちとるに値するものです。一世紀にわたる苦労の結果を放棄してしまうことは、これからやってくる世代と同様に、前の世代を裏切ることでもあります。社会民主主義、もしくはそれに近い何かは、理想的な世界において私たちが自分たちのために描いてみせる未来を表すものだと告げるのは、耳にここちよくはありますが、誤解を生じさせることでもあります。社会民主主義は理想的な過去さえも表現しないのですから。しかし現在、私たちが取りうる選択肢のなかでは、ほかの何よりもそれはよいものなのです。革命の起きたバルセロナでの彼がしたばかりの経験を、『カタロニア賛歌』でふり返るオーウェルの言葉で言えば、こういうことです。

その経験のなかには私が理解できないことが多くあり、私はある意味ではそれを好みさえもしなかったが、私は即座に、それは守るために戦う価値のある物事のありようだと気づいた。

これは、二〇世紀の社会民主主義から私たちが取り戻すことのできるもののすべてに、同じくらいに当てはまると思うのです。

（このエッセイは、二〇〇九年一〇月一九日、ニューヨーク大学で行われたトニー・ジャットの最後の公開講演を編集したものである。講演のヴィデオは、レマルク研究所のウェブサイトで観ることができる。remarque.as.nyu.edu/object/io_1256242927496.html）

第25章　揺れる二つの世代　息子ダニエル・ジャットとの対話

ダニエル：　もし二〇〇八年一一月に一八歳だったら、僕はバラク・オバマに投票しただろうな。でも一四歳だったから、とりあえずオバマへの支持を表明することにしたんだけど、オバマが当選したときには嬉しかったよ。オバマ政権は信念をもって、それまでの政権が深刻になるまで放っておいた環境危機をなんとかしてくれると、無邪気に信じていたんだ。オバマは倫理的に正しいことが何かをわかっている気がしていた。それが政治的に「正しいこと」ではなかったとしても。

二年も経たないうちに、僕は政府と実業界の倫理的な決断についてとても悲観的になっていた。ディープウォーター・ホライズン〔二〇一〇年メキシコ湾原油流出事故〕が転換点だった。僕はすでに懐疑的になっていた。沖合での掘削が増え、コペンハーゲン〔二〇〇九年の第一五回気候変動枠組条約締約国会議〕でアメリカ政府は消極的な立場をとり、それについての環境立法は何もなかった。

でもBP〔原油流出事故を起こしたイギリスの石油会社〕は、政権を担う世代が物事をまったく理解していないということを僕に気づかせてくれた。あの世代は、環境危機を政治的な失敗や経済的な困難と同じ土俵で見ているんだ。政治は移り変わっていくし経済は立ち直るけれど、環境はそうじゃない。「ほかの問題を全部片付けたらすぐにあれをなんとかしよう」っていうあの感覚に、僕は腹を立てているんだ。世界は使い果たしていい資源なんかじゃない。与えられたダメージを回復するのが僕らの世代の課題なんだ。単純な問題だよ。

トニー：　私は六二歳だったが、バラク・オバマに投票した。大きな希望を抱いていたわけじゃなかった。初めから、オバマが何かに立ち向かうというよりは譲歩する人なのだということはあきらかだったし、それは人間としてはともかく、政治家としては不利な点だった。私たちはすでにその帰結を見てきた。中東でも、環境に関する規制においても、抑留者の問題〔グアンタナモの収容所に言及していると思われる〕についても、移民に関する改革についても、オバマは最後までやり遂げなかった。『おおいなる希望』〔オバマの著書のタイトル〕だって？

企業については、私たちベビーブーム世代は冷笑的になってしかるべきだった。ゴールドマン・サックスと同じように、石油会社は、必要性に奉仕し痛みを受け入れる、恵み深い経済的主体などではない。セオドア・ルーズヴェルトの言葉を借りれば、それは「巨富の悪人」なんだ。だが私たちは冷笑しているうちに、本当に犯罪的な行為に対する反応を鈍らせてしまった。「どうせやつらはやるだろう」といった態度になってね。ゴールドマン・サックスの経済的略奪行為を眺めているのと、BPがメキシコ湾を侵犯していくのを横で突っ立って見ているのとは別のことだ。そうだな、私たちは現状よりももっと怒っていいはずだ。

私たちは未来を覗き込んでいるが、うまくいかない。BPの事故で汚物がほとばしるのを見ていると、私たちが自身の独立性を制御不可能な技術に譲り渡してしまったということを思い出させられる。私たちの活力は、目的がますます曖昧になっていくうえに金のかかる外国での戦争のために浪費されている。私たちは、現実の問題とはなんの関係もない「文化的」衝突のなかで、お互いを罵り合っている。

そのあいだに、時計仕掛けのように正確だった私たちの模範的な憲法は、動くのをやめてしまった——もはや存在しない総意にもとづいて。長い目で見れば、共和制というのはそのようにして死ぬものだ。「誰か」が「何か」をしなければならないのはあきらかだ。どうすればよいと思う?

ダニエル:　お父さんは企業の許されざる行為に対して甘すぎるし、それと同じくらい政治についても諦めすぎているよ。実際に変化を起こすためには、現実に変化が起こせるんだと考えなければならない。僕らの世代はそうやって考えているんだよ。だから、あれだけ多くの人たちがオバマを支持したんだ。もしかしたらアメリカのほかのどの有権者層よりも、僕たちは、問題に取り組めば何かが起こるんだと信じていたのかもしれない。でも、危機が起こるだろう、権力の座についている人たちも危機を止めることができないだろう——だから、火曜日に大統領が言ったみたいに、神に祈るしかないんだ——と聞かされるたびに、僕たちの政府に対する信頼は失われていくんだ。

政治家は公衆に依存している。十分に強い総意を得れば、政治家は動く。それが、僕がお父さんたちにしてほしかったことで、僕らの世代がしなければならないことなんだ。総意をつくり、行動すること。お父さんたちの世代は、社会参加《エンゲージメント》について色々と語ってきたよね。だから参加しようよ。公衆の意見という梃子の力を使って、強力な環境立法を後押しするんだよ。

BPの事件の後で「普通の状態に戻す」ために後ずさりしたら、僕たちは決定的な機会を逃してしまう。僕たちには新しい「普通」が必要なんだ。そして自分たちに新しい問いを問わなければいけない。その問いとは太陽光発電や公共交通機関の利用によって石油への依存から脱却するような、これまでと違う暮らしに投資できるのかということではなくて、あとどのくらい、いまの暮らしをつづけていけるのかという問いだ。これは僕らからお父さんたちへの貸しだよ。

トニー：　私は少し、世代という捉え方が気に入らないな。つまり、私はビル・クリントンとジョージ・W・ブッシュと同い年なんだが、彼らがしたことに対して責任を取るつもりは一切ない。国民的な総意をつくらなければいけないという点に関しては君に同意するが、アメリカ人を環境汚染や気候変動について説得することが課題なのだとは思わない。アメリカ人に将来のために犠牲を払わせるというだけの話でもない。問題は、アメリカ人に、自分たちが協力すればどれだけのことができるのかということをもう一度思い出させることだ。

しかしそのためにはリーダーシップが必要で、君が大統領にそれを期待していないことはあきらかだ。結局は、君と君の同時代人たちが大統領とその「体制」への信頼を失ったならば、それは大統領の落ち度でもある。でもそれについては君にも責任があるよ。

一緒になって誰かを選挙で当選させても、その後で携帯メールやツイッターに戻ってしまっては十分ではない。行動を共にしつづけなければならない、何を求めているのかを自覚して、闘わなければならない。最初はうまくいかないし、完璧にうまくいくことはないけれど、諦めてはいけない。それもまた、政治なんだ。

私が政府への信頼を失ったと君が考えているなら、それは間違いだよ。大きな政府がこの国を建てたんだ。大きな政府なしには、大陸横断鉄道もなかっただろう。アメリカの公教育の栄光たるランドグラント大学〔公用地を与えられ、農業・機械技術に特化した大学群のこと〕は一八六二年と一八九〇年のモリル・ランドグラント法の成果だった。国民はかなりの金額を共通の利益のために投資してきた。マーシャル・プラン、復員軍人援護法、州間高速道路などがなければ、私たちの戦後経済はあのように発展することはなかったのだということを思い起こしてごらん。それから公民権法のことも忘れてはいけないよ。あれはとてつもなく激しい論争を生み、大変な政治的勇気を必要とした道徳的革命だった。

私は政府に対する信頼を失ってはいない。ただ、私は今日の政治家たちがその挑戦に耐えられるのかということを心配しているんだ。

ダニエル：そのとおりだと思う。僕はたしかに大統領を少し見限っているよ。ただ長年の懐疑の後で、あれだけ多くの若者たちに一つの政府を選ばせたという功績は小さくない。オバマは、前の政権に対しては残念な気持ちしか抱かなかった僕たちを、ほとんど一瞬にして政治的熱狂で満たしたんだ。あの希望のうねりと行動への渇望がなければ、僕らの世代のほとんどが、そもそも始める前に嫌な気持ちで政治を放棄していたかもしれない。その動員力という点では、オバマ大統領には感謝しなければいけない。

もちろん、彼は批判も受けるべきだよ。でも僕たちが――世代としても国民としても――してはいけないのは、自分たちの幻滅を悲観主義と怠惰へとあけ渡してしまうことだ。僕らが直面しているのは、目をそらしてはいけない道徳的課題なんだよ。

僕は、お父さんが懐疑のなかで信頼を失い諦めてしまったのではないかと心配していたんだ。お父さんの世代の急進主義がその可能性を十分に発揮することはなかったということは、お父さんも認めるはずだ。お父さんは、政治とは「可能性の技術」だといつも言うけれど、もし僕たちが怒りを積極的行動に注げば、可能性はかならず、もっとずっと実現に近いものになる。怒りは行動の賢明な道標になるのだろうか？たしかに、もし誤った大義のために、あるいは誤った方法で用いられれば、大惨事を生むだろう。でも、崖っぷちに押しやられているのに、座って文句を言っているだけよりはマシでしょう？

トニー：そうだな。長期の利益のために現在犠牲を払い、四半期ごとの経済成長を公共政策の至高の目的と考える思考を止めるのは、私たちにできないことではない。私たちは自分たちに簡単な選択肢――高い税率か自由市場か――を与えておいて、そのどちらも自分たちの必要性に応えてくれないことを知って驚いている。技術による解決を求めるのは、私たちの時代のおごりだ。だがBPの人たちがわかりやすく示してくれたように、漏れたパイプをどこまで塞ぐことができるのかには限度があるんだ。ときには新しく始めなければいけない。

問題は海面に流れ出た油と道徳的嫌悪だけではない。大局的に見れば、巨大化した石油産業に長い未来はない。遅かれ早かれ、強欲な液体のプールの上に築かれた瑣末な首長《シーク》たちの小国は砂漠のなかに沈むだろう。しかしどうしてBPとその王族《アミール》たちは、すぐに終わるゲームに興じているのだろうか？　人間がつくったもので必然的なものなどない。中国型資本主義――いくつもの大自然災害をともなう規制されることのない利益の追求――が唯一の未来のあり方じゃないんだ。

火曜日に、大統領は議会立法を進めていくと言った。しかし現時点でそれは、ヨーロッパですでに試された結果、すでに不十分であると指摘されている、企業のための見せかけである「キャップアンドトレード」〔排出量取引の方式〕から大きく進歩することはないだろう。

私たちが必要としているのは、五〇の州のためのマーシャル・プランだ。公的なインフラ、大勢が利用できる交通機関、再生可能エネルギー、そして教育のために支出されるかぎりにおいて、防衛費の貯蓄から捻出された連邦資金と、そして、そう、税金――私たちの後継者のための融資――が利用されるべきだ。それくらいしてやっと、六万樽分もの油が漏れ出しているような危機とつり合いがとれるだろう。準備はできているかい？　もし世界を変えたいのなら、長期間の闘いを覚悟したほうがいい。犠牲も払わなければいけなくなるだろう。本当にそこまでする気があるのかね？　それとも、ただ目の前の光景に苛立っているだけなのかな？

ダニエル：　そこまでする以外に選択肢はないよ。払わなければいけない犠牲なんて、僕らがただ座って待っていた場合に払わされるツケに比べれば、なんてことないさ。一番重要なことは、僕らには長いあいだ闘っているほどの余裕はないってことかな。

僕らには力もないし、しばらく時間がかかると思う。実際、僕らは想像できるかぎり最悪の立場にいると思う。僕らは十分に成熟しているし、何をしなければいけないかはお父さんたちよりもよくわかっているけれど、それを実行に移すには若すぎるんだ。僕らにできるのは、それを口に出すことだけなんだよ。

（この対話は二〇一〇年六月に『ニューヨーク・タイムズ』紙に最初に発表された。）

V　人はいずれみな死ぬ

第26章　フランソワ・フュレ（一九二七－九七年）

今年の七月一二日に七〇歳で亡くなったフランソワ・フュレは、現代フランスで最も影響力のある人物の一人だった。この言い方は、人生の大半を大学での教育に費やし、ほとんどの著作がフランス革命に関する学術研究であった人物に対する記述としては奇妙に思えるかもしれない。フュレがそれほどまでに偉大な影響を与えたということこそが、彼へ送られた賛辞でもあり、そして現代フランス文化における知識人の揺るぎない地位を示してもいる。

それにしても、フュレは並大抵の知識人ではなかったし、並大抵の歴史家でもなかった。若い頃には、同世代のフランスの歴史家や作家たちと同じように、フュレもフランス共産党に加入した。一九五六年に彼はソヴィエトのハンガリー侵攻に対する抗議の意を込めて党を去った。彼はのちに、「あれは私がいままでにしたことのなかで、最も知性的な行動だった」と認めるようになった。フランス共産党でのフュレの経験は、彼の残りの人生において、個人生活と学者生活の双方における関心を決定した。ソルボンヌを卒業したのち、フュレは一七八九年の革命の研究にみずからの学術的努力を注ぎ、一九六五年には、故ドニ・リシェ[☆1]との共著による二巻からなるその時代の概説的研究書、『フランス革命』を出版し、幅広く書評された。同書でフュレは当時流行していたアナール学派[☆2]のような観点から革命期フランスに迫り、フランス史における、とくに長期にわたる社会・経済的過程の連続性を強調した。

この革命期に関する新しい研究は、すでに当時認められていた解釈からは根本的に袂を分かつものだった。マルク・ブロック、リュシアン・フェーブル、フェルナン・ブローデル[☆3]などの伝統にのっとり、長くつづく根底にある構造に目を向ける一方で政治的な変動にはそれほど注意を払わないというアナール学派のアプローチは、中世と初期近代のフランス史の研究において目を見張る衝撃を与えていた。一方で一七八九年から一七九九年までの出来事の解釈においては、第二次世界大戦後、国民的革命運動の研究において支配的な役割を担ったマルクス主義者たちが大きな影響力をもっていた。しかしその後の二〇年間、フュレは、彼自身やほかの誰かがそれまでに書いたいずれのものにも似つかない、まったく独創的な論文を発表しつづけ、その仕事は私たちのフランス革命に関する理解を変革することになったのである。『フランス革命を考える』（一九七八年）に始まり、『大革命　一七七〇年―一八八〇年』（一九八八年）が頂点となった一連の素晴らしい著作において、フュレはみずからが「革命の教理問答」と呼んだものを破壊した。それは、一七八九年から一七九四年のあいだに起こった出来事を階級闘争の古典的事例とする解釈を前提として、フランス革命をその後各地で起こったブルジョワ革命の規範そして先駆者とする、マルクス主義的そして新マルクス主義的な理解のことだった[*1]。

フランス革命の理解におけるフュレの目覚ましい貢献とは、歴史に対する私たちの関心において中心的だった、社会的なカテゴリーや衝突を妙に重要視するような見方を取り除き、かわりに政治的・思想的な議論とフランス革命の成果に強調点を置くことで、大革命が階級の経済的な利害関心ではなく、なによりも哲学的・政治的権力のバランスにおける根本的な移行であったことを読者に思い出させたことだったと説明できる。アレクシ・ド・トクヴィルのように、フュレはその時代の人びとが、とくに一七八九年から九一年までの最初の革命の理論家たちと代弁者たち――アントワーヌ・バルナーヴ、エマニュエル・ジョゼフ・シエイエス、ジャン・ジョゼフ・ムニエ[☆4]――が、劇的に新しいことに従事していたということを評価した。これらの人びとは体制側の権威を転覆することのみならず、それにとってかわろうという自分たちの主張をも正当化しなければならなかったため、フランスで権力を握った新しい政治階級の野心とうまく折り合いのつくような特徴をもった新しいフランスの過去、フランス国家、そしてフランス人民を想像し、利用しなければならなかった。簡潔に言えば、近代政治を発明しなければならなかったのだ。

つまりフュレの手にかかれば、フランス革命はミニエ、ティエール、ギゾー[☆5]、そしてそのほかの一九世紀前半の偉大な自由主義的歴史家たちの著作において示されていた、互いに競合し、多くの場合両立不可能な哲学的立場と政治的主張のあいだの闘争という姿に立ち返るのだ。この闘争のなかで、フランスが一七九二年までに新たなかたちの制度的正統性を確立し合意するのに失敗したことは、ジャコバン派の時代の不安定で自己破滅的な急進主義を生んだのみならず、独裁、反革命、権威主義、王政復古、革命、そして反動という、一九世紀フランスを特徴づけ、ほぼ二世紀にわたり国民を分断することとなるサイクルに帰着した。

フュレは、マルクスやトクヴィル、そして彼が敬意を表したそのほかのフランス史の研究家たちと同じように、彼らみなが近代政治の生みの親と考えたフランスの革命家たちに畏敬の念を抱いていた。しかしフュレが拒絶したのは、そうした革命家たちやその追従者たちが、たんに階級や利害関心、あるいは性別のあいだの衝突の局地的な戦いに関わっていただけであり、そうした戦いのより広い物語と意味はなんらかの方法で〈歴史〉のなかに刻まれているのだ、というような信念だった。最後に出版された論考のなかの一つで、フュレは以下のように述べている。

革命家たちの冒険の偉大さ、そしてその冒険が絶えることなく影響を与えつづける秘訣は、歴史そのものの舞台において、その世紀の古典的な哲学的問いと格闘したことにあるのだ。それは、社会契約をどのように制度化し安定させるか、という問いである。[*2]

大部分フュレの仕事によってその名声を不当な忘却から救い出されたフランソワ・ギゾーや、ほかの大革命を研究した自由主義的歴史家たちにとっては、この記述は当然のように見えただろう。このフュレの発言と関心が転覆的に見えたことは、後年の歴史研究に関して意義深い示唆を与えてくれる。

＊

フランスでは、フュレの著作は思想界・学術界におけるマルクス主義の支配的影響力の衰退と時を同じくして現れ、その衰退の過程を推し進めた。さらに、近代フランスの社会的・革命的起源について長く認められていた常套句を切り崩すことで、フュレは彼の同時代人たちが政治そのものについて、そしてフランスがいまどのように統治され、これからどのように統治されうるのかということについて考える手助けをした。国民がたえまなく、イデオロギー的に視野の狭い左翼と頑なに怒りつづける右翼とのあいだで引き裂かれなければいけないということが、フランス史の遺伝子に書き込まれているなどということはないのだとフュレは論じた。この分断はもはやフランスの現実に則していない。フランス革命は終わったのだ。フュレがフランス革命に関する私たちの理解を再編成したことそれ自体が、フランス政治をめぐる議論においてそれまで偏在していた革命の遺産の再考をうながす一要素となった。結果として、政治や政治哲学、ブルジョワ、プロレタリアート、階級闘争、そして「歴史的過程」について議論することが、フランスでいま一度可能となったのだ。

こうした記述から、フランソワ・フュレが政治的には反動的であり、フランスの革命的遺産とその学術界における化身たちに対する復讐を果たしたのだなどと考えるべきではない。ほかの元共産主義者たちとは違い、フュレは政治的にはあくまで、古典的な意味での自由主義者でありつづけた。一七九一年の人びとのように、彼は国家の権限の制限、資産と自由の権利の保障、そして政府機関のもつべき性質と立ち位置についての市民のあいだでの合意といったものが望ましいばかりでなく、将来のために望みうる最良のものであると考えていた。そしてフランスの多くの後の世代の人びととは違い、フュレはそのような機関や合意の不在がフランス国家とその公共政策に対して与えた損害を理解していた。フュレは一七九四年に起こった悲しい出来事、すなわち恐怖政治とテルミドールのクーデターによって手つかずのまま残された最終的な革命への夢によって「革命の教理問答」が維持されたのだと考えた。この観念は、フュレの考えでは、たんなる学術上の誤りではなく市民生活にとっての障害であり、それを乗り越えるためにフュレは尽力したのだった。

＊

フランスの過去と現在に関する私たちの理解に何が起きようとも、フランソワ・フュレの功績に疑いの余地はない。彼が現れる前と後では、何もかもが変わってしまった。たとえフュレの功績がそれだけにとどまっていたとしても、彼はヨーロッパ史の研究と自国の政治文化に対して多大な貢献をしたと言えただろう。[*3] しかし、フュレはそこにとどまらなかった。一九七七年から一九八五年までの八年間、フュレはフランス国立社会科学高等研究院の院長を務めた。彼の任期中に、同校は知的な面で刷新され、想像力のある若い学者や著述家たちがフランスの学術的・文化的生活の中心を占めた。フュレはまた、レイモン・アロン研究センターの設立にあたり主導的な役割を担った。同時代フランスの最も偉大な社会理論家でありながらも、生前にはフランス国内で過小評価されていたアロンのために捧げられた同センターは、今日のフランスの自由主義思想の再興の拠点となった。

近年ではフュレの関心は現代へと移り、一九九五年には、共産主義の神話の歴史としての二〇世紀に関する単著『幻想の過去』を出版した。[*4] この評価の分かれる大作は、フランスに嵐を巻き起こした。私たちの世紀の共産主義の幻想についての記述としては、フュレの本はとくに独創的ではなかった。フュレ自身も、ボリス・スヴァーリンやハンナ・アーレント、またフランツ・ボルケナウやフランツ・ノイマンのような亡命ドイツ人学者たちの一派[☆6]が、自分よりも先に同じ主題について多くを述べていたことを認めている。しかしフュレの才能は、これまで議論されてきた過去に関する学術研究と、現在に向けられた批判精神に満ちた理性的な主張とを組み合わせた点にあった。レーニン主義は、大革命の神話がフランスに残した革命的改良と超越の寓話を、私たちの世紀に移し替えたのだとフュレは論じた。それは西洋の普遍主義的切望の病的に歪んだ姿だった。そして西洋におけるレーニン主義の信奉者たちの自発的な知的隷属が社会に与えた深く根強い損害は、それが長く栄えた東側における損害に劣らなかった。

フュレは効率よく無駄のない文体の持ち主だった。彼の著作の魅力の一部は、私たちの時代の進歩的思想の標語をうまく解体したことにあった。チトーのユーゴスラヴィアにおける戦後の知的熱狂について、フュレは以下のように述べている。「そこには、望ましいことを想像するには事欠かない、エキゾチックな土地があった。一〇月革命のロシアの次は、今度は不幸なバルカン半島がヨーロッパ社会の前衛として洗礼を受ける番だった」。ド゠ゴール、アデナウアー、そして一連のアメリカ大統領たちの「原ファシズム的」傾向をほのめかすことで反ファシズム的な感情を動員しようとした初期の冷戦プロパガンダに関して、フュレは後悔を込めて「恥辱にまみれた政治体制が、その征服者たちの想像力のなかで、これほどまでに多く死後の化身を生んだことはなかった」と述べた。

『幻想の過去』は大きな成功を収めた。フランスではベストセラーになり、ヨーロッパ中で広く読まれた同書は、多くの論者によって、西洋において過去二世紀のあいだ広く普及した革命という思想に親密にもとづいたユートピア的な幻想にとどめを刺したことで、レーニン主義の棺に（その屍はまだ熱を失っていなかった政治文化において）最後の釘を打ったものだとされた。フランス革命の神話と、ロシアにおけるその後継者に誤って与えられた名声との関係に関するフュレの度重なる主張は、それを誇張と見る批評家たちからは顰蹙を買った。しかしフュレは誇張などしていなかった。一九三六年に、同年のモスクワ裁判を視察するために委員会を設立したのは、まぎれもなくフランスの、疑いの余地なく共和主義の人権連盟だったのだ。その委員会の報告書の結論は、フュレの『幻想の過去』における論旨のみならず、フュレが二〇年にわたり唱えてきた主張の正しさを完璧に証明している。「内戦を始めた者たち、あるいは外国と密通した裏切り者たちを引きずり下ろす〔ロシアの〕人民の権利を拒否することは、……フランス革命の否定﹅〔強調はジャット〕となるだろう」。

フランソワ・フュレの悔やまれる死は、彼がアカデミー・フランセーズの会員に選ばれ、フランスの「不死の」栄光の一員となった直後に訪れた。アカデミーの会員たちは、昔もいまも、その栄誉ある機関が認めるに足るほどには国家の栄光に寄与してこなかったきらいがあるが、フュレは自身が授かった栄誉の皮肉を味わった最初の人だった。[*5] しかしアカデミーがフュレの功績とフランスでの色褪せない影響力の卓抜を認めたことにおいては、その栄誉は大いに意義深いものだった。それでも、自惚れた尊大な学者という古いイメージは、フランソワ・フュレに関してはまったくあてはまらない。フュレは七〇歳にして、その学者人生を通じてずっとそうであったように、気さくで、熱心で、強い意志に駆り立てられた学者だったし、シカゴ大学の大学院ゼミでも、フランスの国営テレビで公衆に対してみずからの視点を説明しているときでも、同じように堂々としていた。

フュレは凡庸さと虚勢を許すことがなかったし、時間を無駄にすることを嫌った。若い頃の困難はフュレを「憂鬱」にしたのだと、フュレの葬式の弔辞で同僚のモナ・オズーフ[☆7]は述べた。またフュレは、時間の経過とその先に待っているかもしれない悪に対する厭世的な気持ちを抱いていた。彼が未来について考えたのは、現在においてより勤勉になるためだった。彼はとてつもなく仕事ができたし、その著作が示しているように、驚くほど仕事が早かった。それでもフュレは勇気をもって率直に語るために時間を割いたし、彼の学生や同僚、そしてアルジェリア独立から市民の権利に至る大義のために絶え間ない協力を惜しまなかった。たとえそれによって、ほかの学者たちや、信じていた単純化された過去をフュレによって奪われた回顧主義者たちを敵にまわそうとも（たとえば、フランス革命の二〇〇周年記念のときのように）。[*6]

フランソワ・フュレは、いかなる革命の理論も、歴史研究の方法の教科書も、あるいはフランス史研究における学派も残すことはなかった。[*7]フュレの関心はあまりに多岐にわたっていた。いずれにせよ、フュレ自身はアレクシ・ド・トクヴィルの、古い社会・歴史研究の一派の熱心な一員だった。フュレが私たちの時代において、トクヴィルが彼の時代のために成し遂げたことをしようとしていたと考えた者もいたし、二人は、過去の歴史と現在の政治が密接に結びついており、互いに関連づけなければ理解することも説明することも（そして追い払うことも）できないのだという直観を確実に共有していた。しかしかつてアンドレ・モロワ[☆8]が、レイモン・アロンの、その時代のモンテスキューになりたいというみずから半ば認めていた野心について述べたように、フュレもまた、さまざまな出来事からもう少し距離を置いていれば、目標にずっと近づいていたかもしれない。アロンと同じく賞賛すべきことに、フュレは同時代の政治から隔たってはいられなかったのであり、彼の仕事全体の統一性もそれによって損なわれたのかもしれない。しかしフュレ自身がトクヴィルについて書いたのと同じように、フュレの「功績は……いかなる一つの分野にもとどまるものではなく、同時代に提起され、私たちの時代にもいまだ解決されていない平等や民主主義、そして圧政といった問題に対峙する際に彼が見せた、鋭く、ときに葛藤をはらんだ方法にあるのだ」。[*8]

（この論考は『ニューヨーク・レビュー・オブ・ブックス』誌一九九七年一一月号に最初に発表された。）

第27章　アモス・エロン（一九二六―二〇〇九年）

私は一九九〇年代にドイツで初めてアモス・エロンに会った。私たちは、ともにベルテルスマン財団によって寛大にも主宰された、ドイツ人、イスラエル人、そしてユダヤ人たちが集い、ありきたりな考えを交換しあう一連の会合に参加していた。出席者のほとんどは、（イスラエル人とユダヤ人の場合は）声高に主張し観衆を惹きつけようとするか、（ドイツ人の場合は）誰かを怒らせないように気をつけることに徹していた。アモスはその場所で、私が彼の話すのを聞いたときにはいつでもそうだったように、率直でありながらも無理することなく繊細に話していた。彼は理性の力で会話を支配していた。アモスは無能な者や衒学的な者を軽蔑しており、皮肉に富んだ機知と、無駄なものは相手にしない鑑識眼を持ち合わせていた。滅多に笑わなかったが、笑うときには本当の笑みを見せた。アモスが私に与えた印象は消え去ることはなかった。

ドイツという状況もまた恰好の機会だった。ウィーンで生まれ、大きな影響力をもったテオドール・ヘルツル[☆1]の伝記の著者であったアモスは、みずからが頻繁に、共感的な理解をもって取り組んだドイツの文化と歴史への関わりを絶やすことはなかった。啓蒙時代からヒトラーの時代までのドイツにおけるユダヤ人に関する二〇〇二年の研究書『ドイツに生きたユダヤ人の歴史』では、その悲劇に対する高い感受性を示した。よくも悪くも、ドイツのユダヤ人たちは、イスラエルやアメリカやそのほかの地域に移ることを余儀なくされたずっと後まで、みずからの文化的故郷に深くつながりつづけたのだ。ヨーロッパのほかのどの土地のユダヤ人よりも、彼ら彼女らこそが最も大きな喪失を感じていたことだろう。[*1]

しかし、アモス・エロンが最も後世に記憶されるのは、そのシオニズムとイスラエルについての著作、そして生涯を通じたイスラエルとそのジレンマへの関わり合いにおいてだろう。『イスラエル――設立者たちと息子たち』（一九七一年）では、シオニズムと、その実践者たちと、その後継者たちについての批判的な歴史を描き出し、シオニズム運動とその帰結の欠点に向き合った。そのような批判的な記述は、イスラエルに関する議論において今日では一般的だが、あの頃には珍しかった。アモス・エロンのイスラエルへの、彼が生涯の大半にわたって暮らし働いた国への献身に疑問の余地はない。しかしまさにその理由のために、彼の困難な立ち位置が、つまりその国の落ち度に容赦なく向き合ったことが、彼を引き裂いたのだ。イスラエルの擁護者があらゆる批判を受け流すために用いた常套句を使うことを、彼が勇気をもって拒否したことは、イスラエルについてコメントする現代の左翼の逃げ腰な様子だけでなく、むしろアメリカにおけるイスラエルのご機嫌とりの臆病な弁明と好対照をなしている。

しかるにアモスは、土地に固着した多くの同郷のイスラエル人たちとは違い、一九六七年以降にイスラエルが占領した土地に入植したことは自分たちで招いた惨劇だったということを最初に認めたうちの一人だった。「入植は……恒久的な平和のための交渉につくことを妨げてしまった。……〔入植は〕平和をより不安定にしただけだった」[*2]。その地域で最強の軍隊をもち、武力による勝利を途切れることなく積み重ねている国が、数平方マイルの土地を明け渡すことへの防衛上のリスクにそこまで取り憑かれていることは、実に奇妙に見える。しかし、そのことはアモスの祖国で近年起こった変化を物語っているのだ。

二〇〇三年にアモスが見通していたように、イスラエルがいずれ国内の多数派になるであろうアラブ人を統治すると主張するならば、一方が支配し他方が従属する二つの敵対する国民を取り囲む単一の権威主義国家へと向かわざるをえない。そこから何が生じるというのか？「イスラエルが現行の入植政策を続ければ、……アパルトヘイト後の南アフリカよりはジンバブエに近い状況になる可能性の方が高いだろう」[*3]。後に多くの人びとがこの陰鬱な結論にたどりついたが、それを見抜いたのはアモスが最初だったと私は信じている。


アモスは怒りよりも悲しみのなかで書いた。専門家以外は関心すら払っていなかった遠い昔に、アモスは「一世代以上の人間の活力が、視野の狭い入植計画のために浪費されている。……シナイ半島やゴラン高原、そしてヨルダン川西岸地区の移り変わりつづける砂地に移住した数十億人が、もっと有意義な大義のために働いていたら何を達成することができたかを考えてみるべきだ」と絶望的な調子で書いた[*4]。そのように努力が誤って用いられたことを、彼は「イスラエルの政治家たちの驚くべき凡庸さ」のためだとした。アモスがそう書いたのは二〇〇二年のことだった。聖人のように扱われているゴルダ・メイアからあのひどいシモン・ペレスまで[☆2]、ある世代のイスラエル労働党の政治家の無能と政治的な臆病さは、すでにあきらかになっていた。しかし、それ以上にひどい事態が訪れることとなった。アモス・エロンは存命中に、ベンヤミン・ネタニヤフの復活と、アヴィグドール・リーベルマンの外相への登用という、自身の予測の悲しい証明を目撃したのだった。

アモスは現在の中東の紛糾した状況の原因がすべての陣営にあったことに完全に気づいていた。「国家を持たず、略奪され、散り散りにされたパレスチナ人」に対するアモスの共感が、パレスチナの指導者の失敗に対して目を背けさせることはなかった。[*5] アモスは相当な数のアラブとパレスチナの政治家たちに会っていたため、いかに政治家たちが人びとの悲劇に直面する課題の前に無力であるかを知っていた。アモスはすべての著作、とくに一九九六年の『ニューヨーク・レビュー・オブ・ブックス』誌に掲載されて大きな影響力をもった「イスラエルとシオニズムの終わり」という論考のなかで、双方の落ち度を認めることにおいて際立って公平な態度を見せた。しかし、パレスチナ人の歴史上の誤りは主として一九四八年以前に求められたのに対し、イスラエルは一九六七年の大勝利の後にほとんどの悲惨な過ちを犯したのだった。

シオニズムは、アモスが悟ったように、その有用性を失ったのにもかかわらず生き延びてしまった。「「アファーマティヴ・アクション」の手段として……シオニズムは形成期には有用だった。今日ではそれは余剰なものとなってしまった」[*6]。かつては国をもたない人びとのナショナリズム的イデオロギーだったものが、悲劇的な変形を遂げてしまったのだ。ますます多くのイスラエル人にとって、シオニズムは、党派的な神とのあいだの、妥協を許さない民族・宗教的な不動産協定、すなわち現実のあるいは想像上の脅威、批判、そして敵に対するあらゆる行動を正当化する協定に堕してしまったのだ。シオニズム運動は、その教義の起源は一九世紀後半のナショナリズム的国家建設運動の時代にさかのぼるが、長いことその道を見失ってしまっている。規範性を目指す既存の民主主義国家においては、それはもはやほとんど何も意味しないのである——多くの害を与えることはあっても。いずれにしろ、シオニズムは過激派に乗っとられてしまった。「規範的な」ユダヤ人国家というヘルツルの夢は、党派的で排他的な悪夢と成り果ててしまった。そのような発展をアモスはキーッツをわずかに誤って引用しながら描いた。「狂信者も夢想を懐き、それにより宗派に適う楽園を編み出す[*7]」。

アモス・エロンは、その生涯の少なからずを、リベラル紙『ハアレツ』に雇用されたジャーナリストとして過ごした。一九五〇年代と六〇年代には、共産主義下の東欧からワシントンDCまで、頻繁に幅広い地域で外国特派員として勤務した。ジョン・F・ケネディ（アモスはケネディとともに「キャメロット時代」に派手なパーティに参加したものだった）からヤセル・アラファトまで、誰にでもインタビューをしたようだ。アモスはよく、とある示唆的な逸話を聞かせてくれた。六〇年代前半のワシントンで、職を辞して帰国しようとしていた年長のイスラエルの外交官に対して行ったインタビューで、アモスは、「あなたがアメリカでの任期中に成し遂げたことは何ですか？」と詳しく聞いたそうだ。「それは簡単だな」。外交官は答えた。「私はアメリカ人に、反シオニズムが反ユダヤ主義であると思い込ませることに成功したと考えているよ」。アモスは、このときには外交官の答えを妙に思ったものだと私に語った。このシニカルな政治的等式が、自分の祖国の人びとと、その支持者たちにとって当たり前の意見になろうとは、アモスにはまったく想像できなかったのである。

ユダヤ人とイスラエルを、イスラエルとシオニズムを、そしてシオニズムと狂信的な神学的排外主義を――どこよりもアメリカにおいてであるが、イスラエルにおいても――区別できなくなっていることは、アモス・エロンのようなイスラエル人がなぜ後年イタリアのトスカーナ州に住むことになったのかを説明する手助けとなる（彼はそこで五月二五日に亡くなった）。今日では多くのイスラエル人、とくに若く学のある人びとが、国を離れてヨーロッパやアメリカの国際的な都市に惹きつけられている。そのうちのいくらかは、兵役について占領軍として働くよりは亡命を選んだ。しかし国が建設されたときにすでに成人しており、シオニズムの必然性と成功に献身的に尽くしたアモスの世代にとっては、エルサレムの家を売り、外国に定住するという決断をすることはもっとずっと苦しいものだったし、それは深い意味を持った。祖国で道徳的亡命者となったアモス――長年にわたる完全なイスラエル人――は、ふたたび根無し草となった。あるいは、少なくとも彼の反抗的な世界主義のなかに根を下ろしていたのだった。

イスラエルの最も偉大なジャーナリストのうちの一人であるこの人物が自発的に亡命したことの悔やむべき帰結は、アモスの著作が今日の多くのイスラエル人にとって馴染みの薄いものになってしまったことである。たしかに、彼の著作はヘブライ語で出版されている。さらに、『ニューヨーク・レビュー・オブ・ブックス』誌などに掲載された多くの論考は、彼を尊敬する読者たちによって注意深く読まれている。しかし、イスラエルにおけるアモスが書いたような著作の読者層は、年を追うごとに安定して縮小している。このことがアモスの死の意味を損ねることなどまったくない。その逆である。今日ほとんどのイスラエル人が彼のために喪に服さないという事実が、イスラエル人たちの、そして私たちの、損失の大きさを物語りつつ、さらに大きな損失を生むのである。

（この論考は『ニューヨーク・レビュー・オブ・ブックス』誌二〇〇九年七月号に最初に発表された。）

第28章　レシェク・コワコフスキ（一九二七―二〇〇九年）

私は、レシェク・コワコフスキ[1]の講演を一度だけ聞いたことがある。それは一九八七年のハーヴァード大学においてで、彼は故ジュディス・シュクラー[2]が教えていた政治理論のセミナーのゲストであった。『マルクス主義の主要潮流[3]』が英語でその頃出版され、コワコフスキは人気の絶頂にあった。非常に多くの学生が彼の話を聞きたいと思ったので、その講演の会場は公開の大講堂に移され、聴講者たちも出席を許可された。私はある会議のためにケンブリッジに偶然いたので、いく人かの友人と一緒に聞きに行った。

コワコフスキの魅惑的な示唆に富む講演タイトルは、「歴史のなかの悪魔」というものだった。学生や教員、来訪者たちは熱心に聞いていたので、しばしのあいだ沈黙があった。コワコフスキの著作は、出席している者の多くにはよく知られており、皮肉と稠密な論法を好むことも知られていた。しかしそうだとしても、聴衆はあきらかに彼の議論を追うのに手こずっていた。どれだけ理解しようと試みても、彼らはそこで用いられているメタファーを解読することができなかった。困惑したとまどいの空気が講堂に流れ始めた。そして、全体の三分の一あたりに来た時、私の隣に座っていた人物――ティモシー・ガートン・アッシュ[4]――が、こちらに寄りかかってきた。「わかったよ」、彼はささやいた。「彼は本気で、悪魔の話をしているんだ」。実際、彼はそうしていたのだ。

レシェク・コワコフスキが悪魔をきわめて真剣に考えたという点は、彼の知的軌跡の一つの決定的な特徴であった。彼の見方では、マルクスの誤った諸前提のなかには、すべての人間の欠陥が社会的環境に根ざしているという考えがあった。マルクスは、「争いや攻撃性のいくつかの原因が、人間という種が持つ不変な特性に生来そなわっているものであるかもしれないという可能性を完全に見過ごしていた」[*1]。あるいは、彼がハーヴァードでの講演において表現したように、「悪は、偶然ではなく……手に負えず、救いようのない事実なのだ」。ナチスによるポーランドの占領とそれに引きつづいたソヴィエトの支配を生き抜いたレシェク・コワコフスキにとって、「悪魔は私たちの経験の一部である。私たちの世代はそれを十分経験してきたのだから、そのメッセージはきわめて真剣に受け取られねばならない」という[*2]。

八一歳という年齢でのコワコフスキの最近の死を受けて書かれた死亡記事のほとんどが、彼のこの側面を見逃していた。これはほとんど驚くことではない。世界の多くの人びとがいまなお神を信じ、宗教を信仰しているという事実にもかかわらず、今日の西洋の知識人と論評者たちは啓示信仰という考えと折り合いが悪い。このテーマについての公共的な議論は、自信過剰な否定（「神」は確かに存在しないか、ともかくすべては神のせいである）と盲目的な忠誠のあいだを居心地悪く揺れ動く。コワコフスキほどの度量の知識人・学者が、宗教と宗教的考えを真剣に受けとめるだけでなく、悪魔の存在自体をも真剣に受けとめてきたということは、ほかの点では賞賛している読者たちの多くには謎であり、彼らが無視することを選んできた事柄である。

コワコフスキの見方をさらに複雑にするのは、彼が公式宗教（とりわけ、彼自身の宗教であるカトリック）という無批判的なインチキ薬から懐疑的に距離を保っているという事実であり、マルクス主義についての唯一の国際的に高名な学者でありながら、宗教思想史の研究者としても同様の傑出した存在でもあるという、彼の独特な立ち位置である。[*3] 彼は、マルクス主義を大小の聖典と原典の権威というヒエラルキー的構造を備え、異端の反対者たちをかかえた宗教的キャノンとして説明して影響力があるが、その説明に深みとピリッとした辛みを与えているのは、キリスト教分離派《セクト》教会と分離派教会文書研究についてのコワコフスキの専門知識である。レシェク・コワコフスキはオクスフォード大学での彼の同僚であり同じく中央ヨーロッパ人のアイザイア・バーリン[☆5]と、あらゆるドグマ的な確信にとらわれない懐疑と、いかなる重要な政治的・倫理的選択も、代償をともなうと認めるべきという悲痛な主張を共有している。つまり、経済活動の自由が、安全のために制限されるべきであること、金は自動的により多くの金を生み出すべきではないということには十分な理由があるという主張である。しかし、自由の制限はその通り制限と呼ばれるべきであって、自由の高次な形式と呼ばれるべきではない。[*4]

　二〇世紀の歴史を知りながら、ラディカルな政治的改良が、倫理や人間の犠牲をほとんど出すことなしに達成できると想定する――あるいは、その犠牲が、たとえ大きなものだとしても、未来に得られる恩恵を差し引いて考えることができると想定する――人びとに対して、彼はほとんど我慢ならなかった。一方で、彼は、不変の人間の真理を捉えようとするあらゆる単純化された原理に対して一貫して抵抗した。他方で彼は、人間の条件のある種の自明な特徴を、たとえどれほど不都合であれ、無視するにはあまりに明白なものとみなした。

> いくつもの凡庸な真実が示すものに対して私たちが強く抵抗するという事実に驚くべきことはなにもない。人間の生に関するほとんどの自明の理が不快なものであるという単純な理由から、すべての知

の領域においてこのような抵抗が起きるのだ。[*5]

しかし、上記の考察が、反動的あるいは静観主義的な反応を示唆していると考える必要はない――事実コワコフスキにとってはそう示唆するものではなかった。マルクス主義は、世界史を見誤っているかもしれない。しかしそれは、社会主義がまったくの失敗であったことを意味するものではないし、そこから人間の条件を改善するために何もできないとか、すべきでないと結論づける必要もない。

より多くの正義を、より多くの安全を、より多くの教育の機会を、貧者と助けが必要な者たちに対するより多くの福祉と国家の責任をもたらそうとして西ヨーロッパにおいてなされてきたあらゆることは、その素朴さと思い違いにもかかわらず、社会主義のイデオロギーと社会主義の運動の圧力がなければ達成しえなかっただろう。……過去の経験は、ある部分では社会主義の理念を弁護し、ある部分ではそれに反論しているのだ。

このように注意深くバランスのとれた、複雑な社会的現実の把握――「人間の友愛は、政治的プログラムとしては悲惨なものであるが、道標として欠かすことができない」という考え――からしてすでに、コワコフスキは彼の世代におけるほとんどの知識人からは逸脱した存在である。東側でも西側でも同様に、より一般的な傾向は、人類の進歩の無限の可能性に対する過剰な自信と、進歩の概念そのものの早々の放棄とのあいだで揺れ動くものだった。コワコフスキは、この二〇世紀の特色であった裂け目に、斜めにまたがって座っていた。人間の友愛は、彼の考えでは、「構成的というよりは、統制的な理念」にとどまる。[*6☆6]

この言葉の含意は、私たちが今日社会民主主義と——あるいは、ヨーロッパ大陸では、その仲間のキリスト教民主主義と——結びつけて考える類の現実的な妥協である。もちろん、社会民主主義は今日、「社会主義」の含意とその二〇世紀の過去を不愉快にも背負わされながら、あえてその名を口にしない愛[☆7]であることが多すぎることは措いておくとしても。レシェク・コワコフスキは社会民主主義者ではなかった。しかし、彼は彼の時代の現実政治の歴史においても、一度ならずとも批判的な活動を行っていた。共産主義国家の初期の時代において、コワコフスキ（まだ三〇歳にもなっていなかった）は、ポーランドにおいて先導的な位置を占めるマルクス主義哲学者であった。一九五六年の後、あらゆる批判的な意見が遅かれ早かれ排除される運命にあった地域において、異議申し立ての思想を形成し、明確化していった。ワルシャワ大学の哲学史教授として彼は一九六六年に、人民を裏切ったとして共産党を激しく批判する有名な公開講演を行った——これは党員資格を失わせる政治的勇気のある行動であった。二年後、彼は当然のように西側に追放された。それ以後コワコフスキは、国内の若い反対者たちの参照者・指針となる役割を担った。彼らは、一九七〇年代半ばからポーランドの政治的抵抗の中核を形成し、また「連帯」[☆8]の運動の背後における知的エネルギーを提供し、一九八九年に実質的な力を握ることになった。「政治参加《アンガジュマン》」の見せかけと虚栄を侮蔑していたにもかかわらず、レシェク・コワコフスキはこのように、全面的に政治にコミットする知識人だったのである。知識人の政治参加と「責任」は、第二次世界大戦後の世代にはヨーロッパ大陸思想において大いに議論され崇拝されたが、コワコフスキには根本的に空虚な概念に感じられた。

知識人はなぜ、なぜほかの人びとと異なる、特定の責任があるのか、そしてそれは何に対する責任なのか？　……たんなる責任の感情は、それ自体では具体的な義務になることのない、形式的な美徳である。よい大義に対して責任を感ずることもあれば、悪い大義に責任を感ずることもありうるのだから。

このシンプルな意見は、フランスの実存主義者たちと彼らの英米の賞賛者たちの世代にはほとんど思い浮かばなかったように思われる。イデオロギー的なコミットメントと倫理の押し付けの損害と同時に恩恵とをとことん理解するためには、本来は責任ある知識人だったけれども、（右派のと同様に左派の）まったく邪悪な目標に魅惑されてしまった人びとの経験を直接に知る必要があったのかもしれない。

上のことが示すように、レシェク・コワコフスキは、これは特にハイデガー、サルトル、また彼らの亜流たちに関して言われるのだが、現代の学術的な用法においてその語に帰せられる意味での紋切り型の「大陸哲学者」ではない。また一方で彼には、第二次世界大戦後に英語圏の大学を席巻したかたちでの英米思想と共通するところがあまりない――このことはあきらかに、オクスフォード時代の数十年間における彼の孤独と周囲からの無視を説明するものだ。[*7] コワコフスキの独特な視点の源泉は、長年にわたるカトリック神学の問い直しのほかに、認識論よりも経験によりよく求められるだろう。彼自身が大著において述べているように、「あらゆる状況は、世界観の形成に寄与し、そして……あらゆる現象は、はてしなく存在する多数の原因によるものなのだ[*8]」。

コワコフスキ自身の場合では、このはてしなく存在する多数の原因は、第二次世界大戦時のトラウマ的な幼少期とそれに引きつづいた共産主義の悲惨な歴史だけでなく、ポーランドが破滅的な数十年間を進みつつあった時の、その国のまさに特有の状況を含んでいる。というのも、コワコフスキの独自な思想が正確にどこへ向かうかは必ずしもあきらかではない一方で、それがけっして「どこでもないところ」から生まれてきたわけではないことは文句なしにはっきりしているからだ。

ヨーロッパの近代哲学者たちのなかで最もコズモポリタンであり――彼は五つの主要言語とそれに付随する文化に通じている――、二〇年以上も亡命しているコワコフスキであるが、けっして「根無し草」ではなかった。たとえばエドワード・サイードとは対照的に、彼は、誠意を持ってあらゆる種類の共同体的忠誠を放棄することがはたして可能かどうか問いかけた。一つの場所に根づくこともなければ、完全に根無し草になることもなかったコワコフスキは、終生にわたって、土着的な感情に対する批判者であった。しかし彼は、出身国のポーランドで必要以上に賞賛され、それは正当でもあっただろう。骨の髄からヨーロッパ人であるコワコフスキは、とらわれない懐疑主義をもって汎ヨーロッパ主義者の単純素朴な幻想を問いただすのをけっしてやめなかった。汎ヨーロッパ主義の均質化への熱望は彼に、別の時代に属する暗いユートピア的な教条を思い起こさせたからだ。それがそれ自体で目的として偶像化されないかぎり、彼にとっては多様性がより賢明な切望の対象であり、それぞれ独自な国民のアイデンティティの保持によってのみ保証されるものであるように感じられた。[*9] レシェク・コワコフスキが独特であると結論づけることは簡単だろう。彼における皮肉と倫理的真面目さの、宗教的感受性と認識論的懐疑主義の、社会的コミットメントと政治的懐疑の特殊な混交は、実際にかなりまれなものである（また、彼は際立ってカリスマ的であったと記されねばならない――いくつかの同様の理由から、どのような集会でも故バーナード・ウィリアムズ[☆9]と同程度に人を惹きつけるものがあった）。[*10] しかし、カリスマを含むまさにこれらの理由ゆえに、彼がある特定の系譜のなかに確固として位置していると思い起こすことは、不当なことではないように思われる。教養と参照枠の絶対的な幅広さ、暗示を含む痛快なウィット、彼が亡命者となった幸運な西ヨーロッパの地における学術的地方主義を辛抱強く受容する態度、彼のいたずらっぽい表情の諸特徴にいわば刻み込まれている、二〇世紀のポーランドの経験と記憶。これらすべてが、故レシェク・コワコフスキが真の——あるいは最後の——中央ヨーロッパの知識人であることを明かしている。一八八〇年から一九三〇年のあいだに生まれた二世代の男女にとって、二〇世紀の中央ヨーロッパ人特有の経験は、ヨーロッパ文明の洗練された都市の中心地における多言語教育であり、それは、同じ中心地における独裁、戦争、占領、荒廃、そしてジェノサイドの経験によって磨き上げられ、完成させられ、その影につきまとわれていた。

正常な人間なら誰でも、そのような感情教育によって作り出された特性をもつ思想と思想家を複製するためにだけ、そういった悲惨な経験を繰り返そうとは思わないだろう。共産圏東ヨーロッパの失われた知的世界へのノスタルジアの表現には多少の不愉快ではすまない何かがあり、そこにはほかの人びとに対する抑圧がなくなってしまうことを残念に思うことに近いものがある。しかしレシェク・コワコフスキであれば初めて指摘しただろうように、中央ヨーロッパの二〇世紀の歴史と、その驚くべき知的豊かさのあいだの関係はそれでも存在していたのであり、その関係は簡単には捨てられない。

それが作り出したのは、ジュディス・シュクラーがかつて別の文脈において「恐怖のリベラリズム」[10]と呼んだものである。つまり、イデオロギーの行きすぎから生じたさまざまな結果を直接に経験することから生まれた、理性と節度の妥協なき擁護、破局の可能性（最悪の場合にはそれはチャンスや再生と誤解される）にたいする絶えることのない自覚であり、また、多種多様な全体化する思想の誘惑にたいする自覚である。二〇世紀の歴史の後で、このことこそが中央ヨーロッパの教訓だった。もし私たちがとても幸運であるとしたら、私たちは当分それを新たに学びなおす必要はないだろう。また、そうする時には、それを教えてくれる誰かが周りにいるだろうと望むのがよい。それまでは、私たちはコワコフスキを読みなおすにしくはない。

（このエッセイの初出は、二〇〇九年九月、『ニューヨーク・レヴュー・オブ・ブックス』誌である。）

原注

序　誠実さをもって

＊1　第23章「革新という名の破壊の鉄球」参照。

＊2　第24章「社会民主主義の何が生き、何が死んだのか？」参照。

第1章　終わりなき下り坂

＊1　エリック・ホブズボームは六〇年代の急進派の学生たちにとっての英雄であったにもかかわらず、当時の左翼の流行を何ら認めることはなかった。彼自身の言葉で言えば、「現実生活の限界というものをほんのわずかでも経験した人間であれば、つまり真の大人であれば、一九六八年パリのメーデーの、またはイタリアの「一九六九年の熱い秋」の、自信に満ちあふれているけれどもどうにも滑稽なスローガンを起草することなどできなかったであろう」。このような所見を述べるホブズボームは、偉大なるフランスのサンキュロット研究の（共産主義者の）歴史家であるアルベール・ソブール〔一九一四－八二年〕を彷彿とさせる。ソブールの仕事を崇敬するフランスの多くの若き左翼たちは、彼に出会うまでは、ソブール教授は専門とする研究対象と同じくくだけた服装をし、平等主義的な社交スタイルをもった人間だろうと思いこんでいた。そのような間違いをおかす者は二度といなかった。

＊2　今世紀〔二〇世紀〕の歴史はどのようなものであろうとも、必然的に大部分、ヨーロッパ人が（そして北米人が）自分たちとほかの国の人びとに何をしたか、そして非ヨーロッパ人がそれにどのように反応し、（ふつうは悪い

方向に）いかなる影響を受けたかをめぐるものになる。結局のところ、それこそが、「第三世界の視点」から見れば二〇世紀の間違いなのであり、ホブズボームがそのことを理解してそのように書いたからといって批判するのは——いく人かの書評者はそう批判したのだが——私には筋の通らないことに思える。

＊3　そのように、直接の情報源を持っているという利点があり、また入手可能な資料がかなり膨大にあったという観点からすると、ホブズボームが二〇世紀のほかの航海者たちによって記録された記憶や経験にもっと依拠してものを書かなかったことは残念である。

＊4　このボローニャ市長は、ヨーロッパ最大の企業の一つに、ボローニャをその大工場の用地として選定されたいかどうかと打診されて、その申し出を丁寧に断ったという。市長がホブズボームに説明したところによると、この地域の混合経済はうまくいっており、そのなかにわざわざミラノやトリノのような大都市の産業問題を持ちこむ必要はない、ということであった。

＊5　ただし、彼の大学教員としての軌跡についてはまったく言及がないが。ホブズボームは、少なくとも初期には、彼の政治的な所属のためにその点ではかなりの代償を支払ったのだ。

＊6　ハンガリーとチェコの元共産主義者と、それに加えてその敵対者たちの回顧録では、ドイツ人が駆逐された瞬間から、各国の共産党は国内の政敵を打ち負かし、その評判を引きずり下ろそうとしていたということは明らかである。不正選挙や、政治的・法的な恐喝、ソヴィエトからの庇護を利用することなどによって。共産党が、たとえ急速に弱まりつつあったとはいえ、民衆の支持を頼りにもできていたという事実があるからといって、そのことは過小評価されてはならないだろう。それについては、たとえば次の著作を参照。Eugen Loebl, *My Mind on Trial* (New York: Harcourt Brace Javanovich, 1976); Béla Szász, *Volunteers for the Gallows: Anatomy of a Show-Trial* (New York: Norton, 1971); Josephine Langer, *Une Saison à Bratislava* (Paris: Seuil, 1979); Stephen Kertesz, *Between Russia and the West: Hungary and the Illusions of Peacemeking 1945–1947* (South Bend, IN: University of Notre Dame Press, 1986). チェコ国民社会党は、そのドイツ版〔ナチス〕とはまったく関係がないが、ただ一つ共通点があるとすれば、両方の党がその起源を一九世紀後半のボヘミアでの労働運動内部における民族的な分断へと間接的に辿ることができることだ。

＊7　G・D・H・コールは、一九四一年に、東欧の防衛不可能な主権国家には未来はなく、ソ連が戦争に勝てば、ポーランド、ハンガリー、そしてバルカン諸国はたんにソ連に併呑されればいいだろうという考えを記している。G. H. D. Cole, *Europe, Russia and the Future*, quoted in Serban Voinea, "Satéllisation et libération," Revue socialiste (March 1957), p. 226.

＊8　世俗的な信念のうちには、二〇世紀の知識人を駆動したイデオロギー的な神話も入れるべきだろう。それ抜きでは、「野蛮への転落」の最悪の特徴の多くが、十分に説明されないであろうから。これについては、ホブズボームは奇妙にも寡黙である。

＊9　また、これらの混合経済は、ホブズボームが時にほのめかすほどに、普遍的に「計画」されていたものでもなかった。一九四五年以降の計画経済という主題にはさまざまな変奏があり、それは計画なき国有化（イギリス）から、ある程度の国有化をともなう選択的な計画経済（フランス）、そして形式的な計画経済も国有化もともなわない、調整された経済戦略（ドイツ）にいたるまで、さまざまであった。ホブズボームは、非介入的な自由放任経済理論への信憑を切り崩したことについて、メイナード・ケインズにしかるべき評価を与えてはいるが、ケインズ経済学、戦時の社会計画、そして戦後の経済施策とのあいだの関係については、同書ではそれほど論じられていない。

＊10　E. J. Hobsbaum, "History and the 'Dark Satanic Mills,'" in *Labouring Men: Studies in the History of Labour* (New York: Basic Books, 1964), p. 118.〔『イギリス労働史研究』（鈴木幹久・永井義雄訳、ミネルヴァ書房、一九九八年）〕。これと同様の、解釈を加えるうえでの冷めた距離感は、ホブズボームがファシズムの暴力をとり扱う際にも維持されており、私たちの世紀を犯罪と愚行の時代として描く強力なイメージと対照的になっている。欠けているように思われるのは、スケールの大きな分析の、距離を取っている印象を相殺するような、より直接体験に寄り添う記述である。

＊11　ポーランド人作家のアレクサンデル・ヴァトによる次の省察と比較されたい。「自由の喪失、暴政、虐待、そして飢えは、もしそれらを自由、公正、そして人民の善意と呼びなさいと強制されるのでなければ、より耐えやすいものになっていただろう」。Alexander Wat, *My Century: The Odyssey of a Polish Intellectual* (Berkeley: University of California Press, 1990), p. 173.

第2章　ヨーロッパ、大いなる幻想

＊1　ところが、この部隊の主要な目的は、国連の指揮のもとに活動しているほかの海外からの部隊（とりわけフランスとイギリスのそれ）を守ることにあった、ということは、ボスニアで明確になった。

第3章　重罪と軽罪

＊1　ノーマン・デイヴィス『ヨーロッパ』（別宮貞徳訳、全四巻、共同通信社、二〇〇〇年）。

第4章　冷戦が機能した理由

＊1　John Lewis Gaddis, *We Now Know: Rethinking Cold War History* (New York: Oxford University Press, 1997.)〔『歴史としての冷戦――力と平和の追求』（赤木莞爾ほか訳、慶應義塾大学出版会、二〇〇四年）。

＊2　*The United States and the Origins of the Cold War, 1941–1947* (New York: Columbia University Press, 1972); *The Long Peace: Inquiries into the History of the Cold War* (New York: Oxford University Press, 1987); *Strategies of Containment: A Critical Appraisal of Postwar American National Security Policy* (New York: Oxford University Press, 1982); *The United States and the End of the Cold War: Implications, Reconsiderations, Provocations* (New York: Oxford University Press, 1992).

＊3　以下の議論を参照のこと。Norman Naimark and Leonid Gibianskii, eds., *The Establishment of Communist Regimes in Eastern Europe, 1944–1949* (Boulder: Westview, 1997), Introduction, pp. 1–17.

＊4　たとえば、以下の出版物を参照のこと。Thierry Wolton, *Le Grand Recrutement* (Paris: Grasset, 1993) and *La France sous influence* (Paris: Grasset, 1997). Karel Bartosek, *Les Aveux des Archives: Prague-Paris-Prague 1948–1968* (Paris: Seuil, 1996). カレル・バルトシェクは、アルトゥール・ロンドンが牢獄からの釈放後も長い間チェコ当局の諜報に携わっており、公開裁判に関する彼の称賛されている自伝的説明の書『告白』の出版を、チェコのアーカイヴが明らかにしたと主張して物議をかもしている。バルトシェクはそれまで非公開であったアーカイヴをたっぷりと用いてはいるものの、彼が積み上

げた証拠は決定的というよりは、示唆的で状況説明的なものにとどまっている。

*5 Naimark and Gibianskii, *The Establishment of Communist Regimes*, Introduction,pp. 9-10. また、以下を参照のこと。ヒューシートン＝ワトソン『東欧の革命』（初岡昌一郎訳、新時代社、一九六九年）、Adam B. Ulam, *Titoism and the Cominform* (Cambridge, MA: Harvard University Press, 1952); Vojtech Mastny, *Russia's Road to Cold War* (New York: Columbia University Press, 1979).

*6 George Kennan, "The View from Russia," in Thomas T. Hammond, ed., *Witnesses to the Origins of the Cold War* (Seattle: University of Washington Press, 1982), p. 29.

*7 Giuliano Procacci, ed., *The Cominform: Minutes of the Three Conferences, 1947/1948/1949* (Milan: Fondazion Giangiacomo Feltrenelli, 1994).

*8 Milovan Djilas, *Rise and Fall* (New York: Harcourt Brace Jovanovich, 1985); Edvard Kardelj, *Reminiscences: The Struggle for Recognition and Independence: The New Yugoslavia, 1944–1957* (London: Blond and Briggs, 1982); Eugenio Reale, *Nascita del Cominform* (Milan: Mondadori, 1958). なお本書はフランス語に翻訳されてもいる。

*9 Norman Naimark, *The Russians in Germany: A History of the Soviet Zone of Occupation, 1945–1949* (Cambridge, MA: Harvard University Press, 1995).

*10 以下を参照のこと。Bartosek, *Les Aveux desArchives*, p. 372, Appendix 28. トレスに充てたジダーノフの手紙については、Vladislav Zubok and Constantine Pleshakov, *Inside the Kremlin's Cold War* (Cambridge, MA: Harvard University Press, 1996), p. 129.

*11 シュクラルスカ・ポレンバで平伏し、英雄的なユーゴスラヴィアの実例から学び損ねたフランス共産党の失敗について謝罪するよう強制されたジャック・デュクロ（どちらのときもフランス派遣団を率いていた）は、翌年のブカレストでその復讐をした。「ユーゴスラヴィア共産党の指導者らが批判と自己批判を必要とするレーニン的原則を拒絶したのは明らかだ」と彼は述べ、さらに、情報機関がユーゴスラヴィアの党の置かれた状況を精査すべきなのは完全に普通のことだ、と力説している。「同党の指導者たちはこれに最初に同意すべきだったのだ。とりわけ情報機関のさきの会議において、彼らは他党を批判する権利を行使しなかったわけではないのだから」と。議事録によれば、

アンドレイ・ジダーノフはこの発言に割って入って「ユーゴスラヴィアの他党への批判は過剰ですらあった」と述べたとされている。スターリン的欺瞞の隠し味といったところだと言えよう（この点に関しては *The Comintern: Minutes of the Three Conferences*, p. 557 を参照のこと）。

＊12　Vyacheslav Molotov, *Molotov Remembers: Inside Kremlin Politics; Conversations with Felix Chuev*, Albert Resis, ed. (Lanham, MD: Ivan R. Dee, 1993), p. 29. ギャディスの『歴史としての冷戦』で引用されている。

＊13　Naimark *The Russiansin Germany*, p. 467. 別の文脈における同様の一般的論点については、Jan T. Gross, *Revolution from Abroad: The Soviet Conquest of Poland's Western Ukraine and Western Belorussia* (Princeton. NJ: Princeton University Press, 1988).

＊14　ブルース・カミングス『朝鮮戦争の起源――解放と南北分断体制の出現、一九四五－一九四七』（鄭敬謨ほか訳、明石書店、二〇一二年）。ギャディスの『歴史としての冷戦』で引用されている。外国語の一次資料に多くを負っている点で、カミングスは特異な存在だ。ほとんどの修正主義者はアメリカ外交政策の専門家であり、国外の資料はたとえ使用したとしてもかなり少ないのが通例で、アメリカ国内政策（実際のものであり研究界隈のものでもある）の偏った見方を世界の他の地域に押し付ける傾向があるのだ。

＊15　ディーン・アチソン『アチソン回顧録（1・2）』（吉沢清次郎訳、恒文社、一九七九年）、三二八頁。アチソンは、一九五二年のソヴィエトによるアデナウアーへのいじめがアメリカの提示する目的を西ドイツが保持すのを助けた経緯を論じている。

＊16　*George F. Kennan and the Origins of Containment, 1944–1946* (Columbia, MO: University of Missouri Press, 1997), Introduction by John Lukacs, p. 7.

＊17　ドイツ再興に対する安全保障としてロシアとの同盟を求めた一九四四年のモスクワ訪問の際、シャルル・ド・ゴールは付き添いの人物に、以下のとおりに、フランスの不変の利害にとってイデオロギーは障害となるべきではないと説明したと伝えられている。「私はフランソワ一世がオスマン帝国のスレイマン一世に対処したのと同じやり方でスターリンに対処するつもりだ。とはいえ一六世紀フランスにはムスリム党は存在しなかったのだが」、と。詳しくは Wolton, *La France sous influence*, p. 57 を参照のこと。

＊18 「平和的共存」に対する一九四七年以降のスターリンによる拒絶（一九二七年に行われた政策転換の物言いに共鳴するものだ）は、海外進出への序曲としてよりはむしろ、国内での来るべき圧政へのシグナルとして理解されうる。そして、実際にそうなった。

第5章 自由と自由《フリードニア》の国

＊1 Vesna Goldsworthy, *Inventing Ruritania: The Imperialism of the Imagination* (New Haven: Yale University Press, 1998).

＊2 Derek Sayer, *The Coasts of Bohemia: A Czech History* (Princeton: Princeton University Press, 1998).

第6章 どこにも辿り着かない道

＊1 Paris: Plon, 1958. 以下も参照のこと。*La Tragédie algérienne* (Paris: Plon, 1957).

＊2 アリエル・シャロンはいかなる最終的平和解決についても反対すると明言しており、このことはイスラエル外部の人間にはほとんど受け入れられないものだ。このことが現実的な障害の一つとなっている。彼に誠実な交渉は無理だ。イスラエル人は誰か誠実な交渉をできる人物を見つけてくる必要がある。

＊3 アメリカの評論家と役人は反アメリカ主義とイスラエル／パレスチナ紛争との関係については早い段階で否定している。だが世界中の人びとからしてみれば、両者間の関係は気が滅入るほどに明らかだ。

第7章 イスラエル——代案

＊1 バーグのエッセイ“*La révolution sioniste est morte,*” *Le Monde*, September 11, 2003を参照。ユダヤ機関の以前の長官であったバーグは、一九九九年から二〇〇三年までイスラエルの国会であるクネセトの議長を務め、現在はクネセトの労働党議員である。彼のこのエッセイは最初、イスラエルの日刊紙である『イェディオト・アハロノト』に掲載され、その後さまざまな媒体に再録された。とりわけ *Forward*〔アメリカの、ニューヨーク市で発行されているユダヤ系読者に向けた新聞〕(August 29, 2003) とロンドンの *Guardian* (September 15, 2003) に再録されている。

＊2　*Vanity Fair* (July 2003) における、国防次官ポール・ウォルフウィッツのインタヴューを参照。

＊3　一九七九年に、アンワル・サダトとの平和協定ののちに、総理大臣のベギンと国防大臣のシャロンは実際に、エジプトに所属する領土のユダヤ入植地を撤収するよう指示を出した。入植者の一部の怒り狂った抵抗は、死者は出なかったけれども、武力によって鎮圧された。だがその際に軍が対峙したのは、二五万人ではなく三〇〇〇人の過激派であり、問題となっている土地はシナイ半島の砂漠だったのであり、「聖書の語るサマリアやユダヤ」ではなかったのだ。

＊4　イタリアのアルバニア人、フランスのアラブ人やアフリカ系の黒人、イングランドのアジア人はみな敵意に直面しつづけている。フランスやベルギー、さらにはデンマークの有権者の少数派は、「移民」に対する敵意のみが時には唯一の綱領であるような政党を支持している。しかし三〇年前と比べると、ヨーロッパは平等な市民のさまざまな色からなるパッチワークであり、それが、疑いなくその未来の姿となるであろう。

＊5　バーグが指摘しているように、イスラエルの現在の政策はテロリストの新兵補充のための道具になっている。——「私たちは、腹を空かせて恥辱にまみれたパレスチナの子どもたちの運命に対して無関心だ。だとしたらなぜ、奴らが私たちをレストランで爆破した際に私たちは驚くのか？　私たちが一日一〇〇〇人のテロリストを殺したところで事態は何も変わらないだろう」。バーグの "*La révolution sioniste est morte*" を参照。

第9章　戦後ヨーロッパにおける「悪の問題」

＊1　"Nightmare and Flight," *Partisan Review*, vol. 12, no. 2 (1945). 再版され以下に所収 *Essays in Understanding, 1930–1954*, Jerome Kohn, ed. (New York: Harcourt Brace, 1994), pp. 133–135.（ハンナ・アーレント『アーレント政治思想集成1——組織的な罪と普遍的な責任』（齋藤純一ほか訳、みすず書房、二〇〇二年）一八一－一八四頁）。

＊2　その悲惨な事例については、以下を参照されたい。Jan Gross, *Neighbors: The Destruction of the Jewish Community in Jedwabne, Poland* (Princeton, NJ: Princeton University Press, 2001).

＊3　この時代の雰囲気の変化についてのまとまった議論としては、拙著 *Postwar: A History of Europe Since 1945* (New York:

Penguin, 2005)〔トニー・ジャット『ヨーロッパ戦後史——1971–2005』（浅沼澄、みすず書房、二〇〇八年）〕のエピローグ（"From the House of the Dead"「エピローグ、死者の家から——近代ヨーロッパの記憶についての小論」）を参照されたい。

*4 間違いなく、カトリック系の思想家は悪のジレンマを扱う際のこの気の進まない感覚を共有してこなかった。その例として Leszek Kolakowski の "The Devil in History" と "Leibniz and Job: The Metaphysics of Evil and the Experience of Evil" というエッセイを参照されたい。なおこのどちらも再版され、*My Correct Views on Everything* (South Bend, IN: St. Augustine's Press, 2005; discussed in *The New York Review*, September 21, 2006) に収められている。

*5 *Essays in Understanding*, pp. 271–272〔ハンナ・アーレント『アーレント政治思想集成 2——理解と政治』（齋藤純一ほか訳、みすず書房、二〇〇二年）、七七頁〕。

*6 これについては Idith Zertal, *Israel's Holocaust and the Politics of Nationhood*, Chaya Galai, trans. (New York: Cambridge University Press, 2005) の、特に第1章 "The Sacrificed and the Sanctified" を参照されたい。

第13章　何をなすべきか？

*1 *Haaretz*, July 2, 2009, T. S. Eliot

*2 現在のイスラエルが抱える道徳的自閉症を描き出すかのように、イスラエルの国会にあたるクネセトの内閣立法委員会は二〇〇九年五月、イスラエル国内のユダヤ人およびパレスチナ系市民がパレスチナにとっての災禍であったナクバの追悼を違法化する法案を承認した。

第14章　『ペスト』について

*1 Julien Green, *Journal*, February 20, 1948. なお、この箇所は、Olivier Todd, *Albert Camus: Une Vie* (Paris: Gallimard, 1996), pp. 419–420. に引用されている。

*2 一九四三年一月にパリでカミュと会った編集者のジャン・ポーランは、アルジェリアへの帰還や「彼の妻と彼の

気候」のもとに戻れないことでいかにカミュが「苦しんで」いたかを、手紙で書き記している。Jean Paulhan to Raymond Guérin, January 6, 1943, in Paulhan, *Choix de lettres, 1937–1945* (Paris: Gallimard, 1992), p. 298.

＊3 カミュは「私は哲学者ではないし、そう主張したこともない」と書いている。"Entretien sur la révolte," *Gazette des lettres*, February 15, 1952.

＊4 死後に出版された小説『最初の人間』においてカミュは、公開処刑を目撃した後に帰宅し、嘔吐する自身の父親を書いている。

＊5 ここで、カミュが一九四二年から一九四三年まで療養していたシャンボン・スュール・リニョンがどういった場所だったか記しておくのは意味あることだろう。多くのユダヤ人の命を守り人里離れた農場や集落に非難させるために、牧師を立ててその後ろで団結したプロテスタントの地域コミュニティのあった場所が、まさしくこの山村であったのだ。当時は残念ながら稀ではあったものの、この集団的勇気による並外れた行為は、カミュの道徳的選択の語りの歴史的な対応物となっており、また人間の良識についてのカミュの直感を確証付けるものともなっている。詳しくは、Philip P. Hallie, *Lest Innocent Blood Be Shed: The Story of the Village of Le Chambon and How Goodness Happened There* (New York: Harper and Row, 1979).

＊6 Hannah Arendt, *Eichmann in Jerusalem: A Report on the Banality of Evil* (New York: Viking, 1963)〔ハンナ・アーレント『エルサレムのアイヒマン――悪の陳腐さについての報告』大久保和郎訳、みすず書房、二〇一七年〕。ここでの論点は、クリストファー・ブラウニングの第二次世界大戦時、東部戦線における集団虐殺の研究で丁寧に描かれている。*Ordinary Men: Reserve Police Battalion 101 and the Final Solution in Poland* (New York: Aaron Asher Books, 1992)〔クリストファー・ブラウニング『普通の人びと――ホロコーストと第101警察予備大隊』（谷喬夫訳、筑摩書房、一九九七年）〕。

＊7 サルトルと会うずっと前、サルトルの『嘔吐』についての初期（一九三八年）の批評で、カミュは次のように読み取っている。「ある種の著述の失敗は、人生が忌まわしきものであるとの理由でそれを悲劇的なものだと信じてしまうことにある。〔……〕存在の不合理さを宣言するのは目的足りえない。それはスタート地点でしかないのだ」。以下を参照のこと。*Alger républicain*, October 20, 1938.

＊8　Hannah Arendt, "Nightmare and Flight," *Partisan Review*, vol. 12, no. 2 (1945), reprinted in *Essays in Understanding*, Jerome Kohn, ed. (New York: Harcourt Brace, 1994), p. 133. ハンナ・アーレント「悪夢と逃避」『アーレント政治思想集成　1——組織的な罪と普遍的な責任』（齋藤純一ほか訳、みすず書房、二〇〇二年）一八一－一八四頁。

第15章　みずからの最大の敵

＊1　Joseph S. Nye, *The Paradox of American Power: Why the World's Only Superpower Can't Go It Alone* (New York: Oxford University Press, 2002).〔ジョセフ・S・ナイ『アメリカへの警告——21世紀国際政治のパワー・ゲーム』山岡洋一訳、日本経済新聞社、二〇〇二年〕。

＊2　九・一一の攻撃によって、反アメリカ主義とそれに関わる内容の本はちょっとした雪崩のごとく出版された。たとえば、*The Age of Terror: America and the World after September 11*, Strobe Talbott and Nayan Chanda, eds. (New York: Basic Books, 2001); *How Did This Happen? Terrorism and the New War*, Jsmes F. Hoge Jr. and Gideon Rose, eds. (New York: Public Affairs, 2001); and *Granta: What We Think of America*, Ian Jack, ed. (New York: Grove, 2002) を参照。

＊3　Charles Krauthammer, "The New Unilateralism," *Washington Post*, June 8, 2001.

＊4　彼は演説のなかで一度しかヨーロッパに言及していない。ＮＡＴＯとＥＵに関して彼は、黙って触れずにいた。

＊5　Charles Krauthammer, "The Axis of Petulance," *Washington Post*, March 1, 2002. この主題の変奏は、ブッシュ政権の大統領官邸知識人であるウィリアム・クリストルとロバート・ケーガンの著作に見ることができる。たとえば、Robert Kagan and William Kristol, "The Bush Era," *The Weekly Standard*, February 11, 2002 を参照せよ。

＊6　*The Economist*, June 1–7, 2002, p. 27.

＊7　核兵器の現実的使用へと近づいていくブッシュ政権の動きに関しては Steven Weinberg, "The Growing Nuclear Danger," *New York Review of Books*, July 18, 2002.

＊8　*Bound to Lead: The Changing Nature of American Power* (New York Basic Books, 1990).〔『不滅の大国アメリカ』久保伸太郎訳、読売新聞社、一九九〇年〕。

＊9　国際関係史における現実主義的な考えのわかりやすい説明に関しては、Jonathan Haslam の新著 *No Virtue Like Necessity: Realist Thought in International Relations since Machiavelli* (New Haven: Yale University Press, 2002) を参照。

＊10　Gary Hart and Warren Rudman, *New World Coming: American Security in the Twenty-First Century, Phase I Report* (U.S. Commission on National Security/21st Century, 1999), p. 4. これは、Joseph S. Nye, *The Paradox of American Power: Why the World's Only Superpower Can't Go It Alone* (New York: Oxford University Press, 2002), p. x〔ジョセフ・S・ナイ『アメリカへの警告——21世紀国際政治のパワー・ゲーム』山岡洋一訳、日本経済新聞社、二〇〇二年、四頁〕に引用されている。

＊11　九・一一以前には、テロリズムの原動力であるマネー・ロンダリングとタックス・ヘイヴンの国際的な規制に対する主要な障害は、財務省であった。

＊12　Joseph Nye, "Lessons in Imperialism," *Financial Times*, June 17, 2002.

＊13　ここ数ヶ月間で合衆国は一度ならず、いつのまにやら怪しげな仲間と手を組んでいるという事態に至ってきた。昨年一一月、三一年間持続している生物兵器禁止条約を強化するよう作成された議定書に拒否権を発動し、実質的にそのような致命的な武器の拡散を防止する一世代分の努力をアメリカが台無しにしたとき、禁止条約の署名国である一四五ヶ国のうちのほんの一握りの国しか、ワシントンの側に立たなかった。そのなかには、中国、ロシア、インド、パキスタン、キューバ、イランがいた。国際関係において結束した善を促進する力としての「西洋」はほとんど存在しない。アメリカの「単独行動主義」が、独裁者たちや現地のトラブルメーカーといった不穏当なならず者たちの集まりによって（それぞれの事情で）支持されている一方、合衆国政府のポジションはいまや、西ヨーロッパ人、カナダ人、オーストラリア人、そしてラテンアメリカ諸国の大多数と相争うことがかなり多い。

＊14　ヨーロッパの集団的運命について書かれた多くの本のなかで最新のものは、David P. Calleo, *Rethinking Europe's Future* (Princeton, NJ: Princeton University Press, 2001) であり、これはＥＵについての、そしてその歴史と展望についての博学で思慮に富んだ解説である。

＊15　*Financial Times*, February 15, 2002 を参照。

＊16　Robert Kagan, "Power and Weakness," *Policy Review*, no. 113, June/July, 2002 を参照。このエッセイでは、ヨーロッパの

自堕落な「カント的」楽園は、国際的な無秩序という現実世界に戻ってアメリカが直面しているアメリカ独自の諸任務とお世辞抜きで対比されている。

*17 *Financial Times*, February 20, 2002 を参照。

*18 アメリカのモデルの欠陥に関する容赦なく否定的な説明は、Will Hutton, *The World We're In* (New York: Little, Brown, 2002) を参照。私も上に引用した人物たちのいく人かについてこの本に負っている。ハットンがもしヨーロッパの代替案をあれほどまでにバラ色に描かなかったとしたら、彼の批判はより説得的になっていただろう。

*19 Michael J. Mazarr, "Saved from Ourselves?" in *What Does the World Want from America?*, Alexander T. J. Lennon, ed. (forthcoming from MIT Press, November 2002), p. 167; first published in *The Washington Quarterly*, vol. 25, no. 2 (Spring 2002).

*20 William Wallace, "US Unilateralism: A European Perspective," in *Multilateralism and US Foreign Policy: Ambivalent Engagement*, Stewart Patrick and Shepard Forman, eds. (Boulder, CO: Lynne Rienner, 2002), pp. 141–166.

第16章　私たちの現在の生き方

*1 古典的な記述としては、Dean Acheson, *Present at the Creation: My Years in the State Department* (New York: Norton, 1969)〔ディーン・アチソン『アチソン回顧録（全二巻）』吉沢清次郎訳、恒文社、一九七九年〕を参照。

*2 一九九〇年代を通してイギリスは、国連がミロシェヴィッチに対して軍事介入を実行しようとする努力をあくまで妨害しつづけた。その一方フランスの現場の将官たちは、政府の暗黙の支持のもと、たんに命令を無視しつづけた。

*3 Anne Applebaum, "Here Comes the New Europe," *Washington Post*, January 29, 2003. Amity Schaes, "Rumsfeld Is Right about Fearful Europe," *Financial Times*, January 28, 2003 も参照。後者においては、著者はドイツに「ヴィジョン」が欠けていると酷評している。一九九〇年にベルリンで、アメリカが恩知らずのドイツにしてやったことを、いまバグダッドでもう一度やろうとしている、というのだ。

*4 *The Economist*, January 4, 2003 を参照。

*5 チェコ人とポーランド人のイラク戦争に対する態度については、*The Economist*, February 1, 2003 を参照。スペイン

国民のアスナールに対する反対については、*El País*, February 3, 2003を参照。スペインの評論家たちはとりわけ、ヨーロッパの団結の必要性を痛感しており、アスナールは『ウォール・ストリート・ジャーナル』の声明に署名をするという、スペインの多くの人びとが軽率だとみなした行動によって、大きな怒りを買った。アスナール自身の支持者たちの多くは、彼が実際にしていたように、「ブッシュとサダム・フセインのあいだであれば、私はつねにブッシュの味方をする」と繰り返すだけでは、屈辱的なまでに不十分であると考えた。それにしても、アスナールの動機には出世欲があったのだ。彼は将来、国際的な舞台での上級の地位へと転身しようとしており、そのためにはアメリカとイギリスの支持を必要としていたのだ。

＊6　シカゴ外交問題協議会〔現シカゴグローバル問題協議会〕と米国ジャーマン・マーシャル財団によって行われた世論調査での、大西洋両岸における態度の調査を参照（www.worldviews.org）。ＮＡＴＯ加盟国の防衛費については、〔イタリアの日刊紙〕*La Repubblica*, February 11, 2003を参照。ここでの中欧の外交官の反戦的な見解は、個人的なやりとりにおいて表明されたものである。元共産主義のヨーロッパの政治家の多くによくあることだが、彼はアメリカの政策に対する批判を公にすることを嫌がった。それは部分的にはアメリカに対する心からの愛情と感謝からでもあり、部分的にはそれが彼の国におよぼす影響についての憂慮からであった。

＊7　Christopher Caldwell, "Liberté, Egalité, Judéophobie," *The Weekly Standard*, May 6, 2002を参照。アメリカの評論家のなかには最近パリで多数出版されている本の例にならっている者もいる。それらの本は、フランスの五〇万人のユダヤ人は「反人種差別主義的な」反ユダヤ主義者による、第二のホロコーストに直面していることを証明することを意図するものであった。そういった論説のうちでも最もヒステリックなものは、Pierre-André Taguieff, *La Nouvelle Judéophobie* (Paris: Fayard, 2002)であるが、この本のなかで（過去一三年間で、同じ主題について一六冊の本を著してきた）著者は、「惑星規模のユダヤ人嫌悪」について書いている。タギエフの悪意にみちたデマの吹聴は、マーティン・ペレッによって*The New Republic*, February 3, 2003にいて大仰に絶賛された。同じような調子のものとしてGilles William Goldnadel, *Le Nouveau Bréviaire de la haine: Antisémitisme et antisionisme* (Paris: Ramsay, 2001)及びRaphaël Draï, *Sous le signe de Sion: L'antisémitisme nouveau est arrivé* (Paris: Michalon, 2001)も参照。ドレイの本の第一章は「イスラエルは平和の危機に？

——オスロ合意、もしくは第二次キャンプ・デーヴィッド合意」というタイトルである。

＊8 “Global Anti-Semitism” (www.adl.org/anti_semitism/aniti-semitismglobalincidents.asp) および “ADL Audit: Anti-Semitic Incidents Rise Slightly in the US in 2000”(www.adl.org/presrele/asus_12/3776_12.asp) を参照。

＊9 “L'image des juifs en France” (www.sofres.com/etudes/pol/130600_imagejuifs.htm)、”les jeunes et l'image des juifs en France” (www.sofres.com/etudes/pol/120302_juifs_r.htm)、および “Anti-Semitism and Prejudice in America: Highlights from an ADL Survey, November 1998” (www.adl.org/antisemitism_survey/survey_main.asp) を参照。

＊10 「その［反ユダヤ主義の］行為が、とりわけイスラム教徒によってなされたというのは事実である」Denis Jeambar, “Silence coupable,” *L'Express*, December 6, 2001.

＊11 現代ドイツにおける極左と極右の偏見と政治的忠誠の、啓発的なグラフについては “Politik,” *Die Zeit*, January 9, 2003, p. 5 を参照。

＊12 Adar Primor, “Le Pen Ultimate,” *Haaretz.com*, April 18,2002.

＊13 Craig Kennedy and Marshall M. Bouton, “The Real Transatlantic Gap,” *Foreign Policy*, November-December 2002 を参照。この記事は、シカゴ外交問題協議会とジャーマン・マーシャル財団による最近の調査にもとづいたものである。さらなる詳細については “Differences over the Arab-Israeli Conflict” (www.eorldviews.org/detailreports/compreport/html/ch3s3.html

＊14 キューバ危機の際に、ド・ゴールはケネディに対して、合衆国がどのような行動を選択しようとも、フランスは合衆国への支持と信頼をゆるがすことはないと、はっきりと断言した。

＊15 Thomas L. Friedman, “Vote France off the Island,” *New York Times*, February 9, 2003 および Steve Dunleavy, “How Dare the French Forget,” *New York Post*, February 10, 2003 を参照。フランスが真の意味で忘れてしまったのは、合衆国が、一九四七年から五四年までの、フランスのヴェトナムでの「汚い戦争」にいかに資金提供をしたかということだろう。ところがこのことは、アメリカの評論家たちは見逃すのを選ぶので、「フランスはわれわれに借りがある」の起訴状には載らない傾向にある。

＊16 二〇〇二年七月に、アメリカユダヤ人会議の会長ジャック・ローゼンは、アメリカユダヤ人会議がエルサレムの

政治指導層と協力関係にあるという「ジャック・シラク大統領の……告発」と彼が名づけるものを拒絶して、フランスの態度は「世界規模でのユダヤ人の陰謀という、古くからの反ユダヤ的なステレオタイプを彷彿とさせる」と述べた。

www.ajcongress/pages/RELS2002/JUL_2002/jul0204.htm

＊17　出版予定の記事で、私はフランスとヨーロッパにおける反米主義についての何冊かの新刊を論じる予定である。

＊18　Lawrence F. Kaplan and William Kristol, *The War Over Iraq: Saddam's Tyranny and America's Mission* (San Francisco: Encounter, 2003).〔ローレンス・F・カプラン、ウィリアム・クリストル『ネオコンの真実――イラク戦争から世界制覇へ』岡本豊訳、ポプラ社、二〇〇三年〕。

＊19　そしてまた、世界のほかのすべての人びとはアメリカ人になり、アメリカに来ること以上のことは望んでいないのだ、という合衆国にはびこった思い込みにも一致している。この思い込みは、アメリカとヨーロッパの社会や制度の違いをよく理解しているヨーロッパ人にはとりわけあてはまらない。非西洋世界のほとんどの人びとは実際のところ、アメリカ人が合衆国で享受している独立と繁栄を自国のなかで経験したいだろう。だが、それはまた別の問題であり、アメリカの外交にとっていくぶん異質な意味をもつ問題である。

＊20　ウィリアム・クリストルは、ドナルド・ラムズフェルドが、先般のミュンヘン防衛相会議で、このような路線で破壊的な活動をしたことをどう思うかと聞かれて、合衆国の防衛相の仕事を両手放しで称賛したことは、さもありなんというところである。フォックス・テレビ・ニュース、二〇〇三年二月一二日。

第17章　海外の反アメリカ派

＊1　Emmanuel Berl, *Mort de la pensée bourgeoise* (Paris: Bernard Grasset, 1929, reprinted 1970), pp. 76–77; André Siegfried, *Les États-Unis d'aujourd'hui* (Paris: Colin, 1930), quoted in Michel Winock, *Nationalisme, antisémitisme et fascisme en France* (Paris: Seuil, 1982), p. 56. また、Georges Duhamel, *Scènes de la Vie future* (Paris: Mercure de France, 1930)〔ジョルジュ・デュアメル『未来生活情景』中込純次訳、審美社、一九八五年〕、そして、私の *Past Imperfect: French Intellectuals, 1944–1956* (Berkeley: University of California Press, 1992), Chapter 10: "America Has Gone Mad: Anti-Americanism in Historical Perspective," pp. 187–

204を参照。

＊2　シモーヌ・ド・ボーヴォワールに関しては、彼女の *L'Amérique au jour le jour* (Paris: Morihien, 1948), pp. 99–100〔ボーヴォワール『アメリカその日その日』二宮フサ訳、人文書院、一九六七年、九三頁〕を参照。サルトルは、ローゼンベルク家の裁判と死刑執行についてコメントしていた。冷凍保存に関するヴァイヤンの考察は、彼の論文 "Le Menage n'est pas un art de salon" (*La Tribune des nations*, March 14, 1952) からであり、Philippe Roger, *L'Ennemi américain*〔フィリップ・ロジェ『アメリカという敵』〕の pp. 483–484〔邦訳六一一頁〕において論じられている。また社説 "Mourir pour le Coca-Cola," *Le Monde*, March 29, 1950 も参照。

＊3　ドイツのアメリカ化の代償を表象する作品に関しては、Rainer Werner Fassbinder, *Marriage of Maria Braun* (1979) を見よ。また Edgar Reitz, *Heimat: Eine deutsche Chronik* (1984) においては、「ディープ・ドイツ」に対してアメリカが与えた衝撃は、ナチズム体験以上の価値観の浸食として描かれている。また一九八四年に、同じ反体制仲間たちに以下のことを思い起こさせたのは、ヴァーツラフ・ハヴェルであった。すなわち、合理主義、科学主義、技術や変化に対する私たちの心酔がすべて、西洋の「両義的な輸出物」であり、近代の夢の邪な果実である、と。Václav Havel, "Svedomi a politika," *Svedectvi*, vol.18, no.72 (1984), pp. 621–635 (quote from page 627).

＊4　Philippe Roger, *L'Ennemi américain: Généalogie de l'antiaméricanisme français* (Paris: Seuil, 2002).〔フィリップ・ロジェ『アメリカという敵――フランス反米主義の系譜学』大谷尚文、佐藤竜二訳、法政大学出版局、二〇一二年〕。

＊5　Philippe Mathy, *Extrême Occident: French Intellectuals and America* (Chicago: University of Chicago Press, 1993), and *L'Amérique dans les têtes: Un Siècle de fascinations et d'aversions*, Denis Lacorne, Jacques Rupnik, and Marie-France Toinet, eds. (Paris: Hachette, 1986) を参照。

＊6　Thierry Meyssan, *11 septembre 2001: L'Effroyable Imposture* (Chatou: Carnot, 2003).

＊7　〔このメサンの引用の原文は以下〕"*Loin de créditer leurs dépositions, la qualité de ces témoins ne fait que souligner l'importance des moyens déployés par l'armée des États-Unis pour travestir la vérité*", *11 septembre 2001*, p. 23 を参照。

＊8　Ziauddin Sardar and Merryl Wyn Davies, *Pourquoi le monde déteste-t-il l'Amérique?* (Paris: Fayard, 2002)〔ジアウッディン・サ

ーダー、メリル・ウィン・デービス『反米の理由——なぜアメリカは嫌われるのか?』浜田徹訳、ネコ・パブリッシング、二〇〇三年〕; Peter Scowen, *Le Livre noir des États-Unis* (Paris: Mango, 2003); Noël Mamère and Patrick Farbiaz, *Dangereuse Amérique: Chronique d'une guerre annoncée* (Paris: Ramsay, 2003).

＊9　Clyde V. Prestowitz, *Rogue Nation: American Unilateralism and the Failure of Good Intentions* (New York: Basic Books, April 2003) も参照のこと。

＊10　*The Eagle's Shadow: Why America Fascinates and Infuriates the World* (New York: Farrar, Straus and Giroux, 2002)〔『だからアメリカは嫌われる』忠平美幸訳、草思社、二〇〇二年〕におけるマーク・ハーツガードによれば、アメリカ人たちは、イロコイ族の慣習に彼らの憲法の源があるということを長い間否定してきた。しかし、一般に認められていないものの、私たちはあきらかに権力分立や国家の権利といった概念を彼らの慣習に負っている。ロックやモンテスキュー、イギリスの慣習法、そして大陸の啓蒙と同じほど多くを。

＊11　一九四四年の五月において、『ル・モンド』の後の創設者で編集者であるユベール・ブーヴ＝メリーは、「アメリカ人は、フランスにとって本当の脅威である。……〔彼らは〕われわれが必要な革命を起こすのを妨げ、彼らの物質主義は、全体主義の物質主義が持つ悲劇的な壮麗ささえも欠いている」と書くことができた。Jean-François Revel, *L'Obsession anti-américaine*〔ジャン＝フランソワ・ルヴェル『インチキな反米主義者、マヌケな親米主義者』〕、p. 98〔邦訳七七頁〕からの引用〔ジャットがフランス語原文から英語へと翻訳したものと、フランス語から日本語へと訳されたものには少々齟齬がある。ここではジャットの英文をもとにして訳出した〕。

＊12　Emmanuel Todd, *Après l'empire: Essai sur la décomposition du système américain* (Paris: Gallimard, 2002).〔エマニュエル・トッド『帝国以後——アメリカ・システムの崩壊』石崎晴己訳、藤原書店、二〇〇三年〕。

＊13　Charles Kupchan, *The End of the American Era* (New York: Knopf, 2002).〔チャールズ・カプチャン『アメリカ時代の終わり』坪内淳訳、NHKブックス、二〇〇三年〕*The New York Review*, April 10, 2003 における私のカプチャンに関する議論を参照。

＊14　Emmanuel Todd, *La Troisième Planète: Structures familiales et systèmes idéologiques* (Paris: Seuil, 1983).「共産主義の成功は原則

的に——共産主義的なイデオロギーを自然かつ善とみなすようにさせる平等主義的で権威的な家族構造が存在することによって説明される」。*Après l'empire*, p. 178〔『帝国以後』、二一四頁〕参照。

＊15 Jean-François Revel, *L'Obsession anti-américaine: Son fonctionnement, ses causes, ses inconséquences* (Paris: Plon, 2002).〔ジャン＝フランソワ・ルヴェル『インチキな反米主義者、マヌケな親米主義者』薛善子訳、アスキー・コミュニケーションズ、二〇〇三年〕。

＊16 これについては、Philippe Manière, *La Vengeance du peuple: Les Élites, Le Pen et les français* (Paris: Plon, 2002) を参照。

＊17 http://pollingreport.com/religion.htm および http://pollingreport.com/religion2.htm を参照せよ。

＊18 "A Tale of Two Legacies," *Economist*, December 21, 2002; *Financial Times*, January 25–26, 2003.

＊19 フランスの居住者の一二人に一人がいまやムスリムである。ロシアにおいてこの数字は六人に一人となる。

第18章 新世界秩序

＊1 Tony Judt, "The Wrong War at the Wrong Time," *New York Times*, October 20, 2002.

＊2 David Rieff, *At the Point of a Gun: Democratic Dreams and Armed Intervention* (New York: Simon & Schuster, 2005).

＊3 イラクにおける私たちの功績の最近のまとめとしては、たとえば Zvi Bar'el, "Why Isn't Iraq Getting on Its Feet?," *Haaretz*, June 3, 2005 を見よ。この著者は、以下のように結論づける。「アメリカの支配のもとでの、そして現在の新しいイラク政府の支配のもとでの制度化された汚職の全貌は、けっして知りえないかもしれない。調査員たちは、資料を精査しに現地まで行く計画を、そうすることが彼らの命を危うくすることを意味するだろうから、立てていない。また新イラク政府の大臣たちは、忠誠を確実なものにするために縁故者を任命している」。

＊4 これは、David Kennedy による *The Dark Side of Virtue: Reassessing International Humanitarianism* (Princeton, NJ: Princeton University Press, 2004) のメッセージでもある。ケネディは、国際的人道主義者たち——弁護士、医師、救援機関、選挙監視員、またそのほかの人びと——が、自分たちの組織と決められた仕事に盲目的に固執しているとして非難している。彼が示唆するには、彼らはまた、あまりにもたやすく自分たちの仕事を理想化（そして偶像化）する誘惑に乗

ってしまう。その結果、彼らの骨折りがしばしば招く意に反した帰結――自分たちの政策によって独裁者そのほかに隠れ蓑を提供してしまうこと――、そして自分たちの権限から外れる別の、より根源的な解決策や政策の両方を、無視あるいは軽視するのである。

＊5　Kenneth Cain, "How Many More Must Die Before Kofi Quits?" *The Observer* (London), April 3, 2005.　国連がルワンダの悪に実際に屈したということは、疑いがない――ロメオ・ダレール『なぜ、世界はルワンダを救えなかったのか』（金田耕一訳、風行社、二〇一二年）と、*New York Review*, May 26, 2005 におけるその著書に対する Guy Lawson による書評を見よ。しかし、コフィー・アナンと彼の国連の同僚だけが責められるべきではけっしてない――ブリュッセルやパリ、そしてワシントンにも十分すぎるほど責任がある。

＊6　Charles Clauthammer, "The Unipolar Moment," *Foreign Affairs*, vol. 70, p. 25, quoted in Andrew Bacevich, *The New American Militarism*, p. 84.

＊7　Report of the Secretary-General's High-level Panel on Threats, Challenges and Change, *A More Secure World: Our Shared Responsibility* (New York: United Nations, 2004).

＊8　この支持は、合衆国が国連の調査員の勧告を受け入れ、彼らに調査をつづけさせないかぎり、合衆国が得られないものだったが、ブッシュ政権はこれを固く拒否した。

＊9　たとえば、Kennedy, *The Dark Side of Virtue*, p. 258 を見よ。

＊10　その調査員団は、世界の共同体に対する六群の脅威を挙げており、「テロリズム」はそのなかの一つでしかない。他の五つは、経済的および社会的脅威（たとえば貧困や環境悪化）、国家間の衝突（ジェノサイドやほかの犯罪を含む）、核・生物・化学兵器の拡散、紛失および使用、そして、超国家的な組織的犯罪、である。

＊11　*Public Papers of the Presidents of the United States: Harry S. Truman, 1945* (U.S. Government Printing Office, 1961), p. 141.

＊12　Andrew J. Bacevich, *The New American Militarism: How Americans Are Seduced by War* (New York: Oxford University Press, 2005)

＊13　ベースヴィッチが示唆するように、私たちが近東にいるのは、一〇〇年前にウィンストン・チャーチルが主張し

たのと同じ理由からであり、それはすなわち「支配権」をめぐってである。英国艦隊が石炭燃料から石油燃料使用の船へと切り替わる時期にチャーチルは、その土地をイギリスが陣取るよう同僚に強くうながした。Winston S. Churchill, *The World Crisis*, p. 136, quoted by Bacevich, *The New American Militarism*, p. 191.

＊14　おそらくこの理由から、ベースヴィッチがウェスリー・クラーク将軍を（コソヴォにおける）戦争の指揮とその結果に関して責めるとき、彼はクラーク将軍に対してあきらかに不公平である。その戦争において、クラーク将軍は、非常にかぎられた決定権しか持っていなかった。別の視点としては、デイヴィッド・ハルバースタム『静かなる戦争――アメリカの栄光と挫折』（小倉慶郎訳、ＰＨＰ研究所、二〇〇三年）を参照。

＊15　ジョージ・ワシントンが辞任挨拶〔一七九六年、ワシントンが新聞紙上に表明した、第三期大統領選への不出馬と、その他の諸問題についての所見〕において国民に思い起こさせたように、「大きくなりすぎた軍事施設は、自由にとって不吉であり……共和国の自由にとりわけ敵対するものと見なされねばならない」。

＊16　Amnesty International, *Guantánamo and Beyond: The Continuing Pursuit of Unchecked Executive Power* (2005).

＊17　*Guantánamo and Beyond: The Continuing Pursuit of Unchecked Executive Power*, p. 90 を見よ。

＊18　そのアムネスティ・インターナショナルの報告書は、二〇〇〇年以降に任命された裁判官がしばしば、「テロとの戦い」において捕らえられた被拘束者のブッシュ政権の扱いに対して肯定的な判決を下す数多くの例を記録している。

＊19　二〇〇五年五月二四日のアメリカ・イスラエル政治行動委員会に対するスピーチにおいて、クリントンはこの機会を利用して、一方で「イスラエル。アメリカの価値」というこの組織の年次会議のテーマを熱狂的に支持しながら、シリア、イラン、ハマース、ヒズボラ、そしてパレスチナの「テロの構造」を非難した。

＊20　二〇〇四年一〇月一四日、レアル・インスティトゥート・エルカノにおける会話。

第19章　国連は命運尽きたのか？

＊1　概要としては以下を見よ。Michael W. Doyle and Nicholas Sambanis, *Making War and Building Peace: United Nations Peace*

Operations (Princeton, NJ: Princeton University Press, 2006).

＊2　一九四五年の創設時には五〇ヶ国の加盟国がいた。現在は一九一ヶ国〔二〇一九年現在では一九三ヶ国〕。

＊3　近代国家が、その核となる機能の支配力を失ったことに関する影響については、Arjun Appadurai, *Fear of Small Numbers: An Essay on the Geography of Anger* (Durham, NC: Duke University Press, 2006)〔アルジュン・アパドゥライ『グローバリゼーションと暴力――マイノリティーの恐怖』藤倉達郎訳、世界思想社、二〇一〇年〕を見よ。

＊4　ショーンの自己ＰＲウェブサイトは、www.ericshawnnewsman.com にて見ることができる〔現在ではこのウェブサイトは閲覧できない〕。

＊5　Eric Shaw, *The UN Exposed: How the United Nations Sabotages America's Security and Fails the World* (New York: Sentinel, 2006).

＊6　他の推薦広告は、アン・コールター〔アメリカの女性弁護士。テレビ番組で保守系政治解説者なども務める〕、ジェシー・ヘルムズ〔合衆国の政治家。共和党保守の代表格〕、クリストファー・ヒッチェンズ〔イギリスのジャーナリスト〕(「国連という組織は、これほど多くの会議や委員会を支配しているバナナ共和国の一つのようになった」)などが書いている。

＊7　Paul Kennedy, *The Parliament of Man: The Past, Present, and Future of the United Nations* (New York: Random House, 2006).〔ポール・ケネディ『人類の議会――国際連合をめぐる大国の攻防』古賀林幸訳、日本経済新聞社、二〇〇七年〕。

＊8　極端に寛容なケネディは、ブトロス＝ガーリに対してまるで寛大すぎる。ブトロス＝ガーリは、ボスニアにおける危機に真剣に対処することにあきらかに失敗し、また彼のそこでの代理人――明石康――は彼の職務を遂行するには完全に力不足であった。

＊9　アナンについては、ここで書評されているジェイムズ・トローブの著作に加え、Stanley Meisler, *Kofi Annan: A Man of Peace in a World of War* (Hoboken, NJ: Wiley, 2007) を見よ。一二月一二日の安全保障理事会への呼びかけにおいて、アナンは、イスラエル・パレスチナの危機の早急な解決を支持する論を力説した。彼の論理の冷静な説得力は、今日の世界の「リーダー」であるその他の人々の決まり文句（あるいはそれより悪いが、沈黙）を恥じ入らせるものだった。この呼びかけの抜粋は、*New York Review of Books* (February 15. 2007, p. 48) に掲載されている。

*10　二ヶ国の国連加盟国だけがこの条約を批准することを拒否した。ソマリア……、そして合衆国である。

*11　ダルフールで変化をもたらそうとしたアフリカ連合軍の失敗は好例である――しかしここで、大量殺戮を止めるのに効果がないだろうと完全にわかっていながら（そしてそれを望みながら）、非西洋の派遣隊を要求したのは現地のスーダン政府であったが。

*12　一九四五年から一九八八年のあいだ、国連は、たった一三回しか平和維持活動を行っていない。一九八八年から一九九五年のあいだには一九回も行い、それはバルカン、アフリカ、中東においてであったが、その後もっと多くの派遣がつづくことになった。この予期されていなかった国連の機能の出現と含意については、James Dobbins et al., *The UN's Role in Nation-Building: From the Congo to Iraq* (Santa Monica, CA: Rand, 2005) を参照。

*13　平和維持活動の予算の問題は、しかしながら、冷静に判断されるべきである。二〇〇六年に、国連の世界的な平和維持活動の合計額は、五〇億ドルであった。イラクでのアメリカの大胆な行動にかかる費用は、議会予算局による見積りでこれをはるかに上回っている――それは、月に六〇億ドルだという。

*14　James Traub, *The Best Intentions: Kofi Annan and the UN in the Era of American World Power* (New York: Farrar, Straus and Giroux, 2006).

*15　"Annan Calls for Anti-Terror Strategy Built on Human Rights," *Financial Times*, December 9/10, 2006 を見よ。

*16　二〇〇一年には、立場上は兵器の管理と国際安全保障を担当する国務副長官だったボルトンは、首尾よく小型兵器の不正取引に関する国連会議を頓挫させたが、全米ライフル協会のメンバーを会議に同伴しさえした。

*17　ボルトンの代わりのザルメイ・ハリルザド大使の任命が心境の変化を示すものなのか、それともたんにトーンの変化を示すものなのか、まだわからない。

*18　初期の頃には、安全保障理事会の仕事はほとんどの場合、ソヴィエトによる拒否権で妨害されていた。近年ではしかしながら、主たる悪役は合衆国になっている。一九七二年以来、合衆国は、イスラエルに批判的な安全保障理事会の決議案に対して三〇回以上拒否権を発動しており、南アフリカから国際法に及ぶそのほかのトピックに関しても数十回発動している。

＊19　国連事務局が出資国に対して抵抗するのが本当に重要であった時、彼らがそれに失敗した事態に関するあくまで批判的な説明は、Adam LeBor, "Complicity with Evil," *The United Nations in the Age of Modern Genocide* (New Haven: Yale University Press, 2006) を見よ。

＊20　二〇〇二年秋の、当時国家安全保障担当補佐官だったコンドリーザ・ライスの発言。Jeffrey Goldberg, "Breaking Ranks: What Turned Brent Scowcroft Against the Bush Administration?," *The New Yorker*, November 2, 2005 を見よ。

第20章　私たちはいったい何を学んできたのか？

＊1　「二度とそのような無垢はありえない、

後にも先にも、

一言もなく

昔へと変身したかのような――

男たちは庭をきれいに保ち、

数多くの結婚は

少しは長続きした。

もう、二度とそのような無垢はありえない」

フィリップ・ラーキン「一九一四年」より〔フィリップ・ラーキン（一九二二年－八五年）は、イギリスの詩人。この詩は詩集『聖霊降臨祭の婚礼』（一九六四）に収められている。『フィリップ・ラーキン詩集』（児玉実用他訳、国文社、一九八八年）一九二－一九三頁〕。

＊2　一九一八年出版のリットン・ストレイチー『ヴィクトリア朝偉人伝』（中野康司訳、みすず書房、二〇〇八年）を参照。

＊3　*Vernichtungskrieg: Verbrechen der Wehrmacht 1941–1944*, Hannes Heer and Klaus Naumann, eds. (Hamburg, Germanny: Hamburger Edition, 1995) を参照。東の前線とユーゴスラヴィアにいた多くのドイツ人兵は、家族と友人の楽しみのた

めに最悪な犯罪を記録に残した。アブグレイブにおけるアメリカの囚人看守も、その系譜に属する。

＊4　しかしながら、敗戦したアメリカ南部は実際、南北戦争につづくそのような結果を経験したのだ。そしてそれに引きつづく辱めと憤り、また後進性は、その法則を例証する唯一のアメリカにおける例外である。

＊5　*The New York Review*, March 23, 2006 における John Lewis Gaddis による *The Cold War: A New History* (New York: Penguin, 2005) に私の関する議論を参照せよ。

＊6　以下のことは、ここに記されるべきだろう。イギリス連邦における——トニー・ブレアに始まる——政治的指導者の若い世代は、二〇世紀の教訓に対してアメリカの同世代人たちとほぼ同じ程度に無関心だとわかった。

＊7　Caroline Elkins, *Imperial Reckoning: The Untold Story of Britain's Gulag in Kenya* (New York: Henry Holt, 2005); Marnia Lazreg, *Torture and the Twilight of Empire: From Algiers to Baghdad* (Princeton, NJ: Princeton University Press, 2008); and Darius Rejali, *Torture and Democracy* (Princeton, NJ: Princeton University Press, 2007) を参照。

＊8　Raymond Aron, *La Tragédie Algérienne* (Paris: Plon, 1957), *L'Algérie et la République* (Paris:Plon, 1958), and *Le spectateur engagé* (Paris: Julliard, 1981), p. 210 を参照。拷問の一次資料的説明に関しては、Henri Alleg, *The Question* (Lincoln, NE: Bison, 2006; originally published in 1958 as *La Question*)〔アンリ・アレッグ『尋問』（長谷川四郎訳、みすず書房、一九五八年）〕を参照。Pierre Vidal-Naquet による *La torture dans la République* は、拷問が、それに正式な許可を出す政治システムをいかに腐敗させるかを鋭敏に説明している。一九六三年に英訳出版されたこの本は、長いあいだ絶版であった。この本は訳し直され、合衆国の下院議員と大統領候補者の必読書とされるべきだ。

＊9　Alan M. Dershowitz, *Why Terrorism Works: Understanding the Threat, Responding to the Challenge* (New Haven: Yale University Press, 2002), p. 144; Jean Bethke Elshtain, "Reflections on the problem of 'Dirty Hands,' " in *Torture: A Collection*, Sanford Levinson, ed. (New York: Oxford University Press, 2004), pp. 80–83.

＊10　上院議員シューマーは *Wall Street Journal*, November 2, 2007 に引用されている。裁判官のスカリアの言及に関しては、www.usatoday.com/news/washington/2008–02–13-scalia_N.htm を参照。

＊11　Lena Constante, *The Silent Escape: Three Thousand Days in Romaninan Prisons* (Berkeley: University of California Press, 1995); Jo

Langer, *Une Saison à Bratislava* (Paris: Seuil, 1981); Eugen Loebl, *My Mind on Trial* (New York: Harcourt Brace Jovanovich, 1976)〔ユーゲン・レベル『裁かれた良心――あるチェコスロヴァキア高官の回想』（南塚信吾、稲野強訳、日本放送出版協会、一九八二年）〕; Arthur Gerard London, *L'Aveu, dans l'engrenage du procès de Prague* (Paris: Gallimard, 1971).

＊12 Aron, *Le spectateur engagé*, pp. 210–211を参照。

第22章　鉄道を取り戻せ！

＊1 ペン・セントラル鉄道は、栄光よりも利益を選び、マディソン・スクウェア・ガーデンを建てるためにマンハッタンのペン駅を更地にしてから、ちょうど八年後の一九七二年に倒産した。

第23章　革新という名の破壊の鉄球

＊1 Robert B. Reich, *Supercapitalism: The Transformation of Business, Democracy, and Everyday Life* (New York: Knopf, 2007)〔ロバート・B・ライシュ『暴走する資本主義』（雨宮寛、今井章子訳、東洋経済新報社、二〇〇八年）〕

＊2 当然のことながら、これは新しい主張ではまったくない。ノーベル賞経済学者のジェームズ・トービンは数年前に、「トルーマン、チャーチル、ケインズ、マーシャル、アチソン、モネ、シューマン、そして日本ではマッカーサーといった計画者たちのヴィジョンが、戦後の世界の繁栄を可能にしたのだ」述べている。James Tobin, *World Finance and Economic Stability: Selected Essays of James Tobin* (Northampton, MA: Edward Elgar, 2003), p. 210.

＊3 エドワード・ヒースが「資本主義の許容できない顔」と呼んだ、国際的ビジネスを展開した前世代の超富裕層についての議論もない。共和党の大統領だったセオドア・ルーズヴェルトと保守党の英首相が、クリントン政権の元労働長官よりも資本主義の行き過ぎを批判することに乗り気であるというのは興味深い。

＊4 Emma Rothschild, *Economic Sentiments: Adam Smith, Condorcet and the Enlightenment* (Cambridge, MA: Harvard University Press, 2002), p. 250. ロスチャイルドが述べているように、「終わりなき商業というレトリックは、一九世紀と二〇世紀のいつにもまして……［今日］ますます疑われることがなくなっている」（六頁）。

＊5　William J. Baumol, Robert E. Litan, and Carl J. Schramm, *Good Capitalism, Bad Capitalism, and the Economics of Growth and Prosperity* (New Haven: Yale University Press, 2007), p. 230.〔ウィリアム・J・ボーモル、ロバート・E・ライタン、カール・J・シュラム『良い資本主義、悪い資本主義――成長と繁栄の経済学』原洋之介、田中健彦訳、書籍工房早山、二〇一四年、二七八頁〕。

＊6　長期にわたるこの論争に最近加わったもののなかでは、『ニューヨーク・レビュー・オブ・ブックス』誌で二〇〇七年一〇月一一日に書評されたAvner Offer, *The Challenge of Affluence* (New York: Oxford University Press, 2006)、同誌で二〇〇六年一月一二日に書評されたBenjamin Friedman, *The Moral Consequences of Economic Growth* (New York: Knopf, 2005)〔ベンジャミン・フリードマン『経済成長とモラル』地主敏樹、重富公生、佐々木豊訳、東洋経済新報社、二〇一一年〕、Fred Hirsch, *Social Limits to Growth* (Cambridge, MA: Harvard University Press, 1976)〔フレッド・ハーシュ『成長の社会的限界』都留重人訳、日本経済新聞社、一九八〇年〕、そして古典としては、John Kenneth Galbraith, *The Affluent Society* (Boston: Houghton Mifflin, 1958)〔ジョン・ケネス・ガルブレイス『ゆたかな社会』鈴木哲太郎訳、岩波書店、二〇〇六年〕はとくに参照に値する。ハーシュが述べるように、たとえば再分配が「富を消失させる」のかどうかという問いは、経済的基準のみでは判断できない。それは何が「富」を構成するか、つまり私たちが何に価値を見出すかによるからだ（英語版六六頁、注一九〔日本語版三三八頁〕を参照）。

＊7　Robert Reich, *The Next American Frontier: A Provocative Program for Economic Renewal* (New York: Viking, 1984)〔ロバート・B・ライシュ『ネクスト・フロンティア』竹村健一訳、三笠書房、一九八三年〕を参照。

＊8　T. H. Marshall, "Value Problems of Welfare Capitalism," *Journal of Social Policy*, vol. 1, no. 1 (1972), pp. 19–20, quoted in Neil Gilbert, *Transformation of the Welfare State: The Silent Surrender of Public Responsibility* (New York: Oxford University Press, 2002), p. 135. ギルバートは以下のように結論づける。「独立性と個人の責任を十全に奨励することに特化した政策は、働くのが困難な人びとにとって、依存しながら尊厳ある生活を送る基盤をほとんど残さないのだ」。

＊9　民営化の被害を最も深刻に受けた国々における進行中の事例については以下を参照。Christian Wolmar, *On the Wrong Line: How Ideology and Incompetence Wrecked Britain's Railways* (London: Aurum, 2005), Allyson Pollock, *NHS plc: The*

Privatisation of Our Health Care (Brooklyn, NY: Verso, 2004). イギリスの新首相〔二〇〇七年当時〕のゴードン・ブラウンは最近、アメリカのより悪名高い利潤追求型の企業のなかから、エトナとユナイテッドヘルスケアを含む数社を、イギリスの病院の経営事業に入札するように招いた。極度に自由市場肯定派の *Economist* ですら「民営化」の誤謬を認めている。現在ロンドンの地下鉄を運営している会社のうちの一社であるメトロネットの倒産について、*Economist* は、「政府がメトロネットに業務を続けるための「数億ポンド」を与えたために、……納税者がそのツケを払わないといけなくなるだろう」と述べている。*The Economist*, July 21, 2007 を参照。

＊10 Victor Perez-Diaz, "Political Symbolisms in Liberal Democracies" (unpublished paper, January 2007), p. 16.

＊11 この例としては Adam Smith, *The Theory of Moral Sentiments* (1759)〔アダム・スミスの『道徳感情論』（水田洋訳、岩波文庫、二〇〇三年）〕、また Daniel Bell, *The Cultural Contradictions of Capitalism* (New York: Basic Books, 1976)〔ダニエル・ベル『資本主義の文化的矛盾』林雄二郎訳、講談社学術文庫、一九七七年〕を参照。

＊12 「もし私たちが、市場によって生み出され相続によって維持される富の両極端なありかたを緩和することができなければ、合意による市場経済の基盤は生き残ることができないかもしれない」。Tobin, *World Finance and Economic Stability*, p. 209.「好都合な発足条件」という箇所については、Hirsch, *Social Limits to Growth*, p. 11.〔フレッド・ハーシュ『成長の社会的限界』二三頁〕。安定した市場と経済成長のための前提条件を整えるための公的な調整機関の必要不可欠な役割については、バリー・アイケングリーンの最近の戦後ヨーロッパ資本主義に関する研究書、Barry Eichengreen, *The European Economy Since 1945: Coordinated Capitalism and Beyond* (Princeton, NJ: Princeton University Press, 2006) でも議論されている。

＊13 Albert O. Hirschman, *Shifting Involvements: Private Interest and Public Action* (Princeton, NJ: Princeton University Press, 1982, 2002), p. 126 (emphasis added).〔アルバート・O・ハーシュマン『失望と参画の現象学——私的利益と公的行為』佐々木毅・杉田敦訳、法政大学出版局、一九八八年、一四八－九頁、強調はジャット〕。

＊14 Bernard Williams, *The Sense of the Past: Essays in the History of Philosophy* (Princeton, NJ: Princeton University Press, 2006), pp. 44-45. パトチカの問いに関しては、ジャック・ルプニク博士の未出版の論文 "The Legacy of Charter 77 and the

"Emergence of a European Public Space" に負っている。

＊15 "Esquisse d'un tableau historique des progrès de l'esprit humain" (*Oeuvres de Condorcet*, VI, 191), quoted in Rothschild, *Economic Sentiments*, p. 201.

＊16 John Maynard Keynes, *The Economic Consequences of the Peace* (New York: Harcourt Brace Jovanovich, 1920), Chapter 2: "Europe Before the War"〔ケインズ『平和の経済的帰結』第二章「戦争前のヨーロッパ」、『ケインズ全集第二巻　平和の経済的帰結』早坂忠訳、東洋経済新報社、一九七七年〕を参照。経済的な幻想は、諸帝国の首都だけに閉じ込められていたわけではなかった。イヴォ・アンドリッチは、同郷のボスニア人たちが平穏な時代に抱いていた楽観的な幻想を次のように描写している。「それは……かなりの繁栄と見かけの平和を謳歌したあの三〇年間であった。……完全にして幸福なる人格発展という何世紀来もの夢の実現を、万人の自由と進歩のうちに見出したと信じ、一九世紀が何百万人という人びとの目の前に、快適、安全、幸福の多面的なあてにならない贈物とその蜃気楼を、工面のつく値段と万人向きの分割払いというかたちでくりひろげた時代であった」。Ivo Andric, *The Bridge on the Drina* (Chicago: University of Chicago Press, 1977), p. 173.〔イヴォ・アンドリッチ『ドリナの橋』（松谷健二訳、恒文社、一九六六年）、一九六－七頁〕。

第24章　社会民主主義の何が生き、何が死んだのか？

＊1 "High Gini Is Loosed Upon Asia," *The Economist*, August 11, 2007 を参照。

＊2 Massimo Florio, *The Great Divestiture: Evaluating the Welfare Impact of the British Privatizations, 1979–1997* (Cambridge, MA: MIT Press, 2004), p. 163 を参照。ハーヴァード大学については、"Harvard Endowment Posts Solid Positive Return," *Harvard Gazette*, September 12, 2008 を参照。パラグアイとボスニア・ヘルツェゴヴィナのＧＤＰについては以下を参照。www.cia.gov/library/publications/the-world-factbook/geos/xx.html

＊3 Bernard Williams, *Philosophy as a Humanistic Discipline* (Princeton, NJ: Princeton University Press, 2006), p. 144.

＊4 これらの数字については私の "'Twas a Famous Victory," *The New York Review*, July 19, 2001 を参照。

＊5　これと比較可能な、屈辱的な施しの回想については、*The Autobiography of Malcolm X* (New York: Ballantine, 1987)〔『完訳　マルコムX自伝（上下巻）』浜本武雄訳、中央公論新社、二〇〇二年〕を参照。これを指摘してくれたケイジー・セルウィンに感謝する。

＊6　ジョーゼフ・スティグリッツとアマルティア・センが座長である、「経済実績と社会発展の測定のための国際委員会」は、最近、集団的な福利を測定するための一風変わったアプローチを推奨している。だが、彼らの提案のすばらしい独創性にもかかわらず、スティグリッツもセンも経済実績を評価するよりよい方法を示唆する以上のことはあまりしていない。彼らの報告書では、非経済的な問題は主要なあつかいを受けていないのだ。www.stiglitz-sen-fitoussi.fr/en/index.htm

＊7　もちろん、例外はボスニアであり、その国民はそのような崩壊が何をもたらすのかを、十二分に承知している。

＊8　この表現はジュディス・シュクラーの、政治的な不平等と権力をめぐる洞察力にあふれたエッセイ「恐怖のリベラリズム」〔邦訳は大川正彦訳で『現代思想』二〇〇一年六月号に所収〕のもじりである。

第26章　フランソワ・フュレ（一九二七－九七年）

＊1　*Penser la Révolution française* (Paris: Gallimard, 1978), translated as *Interpreting the French Revolution* (New York: Cambridge University Press, 1981)〔『フランス革命を考える』大津真作訳、岩波書店、一九八九年〕; *Marx et la Révolution française* (Paris: Flammarion, 1986), translated as *Marx and the French Revolution* (Chicago: University of Chicago Press, 1988)〔『マルクスとフランス革命』今村仁司、今村真介訳、法政大学出版局、二〇〇八年〕; *La Gauche et la révolution française au milieu du XIXe siècle* (Paris: Hachette, 1986); *Dictionnaire Critique de la Révolution Française* (Paris: Flammarion, 1988), edited with Mona Ozouf and translated as *A Critical History of the French Revolution* (Cambridge, MA: Belknap Press/Harvard University Press, 1989)〔『フランス革命事典』フランソワ・フュレ、モナ・オズーフ共編、河野健二、坂上孝、富永茂樹訳、全七巻、みすず書房、一九九八年〕; *La Révolution: de Turgot à Jules Ferry, 1770–1880* (Paris: Hachette, 1988), translated as *Revolutionary France 1770–1880* (Oxford, UK: Blackwell, 1992).

＊2 *"L'idée française de la révolution,"* published posthumously in *Le Débat*, 96 (September-October 1996), pp. 13–33.

＊3 対照的に、フュレがアメリカの学術界に与えた影響はやや控えめなものだった。実のところ、多くのフランス革命の専門家はフュレに対して怒りを抱き続けている。このことは部分的には、最初にフュレがフランスで受けた懐疑と同じ理由によるものだった。フュレがマルクス主義的なフランス史の解釈を、その社会的な諸力や過程への強調も含めて拒絶したことは、慣習的な「古い」社会史を実践していた者たちから、主要な解釈の支えを奪ってしまった。しかし近年の「新しい」文化史の支持者たちもまた、政治的主張や思想へのフュレの関心に異を唱えている。文化史家たちは、フランス革命を一連の「表象」として「脱構築」しようという自分たちの努力を、フュレが辛辣に相手にしなかったことに激怒している。ときには預言者が自国で栄誉を授かることもあるのである。

＊4 *Le Passé d'une illusion: Essai sur l'idée communiste au XXe siècle* (Paris: Robert Laffont; Calmann-Lévy, 1995)〔フランソワ・フュレ『幻想の過去——二〇世紀の全体主義』楠瀬正浩訳、バジリコ、二〇〇七年〕。

＊5 フュレのアカデミーへの選出はアカデミー内のヴィシー政府の生き残りの会員たちや、五〇年代後半のフュレのアルジェリア独立闘争への関わりを覚えていたド゠ゴール派そのほかの会員たちに激しく反対された。

＊6 一九八九年のフランス革命二〇〇周年記念の際、フランスにおける自国の過去についての集団的記憶をめぐるフュレの影響力の大きさに苛立った、初期近代フランスを研究するアメリカの一部の学者たちが、フュレに対して個人攻撃を行った。

＊7 フランスの新聞に「フュレ学派」のアメリカにおける一員だと書かれたことのある私としては、この問題に無関心だとは言えないだろう。ただ、たとえそれがお世辞であったとしても、その書き方は間違っている。「フュレ学派」は存在しない。

＊8 "The Passions of Tocqueville," *New York Reviewof Books*, June 27, 1985.

第27章　アモス・エロン（一九二六－二〇〇九年）

＊1 *The Pity of It All: A History of the Jews in Germany, 1743–1933* (New York: Metropolitan Books, 2002)〔『ドイツに生きたユ

ダヤ人の歴史――フリードリヒ大王の時代からナチズム勃興まで』滝川義人訳、明石書店、二〇一三年）。アモス・エロンのそのほかの著作は、*The Israelis: Founders and Sons* (New York: Holt, Rinehart and Winston, 1971); *Herzl* (New York: Holt, Rinehart and Winston, 1975); *Journey Through a Haunted Land: The New Germany* (New York: Holt, Rinehart and Winston, 1967); *A Blood-Dimmed Tide: Dispatches from the Middle East* (New York: Columbia University Press, 1997).

＊2 Amos Elon, "No Exit," *New York Review of Books*, May 23, 2002.

＊3 Omer Bartov, Amos Elon, and others, "An Alternative Future: An Exchange," *New York Review of Books*, December 4, 2003.

＊4 Amos Elon, "Israel and the End of Zionism," *New York Review of Books*, December 19, 1996.

＊5 Amos Elon, "'Exile's Return': A Response to Justus Reid Wiener," *New York Review of Books*, Febuary 24, 2000.

＊6 Elon, "Israel and the End of Zionism."

＊7 Elon, "'Exile's Return': A Response to Justus Reid Wiener." キーツの『ハイペリオンの没落』の原文は以下のとおり。'Fanatics have their dreams, wherewith they weave/ A paradise for a sect'.〔キーツの引用については、宮崎雄行編『対訳キーツ詩集』（岩波文庫、二〇〇五年）、一七九頁を参照した。エロンによる誤引用は以下のとおり。'Fanatics have a dream by which they weave a paradise for a sect'.〕

第28章　レシェク・コワコフスキ（一九二七―二〇〇九年）

＊1 "The Myth of Human Self-Identity," in *The Socialist Idea: A Reappraisal*, Leszek Kołakowski and Stuart Hampshire, eds. (New York: Basic Books, 1974), p. 32.

＊2 Leszek Kołakowski, "The Devil in History," in *My Correct Views on Everything* (South Bend, IN: St. Augustine's Press, 2005), p. 133.

＊3 コワコフスキの宗教思想史へのアプローチの代表的例についてはたとえば、*God Owes Us Nothing: A Brief Remark on Pascal's Religion and on the Spirit of Jansenism* (Chicago: University of Chicago Press, 1995)。コワコフスキは、信仰の代わりに注意深く理性に賭けた二〇世紀のパスカル主義者であったと言っても言いすぎではないだろう。

＊4　Leszek Kołakowski, *Modernity on Endless Trial* (Chicago: University of Chicago Press, 1990), pp. 226–227.

＊5　Kołakowski and Hampshire, *The Socialist Idea*, p. 17.

＊6　Kołakowski, *Modernity on Endless Trial*, p. 144.

＊7　別の場所では、彼の達成は広く認識されている。一九八三年に、彼はエラスムス賞を受賞した。二〇〇四年には、アメリカ議会図書館のクルーゲ賞の初の受賞者であり、彼はその図書館で二〇年以上前にジェファソン・レクチャーの講師になっていた。彼は二〇〇七年にエルサレム賞を受賞している。

＊8　Leszek Kołakowski, *Main Currents of Marxism, Volume III: The Breakdown* (New York: Clarendon Press/Oxford University Press, 1978), p. 339. この参照箇所を思い起こさせてくれたレオン・ウィーゼルタイアーに感謝する。

＊9　Kołakowski, *Modernity on Endless Trial*, p. 59. エドワード・サイードに関しては、*Out of Place: A Memoir* (New York: Vintage, 2000)〔『遠い場所の記憶――自伝』（中野真紀子訳、みすず書房、二〇〇一年）〕を見よ。

＊10　ケンブリッジでの講演の後で彼を讃えるパーティにおいて、私は、部屋のなかにいた実質的にすべての若い女性たちが部屋のある一角へと集まり、すでにしおれ、杖を支えにした六〇歳の哲学者が、彼の賞賛者たちに取り囲まれるのを、困惑した感嘆と多少のうらやみとともに眺めていたのを思い出す。本当の知性が人を惹きつける魅力をけっして過小評価すべきではないのだ。

訳注

序　誠実さをもって

☆1　アイザック・ドイッチャー（一九〇七‐六七年）はポーランド系ユダヤ人でイギリスの歴史家。一九五四年から六三年にかけて出版したトロッキーの伝記三部作は彼の主著の一つである。ジャットは『二〇世紀を考える』（河野真太郎訳、みすず書房、二〇一五年）で、一三歳の誕生日にこの三部作買ってもらったと述べている。三部作の日本語訳は下記のとおり（いずれも新潮社から一九六四年刊行）。『追放された予言者・トロツキー』（山西英一訳）、『武装せる予言者・トロツキー』、『武力なき予言者・トロツキー』（以上、田中西二郎・橋下福夫・山西英一訳）。

☆2　バトミツヴァとは、ユダヤ教において、一二歳から一三歳に達して宗教上の成人に達した少女、もしくはバトミツヴァとして認める儀式のこと。少年の場合はバルミツヴァという。

☆3　アモス・エロン（一九二六‐二〇〇九年）はイスラエルのジャーナリスト。ウィーンに生まれ、当時のイギリス統治領パレスチナに移住。一九五〇年代からイスラエルの中道左派新聞『ハアレツ』紙の特派員。一九六七年の六日間戦争（第三次中東戦争）以降のイスラエルの対パレスチナ政策には批判的で、パレスチナ国家の樹立を擁護し、一九九〇年代以降はイスラエルに幻滅してイタリアで時間をすごすことが増え、晩年には完全に移住していた。

☆4　レシェク・コワコフスキ（一九二七‐二〇〇九年）はポーランド出身の哲学者。主著の『マルクス主義の主要潮流』はポーランド語版が一九七六年、英語版が一九七八年に出版されている。ジャットは『マルクス主義の主要潮流』が一巻本で再刊されるにあたって文章を書いている。「さらば古きものよ?――レシェク・コワコフスキとマルクス主義の遺産」『失われた二〇世紀上巻』（河野真太郎・生駒久美・伊澤高志・近藤康裕・高橋愛訳、NTT出版、二〇一一年）一七七‐九七頁。

☆5　アイザイア・バーリン（一九〇九‐九七年）はラトビアのリガ（当時はロシア帝政下）出身、イギリスの哲学者。オクスフォード大学。「積極的自由」と「消極的自由」を論じたエッセイ「自由論」で名高い（原題の直訳は「自由の二つの概念」。一九五八年の講義）。レイモン・アロン（一九〇五‐八三年）はフランスのユダヤ系の社会学者、哲学者。ドイツ留学中にナチスによる焚書を目撃し、第二次世界大戦ではフランス空軍に参加。フランス敗北後はイギリスに渡り、戦後はフランスに戻ってソルボンヌ大学、コレージュ・ド・フランスなどで教鞭を執る。著書に『現代の知識人』（原題の直訳は『知識人の阿片』）など。A・J・P・テイラー（一九〇六‐九〇年）はイギリスの歴史家で、ヨーロッパ近現代史（外交史）について一般向けの著作もふくめて多数の著作を刊行するほか、テレビの教養番組においても名人芸的な語りで人気を博した。一九四二年にBBCラジオに出演したのを皮切りに、一九五〇年代には多くのテレビ番組に出演したが、五〇年代終わりには、テイラーが罹患していたパーキンソン病がすでに表れており、テレビ出演はその後途絶えた。バーナード・ウィリアムズ（一九二九‐二〇〇三年）はイギリスの道徳哲学者。オクスフォード大学出身で、ロンドン大学、ケンブリッジ大学で教えた後はアメリカに移住し、カリフォルニア大学バークレー校に所属した。著書に『真実と誠実』（二〇〇二年）など。アレグザンダー・ポープ（一六八八‐一七四四年）はイギリスの詩人。フィリップ・ラーキン（一九二二‐八五年）はイギリスの詩人・小説家。ジャン・ルノワール（一八九四‐一九七九年）はフランスの映画監督。父は印象派の画家のピエール＝オーギュスト・ルノワール。ヴィットリオ・デ・シーカ（一九〇一‐七四年）はイタリア出身の映画監督・俳優。ネオ・リアリスモの一角をなした。監督作品に『靴みがき』（一九四六年）『自転車泥棒』（一九四八年）など。

☆6　マルクス兄弟はアメリカのコメディ俳優グループ。五人兄弟であるが、通常はチコ、ハーポ、グルーチョ、ゼッポの四人兄弟がメンバーとされる。一九二〇年代から三〇年代に舞台興業から映画で人気を博した。

☆1　エリック・ホブズボーム（一九一七－二〇一二年）はエジプト生まれ、イギリスのマルクス主義歴史家。父はポーランド系のユダヤ人。幼少期はオーストリアとドイツで過ごし、一九三三年にイギリスに移住。ケンブリッジ大学で博士号を取得し、同大学で教鞭をとった。『市民革命と産業革命』『資本の時代』『帝国の時代』によって「長い一九世紀」論を展開したのちに、『二〇世紀の歴史』を執筆した。政治的には共産党に属し続け、その点についてジャットは強い批判を行った（トニー・ジャット『失われた二〇世紀』（河野真太郎ほか訳、NTT出版、二〇一一年）を参照）。

☆2　ここに触れられているホブズボームの著作の訳書は次のとおり。『素朴な反逆者たち――思想の社会史』（水田洋ほか訳、社会思想社、一九八九年（原著一九五九年））、『イギリス労働史研究』（鈴木幹久・永井義雄訳、ミネルヴァ書房、一九六九九八年（原著一九六四年））、『産業と帝国』（浜林正夫・神武庸四郎・和田和夫訳、未來社、一九八四年（原著一九六八年））。なお、『キャプテン・スウィング』（一九六九年）は翻訳されていない。この本は、一八三〇年にイングランド各地で起こった農業労働者の暴動「スウィング暴動」を論じるものである。キャプテン・スウィングとは、労働者たちが農場経営者に脅迫状を送った際の差出人として書いた架空の人物名。共著のジョージ・リューデ（一九一〇－一九九三年）はノルウェー生まれ、イギリスの歴史家。専門はフランス革命史。

☆3　日本語訳は『市民革命と産業革命――二重革命の時代』（安川悦子・水田洋訳、岩波書店、一九八六年）であるが、「長い一九世紀」三部作のほかのタイトルと統一させるため、原題の *The Age of Revolution, 1789–1848* を直訳に近い形で訳した。

☆4　『資本の時代 1848–1875（1・2）』（柳父国近・荒関めぐみ・長野聡・松尾太郎・山崎清訳、みすず書房、一九八一－一九八二年）

☆5　『帝国の時代 1875–1914（1・2）』（野口建彦・長尾史郎・野口照子訳、みすず書房、一九九三－九八年）

☆6　*The Age of Extremes: A History of the World, 1914–1991* (New York: Pantheon, 1995).『二〇世紀の歴史――極端な時代（上・下）』（河合秀和訳、三省堂、一九九六年）

☆7　クリストファー・ヒル（一九一二－二〇〇三年）はイギリスの歴史家。オクスフォード大学。一七世紀、とりわけ清教徒革命の研究で知られる。著書に『清教徒主義と革命』（一九五八年、未邦訳）、『イギリス革命の思想的先駆者たち』（原著一九六五年、福田良子訳、岩波書店、一九七二年）などがある。この後のヒルトン、トムスンとともに、戦後に「共産党歴史家グループ」を形成した。ロドニー・ヒルトン（一九一六－二〇〇二年）はイギリスの歴史家。バーミンガム大学。中世後期、封建制から資本主義への移行を研究した。エドワード（E・P）・トムスン（一九二四－九三年）はイギリスの歴史家。『イングランド労働者階級の形成』（原著一九六三年、市橋秀夫・芳賀健一訳、青弓社、二〇〇三年）で名高い。また、ウィリアム・モリス研究も著名である。トムスンは共産党を去った後はニュー・レフトの重要人物として活躍し、平和・核軍縮運動も主導した。ホブズボームにくわえてこの三人が中心メンバーであった共産党歴史家グループは、民衆史とラディカリズムの伝統を重視し、その機関誌『過去と現在』は大きな影響力を持った。だが一九五六年のハンガリー動乱とスターリン批判でホブズボームを除く主要メンバーは共産党を去ると同時にこのグループを去った。

☆8　訳注☆7で触れたE・P・トムスンらは、一九五六年のフルシチョフによるスターリン批判、そしてソ連によるハンガリー侵略を受けて共産党を離党することになるが、トムスンらは、共産党内部の非主流波の雑誌として刊行していた『リーズナー』を、『ニュー・リーズナー』として継続し、それが一九六〇年に、スチュアート・ホールが中心の『ユニヴァーシティーズ・アンド・レフト・レヴュー』と合流して創刊されたのが『ニュー・レフト・レヴュー』である。イギリスの「ニュー・レフト」という場合、この『ニュー・レフト・レヴュー』を中心とするアカデミックな左翼と、それが初期においてとり組んだ核兵器撤廃運動（CND）を中心とする政治運動のことを指す。

☆9　アラン・チューリング（一九一二－五四年）はイギリスの数学者。計算機を数学的に議論するための仮想機械である「チューリング・マシン」や、機械に知性があるかどうかを判定する「チューリング・テスト」で著名で、コンピュータや人工知能の父と称される。第二次世界大戦中はナチス・ドイツの暗号解読に従事したが、戦後に同性愛の告発（当時イギリスでは違法）を受け、有罪となり、その二年後には自殺を疑われる状況で死をとげる。二〇〇九年には請願を受けたイギリス政府が、この告発を謝罪している。その人生は二〇一四年の映画『イミテーション・ゲーム』（モルテン・ティルドム監督、ベネディクト・カンバーバッチ主演）で描かれた。

☆10　ケネス・ジョーウィット（一九四〇年頃－）はアメリカの政治学者。カリフォルニア大学バークレー校教授。スタンフォード大学フーバー研究所フェロー。スターリン以後の東欧史を専門とする。ここで触れられている「地理的に隣接する複製政体」という概念は、著書 *New World Disorder: The New Leninist Extinction* (Berkeley: University of California Press, 1993) p. 176 で述べられている。

☆11　アンドレイ・ヴィシンスキー（一八八三－一九五四年）はウクライナ出身、ソ連の政治家、法律家、外交官。メンシェヴィキに属していたが、十月革命後にボリシェヴィキに入党し、やがてソ連の検事総長、司法人民委員代理などを歴任する。スターリン体制下でのモスクワ裁判で検察官としてジノヴィエフやブハーリンを追及し、罪状を自白させた。

☆12　ニコラ・ペトコフ（一八九三－一九四七年）はブルガリアの政治家。ブルガリア全国農民連盟の指導者の一人。ここで述べられているとおり、ブルガリアのソ連支配が確立したのちに見せしめ裁判にかけられて処刑された。

☆13　スタニスワフ・ミコワイチク（一九〇一－六六年）はポーランドの政治家で、農民党党首、ポーランド亡命政府の内相および首相。第二次世界大戦後にミコワイチクは、臨時政府内部でソ連の後押しを受けて拡大していたポーランド労働者党に対抗するために農民党を再建して党首となっていたが、一九四七年に農民党への弾圧が激しくなり、亡命を余儀なくされ、アメリカで客死した。

☆14　原注で述べられているように、これはG・D・H・コール（一八八九－一九五九年）。コールはイギリスの政治学者、歴史家。フェビアン協会のメンバーで、ギルド社会主義、協同組合運動の主導者。

☆15　『弁明書』または『アポロギア』(*Apologia pro Vita Sua*) はイギリスの神学者J・H・ニューマンの一八六四年の著作。カトリックに入信するまでの遍歴を自伝的に語った著作。

第2章　ヨーロッパ、大いなる幻想

☆1　ジャン＝マリー・ル・ペン（一九二八年－）はフランスの政治家で、極右的な反移民・反EU正当である国民戦線（一九七二年結成）の創始者。国民戦線の党首は現在はジャン＝マリー・ル・ペンの娘のマリーヌ・ル・ペンで、国民戦線は二〇一五年のパリでのテロなどを背景に支持を伸ばしている。

☆2　リオネル・ジョスパン（一九三七年－）はフランスの政治家。フランス社会党第一書記（一九八一－八八年）、首相（一九九七－二〇〇二年）。この記事の後、二〇〇二年にふたたび大統領選挙で立候補するが、第一回投票でシラクとル・ペンに負けて政界を引退することになる。

☆3　フィリップ・ペタン（一八五六－一九五一年）はフランスの軍人・政治家。フランス共和国首相および、ヴィシー政権のフランス国主席（一九四〇－四四年）を歴任。戦後、一九四六年に逮捕され、死刑を宣告されるが、終身刑に減刑され、流刑先のユー島で生涯を閉じた。

☆4　イェルク・ハイダー（一九五〇－二〇〇八年）はオーストリアの政治家。オーストリア自由党元党首。極右的な排外主義の政策を標榜し、ナチスを擁護するなどの発言で物議をかもした。二〇〇八年に飲酒運転で交通事故を起こし死去。

☆5　クリミア戦争のバラクラヴァの戦い（一八五四年一〇月二五日）は、イギリスの第七代カーディガン伯爵ジェイムズ・ブルデネル率いる軽騎兵旅団による無謀であるが勇敢な突撃で有名であるが、この一節は、軽騎兵旅団の突撃について、フランスの陸軍総帥ピエール・ボスケが述べたさとされる、「すばらしいけれども、これは戦争じゃない」という言葉をもじったもの。

☆6　ヴィシェグラード・グループはここに述べられる四ヶ国による地域協力機構。地理的に隣接し、文化的にも近いことから、ヨーロッパ統合の促進を目的として結成された。一九九一年設立。この四ヶ国は二〇〇四年に同時にEUに加盟した。

☆7　「可変翼ヨーロッパ（variable geometry）」とは、ヨーロッパのさまざまな国がヨーロッパへと統合されるにあたって、異なる程度と速度で統合していくという考え方。「多段速度ヨーロッパ（mulri-speed Europe）」もしくは「二段速度ヨーロッパ（two-speed Europe）」という表現もある。「平和のためのパートナーシップ」は、北大西洋条約機構と、他のヨーロッパ諸国、旧ソ連構成国とのあいだの、安全保障の取り組み。一九九四年設立。

第3章　重罪と軽罪

☆1　原題の'Crimes and Misdemeanors'は、ウディ・アレン監督の同名の映画からとられており、その日本語タイトルが『重罪と軽罪』であることから、本章のタイトルもそれにならった。

☆2　ノーマン・デイヴィス（一九三九年－）は北イングランドのボルトン出身の、ポーランド史を専門とする歴史学者。オクスフォード大学でA・J・P・テイラーのもとで学んだのち、ユニヴァーシティ・カレッジ・ロンドンやオクスフォード大学で教鞭をとった。二〇一四年にポーランド市民権を取得。主著は『神の遊技場』（一九八一年、日本語へは未訳）。

☆3　ムーシケーは「音楽《ミュージック》」の語源となったギリシア語の単語だが、「人工の音による芸術と詩との両方を含む」（『ヨーロッパ』第一巻二二五頁）。サンゴタール峠は中部アルプス越えの最短路を抑える要衝（同第一巻一二三頁）。

☆4　エドワード・ギボン（一七三七－九四年）は『ローマ帝国衰亡史』で知られるイギリスの歴史家。

☆5　ここでの「オランダの蜂起」とは、一五六八年から一六四八年まで続いた、カトリックのスペインに対するオランダ北部のネーデルラントのプロテスタント諸州の蜂起のこと。「八〇年戦争」、あるいは、これによりネーデルラントがスペインから独立したことから、オランダ独立戦争と呼ばれることもある。

☆6　トルパドルの殉教者たちとは、一八三〇年代にイギリスのドーセット州トルパドル村で組合を組織したことにより秘密結社のかどで逮捕され、オーストラリアへ七年間の流刑を言い渡された六人の農業労働者のこと。全国的な抗議運動が起こり、結果として六人は一度オーストラリアに渡ったものの、数年のうちにイギリスに戻された。

☆7　ラルゴ・カバリエロ（一八六九－一九四六年）はスペイン社会党の指導者。スペイン内戦中の一九三六年九月から三七年五月まで首相を務めた。フランツ・フォン・パーペン（一八七九－一九六九年）はドイツの政治家。一九三二年には首相の座につき、翌三三年一月にはヒトラー内閣の副首相になった。クルト・フォン・シュライヒャー（一八八二－一九三四年）はドイツの将軍、政治家。軍人でありながら政界に進出し、一九三二年には自ら首相となるが、その後失脚し、三四年の「長いナイフの夜事件」で殺害された。

☆8　モーリス・シューマン（一九一一－九八年）はフランスの政治家、作家。第二次大戦中には自由フランス軍に参加した。戦後は政界で活躍し、六九年から七三年まで外相を務める。ロベール・シューマン（一八八六－一九六三年）はルクセンブルク生まれのフランスの政治家。外相時代の一九五〇年に発表した、西ドイツとの石炭・鉄鋼産業の共同管理を目指したシューマン・プランによって、ジャン・モネと並び欧州統合の父の一人と見なされている。

☆9　フランソワ・モーリアック（一八八五－一九七〇年）はフランスの作家。『愛の砂漠』（一九二五年）、『テレーズ・デスケルウ』（一九二七年）などの作品によって知られる。一九五二年ノーベル文学賞受賞。

☆10　ハンニバル（紀元前二四七－紀元前一八三年）は、紀元前二一八年にアルプス山脈を越えてローマに攻め込んだカルタゴの将軍。

☆11　歴史家フェリペ・フェルナンデス＝アーメストは『ヒストリー・トゥデイ』誌の一九九七年四月号掲載の「時間と潮」という記事の中でデイヴィスの誤りの多さを指摘しているが、そのなかで、デイヴィスが当該箇所で言及している「黒猫派」を「校閲の目を出し抜くために発明した」「意図的な誤り」として紹介している。「黒猫派」は、デイヴィスの本文では二〇世紀初頭の美術運動として青騎士派と並んで言及されている。一九世紀末、パリのモンマルトルに「黒猫」というキャバレーが存在し、そこに画家や詩人たちが集ったことは事実だが、「黒猫派」と呼ばれるような運動はなかった。これが「意図的な誤り」であることを確認するかのように、デイヴィスは「はしがき」のなかで、「黒猫を見つけてきてくださっても賞金は出ない」と書いている（第一巻八頁）。

☆12　ユゼフ・ピウスツキ（一八六七－一九三五年）はポーランド独立運動の指導者。ポーランド共和国が一九一八年に独立すると初代国家元首に就任した。ロマン・ドモフスキ（一八六四－一九三九年）はピウスツキと並ぶポーランド独立運動の指導者。社会民主主義的なピウスツキと民族主義的なドモフスキは対立した。クレメンス・フォン・メッテルニヒ（一七七三－一八五九年）は、ナポレオン戦争後の国際秩序であるウィーン体制を支えたオーストリアの外相、首相。レオン・ブルム（一八七二－一九五〇年）は一九三六年の人民戦線内閣の首班を務めたフランス社会党の政治家。

☆13　ふくろう党（シュアヌリ）の乱は、一七九三年から一八〇一年にかけてブルターニュ、ノルマンディー、アンジュー地方で起こった農民反乱。農家の子どもたちが森の中でふくろうの鳴き声を模して連絡をとったことから名付けられた（『ヨーロッパ』第三巻二二三頁参照）。
☆14　サイモン・シャーマ（一九四五年－）はロンドン生まれの歴史学者。オランダ史、フランス史、美術史などに関する著作を発表し、ハーヴァード大学、コロンビア大学などで教鞭をとった。二〇〇〇年から二〇〇二年にかけてBBCで放映された英国史の番組を手がけたことにより一般にも広く知られている。
☆15　マルク・シャガール（一八八七－一九八五年）はロシア（現在のベラルーシ）出身の画家。ユダヤ系の家庭に生まれ、ペテルブルクで学びロシア・アヴァンギャルドに参加したのちにパリに渡り、エコール・ド・パリの一員として数えられる。キュビズムなどの影響を受けたモダニズム的な作風で知られる。
☆16　ここでのユダヤ人解放とは、一八世紀後半からヨーロッパ各地の市民革命などを契機に徐々に起こったユダヤ人への市民権の付与への動きを指している。こうした動きはユダヤ人を国民国家へ統合する過程の一部でもあった。
☆17　ナントの溺死刑とは、一七九三年にフランス革命に反旗を翻したヴァンデ地方の王党派が革命派のナントに攻め込んだが防衛され、その捕虜たちが革命軍によってロワール川に沈められたことを指す。
☆18　アメリカの歴史家クリストファー・R・ブラウニング（一九四四年－）はこの主題について、『普通の人びと——ホロコーストと第一〇一警察予備大隊』（谷喬夫訳、筑摩書房、一九九七年）という著作を発表している。
☆19　ラルフ・ダーレンドルフ（一九二九－二〇〇九年）はドイツ出身の社会学者。六七年から七四年までのあいだには自由民主党の政治家として政界でも活躍した。その後拠点をイギリスに移し、ロンドン・スクール・オブ・エコノミクスやオクスフォード大学の学長を歴任。九三年には一代貴族に叙され、英国貴族院議員となる。
☆20　トマス・カーライル（一七九五－一八八一年）はスコットランド出身の思想家、歴史家。ヴィクトリア朝を代表する知識人の一人とみなされている。主な著作に『フランス革命史』（一八三七年）、『英雄崇拝論』（一八四一年）などがあり、またドイツ文学を研究したことからゲーテとの往復書簡によっても知られている。
☆21　アントニー・ポロンスキー（一九四〇年－）はヨハネスブルグ出身の歴史家、米国ブランダイス大学教授。ホロコースト史、とくにポーランドのユダヤ人の歴史を専門とする。主著に『小独裁者たち——両大戦間期の東欧における民主主義体制の崩壊』（越村勲ほか訳、法政大学出版局、一九九三年）。ルシアン・リシャルト・レウィッター（一九二二－二〇〇七年）はクラクフ出身のイギリスの歴史家。一七世紀から一八世紀にかけてのロシアとポーランドの歴史を専門とし、六八年から八四年までケンブリッジ大学スラヴ研究学部長を務めた。

☆22　オクスフォード大学出版局は世界最大の大学出版局であり、その起源は一四七八年に遡る。『憂鬱の解剖』（一六二一年）はイギリスの牧師ロバート・バートンが当時問題となっていた憂鬱症について論じた医学書。『一般祈禱書』（一五四九年）はエドワード六世の治世に定められた英国国教会の教義集。ウィリアム・ブラックストンの『イギリス法釈義』（一七六五－六九年）はイングランドのコモン・ローについての解説書。『不思議の国のアリス』（一八六五年）はルイス・キャロルの児童小説。

☆23　モーリス・キーン（一九三三－二〇一二年）はイギリスの中世史家。オクスフォード大学で学び、そこで教鞭をとった。著書に『ヨーロッパ中世史』（橋本八男訳、芸立出版、一九七八年）など。

☆24　『たのしい川べ』は、一九〇八年にイギリスの児童文学作家ケネス・グレアム（一八五九－一九三二年）が発表した作品。日本でも何度も翻訳され親しまれている。ここでは石井桃子訳の岩波少年文庫版（二〇〇二年）を参照した。

☆25　ポール・フィンドリー（一九二一年－）はアメリカの政治家。六一年から八三年までのあいだイリノイ州から下院議員として選出される。著書『恐れずに声をあげる人びと』（一九八五年）などにおいて、一貫してイスラエル・ロビーを厳しく批判している。

☆26　セオドア・ラッブ（一九三七年－）はヨーロッパ初期近代を専門とするアメリカの歴史学者。プリンストン大学で博士号をとり、現在は同大学名誉教授。

☆27　一八九七年にスイスのバーゼルで開かれた第一回シオニスト会議の議事録とされる『シオン賢者の議定書』という捏造文書が二〇世紀初頭にロシアから世界中に広まり、ユダヤ人が世界征服を企てているという内容によって反ユダヤ主義を煽った。

☆28　トマーシュ・マサリク（一八五〇－一九三七年）はチェコの哲学者、政治家。チェコ独立のために尽力し、一九一八年から三五年までチェコスロヴァキア共和国の初代大統領を務めた。

☆29　デイヴィッド・アーヴィング（一九三八年－）はイギリスの歴史著述家。著書に『ヒトラーの戦争』（赤羽龍夫訳、早川書房、一九八三年）など。アーヴィングは一九九六年、ホロコースト研究を専門とするエモリー大学教授のデボラ・E・リップシュタットが著書『ホロコーストの真実――大量虐殺否定者たちの嘘ともくろみ』（滝川義人訳、恒友出版、一九九五年）の中で自らを激しく批判したことを名誉毀損とし、出版社のペンギン社とリップシュタットを訴えた。裁判には三年あまりかかり、結果はアーヴィングの敗訴。この出来事は『否定』というタイトルで二〇一六年に映画化された。さらに二〇〇六年にはオーストリアで行った講演のなかでホロコーストを否定したために一三ヶ月間の禁固刑が科された。

☆30　ジェームズ・バクー（一九二九年－）はカナダの小説家。『消えた百万人――ドイツ人捕虜収容所、死のキャンプへの道』（申橋昭訳、光人社、一九九五年）では、連合国軍側によって第二次世界大戦後にドイツ人捕虜が大量殺害されたという、大胆な仮説を提示した。

☆31　キース・ヒッチンス（一九三一年－）はニューヨーク出身のルーマニア史家。イリノイ大学教授。

☆32　リチャード・コブ（一九一七－九六年）はイギリスの歴史家。フランス史の専門家でオクスフォード大学教授を務めた。とくにフランス革命についての研究で知られ、主著『人びとの軍隊』（一九六一年）は革命期の市民兵たちについて詳細に研究した大著。

☆33　マイケル・バーレイ（一九五五年－）はイギリスの歴史家で、ナチス・ドイツに関する著作を多数出版している。アダム・ロバーツ（一九六五年－）はイギリスの作家。フェリペ・フェルナンデス＝アーメスト（一九五〇年－）、ティモシー・ブラニング（一九四二年－）、レイモンド・カー（一九一九－二〇一五年）はいずれもイギリスの歴史家。

☆34　ノエル・マルコム（一九五六年－）はイギリスの政治ジャーナリスト、歴史家。ケンブリッジ大学で歴史学の博士号を取得し、ボスニアとコソヴォに関する歴史書を執筆している。

☆35　ジョン・メリマン（一九四六年－）はアメリカの歴史家。ジョン・ロバーツ（一九二八－二〇〇三年）はイギリスの歴史家。「卑しい夜の美」という箇所は、イギリスの詩人であり外交官でもあったヘンリー・ウォットン卿（一五六八－一六三九年）の詩からの引用。
☆36　マルク・フェロー（一九二四年－）はフランスの歴史家。ロシア、ソ連史を専門とし、フェルナン・ブローデルの後の「アナール学派」第三世代の学者の一人とみなされている。
☆37　ニール・アッシャーソン（一九三二年－）はスコットランド出身の作家、ジャーナリスト。ケンブリッジ大学でエリック・ホブズボームに師事。その後はジャーナリストになり、東欧史、とくにポーランドに関する著作を多数執筆した。
☆38　アン・アプルボーム（一九六四年－）はアメリカのジャーナリスト。共産主義、中東欧史に関する仕事が多く、『グラーグ――ソ連集中収容所の歴史』（川上洸訳、白水社、二〇〇六年）ではピューリッツァー賞を受賞した。

第4章　冷戦が機能した理由

☆1　アルチーデ・デ・ガスペリ（一八八一－一九五四年）はイタリアの政治家。国家元首代行、イタリア王国首相、共和国首相に加えて外相なども歴任。
☆2　ロシア現代史資料保存研究センターは、党中央アーカイヴを前身とするもの。冷戦期国際史プロジェクト報告は、研究者のためのウッドロウ・ウィルソン国際センターがマッカーサー基金の支援によって一九九一年に設立されたプロジェクト。
☆3　ジョージ・ケナン（一九〇四－二〇〇五年）はアメリカの外交官、政治学者。トルーマン大統領の冷戦政策に大きな影響を与えた。
☆4　ラヴレンチー・ベリヤ（一八九九－一九五三年）は旧ソ連の政治家。スターリンの大粛清を実行したとされる。
☆5　アンドレイ・ジダーノフ（一八九六－一九八四年）はソ連の政治家。スターリン体制で活躍した。
☆6　ユーゴスラヴィアにおいて政治家ヨシップ・ブロズ・チトー（一九八二－八〇年）の絶大な影響力のもと、ソ連と対立してコミンフォルムから離脱し、独自の社会主義国家路線を歩んだ、一九四八年から一九九二年までの間の諸政策を、チトー主義と呼ぶ。

☆7　ミロヴァン・ジラス（一九一一－九五年）はユーゴスラヴィアの政治家、作家。エドヴァルド・カルデリ（一九一〇－七九年）はスロヴェニア出身、ユーゴスラヴィアのジャーナリスト。エウジェニオ・レアーレ（一九〇五－八六年）はイタリアの政治家。

☆8　ルドルフ・スランスキー（一九〇一－五二年）はチェコスロバキアの政治家。

☆9　ここでのプラハの裁判とは、スランスキー事件で行われた公開裁判を指している。スランスキー事件とは、彼がチェコスロバキア共産党書記長だった一九五二年、彼をはじめとした総勢一五名の政府高官が突然「チトー主義、トロツキスト、シオニスト」といった名目で逮捕され、自白を強要され、公開裁判でスランスキーをはじめとする一一人が死刑となった事件。

☆10　ヴャチェスラフ・モロトフ（一八九〇－一九八六年）はソ連の政治家で、長い間スターリンの片腕を務め、ソ連外交を主導した。

☆11　ノーマン・ナイマーク（一九四四年－）はアメリカのヨーロッパ現代史学者。著作に『スターリンのジェノサイド』（根岸隆夫訳、みすず書房、二〇一二年）など。

☆12　アーネスト・ベヴィン（一八八一－一九五一年）はイギリスの政治家。労働党の書記長を務め、戦後は労働党内閣で外相となり、NATOの設立に尽力した。

☆13　ブルース・カミングス（一九四三年－）はアメリカの歴史学者。専門は東アジア史で主著に『朝鮮戦争の起源』（鄭敬謨、林哲、加地永都子訳、明石書店、二〇一二年）がある。

☆14　ディーン・アチソン（一八九三－七一年）はアメリカの政治家で、トルーマン大統領の下で国務長官を務め、冷戦初期アメリカ外交政策の中心にいた。

第5章　自由と自由の国《フリードニア》

☆1　シェイクスピア『十二夜』第一幕第二場冒頭より。イリリアは古代ギリシア・ローマ時代に現在のバルカン半島西部に実在した王国。

☆2　人類学者ベネディクト・アンダーソン（一九三六－二〇一五年）が出版した『想像の共同体』（一九八三年）は、国民という共同体が想像される過程を論じ、ナショナリズム研究における名著とされている。エリック・ホブズボームがテレンス・レンジャー（一九二九－二〇一五年）とともに編集した論集『創られた伝統』（一九八三年）は、今日伝統とされているものが実際には近代に発明されたものであるということを論じた。

☆3　ラリー・ウルフ（一九五七年－）は東欧を専門とする歴史家で、ニューヨーク大学教授。

☆4　「オリエンタリズム」はエドワード・サイード（一九三五－二〇〇三年）が同名の著作（一九七八年）で議論した概念。一般的な用法では東洋趣味全般を指すが、サイードの用法においては、西洋が東洋を表象する際に虚構の他者性を構築することで生じる権力関係に焦点が当てられている。

☆5　ヴェスナ・ゴールズワージー（一九六一年－）はセルビア出身のイギリスの作家、詩人、文学研究者。キングストン大学教授（英文学と創作）。

☆6　ジョージ・ゴードン・バイロン（一七八八－一八二四年）はイギリスのロマン派詩人。ギリシア独立戦争に参加し戦死した。マルカム・ブラッドベリ（一九三二－二〇〇〇年）はイギリスの作家、文学研究者。

☆7　H・H・マンロー（一八七〇－一九一六年）は「サキ」の筆名で知られるイギリスの作家。短編小説の名手として知られる。ジャーナリストとしてバルカン半島、ワルシャワ、ロシアなどに赴任した。第一次世界大戦で戦死。

☆8　パーシー・シェリー（一七九二－一八二二年）はイギリスのロマン派詩人。『ドラキュラ』の作者ブラム・ストーカー（一八四七－一九一二年）はアイルランドの小説家。『ゼンダ城の虜』と『クラヴォニアのソフィー』の作者アンソニー・ホープ（一八六三－一九三三年）はイギリスの作家。スコットランドの作家ジョン・バカン（一八七〇－一九四〇年）の『三九階段』はヒッチコックの映画版によっても有名。『スタンブール特急』はイギリスの作家グレアム・グリーン（一九〇四－九一年）の初期の作品。『オリエント急行の殺人』は「ミステリーの女王」と呼ばれるイギリスの推理作家アガサ・クリスティ（一八九〇－一九七六年）の代表作。『黒い仔羊と灰色の鷹』はアイルランド生まれのイギリスの作家レベッカ・ウエスト（一八九二－一九八三年）によるユーゴスラヴィアの紀行文で、バルカン半島の歴史を詳細に扱った大著。イギリスの作家オリヴィア・マニング（一九〇八－八〇年）の『バルカン三部作』は、第二次大戦中にブカレストやギリシアなどに住んだ経験をもとに書かれた。
☆9　『カーミラ』はアイルランドの怪談作家ジョゼフ・シェリダン・レ・ファニュ（一八一四-七三年）の代表作で、『ドラキュラ』を含む後の吸血鬼文学に大きな影響を与えた。『武器と人』の作者ジョージ・バーナード・ショー（一八五六-一九五〇年）は『ピグマリオン』（一九一二年）などで知られるアイルランド出身の劇作家で、フェビアン協会で活動した社会主義者でもあった。『バルカン人の責務』と『高地アルバニア』の作者イーディス・ダラム（一八六三-一九四三年）はイギリスの旅行記作家。『赤く焼けた王冠』の作者ドロシア・ジェラード（一八五五-一九一五年）はスコットランド出身の作家。ロレンス・ダレル（一九一二-九〇年）は『アレクサンドリア四重奏』（一九六二年）などで知られるインド生まれのイギリスの作家。
☆10　「ルリタニア」はホープの『ゼンダ城の虜』、『オスラ王女の心』（一八九六年）、『ヘンツォ伯爵』（一八九八年）の舞台であり、中央ヨーロッパにあるとされる架空の国。この設定が後世の作家たちに大きな影響を与え、同種の作品を多数生んだことから、同様の小国を舞台とした文学ジャンルは「ルリタニアン・ロマンス」と呼ばれている。
☆11　『無条件降伏』の作者イヴリン・ウォー（一九〇三-六六年）は『回想のブライズヘッド』（一九四五年）などで知られるイギリスの作家。
☆12　ウィリアム・コベット（一七六三-一八三五年）はイギリスの文筆家、政治家。産業革命によって生じた社会問題の改善を訴えた。ウィリアム・モリス（一八三四-九六年）はイギリスの詩人、デザイナー、社会主義者。アーツ・アンド・クラフツ運動の中心人物であり、「いちご泥棒」柄のデザインや、ユートピア文学の傑作『ユートピア便り』などで知られる。
☆13　「そこには、そこなどない」（"There is no there there."）は、ガートルード・スタイン『みんなの自伝』からの一節。
☆14　E・M・フォースター（一八七九-一九七〇年）は『眺めの良い部屋』（一九〇八年）、『ハワーズ・エンド』（一九一〇年）、『インドへの道』（一九二四年）などで知られるイギリスの作家。
☆15　『ペンバートン』（一九四三年）の作者デイヴィッド・フットマン（一八九五-一九八三年）はイギリスの作家。
☆16　『ゼンダ城の虜』は何度も映画化されているが、一九三七年版は監督ジョン・クロムウェル、主演ロナード・コールマン。『我輩はカモである』（一九三三年）はレオ・マッケリー監督、マルクス兄弟主演のコメディ映画。本章のタイトルにある「自由の国《フリードニア》」は、同映画に登場する架空の国。

☆17『バルカンの亡霊たち』（宮島直機、門田美鈴訳、NTT出版、一九九六年）の著者ロバート・D・カプラン（一九五二年－）はアメリカのジャーナリスト。中東やアフリカ、東欧などの地域の紛争や貧困問題に関する著作で知られている。

☆18 デレク・セイヤー（一九五〇年－）はイギリスの歴史家。二〇一三年発表の『プラハ、二〇世紀の首都――あるシュルレアリスム的な歴史』（阿部賢一、宮崎淳史、河上春香訳、白水社、二〇一八年）では米国歴史協会のジョージ・L・モッセ賞を受賞した。

☆19 カレル・タイゲ（一九〇〇－五一年）はチェコの芸術家、批評家。二〇年代には前衛グループ「デヴェツィル」において中心的役割を果たし、三〇年代以降はチェコにおけるシュルレアリスムの主導的役割を担った。建築論や、「ポエティスム」などの概念によって理論家としても知られる。

☆20 アルフォンス・ミュシャ（一八六〇－一九三九年）はチェコの画家。アール・ヌーボー様式の代表的な画家として知られており、一八八七年にパリに移ってからは広告デザインなども手がけた。本文で述べられているように、チェコ語での名字の発音は「ムハ」に近く「アルフォンス」の綴りは英仏語風にeを足して表記されることが多い。

☆21 ボヘミア出身の宗教思想家ヤン・フス（一三六九頃－一四一五年）は、ジョン・ウィクリフの思想に影響を受け、聖書を信仰の唯一の根拠としてカトリック教会に反対し、プロテスタント運動の先駆となったが、一四一一年に破門され、のちに火刑に処された。

☆22 エドヴァルド・ベネシュ（一八八四－一九四八年）はチェコの政治家。一九三五年から三八年までトマーシュ・マサリクの後を継ぎチェコスロヴァキア共和国大統領を務めたが、ミュンヘン協定締結後に辞任しイギリスに亡命、戦後は四五年から四八年の政変までふたたび大統領となった。

☆23 ミラン・クンデラ（一九二九年－）はチェコ出身の作家。「プラハの春」において共産党政権を批判したことで反体制的な作家として認知され、次第に著作は発禁処分になった。八〇年代からフランスに移り、創作もフランス語で行うようになった。代表作に『冗談』（一九六七年）、『存在の耐えられない軽さ』（一九八四年）など。
☆24　イギリスのロマン派詩人サミュエル・テイラー・コールリッジ（一七七二－一八三四年）の『老水夫行』（一七九八年）は、若者が婚礼に向かう途中で出会った老人に冒険譚を聞かされるという内容の長編詩。
☆25　フランティシェク・パラツキー（一七九八－一八七六年）はチェコの歴史家、政治家で、『ボヘミアとモラヴィアにおけるチェコ国民の歴史』（一八三六－六七年）を著し、チェコの国民復興において中心的役割を担った。
☆26　デイトン合意は一九九五年にアメリカのオハイオ州デイトンで結ばれた、「ボスニア・ヘルツェゴヴィナ和平一般枠組み合意」の通称であり、この合意によってボスニア・ヘルツェゴヴィナ紛争は終結した。
☆27　プラクシス派は一九六〇年代に起こったユーゴスラヴィアのマルクス主義の一派。マルクス初期のヒューマニズム的な著作に注目し、レーニン主義およびスターリン主義を否定したことで、共産党によるマルクス主義の解釈と衝突した。
☆28　アダム・ミフニク（一九四六年－）はポーランドの民主主義活動家、思想家で、〈連帯〉運動の中心的理論家の一人。ヴァーツラフ・ハヴェル（一九三六－二〇一一年）はチェコの劇作家、政治家。「プラハの春」後に反体制運動の指導者になり、一九八九年に共産党政権を打倒した「ビロード革命」において中心的な役割を果たし、政変後の八九年から九二年までチェコスロヴァキア大統領、九三年から二〇〇三年まではチェコ共和国初代大統領を務めた。グスタフ・フサーク（一九一三－九一年）はチェコスロヴァキアの政治家で、一九六九年から八七年まで共産党第一書記、七五年から八九年まで大統領を務めた。
☆29　リチャード・ホルブルック（一九四一－二〇一〇年）はビル・クリントン政権下でドイツ駐在大使や国連大使を務めた外交官。フラニョ・トゥジマン（一九二二－九九年）はクロアチア共和国初代大統領（一九九〇－九九年）。スロボダン・ミロシェヴィッチ（一九四一－二〇〇六年）は、セルビア社会主義共和国大統領（一九八九－九〇年）、セルビア共和国初代大統領（一九九〇－九七年）、ユーゴスラヴィア連邦共和国大統領（一九九七－二〇〇〇年）などを歴任したが、コソヴォ紛争でのアルバニア人に対するジェノサイドの罪で国連旧ユーゴスラヴィア戦犯法廷に送られ、裁判が長引くなか、獄中で死亡した。

第6章　どこにも辿り着かない道

☆1　二〇〇二年四月、イスラエルのパレスチナ人難民キャンプの一つジェニンがイスラエル軍に攻撃され、女性や子どもを含む非武装市民五〇〇人以上が虐殺された。国際的批判が高まったがイスラエルは虐殺の存在自体を否定していた。なお、後になって「戦闘行為」があったことは認めたもののこれが虐殺にあたるものであったとは公式には認めていない。

☆2　一九八二年のレバノン内戦への軍事的介入の失敗および、それにより引き起こされたサブラ・シャティーラ・キャンプでの虐殺によって、シャロンは国防省長官の座を退いている。

☆3　一九五六年の中東戦争では、軍部の命令に背いてミトラ峠奪還に成功し、その強引な手法や規律違反、多くの犠牲にも関わらず軍内での評価を高めた。

第7章　イスラエル——代案

☆1　マフムード・アッバス（一九三五年－）はパレスチナの政治家。初代首相、第二代大統領、パレスチナ解放機構議長などを歴任。このエッセイが発表された二〇〇三年の三月一九日に、アッバスはパレスチナ自治政府首相に任命された。だが、アメリカに後押しされているとみなされていたアッバスと当時のアラファト大統領のあいだの権力争いのため、政権は難航した。アッバスはアメリカの敷いたロードマップに従った和平交渉を進めようとしたが、それはパレスチナの武闘派（ハマスなど）の不興を買い、同年九月六日に首相を辞任。これにより、イスラエルはパレスチナとの和平交渉を拒絶することになる。

☆2　サマリアとユダヤ（Judea）は現在のヨルダン川西岸地域のそれぞれ北部と南部地域の、とりわけシオニストによる呼称。この呼称は、紀元前一一世紀から八世紀のイスラエル王国が分裂した際の、北王国であるイスラエル王国の首都サマリア、そして南王国のユダ王国に由来するものである。

☆3　メナヘム・ベギン（一九一三－九二年）はイスラエルの政治家。イスラエル首相（一九七七－八三年）。出身はロシア領（当時）のブレスト・リトフスクで、家族をナチスによるホロコーストで失っている。一九四二年にソ連を脱出してシオニズム過激派のイルグンにはいり、そのリーダーとなる。一九四八年に彼はイルグン元幹部と、右派政党のヘルート党を結成。当初は十数議席しか獲得できず、与党に影響を与えるために、一九六五年に自由党を取りこんでガハル党を結成する。それでも与党に勝てなかったベギンは、一九七三年に小規模政党を併合してリクード党を結成、労働党に対抗する二大政党の一角となる。

☆4　ゼエヴ・ウラディミール・ジャボチンスキー（一八八〇－一九四〇年）はシオニスト指導者。ロシア帝国領のオデッサに生まれたジャボチンスキーは、一九〇三年のポグロムの後自衛組織を設立するなど行動的なシオニズムに目覚める。第一次世界大戦中は亡命ユダヤ人の軍隊シオンラバ隊を組織する、イギリス軍でオスマン帝国に対抗して戦うなどする。一九二五年にはパリで修正主義シオニスト連合を結成。この団体は、ヨルダン川西岸にユダヤ国家をつくろうとするシオニストに対して、ヨルダン川両岸にまたがる大ユダヤ国家を主張した。

☆5　エフード・オルメルト（一九四五年－）はイスラエルの政治家。リクード党。二〇〇六年から二〇〇九年までの首相在任の直前の四ヶ月間、首相代行をつとめていた。

☆6　ハマース（ハマス）はイスラム原理主義のパレスチナの政治組織・政党。一九八七年にアフマド・ヤーシーンによって設立された。アル・アクサ殉教者旅団はパレスチナ解放機構の武装組織連盟。

☆7　ヒズボラはレバノンのシーア派イスラム主義政治・武装組織。アラビア語で「神の党」の意。レバノン内戦に対するイスラエルの介入に対抗して一九八二年に結成された。イスラム聖戦も同じくレバノン内戦中に結成されたシーア派組織。レバノンからのアメリカの撤退を求めて誘拐、暗殺、大使館爆破などを行った。

☆8　ダヴィド・ベン＝グリオン（一八八六－一九七三年）はイスラエルの政治家。初代（一九四八－五四年）と第三代（一九五五－六三年）の首相。ここで述べられているのはアルタレナ号事件として知られる事件である。一九四八年六月一九日、武装したイルグン兵を乗せた船アルタレナ号が南フランスからイスラエルに航行してきた。ベン＝グリオンは国防軍以外の分派活動を認めず、武装解除を命じたがイルグンはそれに応じず、銃撃戦となった。イルグン側には六名の死者が出た。

☆9　ヴァレリー・ジスカール・デスタン（一九二六年–）はフランスの政治家。フランス大統領（一九七四–八一年）。その政治的キャリアを通じて、欧州統合の推進派であり、二〇〇〇年代に入ってからもヨーロッパの未来についての代表者会議の議長を務めるなどしている。

第8章　「イスラエル・ロビー」と陰謀論

☆1　スティーヴン・ウォルト（一九五五年–）はアメリカの国際政治学者。主著に『同盟の起源』（未邦訳、一九八七年）など。
☆2　ジョン・ミアシャイマー（一九四七年–）はアメリカの政治学者。主著に『大国政治の悲劇――米中は必ず衝突する！』（奥山真司訳、五月書房、二〇〇七年）など。
☆3　翌二〇〇七年には他の論考や批判への応答をまとめて出版している（『米国世界戦略の核心――世界は「アメリカン・パワー」を制御できるか？』（奥山真司訳、五月書房、二〇〇八年））。
☆4　デヴィッド・アーロノヴィッチ（一九五四年–）はイギリスのジャーナリスト。著作は多数あり、優秀な政治的ジャーナリズムに送られる「オーウェル賞」を二〇〇一年に受賞している。
☆5　クリストフ・バートラム（一九三七年–）はドイツのジャーナリスト。ドイツの外交政策に影響力を持つシンクタンク、ドイツ国際安全保障研究所の所長や『タイムズ』誌の部局長、アメリカの雑誌『フォーリン・ポリシー』の編集委員を歴任。
☆6　リチャード・パール（一九四一年–）はアメリカの政治家。政治コンサルタント。防衛政策協議会に長く所属し、二〇〇一年にはブッシュ大統領の下で同協議会会長を務めている。
☆7　ダグラス・フェイス（一九五三年–）はアメリカの政治家。二〇〇一年から二〇〇五年まで、ブッシュ大統領の下で政策担当国防次官を務め、それ以降は多くの大学やシンクタンクで教授職や所長等を歴任している。
☆8　トム・セゲフ（一九四五年–）はイスラエルの歴史家・ジャーナリスト。主著に『一九六七年――イスラエル、戦争、そして中東を変えた年』（未邦訳、二〇〇六年）がある。

第10章　地に足の着いたフィクション

☆1　オバマ大統領はネタニヤフの演説に先立つ二〇〇九年六月四日、カイロで演説をしている。そのなかで、アメリカとムスリムとのあいだにある三つの緊張状態の一つとしてイスラエルの入植地を取り上げ、イスラエルとパレスチナ双方の歩み寄りの必要性を強く主張した。

第13章　何をなすべきか？

☆1　ウィンストン・チャーチル（一八七四－一九六五年）は、一九四七年に下院の演説で「民主主義は最悪の政治形態だと言うことができよう。これまで試みられてきたほかのあらゆる政治形態を除けば」と述べている。

☆2　ヒズボラはレバノンのシーア派イスラム主義政治組織。イスラエル軍によるレバノン侵攻に抗する形で一九八二年に組織され、イスラエルの殲滅を掲げ、強い影響力を保持している。

☆3　ハマースはそれまで事実上パレスチナの代表を担ってきたパレスチナ解放機構（ＰＬＯ）の協調路線に反発するかたちで組織された政党で、ＰＬＯの影響力低下に伴い支持を固めている。イスラエルの殲滅を掲げているが、同時にパレスチナ民衆への教育・福祉サービスの提供を積極的に行って支持を拡大したという側面もある。

☆4　メナヘム・ベギン（一九一三－九二年）はイスラエルの政治家。右翼政党ヘルート党を立ち上げ、後に首相や国防相を歴任。ツィッピー・リヴニ（一九五八年－）はイスラエルの政治家。ゼエヴ・ウラジミール・ジャボチンスキー（一八八〇－一九四〇年）はシオニズム活動家、軍人。

☆5　ベンヤミン・ネタニヤフ（一九四九年－）はイスラエルの政治家。首相や外相、財務相、リクード党党首等を歴任。労働党はイスラエル建国以降、リクード党との二大政党のなかで長きにわたって与党として国を率い、入植やキブツ建設の促進を行ってきた。

☆6　ゼブルム・オルレフ（一九四五年－）はイスラエル国会議員。シャロン政権の際に社会保障・サービス担当大臣等を歴任。

☆7　サリ・ヌセイベ（一九四九年－）はシリア生まれのパレスチナ人哲学者。イスラエルの右派政治家と会談を重ねるなど、パレスチナ人国家建設のために積極的に活動を行う活動家でもある。
☆8　フィリップ・ペタンはヴィシー政府で国家主席を務め、対ナチス協力政策を行ったが、これに対してシャルル・ド・ゴールはヴィシー政権成立後もペタンを批判し、対独抗戦を続け、そのペタンに代わって戦後フランス最初の首相となった。
☆9　ネルソン・マンデラ（一九一八－二〇一三年）はアフリカの政治家、弁護士。反アパルトヘイト闘争の過程でとらえられ終身刑となるも獄中闘争を行い、アパルトヘイト撤廃後の選挙で初代大統領となる。
☆10　フレデリック・デクラーク（一九三六年－）は南アフリカ共和国の政治家。アフリカーナーと呼ばれるオランダ系白人。マンデラとともにアパルトヘイト撤廃に尽力し、初代副大統領となった。
☆11　真実和解委員会は、南アフリカでは一九九六年にマンデラ大統領の呼びかけで設立された。アパルトヘイト時の暴力や犯罪の真実を明らかにすることで人種間対立を緩和し共生社会を目指すもの。
☆12　大イスラエル主義は、現在のヨルダンの一部等を含む古代イスラエルの版図に則したイスラエル国家を建設するという考え。
☆13　ジョージ・ミッチェル（一九三三－二〇一三年）はアメリカの政治家。クリントン政権下で北アイルランド特使を務め、和平交渉で活躍した。
☆14　イアン・ペイズリー（一九二六－二〇一四年）は北アイルランドの牧師、政治家。民主連合党の創始者。二〇〇七年から二〇〇八年まで北アイルランド自治政府首相。
☆15　ジェリー・アダムズ（一九四八－二〇一八年）はベルファスト出身の政治家。ＩＲＡの政治組織であるシン・フェイン党の副党首、党首を歴任。
☆16　マーティン・マクギネス（一九五〇－二〇一七年）は北アイルランドの活動家、政治家。北アイルランド自治政府副首相（副首相は首相と同権限）。
☆17　ポール・ヴォルカー（一九二七年－）はアメリカの経済学者。カーター・レーガン政権で連邦準備制度理事会議長。チャック・ヘーゲル（一九四六年－）はアメリカ、共和党の政治家。ナンシー・カセバウム（一九三二年－）はアメリカ、共和党の政治家。

☆18　サムソン・コンプレックスとは、旧約聖書に登場するサムソンの物語にちなんだもの。サムソンは敵対するペリシテ人との歩み寄りを一切せず、最終的には自分自身を巻き込んで多くのペリシテ人を殺害した。なお、ペリシテ人は「パレスチナ」の語源とも言われている

第14章　『ペスト』について

☆1　これは、ペストが町を襲い多くの犠牲者が出てから、教会でパヌルー神父が行った説教の冒頭部分。この説教のなかで神父は、ペストによる災厄が人々の信仰心の希薄化などに対する避けがたい審判であり、同時に救済の道に至るための試練でもあると述べた。

☆2　プリモ・レーヴィ（一九一九－一九八七年）はイタリアの作家、科学者。アウシュヴィッツ強制収容所の生還者であり、その経験を一九四七年出版の主著『これが人間か』（竹山博英訳、朝日新聞社、二〇一七年）などで描き極限状態に置かれた人間の凄惨な状況を世界に知らしめた。

☆3　ヴァーツラフ・ハヴェル（一九三六－二〇一一年）はチェコの劇作家で、のちにチェコスロバキア大統領、チェコ共和国初代大統領を歴任。一九六八年のプラハの春がソ連の介入で鎮圧されて以降、反共産党レジスタンスに参加。

第15章　みずからの最大の敵

☆1　共通農業政策は、EU加盟国二八ヶ国で講じられている農業分野での共通政策。主に、農業者の所得を保障するための「価格・所得政策」、農業部門の構造改革、農業環境施策等を実施する「農村振興政策」から成る。大量の資金が投入されるその政策には批判が向けられることもあり、その一つが、ジャットが挙げている第三世界との関係である。この政策によって過剰生産され余った農業製品は第三世界に売られるため、結果的に第三世界で作られた農業製品のEU諸国への輸出量が制限される。そのため、共通農業政策により第三世界の農家の経営が成り立たず、結果

として第三世界の貧困を悪化させているとの見方である。

☆2　チャールズ・クラウトハマー（一九五〇年－）はアメリカのコラムニスト、作家、政治コメンテーター、物理学者。『ウィークリー・スタンダード』誌や『ワシントン・ポスト』紙に寄稿している。

☆3　コリン・パウエル（一九三七年－）は、アメリカ合衆国の政治家、元軍人。ヴェトナム戦争に従軍、父ブッシュ政権下ではアメリカ軍の統合参謀本部議長（一九八九－九三年）を務め、パナマ侵攻や湾岸戦争の指揮を執った。ブッシュ政権第一期目の国務長官を務めた（二〇〇一－〇五年）。

☆4　ジョーゼフ・ナイ（一九三七年－）は、アメリカ合衆国の国際政治学者。ナイは、民主党政権でしばしば政府高官を務め、政策決定に携わってきた。ナイは、軍事力に頼るブッシュ政権やネオコンを評価・批判するなかで、軍事力とは異なる「ソフト・パワー」という概念を提唱したことでも知られる。ソフト・パワーとは、軍事力のような物理的強制力をもった国家の政治権力（ハード・パワー）ではなく、経済や文化のような直接的強制を伴わない力のことを指す。ナイは、合衆国がハード・パワーだけではなくソフト・パワーも駆使すべきとした。より詳しくはナイの二〇〇四年の著作『ソフト・パワー――21世紀国際政治を制する見えざる力』（山岡洋一訳、日本経済新聞社、二〇〇二年）を参照。他にも、『アメリカの世紀は終わらない』（村井浩紀訳、日本経済新聞出版社、二〇一五年）など著書多数。

☆5　ゲイリー・ハート（一九三六年－）は、アメリカ合衆国の政治家。コロラド州選出民主党上院議員を務めた（一九七五－八七）。ウォレン・ラドマン（一九三〇－二〇一二年）は、アメリカ合衆国の弁護士、政治家。ニューハンプシャー州選出の民主党上院議員を務めた（一九八〇－九三年）。

☆6　ソフト・パワーに関しては、本章訳注☆4を参照。

☆7　「人類の意見へのきちんとした尊重」は、アメリカ独立宣言（一七七六年）のなかの一節。アメリカ合衆国の政治家トマス・ジェファソン（一七四三－一八二六年）は、この宣言案を起草した。

☆8　ジョセフ・S・ナイ『アメリカへの警告――21世紀国際政治のパワー・ゲーム』（山岡洋一訳、日本経済新聞社、二〇〇二年）二二五頁。このセリフは、コンドリーザ・ライス国務長官の発言の引用である。

☆9　ディック・チェイニー（一九四一年－）は、アメリカ合衆国の政治家、実業家。ブッシュ政権の副大統領を務める（二〇〇一－〇九年）。ドナルド・ラムズフェルド（一九三二年－）は、アメリカ合衆国の政治家。ブッシュ政権の国防長官（二〇〇一年－〇六年）として、アメリカのアフガニスタン侵攻やイラク戦争において指導的役割を果たした。ラムズフェルドは前述のチェイニーと師弟関係にある。コンドリーザ・ライス（一九五四年－）は、アメリカ合衆国の政治家、政治学者。ブッシュ政権の国務長官（二〇〇五－〇九年）を務める。

☆10　クリス〔クリストファー〕・パッテン（一九四四年－）は、イギリスの政治家。欧州委員会の英国代表委員に任命され、外交専門部委員を務めた（二〇〇〇－〇四年）。

☆11　エンロンは、アメリカ合衆国の総合エネルギー会社。全米でも有数の大企業であり、革新的なビジネスモデルを確立し一時は優良企業とみなされていたが、巨額の粉飾決算が発覚し、二〇〇一年に倒産。ワールドコムは、アメリカの長距離通信会社。バーニー・エバーズにより一九八三年に設立される。二〇〇二年に不正経理問題が発覚し、破綻した。

第16章　私たちの現在の生き方

☆1　第3章訳注☆38を参照。

☆2　二〇〇三年一月三〇日に、ここに列挙されている七ヶ国に加えてポルトガルの首相の連名で（おそらくジャットはポルトガルを入れ忘れている）、「団結すれば立つ（United We Stand）」という題名で、イラク戦争支持を表明する声明が公表された。これは、それに先だって拙速な戦争に対する反対を表明していたフランスとドイツに対抗する意図を持ったものでもあった。

☆3　ホセ・マリア・アスナール（一九五三年－）はスペインの政治家。保守政党の国民党所属で、一九九六年から二〇〇四年まで首相を務めた。国民の反対にもかかわらず、イラク戦争を強力に支持し、ＮＡＴＯの参加や日本などの貢献も要請した。

☆4　ギュンター・グラス（一九二七年－）はドイツの小説家、劇作家、彫刻家。代表作は『ブリキの太鼓』（一九五九年）。一九九九年にノーベル賞を受賞したが、二〇〇六年に、自伝的作品『玉ねぎの皮をむきながら』で戦時中にナチスの親衛隊に入っていたことを告白し、物議をかもした。

☆5　アメリカ名誉毀損防止同盟はアメリカ最大のユダヤ人団体。一九一三年、ユダヤ人レオ・フランクが殺人のえん罪でリンチを受けて殺害された事件を受けて設立された。本部はニューヨーク。反ユダヤ主義との戦いをかかげる人権団体である。

☆6　血の中傷とは、とりわけキリスト教社会でユダヤ人迫害のために生み出された迷信のこと。この名称は、過ぎ越しのパンのなかにユダヤ人がキリスト教徒の子供の血を混ぜるというデマに由来する。

☆7　ジャン＝ベデル・ボカサ（一九二一－九六年）は中央アフリカ共和国大統領（一九六六－七六年）、中央アフリカ帝国皇帝（ボカサ一世）（一九七七－七九年）。軍事クーデターによって大統領となった後は独裁政治を行い、中央アフリカ帝国の皇帝にみずからを任命した際には国家予算の二倍を費やして即位式を行うなどした。ロバート・ムガベ（一九二四年－）はジンバブエの政治家で、ジンバブエ首相、大統領、アフリカ統一機構議長、アフリカ連合議長、ジンバブエ・アフリカ民族同盟代表などを歴任した。特にジンバブエ第二代大統領（一九八七－二〇一七年）としては独裁的と批判されながら長期政権を維持した。二〇一七年に国防軍のクーデターにより失脚。

☆8　フランス人、またはフランス軍隊を揶揄する差別用語。全文は「チーズを食べて降伏するサル」。一九九五年に放映された、風刺アニメ番組『ザ・シンプソンズ』で登場した表現であり、とりわけイラク戦争に対するフランス国民の反戦運動が盛んになると、アメリカの評論家なども盛んに使用するようになった。

☆9　アインザッツグルッペン（Einsatzgruppen）はナチス政権下でドイツ保安警察および保安部によって組織された銃殺部隊。直訳は「出動グループ」。ポーランド侵攻前は指導層の銃殺を行ったが、独ソ戦においてはユダヤ人の虐殺を行い、ホロコーストの一部を担ったとみなされている。

☆10　タルサ虐殺もしくはタルサ人種暴動は一九二一年五月三一と六月一日にオクラホマ州タルサ、グリーンウッドのアフリカ系アメリカ人コミュニティの住居や企業を白人の暴徒が襲撃し、虐殺を行った事件で、アメリカ史上最悪の人種暴動である。暴動の発端は、黒人の青年が白人のエレベーターガールを襲った罪で拘留され、彼がリンチされそうになっているという噂を聞いた黒人住民が警察署に殺到し、白人住民との争いとなったことであった。死者はオクラホマ州の公式発表では三九名だが、赤十字の発表では三〇〇名であった。

☆11　ジョージ・マーシャル（一八八〇－一九五九年）はアメリカの軍人・政治家・国務長官（一九四七－四九年）としてマーシャル・プランを実施した。ディーン・アチソン（一八九三－一九七一年）はアメリカの政治家。トルーマン大統領のもとで国務長官（一九四九－五三年）。ジョージ・ケナン（一九〇四－二〇〇五年）はイギリスの外交官・歴史家。トルーマン政権の「対ソ封じ込め政策」の立案者。チャールズ・ボーレン（一九〇四－七四年）はアメリカの外交官。ソ連問題の専門家。

☆12　ジェームズ・ダンフォース・(ダン・)クエール（一九四七年－）はアメリカの政治家。第四四代合衆国副大統領（一九八九－九三年）。

☆13　リチャード・パール（一九四一年－）はアメリカの政治アドヴァイザー、ロビー活動家。ポール・ウォルフォウィッツとともにイラク戦争推進派の主導的な役割を果たした。ポール・ウォルフォウィッツ（一九四三年－）はアメリカの政治家。第二五代国防長官（二〇〇一－〇五年）としてイラク戦争を推進した。

☆14　コンドリーザ・ライス（一九五四年－）はアメリカの政治学者・政治家。スタンフォード大学准教授であったが、ジョージ・H・W・ブッシュ大統領のもとで国家安全保障会議東欧ソ連部長として活躍。その後スタンフォード大学に戻って教授に昇任。ジョージ・W・ブッシュ大統領政権では国家安全保障問題担当大統領補佐官、国務長官を歴任。

☆15　「すべての……の母」という言い回しは中東やギリシャに伝統的に存在するもので、その範疇のもののなかでも究極のものを意味するのに使われるが、「すべての戦いの母」という表現は一九九一年にサダム・フセインが湾岸戦争に関して演説で使ったことで英語圏でもよく知られるようになった。

☆16　「砂漠の嵐」は湾岸戦争の作戦名。「母権的な王朝」というのは、直前の「母」という比喩と、中東地域はアラブ化する以前には母権制があったという説を参照していると推測される。

☆17　「風を受け継ぐ」は「自分の家族に災いをもたらす者は、風を受け継ぐだろう」という聖書（旧約聖書、箴言第一一章二九節）の言い回し。価値のあるものは何も受け継ぐことができないということ。

☆1　スポーツ・ユーティリティ・ヴィークル（SUV）は、スポーティな多目的乗用車。用途上での分類のため定義は曖昧だが、北米市場では好まれるピックアップトラックに近いスタイルが採用されることが多い。

☆2　タレーラン（シャルル＝モーリス・ド・タレーラン＝ペリゴール、一七五四－一八三八年）は、フランスの政治家。フランス革命期では三部会議員、ナポレオン帝政下、王政復古、七月王政において外相を務めた。

☆3　ジョゼフ・ド・メーストル（一七五三－一八二一年）、フランスの哲学者、政治家。フランス革命が勃発した当初はその動きに好意的であったが、まもなくして反革命派の哲学者となる。王家や教会の世襲権力や権威を肯定し、絶対君主制の必要性を説いた。メーストルは、カール・シュミット『政治神学』（田中浩、原田武雄訳、未來社、一九七一年）、アイザイア・バーリン『ハリネズミと狐――戦争と平和の政治哲学』（河合秀和訳、岩波書店、一九九七年）などで取り上げられたことで注目されている。

☆4　チャールズ・ディケンズ（一八一二－七〇年）はイギリスの小説家。下層社会を主たるテーマとして、ユーモアと社会批判をと特徴とする作品を多数発表した。代表作に『オリヴァー・トゥイスト』（一八三七－三九年）、『デイヴィッド・コパーフィールド』（一八四九－五〇年）、『二都物語』（一八五九年）など多数。アレクシ・ド・トクヴィル（一八〇五－五九年）は、フランスの歴史学者、政治学者、政治家。一八四九年に外相に就任するが、ルイ＝ナポレオンのクーデターに反対したことで逮捕され、政界を退く。リベラル思想についての研究を行っていたトクヴィルは、一八三一年にフランス政府によりジャクソン大統領時代のアメリカへと派遣された。そこでの経験とアメリカ民主主義の分析を展開した全四巻の『アメリカの民主政治』（一八三五－四〇年）は、現在でも参照される重要な古典文献となっている。

☆5　ロベール・アロン（一八九八－一九七五年）は、フランスの作家。政治と歴史に関する著作を多く残した。

☆6　エマニュエル・ベルル（一八九二－一九七〇年）は、フランスのジャーナリスト、歴史家、エッセイスト。

☆7　ジョルジュ・デュアメル（一八九四－一九六六年）は、フランスの作家、詩人。著書に、『未来生活情景』（中込純次訳、審美社、一九八五年)、『わが庭の寓話』(尾崎喜八訳、ちくま文庫、一九九八年)など多数。
☆8 シモーヌ・ド・ボーヴォワール(一九〇八-八六年)は、フランスの作家、哲学者。代表作に『第二の性』(一九四九年)がある。ジャン゠ポール・サルトル(一九〇五-八〇年)、フランスの作家、哲学者。代表作に、小説『嘔吐』(一九三八年)、『存在と無』(一九四三年)など多数。ロジェ・ヴァイヤン(一九〇七-六五年)は、フランスの小説家、エッセイスト、劇作家。「コカ・コーラはヨーロッパ文化のダンツィヒ」とは、コカ・コーラを通してアメリカ文化がヨーロッパに侵入してくることを意味している。ダンツィヒ(現グダニスク)は、一七九三年プロイセン領になり、一九一九年のヴェルサイユ条約によって国際連盟管理下の自由市となる。一九二二年に市の憲法が成立し、ドイツから分離するが、一九三五年以後、ナチスに実質的に支配され、第二世界大戦後にポーランド領となる。
☆9 ドナルド・ラムズフェルドに関しては第15章訳注☆8を参照。ラムズフェルドは、イラク開戦に反対したフランスとドイツを「古いヨーロッパ」として非難した。
☆10 フィリップ・ロジェ(一九四九年-)は、フランスのフランス文化・文学研究者。主著に、『サド——圧搾場における哲学』(一九七六年)、『ロラン・バルト、小説』(一九八六年)がある。
☆11 レシは、フランス語で「語り、物語」のことで、ノヴェラやロマンなどと同様、小説のことを指す用語の一つ。
☆12 フィリップ・ロジェ『アメリカという敵——フランス反米主義の系譜学』大谷尚文、佐藤竜二訳、法政大学出版局、二〇一二年、七三五頁。
☆13 ティエリ・メサン(一九五七年-)はフランスのジャーナリスト、政治活動家。極右政党の研究などで知られる。*11 septembre 2001* は出版後、『リベラシオン』紙や『ル・モンド』紙などにおいて激しく批判された。
☆14 ジアウッディン・サーダー(一九五一年-)は、ロンドンを基点とするイスラム思想専門家、文明批評家、放送ジャーナリスト。パキスタンのデポルプール出身だが、ロンドンで育ち教育を受けた。著書に『メディアスタディーズ——Introducing』(ボリン・ヴァン・ルーンとの共著。田村美佐子、町口哲生訳、作品社、二〇〇八年)など多数。メリル・ウィン・デービス(一九四八年-)は、ウェールズ出身のイスラム研究者。サーダーとデービスは、『反米の理由』の他にもサーダーとの共著で『イスラム——対話と共生のために』(久保儀明訳、青土社、二〇〇五年)を出版している。ノエル・マメール（一九四八年－）はフランスの政治家、ジャーナリスト。一九九二年にフランスの環境政党である「環境世代」の党首になるが、その後除名され、環境保護団体「環境・連帯一致」を経て、一九九八年に緑の党に入党。二〇一三年に離党した。ピーター・スコーエンはカナダのモントリオール出身のジャーナリスト、新聞編集者。

☆15　ジアウッディン・サーダー、メリル・ウィン・デービス『反米の理由――なぜアメリカは嫌われるのか？』（浜田徹訳、ネコ・パブリッシング、二〇〇三年）二五七頁〔この訳書においては、当該引用箇所のロシアに関する言及が省略されている〕。

☆16　エマニュエル・トッド（一九五一年－）は、フランスの歴史人口学者、家族人類学者。フランス国立人口学研究所に所属。ジャットがここで書評対象としている『帝国以後』は世界的ベストセラーとなった。その他の著書に、『世界の多様性――家族構造と近代性』（荻野文隆訳、藤原書店、二〇〇八年）、『シャルリとは誰か？　人種差別と没落する西欧』（堀茂樹訳、文藝春秋、二〇一六年）など多数。

☆17　チャールズ・カプチャン（一九五八年－）は、アメリカ合衆国の国際政治学者。ジョージタウン大学の国際関係論教授。著書に『アメリカ時代の終わり』（坪内淳訳、日本放送出版協会、二〇〇三年）など。

☆18　アメリカ合衆国の政治学者サミュエル・P・ハンティントンは、彼の教え子であったフランシス・フクヤマの『歴史の終わり』（一九九二年）の議論に反応するかたちで、一九九三年に論文「文明の衝突？」を『フォーリン・アフェアーズ』誌に発表し、一九九六年にはその論文の内容を拡大した著作『文明の衝突』（鈴木主税訳、集英社、一九九八年）を出版した。フクヤマは、冷戦崩壊と同時に共産主義が崩壊したことからイデオロギー闘争によって進む歴史が終わったことを宣言し、資本主義的民主主義の最終的な勝利とさらなる発展を論じた。それに対してハンティントンは、イデオロギー対立が消失した時代においては、文化と人種の違いをもとにした対立が主要軸として展開されるだろうと論じ、それを「文明の衝突」と呼んだ。

☆19　ジャン＝フランソワ・ルヴェル（一九二四－二〇〇六年）は、フランスの哲学者、作家、ジャーナリスト。一九九八年からアカデミー・フランセーズ会員。一九六〇年代後半まで社会主義者であったが、のちに古典的自由主義と自由市場経済の支持者となる。一九七〇年出版の著作『マルクスもキリストもいらない』(松本ミサヲ他訳、三修社、一九九〇年)は、その移行を明確に告げるものであった。

☆20 ジャン=マリー・ル・ペン(一九二八年-)はフランスの政治家。反EU、移民反対を唱える右派政党国民戦線を一九七二年に結成し、初代党首となる。二〇〇二年の大統領選挙では、はじめ泡沫候補とみなされていたものの、社会情勢の不安定さを利用した選挙活動で急速に支持を拡大し、当選したジャック・シラクに次ぐ得票数であった。ル・ペンの娘は、彼の後続として二〇一一年から同党党首を務めるマリーヌ・ル・ペン(一九六八年-)である。

☆21 ジャック・ラング(一九三九年-)はフランスの政治家。パリ政治学院で政治学を学んだ後、教育、文化、芸術関連の仕事に就く。一九八一年ピエール・モーロワ社会党内閣で文化大臣に就任、その後も文化相や教育相を務める。

☆22 メディケアとメディケイドはともに、一九六五年アメリカ合衆国にて創設された公的医療保険制度である。メディケアは合衆国の六五歳以上の人や身体障害者などを対象とし、メディケイドは民間企業の医療保険に加入できない低所得者・身体障害者に対して用意された公的医療保険制度である。

☆23 パングロスは、フランスの思想家ヴォルテールの哲学小説『カンディード』(一七五九年)に登場する楽天家の教師。この作品は一七五五年に起きたリスボン大地震を契機に着手され、ライプニッツの予定調和説に対する批判を含んでいる。ライプニッツ哲学はパングロスによって象徴されており、パングロスは、どんな災厄が起きてもすべての出来事は善であると主張し続ける。ジャットはこのキャラクターと「不思議の国のアリス」をかけている。

☆24 ハリス世論調査は、一九五六年にアメリカの世論分析家ルイス・ハリスによって創設されたルイス・ハリス世論調査研究所が開始した世論調査である。一九九七年よりインターネットをベースとした調査を展開している。

☆25 ジャック・シラク(一九三二年-)はフランスの政治家。フランス共和国第六代第首相(一九七四-七六年)、第一〇代首相(一九八六-八八年)、第二二代大統領(一九九五-二〇〇七年)を務める。二〇〇三年にドイツ、ロシアとともにイラク戦争に反対した。

☆26 「夜中の出火警鐘 a fire bell in the night」とは、一八二〇年に合衆国議会で取り決められたミズーリ妥協に対する所感として、トマス・ジェファソンがジョン・ホームズに宛てた手紙のなかで用いた表現である。当時、奴隷制擁護派と反対派とのあいだで、ミズーリ准州とメインの連邦への加入をめぐって大論争が起きていた。結果的に、メインを自由州とし、ミズーリの南境、北緯三六度三〇分以北に奴隷制を認めないという妥協案に至ったが、ジェファソンは、国を分けるこのミズーリ協定が合衆国を崩壊させる可能性を憂慮し、「夜中の出火警鐘」という表現を用いた。

☆27　マデレーン・オールブライト（一九三七年－）は、チェコのプラハ出身のアメリカの政治家。女性で初めてアメリカ合衆国国務長官を務めた（一九九七－二〇〇一年）。

第18章　新世界秩序

☆1　デイヴィッド・リーフ（一九五二年－）は、アメリカの政治分析家、ノンフィクション作家。移民、国際紛争、人道主義などの問題をあつかった著作を多数執筆している。ノンフィクション作家としての仕事としては、彼の母親であり作家のスーザン・ソンタグの死期をあつかったルポルタージュ『死の海を泳いで――スーザン・ソンタグ最期の日々』（岩波書店、上岡伸雄訳、二〇〇九年）などがある。

☆2　ポール・ウォルフォウィッツ（一九四三年－）は、アメリカの政治家。第二五代国防副長官を務めた。ブッシュ政権内のネオコン陣営の先鋒として、国防長官のドナルド・ラムズフェルドとともに、中東の民主化を大義としてイラク戦争への道を推進した。

☆3　スレブレニツァの虐殺はボスニア・ヘルツェゴヴィナのスレブレニツァで一九九五年七月に起きた大量虐殺事件である。ラトコ・ムラディッチに率いられたスルプスカ共和国軍によって八〇〇〇人以上のイスラム教徒のボシュニャク人が殺害された。

☆4　マックス・ブート（一九六九年－）は、アメリカの作家、軍事史研究家。彼は、外交政策においてアメリカの価値を唱導すべきとしている新保守主義者である。ロバート・ケイガン（一九五八年－）はアメリカの歴史家、コラムニスト、外交政策コメンテーター。新保守主義の指導者的存在として知られる。

☆5　コフィー・アナン（一九三八－二〇一八年）は、イギリス領ゴールド・コースト（現ガーナ共和国）、クマシ出身の第七代国際連合事務総長（任期一九九七－二〇〇六年）。アナンは、二〇〇三年のイラク侵攻をアメリカが準備している時、合衆国とイギリスに国連の支持なしに侵攻しないよう呼びかけた。

☆6　この国連大使は、ジョン・ボルトンのことを指している。ボルトンについては、第19章および、第19章訳注☆13を参照。

☆7　ダグ・ハマーショルド（一九〇五－六一年）は、スウェーデンの外交官。第二代国連事務総長（任期は一九五三－六一年）を務める。北ロシアでの飛行機墜落で亡くなる。

☆8　ガレス・エヴァンズ（一九四四年－）は、オーストラリアの政策立案者、元政治家。国際危機グループは現場調査に基づいた分析と政策提言で紛争を解決する目的で一九九五年にアメリカで設立され、ベルギーのブリュッセルに本部を置く国際的非政府組織。エヴァンズは、二〇〇〇年から二〇〇九年までその組織の会長を務めた。ブレント・スコウクロフト（一九二五年－）は、アメリカ合衆国の元軍人。フォード政権および父ブッシュ政権の国家安全保障担当大統領補佐官を務めた。そのキャリアから退役後も「スコウクロフト『将軍』」と呼ばれることが多い。

☆9　アンドリュー・J・ベースヴィッチ（一九四七年－）は、アメリカ合衆国の国際政治学者。ブッシュ政権のイラク占領に対する主要な批判者の一人であった。著書に『アメリカ――力の限界』（同友館、菅原秀訳、二〇〇九年）など。

☆10　比較優位（または比較生産費説）とは、経済学者デヴィッド・リカードが提唱した国際貿易の理論。一国における各商品の生産費の比率を他国のそれと比較し、優位の商品を輸出し、劣位の商品を輸入すれば双方が利益を得て、国際分業が行われるという考え方。この引用内でベースヴィッチがこの概念を用いているのは、アメリカは他国の追随を許さない軍事力を持ち、またその軍事的なものは国内では消費を促進する象徴的イメージとしても価値を持っていたために、戦争はアメリカの「主要生産品」であったということ。

☆11　ノーマン・ポドレッツ（一九三〇年－）は、アメリカ合衆国の政治学者、ネオコンの思想的権威。一九六五年から一九九〇年のあいだ、アメリカ系ユダヤ人委員会によって創設された『コメンタリー』誌の編集を担った。この雑誌はかつて反スターリン主義的左派の主張を強く訴えていたが、一九七〇年代から八〇年代にかけてネオコン的な思潮を強めていった。

☆12　ジェームズ・マディソン（一七五一－一八三六年）は、アメリカ合衆国の政治家。第四代アメリカ合衆国大統領を務める（任期一八〇九－一七年）。マディソンは、合衆国憲法の分析とその採択を論じた八五の論文から成る『ザ・フェデラレリスト』（一七八七－八八年）を、アレクサンダー・ハミルトン、ジョン・ジェイらと共同執筆者し、「アメリカ合衆国憲法の父」と呼ばれた。本章原注＊12にも言及のあるジョージ・ワシントンの辞任挨拶に際して、マディソンはその準備に関わった。

☆13　ジュネーヴ条約は、武陵紛争の際の傷病者、捕虜、文民の保護に関して規定した国際条約である。赤十字委員会に一八六四年に提唱され締結される。現在では、一九四九年にジュネーヴの会議で採択された「戦争犠牲者保護条約」を加えたものを指すことが多い。国連の拷問等禁止条約は、一九七五年の国連総会で採択された拷問等禁止宣言を受け、一九八四年に国連総会で採択され、一九八七年に発効した。これは、政府などが個人に対して、必要とする情報を得るために肉体的・精神的な苦痛を故意に加え、品位を傷つけるあつかいを禁止すると同時に、各国政府に拷問行為禁止のための措置を設定し、拷問行為に刑罰を科すことを義務づけている。日本は一九九九年に加入。

☆14　シーモア・ハーシュ（一九三七年－）は、アメリカ合衆国のジャーナリスト。彼は『ニューヨーク・タイムズ』紙において、イラク侵攻の計略プロセスを丹念に追ったいくつかの記事を発表した。著書に『アメリカの秘密戦争――9・11からアブグレイブへの道』（伏見威蕃訳、日本経済新聞社、二〇〇四年）など多数。

☆15　アルバート・ゴンザレス（一九五五年－）は、アメリカ合衆国の政治家。ブッシュ政権において大統領顧問（任期二〇〇一－〇五年）および司法長官（任期二〇〇五－〇七年）を務めた。

☆16　「法を持たぬ卑しき者たちLesser breeds without the Law」は、英国の小説家・詩人ラドヤード・キプリング（一八六五－一九三六年）の詩「退場の歌」（一八九七年）からの引用である。キップリング『キップリング詩集』（中村爲治訳、岩波文庫、一九三六年）一三六頁。

☆17　ヒラリー・クリントン（一九四七年－）は、アメリカ合衆国の政治家。ニューヨーク州選出上院議員（二〇〇一－〇九年）、アメリカ合衆国国務長官（二〇〇九－一三年）を歴任。

☆18　二〇〇五年、フランスとオランダの二ヶ国は国民投票の結果を受けて、欧州のための憲法を制定する条約（欧州憲法条約）の批准を拒否した。この条約は前年にEU加盟二五ヶ国の代表により署名されていたが、発効には全ての加盟国における批准を必要としており、フランスとオランダの結果を受けて、他の国々でも批准手続きが延期・凍結され、未発効となった。国民投票での反対の理由として、雇用への悪影響や、当時の経済や労働市場に対する不満、国家主権の喪失への恐れなどがあったと指摘されている。

☆19　「私には、悪しき月が上がるのが見える」という文は、アメリカのバンド、クリーデンス・クリアウォーター・リバイバルが一九六九年に発表した曲'Bad Moon Rising'の歌詞の引用である。この曲の歌詞は、ヴェトナム戦争反対のメッセージとして解釈されることがある。

第19章　国連は命運尽きたのか？

☆1　ジョセフ・レイモンド・「ジョー」・マッカーシー（一九〇八－五七年）は、アメリカ合衆国の政治家。一九五〇年代アメリカにおいて巻き起こった反共産主義運動「マッカーシズム」（赤狩り）の名祖となった人物。マッカーシズムにおいては、極めて多数の政府職員やマスメディアの関係者が「共産主義者」として追放されていった。

☆2　エリック・ショーン（一九五七年－）は、アメリカ合衆国のフォックス・ニュースのテレビ・リポーター。

☆3　マーク・マロック・ブラウン（一九五三年－）は、元国連事務次長（二〇〇六年）、元イギリス外務・英連邦省閣外大臣（二〇〇七－〇九年）。

☆4　アメリカ合衆国ニューヨーク市、マンハッタンには国際連合本部ビルがある。

☆5　ルドルフ・ジュリアーニ（一九四四年－）は、アメリカ合衆国の政治家、弁護士。一九九四年から二〇〇一年までニューヨーク市長を務め、アメリカ同時多発テロ事件発生時には、ブッシュ大統領とともに「テロとの戦い」を宣言した。

☆6　ポール・ケネディ『人類の議会――国際連合をめぐる大国の攻防 下』（古賀林幸訳、日本経済新聞社、二〇〇七年）二二二頁。

☆7　ジェイムズ・トローブ（一九五四年－）は、アメリカ合衆国の作家。主に『ニューヨーク・タイムズ・マガジン』(『ニューヨーク・タイムズ』紙の日曜版の別冊として発行)へ寄稿している。

☆8　クルト・ヨーゼフ・ヴァルトハイム(一九一八-二〇〇七年)は、オーストリアの政治家。第四代国連事務総長(任期一九七二-八一年)、オーストリ大統領(任期一九八六-九二年)を歴任した。ブトロス・ブトロス゠ガーリ(一九二二-二〇一六年)は、エジプトの国際法学者。第六代国連事務総長(任期一九九二-九六年)を務めた。

☆9　ラクダール・ブラヒミ(一九三四年-)は、アルジェリアの外交官。モハメド・エルバラダイ(一九四二年-)は、エジプトの政治家。二〇〇五年に国際原子力機関とともにノーベル平和賞を受賞。メアリー・ロビンソン(一九四四年-)は、アイルランド共和国第七代大統領(任期一九九〇-九七年)。アイルランドで最初の女性大統領を務めた。ルイーズ・アルブール(一九四七年-)は、カナダの法律家、前カナダ最高裁判所裁判官。セルジオ・ヴィエイラ・デ・メロ(一九四八-二〇〇三年)は、ブラジルの元国連外交官。デ・メロは、死後二〇〇三年に国連人権賞を受賞した。ジャン゠マリー・ゲーノ(一九四九年-)は、フランスの元外交官。ゲーノは、二〇一四年に国際危機グループの会長に任命された(国際危機グループについては、第19章訳注☆9を参照)。

☆10　ダルフール紛争は、スーダン西部のダルフール地域で二〇〇三年に発生した武力紛争。政府が支援するアラブ系民兵組織と、非アラブ系の反政府勢力との抗争が激化。

☆11　二〇〇六年のレバノン侵攻のことを指している。イスラエル軍は、シーア派系非国家軍事組織ヒズボラによる国境侵犯を受けて、彼らをレバノン領内に追跡侵攻し、それにより戦争が開始された。

☆12　「一九七八年の悪名高いユネスコ宣言」とは、一九七八年一一月にユネスコ第二〇回総会で採択された「マスメディア宣言」(正式名称は「平和と国際理解の強化、人権の促進、ならびに人種差別主義、アパルトヘイトおよび戦争の扇動に対抗するうえでのマスメディアの貢献に関する基本原則の宣言」)を指す。一九七〇年代に入りソヴィエト連邦は戦争宣伝、人種差別、アパルトヘイト反対を掲げマスメディアの新しい原則案を示し、西側に情報が偏っていると考えていた多くの非同盟諸国(冷戦時代において、東西どちらの陣営にも加盟しなかった国々)はソ連のこの提案に同調した。マスメディア宣言は、東・南陣営と情報流通の自由を原則としていた西側陣営とのあいだの論争の妥協策として採択された。情報秩序の問題に東西冷戦が持ち込まれたために、一九八〇年の総会で採択された「新世界情報通信秩序」においては、国家による検閲の容認などのソ連陣営が求めた報道規制の条項が盛り込まれた。

☆13　ジョン・ボルトン（一九四八年－）は、アメリカ合衆国の政治家。新保守主義の代表的人物の一人で、本文にもあるように、国連を軽視する発言で有名。ブッシュ政権時に、二〇〇一年から二〇〇五年までアメリカ合衆国国務次官（軍備管理・国際安全保障担当）を務める。ブッシュ政権は民主党、共和党穏健派の反対を押し切り、ボルトンを米国国連大使に任命した（任期二〇〇五－〇六年）。

☆14　石油食料交換プログラムは、イラクが軍備を再構築することなく、食品や医薬品などと交換に石油を輸出できるようにすることを目的とした交換プログラムである。一九九五年に国連によって制定、翌年から開始され、二〇〇三年末に終了。プログラム終了後、一八億ドルを超える汚職があきらかになった。

☆15　ジョージ・ケナン（一九〇四－二〇〇五年）は、アメリカ合衆国の外交官、政治学者、歴史家。ソ連専門家として対ソ封じ込め政策の提唱者であったが、のちに米国の冷戦政策を批判しヴェトナム戦争に反対した。ディーン・アチソン（一八九三－一九七一年）は、アメリカ合衆国の政治家、弁護士。トルーマン政権の国務長官を務め、その政権の対外政策の主要な立案者だった。チャールズ・ボーレン（一九〇四－七四年）は、アメリカ合衆国の外交官。ソ連専門家として、ケナンの後任の在ソヴィエト連邦アメリカ合衆国大使を務める。

☆16　潘基文（一九四四年－）は、大韓民国の政治家。第八代国連事務総長（二〇〇七年－）。

☆17　「長い目で見れば、私たちはみな死んでいる」は、イギリスの経済学者ジョン・メナード・ケインズ（一八八三－一九四六年）による著作『貨幣改革論』（一九二三年）のなかの一節。

第20章　私たちはいったい何を学んできたのか？

☆1　恐怖の部屋は、イギリスのロンドンにある蠟人形館マダム・タッソー館にある地下室。犯罪者の像や刑具を陳列している。グラグは、旧ソヴィエト連邦の強制労働収容所管理局のこと。この強制労働収容所は一九三〇年代後半から一九五〇年代の期間に、シベリアをはじめロシア全土に散在していた。

☆2　ムジャヒディーンは、イスラム教の大義にのっとるジハードに参加する兵士のこと。

☆3 「文化の衝突」は、サミュエル・ハンティントンの「文明の衝突」をもとにした表現である（「文明の衝突」に関しては、第17章訳注☆16を参照）。イスラムファシズムとは、近代のイスラム主義運動のイデオロギー的特徴と二〇世紀前半ヨーロッパのファシズムとを類比的に考える立場。九・一一テロ後に広範に用いられるようになり、在任中にブッシュ大統領がこの語を用いたこともある。一方、様々に異なる政治的考えや、テロリスト、政府、宗派などを極度に単純化することにより根本の因果関係を見えなくしてしまう点やプロパガンダ的側面が指摘されている。

☆4 赤い旅団は、一九七〇年に結成されたイタリアの左翼武装集団。「革命的」国家の建設と、北大西洋条約機構からのイタリアの離脱を訴えた。バーダー・マインホフ・グルッペ（またはドイツ赤軍）は、一九六八年にアンドレアス・バーダーとウルリケ・マインホフを中心に結成されたドイツの地下政治組織である。マルクス主義による世界革命を目指していた。アイルランド共和国軍暫定派は、アイルランド民族主義者の私兵組織。一九六九年にアイルランド共和軍から分裂して一九六九年に結成、武装闘争により単一統治国家としてのアイルランド建国を目指した。コルシカ民族解放戦線は、一九七六年に結成され現在まで続く武装集団で（しかし近年では武装闘争の停止を宣言している）、コルシカ島のフランスからの独立を訴える。

☆5 「戦争法に関するハーグ条約」とはハーグ陸戦条約のことである。これは、一八九九年にオランダのハーグで開かれた第一回万国平和会議において採択され、一九〇七年の第二回万国平和会議で改定されて現在に至る。第一回会議においては、国際裁判制度の充実を図る国際紛争平和条約と陸戦法規に関する条約が採択され、第二回会議では、戦争法規を中心とした条約が採択された。

☆6 アラン・ダーショウィッツ（一九三八年－）は、アメリカの弁護士、裁判官、作家。『ケース・フォー・イスラエル――中東紛争の誤解と真実』（滝川義人訳、ミルトス、二〇一〇年）など著書多数。

☆7 ジーン・ベスキー・エルシュテイン（一九四一－二〇一三年）は、アメリカ合衆国の政治学者。『女性と戦争』（小林史子・廣川紀子訳、法政大学出版局、一九九四年）、『裁かれる民主主義』（河合秀和訳、岩波書店、二〇〇二年）など著書多数。

☆8 チャールズ・シューマー（一九五〇年－）は、アメリカ合衆国の政治家。民主党所属のニューヨーク州選出の連邦上院議員。
☆9　アントニン・スカリア（一九三六－二〇一六年）は、アメリカ合衆国の最高裁判所の判事。憲法の意味が時代とともに変わることはないとする保守的な法哲学「原意主義」という立場をとった。
☆10　ここでの「効き目があるwork」という言い方は、本章原注＊9にあるアラン・ダーショウィッツの著作『テロリズムがうまくいく理由 *Why Terrorism Works*』にかけている。
☆11　「この長期にわたる選挙期間」とは、二〇〇八年のアメリカ合衆国大統領選挙のことを指している。

第21章　鉄道の栄光

☆1　ピーター・ラスレット（一九一五－二〇〇一年）はイギリスの歴史家。第二次大戦中は海軍情報局に配属され、戦後はBBCのラジオ番組に携わるなどした後、自らも学んだケンブリッジ大学で教鞭をとった。主著に『われら失いし世界――イギリス近代社会史』（川北稔ほか訳、三嶺書房、一九八六年）。
☆2　トマス・テルフォード（一七五七－一八三四年）はイギリスの土木技師、建築家で、北西イングランドと北ウェールズにまたがるエレズミア運河など、運河や橋、道路の建設によって名を残した。ジョン・マカダム（一七五六－一八三六年）はスコットランドの土木技術者で、砕石による道路舗装法であるマカダム法を考案したことで有名。
☆3　ガブリエル・フェリエ（一八四七－一九一四年）はフランスの画家。アルジェリアに旅し、オリエンタリズム的な作品を描いた。「時間の寓話」は現在のオルセー美術館のレストランの天井に描かれている（ジャットは一八九九年作としているが、オルセー美術館の公式ホームページでは一九〇〇年作とされている）。
☆4　エドワード・ホッパー（一八八二－一九六七年）とキャンベル・クーパー（一八五六－一九三七年）はともにアメリカの画家。ハリー・ベック（一九〇二－七四年）はイギリスの製図技術者。

第22章　鉄道を取り戻せ！

☆1　リチャード・ビーチング（一九一三－八五年）はイギリスの科学者、技術者。六一年に鉄道委員会の議長に任じられ、「イギリス国鉄の再建」という報告書を提出し、それをもとに着手した国鉄事業の大規模な削減は「ビーチングの斧」と呼ばれている。

☆2　ニュー・ブルータリズム（たんにブルータリズムとも呼ばれる）は、一九五〇年代から七〇年代にかけて見られた建築の様式で、モダニズムの機能主義に立ち返り、打放しのコンクリートや鉄骨などをそのまま見せるデザインを特徴とした。ル゠コルビジェの建築などが代表例。

☆3　サンティアゴ・カラトラバ（一九五一年－）はスペインの建築家。リヨンのサン゠テグジュペリ駅やチューリッヒのシュタデルホーフェン駅など、多くの駅舎の設計を手がけている。レム・コールハース（一九四四年－）はオランダ出身の建築家。現代最も重要な建築理論家の一人と見なされており、二〇〇〇年にはプリツカー賞を受賞した。

☆4　「陽気な若者たち《ブライト・ヤング・シングス》」とは、一九二〇年代にボヘミアンな生活を謳歌したロンドンの上流階級の若者たちに対して、タブロイド紙などが用いた呼称。

第23章　革新という名の破壊の鉄球

☆1　ロバート・B・ライシュ（一九四六年－）はアメリカの経済学者。これまでにカリフォルニア大学やハーヴァード大学などで教鞭をとっており、一九九三年から九七年にはクリントン政権下の労働長官を務めた。

☆2　ハロルド・マクミラン（一八九四－一九八六年）はイギリス保守党の政治家。五七年から六三年までは首相を務めた。

☆3　ジョーゼフ・シュムペーター（一八八三－一九五〇年）はオーストリア・ハンガリー帝国（現在のチェコ地域）出身の経済学者。イノベーションの理論家として、また経済成長の概念を考案したことなどで知られる。

☆4　エマ・ロスチャイルド（一九四八年－）はイギリス出身の経済史家。アダム・スミスの時代およびその前後を専門とする。ハーヴァード大学教授。

☆5　トム・ハンフリー・マーシャル（一八九三－一九八一年）はイギリスの社会学者。論文「シチズンシップと社会階級」（一九五〇年）などによって、二〇世紀後半の福祉国家に理論的支柱を与えた思想家として知られている。

☆6　ヤン・パトチカ（一九〇七－七七年）はチェコの哲学者。ドイツに留学しフッサールやハイデガーのもとで学び、現象学や歴史哲学に関する業績を残したが、不運なことに、ナチスのチェコスロヴァキア侵攻、共産党のクーデター、プラハの春で度重なる解職を受けた。主著は『歴史哲学についての異端的論考』（石川達夫訳、みすず書房、二〇〇七年）。

☆7　ダニエル・ベル（一九一九－二〇一一年）はアメリカの社会学者。主要な著作は『イデオロギーの終焉』（岡田直之訳、東京創元新社、一九六九年）、『脱工業社会の到来』（内田忠夫ほか訳、ダイヤモンド社、一九七五年）など。

☆8　ニコラ・ド・コンドルセ（一七四三－九一年）はフランスの数学者、哲学者、政治家。数学に立脚した政治思想を発展させ、フランス革命に際してはジロンド派の指導者の一人として活躍するが、後に山岳派による恐怖政治に反対したために捉えられ処刑された。

第24章　社会民主主義の何が生き、何が死んだのか？

☆1　ヴェルナー・ゾンバルト（一八六三－一九四一年）はドイツの経済学者・社会学者。著書『アメリカにはどうして社会主義が存在しないのか？』は一九〇六年刊。

☆2　第23章訳注☆8を参照。

☆3　バーナード・ウィリアムズ（一九二九－二〇〇三年）はイギリスの道徳哲学者。オクスフォード大学出身で、ロンドン大学、ケンブリッジ大学で教えた後はアメリカに移住し、カリフォルニア大学バークレー校に所属した。翻訳された著書には『生き方について哲学は何が言えるか』（森際安友・下川潔訳、産業図書、一九九三年）がある。

☆4　アンゲラ・メルケル（一九五四年－）はドイツの政治家。キリスト教民主同盟党首（二〇〇〇年－）、ドイツ首相（二〇〇五年－）。

☆5　コルベール風とは、一七世紀フランスの政治家ジャン＝バティスト・コルベール（一六一九－八三年）のこと。保護主義的な政策で、疲弊していたフランスの産業や金融を立て直した。ここではコルベール風とは単独主義・保護主義的なナショナリズムのことを指す。

☆6　目的の王国とは、哲学者イマニュエル・カントの言葉。『道徳形而上学の基礎づけ』で導入された概念。「目的の王国」においては、人間の人格はそれ自体が目的となり、そのような人格の尊重によって人間が結びつけられる。

第26章　フランソワ・フュレ（一九二七－九七年）

☆1　ドニ・リシェ（一九二七－八九年）はフランスの歴史家。フランス革命史のほかに、ユグノー戦争（一五六二－九八年）からフロンドの乱（一六四八－五三年）までの時代も専門とした。

☆2　アナール学派は、一九二九年に創刊されたフランスの歴史学誌『アナール』に集った歴史家たちの呼称。それまでの大人物を中心とした歴史研究から、民衆の生活に焦点を当てた社会史研究へと転換し、地理学、政治学や経済学など学際的な視点を用いたことで、歴史研究の方法を刷新した。

☆3　マルク・ブロック（一八八六－一九四四年）、リュシアン・フェーブル（一八七八－一九五六年）、フェルナン・ブローデル（一九〇二－八五年）はいずれもアナール学派を代表する歴史家。それぞれの代表作は、ブロック『封建社会』（石川武ほか訳、岩波書店、一九九五年、原著一九三九年）、フェーブル『ラブレーの宗教——一六世紀における不信仰の問題』（高橋薫訳、法政大学出版局、二〇〇三年、原著一九四二年）、ブローデル『地中海』（浜名優美訳、藤原書店、二〇〇四年、原著一九四九年）など。

☆4　アントワーヌ・バルナーヴ（一七六一－九三年）、エマニュエル・ジョゼフ・シエイエス（一七四八－一八三六年）、ジャン・ジョセフ・ムニエ（一七五八－一八〇六年）はいずれもフランス革命期に活躍した政治家。

☆5　フランソワ・ミニエ（一七九六－一八八四年）、アドルフ・ティエール（一七九七－一八七七年）、フランソワ・ギゾー（一七八七－一八七四年）はいずれもフランスの歴史家。ティエールとギゾーは政治家としても活躍し、前者は大統領と首相に、後者は首相になった。

☆6　ボリス・スヴァーリン（一八九五－一九八四年）はキエフ出身のフランスの政治活動家、歴史家で、フランス共産党の設立者の一人。二四年には党と決別し、三五年にスターリンの最初の伝記を出版し、スターリンを批判したことで有名。フランツ・ボルケナウ（一九〇〇－五七年）はウィーン出身の社会学者でフランクフルト学派の一人。全体主義に関する理論の先駆者として知られる。フランツ・ノイマン（一九〇〇－五四年）はドイツの社会学者。三六年以降アメリカへ亡命し、ニューヨークに拠点を移した。ナチスに関する理論的研究で知られる。

☆7　モナ・オズーフ（一九三一年－）はフランス革命を専門とするフランスの歴史家。主著に『革命祭典――フランス革命における祭りと祭典行列』（立川孝一訳、岩波書店、一九八八年）。

☆8　アンドレ・モロワ（一八八五－一九六七年）はフランスの作家。シェリーやディズレーリ、バイロンなど多くの伝記を執筆したほか、『英国史』（一九三七年）、『米国史』（一九四三年）などの歴史書も残している。

第27章　アモス・エロン（一九二六－二〇〇九年）

☆1　テオドール・ヘルツル（一八六〇－一九〇四年）はブダペスト出身のユダヤ人ジャーナリスト、作家。ドレフュス事件を取材し反ユダヤ主義を目の当たりにした衝撃からシオニズム運動の指導者となり、一八九七年にスイスのバーゼルで開かれた第一回シオニスト会議を主催した。

☆2　ゴルダ・メイア（一八九八－一九七八年）はキエフ出身のイスラエルの政治家。六九年から七四年まで首相を務め、その在任期間中にミュンヘン・オリンピックでイスラエル選手団がパレスチナ武装組織に殺害される事件が起こったため、それに対してPLOの基地を空爆し関係者を暗殺する報復作戦を承認した。シモン・ペレス（一九二三－二〇一六年）はイスラエルの政治家、首相（一九八四－八六年、九五－九六年）、大統領（二〇〇七－一四年）を歴任した。外相時代の九四年、和平交渉における功績からノーベル平和賞を受賞したが、その後ふたたび武力行使を支持した。

第28章　レシェク・コワコフスキ（一九二七－二〇〇九年）

☆1　レシェク・コワコフスキについては、序章訳注☆4を参照。

☆2　ジュディス・シュクラー（一九二八－九二年）はラトヴィアのリガ出身、アメリカ合衆国の政治学者。ハーヴァード大学で教鞭を執った。シュクラーは論文「恐怖のリベラリズム」（一九八九年）において、彼女の政治理論の中核を構成する、「残酷さ」を最大の悪とする考えを展開した。この「残酷さ」は、強者の目的のために弱者が物理的・精神的暴力にさらされる状況に言及しており、それは個別的な人間関係にだけでなく、社会システムそのものに組み込まれているという。このような社会において、人々は恐怖にとりつかれ、その恐怖から彼らは責任ある行動を取れなくなる。それによって、彼女のリベラリズムにおいて重要な個人の自由を行使できなくなるという。それゆえシュクラーは、この残酷さに立ち向かうことが重要であると考えた。著書に、『ユートピア以後』（奈良和重訳、紀伊國屋書店、一九六七年）、『リーガリズム』（田中成明訳、岩波書店、二〇〇〇年）など多数。

☆3　第一巻『創設者たち』、第二巻『黄金時代』、第三巻『崩壊』からなる『マルクス主義の主要潮流——その起源、発展、崩壊』は、マルクス主義の盛衰を包括的に論じたコワコフスキの主著である。一九七六年パリにて初めてポーランド語版が、一九七八年に英語版が出版され、二〇〇五年には一巻本としてコワコフスキの序文・エピローグとともに英語版が再版された。出身国であるポーランドにおいては二〇〇〇年に正式に出版された。邦訳は未刊。

☆4　ティモシー・ガートン・アッシュ（一九五五年－）は、イギリスの歴史学者。オクスフォード大学教授。中央・東ヨーロッパ史を専門としており、一九八九年の東欧における民主化革命に際しては現地で民主化運動を支援した。最近の著書に『フリー・ワールド』（添谷育志・葛谷彩・金田耕一・丸山直起訳、風行社、二〇一一年）、『ダンシング・ウィズ・ヒストリー』（添谷育志監訳、風行社、二〇一三年）など。

☆5　アイザイア・バーリンについては、序章訳注☆5を参照。

☆6　構成的理念 constructive idea と統制的理念 regulative idea は、ドイツの哲学者イマヌエル・カントが用いた概念である。構成的理念とは、時間と空間が限定された具体的な現実において、これまでの経験から出発してどのように物事を進めていくかという際に基盤となる理念である。他方で、統制的理念は、具体的現実を超越したある状態を想定する理性であり、その想定によって現実における行動を統制（規制 regulative）する役割を果たす。本文のこの文脈においては、人間に本来的な攻撃性がある以上、人間の友愛は具体的現実においては達成しえないが（それゆえそれは構成的理念ではない）、それでもそれを超越的な目標（統制的理念）として掲げて思考し行動することは重要であり続けるという意味合いで用いられている。

☆7 「あえてその名を口にしない愛」は、イギリスの詩人アルフレッド・ダグラス(一八七〇－一九四五年)の詩「二つの愛」のなかの一節の引用である。この一節は、作家のオスカー・ワイルドが、同性愛のかどで裁判にかけられた際の陳述の中で、同性愛を指してこのフレーズを引用したことで知られる。

☆8 「独立自主管理労働組合「連帯」」は、ポーランドの民主化運動において大きな役割を果たした労働組合。一九八〇年八月一四日、グダニスクのレーニン造船所においてレフ・ワレサ率いる労働者がストライキを起こし、その後「連帯」が結成される。ポーランド政府により一時的に非合法化されるなどの弾圧を受けるが、八〇年代後半からソヴィエト連邦で開始されたペレストロイカなども手伝い、一九八九年にポーランドの共産主義は崩壊し、一九九〇年にワレサが大統領に選出され、最終的に政権を奪取した。

☆9 バーナード・ウィリアムズについては、序章訳注☆5を参照。

☆10 「恐怖のリベラリズム」に関しては、本章訳注☆2を参照。

訳者あとがき

トニー・ジャットの仕事を知る者なら、次のような疑問を抱かないではいられないだろう。イギリスのEU離脱（ブレグジット）を決することになった国民投票、そしてドナルド・トランプという、アメリカ合衆国の大統領としてのそもそもの品位に欠けるように見える人物が勝利した大統領選の二〇一六年という年について、トニー・ジャットならどのような所見を示しただろうか、と。

これら二つの国民による投票は、いずれも事前の世論調査の予想をくつがえすものだった。それだけではなく、これらの投票の結果は共通の政治的風土を物語っているように思える。一つは反グローバリゼーションと排外主義である。ブレグジットを後押ししたのは、移民労働者への反感をつのらせるイギリス労働者階級だったと言われる。これには、実際に結果を左右したのは保守的な中流階級であったなどの反論があるものの、少なくともEU離脱運動を推し進めた英国独立党（UKIP）のレトリックは排外主義的なものであった。その論理においては、EUは国境を無化して移民を増加させるグローバリゼーションの手先であった。一方でドナルド・トランプが人気を集めたのも、ラスト・ベルト（錆びついた工業地帯）と呼ばれる、今や失業と貧困にあえぐアメリカの地帯においてだった。メキシコとの国境に壁を作るのだと息巻いたトランプは、そういった地帯に渦巻く排外主義的な感情に確実に訴えた。

それと関連するが、二つの投票が示したのは、ポスト・トゥルースという流行語を生み出すことになる、反知性主義・反エリート主義の風潮である。先述の英国独立党の党首であったナイジェル・ファラージやドナルド・トランプは、リベラル左派を敵視する感情を利用したといえる。その場合、リベラル左派による理性的で知性的な反論は無効である。なぜなら、彼らは、そのような議論を「建前」として意に介さず、これまではポリティカル・コレクトネスの名の下に抑圧されてきた「本音」を解放することによってこそ人気を得たからである。そこで、事実や真実は価値を持たない。いやむしろ、事実や真実を自分たちのものだと主張する主流メディアこそが（トランプの「フェイク・ニュース！」の叫び声が示すように）標的なのだ。これによって、知識人の価値は大きく揺らいだ。

トニー・ジャットがこのすべてに関して何を言っただろうか、ということに関して、ここで憶測を述べることはできない。ただ、ヨーロッパ史を専門とし、アメリカに移住して公的な知識人としての言論活動を行ったジャットが、そのヨーロッパとアメリカのこれまでの価値観を揺るがしたこれらの投票について、何も言わないということはありえないだろう。もし彼が二〇一〇年に筋萎縮性側索硬化症（ＡＬＳ）でこの世を去らなかったら。

本書はトニー・ジャット（一九四八－二〇一〇年）による、最後の著作となった *When the Facts Change: Essays 1995-2010* (Edited with introduction by Jennifer Homans, Vintage, 2015) の全訳である。最後の著作と述べたが、本書はトニー・ジャットのパートナーでもあったジェニファー・ホーマンズの編集による、死後出版のエッセイ集である。

トニー・ジャットは中央ヨーロッパのユダヤ系一族にルーツを持つ、イギリス出身の歴史家であった。その生涯については、ティモシー・スナイダーとの共著『20世紀を考える』(河野真太郎訳、みすず書房、二〇一五年)に詳しい。ジャットは奨学金を得て学んだケンブリッジ大学で、一九二〇年代フランスの社会主義に関する論文で博士号を取得し、オクスフォード大学などで教鞭を取った後、一九八七年にはニューヨークに移住し、死去までニューヨーク大学のヨーロッパ学教授であった。歴史家としての主著はなんといっても『ヨーロッパ戦後史』(上下巻、森本醇、浅沼澄訳、みすず書房、二〇〇八年)であろう。そしてとりわけアメリカに渡ってからは、ジャットは『ニューヨーク・レヴュー・オヴ・ブックス』や『ニューヨーク・タイムズ』といった媒体に時事的な論評や書評を寄稿するようになり、公的知識人としての存在感を強めていった。その時期の著作を集めた、本書の姉妹編とも言える著作が、『失われた二〇世紀』(上下巻、河野真太郎、生駒久美、伊澤高志、高橋愛訳、NTT出版、二〇一一年)である。

このあとがきを書いている本書の共訳者の一人河野が、その『失われた二〇世紀』と『20世紀を考える』の訳者あとがきで述べたことを繰り返すと、トニー・ジャットの仕事は大きく分けて四つの局面を持っている。それは、①ヨーロッパと社会民主主義、②パレスチナ・イスラエル問題、③アメリカ、④知識人ということになる。本書においても、この四つのテーマが、時には関連しあいながら、縦横に展開されていることがわかるだろう。以下、それぞれの項目について本書の読書案内をしていく。

① ヨーロッパと社会民主主義

ジャットは一九四八年にイギリスで生を享けて、先述のとおり奨学金を得て教育を受けている。当時のイギリスは、一九四五年にクレメント・アトリーの労働党が政権を取り、全国民の無料医療制度であるN

HSや住宅の建設、産業の国有化や高率の累進課税による富と収入の再分配、完全雇用と終身雇用制といった、いわゆる福祉国家が建設され、人びとの生活がそれによって豊かで幸福なものになっていった時代であった(一九四五年の意義については、ケン・ローチのドキュメンタリー『一九四五年の精神』が、少々アトリー政権を神話化しているきらいはあるものの、わかりやすい)。

ジャット自身がいわゆる奨学金少年《スカラーシップ・ボーイ》であり、戦後福祉国家の恩恵を受けて育ったという経験は、ジャットのヨーロッパ的な社会民主主義擁護の根本にあっただろう(『20世紀を考える』および『荒廃する世界のなかで――これからの「社会民主主義」を語ろう』(森本醇訳、みすず書房、二〇一〇年)を参照)。これは、個人が国家の福祉に頼ることは間違いであるという感情が支配的なアメリカとはかなり異質な伝統である。

本書では第I部「一九八九年――私たちの時代」そして第IV部「私たちの現在の生き方」に、このテーマ系のエッセイが集められている。とりわけ注目されるのは、第21章「鉄道の栄光」と第22章「鉄道を取り戻せ!」である。『20世紀を考える』でジャットは、病に倒れながらも次は鉄道に関する単著を準備していると述べており、ここに収められた二章は、この単著の一部となるべき文章だったのだろうと推測される。鉄道は、一九世紀以来の産業の原動力であっただけではなく、二〇世紀的な福祉国家の大動脈でもあった。そのような鉄道に対するジャットのまなざしと筆致は、一方では非常にノスタルジックでありつつ、もう一方ではその失われていない意義を力強く主張するものとなっている。ジャットが鉄道を擁護するのは、それが本質的に公共的な交通機関だからである。鉄道は、ジャットが主張するように、私有や競争になじむものではない。だが、一九八〇年代以降の、「民営化=私有化」を金科玉条とする新自由主義は、鉄道もその標的とした。イギリスでは一九九三年の鉄道法に基づいて鉄道が分割民営化された(一九九七年に完成)。だが、その結果は、鉄道が一体的な運用をできなくなったことに起因する相次ぐ事故であった（これについてもふたたび、ケン・ローチの映画『ナビゲーター――ある鉄道員の物語』を参照されたい）。ジャットが鉄道の意義を再評価しようとしたのは、鉄道そのものの擁護ということをこえて、福祉国家もしくは社会民主主義的な公共性を取り戻すことをめざしてのことだったのだろう。それは、後述するように「二〇世紀を思い出す」こととも深い関係にある。

冒頭に述べたブレグジットとトランプを支持する感情のなかには、新自由主義的な現在に対してもううんざりであるという感情が確実に存在する。それが、ジャットが訴えるような公共性と社会民主主義へと反転して行けるかどうかは未知数である。むしろ、残念ながら、現在噴出している排外主義はこういった公共性からはかけ離れているようにも見える。ジャットであればどう見ただろうか。

②　パレスチナ・イスラエル問題

ジャットはユダヤ系であり、若いころにはシオニズムの大義に共感し、何度かイスラエルのキブツにボランティアとして行っている（詳しくは『20世紀を考える』を参照）。ところが、ジャットの立場を独特なものにしているのはこの後である。ジャットはイスラエルの現実のあり方に幻滅を覚え、アメリカで論陣を張るにあたってはイスラエルとその政策を痛烈に批判したのである。そして、とりわけ物議をかもした論説が、本書第7章「イスラエル――代案」（二〇〇三年）であった。この論説でジャットが提示する「代案」とは、イスラエルとパレスチナを別の国家として成立させる二国家案ではなく、一国家のなかにイスラエル国民とパレスチナ国民を共存させる、「一国家二国民案」であった。この提案は、アメリカ国内のシオニストたちから批判を浴び、例えば親イスラエルの政治雑誌『ニュー・リパブリック』から閉め出されることになる。このような批判を浴びた理由は、一国家二国民案が、イスラエル国家の建設・維持を至高の目的とするシオニズムに反するだけでなく、そのような提案の背景として、イスラエルとその政策はもはや国際世論で受け容れられなくなりつつある、という認識をジャットが示したからでもあろう。そのような認識は、第II部に収められた他のエッセイにちりばめられている。例えば二〇〇九年に書かれたけれども発表されることはなかった（本書が初出となる）「何をなすべきか？」にも、その認識と一国家二国民案はくり返し明確にされている。

③　アメリカ

そのようなイスラエル批判はアメリカ批判でもあり、とりわけ二〇〇〇年代、九・一一からイラク戦争へとアメリカが雪崩を打って突き進んだ時に、ジャットはそれに反対する論陣を張った。それが収められたのが第III部「9・11と新世界秩序」である。

これは次の知識人の問題に関わる話題であるが、第III部に収められたエッセイのほとんどは書評である。ジャットは政治学的な（それも多くの場合、ハードな学術書というよりは一般書に近い）書物の書評をしながら、イラク戦争の狂騒へと突き進むアメリカの歩をにぶらせようとする。こういったスタイルの書評は日本にはは存在しないため、読者はためらうかもしれないが、後述するジャットのようなタイプの知識人の重要な言論活動がこのような形での批評的書評である、ということは強調しておきたい（そのような文化が日本には皆無で書評といえば褒めてばかりであることとは対照的である）。

さて、二一世紀の狂騒からの出口はどこにあるのだろうか。この疑問に対するジャットの回答は、「二〇世紀を忘れない／思い出す」ことであっただろう。そのことは、第III部の白眉とも言うべき第20章「私たちはいったい何を学んできたのか？・」にいかんなく表現されている。二〇世紀を忘れることとは、戦争とそれがもたらす災禍を忘れることにほかならない。とりわけ本土を侵略された経験を持たないアメリカ合衆国は、それを急速に忘れつつある。アメリカが不毛な（おそらく長い目で見れば勝者は誰もいない）戦争に突き進むことを止めるには、二〇世紀を、とりわけ戦争の記憶が刻みつけられたヨーロッパ的な二〇世紀を思い出し、学び直す必要がある。ジャットはそのように考えていただろう。同じく二〇世紀を急速に忘却し、それこそ「平和ボケ」をして再軍備に余念がない政府をかかえる現代日本にもそのままあてはまる。

④　知識人

だが残念ながら、冒頭に述べたようなブレグジットとトランプの時代にあって、その思い出すべき二〇世紀は急速に忘却されつつある。それは、知識人というもののあり方の変化に、最も顕著に表れているかもしれない。

本書では知識人論は第Ⅴ部「人はいずれみな死ぬ」にまとめられている。だがこの訳者あとがきでは、そこに名前の挙がっていない一人の「知識人」について考えておきたい。すなわち、トニー・ジャットという知識人である。

ジャットは確かに知識人であった。彼は歴史家として資料調査をして歴史を書く、というだけではなく、歴史を学び研究することから得られた洞察と知恵をもって、現代世界に語りかけたのだから。ただ、残念なことに、ジャットのようなタイプの知識人は（エドワード・W・サイードも亡き今）、過去のものになりつつあるのではないか、という感覚がある。

もちろん、学者知識人という知識人観に凝り固まっているためにそう思えるだけだ、と言うこともできる。実際、『20世紀を考える』で、ジャットは現代の知識人の典型は調査報道ジャーナリストになるのかもしれないと述べていて、それはそれで説得力がある。私の念頭に浮かぶのは、アメリカであればナオミ・クライン、イギリスであればオーウェン・ジョーンズのようなタイプのジャーナリストだ。彼らは個々の事件を追うだけではなく、それらを広い歴史的・政治的パースペクティヴのもとにおいて著書にまとめ上げる力を持っている。おそらく、希望はこういったタイプの人びとに見いだすべきなのだろう（日本にはこのようなタイプの調査報道ジャーナリストが育っているようには見えないので、希望がないということになってしまうが……）。

だが問題は学者知識人か調査報道ジャーナリストか、ということを超えたところにある。問題は、冒頭に述べたように、ポスト・トゥルースの時代にあって事実や真実の価値をどうやって取り戻すのか、ということである。これに関して、私にはこの紙幅で提示すべき答えがない。だが一つ言えるのは、本書『真実が揺らぐ時』それ自体が、そしてジャットの仕事全体が、事実と真実を知り伝えることの価値を訴え続けているということだ。私たちは、ポスト・トゥルースの時代に対してシニカルになってはならない。飽くことなく事実と真実を述べ続けなければならない。トニー・ジャットから学ぶべきものを一つだけ挙げろと言われれば、それに尽きるだろう。

本書のタイトル『真実が揺らぐ時――ベルリンの壁崩壊から9・11まで』は、本書の原題 *When the Facts Change: Essays 1995-2010* の直訳とはなっていない。この原題は、ジェニファー・ホーマンズによる序文で述べられているとおり、ケインズが述べたとされる（しかし出所はあやしい）、トニー・ジャットお気に入りの箴言「現実が変化するときには、私は考えを変化させます。あなたはどうですか?」から来ている。

『真実が揺らぐ時』というタイトルは、これに微妙に近いけれども翻訳ではなく、日本版オリジナルのタイトルとなっている。しかし、ここまで述べたように、本書はジャットの「事実」に対する揺らぐことのない姿勢に貫かれており、それが今、翻訳というかたちで「ポスト・トゥルース」の現在に呼びかけているという意味では、精神的な翻訳とでも言えるだろう。また、副題にあるように本書は一九九五年から二〇一〇年までのエッセイを集めたものであるが、ここまで述べたような内容からして、本書は冷戦終結から二〇〇〇年代の新たな歴史の激動を背景としている。その観点からこのような副題をつけた。

最後に翻訳について述べておく。翻訳の担当は、河野が序章、第1章、第2章、第7章、第16章、第24章を、西が第4章、第6章、第8章〜第14章を、星野が第3章、第5章、第21章〜第23章、第25章〜第27章を、田尻が第15章、第17章〜第20章、第28章を担当した。訳稿は河野が全体を見て修正・統一を行った。本書の翻訳は、主に河野の怠慢のために、非常な長期間に及んでしまった。辛抱強く待ってくださった慶應義塾大学出版会の上村和馬さんには感謝を捧げたい。

訳者を代表して　河野真太郎

二〇一八年一二月

真実が揺らぐ時
——ベルリンの壁崩壊から9.11まで

2019年4月15日　初版第1刷発行

著　者————トニー・ジャット
編　者————ジェニファー・ホーマンズ
訳　者————河野真太郎・西亮太・星野真志・田尻歩
発行者————依田俊之
発行所————慶應義塾大学出版会株式会社
〒108-8346　東京都港区三田2-19-30
TEL〔編集部〕03-3451-0931
〔営業部〕03-3451-3584〈ご注文〉
〔　〃　〕03-3451-6926
FAX〔営業部〕03-3451-3122
振替　00190-8-155497
http://www.keio-up.co.jp/
装　丁————耳塚有里
印刷・製本——中央精版印刷株式会社
カバー印刷——株式会社太平印刷社

Printed in Japan ISBN978-4-7664-2454-6

［著者］

トニー・ジャット（Tony Judt, 1948-2010）

ロンドン生まれ。ケンブリッジのキングズ・カレッジ、パリの高等師範学校を卒業。オクスフォードのセント・アンズ・カレッジでフェローおよびチューターを務めた後、ニューヨーク大学教授に就任。1995年から、レマルク研究所長としてヨーロッパ研究を主導した。『ニューヨーク・レヴュー・オヴ・ブックス』誌その他に寄稿。2005年に刊行された『ヨーロッパ戦後史』（みすず書房、2008年）はピューリツァー賞の最終候補となるなど高く評価される。2007年度ハンナ・アーレント賞を受けた。2010年8月6日、ルー・ゲーリック病により死去。その生涯はティモシー・スナイダーとのインタビュー集『20世紀を考える』（河野真太郎訳、みすず書房、2015年）で語られている。

［編者］

ジェニファー・ホーマンズ（Jennifer Homans）

文化史家。ニューヨーク大学バレエ芸術センターの創立者ならびに所長。著書に『アポロの天使――バレエ史』（未邦訳）がある。『ニュー・リパブリック』誌や『ニューヨーク・レヴュー・オヴ・ブックス』誌などでバレエ批評などを執筆している。研究者となる前にはプロのバレエダンサーであり、パシフィック・ノースウェスト・バレエ団などでパフォーマンスを行っていた。

［訳者］

河野真太郎（こうの・しんたろう）

1974年生まれ。専修大学法学部教授。専門はイギリス文学・文化と批評理論。著書に『〈田舎と都会〉の系譜学――二〇世紀イギリスと「文化」の地図』（ミネルヴァ書房、2013年）、『戦う姫、働く少女』（堀之内出版、2017年）など。訳書にトニー・ジャット『失われた二〇世紀』（共訳、NTT出版、2011年）、トニー・ジャット、ティモシー・スナイダー『20世紀を考える』（みすず書房、2015年）など多数。

西亮太（にし・りょうた）

1980年生まれ。中央大学法学部准教授。専門はポストコロニアル文学・批評。論文に「スピヴァク：ロウロウシャとは何だ」（共著、『労働と思想』、堀之内出版、2015年）、「何を差し出すか――デレク・ウォルコット「パントマイム」における役割交換の戦略」（『英語英米文学』、中央大学英米文学会、2016年）など。翻訳に、トマ・ピケティ、エマニュエル・サエズ「不平等の長期的趨勢」（『ニュクス』創刊号、2015年）、ヘザー・ブラウン「マルクスのジェンダーと家族論」（『ニュクス』第3号、2016年）など。

星野真志（ほしの・まさし）

1988年生まれ。一橋大学大学院言語社会研究科修士課程を経て、マンチェスター大学博士課程修了（PhD）。専門は1930・40年代イギリスの文化と政治（ジョージ・オーウェル、ドキュメンタリー運動など）。訳書に『革命の芸術家――C・L・R・ジェームズの肖像』（共訳、こぶし書房、2014年）、ナオミ・クライン『楽園をめぐる闘い』（堀之内出版、2019年）。

田尻歩（たじり・あゆむ）
1988年生まれ。一橋大学大学院言語社会研究科博士課程在籍。専門は美学理論。論文に「理論と実践の間の写真――アラン・セクーラの写真理論再読」（『年報カルチュラル・スタディーズ』第6号、2018年）、「「存在の闘い」としての写真理論――中平卓馬の写真理論再読」（『言語社会』第13号、2019年）など。翻訳に、ピーター・ホルワード「自己決定と政治的意志」（『多様体』第1号、月曜社、2018年）がある。

索　引

ア 行

カ 行

サ 行

タ 行

マ 行

ヤ 行

ラ 行

ワ 行

英 数 字